Hans Dieter Schreeb
Gute Jahre

Hans Dieter Schreeb

Gute Jahre

Roman

Hardt und Wörner

Manfred-von-Richthofen-Straße 15
D-12101 Berlin
Telefon 030 / 51642696
Fax 030 / 51642694
E-Mail dieter.schreeb@googlemail.com
www.schreeb.com

2015 Verlag Hardt & Wörner
Rüdesheimer Straße 29
D-65197 Wiesbaden
www.hardt-woerner.de
www.Wiesbaden-im-buch.de
ISBN 978-3-930120-37-6

I. Der letzte Tag, der erste Tag

1.

Frieda erwartet das Ende des Krieges im Frühstücksraum.

Sie steht hinter den grauen harten Gardinen, über die sie sich seit Jahren ärgert; grau trotz allen Waschens. Vernünftige Wäschebleiche zählte nicht zu den kriegswichtigen Artikeln, und Gardinenstoffe von einiger Qualität waren kurz nach Kriegsausbruch aus den Regalen verschwunden und sind nie wieder aufgetaucht. Wie stolz war sie früher auf den duftigen bestickten Voile gewesen und jetzt dieses brettharte Zeug hier!

Frieda hat die Taunusstraße fest im Auge; was soll sie anderes tun, als auf die Sieger zu warten? Was ist das passende Benehmen beim Ende eines Weltkrieges?

Die Taunusstraße ist ein breiter, ehedem von den Herzögen von Nassau zum Reiten und Flanieren angelegter Boulevard am Fuß des Geisberg. In Friedas Jugend stand dort Hotel an Hotel. In den bitterarmen Jahren zwischen den Weltkriegen wurden viele der Häuser in Bürogebäude verwandelt. Aus den gediegenen Hotels von ehedem wurden Dienststellen der Wehrmacht und der Partei; Heerscharen von braun und schwarz Uniformierten marschierten morgens zum Dienst und abends wieder nach Hause zu Frau und Kindern.

Alle uk gestellt. Unabkömmlich. Unentbehrlich im Sinne des Reichsverteidigungsinteresses.

Schließlich musste auch die Heimatfront gehalten werden.

Die Ämter auf der Taunusstraße haben ihr hin und wieder Gäste geschickt; Herren, die zu einer Dienstbesprechung geladen waren und in Wiesbaden übernachteten. Der Eine oder Andere von ihnen hat sich bei ihr quasi für seine Drückebergerei entschuldigt, versuchte zu erklären, wie wichtig gerade er für die Heimatfront sei. Sie hat immer verständnisvoll genickt und die Herren haben das als Absolution genommen.

Sie hatte tatsächlich Verständnis für die Waschlappen. Warum sollten sie sich umbringen lassen oder andere umbringen?

Heute sind vermutlich nur die Treuesten der Treuen in der Taunusstraße zum Dienst erschienen; und die Ängstlichsten.

»Und? Tut sich was an der Barrikade?«, erkundigt sich Oberleutnant Scheidt nach dem Stand der Dinge. Er ist ein Dauermieter aus Zimmer 12; so lange wie heute hat er noch nie gefrühstückt. Heute gönnt er sich sogar die Zeitung.

»Nein, bis jetzt ist niemand aufgetaucht! Ich sehe jedenfalls niemanden!«, erklärt ihm Frieda.

»Vernünftig! Das kann uns das Leben retten ... Ein Schuss von der Barrikade und die Amerikaner legen den Geisberg in Schutt und Asche! Samt Ihres netten Hauses!«

Die Bemerkung ist typisch für ihn. Herr Scheidt erschien ihr immer als verkleideter Zivilist. Nicht einmal hat sie ihn in den beiden Jahren, in denen er jetzt im Haus lebt, als strammen Soldaten erlebt. Zwar trug er stets vorschriftsmäßig Uniform, das war aber auch alles. Niemals ein schneidiger Satz, eine Ankündigung, dass der Endsieg vor der Tür stehe. Jetzt zum Beispiel: als hätte er persönlich nichts mit Krieg und Heldentum zu tun, nichts mit Aufopferung für Führer und Vaterland, trinkt er Schluck um Schluck seinen Muckefuck und schweigt ansonsten. Für gewöhnlich trinkt er eine Tasse Kaffee im Stehen und verschwindet; heute diese übertriebene Langsamkeit.

Oder vorhin, als er munter die Treppe herunterkam und sie ihm sagte: »Die Amerikaner sind in Wiesbaden ...« und er darauf antwortete: »Na, dann hat das gute Leben ja sein Ende gefunden.«

Sie hatte den munteren Ton aufgenommen und ihm angeboten: »Wollen Sie zum Abschluss des guten Lebens ein Ei?«

»Ein Ei?«, hatte er überrascht gefragt und hinzugefügt: »Dann hätte der Tag ja bereits seine Krönung gefunden. Und wenn schon, dann bitte ein Vier-Minuten-Ei.«

Aus einer Laune heraus hatte sie geantwortet: »Für Sie tue ich doch alles«.

Beide waren von ihrer Bemerkung überrascht. Einen Moment lang hatten sie sich angesehen, als wollten sie herausfinden, was es damit auf sich habe. Frieda merkte, dass sie sogar etwas rot wurde und hatte sich abgewandt.

Während sie später wieder am Fenster stand und auf die Ankunft der Amerikaner wartete, dachte sie: Wieso war er zwei Jahre lang nur der Herr aus Zimmer 12, Oberleutnant Scheidt, beschäftigt bei der Luftzeuggruppe mit Sitz in der Langgasse, im ehemaligen ›Englischen Hof‹. Wieso nicht mehr und anderes?

Wie hatte sie übersehen können, dass er ein sehr angenehmer Mann war und ist?

Dass er bei der Luftzeuggruppe Flugzeugmunition verwaltete, hat Willy herausgekriegt. Willy kriegt ja alles raus, was er rauskriegen will. Nicht zufällig war er mal eine Zeitlang Mitglied im *Reichsbund Deutscher Detektive*, mit eindrucksvollem Ausweis und saftigen Mitgliedsbeiträgen. Allerdings hat er sich nur ein knappes Jahr als Detektiv betätigt; bei Willy gerät jedes berufliche Engagement rasch an sein Ende.

Herr Scheidt selbst hatte nie ein Wort über seine dienstliche Stellung verloren; er redet generell wenig.

Dass die Amerikaner gegenwärtig dabei sind, die Stadt einzunehmen, weiß Frieda von Doris Waltz, der Ehefrau ihres Frauenarztes. Doris betrachtet sich, weiß Gott warum, als Friedas Freundin und hat in aller Herrgottsfrühe aufgeregt angerufen, kaum, dass sie die ersten Sieger erblickt hatte: »Frieda, sie sind da! Die Allee *quillt über von Amerikanern!* Du hast keine Ahnung, wie viele das sind!«

Doktor Waltz betreibt seine Praxis an der Biebricher Allee; entsprechend hat Doris einen Logenplatz bei der Einnahme der Stadt. Seit einiger Zeit hat Frieda allerdings nichts mehr von ihr gehört. Kurz nach dem letzten Gespräch waren alle Verbindungen unterbrochen, die Telefonleitung tot.

Nach Doris Schilderung sind die Amerikaner großenteils zu Fuß unterwegs und wirken allesamt wohlgenährt. Angeblich tragen sie sehr seltsame Uniformen.

»Frieda, sie sehen aus wie frisch eingekleidete Kanalarbeiter«.

So redet Doris nun mal.

Nach ihrer hektischen Schilderung benehmen sich die amerikanischen Soldaten ausgesprochen zivil. Für ein junges Mädchen, das die Straße mit einem Fahrrad überqueren wollte, hatte die ganze Kolonne gestoppt. »Stell dir vor, Frieda, die ganze Kolonne hält an – für ein junges Ding mit Fahrrad!«, hatte sie fiebrig ins Telefon gerufen. Manchmal überschlagen sich ihre Sätze, und dabei spricht sie nur übers Wetter.

Doris wollte schon auflegen, als ihr noch einfiel: »Frieda, habe ich erwähnt, die haben baumlange Neger in ihren Reihen? Richtige Sarotti-Mohren, tiefschwarz, ganz glänzende Haut und durch die Bank handfeste Kerle. Da war einer dabei … Ich kann dir sagen!«

Frieda lag auf der Zunge zu fragen: Und? Hast du schon ein Rendezvous verabredet? Gott sei Dank konnte sie die Bemerkung gerade noch unterdrücken. Sie hätte nur giftige Diskussionen ausgelöst. Das ewig rollige Weib würde unter keinen Umständen zugeben, dass sie verrückt ist nach der Hefe; Holzhackern Buam, da geht ihr das Herz auf. In dieser Hinsicht ist sie regelrecht süchtig. Einmal war sie am hellen Tag mit zwei Gestalten aufgetaucht, dass man dachte: Was ist denn das nun wieder? Der Eine sah aus wie ein Preisboxer, der Andere wie ein Karussellbremser.

Frieda schüttelt wieder mal den Kopf über die Barrikade am Fuß der Taunusstraße, die gestern Abend fertig wurde und nun der amerikanischen Armee Einhalt gebieten soll. Es ist allerdings zu befürchten, dass sich die Amerikaner davon kaum beeindrucken lassen. Dabei handelt es sich bei der Barrikade um ein wahres Meisterstück. So was war kaum besser zu machen, meterhoch und mit Eisenspitzen an der Oberseite. Keuchende, schwitzende Volkssturm-Männer in ihren alten, abgewetzten Alltagsanzügen und Buben in HJ-Uniformen (zum Teil hatten sie sogar kurze Hosen an) hatten die letzten Tage damit zugebracht, die Sperre zu errichten. Auch Willy, der kurz vor Weihnachten zum Volkssturm einberufen worden ist, hat mitgewirkt. Wie Willy ist, hat er Abend für Abend darüber schwadroniert, welches Meisterwerk an Barrikade da entstehe. Seinen Truppführer Dengler, den Erbauer des Glanzstückes, glorifiziert Willy regelrecht. Dabei ist der gute Herr Dengler nichts als ein gewöhnlicher Gewerbelehrer. Er ist, wie solche Leute eben sind, vor allem laut. Frieda hat ihn kennengelernt, als er die alte ausrangierte Frisierkommode abgeholt hat, die seit Jahren den halben Weinkeller versperrt hat und nun in der Barrikade verbaut ist.

Willy selbst ist heute Morgen vor Tau und Tag losgezogen; Sammelstelle sollte an der Fasanerie sein. Zu der frühen Morgenstunde war noch nicht abzusehen, ob der Kampftrupp Dengler, diese eiserne Reserve des Reiches, die Panzersperre eigenhändig verteidigen oder ob dies Aufgabe regulärer Einheiten werde.

Es war unverkennbar, Willy hat es genossen, gebraucht zu werden. Wegen seines fehlenden Auges hat er sowohl den Ersten wie den Zweiten Weltkrieg verpasst. Da will er wenigstens dabei sein, wenn die letzte Schlacht geschlagen wird. In pathetischer Weise, die überhaupt nicht zu ihm passt, hat er gestern Abend hier in diesem Raum, in Zimmer 2, verkündet, für ihn schlage jetzt die Stunde der Bewährung. Er wolle vor sich selbst bestehen. Sie hat alles versucht, ihn zurückzuhalten, hat ihn angeschrien: »Bist du verrückt geworden? Willst du in den letzten vierundzwanzig Stunden erschossen werden? Die Amerikaner sind schon in Mainz … Sind sie bis dahin gekommen, kommen sie auch über den Rhein! Egal, ob du dich ihnen in den Weg wirfst oder nicht!«

Doch Willy hatte sich vollkommen verbohrt gegeben, hatte einen Quatsch nach dem anderen vorgebracht. Er hatte getönt, er wolle seine Kameraden nicht in Stich lassen, nicht zum Verräter am Vaterland werden und unter keinen Umständen zum Deserteur. Er wolle nicht an einem Baum enden, mit einem Schild um den Hals: ›Wer sein Volk verrät, hängt!‹.

In diesem Punkt gibt Frieda ihm sogar recht. Wenn schon ein Ende sein muss, dann nicht ein solches!

In der Hauptsache macht Frieda diese Frau Grothe aus Zimmer 18, dieses widerliche Weibsbild, für Willys Verirrung verantwortlich. Von Anfang an war ein Flirren zwischen Willy und dieser Nazisse, ein ganz bestimmtes Fluidum. Bei Willy war es nicht gerade Verliebtheit, eher Verehrung und Unterwerfung unter eine höhere Macht. Wie er immer die Haustür aufreißt, wenn er sie nur von weitem den Geisberg heraufkommen sieht!

Frau Grothe ist alles, was Frieda verachtet; die deutsche Frau aus der Wochenschau, wie sie leibt und lebt, schlank, blond und ewig dieser strafende Blick aus grauen Augen. Sie trägt sogar einen Haarkranz wie die Ährenleserinnen auf den entsprechenden Ölbildern. Am schlimmsten wird es, wenn sie den Mund auftut. Sie ist voller Hass auf Bolschewisten und Kapitalisten und jüdisches Ungeziefer. Noch mehr hasst sie, was sich den Schmarotzern und Volksverderbern andient. Gibt man ihr den geringsten Anlass, über Politik zu reden, quillt dieser Dreck nur so aus ihr heraus. Das Wort ›Rassenschande‹ spricht sie mit einem Ekel aus, als müsste sie sich gleich erbrechen.

Eine widerliche Person! Ihr Mann war über Jahre Wehrwirtschaftsführer in Dänemark und Norwegen, ehe er bei einem Tiefflieger-Angriff auf sein Dienstfahrzeug umkam. »Auf der Stelle in den Himmel aufgefahren«, hatte Frau Roos mit ihrem losen Mundwerk darüber makaber gescherzt.

Frieda hat Frau Grothe vom ersten Tag an gehasst. In Friedenszeiten hätte sie das Weib niemals als Gast akzeptiert. Doch die Frau hat Beziehungen nach ganz oben, bis in die Spitzen der Partei. Das hatte sie schon in den ersten Tagen bewiesen, als sie auf einem besseren Zimmer bestand und kurz darauf jemand aus dem Reichssicherheits-Hauptamt aus Berlin anrief und klar machte, dass sie Protektion besitzt. Besonders stolz war sie darauf, dass ihr Göttergatte, dieser ›*für Deutschland gefallene Märtyrer*‹, noch vor Hitler in die NSDAP eingetreten war, Mitgliedsnummer 537.

Und ausgerechnet mit einem solchen Weibsbild lässt sich Willy ein. Frieda will nur hoffen, dass er nie zu ihr ins Bett gekrochen ist.

Eine widerliche Vorstellung!

»Welchen Tag haben wir heute?«,will Herr Scheidt plötzlich wissen.

»Mittwoch …«

»… der?«

»28. März.«

Herr Scheidt nickt, als sei eine Frage zu seiner Zufriedenheit beantwortet worden.

Frieda bemerkt nach einer kurzen Pause: »Damit hätten wir mal wieder einen Weltkrieg hinter uns. Für mich ist es der zweite!«

Der Mann reagiert darauf nicht; was soll er dazu sagen? Er ist in Friedas Alter, höchstens ein paar Jahre jünger, und insofern sind ihre Erfahrungen auch die seinen.

Frieda geht die wenigen Schritte zu seinem Tisch, betrachtet ihn, als müsse sie sich sein Aussehen für alle Zeit einprägen (er hält der Musterung erstaunlich gelassen stand) und bietet endlich an: »Sie können wählen! Ich habe noch ein bisschen guten Kaffee oder eine Flasche Champagner – eins von beiden gönnen wir uns jetzt!«

Er blickt sie ebenso aufmerksam an und erwidert: »Das wäre ja wie Verlobung!«

Sie geht darauf nicht ein; man muss es in den letzten zehn Minuten auch nicht übertreiben, sagt nur leichthin: »Wer weiß, was uns bevorsteht. Da wollen wir uns doch wenigstens anständig verabschieden … Für was haben Sie sich entschieden?«

»Wenn es wirklich von mir abhängt, dann Champagner!«

Als Frieda die Flasche holen will, begegnet ihr Frau Grothe, die in höchster Aufregung die Treppe herunterkommt. Sie hat vom Einmarsch des Feindes erfahren und will Vorsorge treffen. Soll sie ihr Heiligtum, eine der ersten Ausgaben von ›*Mein Kampf*‹ mit einer sehr persönlichen Widmung des Führers, verstecken oder gar vernichten? Und wenn ja, wo und wie? Was rät Frau Tremus?

Frieda kann ihr da auch nicht helfen. Sie wagt es aber auch nicht, sie mit einer knappen Entschuldigung stehen zu lassen. Plötzlich denkt sie: Sollen die Amerikaner doch den Dreck finden! Sollen sie den Geifer doch konfiszieren, und rät: »Ich würde es nicht da verstecken, wo alle suchen – nicht unter der Matratze oder zwischen der Wäsche. Am besten irgendwo hingelegt, wo es jeder sehen kann … Sie haben doch noch andere Bücher, einfach dazugestellt.«

»Ja, das ist ein guter Rat, danke!«

Mein Gott, es kann wirklich nicht mehr lange dauern, bis die Amerikaner eintreffen. Wenn eine Frau Grothe höflich wird, ist der Krieg verloren.

Als Frieda mit dem ›*Veuve Cliquot*‹ und zwei schönen Gläsern in den Frühstücksraum zurückkehrt, ist an der Barrikade noch alles unverändert. Das sieht sie mit einem schnellen Blick, und Herr Scheidt sitzt immer noch ungerührt in seiner Ecke, als hätte er vergessen, was sich in der Stadt tut. Sie stellt die Champagnerflasche vor ihm ab und bittet ihn, sie zu öffnen. Er erhebt sich, öffnet den Verschluss (geschickter als mancher Oberkellner; der Korken fliegt jedenfalls nicht an die Decke), schenkt ein. Sie nimmt ihr Glas, stößt mit ihm an: »Auf den Frieden!«

»Möge er länger halten als der letzte«, bemerkt er. Dann trinken sie schweigsam den Champagner, ebenso andächtig wie er vorher die morgendliche Malzbrühe geschluckt hatte.

»Könnte ein bisschen kälter sein …«, bemerkt Frieda und: »Was beschwere ich mich, wir haben wenigstens noch Champagner. Andere haben alles verloren, ich ein paar Fensterscheiben … Gott ist wirklich gut …«

›*Gott ist gut*‹ ist eine ihrer Redensarten; sie benutzt sie wie ›*Ordnung ist das halbe Leben*‹ oder ›*Leben und leben lassen*‹. ›Gott ist gut‹ (alternierend mit der Sentenz: ›Mit Gott!‹) schreibt sie jeweils auf das Vorsatzblatt eines neuen Fremdenbuches. Es ist aber nur die Hälfte des Satzes, den sie denkt. Der volle Text lautet: Gott ist gut zu Frieda Tremus und ihrem Haus.

Die Beziehung zwischen Gott und Frieda ist kompliziert. Für gewöhnlich existiert sie nicht, im tiefsten Inneren ist Frieda gottloser als jeder

Atheist, alle Frömmigkeit nur Täuschung. In ganz besonderen Momenten ergreift sie jedoch eine erstaunliche Gottgewissheit; wie Heilige Visionen haben, hat sie dann eine überirdische Klarheit und vollkommene Sicherheit, dass ihr nichts Schlimmes widerfahren kann, ihr im Gegenteil alles erlaubt ist, was ihr dient.

Da der Oberleutnant stumm bleibt, setzt Frieda neu an: »Die nächsten Jahre werden eine einzige Qual. Wir haben das ja alles schon mal erlebt.«

Er nickt zustimmend, darauf fährt Frieda mit ihrer Prophezeiung fort: »Wenn ich nur daran denke, wie hochmütig die Franzosen damals aufgetreten sind ... Ein französischer Offizier hat mich mal mit der Reitpeitsche vom Trottoir gejagt; nach 1914/1918 waren das die Herren hier. Wiesbaden war jahrelang von den Franzosen besetzt und die Bürgersteige gehörten ihnen! Das wird diesmal auch nicht besser, denken Sie an meine Worte!«

»Man darf eben keine Weltkriege verlieren«, sagt der Offizier gewissermaßen achselzuckend.

»Da haben Sie recht! ... Wissen Sie, wovor ich mich am meisten fürchte? Vor den feisten Gesichtern der Kriegsgewinnler. Dass man die wieder ertragen muss. Die normalen Leute können nicht einschlafen vor Hunger, und diese Gestalten wälzen sich im Bett, weil sie zu viel gefressen haben! Wir hatten so einen über Jahre hier im Haus, Zimmer 8, ein Herr van Huyens; hat mir meinen August verdorben, einen meiner Söhne ... Sie wissen, dass ich drei Buben habe?«

Zu ihrer Verwunderung nickt er.

»Ja, alle drei seltene Exemplare ...«, bemerkt sie, während ihr durch den Kopf geht: Offenbar hat er sich mehr für uns interessiert als wir für ihn.

Die tausendmal erzählte Geschichte ein weiteres Mal zu erzählen, gibt ihr Halt: »Wie gesagt, mein August ist damals bei diesem Herrn van Huyens in die Lehre gegangen. Eines Tages ging er nicht mehr zur Schule, wollte partout Schwarzhändler werden und wurde es dann auch; nach vier Wochen hatte er ausgelernt ... Was der sich mit vierzehn, fünfzehn erlaubt hat – Sie würden es nicht glauben ... In einem kleinen Haus wie unserem erlebt man wirklich alles! Man braucht keinen Schritt vor die Tür zu gehen; hier erleben Sie jedes Drama, aber auch wirklich jedes!«

Der Oberleutnant sieht Frieda aufmunternd an. Dieser Blick macht sie unsicher. Es ist, als wären sie am Ende eines Tanzabends angekommen und er stellte nun die Frage: Darf ich Sie nach Hause begleiten?

Um nicht auf diese stumme Frage antworten zu müssen, stellt sie weitere Betrachtungen über die Zukunft an. Sie haben aber plötzlich weniger Wahrheit und Feuer; so, als beschäftige sie das, was sie jetzt sagt, nicht wirklich. Sie prophezeit: »Wahrscheinlich müssen wir Gott danken, wenn wir irgendwelche Abfälle zusammenkratzen dürfen, und für die Luden gibt's wieder reichlich Kaviar und Weiber. Glücklicherweise ist eines Vormittags unwiderruflich Schluss mit der Herrlichkeit, dann sind die Millionen und Billionen nur noch Spielgeld.«

»Es sei denn, sie wurden rechtzeitig in Grundstücke verwandelt.«

Auf Friedas verblüffte Frage ›Wie meinen Sie das?‹, gibt Herr Scheidt preis: »Ich habe eine Banklehre absolviert. Ich habe sogar in einer Bank gearbeitet. Ich würde in einer solche Situation empfehlen: In Immobilien einsteigen!«

Sieh an! Er kann gesprächig werden.

»Sie sind also von Natur aus Bankbeamter?«

»Nein, Architekt. Aber das ist ein verzwicktes Kapitel.«

»Na, das können mir ja ein anderes Mal erzählen. Jedenfalls«, schließt Frieda ihre Erzählung von August' Aufstieg und Fall ab, »haben die Beiden, dieser dicke Holländer und mein gelehriger August, eines schönen Tages Schubladen voller Papiergeld und Schuldverschreibungen und geplatzter Aktien in die Mülltonne gekippt. Der ganze Reichtum von gestern war nur noch Makulatur. August hat buchstäblich neben den Mülltonnen gesessen und geheult … Er ist jetzt ist in Amerika; ich habe seit Jahren nichts mehr von ihm gehört. Ich möchte gar nicht wissen, was er jetzt macht – wahrscheinlich verhökert er irgendwelche Kriegsschiffe oder Panzer oder so was.«

Darauf Herr Scheidt: »Vielleicht sind Sie noch froh, dass er Ihr Sohn ist.«

»Sie meinen, er könnte sich noch als der gute Onkel aus Amerika entpuppen? Schön wär's!«

Laura kommt ins Zimmer, bemerkt, dass ihre Schwiegermutter und der Gast Champagner genießen, tut aber so, als sei dies alltäglich und fragt mit einem Blick aus dem Fenster: »Ist Willy aufgetaucht?«

»Ist was zu sehen?«

Laura kontrolliert kurz die Lage: »Nein, soweit ich es erkennen kann, hält sich niemand an der Panzersperre auf. Weder vor noch hinter der Barrikade. Dann wird sich Onkel Willy wohl an einer anderen Front bewähren …«

Obwohl Laura praktisch nur Willy zitiert hat, fühlt sich Frieda von ihrer letzten Bemerkung etwas verletzt; sie, Frieda, darf über Willy herziehen, wo und wie es ihr beliebt. Er ist ihr Bruder und ihr Schützling; ohne sie wäre Willy in der Gosse gelandet, lebensuntüchtig wie er ist. Sie hat jedes Recht, sich über Willy lustig zu machen, Laura nicht.

Es lohnt sich jedoch nicht, mit ihr darüber zu rechten; Laura ist eine liebe Person und außerdem steht man am Ende eines Weltkrieges. Da kommt es auf eine falsche Formulierung nicht mehr an.

Frieda lädt sie ein: »Nimm dir ein Glas, Laura, für dich ist auch noch ein Schluck da ... Wir trinken auf den Frieden...«

Laura macht, was sie soll; nimmt ein Sektglas aus der Anrichte und tritt zu Frieda und Herrn Scheidt. Frieda erkundigt sich: »Herr Oberleutnant, Sie kennen meine Schwiegertochter Laura?«

»Aber selbstverständlich ... Allerdings nur vom Sehen«, erwidert der Offizier und deutet eine Verbeugung an, die er mit einem zivilen ›Sehr angenehm...‹ garniert.

»Laura hat bei dem schweren Angriff Ende Februar alles verloren – buchstäblich alles. Ihre vielen schönen Bücher und Bilder ... Und das Tragischste ist, alle ihre wunderbaren Bilder stammten von ihrem Vater.«

Laura erklärt beiläufig: »Ferdinand Mayer-Kerrn, wenn Ihnen der Name etwas sagt«.

Als Herr Scheidt keine Reaktion zeigt, ergänzt Frieda: »Ihr Vater war ein sehr angesehener Maler, auch Offizier wie Sie ... Im ersten Krieg allerdings ...«

»Ja, man kann die Kriege jetzt nummerieren«, bemerkt Laura in ihrer abwägenden Art.

Frieda nickt und bedauert sie erneut: »Ihre wunderschönen Bilder und Bücher – alles weg.«

»Der größte Teil des Lebenswerks meines Vaters war bereits vorher in Hamburg verloren gegangen.«

»Ja, 43 ... bei dem schrecklichen Brand ...«, fügt Frieda erklärend hinzu.

»Sie sind Hamburgerin?«, erkundigt sich Herr Scheidt; erkennbar nur aus Höflichkeit. Dennoch ist das eine berechtigte Frage. Laura hat keine Wiesbadener Färbung in der Sprache, allerdings auch keine andere. Als Frieda sie zum ersten Mal sah, dachte sie tatsächlich an Norddeutschland und Küste; eigentlich an ein Luftwesen, so durchgeistigt wirkt Laura meistens auf sie.

Frieda antwortet an Lauras Stelle: »Hamburgerin nicht, aber ihre Großeltern stammen aus Plön …«

Laura ergänzt: »Ja, und meine andere Großmutter lebte in Flensburg … Als Kind war ich sehr gern bei ihr … Es war alles so romantisch – die Hinterhöfe in der Altstadt, das Kapitänsviertel … Ich hab' das geliebt.«

»Und was hat Sie hierher verschlagen?«

»Nichts. Ich bin hier geboren. Mein Vater hat Wiesbaden immer geliebt.«

»Und das Wiesbadener Museum war stolz auf ihn … Hoffentlich haben die seine Bilder rechtzeitig in Sicherheit gebracht haben.«

Laura lächelt milde: »Sie haben es mir versichert.«

»Das müssen Sie sich mal vorstellen, Herr Scheidt: In der Hamburger Kunsthalle hingen zwei ganze Säle voll mit den Bildern ihres Vaters und keins davon wurde gerettet, alles weg und zu allem Überfluss ist Laura am Schluss auch noch ausgebombt worden. Aber das habe ich ja schon gesagt.« Frieda streichelt beiläufig Lauras Hand und sagt: »Hauptsache, dir ist nichts passiert, Kind. Ich darf mir das gar nicht ausdenken …«

Laura zeigt ihr Engelslächeln: »Ich durfte ein Kind haben und durfte mein Kind behalten, mehr Glück kann ich nicht verlangen«.

Sie hat eine ungewöhnlich sanfte Stimme. Sie ist wirklich nicht die Schönste, jedenfalls keine Alltagsschönheit, aber wenn sie spricht und ihre Seele zeigt, hat man nur den einen Wunsch, sie zu berühren wie ein Heiligenbild. Eine andere Erklärung gibt es nicht dafür, dass Heini sie gesehen und geheiratet hat.

Laut bemerkt Frieda: »Ja, da hast du recht, Laura … Herr Scheidt, ich weiß, alle Großmütter sagen so was, aber unser Evchen ist wirklich unser aller Sonnenschein. Man ist ganz verzückt, wenn man dem Kind zusieht – ganz sein Vater … Leider wissen wir nicht, ob Heini überhaupt erfahren hat, dass er Vater geworden ist, dass er ein Töchterchen hat. Er wird in Russland vermisst! Im Mittelabschnitt; Raum Bobruisk, wo immer das ist …«

»In der Nähe der Beresina«, erklärt ihr der Oberleutnant.

»Aha! Na, das haben Sie ja parat.»

»Ich hörte davon von Frau Roos.«

»So«, bemerkt Frieda irritiert.

Diese Frau Roos ist eine ganz ausgekochte. Sie hat früher im Vorzimmer eines Dyckerhoff-Direktors gesessen und gibt sich entsprechend selbstsicher. Nach der Bombardierung von Dyckerhoff und der Einstellung der Zement-Produktion hatte sie sich bei Frieda gemeldet; hatte behauptet, sie habe über drei Ecken erfahren, im *Petersburger Hof* werde ein Hausmädchen gesucht. Hier ist sie!

Die Bewerbung war natürlich ein reiner Vorwand von ihr, sich vor dem Einsatz in der Kriegsproduktion zu drücken. Doch sie, Frieda, hatte sofort akzeptiert; solche Leute braucht man immer.

Zumal die ewig mürrische Karla schwanger geworden war. Beim besten Willen konnte sie am Schluss keine Betten mehr beziehen. Und zu viel kann man Lucie, dem anderen Zimmermädchen, auch nicht zumuten. Nicht ohne Grund wird sie hinter ihrem Rücken nur *›die schiefe Lucie‹* tituliert.

Schlimm, dass man so denkt und redet, aber ihr gesamter Knochenaufbau ist tatsächlich verschoben, und insofern tut man ihr mit dieser Bezeichnung nicht Unrecht. Sie ist eine fleißige Person und macht manchen Handgriff für Frau Roos mit. Diese drückt sich, wo sie nur kann; kehrt Lucie gegenüber gern die vormalige Vorstands-Sekretärin heraus.

»Na ja, Sie wissen also Bescheid über uns«, wendet sich Frieda wieder an Herrn Scheidt. Im Moment kommt es ihr vor, als wolle der Mann sie bewusst verwirren.

Wieso dies alles ausgerechnet heute?

Frieda holt einmal tief Luft und animiert dann: »Den allerletzten Rest trinken wir darauf, dass alles ein gutes Ende findet.«

»Auf den Frieden!«, sagt Laura.

Während sie die Gläser heben, kommt die *›schiefe Lucie‹* von oben und reißt die Tür auf: »In der Saalgasse tut sich was … Die Frau Roos meint, das sind die Amerikaner.«

Frieda wendet sich zum Fenster um. Tatsächlich. In der Saalgasse bewegen sich Gestalten in fremdartigen Uniformen. Sie drücken sich an die Häuserwände, als stünden sie unter Beschuss, suchen immer wieder dort oder in Hauseingängen Schutz. Dabei sind weit und breit niemand und nichts zu sehen, was ihnen gefährlich werden könnte. An der Ecke Nerostraße hat sogar jemand ein weißes Betttuch aus dem Fenster gehängt. Das einzige Zeichen, das an Krieg und Gefahr erinnert, ist die unbesetzte Barrikade. Die Trümmer und Trümmerberge in der Saalgasse nimmt man schon längst nicht mehr wahr. Die Kochbrunnenhalle ist perdu, und auch das schöne alte Römerbad hat es hart getroffen; das Dach und die oberen Etagen sind nicht mehr. Frieda kann sich nicht an den Anblick gewöhnen. Es ist, als hätte man Bomben auf ihre Jugend geworfen; sie hat im altrenommierten *Römerbad* ihr Gewerbe erlernt und nun dieser Anblick!

»Das sind doch Amerikaner?«, fragt Lucie; will offenbar von Herrn Scheidt fachmännische Bestätigung erhalten.

»Selbstverständlich«, versichert er.

»Das haben wir gleich«, sagt Frieda, eigentlich zu sich, und eilt zur Reception in Zimmer 1 hinüber. Dort sucht sie nach ihrem Opernglas, das in Friedenszeiten immer hinten in der Schreibtischschublade lag. Da liegt es auch jetzt, unter einigen Papieren, dennoch griffbereit. Sie nimmt das Glas an sich und kehrt damit in den Zimmer 2 zurück. Als sie das Opernglas ansetzen und einstellen will, fährt Herr Scheidt sie an: »Runter! Das Glas runter!« Erschrocken setzt Frieda das Opernglas ab. Er erklärt, erkennbar um sie besorgt: »Wollen Sie sich einen Schuss zwischen die Augen einfangen, Frau Tremus?! Wenn hier etwas aufblitzt … Die halten Sie für einen Scharfschützen!«

Frieda erkennt seine Fürsorge, ist davon verblüfft und sagt: »Entschuldigung« und »Danke!«

Der Offizier nickt und wiederholt seine Erklärung: »Wenn nur ein Schuss fällt, egal, von wo, Sie können versichert sein, die Amerikaner setzen sofort ihr gesamtes Material ein; sie riskieren nicht einen Soldaten … Von jetzt ab wollen sie möglichst vollzählig nach Berlin kommen. Und für uns ist der Krieg erst beendet, wenn Ihr Haus beschlagnahmt ist und ich in einem Lager sitze«. Dann fügt er hinzu, als wolle er ein überlanges Kapitel abschließen: »Ich packe!«

Er streckt die Hand aus und bedankt sich: »Frau Tremus, ich danke Ihnen für alles!«

»Nichts zu danken. Sie waren ein angenehmer Gast, nie Extrawünsche. Die hasse ich schon in Friedenszeiten, jetzt kann ich sie beim besten Willen nicht erfüllen …« Sie hat ihre innere Balance wiedergefunden, deswegen klingen ihre nächsten Sätze ganz normal und geschäftsmäßig: »Ich würde mich freuen, wenn wir uns wiedersehen würden, gesund und munter nach Möglichkeit.«

»Ja, das hoffe ich auch. Ich wünsche Ihnen ebenfalls alles Gute. Und grüßen Sie bitte Fräulein Anna.«

»Mach' ich.«

Es liegt etwas Rührung in dem Abschied, aber nicht mehr als bei anderen geschätzten Gästen.

Frau Roos kommt dazu, wie immer ein wenig gepudert. »Was halten Sie davon, wenn wir in den Keller gehen? Ich habe gehört, die letzten fünf Minuten eines Krieges sind ebenso gefährlich wie die ersten fünf.«

Diese Bemerkung bestürzt Frieda. Sie denkt: Wenn das so ist, wenn das wahr ist, wenn das Ende eines Krieges wirklich derart tödlich ist, werden wir Willy nicht wiedersehen. Er hatte noch nie Glück im Leben; er wird auch jetzt draufzahlen.

Warum hat sie ihn nicht festgebunden?

Schlimmer noch, wie konnten sie sich heute Morgen im Streit trennen?

2.

Noch am Vormittag dieses für Frieda unvergesslichen 28. März 1945 taucht ein Ungetüm der amerikanischen Armee in der Taunusstraße auf, ein riesiger Panzer, an dessen Vorderseite eine gewaltige Schaufel nach Art eines Schneepflugs befestigt ist. Der Panzer macht kurzen Prozess mit der Barrikade. Mit einigen Vor- und Rückwärtsbewegungen schiebt er alle Metallstücke, Eisenbahnschwellen und das mühsam herangeschaffte Füllmaterial, das vor kurzem noch Betten, Schränke, Regale und sonstiges Mobiliar gewesen war, zur Seite, und dies mit einer Leichtigkeit, als handele es sich um Attrappen aus Pappmaché. Es dauert keine zehn Minuten, dann ist der Weg frei und der Geisberg der 3. US Army auf Gedeih und Verderben ausgeliefert.

Kaum ist das Hindernis zur Seite geräumt, nehmen sich GI's die Geisbergstraße vor, Haus um Haus. Schon in der ersten sechzig Minuten der neuen Epoche lernt Frieda, ein *GI‹* ist in der amerikanischen Armee ein Soldat niedrigen Ranges, so etwas wie der deutsche *Schütze Arsch*; die Bezeichnung wird laut Laura ›Dschi Ai‹ ausgesprochen oder so ähnlich. Schütze Arsch oder nicht, die Amerikaner sind wirklich wesentlich besser ernährt als die deutschen Soldaten; alle haben diese rosige, gut durchblutete Haut, von der Doris gesprochen hat. Nichts von der Erschöpfung und müden Ratlosigkeit unserer Krieger.

Bevor die Amerikaner ein Gebäude betreten, mustern sie die Fassade mit einer Gründlichkeit, als erwarteten sie hinter jedem Fenster einen *Werwolf*. Wenn man dem Tamtam der Zeitung glaubt, sind die Werwölfe die allerneueste Wunderwaffe Deutschlands, rücksichtslose, bis zum eigenen Untergang entschlossene Kämpfer. Bislang sind sie allerdings nur in der Propaganda aufgetaucht.

Bei der Einnahme des Geisberg bleibt jedenfalls alles ruhig und friedlich, extrem ruhig sogar.

Selbstverständlich wird auch der *Petersburger Hof* von den Durchsuchungen nicht ausgenommen. Gleich vier Mann stürmen ins Haus und stellen Frieda Fragen in einem Kauderwelsch, das sie nicht versteht. Gepflegtes Englisch, wie es die englischen Herrschaften früher gesprochen haben, hört sich anders an. Wegen der beiden Schwarzen, die dem Kommando angehören, vermutet Frieda, dass es sich um die Ausdrucksweise der *Vom Winde verweht*-Landstriche handelt. Im Laufe der Jahre hat sie dieses wunderbare Buch mindestens dreimal gelesen; wie viel Trost hat sie daraus gezogen. Das Leben geht immer weiter, diese Erfahrung teilt sie mit Scarlett O'Hara. Doch jetzt nutzt ihr die gründliche Lektüre des Romans nicht das Geringste, Kauderwelsch bleibt Kauderwelsch. Zum Glück versteht Laura – ausgebildete Buchhändlerin, die sie ist – die Männer recht gut. Ruhig und freundlich beantwortet sie alle Fragen.

»Sie wollen wissen, ob sich Soldaten im Haus versteckt halten«, übersetzt sie.

Frieda will sich das Heft nicht gleich in den ersten fünf Minuten des amerikanischen Zeitalters aus der Hand nehmen lassen und antwortet mit den Brocken, die sie sich im Laufe der Jahrzehnte in der Hotellerie angeeignet hat. »Yes, one man« (dabei geht der linke Daumen hoch), »Oberleutnant Scheidt in Room Number twelve! First floor! Aber er versteckt sich nicht … He is expecting you!«

»And Nazis?«

»Was wollen sie?«, wendet sich Frieda wieder hilfesuchend an Laura.

»Ob Nationalsozialisten im Haus sind … Nazis …«

»Ach, so hört sich das aus ihrem Mund an«, bemerkt Frieda und erwidert: »No, Sir, no Nazis here! Never!« Dann setzt sie hinzu: »Nur Missis Grothe …« In der Aufregung fällt ihr deren Zimmernummer nicht gleich ein; sie will auch Laura nicht danach fragen. Letztlich ist sie keine Denunziantin; die Soldaten werden das Weibsbild ohnehin gleich kennenlernen. Dennoch verlangt sie: »Laura, geh mit rauf! Nicht, dass die Idiotin Dummheiten macht und jemanden erschießt. Das fehlte uns gerade noch!«

Einer der Schwarzen, ein flotter Kerl, der Doris mit Sicherheit zusagen würde, richtet zwei schnelle Sätze an Laura. Frieda kommt es vor, als mache er sich über sie lustig. Es stellt sich aber heraus, er hat sich nur darüber amüsiert, dass man weit und breit keinen einzigen Hitler-Anhänger finden kann. Hier hängt nicht mal ein Hitler-Bild.

»Sag ihm, hier hat noch nie eins gehangen ... Niemals!«

Laura übersetzt und lächelt dabei mit einer Sanftmut, dass Frieda sie am liebsten umarmen würde.

Zwei der Männer steigen in den ersten Stock, kommen kurz darauf mit dem Kriegsgefangenen Scheidt die Treppe herunter. Einer der Soldaten spielt dabei mit der Dienstpistole des Oberleutnants und steckt sie demonstrativ ein. Herr Scheidt trägt Uniform und hat die kleine abgewetzte Ledertasche bei sich, mit der er für gewöhnlich auf Dienstreise geht. Wahrscheinlich enthält sie die üblichen Reiseutensilien; bezeichnend für ihn, dass er nicht ohne Zahnbürste in Gefangenschaft geht.

Es ist unbegreiflich, dass man sich erst heute kennengelernt hat.

Frieda erkundigt sich bei ihm: Soll man jemanden über seine Gefangennahme informieren?

Nein, danke, nicht nötig ...

Na, dann bis zum hoffentlich glücklichen Wiedersehen! Und hoffentlich bald!

Der Oberleutnant hat noch einen Wunsch: Wenn sich Frau Tremus um seine Sachen kümmern könnte ...

Ist doch selbstverständlich! Darüber brauchen wir nicht zu reden!

»Hurry up!« befiehlt der Mensch, der sich die Waffe von Herrn Scheidt angeeignet hat, und ab geht's.

Der Offizier wird zu einem großen Lastwagen geführt, der auf der gegenüberliegenden Straßenseite wartet. Scheidt muss zu den anderen Männern auf die Ladefläche klettern, seine Tasche wird ihm nachgeworfen.

Die Durchsuchung dauert und dauert. Endlich verliert Frieda die Geduld und geht hinauf. Schon im ersten Stock hört sie, dass im Stockwerk darüber Unruhe ist. Sie hört Laura rufen: »Frau Grothe, machen Sie bitte auf! Es nutzt doch nichts!«

Frieda hetzt nun die nächste Treppe hinauf und kommt genau dazu, als einer der Männer zweimal kräftig gegen die Tür von Zimmer 18 tritt.

Die Tür schwingt nach innen und Frau Grothe steht da hochaufgerichtet, ganz Erda, die Erdgöttin. Sie hat alle ihre Naziorden und Abzeichen angesteckt und wirkt dadurch wie ein General vor der Siegesparade. Die Soldaten betrachten sie ebenso verblüfft wie Laura und Frieda. Keiner spricht etwas, tut etwas, alle warten darauf, dass der jeweils Andere etwas unternimmt.

Endlich geht einer der Soldaten auf sie zu, sagt: »You're under arrest!«, Sie sind verhaftet!

Frau Grothe geht darauf unbewegt einen, dann noch einen weiteren Schritt rückwärts und lässt sich, ohne einen einzigen Laut von sich zu geben, rückwärts aus dem weit offen stehenden Fenster fallen. Das Ganze läuft so ruhig, so selbstverständlich ab, als säße man im Kino und verfolge eine gut einstudierte Szene.

Einer der Soldaten will sie im letzten Moment aufhalten, greift aber ins Leere. Er beugt sich dann aus dem Fenster, betrachtet kurz, was er sieht, und winkt ab.

»Ist sie tot?«

»Sie rührt sich jedenfalls nicht«, vermutet Laura.

Frieda will nach unten, auf die Straße, aber der zweite Soldat hält sie auf und sagt etwas zu ihr. Laura übersetzt: »Sie brauchen Angaben zu ihrer Person; wann und wo geboren und so weiter!«

»Da muss ich im Fremdenbuch nachsehen... So was weiß ich ja nicht auswendig... Wo und wann geboren! Was hatte ich mit dieser Frau zu schaffen? ... Aber trotzdem, das muss erst mal warten. Die kann doch nicht einfach auf der Straße liegen bleiben!«

Frieda zerrt ein Betttuch vom Bett der Frau Grothe, eilt hinunter. Laura will ihr folgen, da bemerkt sie, wie der kleinere der beiden Soldaten einen prüfenden Blick auf die wenigen Bücher wirft, die Frau Grothe als ihren Schatz hütete. Die Bücher stehen auf einem Brett über ihrem Bett, säuberlich aufgereiht, gestützt von zwei aus Elfenbein geschnitzten Elefanten. Wie ein gewitzter Kunde beim Antiquar greift der Soldat zum Bücherbord, zieht eins der Bücher mit einem Hakenkreuz auf dem Buchrücken heraus und blättert darin. Er sieht, dass das Buch ein Foto des jungen Adolf Hitler enthält und auf der Titelseite eine Widmung und will von Laura wissen: »Is this the signatur of Adolf Hitler?«

Laura vermutet es, ist sich dessen aber nicht ganz sicher. Sie liest aufmerksam die Widmung und versichert dem Soldaten endlich: »Ja, das ist Hitlers Unterschrift« Die Widmung lautet: ›Meiner tapferen Kameradin

Eva-Maria Grothe zugeeignet, 10. Oktober 1926‹. Auch dies übersetzt Laura, und ganz Buchhändlerin, die sie ist, setzt sie hinzu: »Das ist eins der ersten Exemplare von ›Mein Kampf‹; so was wird unter Bibliophilen sehr geschätzt.«

Der Soldat nickt, steckt das Buch mit einem Grinsen in eine der vielen Taschen seines Blousons und gibt Laura einen freundlichen Klaps auf den Unterarm, als wollte er sagen: Mit Dir kann man Geschäfte machen, Mädchen!

Frau Grothe liegt friedlich auf dem Straßenpflaster, der Hinterkopf in einer Blutlache. Ein Soldat steht bei ihr; die Waffe schussbereit als müsse er die Tote gegen irgendwen verteidigen. Wie verrückt, denkt Frieda, ausgerechnet ein Sieger als ihre Totenwache. Der Soldat bückt sich, nestelt an ihrem Kleid herum und müht sich, eins ihrer Abzeichen abzumachen. Endlich gelingt es ihm und er steckt das Abzeichen ein wie ein Souvenir.

»Sollen wir sie nicht 'reinbringen?«, fragt Frieda den Soldaten und macht mit Gesten klar, was sie will. Der Mann schüttelt den Kopf. Entweder hat er nicht verstanden, was sie will, oder es ist gegen seine Vorschriften.

Frieda blickt noch mal auf die Frau und legt dann das Betttuch über sie.

Mein Gott, wie jung sie noch ist, denkt sie dabei.

Laura kommt zu ihr: »Frieda, die wollen Angaben zu ihrer Person …«

»Ja, ich komme ja. Die sollen sich nicht so anstellen. Sie läuft ja nicht mehr weg … Soll sie wirklich hier so liegen bleiben?«

»Frau Grothe wird abgeholt … Die haben schon über Funk ein Fahrzeug angefordert.«

Frieda sieht kurz den Wachposten an; der Mann nickt und steckt sich eine Zigarette an, bietet sogar Frieda eine an. Sie ist einen Moment unschlüssig; ab und zu raucht sie und dies wäre ein Anlass dafür. Sie bedankt sich jedoch und geht mit Laura ins Haus.

In Zimmer 1 muss Frieda eine Weile im Fremdenbuch blättern, bis sie die Eintragung der Frau Grothe findet. Sie muss vor anderthalb Jahren gekommen sein. Aus dem Kopf kann sie nur angeben, die Frau war seit 1926 Parteigenossin und seit 1932 *Frauenschaftsführerin*; das hat sie mehr als einmal erzählt. Endlich findet Frieda die Eintragung; es ist, wie sie dachte, die Frau ist im Oktober 1943 gekommen … Also, wann und wo geboren … Laut liest sie vor: »Eva-Maria Grothe, geboren 6. Juni 1900 in *Elbing*, Provinz Ostpreußen, verwitwet.«

Sie kontrolliert noch einmal die Eintragung. Ist ihr beim Vorlesen ein Fehler unterlaufen? Nein, 6. Juni 1900; Eva-Maria Grothe ist mithin knapp fünfundvierzig Jahre geworden.

Eine passende Handschrift, denkt sie dann, klar und herrisch.

Die Amerikaner schreiben die Angaben in eine Liste und gleichzeitig weisen sie Frieda an, den Namen der Toten – Vor- und Zuname – in Druckbuchstaben auf ein reißfestes Band zu schreiben. Frieda macht, was man von ihr verlangt, danach verlassen die Männer das Haus. Frieda geht mit ihnen. Sie will mit eigenen Augen sehen, wie sich das weiterentwickelt. Draußen binden die Soldaten Frau Grothe das Band zur Erkennung ans linke Bein und geben Frieda das Betttuch zurück.

Kurz darauf kommt ein sehr großer Militärlastwagen den Geisberg herauf, stoppt an der Einbiegung in die Kapellenstraße. Die hintere Klappe der Ladefläche wird heruntergelassen, zwei Hünen packen Frau Grothe an Beinen und Armen, gehen die wenigen Schritte zum Lkw und werfen sie auf die Ladefläche, zu anderen Toten, schließen die Klappe wieder und damit ist für Frieda das Kapitel Grothe abgeschlossen.

Sie spürt nicht das geringste Mitleid mit der Frau. Ein vergeudetes Leben!

Während sie in die Wäschekammer geht und das blutige Betttuch in einen Korb wirft, denkt Frieda: Hoffentlich geht es mit ihrem Führer ebenso zu Ende. In welch geradezu lüsterner Weise hat das Weib immer von Adolf Hitler geredet! Sogar noch nach dem großen Bombenangriff Ende Februar, der die Stadt ruiniert hat, hat sie immer wieder den Endsieg beschworen. Sie vertraue zu tausend Prozent auf das Wort des Führers, hatte sie am Morgen nach dem Angriff verkündet. Da rauchten die Trümmer noch. Dann kippte ihre Stimme und sie hatte wieder einmal zu geifern begonnen. Damit sich der Endsieg einstellen könne, müssten endlich alle Defätisten, Volksverräter und sonstiges Ungeziefer auf der Stelle ausgemerzt werden. »Kopfschuss! Kopfschuss!, wie die Bolschewisten es exekutieren!«, hatte sie voller Hass gewütet und sich dabei an Willy gewandt. Man wusste in dem Moment nicht, wollte sie, dass Willy diese Exekutionen durchführe oder dass er im Gegenteil Opfer der Säuberung werde. Im Fall des Falles, hatte sie schon früher mehr als einmal gepredigt, müsse sich das deutsche Volk, Soldaten wie Zivilisten, in die Heimaterde festkrallen, wie es uns die Muschiks in den napoleonischen Kriegen vorgemacht hätten. Dem russischen Untermenschen und den Truppen des Judentums sei bis zum letzten Atemzug erbittertster Widerstand zu leisten. Mehr als einmal hatte sie raunend angedroht, der Führer werde die Ausrottung des deutschen Menschen mit allen Mitteln verhindern, seien sie nun human oder inhuman.

Jeder Satz, der aus dem Mund dieser Frau kam, war widerwärtig. Am meisten hatte es Frieda aufgebracht, wenn sich Frau Grothe über Russen geäußert hatte; abstoßend, einfach abstoßend. Wenn's um Russen ging, verlor die Frau vollkommen den Verstand. Angeblich vergewaltigten sie jede deutsche Frau, die ihnen in die Finger fiel; ob alt oder jung, gesund oder gebrechlich, alles egal. Für die Bolschewiken zähle nur, eine weitere deutsche Frau schänden zu können

So was musste man sich im eigenen Haus anhören und dabei noch so tun, als sei man gleicher Ansicht!

Offenbar war es der schönen Eva-Maria nie in den Sinn gekommen, sich einmal zu fragen, warum das Haus, in dem sie ihr Haupt bettete, ausgerechnet ›*Petersburger Hof*‹ heißt!

Frieda geht in die Küche und findet da Frau Roos vor, die wissen will, was mit den Sachen der Toten wird.

»Können Sie davon was gebrauchen?«, fragt Frieda, die ahnt, worauf die Frage zielt.

»Na ja, es sind schöne Kleider«, gibt Frau Roos zu.

»Nehmen Sie sich, was Ihnen gefällt und was Ihnen passt«, erlaubt Frieda. »Sie können Lucie ja auch mal fragen.«

»Und Sie? Ich meine …«

»Ich weiß schon, was Sie meinen … Nein, von der will ich nichts haben … Was habe ich mich über diese Frau geärgert … Wissen Sie, was ich dachte, als sie sich aus dem Fenster stürzte? Alle Achtung, wenigstens ein anständiges Ende! Ich dachte, die würde sich mit Händen und Füßen wehren und kreischend in Gefangenschaft gehen, und in vier Wochen würde sie wieder auftauchen und uns weiter drangsalieren!«

»Was mich mal interessiert hätte, Frau Tremus, mindestens einmal pro Tag hat sie mit ihren Verbindungen zu Parteigrößen geprahlt, und eins war klar, ihr Fanatismus war nicht gespielt, der saß sehr tief.«

»Ja, und?«

»Warum hat sie sich ausgerechnet in Ihrem Haus einquartiert? Wieso saß sie nicht in einer Villa in München oder Berlin und dirigierte die örtliche Frauenschaften? Wenn sie schon eine Duzfreundin von Gertrud Scholtz-Klink und Heinrich Himmler war, wie sie jedem unter die Nase gerieben hat, warum versteckte sie sich dann ausgerechnet bei Ihnen?«

»›Versteckt‹ wird das richtige Wort sein, Frau Roos … Es wird irgendwas schief gelaufen sein mit ihrer Frauenschaftsführerei … Oder bei ihrem Mann. Wer weiß, was sie uns erzählt hat. Womöglich hat er was abgezweigt … vorgesorgt fürs Kriegsende. Wenn Sie schon mal *Wehrwirtschaftsführer* sind, stehen Ihnen bestimmt Möglichkeiten zur Verfügung … Mehr kann ich Ihnen dazu nicht sagen. Selbst unser schlauer Willy hat nichts rausgekriegt.»

Für Frau Roos ist Friedas Antwort nicht ausreichend. Sie bohrt nach: »Trotzdem! Sie hatte hier keine Verwandten und keine Bekannten … Die waren entweder im Osten oder gefallen … Und dennoch …«

»Vielleicht genau deswegen – hier brauchte sie keiner Verwandtschaft ins Auge blicken … Tut mir leid, Frau Roos, warum Frau Grothe ausgerechnet uns beglückt hat, werden wir nicht mehr herauskriegen. Dieses Rätsel hat sie mit ins Grab genommen.«

»Meinen Sie, die kriegt ein *Grab*?«

»Sie werden sie nicht mitnehmen nach Amerika …«

»Das sicher nicht. Ich nehme an, sie wird verbrannt.«

»Soll mir auch recht sein.«

Frieda erledigt die Post, die selbst an einem Tag wie diesem pünktlich kommt, und dann fällt ihr ein, dass sie Herrn Scheidt versprochen hat, seine Sachen in Verwahrung zu nehmen. Sie nimmt den Schlüssel vom Brett und geht in sein Zimmer im Ersten Stock. Auf dem hohen Nachttisch neben dem Bett steht noch das Bild seiner Frau, so als werde er nachher zurückkehren. Frieda nimmt es auf. Das Foto steckt in einem breiten Silberrahmen und zeigt eine freundliche junge Frau mit Seitenscheitel und auffallend langen Wimpern in einem Sommerkleid. Anscheinend war sie wesentlich jünger als er. Schier unglaublich das alles. Er war vom ersten Kriegstag an Soldat und hat keinen Kratzer abbekommen und sie wurde in schrecklichster Weise Opfer des allgemeinen Wütens und Mordens. Sie ertrank in ihrer Wohnung, als der Damm der Möhnetalsperre brach und die Sintflut über die Bewohner der dortigen Gegend hereinbrach.

Er hatte einmal davon gesprochen, danach nie wieder.

Vielleicht ist das der Grund, dass sie ihn erst heute wahrgenommen hat.

Im Allgemeinen erzählen die Gäste eher zu viel von sich als zu wenig; speziell Dauergäste. Frieda hasst Dauergäste; sie sind schlimmer als Ungeziefer. Herr Scheidt war die ganz große Ausnahme, das hat sie ihm ja glücklicherweise gesagt.

Frieda blickt noch mal auf die Fotografie in ihrer Hand. Wie lange waren die Beiden wohl verheiratet? Oder hat es sich am Ende auch nur um eine blasse Verbindung gehandelt wie die zwischen Laura und Heini, vom Krieg gestiftet und vom Krieg beendet?

Was hat sich Heini nur dabei gedacht, sich Hals über Kopf an Laura zu binden? Kommt auf Urlaub, lernt sie kennen und heiratet sie. Was hat er sich dabei gedacht *zu heiraten*? In dieser Hinsicht kann er niemanden täuschen, er hat andere Neigungen. Er hat sich diese spezielle Neigung nicht ausgesucht, die Natur hat ihn dazu bestimmt. Aber dann heiraten?

Anna hat sie darauf gebracht, dass Heini ihr, Laura, mit der Heirat womöglich nur einen Gefallen tun wollte. Vielleicht war sie bereits schwanger, als sie sich begegneten, und dieses Kind ist nicht von Heini. Das kleine Mädchen sieht weder Heini noch seiner Mutter ähnlich, doch das muss in diesem Alter noch gar nichts besagen; das ist klar.

Wenn man nur was von Heini hörte! Ein winziges Lebenszeichen! Das Letzte war die Mitteilung seines Kommandeurs, er sei im Mittelabschnitt in russische Gefangenschaft geraten und aus der Zeitung ging hervor, dass in der fraglichen Zeit im Raum Bobruisk schwere Kämpfe stattfanden. Die Mitteilung seines Kommandeurs kann natürlich alles und nichts bedeuten; immerhin muss es ernst sein, wenn ein Kommandeur zur Feder greift. Vorher hatte er ihr jedenfalls nicht geschrieben. Als sie sich um weitere Auskunft bemühte, hieß es, der bewusste Kommandeur sei mittlerweile gefallen.

Frieda drückt auf den Klingelknopf neben dem Türrahmen. Darauf ist wie am ersten Tag ein wieselnder Kellner abgebildet; die ganze Klingelanlage funktioniert noch wie sie damals eingebaut wurde. Im Zimmer klingelt man, im Erdgeschoss leuchtet eine Anzeige auf. Kurz nach dem Klingeln erscheint Lucie. Frieda trägt ihr auf, die Sachen des Oberleutnants Scheidt sorgfältig einzupacken und auf den Speicher zu bringen; um das Bild und den Bilderrahmen kümmert sie sich selbst.

3.

Die Haustür geht auf, Anna kommt schwitzend und abgehetzt herein. Aber wann ist Anna nicht abgehetzt? Das ist ihre Natur.

Das Erste, was sie mit leichtem Vorwurf in der Stimme sagt, ist: »Die Barrikade ist ja abgeräumt …?«

»Hast du was dagegen?«

»Ich wusste es nicht … Ich bin oben 'rum gelaufen, über den *Leberberg* und die *Schöne Aussicht*. Ich dachte, es wäre noch alles abgesperrt. Und? Hat Willy gekämpft?«

»Hier jedenfalls nicht … Ich habe mir mehr Sorgen um *dich* gemacht. Wo warst du denn den ganzen Vormittag? Haben sie dich bei der Polizei festgehalten oder was?

»Nein, das ging heute ruck-zuck, den Schein vorgelegt, abgestempelt, fertig. So freundlich sind die noch nie mit mir umgesprungen. Die wissen, bald geht's anders rum, bald kommt's auf meine Fürsprache an … Frieda, wir sind wieder freie Menschen! Ist dir das bewusst?«

Die Freundinnen umarmen sich, halten einander wie Schiffbrüchige, die aus Seenot gerettet wurden, und beide weinen. Als sie voneinander lassen, sagt Frieda: »Was habe ich dir versprochen, Anna? Wir stehen das durch und wir haben es durchgestanden.«

»Ja, Gott ist gut«, sagt Anna daraufhin spöttelnd und: »Ich hab's eilig. Ich muss um eins in der Mauergasse sein … Ich zieh nur was anderes an, ich bin ja vollkommen durchgeschwitzt … Du glaubst gar nicht, wie warm es draußen ist!«

Anna geht in Richtung Zimmer 5, dem Schlafzimmer, das sich Frieda und Anna seit so vielen Jahren teilen – wie ein altes Ehepaar, Anna immer nahe am Fenster schlafend, Frieda entsprechend nahe der Tür. Schon im Gehen zieht Anna die ersten Kleidungsstücke aus, im Zimmer zerrt sie dann ihr Wollkleid über den Kopf, wischt sich mit einem Waschlappen die Achseln trocken, holt einen leichten Rock und eine geblümte Bluse aus dem Schrank und zieht die Sachen eilig an.

Frieda berichtet: »Weißt du es schon? Frau Grothe hat sich aus dem Fenster gestürzt …«

Es dauert einen Moment, bis Anna den Sinn des Gesagten begreift: »Wie? Aus dem Fenster gestürzt …?«

»… war auf der Stelle tot!«

»Das nenne ich konsequent«, befindet Anna. »Frieda, du musst mir nachher alles erzählen, haarklein, in allen Einzelheiten! Aber jetzt muss ich weg!«

»Hast du ein Rendezvous oder was?«

»Ein Treffen …«

Das Wort *Treffen* hat in Friedas Ohren einen besonderen Klang; ihr guter Georg musste immer zu ›Treffen‹ und ›Zusammenkünften‹. Frieda blickt Anna einen Moment lang ungläubig an: »Wie? Das ist keine Privatsache? Geht das etwa wieder los mit Politik? Bist du immer noch nicht geheilt?«

»Ich verspreche dir, ich erzähle dir alles – jeden Satz … Ich wollte dir nur Bescheid geben und was anderes anziehen. Jetzt muss ich weg.«

»Es ist Ausgangssperre! Hast du das mitgekriegt?«

»Darauf kann ich keine Rücksicht nehmen. Es ist wie immer: Wer zuerst kommt, mahlt zuerst!«

»Hast du wenigstens was gegessen?«

»Noch nicht … Alles nachher … Das mit Frau Grothe imponiert mir; wirklich. Geht Hand in Hand mit ihrem Führer in den Untergang.«

»Lenk doch nicht ab. Du musst was essen. Du fällst mir ja um. Du bist sowieso nur noch Haut und Knochen.«

»Ach was, Frieda, was du siehst, ist Eleganz und vornehme Blässe … Das hast du an deinen Damen doch immer so geschätzt … Bis nachher.«

»Und wann dürfen wir wieder mit dir rechnen?«

»Na, ich denke, zwei, drei Stunden wird's schon dauern.«

»Oder auch vier! Ich hab' dich richtig verstanden? Es geht um Politik?«

»Wir müssen erst mal sehen, wer übrig geblieben ist … Wer noch krabbeln kann und wem sie das Rückgrat gebrochen haben.«

»Ach, Anna«, sagt Frieda darauf wie eine Mutter, wenn sich ihre Tochter wieder mal in den falschen Mann verliebt.

Anna hastet zur Haustür, dabei rennt sie fast Frau Roos um und ist verschwunden.

»Wo will sie hin?«, erkundigt sich Frau Roos.

»In ihr Unglück …«, erwidert Frieda seufzend. »Da rennt sie ja immer hin.«

Seit ihrer Freilassung aus der Haft im Saarbrücker Schloss und ihrer Rückkehr nach Wiesbaden musste sich Anna einmal in der Woche bei der Polizei melden.

Damit ist Gott sei Dank Schluss! Anna ist wieder ein freier Mensch.

Aber dass sie sich fünf Minuten nach Ende der Hitler-Zeit schon wieder in die Politik stürzt, kann nur ein Süchtiger verstehen … Wenn Frieda in ihrem Leben eins gelernt hat, dann das: Politik ist eine Sucht und nichts sonst. Die Einen saufen, die Anderen laufen jedem Rock hinterher.

Und dann gibt's noch die Politik. Georg hatte alle guten Eigenschaften, die ein Mann nur haben kann, war treu und zuverlässig und alles, seine einzige Schwäche war die Politik. Er gierte nach Politik, und Anna offenbar auch. Die Beiden hätten sich zusammentun sollen, denkt sie, wie sie das schon mehr als einmal gedacht hat.

Frieda steigt in den vierten Stock hinauf und während sie die steile Treppe hochsteigt, beschließt sie, bei erstbester Gelegenheit wird ein Fahrstuhl eingebaut, koste es, was es wolle. Diesmal wird Wort gehalten. Schon Georg hatte sich einen Fahrstuhl gewünscht. Es existierten ausführliche Kostenvoranschläge und selbst das Geld war manchmal da. Und was ist? Jetzt liegt ein weiterer Weltkrieg hinter ihr und immer noch kein Aufzug! Billionen sind verpulvert worden wie im Feuerwerk, doch die Gäste des *Petersburger Hof* sind immer noch zu Fuß unterwegs.

Vernunft ist etwas anderes.

Bevor Frieda an Zimmer 42 klopft, holt sie tief Luft und richtet ihre Haare. Die Kammer, die sie Laura und ihrem Kindchen überlassen hat, ist im Grunde nur eine Ecke neben dem Badezimmer des vierten Stocks, eine bessere Besenkammer. Der Raum ist bei der Aufstockung Mitte der dreißiger Jahre entstanden, als ein neues Dach fällig wurde und Frieda die Gelegenheit nutzte, dem Haus einen vierten Stock zu verpassen. Das Zimmer ist in normalen Zeiten schwer zu vermieten; eigentlich gar nicht. Für Licht und Luft gibt es nur eine Dachluke, und deren Klappe ist derartig eingerostet, dass man es im ganzen Haus hört, wenn Laura sie aufstemmt. Wie beengt die Verhältnisse in Nummer 42 auch immer sind, Frieda war froh, dass sie Laura wenigstens diesen kleinen Raum lassen konnte, als sie nach der Bombardierung schutzsuchend ankam. Die vom Wohnungsamt hatten bereits die Hand auf die Kammer gelegt, wollten Bombengeschädigte reinsetzen. Doch mehr ausgebombt als Laura es ist, kann man kaum sein! Daraufhin hatte sie Anna zu den Ämtern gehetzt und die hatte so lange mit Engelszungen auf die Beamten eingeredet, bis *Eigenbedarf* an der Kammer anerkannt wurde.

Reden kann Anna; man weiß nicht, wie ihr das zugeflogen ist. Als Kind und noch als junges Mädchen hat sie bei Fremden die Zähne nicht auseinander bekommen, hat sich am liebsten in ihrer Bügelkammer bei der Familie Maison versteckt, und nun kann sie sich, wenn's darauf ankommt, ausdrücken wie ein Rechtsanwalt.

Als Frieda eintritt, ist Laura dabei, ihr Baby zu stillen; Frieda betrachtet das Idyll mit gemischten Gefühlen. Es ist ihr längst aufgegangen, dass sie bei Laura mehr mütterliches Empfinden spürt, als sie es für ihre eigenen Kinder je aufbringen konnte. Sie fühlte sich von der Mutterschaft stets nur behelligt. Georg hatte ihr einmal dazu gesagt: »Das hat einen ganz einfachen Grund, hochverehrte Frieda! Die Kinder stehlen dir die Zeit, die du dringend für deine Gäste und das Haus brauchst ... Etwas Anderes brauchst du nicht! Mich leider auch nicht!«

Sie hatte damals mit Georg gezankt und alles abgestritten, aber die Tatsache, dass sich seine Worte eingebrannt haben, sagt wohl alles.

Frieda zieht einen Stuhl heran, streichelt das Baby ein wenig (wie aufmerksam die Kleine sie anblickt!), und sagt beiläufig: »Laura, habe ich was verpasst?«

»In welcher Hinsicht?«

»Hast du gewusst, dass sich Anna für die Politik gerüstet hat?«

»Was soll ich wissen?«

»Komm, halte mich nicht zum Narren. Sie ist eben zu einer Sitzung gegangen – wie ich das Wort *Sitzung* hasse. Georg, mein guter Mann ...« Sie unterbricht sich und fährt nach einigen Sekunden des Nachdenkens fort: »Ich habe ausgerechnet, wie viele Jahre er schon tot ist; er ist schon eine Ewigkeit unter der Erde ... Na, viel Schönes hat er nicht verpasst. Jedenfalls, mein Mann ist von einer Sitzung zur nächsten gerannt; entweder musste er ins Rathaus oder ins Parteihaus oder er ist zu einem SPD-Kongress gefahren ... Ich habe dir das Kondolenz-Telegramm von Friedrich Ebert gezeigt: ›Ein allzeit heißes Herz für den Sozialismus hat aufgehört zu schlagen‹ ... Ich will nur sagen, ich weiß, wie sich das anhört und was gemeint ist, wenn jemand das Wort *Sitzung* in den Mund nimmt oder *Treffen*; das Schlimmste von allen Ankündigungen ist der Satz: *Es steht eine Wahl an!* Wenn eine Wahl ansteht, ist Mobilisierung und Ausnahmezustand gleichzeitig! … Ich kenne alle Nuancen von Besprechungen, Sitzungen, Terminen, Zusammenkünften, ich weiß, dass da zu viel geraucht und zu viel versprochen wird. Aber jetzt erkläre mir, wieso fängt Anna eine Stunde nach Kriegsende wieder mit Politik an?«

»Der Krieg ist noch nicht zu Ende, Mutter; für uns hier vielleicht. Aber die Entscheidungsschlacht steht noch aus. So lange Adolf Hitler noch lebt … Wer weiß, vielleicht hat er die *Wunderwaffe* doch unter dem Bett und …«

»Das ist leider wahr«, unterbricht Frieda ihre Schwiegertochter. »Du hast Recht. Die Verbrecher haben ja laut genug angekündigt, dass sie hinter der Front Standgerichte installieren wollen und jeden umbringen, der sich gegen sie wendet! Das war ja die große Genugtuung der Frau Grothe. Ich habe noch im Ohr, wie sie geifert: ›*Die alten Kräfte sollten es nicht wagen, wieder die Köpfe rauszustrecken! Die werden als Erste abgeschlagen*‹. Dabei habe ich aber doch nicht an Anna gedacht! Wie hätte ich ahnen können, dass das Anna betreffen könnte … Dass sie zu den alten Kräften zählt.«

»Frau Tremus …« Laura wird knallrot, als ihr bewusst wird, dass sie ihre Schwiegermutter in dieser distanzierenden Weise angesprochen hat. Frieda nimmt es ihr nicht übel; es beweist nur, was sie sowieso spürt: Dass sich Laura hier noch nicht wirklich zu Hause fühlt.

»Entschuldige Mutter, es ist mir rausgerutscht …«

»War doch nur ein Versprecher, ist doch nicht der Rede wert. Reden wir von dem, was du mir nicht erzählen willst. Was weißt du von Anna, das ich nicht mitgekriegt habe? Diese Zusammenkunft fällt doch nicht vom Himmel. So was muss doch verabredet sein … Was weißt du?«

»Anna hat im Grunde nie aufgehört mit Politik … Mir gegenüber hat sie dazu nur einen Satz fallen lassen, und der lautete genau so, wie ich ihn eben wiederholt habe: ›Ich habe nie aufgehört mit Politik‹. Sie hat geheimen Kreisen angehört …«

»Anna? Welchen geheimen Kreisen?«

»Ich nehme an, Widerstandskreisen.«

»Anna war im Widerstand, meinst du?« fragt Frieda beinahe fassungslos.

»Ja, ich vermute«, gibt Laura preis.

Frieda empfindet dies, als sei sie geohrfeigt worden.

»Wieso weiß ich nichts davon?«, fragt sie nach einer Pause und spürt dabei Herzschmerzen. Hat je ein Mensch sie derart infam betrogen?

Laura versichert ihr: »Ich habe gefragt, ob du eingeweiht bist, sie sagte nur: *›Ich wollte Frieda damit nicht belasten‹*.«

»Mich nicht belasten?«

»Es war zum Schutz und Selbstschutz gedacht ... Für den Fall, dass sie von der Gestapo verhaftet worden wäre, solltest du selbst unter der Folter nichts verraten können.«

»Anna hat ja ein schönes Vertrauen zu mir«, erwidert Frieda gekränkt und enttäuscht. Wie konnte Anna vor ihr Theater spielen, doch Laura reinen Wein einschenken? Anna ist für sie Fleisch von ihrem Fleisch, Geist von ihrem Geist und nun erfährt sie, das Entscheidende hat Anna vor ihr verborgen?

Frieda ist halb entschlossen zu gehen und Anna später zur Rede zu stellen. Warum soll sie ihrer Schwiegertochter offenbaren, dass sie sich betrogen fühlt? Andererseits sagt ihr der Instinkt, mit Laura lässt sich womöglich klarer und offener sprechen. Bei einem Streit mit Anna werden nur vergiftete Sätze hin- und herfliegen, Sätze wie Pfeile, und Tränen werden vergossen. Deswegen bleibt sie und verlangt: »Jetzt will ich alles wissen, Laura! Schone mich nicht! Ich erfahre es sowieso!«

»Ich kann nicht mehr erzählen ... Wie gesagt, Anna machte nur Andeutungen ...«

»Gut, dann will ich die hören!«

»Es hat sich durch einen reinen Zufall ergeben. Vor knapp zwei Wochen ... ja, das sind jetzt knapp zwei Wochen her, wollte ich ein Fläschchen für Eva warm machen, und dabei habe ich Anna mitten in der Nacht in der Küche überrascht. Sie hatte vergessen, die Tür zu verriegeln, saß am Küchentisch und war dabei, im Schein einer Kerze Papiere zu bearbeiten ... Mir war mit einem Blick klar: Hier soll etwas geheim gehalten werden. Hier hast du unabsichtlich ein Geheimnis aufgedeckt. Ich hätte mich auf der Stelle zurückgezogen und dies so leise wie möglich, aber sie hatte mich bereits bemerkt. Als erstes musste ich versprechen, mit niemanden darüber zu reden, am wenigsten mit dir!«

»Welche Papiere hat sie bearbeitet? Von welchen Papieren redest du?«

»Im Detail weiß ich das selbstverständlich nicht. Aber so viel hat sie mir anvertraut: Es ging um den Wiederaufbau der Gewerkschaft nach Kriegsende. Sie war dabei, Vorstellungen, die in London von Emigranten ausgearbeitet waren, auf hiesige Verhältnisse umzuarbeiten ... Wenn du sagst, sie ist jetzt zu einer Zusammenkunft gegangen, dann vermute ich, wird es sich um eine Zusammenkunft von ehemaligen Gewerkschaftern handeln.«

»Wollen die etwa da weitermachen, wo sie ’33 aufgehört haben?«, bemerkt Frieda kopfschüttelnd: »Das kann alles nicht wahr sein. Wie kommt Anna an Papiere aus England? Wie geht denn so was?«

»Ich kann nur mutmaßen, wie so etwas zustande kommt. Offensichtlich funktioniert es so, wie es in der Literatur beschrieben wird – die Papiere werden heimlich weitergereicht, von einer vertrauenswürdigen Person zur nächsten; ich stelle es mir wenigstens so vor. Man sah auf den ersten Blick, dass es sich um Schriften aus dem Ausland handelte – völlig fremdes Papier, ganz andere Schrifttypen, ganz andere Typographie …«

Während Frieda damit beschäftigt ist, Annas Affront zu verdauen und sich überlegt, wie sie darauf reagieren wird, verbreitet sich Laura über die Art und Weise, wie die Papiere aus England zu ihr gelangt sein können. Frieda hört erst wieder zu, als sie ausführt: »Man muss nur Joseph Roth lesen. Wie genial hat er die Welt der Schmuggler beschrieben! Wenn du liest, was er in *Hiob* über seinen Herrn Kapturak sagt, diesen König der Sümpfe und der Schmuggler …«

Frieda unterbricht sie knapp: »Laura, ich stelle mir vor, was passiert wäre, wenn Frau Grothe mitten in der Nacht Anwandlungen bekommen hätte und statt deiner in die Küche gegangen wäre … Dann hätten *wir* uns aus dem Fenster stürzen können … Anna sitzt also da und bearbeitet irgendwelche Dokumente aus England … Wie hat sie das denn erklärt?«

»Du musst verstehen, ich war dermaßen verblüfft; habe bestimmt nicht die richtigen Fragen gestellt und mit Sicherheit nicht alle Zwischentöne erfasst. Theoretisch ist mir klar, dass es stets Menschen gibt, die über den Tellerrand hinaus denken und Vorsorge treffen für irgendeinen Tag X und die Tage danach. Wer 1933 Kommunist war, wird immer noch Kommunist sein und fiebert dem Tag entgegen, an dem er die rote Fahne wieder ausrollen kann. Aber wie sollte ich ahnen, dass sich Anna aktiv gegen die Nazis stellt? Ich wusste nur von ihrer Flucht nach Frankreich und ihrer Haftzeit in Saarbrücken … Ich dachte, man hätte ihr da das Rückgrat gebrochen – bildlich gesprochen … Von ihr kam dazu kein Wort und daraus hatte ich geschlossen …«

»Sie war nie in Frankreich; sie war im Saarland, solange es noch französisch dominiert war. Nach der *›Heim ins Reich‹-Wahl* wurde sie verhaftet und eingesperrt … Aber du hast ganz recht, das sind die ganz alten Geschichten. Ist ja schon mehr als zehn Jahre her … Sie muss doch irgendwas gesagt haben! Wenn sie Papiere überarbeitet, muss es doch Leute geben, die ihr Aufträge erteilen; die ihr die entsprechenden

Unterlagen verschaffen ... Mit denen muss sie sich doch absprechen. Und das alles bei tausend Spitzeln der Gestapo und regelmäßiger Polizeiüberwachung und Kontrolle ... Nun kommt's mir ja vor, als hätte uns die Gestapo die Frau Grothe in Haus gesetzt; sollte die mal gucken, was bei uns los ist ... Es ist nicht zu fassen – Anna war heute Morgen zum letzten Mal auf dem Präsidium und hat sich bestätigen lassen, dass sie kuscht und in Wirklichkeit ... Was sollen das denn für geheime Kreise sein, denen sie angehört?«

»Ich kann dir deine Fragen nicht beantworten, Mutter. Die Unterhaltung hat nur halb so lange gedauert wie unser Gespräch jetzt, wenn überhaupt.«

»Ich kann es einfach nicht fassen! So viel Unvernunft! Wie oft war die Gestapo hier und hat sich nach ihr erkundigt, ihrem Umgang und so weiter ... Einmal haben sie sogar eine Hausdurchsuchung gemacht; ich habe mich so geschämt vor den Gästen ... Die haben den Braten wohl eher gerochen als ich!«

»Anna ist offenbar sehr vorsichtig ...«

»Ich habe keine Bewunderung dafür! Ein falsches Wort, irgendein dummer Zufall ... Hatte sie auch was mit dem 20. Juli zu tun?«

»Das musst du alles Anna selbst fragen. Ich gestehe, ich konnte das, was ich hörte und sah, überhaupt nicht mit ihrer Person zusammenbringen. Zu meiner Entschuldigung kann ich nur vorbringen, ich kannte Anna bis dahin wirklich nur schemenhaft. Wusste nur das Wenige, das Heini mir von ihr erzählt hatte oder du; beziehungsweise, was *sie* von sich preisgibt ... Du weißt ja, sie spricht über alles, nur nicht über sich. Mir war allerdings aufgefallen, dass sie sich im Haus irgendwie halb versteckt gehalten hat ... Ich habe sie *nicht einmal* im Luftschutzkeller gesehen.«

»Wieso soll sie nicht in den Luftschutzkeller gegangen sein? Das ist ja das Allerneueste!«

»Ich meine den öffentlichen Schutzraum, oben am Geisberg ...«

»Das ist was Anderes, da hast du recht. Da ist sie wirklich nur ein oder zwei Mal hingegangen, danach nie wieder. Es gab eine unschöne Szene mit diesem Herrn Stenzel. Der ist so eine Art Richter in irgendeiner Parteiorganisation, auch so ein Hundertprozentiger. Er erinnerte sich daran, dass sie mal Sozialistin war und Rosa-Luxemburg-Anhängerin und machte Anna vor den Augen und Ohren der Leute quasi für die Luftangriffe verantwortlich. Am Ende hat er sie mit seinem Spazierstock praktisch aus dem Bunker gejagt. Danach konnte ich sie nicht mehr dazu bewegen, dass sie dort Schutz suchte … Gott sei Dank haben wir einen eigenen Luftschutzkeller, nicht der sicherste, aber besser als gar nichts. Und wenn wir schon unsere Geheimnisse ausbreiten: Mir kam es immer so vor, als würde ich Anna verraten, wenn ich ohne sie da in den öffentlichen Bunker ging.«

»Anna würde dir nie etwas übelnehmen …«

»Ich nehme mal an, das ist schmeichelhaft gemeint …«

»Hörte es sich nicht so an?«

Frieda schüttelt den Kopf. »Ich dachte immer, ich kenne Anna mindestens so gut wie mich … Was haben wir nicht alles schon zusammen durchgestanden und dann stellt sich heraus, Anna ist so was wie die *Rote Kapelle* auf zwei Beinen! Jetzt sag' nur noch, sie hatte auch ein Funkgerät?«

»Das weiß ich wirklich nicht«, lächelt Laura ihr Engelslächeln.

Frieda nimmt das als Aufforderung, das Gespräch zu beenden. Sie steht auf, streichelt das friedlich nuckelnde Sonnenscheinchen noch einmal, hat schon die Hand auf der Türklinke, als ihr einfällt: »Ist der Name Enders gefallen?«

»Nein, Anna hat überhaupt keinen Namen genannt.«

»Ich würde mich nicht wundern, wenn unser guter Herr Enders dahintersteckte … Er hat ihr damals das ganze Elend eingebrockt, mit seiner Flucht ins Saarland, ohne Papiere – und Anna hinterher … Ich weiß nicht mehr, wie lange sie sich da illegal aufgehalten hat, im wahrsten Sinn des Wortes im Untergrund. Die Franzosen hätten sie den Nazis zurückgereicht, wenn sie sie … Diesem Herrn Enders traue ich zu, dass er Anna wieder rumgekriegt hat … Ohne jede Rücksicht auf alle anderen …«

»Wer ist das? Wer ist Enders?«

»Vor '33 war er ein hohes Tier bei der Gewerkschaft, ein ehemaliger Gewerkschaftssekretär, sozusagen ein Kollege von Georg, von deinem Schwiegervater, oder besser gesagt … Ach, es ist ja egal, was er war. Mein Mann hatte viel mit ihm zu tun und ich leider auch, gegen meinen Willen, das kann ich dir versichern … Was habe ich mich über diesen Menschen aufgeregt! Es hieß, er sei tot. Es hieß, er habe sich beim Einmarsch der Wehrmacht in Paris das Leben genommen; als er nicht mehr ein noch aus wusste … Wenn du sagst: Papiere aus England … Es kann eigentlich nur dieser Enders sein … Dass er sich doch irgendwie nach England durchgeschlagen hat und Anna nun gleich wieder einspannt.«

»Ich vermute, es handelte sich um eine persönliche Beziehung?«

»Das kann man wohl sagen! Anna hat sich für ihn *geopfert* ... Aber er war nicht ihr Liebhaber, wenn du das meinst!«

»Ich muss bekennen, ich habe keine klare Vorstellung von Annas Charakter und insofern ...«

»Anna ist nur für Andere da, nie für sich. Das ist ihr ganzer Charakter in einem Satz.«

Laura weiß darauf nichts zu antworten, deshalb fährt Frieda nach einem Moment des Nachdenkens fort: »Pass auf, Laura, der Erste, der wieder aus dem Grab aufersteht, ist Karl Enders! Den sehen wir wieder! Aber nochmal mache ich das Theater nicht mit!«

Frieda ist schon halb zur Tür hinaus, als sie bemerkt: »Irgendeine Glocke hat bei mir geklingelt, als sie sagte, sie muss in die Mauergasse, sie hat eine Verabredung in der Mauergasse ... Es kann gar nicht anders sein – der hat überlebt! ... Sieh mich nicht so fragend an: Karl hat eine Weile in der Mauergasse gewohnt oder war da gemeldet bei Verwandten ... Mauergasse 11, jetzt hab' ich's wieder.«

Frieda zieht die Tür mit viel Wut zu. Wenn Anna denkt, das Kapitel sei damit erledigt, wird sie sich wundern.

4.

Frieda kommt die Treppe herunter, da tritt ihr Lucie anklagend entgegen: Das Wasser läuft nicht, ist abgestellt; elektrischen Strom gibt's auch nicht.

Frieda holt einmal Luft und erwidert: »Ruf die Stadtwerke an und beschwer' dich!«

»Telefon funktioniert genau so wenig«, erwidert Lucie in einem Ton, als sei das ganze Durcheinander Friedas Werk.

Frieda bleibt ruhig und erkundigt sich: »Was machen die Anderen?«

»Ich hab' gesehen, der Jörns holt das Wasser mit einem Eimer vom Hydranten ... im Dambachtal.«

»Dann machen wir das auch so! Wir brauchen ja Wasser!«

Lucie nickt argwöhnisch; ist das eine Anordnung der Chefin? Frieda nickt ihr noch mal aufmunternd zu und darauf ruft Lucie nach oben: »Frau Roos! Wir müssen Wasser holen!«

Frieda geht weiter, da sagt Lucie ein weiteres Mal anklagend: »Die Straßenbahn haben sie auch eingestellt. Die Frau Böhlkenkamp von

Zimmer 30 ist eben zurückgekommen; sie musste die ganze Strecke laufen, von Dotzheim bis hierher.«

»Das hat eine gewisse Logik, Lucie. Wenn's keinen Strom gibt, fährt auch keine Straßenbahn.«

»Die Busse aber auch nicht«, gibt Lucie rechthaberisch zurück und fährt fort: »Die Frau Böhlkenkamp sagt, sie hat Glück gehabt, dass sie nicht erwischt wurde; sie hat wahnsinnig aufgepasst. Wenn sie von weitem irgendwo Amerikaner gesehen hat, hat sie sich sofort versteckt … Sie sagt, die Amerikaner gehen ganz rabiat vor; jeden, den sie auf der Straße erwischen, fangen sie ein und nehmen ihn mit. Ausgangssperre ist bis morgen früh 8 Uhr!«

»Dann freuen wir uns, dass wenigstens Frau Böhlkenkamp gut zurückgefunden hat … Jetzt warten wir nur noch auf meinen Bruder!«

Lucie zeigt sich von dieser Bemerkung verblüfft, fügt lahm an: »An Herrn Willy habe ich gar nicht gedacht … Ist ja wahr, er ist ja auch noch nicht zurück … Ich hatte an Fräulein Anna gedacht, weil sie doch weggegangen ist. Hoffentlich kommen sie beide heil zurück.«

»Ja, darum lasset uns beten!«, fährt Frieda sie an. »Und danach kümmert ihr euch ums Wasser!«

Lucie nickt grimmig entschlossen und ruft ein weiteres Mal zum ersten Stock hinauf: »Frau Roos! Wir müssen Wasser holen!«

Anna kommt gegen fünf Uhr zurück. Draußen ist es stockdunkel, es brennen keine Straßenlaternen, weder Strom- noch Gasbetriebene, und drinnen ist es ebenfalls zappenduster. Ein einziges Teelicht versucht gegen die allgemeine Düsternis anzukommen. Würden nicht ab und an Militärfahrzeuge kontrollierend durch die Straßen fahren, könnte man glauben, man sei in finsterster Wildnis gelandet.

Frieda, Laura und Lucie sitzen in Zimmer 1, das im *Petersburger Hof* seit je als Reception, Büro und Wohnzimmer dient. Laura hat ihr Kleines in den Kinderwagen gelegt, bewegt diesen ab und an ganz vorsichtig; das Kindchen schläft friedlich. Die Frauen haben sich eine dünne Brühe aus viel Kathreiners Malzkaffee mit einem Hauch echter Bohnen gekocht und hängen ihren Gedanken nach. Alle drei fühlen sich erschöpft wie nach endlos langer Wanderung.

Dagegen nun Anna; sie kommt gut gelaunt zurück, so, als habe sie einen Tag am Strand verbracht und freue sich nun auf den *Afternoon Tea* mit Tanzmusik und Törtchen.

Sie berichtet munter, dass sie mit mehreren Genossen zusammen war, die während der gesamten Nazizeit fest zusammen gehalten hatten, eine einzige verschworene Gemeinschaft. Es war ein wunderbares Gefühl, wieder unbehelligt sprechen zu können und keinen Denunzianten an der Wand befürchten zu müssen.

Aha, bemerkt Frieda ruhig, und wo hat das Vergnügen stattgefunden?

Ein unbeschreibliches Glücksgefühl, wiederholt Anna.

Ja, das haben wir verstanden, erwidert Frieda und bietet Anna einen Schluck Kaffee an. Den nimmt sie gern, bedankt sich Anna und berichtet, es gibt wunderbare Nachrichten, Georg Buch und Johannes Maaß haben das Konzentrationslager überlebt und wollen so rasch wie möglich nach Wiesbaden zurückkehren. Es wird für sie sicher nicht einfach werden, bei den jetzigen Verhältnissen, doch die Beiden werden es schaffen, wie lange es auch dauert. Die kommenden Aufgaben beflügeln sie. Daran hat Anna nicht den geringsten Zweifel.

Die Namen sagen Frieda nichts; es stellt sich heraus, die beiden Männer sind Sozialisten und hatten bis 1933 führende Posten in der örtlichen Sozialdemokratie.

Gut, das sind ja mal schöne Nachrichten, bemerkt Frieda. Dann erkundigt sie sich spitz: Und was ist mit Karl Enders? War wenigstens er bei der Zusammenkunft leibhaftig anwesend? Oder wird er erst in absehbarer Zeit zurückerwartet?

»Karl?«, wiederholt Anna und ihre gesamte Fröhlichkeit ist mit einem Schlag weggefegt. Sie sagt kalt: »Wieso fragst du ausgerechnet jetzt nach Karl und dann in dieser perfiden Art und Weise? Frieda, Karl ist tot. Er wird nie zu uns zurückkehren. Er hat sich in Paris das Leben genommen. Das weißt du doch ganz genau ... Warum fragst du in dieser Weise? Was habe ich dir getan?«

Frieda erkennt sofort, sie war auf der falschen Spur und hat Anna verletzt, und dafür leistet sie auf der Stelle Abbitte: »Ich wollte dich nicht kränken; ich wollte wirklich keine Wunden aufreißen ...« Vorsichtig sagt sie: »Ich dachte nur, weil ihr eure Sitzung in der Mauergasse abgehalten habt ...«

»Sitzung ist ein viel zu großes Wort; wir waren sieben Personen und haben überlegt, wie es weitergehen kann.«

Frieda lässt sich nicht abwimmeln: »Ich hatte geglaubt, dass Herr Enders es doch irgendwie geschafft hätte ... Hätte doch sein können. In den letzten zwölf Jahren sind so viele Falschmeldungen verbreitet worden, da kann ja auch mal etwas ein gutes Ende finden.«

»Ich verstehe einfach nicht, was du ausgerechnet jetzt mit Karl hast.«

»Ich werde mich ja mal irren dürfen ... Ich habe mich erinnert, er hatte eine Wohnung in der Mauergasse, ein paar Schritte hinterm Polizeipräsidium und als du sagtest Mauergasse ... Ich habe mir das falsch zusammengereimt. Tut mir Leid.«

Anna wird heftig: »Er hatte dort keine Wohnung. Er war Untermieter eines Untermieters. Er durfte das Bett benutzen, wenn der Andere nicht da war. Meistens hat er dort auf dem Boden liegend übernachtet. Ich weiß, worauf das hinaus soll ... Also schön, du gibst ja doch keine Ruhe... Die Räume bewohnt jetzt sein Neffe Bernd, Bernhard Enders. Insofern hat dich deine Intuition nicht getäuscht ... Möglicherweise habe ich den Namen schon mal erwähnt.«

»Bernhard Enders? Mit hundertprozentiger Sicherheit nicht ... Das hätte sich mir eingebrannt«, gibt Frieda zurück, nun wieder obenauf, wie es die Weltordnung vorschreibt.

»Frieda, was ist daran jetzt interessant? Kannst du gar keine Freude empfinden? Wir sind die Ganoven losgeworden, bedeutet dir das nichts? Stell dir vor, was ich vorhin erfahren habe, dieses Pack hat alle städtischen Akten vernichtet und auch noch die Stadtkasse mitgenommen ... Man weiß nicht, wo man anfangen soll mit dem Wiederaufbau – es scheint nicht eine einzige Schreibmaschine übrig geblieben zu sein, nicht ein Blatt Kohlepapier, kein Bleistift, nichts. Verbrannte Erde. Die müssen im Rathaus, soweit es den Krieg überlebt hat, ein einziges Chaos hinterlassen haben. Viel ist es ja sowieso nicht, was noch vom Rathaus steht.«

»Anna, die Nazis haben ganz Europa ruiniert, das haben selbst wir Unwissenden und Unpolitischen mitgekriegt! Aber was ist mit diesem Neffen?«

»Bernhard ist ein durch und durch anständiger Mensch, mehr will ich dazu nicht sagen.«

»Und du hast ein Liebesverhältnis mit ihm oder was...? Sonst hättest du ihn ja nicht die ganze Zeit verschwiegen! Oder ist er auch aus einem KZ zurückgekommen?«

Alle im Raum spüren, Anna schwankt einen Moment, ob sie die Wahrheit offenbaren soll oder im Gegenteil leugnen.

Endlich gesteht sie ohne weitere Umschweife: »Ich bin ihm verbunden, ja ... Aber bevor du dir das Nächste und das nächste Falsche zusammenreimst, wir sind ... wie soll ich das nennen? *Kampfgefährten*! Ja, das ist das richtige Wort. Uns geht's nicht ums Bett, Frieda, uns geht es um die Zukunft ... Es gibt auch noch 'was anderes zwischen Mann und Frau als das bewusste Vergnügen.«

»Ich verstehe«, kontert Frieda, »bei euch ist es so, wie es mit mir und Herrn Maison war. Einer hilft dem Anderen.«

»Vor allem hat er dir geholfen!«, widerspricht Anna heftig. »Aber so war es nicht mit Bernhard und so ist es nicht. Wir haben nicht unseren höchstpersönlichen Vorteil gesucht, wir wollten ... Ach, es hat keinen Sinn, es dir erklären zu wollen. Dafür hast du einfach keinen Sensus. Wir haben von der Zukunft des Sozialismus geträumt. Und uns über die Zukunft der Menschheit ausgetauscht ...«

»So schwer wie du denkst, ist das nicht zu verstehen, Anna; Willy reimt sich auch eine Menge zusammen ... Phantasten gibt's, solange es Menschen gibt.«

»Etwas konkreter ist es bei uns schon«, setzt sich Anna zur Wehr.

»Das glaube ich nicht, Frau Wienandt!«

Anna Wienandt ist Annas Familienname seit ihrer kurzen Ehe mit dem unglückseligen Kürschner Fritz Wienandt. Er hatte seinen letzten Atemzug getan, als er sich aus Lederresten einen Strick knotete und sich damit in seiner Werkstatt aufknüpfte, sieben Monatsmieten im Rückstand. Anna hat sich dann das Geld bei ihr geliehen und die Schuld abgestottert. Das ist schon so lange her, dass es selbst für Anna ein Geschehen aus grauer Vorzeit geworden ist. Für die Meisten ist sie daher nur Fräulein Anna; sie widerspricht nie, wenn man sie so anredet. Wenn Frieda sie mit ihrem Familiennamen anspricht, steht der große Krach vor der Tür. Anna hält es für richtig, nicht weiter zu diskutieren.

Nach einer kurzen, bösen Pause nimmt Frieda ihre Vernehmung wieder auf: »Ich habe gehört, du machst dir Gedanken, wie du die Gewerkschaft wieder aufbauen kannst?«

Anna blickt zu Laura, die sie in der Düsternis nur schemenhaft wahrnehmen kann, geht aber auf das Gesagte nicht ein. Stattdessen erklärt sie: »Eins nach dem Anderen. Jetzt geht es um ganz einfache, ganz praktische Dinge. Wir müssen überleben, das ist im Moment das Allerwichtigste. Bedeutet: Wo kriegen wir wieder Strom her, zum Beispiel ... Und: Wo sind noch Lebensmittelvorräte versteckt?«

»Mit solch profanen Fragen habt ihr euch beschäftigt?«, stichelt Frieda. Laura will vermitteln, indem sie fragt: »Was ist das überhaupt für ein Kreis, in dem du mitwirkst?«

Anna ist für die Frage dankbar und antwortet ausführlicher, als sie es sonst tun würde: »Wir haben keinen Namen und keine Statuten. Wir vertrauen uns einfach und wie sich rausgestellt hat, hat niemand das Vertrauen missbraucht. Nicht einer von uns wurde verraten oder wurde selbst zum Verräter ... Was kann ich noch sagen? Wir sind alle im weitesten Sinne Marxisten, der Eine buchstabengläubiger, der andere mehr Freigeist, aber unser gemeinsames Ziel ist, den Kapitalismus zu überwinden.«

»Jetzt können wir ja wieder sagen, was wir denken. Vielleicht kannst du uns doch einen Namen verraten ... Dass man sich was vorstellen kann«, verlangt Frieda. »Wie viele wart ihr denn da heute?«

»Sechs Männer, eine Frau.«

»Also, die Frau warst du und wer waren die Männer?«

»Ich kann mir nicht vorstellen, dass dir die Namen etwas sagen ...«

»Probier's!«

»Sagt dir der Name Werner Maschmeyer etwas?«

»Der Obsthändler?«

»Ja, wenn du so willst – der Obsthändler«, gibt Anna verblüfft zu. »Woher kennst du ihn?«

»Anna! Ich hab' mein Leben lang in Wiesbaden verbracht. Die paar Mal, in denen ich verreist war, kann ich an fünf Fingern abzählen. Ich werde doch die Leute kennen. Und woher kennst du ihn?«

»Werner ist in gewisser Weise unser inoffizieller Vorsitzender ... Weißt du, dass er früher im Polizeidienst war?«

Frieda antwortet darauf nichts; entweder ist ihr die Tatsache neu oder sie will zu verstehen geben: Wer weiß das nicht?

Anna fährt darauf fort. »Er war schon zu Kaisers Zeiten Polizeikommissar und bereits damals Genosse; zu der Zeit, als das für Staatsbeamte noch ein Verbrechen war! Dann Erster Weltkrieg und hinterher *Reichsbanner Schwarz-Rot-Gold*. Nach der Machtergreifung haben ihn die Nazis sofort ins KZ Osthofen geschafft. Dort erlitt er seinen ersten Herzinfarkt. Damals waren die Verbrecher ja noch nicht gleich auf Mord aus, deswegen haben sie ihn erst mal entlassen. Sie waren überzeugt, nach dieser Haft- und Folterzeit hält er die Füße still ... Wer Osthofen kennengelernt hatte, hatte die Nazis ein für allemal kennengelernt. Der wollte dort auf keinen Fall wieder hin! Aber das galt natürlich nicht für Werner. Als Polizeibeamter war er für diese Ganoven selbstverständlich untragbar; daraufhin hat er sich auf den Obstgroßhandel geworfen. Korrektur: Ich wollte sagen, damals hat er mit dem Obsthandel angefangen. Den hat er so lange betrieben, wie es möglich war ... Er hatte schnell erkannt – womöglich war es auch schon seine Absicht bei der Gründung der Firma –, der Obsthandel war die ideale Tarnung. Auf diese Weise konnte er heimlich im gesamten Reich für den Widerstand tätig sein. Äpfel vom Bodensee oder aus dem Alten Land, Trauben aus dem Rheingau oder Rheinhessen, niemand konnte sich wundern, dass er viele Reisen unternahm.«

»Doch, ich habe mich gewundert«, widerspricht Frieda. »Ich dachte immer, warum muss einer, der mit Pflaumen und Aprikosen handelt, dauernd auf Achse sein?«

Halb bewundernd gibt Anna zu: »Ein Glück, Frieda, dass du nicht bei der Gestapo warst. Dir wäre keiner entgangen.«

»Anna, ich bin in der Hotellerie großgeworden – das ist besser als das Polizeiabitur. Da siehst du jedem ins Herz! Und das bereits innerhalb der ersten vierundzwanzig Stunden.«

»Ohne Zweifel ... Um das abzuschließen: Werner hielt selbst mit einigen Verschworenen vom 20. Juli enge Verbindung. Er war als Minister vorgesehen. Wenn der Staatsstreich geklappt hätte, säße er heute womöglich in Berlin.«

»Du kennst bedeutende Menschen, das muss dir der Neid lassen ... Hat jemand Hunger von euch? Wir haben noch Brot und Rübenkraut ... Sauerkraut haben wir auch noch!«

Anna gesteht, ein Stück Brot würde sie gern essen. Als Frieda aufsteht, will Anna sie aufhalten: »Du brauchst mich doch nicht zu bedienen.«

Aber Frieda lässt sich nicht aufhalten: »Ich muss mich gut mit dir stellen. Dir gehört doch die Zukunft!« Im Rausgehen stimmt sie die ersten Worte der Kommunistenhymne an: *Brüder, seht, die rote Fahne weht uns kühn voran!*

Als Frieda mit drei Scheiben Brot und einem Töpfchen dicken, süßen Rübenkrauts zurückkehrt, greifen Anna und Laura dankbar zu. Man isst in andächtiger Stille; plötzlich will Frieda von Anna wissen: »Wie geht's ihm überhaupt?«

»Wem?«

»Na, Herrn Maschmeyer! Von wem haben wir denn die ganze Zeit geredet?«

»Gesundheitlich ist Werner angeschlagen, das muss man leider zugeben ... Nach mehreren Herzinfarkten. Andere wären schon lange tot. Aber er will das trotzdem auf sich nehmen. Er wird beim *Aufbau-Ausschuss* mitmachen; Pflicht geht ihm über alles.«

»Was ist der ›Aufbau-Ausschuss‹?

»Das ist nur eine vorläufige Bezeichnung, es ist auch drüber gesprochen worden, die Sache *Aufbau-Ausschuss der antinationalsozialistischen Kräfte* zu bezeichnen. Damit wäre gleich alles gesagt; wäre mein Vorschlag. Aber wie gesagt, der Name steht noch nicht fest. Die Bezeichnung muss noch mit der Gruppe Roos abgestimmt werden. Das ist eine ähnliche Gruppierung wie unsere, aber von der bürgerlichen Seite.«

»Hat diese Gruppierung etwa was mit *unserer* Frau Roos zu tun?«

»Nein, eine zufällige Namensgleichheit, soweit ich weiß ... In dieser Gruppe haben sich vor allem christlich orientierte Nazigegner engagiert: Buchhändler, Fabrikdirektoren und Fabrikarbeiter; Bauern aus dem Ländchen ... Insgesamt mehr als dreißig Personen, alle jahrelang in *Antihaltung verbunden.* Da sie aus ihrer Einstellung wenig Hehl gemacht haben, ist der größte Teil von ihnen beruflich oder in der Karriere zurückgesetzt worden. Teils standen sie sogar vor den Willkürrichtern der Nazis. Jeder Einzelne von ihnen wurde von dem Pack auf seine Weise verfolgt.«

»Da hast du ja noch Glück gehabt, dass du nur von mir verfolgt wurdest.«

»Ist das so lächerlich, Frieda, dass man in Gefängnissen, Zuchthäusern oder Lagern für die Sache der demokratischen Freiheit leidet? *Mir* haben die Monate im Saarbrücker Schloss vollkommen ausgereicht; auf noch schrecklichere Erfahrungen kann ich verzichten.«

»Anna, geht das jetzt ewig so weiter? Hältst *du* mir in Zukunft Predigten über die Schönheit des Sozialismus und des Kampfes *für den Sozialismus* anstelle von Georg?«

»Du hast mich gefragt und ich habe dir erklärt, was mich umtreibt und auch die Übrigen des ›Aufbau-Ausschusses‹... Und jetzt würde ich mich gern hinlegen. Morgen um halb neun ist konstituierende Sitzung des Ausschusses.«

Frieda ahnt Schreckliches: »Sag nur, du bist auch dabei?«

»Selbstverständlich! Werner und ich vertreten unsere Seite ... Frieda, du bist doch die Erste, die einsieht, dass wir die Zukunft nicht den Männern überlassen können.«

5.

Frieda folgt ihr eine halbe Stunde später.

Als sie ins Schlafzimmer kommt, versucht Anna ihr vorzuspielen, sie schlafe bereits ruhig und fest. Frieda sagt darauf ins Dunkel: »Anna, du kannst mir nichts vormachen, du liegst mit offenen Augen da.«

Darauf gibt Anna ihre Schauspielerei auf, fragt vielmehr geradezu heiter: »Somit erfolgt jetzt der Vernehmung zweiter Teil?«

»Darauf kannst du dich verlassen!«, gibt ihr Frieda zur Antwort und dreht am Lichtschalter. Zu Annas Verblüffung und Überrumpelung flammt das harte Deckenlicht auf. Nach einer Schrecksekunde presst Anna beide Hände vor die Augen und will wissen: »Wo kommt der Strom her?«

»Wahrscheinlich von da, wo er immer hergekommen ist ... Vor ein paar Minuten war er plötzlich wieder da!«

»Kannst du das Licht wieder ausmachen?«, bittet Anna. »Das ist genau das schreckliche, grelle Licht, mit dem sie dich bei Verhören fertig machen.«

Frieda verspricht: »Als Erstes kommt wieder eine anständige Lampe an die Decke ... Das gute Stück fehlt mir jeden Abend.«

Es ist wahr, die marmorierte Schale aus böhmischem Glas, aufgehängt an drei Ketten aus Messing und kunstvoll mit Messing verziert, die über Jahre Licht gab, fehlt ihr. Die Lampe ist vor zwei Jahren bei einem Bombenangriff drauf gegangen. Der Verlust stellt den einzigen nennenswerten Kriegsschaden dar, den der ›Petersburger Hof‹ erlitten hat. Insofern hatte sie zuerst geglaubt: Lässt sich verschmerzen. Doch je mehr Zeit ins Land geht, desto mehr vermisst sie die Lampe.

Richard hatte ihr das schöne Stück von einer Reise durch Frankreich mitgebracht, farbloses Glas durchzogen von Streifen Rosa, Hellgrün und Blau, viel Blau sogar, gefertigt von einer Manufaktur *Muller Frères* in *Lunèville*, wie als Dekoration auf einem kleinen Messingschildchen vermerkt war. An unendlich vielen Morgen und Abenden hat Frieda auf diese Lampe geblickt, jedes ihrer Ornamente studiert und dabei an Richard gedacht. Sie hatte sich vorgestellt (vor allem gewünscht), sie seien genau in diesem Moment vereint ... er denke an sie. Nun hängt statt der kostbaren Lampe eine nackte Glühbirne von der Decke herunter, befestigt an einer ordinären elektrischen Schnur.

Dabei muss man seit Neuestem sogar noch dankbar dafür sein, dass sie überhaupt brennt.

Frieda schaltet das Deckenlicht wieder aus und bemerkt in neutralem Ton: »Gestehst du freiwillig? Sonst mache ich das Licht noch mal an! Ich bin mit allen Verhörtechniken vertraut!«

Anna erwidert sehr ernsthaft, dabei um Verständnis bittend: »Frieda, du kannst mir doch keinen Strick daraus drehen, dass ich alles geheim gehalten habe, so geheim, wie es nur eben möglich war.«

»Laura hat mir jede deiner guten Absichten erläutert.«

»Ich wollte euch schonen.«

»Genau das hat sie gesagt!«, erwidert Frieda. »Sie ist wirklich keine Dumme … Allmählich werde ich sogar mit ihr warm …«

Anna gesteht und mit jedem Wort, das sie sagt und flüstert und aus sich herauspresst, wird das Gespräch gefühlvoller. Frieda spürt, jedes ihrer Worte kommt aus tiefstem Herzen. Sie bekennt in verschiedenen Wendungen, sie sei unendlich froh, dass sie nun das Lügen und Verstellen aufgeben könne, das sie sich angewöhnt habe. Sie sei sich manchmal vorgekommen wie ein Schwerverbrecher, der mit jedem beliebigen Wort Freiheit und Leben verwirken könne und entsprechend permanent auf der Hut sei, sich um Himmels willen nicht zu verraten. Es habe sie in einer Weise geschmerzt, Geheimnisse vor Frieda zu hegen, wie sich Frieda das nicht vorzustellen vermöge … Endlich flüstert Anna: »Ich habe doch nur dich. Du weißt das und ich weiß es, und für deine Zuneigung bin ich dir in einer Weise dankbar, wie ich es niemals formulieren kann. Ich hatte nie jemand außer dir … Wenn ich dich angelogen habe, kam es mir vor, als wollte ich mich selbst belügen.«

Endlich schluchzt Anna in geradezu kindlicher Weise.

Frieda merkt, sie ist ebenfalls nahe am Weinen; wahrscheinlich weint sie sogar. Sie setzt sich zu Anna aufs Bett – zur Freundin seit Kindertagen, zur Vertrauten, zur Gefährtin, ach was, zu ihrer zweiten Hälfte. Frieda ist hellwach und voller guter Gefühle wie selten. Sie sucht Annas Kopf, dreht ihr Gesicht ein wenig zu sich und streichelt sie. Dann beugt sie sich herunter und küsst Anna sehr vorsichtig, hauchzart. Als Frieda sie wieder freigibt, holt Anna tief Luft. In dieser Art ist Frieda niemals zuvor mit ihr umgegangen.

Schließlich steht Frieda auf, als wäre nichts geschehen, zieht sich aus, wäscht sich am Waschbecken in der Ecke neben dem Fenster und sagt in ihrer Alltagssprache und in ihrem Alltagston: »Ich mache mir Sorgen um Willy ... Dass man so gar nichts von ihm hört ...«

»Der hält sich irgendwo versteckt ...«

»Oder sie haben ihn einkassiert wie den Oberleutnant Scheidt.«

»Glaube ich nicht! Man sieht doch auf den ersten Blick, dass er kein Kämpfer ist. Er kann keiner Fliege was tun; das erkennen auch die Amerikaner.«

»Aber er hatte diese Volkssturm-Armbinde um; die wird er nicht abgemacht haben ... Vielleicht hat er das einfach vergessen und ist somit für die Amerikaner ein regulärer Soldat ... Anna, er taugt weder für den Krieg noch für den Frieden. Willy ist Willy, und das ändert sich nicht mehr!«

»Ja, so siehst du ihn – immer das hilflose Geschöpf. Aber das ist er nicht. Wenn's drauf ankommt, nimmt sich Willy auch seinen Teil.«

»Meinst du, er hat mit dieser Frau Grothe geschlafen?«, will Frieda wissen.

»Ich fürchte ja. Da war manchmal so ein nächtliches Geraschel und Getrappel ... Du weißt ja, wenn einer ganz besonders leise sein will ...«

»Warum hast du nie ein Wort darüber verloren?«

»Hast du's gemacht?«

»Sie war geisteskrank. Dass Willy das nicht gemerkt hat ...«

Anna vermutet: »Wahrscheinlich hat er's gemerkt und es war ihm egal.«

»Jetzt sage ich dir was, was ich nie für möglich gehalten hätte ... Als sie da auf dem Pflaster lag und endlich kein Wort mehr herausbringen konnte, dachte ich: Die musste ja verrückt werden! Hat nur kranke Zeiten erlebt. Nicht einen Tag Normalität.«

»War es ein schrecklicher Anblick?«

»Nein, sie war nicht entstellt und lag auch nicht irgendwie verdreht ... Sah aus, als würde sie schlafen ... Sah eigentlich besser aus als sonst. Und hat mal das Maul gehalten... Wo du nur den Mut hergenommen hast, Anna. Hatten wir diese Obernazisse im Haus und du ...«

»Das hatten wir schon!«

»Ich bete nur, dass Willy wiederkommt ...!«

»Der steht morgen früh vor der Tür«, verspricht Anna. »Warte ab! Wenn morgen früh die Sperrstunde aufgehoben ist, steht er da und sieht uns treuherzig an und singt ein Loblied auf seinen Anführer, den Herrn ...?«

»Dengler! Und damit wollen wir endlich zum Ernst des Lebens kommen«, sagt Frieda und steigt in ihr Bett. »Anna, was ist mit Herrn Enders? ... Enders Junior, wohlgemerkt! Ist er dein Liebhaber?«

»Liebhaber ist zu viel gesagt …«

»Gut, ihr wart also nur ab und zu im Bett… Ich nehme an, wenn die Angst übermächtig war … Ihr wollt aber nicht heiraten?«

»Nicht direkt, nein …«

»Also doch?«

»Nein … Ich will nur sagen, wir trennen uns nicht, nur weil der Krieg zu Ende ist.«

»Wie viel jünger ist er?«

»Wie kommst du darauf, dass er jünger ist?«

»Wie viel jünger ist er?«, beharrt Frieda auf ihrer Frage.

»Neun Jahre«, gibt Anna zu.

»Dann ist er ja in den besten Jahren. Wie sieht er aus?«

»Jünger.«

»Stört's dich?«

»Nur, wenn wir mit Anderen zusammen sind …«

Beide Frauen lachen; sie sind einander wieder sicher.

»Und was macht er beruflich?«, will Frieda wissen.

»Justizangestellter … Er ist beim Grundbuchamt.«

»Da hat er sich aber gut getarnt, beim Grundbuchamt und strikt gegen die Nazis.«

»Er hat abgestempelt, was abzustempeln war. Mehr hat er nicht gemacht.«

»Damit hat er schon genug gemacht … Die auf den Ämtern haben genau so viel Schuld auf sich geladen wie alle anderen. Die waren nicht besser als die an der Front!«

»Na, einen gewissen Unterschied gab's schon! Manche sind mit Messern zwischen den Zähnen 'rumgelaufen, bildlich gesprochen.«

»Kannst du dich erinnern, wie kalt und herzlos sie mit Frau Schweitzer umgesprungen sind? Ein furchtbares Schreiben nach dem anderen vom Finanzamt und am Schluss hatten sie sie enteignet? Haben ihr das herrliche Haus abgenommen, nach Paragraph soundso und nach Unterparagraph soundso und irgendein Urkundsbeamter hat das Unrecht gestempelt und gesiegelt. Die Möbelpacker von Möbel-Renner haben die kostbaren Porzellansachen von Frau Schweitzer mit weißen Handschuhen eingepackt. Durfte ja nichts kaputt gehen, war ja für irgendwelche Bonzen reserviert …«

»Und du hast ihre Frisierkommode ersteigert!«

»Habe ich, ja. Sie hat mich dazu animiert: ›Frieda, nimm du sie, ehe irgendein Anderer sie kriegt …‹ Jetzt ist sie für die Barrikade draufgegangen. Ich hatte eigentlich mehr an andere Kriegsgewinnler gedacht als an mich … Der Renner ist ein reicher Mann geworden nur durch die ganzen Beschlagnahmungen und Judentransporte; hat sich drei neue Möbelwagen zugelegt, wenn nicht vier.«

»Und Herr Maison hat das Schweitzer'sche Haus gekauft, das wollen wir auch nicht vergessen.«

»Dazu hat ihn Elfriede gedrängt, seine zweite Frau … Ich glaube sogar, er hat einigermaßen korrekt für das Haus bezahlt.«

»Einigermaßen wäre schon viel … Deine Philosophie ist also: Wir haben alle Schuld auf uns geladen, der Eine so, der Andere so, und damit hat's sich's?«, will Anna wissen.

»Ja, darauf wird es am Ende hinauslaufen … Das ist meine Philosophie, ja, die einer einfachen Kauf-mich-Seele«, gibt Frieda zu. »Und was ist falsch an meiner Überlegung? Jeder hat Schuld auf sich geladen, weil er irgendwie mitgemacht hat. Alle, die die Herrschaft der Nazis auch nur um einen Tag verlängert haben, haben mitgemacht. Die Eisenbahner, die die Räder haben rollen lassen für den Sieg, und nebenbei die Leute in die KZs geschafft haben. Jeder Chemiker, der uns mit *Kunsthonig* und *Kunstseide* beglückt hat … *Ich* habe Eva-Maria Grothe nicht nur beherbergt, ich habe sie sogar eingeladen, an Weihnachten mit uns zu feiern und Weihnachtslieder mit uns zu singen …«

»Stimmt nicht. Du hast sie nicht eingeladen; sie hat sich aufgedrängt. Ich war zufällig dabei, wie sie sich selbst eingeladen hat. Ich gebe zu, es hatte etwas Surreales, dass unsere *Reichsfrauenschaftsführerin* auf einmal *Stille Nacht* singen wollte und *O Tannenbaum* … Und nach der Bescherung dieser Anfall von Schwermut, kannst du dich daran noch erinnern?«

»So lang ist das nicht her!«

»So was habe ich noch nie erlebt … Ich dachte, ich kann meinen Ohren nicht trauen, als sie sich selbst und uns die Frage stellte, ob das unerforschliche Schicksal vielleicht gegen alle Vernunft und aus Gründen, die uns armseligen kleinen Menschen unbekannt blieben, auf den Endsieg der Hebräer und Israeleliten hinwirke.«

»Vielleicht war sie da schon innerlich so weit, Selbstmord zu begehen. Wer kann es wissen? Sie hat ja genauso wie alle anderen gesehen, dass alles in Scherben fiel, was ihr hoch und heilig war … Dass das Tausendjährige Reich sich rapide seinem Ende nähert … Anna, vorhin hätte ich dich noch mit der Reitpeitsche vermöbeln wollen, weil du uns alle so in

Gefahr gebracht hast, und jetzt stellt sich heraus, du bist du die Einzige, die mit sauberen Händen rauskommt aus dem ganzen Dreck!«

»Frieda, es haben eine Menge Leute Mut bewiesen; mehr Leute als wir wissen.«

»Und dabei denken wir an ...?«

»Ich denke an niemanden bestimmten ...«

»Das meine ich. Anna, ich hätte nicht gedacht, dass ich das mal sagen und denken würde, aber jetzt ist es soweit: Ich bin stolz auf dich! Du hast dich widersetzt, wo alle anderen mitgelaufen sind! Buchstäblich alle ...«

»Hoffentlich verzeiht man mir das! Am besten du behältst es für dich.«

»Und jetzt noch was, was mich die ganze Zeit beschäftigt: Du warst Bügelmädchen bei Herrn Maison, du hast ein bisschen im Büro getippt, du hast auch vielleicht mal einen Brief für die Gewerkschaft geschrieben ... Wieso kannst du da plötzlich Anführerin sein?«

»Was genau willst du wissen? Wie lautet die Frage?«

»Wieso kannst du auf einmal reden und verhandeln und Papiere bearbeiten? Wann und wie hast du dir die notwendigen Kenntnisse angeeignet? Im Bett?«

»Frieda, du vergisst in deiner Beschreibung meines Berufsweges: Ich war auch Zimmermädchen im *Hotel Petersburger Hof*, bin sogar immer noch in ungekündigter Stellung *hier* beschäftigt. Ich hatte somit Gelegenheit zu studieren, wie die Menschheit manipuliert wird.«

»Sicher, wenn du genau aufgepasst hast, hast du was fürs Leben gelernt. Aber es muss noch etwas sein. Ich halte allerdings keine Sitzungen ab und verfasse keine Manifeste; so was kannst du bei mir nicht lernen.«

»Frieda, ich bin eine unter Vielen ...«

»Du verstehst doch genau, was ich wissen will. Wenn sie dich ausgesucht haben und dir zutrauen, die Stadt wieder ins Rollen zu bringen ...«

»Ich soll's nicht allein machen!« Anna wird ernsthaft, als sie hinzufügt: »Wer hat Georg beigebracht, zu reden und aufzutreten und für die Partei einzustehen? Er war auch auf keiner Parteischule. Er hat angefangen als Piccolo in einem Hotel. Man muss es versuchen, Frieda, dann merkt man, was in einem steckt. Wenn sich ein Blinder dazu entschließt, nach Rom zu laufen und er gibt nicht auf, dann kommt er über die Alpen und überquert auch den Tiber. Das garantiere ich dir.«

»Was ist mit Georg? Ist es nicht vielleicht so, dass er dich dazu animiert hat?«

Anna wägt kurz ab, dann bekennt sie: »Ja. Er war der Erste, der mich ermuntert hat …«

»Das hat er mit mir leider nie getan!«

»Du brauchtest keine Ermunterung; dich musste man bremsen …«

»Habe ich ihm wirklich den Hals zugedrückt?«

»Ach, Quatsch … In vielem habt ihr zusammen gepasst, ihr hattet drei Kinder und das Haus …«

»Aber nicht in allem, ich verstehe. Da bist du eingesprungen …« Frieda tastet nach dem Wecker und fragt:»Wann musst du morgen im Rathaus sein?«

»Nicht im Rathaus … Wir treffen uns im Arbeitsamt, Boseplatz, dritter Stock, Raum 312, 10 Uhr 30!«

»Dann brauchen wir keinen Wecker.« Nach einer winzigen Pause des sich Zurechtrückens und Einkuschelns sagt Frieda: »Schlaf gut und träum was Schönes«.

»Ja, du auch … Ist dir klar, es ist jetzt die erste Nacht seit Jahren, in der wir durchschlafen können? Ab jetzt weckt uns keine Sirene mehr, weder zum Voralarm noch zum Vollalarm, nicht mal zur Entwarnung.«

»Wollen wir nur hoffen, dass uns nicht ein später Gast weckt.«

Frieda schläft eine Weile, eine Viertelstunde, eine halbe Stunde, träumt einen wirren Traum, in dem Willy einen Panzer fährt und Heini einen zweiten; Heini ist dabei in einem Sommeranzug und hat ein Eisernes Kreuz um den Hals.

Ein scharfes Geräusch von der Straße weckt sie. Sie will weiterschlafen, wälzt sich nach rechts und nach links und gibt es endlich auf, weiter zu träumen. Die Straße ist totenstill. Nach dem kurzen durchdringenden Gekreisch, das sie geweckt hat, kein weiterer Laut mehr. Niemand kommt den Geisberg hoch, biegt in die Kapellenstraße oder ins Dambachtal ein, kein Betrunkener tastet sich die Wand entlang, kein Galan schleicht von verbotenen Freuden davon. Hinter niemanden wird eine Tür abgeschlossen; kein Flugzeugverband ist in der Luft, niemand rennt zum Luftschutzbunker. Nichts fährt, keine Kutsche, keine Droschke, kein Pferdefuhrwerk. Selbst das alterslahme Motorrad von Wachtmann Kraut, über dessen Getucker und Getöse sich über die Jahre so viele Gäste aufgeregt haben, ist für heute Nacht stillgelegt. Die Straße liegt da, als sei sie überhaupt nicht vorhanden.

Einmal maunzt Anna neben ihr wie ein junger Hund und Frieda denkt: So hört sich Frieden an. Sie tastet nach Anna, aber die dreht sich weg und gibt keinen weiteren Laut von sich.

Während Frieda in dem durchgelegenen Bett liegt, das mal ihr Ehebett war, überlegt sie: Wird man irgendwann wieder anständige Matratzen kaufen können? Und: Wie hat Anna es vermocht, ihre Geheimnisse über Jahre zu verbergen? Und was verbirgt sie noch?

Darauf kommt sie folgerichtig auf die Frage: Kennt man überhaupt jemanden? Kennt man sich selbst?

In Annas Bett hat früher Georg gelegen. Hat er in all den Jahren, die Frieda und er mit- und nebeneinander verbracht haben, sie einmal in sein Herz sehen lassen? Und umgekehrt, hat es sie je interessiert, nach wem er sich verzehrte? Hat er sich überhaupt nach einer Frau verzehrt; hat er sie je mit einer Anderen betrogen? Wahrscheinlich nicht.

Hat er sich einmal, nur ein einziges Mal, vorgestellt, wie es wäre, wenn Anna seine Frau wäre statt ihrer?

Es gab eine Nacht, in der ihr Leben und Annas Leben eine andere Richtung hätte nehmen können und Georgs sowieso. Frieda meint jetzt, wenn sie alle drei, Georg, Anna und sie selbst, damals gewusst hätten, was jeder von ihnen im Innersten begehrte, hätten sie zufriedener werden können. Womöglich wären sie sogar glücklich geworden.

Sie denkt an den *Kellnerball* zurück, bei dem sie Georg kennengelernt hat. Lang, lang ist es her. Damals glühte und blühte die Stadt und sie und Anna waren noch keine zwanzig. Sie, Frieda, war noch stramme Badmamsell im *Römerbad*, bei ihren Badegästen beliebt und von den Damen immer wieder ausdrücklich angefordert. Bereits damals träumte sie ihren unklaren Traum von einem eigenen Hotel. Jeder, der davon wusste, machte sich darüber lustig, und deswegen gab sie es auf, über ihre Phantasterei auch nur zu flüstern. In der bewussten Nacht, in der alles eine andere Richtung hätte nehmen können, feierten die Hotelangestellten Wiesbadens und Schlangenbads im herrlichen Casinosaal in der Friedrichstraße den Beginn des neuen Jahres. Es war ein Fest, das jedes Jahr Mitte Januar stattfand, eine exakte Kopie der gängigen Silvesterbälle für die Herrschaften, die damals in Wiesbaden den Ton angaben. Die Garderobe der Hotelbediensteten war an diesen Abenden nicht weniger elegant als die der Oberen Zehntausend. Oft genug handelte es sich bei ihrer Garderobe ja um abgelegte Kleidung eines guten Gastes, als Gunstbezeugung verschenkt. Frieda glaubt, an dem bewussten Abend, an dem sie Georg kennenlernte, habe sie ein Kleid getragen, das ihr die Gräfin Aljewa überlassen hatte. Möglicherweise verwechselt sie das aber auch. In jedem Fall hat sie von ihren Ersparnissen Anna das Ballkleid gekauft; daran erinnert sie sich, als wäre es heute Mittag passiert. Das Kleid und die Karten waren sündhaft teuer. Sie hatte Anna zum Ball eingeladen, weil sie ihre Freundin damit ein wenig mit dem Verlust der beiden vorangegangen Jahre versöhnen wollte. Anna hatte durch ihre furchtbare Viruserkrankung Schreckliches mitgemacht; beim Ball schien sie jedoch über dem Berg zu sein. Die Ärzte hatten ihr sogar Hoffnung gemacht, sie würde früher oder später wieder normal laufen können, und so ist es Gott sei Dank ja auch gekommen.

Trotz aller Versprechungen der Ärzte, schafft Anna beim *Kellnerball* kaum die elegante Treppe hinauf zum Ballsaal. Frieda sieht noch die Blicke erstaunter Gaffer, die verfolgten, wie sie Anna die Treppe halb hinaufführte, halb heraufzog.

Sie hatten zwei der billigeren Plätze, aber dass sie überhaupt dort sein konnte, vermochte Anna kaum zu fassen. Frieda hat deutlich das Bild vor Augen: Ihr Kleid ist rosa und mit Straß besetzt, die Haare hochgesteckt, und Anna tut alles, damit ihre höllisch schmerzenden Beinschienen nicht zum Vorschein kommen.

Gleich zu Beginn des Abends war sie, Frieda, an Georg geraten. Er war mit einer Kollegin da, irgendwas Schickes, Schlankes, das glücklicherweise kaum Bedeutung in seinem Leben hatte. Sie, Frieda, hatte sich nicht an der Person gestört; innerhalb einer Viertelstunde hatte sie ihr den Kavalier ausgespannt. An dem bewussten Abend hatte sie Georg für einen Kellner gehalten und er hatte nichts unternommen, sie aufzuklären. Erst nach Wochen hatte sie herausgefunden, dass er in Wirklichkeit trotz seiner jungen Jahre bereits Portier war.

Je länger sie darüber nachdenkt, desto deutlicher wird in Frieda wieder die besondere Atmosphäre jenes fernen Abends wach. Sie amüsiert sich ein wenig über den Jagdeifer, den Georg in ihr auslöste. Sie hatte schamlos alles versucht, ihn auf der Stelle zu erobern. Sie weiß noch genau, wie hartnäckig sie ihn zu überreden suchte, mit ihr in das verschwiegene Eckchen zu gehen, das für Liebende reserviert war. Und unter Liebenden verstand man damals Verlobte, zumindest Pärchen, die übers Verloben schon nachgedacht hatten. Wie hieß dieser verwunschene Platz noch, dieser Winkel aus grün gestrichenen, über Kreuz angebrachten Latten und künstlichem Weinlaub? *Liebeslaube*! Richtig, ganz einfach *Liebeslaube*. Was man sich so alles einprägt! Auf Teufel komm raus hatte sie mit Georg geschäkert; wenn sie nicht alles täuscht, hatte sie ihm zu verstehen gegeben, heute sei die Nacht der Nächte; sie sei bereit auf der Stelle mit ihm bis ans Ende der Welt zu laufen, zumindest ins nächste freie Hotelzimmer, und er schien nicht abgeneigt. Soweit sie sich erinnert, haben sie sich dort zum ersten Mal geküsst. Aus purem Pflichtgefühl hatte sie ihm dann Anna vorgestellt, und damit war aller Zauber dahin. Die Beiden hatten sich gesehen und verstanden. Statt über Dinge zu reden, die an so einen Ort und zu einer solchen Gelegenheit gehörten, hatten sie über das Oben und Unten in der Gesellschaft gesprochen, und wie der Sozialismus die einzige Hoffnung für die arbeitende Menschheit sei.

An diesem Abend hätten sich Georg und Anna zusammentun sollen; sie waren füreinander geschaffen.

Er hatte sich nach nicht mal an ihren Krücken gestört, hatte im Gegenteil ein geradezu abseitiges Interesse an ihrer Krankheit und den Heilungsaussichten gezeigt. Sie, Frieda, hatte nicht aufgegeben, hatte ihn ja auch innerhalb der folgenden Monate erobert. Ihre Ehe war nicht schlecht gewesen, sie hatten drei Kinder, ein Hotel und in guten Jahren auch gute Einnahmen. Frieda gesteht sich unumwunden ein, beglückende Momente hatte sie jedoch nur mit anderen Männern, nicht mit Georg.

Frieda muss sich nicht anstrengen, um sich an Situationen zu erinnern, in denen Anna und Georg miteinander umgingen, als gäbe es für den Anderen quasi nur sie oder ihn, niemanden sonst. Mehr als einmal hatte sie aus purer Eifersucht schrecklichen Krach mit Anna. Manchmal sprachen sie wochenlang nicht miteinander, bis sie sich endlich wieder versöhnten. Im Allgemeinen ging die Versöhnung von Anna aus, aber sie, Frieda, war ihr jedes Mal dankbar dafür. Sie wollte Anna nicht verlieren, genauso wie diese an ihr hing. Alles liegt viele Jahre zurück und Frieda hat längst akzeptiert, dass Anna und Georg in gewisser Weise zusammengehörten. Beide teilten dieselbe Vorliebe, ach was, Vorliebe, sie waren besessen von Politik; diese war ihre Sucht. Das war das Feld, wohin sie, Frieda, ihnen nicht folgen konnte. Offenbar hat sich nichts geändert. Es ist noch keine Stunde her, dass Anna ihr ins Gesicht gesagt hat: *Für Politik fehlt dir der Sensus, Frieda!* So hätte Georg es auch sagen können; wenn er es nicht sogar so formuliert hat.

Georg hatte rücksichtslos die Vorrechte ausgenutzt, die den Männern in dieser Hinsicht gegeben sind. Er hatte nicht eine Versammlung ausgelassen, die für ihn wichtig war; hatte nicht einmal darüber nachgedacht, wie viel zusätzliche Arbeit er ihr damit aufbürdete. Wie zum Ausgleich hatte er keinen Sinn für erotische Eskapaden. Wenigstens das ist ihr erspart geblieben, ansonsten – nichts! Gegen alle Vernunft hatte er sich für die Sozialdemokraten engagiert. Frieda kann es heute noch nicht fassen, ein Hotelbesitzer engagiert sich für die Sozis! Zur damaligen Zeit hatte das den Beigeschmack von Perversität. Anfangs war es Provokation und Dummheit in einem, nach 1918 änderte sich allmählich die Einstellung der Menschheit. Wie hätte sie, seine unwissende Ehefrau, aufgewachsen in der Hilf, dem schrecklichsten Viertel der Stadt, und ohne Begabung für diese besondere Passion, ahnen können, dass ihm aus seinem Eintreten für die Sozialdemokraten einmal Nachruhm erwachsen würde?

Sie vermutet plötzlich, Annas enge Verbindung mit Georg wird einer der Gründe dafür sein, weshalb die Sozialdemokraten sie in diesen ominösen Ausschuss schicken wollen. Wenn man es genau betrachtet, hat Anna in ihren Wortgefechten mit ihm gelernt, zu diskutieren, zu disputieren, zu finassieren.

Wieso ist ihr das nicht früher aufgegangen?

Mein Gott, man hält alles für selbstverständlich, nur weil es sich vor den eigenen Augen abspielt.

Dann denkt sie: Gott meint es wirklich gut mit ihr. Der Krieg ist verloren, die Stadt ruiniert, doch ihr, Frieda Tremus, sind nur Dinge widerfahren, von denen man sagt: Alles in allem hatte sie viel Glück!

Doch wie lange hält ihr Glück noch an? Werden die Amerikaner sie morgen oder übermorgen aus ihrem Haus jagen?

Gesetzt den Fall, das Schrecklichste geschieht, wo sollen sie hin?

Sie hat ein wenig vorgesorgt. Doris Waltz hat ein kleines Gartenhaus in einem halb vergessenen Garten im *Walkmühltal*, eigentlich nur ein besserer Schuppen, den will sie Frieda im Fall der Fälle zur Verfügung stellen. Das Hüttchen hat sie bei den Behörden nicht angegeben; in dem Punkt hat sie früh weitergedacht. Wenn es mit Doris Hütte nicht klappt, muss sie mit Pfarrer Menke von der Maria-Hilf-Kirche verhandeln, das ist ein praktisch denkender Mann mit vielen Kontakten. Sie hat ihn durch Richard kennengelernt und den Eindruck gewonnen, er sei ihr wohlgesonnen.

Plötzlich kratzt es an den Rollläden. Zuerst glaubt Frieda, sie habe sich geirrt, der Wind spiele ihr einen Streich. Dann kratzt es wieder. Sie steht auf, zieht den Rollladen ein Stück hoch. Willy steht unter dem Fenster und gibt ihr Zeichen wie ein Taubstummer, die Haustür aufzuschließen.

Frieda braucht einen Moment, die Dinge zu verstehen und zu ordnen. Endlich geht sie zur Haustür, lässt Willy ein und umarmt ihn, als wäre er aus einem jahrelangen Feldzug zurückgekehrt, vergießt sogar Tränen.

Willy sagt: »Das war eine Tortur, Frieda, aber bewältigt!«

Sie zieht ihn in die Küche, schließt die Tür und macht nur das kleine Licht über der Kaffeemaschine an. Das Licht funktioniert, oh Wunder, immer noch.

Dann sieht sie, Willy trägt am Ärmel seines Mantels wie sie vermutet hat noch immer die schwarzrote Armbinde mit der Aufschrift *Deutscher Volkssturm* und darunter die Zeile *Wehrmacht*, alles rechts und links gehalten von Reichsadlern. Genau so hat sie es sich vorgestellt.

»Bist du verrückt? Wie kannst du denn noch mit der Armbinde rumlaufen?«, fährt Frieda ihn an.

»Frieda«, erwidert er darauf mit der speziell ihm zur Verfügung stehenden Ernsthaftigkeit, beinahe so, als wäre sie ein Gast auf Zimmersuche und er müsse sie wegen Überbelegung abweisen, »ich bin regulär aus der Wehrmacht entlassen. Das war die letzte Tat von Ernst Dengler, er hat uns unsere Entlassungsurkunden übergeben, alle mit Unterschrift und Stempel – ich weiß gar nicht, wie er das bewerkstelligt hat, reguläre Entlassungspapiere – und anschließend hat er sich angezündet … Hat sich vor unseren Augen verbrannt, einfach so. Ist rausgegangen, wir waren zuletzt in einem Haus nicht weit von der *Hockenheimer Mühle*, hat die Klappe vom Lastwagen, mit dem wir unterwegs waren, runter geklappt, nimmt einen Kanister Benzin, schraubt ihn auf; es wusste immer noch keiner, was er vorhatte, und schüttete sich dann das Benzin über den Kopf, guckt uns in aller Ruhe an, ruft *Deutschland lebe!* und steckt sich mit einem Streichholz an. In einer Sekunde stand er lichterloh in Flammen! Riesige Flamme! Ist nicht irgendwie schreiend umher gewankt oder so … Nur dieses Feuer und diese Flamme! Es wusste jeder, da ist nichts zu machen. Das macht einen so hilflos … Ich hätte nie gedacht, dass er Schluss machen würde … Warum sollte er denn? Du hast ihn doch kennengerlernt, Frieda. Er machte doch einen klaren vernünftigen Eindruck … Oder?«

»Nach Selbstmord sah er nicht aus; da gebe ich dir Recht.«

»Das meine ich doch! Aber als er heute Morgen erfuhr, nicht *wir* verteidigen die Barrikade, sondern …«

»Niemand hat eure Barrikade verteidigt«, bemerkt Frieda dazu.

»Das hätte er nicht wissen dürfen.«

»Vielleicht wusste er's … Vielleicht war das der Grund, welcher …«

»Das gibt's nicht, Frieda! Deswegen bringt sich kein Mensch um! Ich vermute, er wollte ein Fanal setzen!«

»Möglich! Willy, wenn wir schon übers Sterben reden: Frau Grothe hat sich aus dem Fenster gestürzt!«

»Und?«, fragt er bestürzt; so erschrocken, als hätten sie tatsächlich etwas miteinander. »Es ist ihr doch nicht etwa was passiert?«

»Was denkst du, was geschieht, wenn man sich aus dem 2. Stock fallen lässt? Sie ist tot.«

Willy sieht verlegen unter sich; so, als wäre er in der Schule beim Abschreiben erwischt worden und fürchte zum Direktor geschickt zu werden. Seine Reaktion ist so verdreht, dass Frieda denkt: Wie kann man sich denn in diese Frau verlieben? Oder gab es noch eine andere Frau Grothe, die sie nicht kennengelernt hat? Frieda will es nicht wissen und stellt deswegen keine Frage in dieser Richtung. Willy seinerseits setzt ein oder zwei Mal an, etwas zu bemerken oder zu erfragen, unterlässt es aber.

»Frieda, ich muss dir was gestehen«, sagt er endlich und dies mit einer Ernsthaftigkeit, die man von ihm nicht gewohnt ist, »ich habe nicht gedacht, dass ich den heutigen Tag überleben würde. Ich dachte: Am ersten Tag des Ersten Weltkriegs verletzt und am letzten Tag des Zweiten Weltkriegs gefallen. Das ist ein runder Lebenslauf.«

»Aber nicht deiner«, fährt ihn Frieda an.

»Ich war fest davon überzeugt!«

»Und dann gehst du mit Streit hier raus?«

»Es hätte ja auch anders kommen können«, erwidert er lahm.

»Ist ja auch anders gekommen … Wo hast du dich denn den ganzen Tag rumgetrieben ohne deinen Herrn Dengler? Hast du dir Gefechte mit den Amerikanern geliefert?«

»Ich war bei den Spahns in Kloppenheim … Wo wir immer unsere Kartoffeln herkriegen …«

»Ich weiß, wer die Spahns sind … Was hast du denn in Kloppenheim gesucht?«

»Ach, Frieda, das war alles ein einziger Narrenstreich … eine endlos lange Narretei.«

Frieda weiß nicht, meint er das heutige Umherirren, den Barrikadenbau, seine Wochen beim *Volkssturm* oder die Nazizeit insgesamt. Sie antwortet deswegen nur kurz: »Das ist wahr …« und fragt: »Hast du Hunger?«

»Im Moment nicht … Aber gut, dass du gefragt hast. Die Tochter von der Frau Spahn hat mir eine Dose Hausmacher-Wurst mitgegeben … Blutwurst, isst du doch so gerne.«

Willy greift in seine Manteltasche und holt eine flache Büchse heraus, knallt sie auf den Tisch und sagt dazu: »Ländlich, schändlich!«

Frieda will wissen: »Was hat das nun zu bedeuten?«

»Schwarz geschlachtet und gut versteckt.«

Frieda nickt, sagt »*Aha*« und erkundigt sich: »Wie geht's denn Herrn Spahn?«

»Frieda! Das kannst du doch nicht vergessen haben … Die Männer sind doch schon zu Anfang des Krieges gefallen, alle Drei!«

»Stimmt«, ärgert sich Frieda. »Ich hatte nur im Augenblick was anderes im Kopf! Ich habe noch an deine Frau Grothe gedacht.«

Willy tut so, als hätte er die letzte Bemerkung nicht gehört, redet weiter von den Spahns: »Jetzt sind ihnen auch noch die zwei Fremdarbeiter weggelaufen, die Franzosen, die sie im Krieg hatten. Einen Tag nach dem Einmarsch der Amerikaner waren sie verschwunden, haben sich wohl auf eigene Faust auf den Heimweg gemacht.«

»Und jetzt wirtschaften die Frauen ganz allein?«

»Was bleibt ihnen anderes übrig!«

»Und für dich ist das *ländlich – schändlich*?«

»So sagt man doch! Aber wenn's dich beruhigt, Frieda: Die kleinsten Bauern haben die intelligentesten Kartoffeln.«

Als sie die Küche verlassen, fragt Willy: »Was meinst du? Warum hat sich der Dengler angesteckt?«

»Woher soll ich das wissen?«

»Frieda, es war ein großer Mann! Trotz allem … Man kann froh sein, wenn man so jemanden kennenlernen durfte … Ich werde ihm ein ehrendes Andenken bewahren.«

»Tu das! Aber nicht auch noch Frau Grothe!«

II. Do you speak English?

1.

Am nächsten Tag, Tag 2 des amerikanischen Zeitalters, tauchen erneut Besatzer im *Petersburger Hof* auf und wieder spielen sie Schicksal.

Ein hochbeiniger offener Militärwagen (Frieda lernt bald, er wird ›Jeep‹ genannt) kommt den Geisberg herauf, hält auf der gegenüberliegenden Straßenseite, vor dem rostigen Tor der Jörns'chen Garage. Der Fahrer bleibt entspannt sitzen, stellt einen Fuß auf den Türausschnitt seines Gefährts, wickelt irgendetwas aus und kaut darauf ausdauernd herum. Ein dicklicher Offizier, der fast aus seiner Uniform quillt, steigt auf der Beifahrerseite aus. Nach ihm quält sich sein Gegenstück aus dem Fahrzeug. Das ist ein Deutscher; nach Haarschnitt, Gesichtsfarbe, Haltung und Kleidung entspricht er allen Vorstellungen, die man sich von einem *Spieß* macht. Er trägt eine abgewetzte Wehrmachtsuniform, von der offenbar erst kürzlich alle Abzeichen abgetrennt worden sind. Die hellen Flecken, die dadurch entstanden sind, lassen an eine Wand denken, bei der man vorm Streichen die Bilder abgenommen hat. Die beiden Männer halten Klemmbretter in den Händen; auf jedem ist ein Stapel dünnen Papiers befestigt. Das Pärchen, der Eine selbstbewusster Sieger, der Andere willige Hilfskraft, blättern in ihren Unterlagen, sehen kurz auf den Eingang des *Petersburger Hof*, wechseln einige Worte und mustern anschließend die Fassade des Hauses, als wollten sie es kaufen.

Für Frieda steht fest, bei ihnen handelt es sich um Leute, die für Beschlagnahmungen zuständig sind.

Sie hat sie gewissermaßen erwartet. Während des ganzen Vormittags hat sie immer mal wieder die Straße kontrolliert. Als sie nun beobachtet, wie die beiden Götterboten ihr schönes, altes Häuschen taxieren, schickt sie die *schiefe Lucie* aus: Laura wird gebraucht! Frau Laura soll unbedingt 'runterkommen, alles liegen und stehenlassen, nur kommen! Das Hausmädchen scheint zu begreifen, was auf dem Spiel steht, hetzt jedenfalls ohne jegliche Nachfrage die Treppe hoch. Das ist sehr ungewöhnlich. Meistens verlangt sie irgendwelche Auskünfte und/oder Erklärungen, bevor sie sich in Bewegung setzt.

Frieda holt tief Luft. Vielleicht kann man mit den Amerikanern verhandeln. Möglicherweise sind sie für Vernunft und Überredung zugänglich. Vielleicht kann man das Schlimmste abwenden! Dafür braucht sie Lauras Unterstützung.

Zu Friedas Überraschung kommen die beiden Männer jedoch nicht ins Haus. Sie überqueren vielmehr die Straße und gehen zielstrebig auf das *Bristol* in der Nachbarschaft zu.

Laura kommt polternd herunter. Wiewohl sie nur ein Schatten von Frau ist, hört es sich, wenn sie in Eile ist, immer an, als komme eine ganze Korona die Treppe herab. Das hat mit ihren spitzen Absätzen zu tun; in der Aufregung der Bombennacht hat sie nur ihre Abendschuhe gefunden. Die trägt sie nun Tag und Nacht, andere Schuhe hat sie nicht, bekommt auch keine.

Die erste Frage, die Frieda ihr stellt, lautet: »Warum hast du das Kindchen oben gelassen?« Bevor Laura antworten kann, befiehlt Frieda: »Lucie, du holst das Kind! Lass es nicht fallen!«

Lucie will springen, Frieda hält sie auf: »Lass dir erst den Zimmerschlüssel geben!«

Laura reicht ihr den Zimmerschlüssel, Lucie hastet die Treppe hinauf, als ginge es um Leben und Tod.

»Was ist denn?«, erkundigt sich Laura.

»Gleich! Das merkst du gleich!«

Es vergehen allerdings noch zehn endlose Minuten, bis die beiden Helden ihre Visite im *Bristol* beenden und dem *Petersburger Hof* die Ehre geben. Sie wollen Frau Tremus, geborene Frieda sprechen.

»Ich bin Frau Frieda Tremus«, erklärt Frieda; man hört eine regierende Fürstin sprechen.

Der Amerikaner sagt etwas, das Frieda nicht versteht; der Dolmetscher (er heißt *Borowski* oder so ähnlich und irgendwie kommt er Frieda bekannt vor; wo hat sie ihn schon einmal gesehen?) waltet seines Amtes: Kann man sich irgendwo in Ruhe unterhalten?

Frieda führt die beiden Herren in Zimmer 1, bietet Stühle an und gibt Laura ein diskretes Zeichen, sich zu ihnen zu gesellen. Diese hat nun ihr Baby auf dem Arm und folgt der Gruppe. Die kleine Eva soll nach Friedas Plan das Herz des Amerikaners erwärmen, falls alle anderen Stricke reißen. Angeblich sind Amerikaner sehr kinderlieb. Endlich nimmt Frieda hinter ihrem Schreibtisch Platz. Die Verhandlungen können beginnen. Frieda ist sich jetzt sicher, das letzte Wort ist noch nicht gesprochen, der

Rauswurf ist nicht unabwendbar. Sie hat in ihrem Leben alle Arten von Anordnungen, Befehlen, Erlassen, Verfügungen, Verboten und Weisungen erfahren; hier und jetzt steht anderes an.

Der Offizier teilt in seinem krausen, aber durchaus verständlichen Deutsch mit, die amerikanische Armee übernimmt das Haus. Es wird weiterhin als Hotel genutzt; allerdings wird das Haus in Zukunft ausschließlich amerikanischen Militärangehörigen zur Verfügung stehen beziehungsweise amerikanischen Zivilpersonen mit Sondererlaubnis, Europa ein Besuch zu gestatten. Ist dies verstanden worden?

Vollkommen.

»Und was wird mit uns?«, erkundigt sich Frieda.

Der Offizier hält kurz Rücksprache mit dem Dolmetscher, wobei er nun Englisch spricht. Danach verkündet er, Frau Frieda, geborene Tremus, darf im Haus bleiben und es auch künftig betreiben, selbstverständlich nur nach genauen Instruktionen der US Army. Auch kann sie weiterhin ihr Personal beschäftigten, soweit es die Zahl von fünf nicht überschreitet. Er weist noch einmal darauf hin, in Zukunft darf Frau Frieda keine deutschen Gäste aufnehmen. Bei Zuwiderhandlung sind alle getroffenen Abmachungen hinfällig; genauere Befehle werden noch erteilt.

Frieda muss mehrere Formulare unterschreiben. Sie macht dies mit einem merkwürdigen Schreibgerät, das ihr der Amerikaner reicht, halb Füllfederhalter und halb Bleistift, wohl ein amerikanisches Patent. Beim Unterschreiben tut Frieda so, als lese sie jeden einzelnen Paragraphen sorgfältig durch. In Wirklichkeit geht es ihr nur darum, die Fassung zu bewahren. Sie will ihre Empfindungen (Dankbarkeit gemischt mit ungläubigem Staunen) nicht zu deutlich zeigen.

Der Offizier und seine Hilfskraft ziehen ab. Sie sind noch nicht zur Tür hinaus, da beginnt Frieda zu zittern. Nicht nur die Hände zittern, auch der Oberkörper und die Beine geraten in Aufruhr, und sie meint, selbst die Zähne klapperten.

Sie glaubt, derartiges sei ihr niemals widerfahren, im ganzen Leben noch nicht. Dabei steckte sie weiß Gott schon mehr als einmal in Lebensgefahr. Sie schämt sich ein wenig vor der ratlosen Laura und selbst vor ihrer kleinen Enkeltochter. Laura stellt mehrmals die Frage: Kann sie etwas machen? Was soll sie tun? Frieda schüttelt nur den Kopf und tatsächlich, genau so unvermutet wie das Zittern begann, endet es wieder.

»Mein Gott, Laura, Kind, tut mir leid, dass du das erleben musst …«, bemerkt Frieda, kaum dass der Normalzustand wieder eingetreten ist.

»Geht es dir wieder gut?«, vergewissert sich Laura.

»Aber ja … Der liebe Gott meint es wirklich gut mit uns. Das war Rettung aus höchster Not.«

Sie steht auf, ist nun wieder ganz jene, ihrer Sache sichere, Frieda Tremus, wie sie jedermann kennt, ihre Lieben, Freunde, Gäste und vor allem ihre Neider. Sie will von Laura wissen: »Hast du das genau verstanden? Ab wann sind wir der amerikanischen Armee unterstellt?«

»Wir sind ihr bereits unterstellt. Er sagte: ›Ab *das* Moment‹«

»So habe ich ihn auch verstanden.«

»Spätestens morgen früh, neun Uhr, müssen alle Gästezimmer geräumt sein.«

»Wo sollen die Leute hin? Wo sollen wir denn unsere Gäste hinschicken?«

»Sieger machen sich über so etwas keine Gedanken.«

»Interessant, dass auch ein Deutscher schon wieder zu den Siegern zählt. Irgendwo habe ich den Dicken schon mal gesehen. Laura, der kennt mich auch, auch wenn er so getan hat, als ob er … Das Gesicht kenne ich! Und die Stimme habe ich im Ohr! … Ist ja sehr wohlgenährt. Muss bis jetzt irgendwo gesessen haben, wo's gutes Futter gab …«

»Mein Vater nannte das: Fett schwimmt immer oben!«

»Da hat er recht … Kind, wir dürfen bleiben. Alles andere ist unwichtig …« Dann fällt ihr ein: »Das bedeutet also, wir sollen unsere Gäste eigenhändig rauswerfen?«

»Sie wollen, dass das Haus leer ist. Wie du das erreichst, ist deine Sache!«

»Dann sollen sie mir eine Maschinenpistole umhängen, dann mache ich das … Wir müssen unseren Gästen doch wenigstens etwas sagen können … irgendeinen Rat, wo sie sich hinwenden sollen …«

»Vielleicht die Notaufnahme am Bahnhof.«

»Das ist schon mal *ein* Gedanke … In der ganzen Stadt gibt es nicht eine freie Ecke!«

»Und das drei Tage vor Ostern!«, ergänzt Laura. Dies ist eine ihrer so altklug wirkenden Überlegungen, die Frieda stets aufs Neue irritieren. Frieda weiß jetzt zum Beispiel nicht, will sie sich über ältere Menschen lustig machen oder zitiert sie nur irgendeine Tante oder einen Onkel; ein junger Mensch redet doch nicht so!

Frieda überlegt: »Gib mir mal einen Rat! Was machen wir mit Herrn Songül und seiner Frau? Ich kann sie nicht auf die Straße setzen und das mache ich auch nicht! Er ist dreiundachtzig und sie an die achtundachtzig und keiner von ihnen kann laufen!«

Laura scheint schon darüber nachgedacht zu haben. Wie aus der Pistole geschossen, kommt ihre Antwort: »Was hältst du davon, wenn du sie erst mal ins Krankenhaus bringst? Womöglich ins Rot-Kreuz-Krankenhaus ... Ich vermute, die sind nicht so überbelegt wie die Städtischen Kliniken.«

Frieda denkt: Woher will sie wissen, wie die Wiesbadener Krankenhäuser belegt sind? Sie hält sich damit aber nicht auf, stimmt vielmehr zu: »Das ist noch eine gute Idee ... Kümmerst du dich darum, geht du hin? Sind ja nur die paar Schritte zur Schönen Aussicht ... Sag ihnen, Herr Songül war früher Diplomat, eine Exzellenz, und sie die bekannte Opernsängerin ... Der türkische Botschafter hat sich mal persönlich bei mir bedankt, mit einem handgeschriebenen Brief ... Das wäre wirklich eine Lösung, hoffentlich nehmen sie sie ... Den Brief kannst du mitnehmen, wenn du willst!«

Laura nickt; die kleine Eva macht sich nun bemerkbar. Frieda streicht behutsam über den Kopf des braven Kindes, sieht dem Baby in die großen wissenden Augen und verspricht ihm: »Es gibt gleich Happi, Happi!« Und zu Laura sagt sie: »Laura, dich hat mir der Himmel geschickt ... Früher hatte ich in solchen Situationen Anna, aber auf die kann ich ja nicht mehr zählen. Die ist der Hotellerie verloren gegangen; die muss ja die Welt retten ... Wie viel Uhr ist es?«

»Gleich eins ...«

»Ich sage dir, pünktlich zur Sperrstunde werden wir sie wiedersehen, vorher nicht. Sitzungen dauern! ... Ach was, die taucht erst kurz nach der Sperrstunde auf. Wann war Anna je pünktlich?! Der Lehrer Werner hat immer gesagt: *›So, jetzt ist auch Fräulein Anna anwesend; dann können wir unseren Unterricht aufnehmen!‹*«

Zu ihrer eigenen Überraschung nimmt Frieda ihre Schwiegertochter plötzlich in den Arm und sagt dabei: »Wenn du merkst, ich sauge dir das Mark aus den Knochen – wehr' dich! Ich mache es nur mit Leuten, die es mit sich machen lassen!«

Laura lächelt und wie zur Antwort öffnet sie ihr Kleid, schiebt den Stoff des Oberteils etwas zur Seite und legt das Baby an.

Frieda will gerade sagen: Wie sieht denn das aus, wenn jemand 'reinkommt?, unterdrückt die Bemerkung aber. Selbst Maria, die Gottesmutter, stillt ihr Kind auf jedem Ölgemälde; und womöglich ist wirklich eine neue Zeit angebrochen, wie Anna ihr versichert hat; die Epoche der Freiheit.

Ach, Anna!

Wegen der Aufregungen, die dieser Tag bringt, vergisst Frieda vollkommen, dass auch eine Welt außerhalb des *Peterburger Hof* existiert. Während des ganzen Vormittags versucht sie alles nur Menschenmögliche, die ratlosen, aufgeregten, teils weinenden und schreienden Gäste zu beschwichtigen. Manche klammern sich an ihr Bett wie an ein Floß auf offenem Meer. Was kann man jemanden sagen, der nicht weiß, wie er an ein Dach über dem Kopf gelangen soll oder wenigstens an einen Platz zum Schlafen für die kommende Nacht?

Wie sollte Frieda ihren Gästen in dieser Situation helfen können? Sie vermag ja nicht mal ihre Bekannten zu erreichen, um für sie zu betteln. Das Telefon funktioniert nicht und Telegramme werden weder angenommen noch ausgetragen. Irgendwie gelingt es ihr dennoch, den Meisten Mut zu machen. Glücklicherweise nimmt das Krankenhaus ›An der Schönen Aussicht‹ die Familie Songül auf; schickt sogar einen Transportwagen. Beim Abschied laufen Frieda die Tränen über die Wangen. Solch ein feiner Herr und nun ein derartiger Lebensabend.

Es ist kurz nach zwei Uhr, als Frau Adamy vom *Bristol* herüberkommt; sie sieht verhärmt aus wie nach einer langen schweren Krankheit und sagt klagend, sie habe erfahren, Frau Tremus kann in ihrem Haus bleiben? Wie hat sie das erreicht?

Frieda gesteht: Sie hat nicht das Geringste dazu getan; sie hat einfach in der Lotterie gewonnen.

Die Adamys hat's hart getroffen. Sie müssen spätestens in einer halben Stunde verschwunden sein! Frau Adamy formuliert das so: »Müssen alles stehen und liegen lassen und die Kurve kratzen wie Ganoven …«

Frau Adamy berichtet in ihrer üblichen geheimniskrämerischen und gleichzeitig anklagenden Manier, die Frieda immer irgendeine Hinterhältigkeit vermuten lässt. Sonst reagiert sie darauf mit knappen Bemerkungen, die ein längeres Gespräch unmöglich machen. Diesmal lässt sie Frau Adamy ausreden und gibt ihr behutsam Antwort. Es ist wahrscheinlich das erste Mal, dass sie Mitgefühl für die Frau empfindet. Wie kann man die Adamys um alles bringen! Sie haben genau so gerackert und gewurzelt wie sie selbst! Was haben sie alles unternommen, um durch die schweren Jahre von französischer Besatzung, Sperrung der Grenzen,

Inflation, Ruhrkampf, Schwarzem Freitag mit anschließender Depression und Deflation zu kommen. Einmal haben sie es sogar mit Bordellbetrieb versucht; das führte aber nur zur vorübergehenden Schließung des Hauses. Und nun will man ihnen alles nehmen, ihre gesamte Existenz vernichten?

Was kann sie für Frau Adamy tun?, erkundigt sich Frieda.

Sie hat eine große Bitte, gibt Frau Adamy zur Antwort; existiert der Leiterwagen noch, mit denen die Buben früher unterwegs waren?

Welcher Leiterwagen? Frieda versteht sie nicht sofort.

»Das können Sie doch nicht vergessen haben! Einmal sind die Buben doch damit bei uns gegen die Wand gerast«, versucht Frau Adamy Frieda einen bestimmten Vorgang in Erinnerung zu rufen. Nun fällt Frieda wieder ein, worauf sie anspielt: Frau Adamy meint den Handwagen, mit dem die Buben spielten, als sie so neun, zehn, elf Jahre alt waren. Adam hatte damit seine Brüder kutschiert. Einmal verlor er im Dambachtal die Kontrolle über das Gefährt, konnte nicht mehr bremsen und donnerte mitsamt seinen Brüdern gegen die Fassade des *Bristol*. Die Sache ging besser aus, als man erhoffen durfte, einige Rippenbrüche und einige blaue Flecken, ansonsten nichts. Selbst der Wagen hatte den Unfall überstanden. Frieda hat sich dafür gehörig beim *Heiligen Antonius* bedankt, ihrem persönlichem Schutzpatron. Der Zwischenfall führte allerdings dazu, dass August und Heini das Gefährt von da an mieden.

Frau Adamy wiederholt ihre Bitte, wegen des Zeitdrucks, unter dem sie steht, etwas unfreundlicher als sie es eigentlich will: Kann Frau Tremus ihr den Handwagen leihweise überlassen? Gottlob braucht sie den ja nicht; sie kann ja in ihrem Haus bleiben.

Frieda registriert nur, da ist er wieder, der missgünstige Ton der Frau; will was und beschwert sich gleichzeitig.

Frieda weiß nicht, ob das Ding überhaupt noch im Haus ist. Man müsste nachsehen …

Lucie mischt sich ein: Ja, den gibt's noch. In einer Ecke des Rumpelkellers steht ein Leiterwagen, hinter einigen alten Koffern und einem abgeschlagenen Bett.

Es ist bezeichnend, dass Lucie weiß, dass es einen ausrangierten Handwagen gibt und wo er ist. Wenn man sie so sieht mit ihrem verzogenen Knochengestell, ist man ist leicht geneigt zu glauben, sie sei etwas zurückgeblieben. In Wirklichkeit ist sie aufmerksam wie ein Polizeiinspektor.

Was den sogenannten Rumpelkeller angeht, so befindet der sich unter der Küche. Er besitzt einen von den übrigen Kellerräumen getrennten Eingang und wird nur genutzt, um Dinge zu verstauen, von denen man nicht weiß, ob sie je wieder gebraucht werden. Sonst kann man mit dem Raum nichts anfangen. Er ist niedrig und riecht schrecklich modrig und die Dinge, die hier eingelagert werden, sind dem Vergessen und dem Verrotten anheimgegeben.

Selbstverständlich, erklärt Frieda, wenn Frau Adamy damit gedient ist, kann sie den Leiterwagen haben.

Es macht Mühe, das Gefährt aus seinem Versteck zu holen und während sich Willy, Lucie und Frau Roos damit abrackern (Frau Roos, indem sie gute Ratschläge erteilt), erkundigt sich Frieda: Haben die Adamys irgendeine Unterkunft? Wissen sie, wo sie hinkönnen?

Frau Adamy kaut auf ihren Zähnen herum, beißt in ihre Lippen und erwidert, ihr Bruder lässt ihnen seinen alten Ziegenstall. Die Aussicht (wohl auch die Erniedrigung, die drin steckt) treiben Frau Adamy Tränen in die Augen.

Es ist wohl die immer noch nicht abgeklungene Euphorie über ihre Errettung, die Frieda sagen lässt: »Frau Adamy, vielleicht kann ich Ihnen helfen … Eine Freundin von mir, Frau Doktor Waltz … Kennen Sie sie zufällig?«

Frau Adamy behauptet: Nein, bedauerlicherweise nicht. Frieda glaubt ihr in diesem Punkt nicht. Wahrscheinlich hat sie Doris sehr wohl wahrgenommen, wenn die mal wieder mit einem Kavalier bei ihr, Frieda, auftauchte. In dieser Hinsicht ist Doris unglaublich sorglos, um nicht zu sagen unverbesserlich. Und andererseits haben sich das *Bristol* und der *Petersburger Hof* über die Jahre hin genauestens beobachtet. Nicht wie feindliche Mächte, das nicht; eher wie konkurrierende Mächte. Die Konkurrenz schläft nie!, hat Willy dazu mehr als einmal bemerkt – oder weniger verständlich: Ein Kampf außerhalb der offiziellen Wertung, zäh wie Juchten, hart wie Kruppstahl.

»Frau Tremus, Sie sagten, Sie könnten mir vielleicht helfen«, erinnert Frau Adamy Frieda an ihr noch nicht ausgesprochenes Angebot.

»Ja, kann ich … Frau Doktor Waltz hat mir ein kleines Gartenhaus angeboten, das sie für sich selbst reserviert hatte und das sie mir im Fall der Fälle überlassen wollte. Es ist im Walkmühltal … Sie besitzt da einen Garten und das Häuschen ist irgendwann Ende der Zwanziger, Anfang der Dreißiger Jahre gebaut worden, wurde aber nie richtig genutzt. Ich kann nicht mal sagen, ob die Ämter überhaupt davon wissen ... Jedenfalls, um es abzukürzen, ich habe den Schlüssel dafür. Es gibt da Licht und Wasser, heizen können Sie allerdings nur mit dem Kohlenherd in der Küche. Wobei Küche und Wohnzimmer ein Raum sind ... Dass Sie sich nicht zu pompöse Vorstellungen machen.«

Nun ist es Frau Adamy, die nicht an ihr Glück zu glauben vermag. »Das würden Sie uns vermieten?«, vergewissert sie sich, gewissermaßen mit angehaltenem Atem.

»Ich nicht, ich hab' nichts zu vermieten; das müssten Sie dann mit Doktor Waltz ausmachen oder seiner Frau, aber Sie wären erst mal unter!«

»Frau Tremus, wie kann ich mich je erkenntlich zeigen?«

Frieda fürchtet, die Frau wolle ihr in ihrer Dankbarkeit die Hände küssen und sagt leichthin: »Frau Adamy, wenn wir Kollegen uns nicht gegenseitig unterstützen, wer soll's tun? Wir führen denselben täglichen Kampf mit den Behörden und gegen unsere Gäste; mal haben wir zu viel von ihnen, meistens zu wenig ... Das ist unser privater Erster, Zweiter und Dritter Weltkrieg und der hört nicht auf, solange wir leben.«

»Für uns leider doch. Mein Mann gibt sich geschlagen.«

»Aber Sie nicht! Ich kenne Sie doch! Und das zählt. Morgen kann alles wieder anders sein. Wenn wir eins gelernt haben aus allen Miseren, die wir schon hinter uns haben, dann doch das! Jetzt gebe ich Ihnen erst mal die Schlüssel und male Ihnen auf, wie Sie das finden. Das Häuschen liegt ganz versteckt, man kann sagen idyllisch. Ich glaube, das hat gar keine Hausnummer ... Obst gibt's da auch!«

Als sie der nun wild entschlossen wirkenden Frau Adamy Haus- und Gartentorschlüssel überreicht, geht Frieda der Gedanke durch den Kopf: Hoffentlich braucht die Familie Waltz das Häuschen nicht für sich selbst. Dann geht mir Doris an die Gurgel!

Nun, in diesem Fall wird sich auch eine Lösung finden.

Als Frieda später beobachtet, wie die Adamys mit dem übervoll beladenen Handwagen abziehen, muss sie an den Auszug der Israeliten aus Ägypten denken. Der Unterschied ist nur, die Adamys haben das Paradies bereits verloren, auf das die Juden erst hofften.

Plötzlich fällt ihr ein, wo sie diesen Herrn Borowski, diesen frisch bestallten Dolmetscher, schon erlebt hat. Er hatte irgendwas mit dem Kurorchester zu tun, bei dem Adam hin und wieder gastieren durfte. Damals war Herr Borowski allerdings rank und schlank; sie erinnert sich an feine Pianistenhände. Der Mensch war jedoch kein Musiker, er hatte hinter den Kulissen gewirkt. Sie meint, er habe mit dem Rechnungswesen zu tun gehabt. Wenn sie das richtig behalten hat, war er so etwas wie der Kassierer des Orchesters oder gar der Organisator des Ganzen. Wohl eher Kassierer. Richtig, Adam musste ihm seine Honorarforderung vorlegen.

Mit keinem Mucks hat er an diese Vergangenheit erinnert. Merkwürdig. Es kann doch gar nicht sein, dass der Mann sie nicht wiedererkannt hat. Sie war mindestens zweimal in seinem Büro; es befand sich unter dem Dach des Kurhauses, im Sommer wahnsinnig heiß.

Hat er sich etwa verstellt und sich mit Absicht nichts anmerken lassen? Ist es denkbar, dass er sich für die Familie Tremus eingesetzt hat? Hat *er* es womöglich erreicht, dass sie verschont wurde? Eventuell in Erinnerung an die wunderbaren Konzerte, die Adam seinerzeit im Kurhaus gegeben hat? Immerhin als Solist! Meistens ist Adam im schneeweißen Anzug aufgetreten, und wie wurde er jedes Mal umjubelt!

So sieht man sich wieder, verehrter Herr Borowski.

Der Mann war erkennbar vor ein paar Tagen noch Soldat der Wehrmacht. Nun darf er, weil Gottes Wege unerforschlich sind, für die Amerikaner dolmetschen. Er wird alles tun, um in der Gunst der neuen Herren zu bleiben und alles vermeiden, weswegen er sich zu rechtfertigen hätte. Nein, beschließt sie, es ist unmöglich, dass er den Amerikanern einreden kann: Der und der verlässt sein Haus, die und die darf es behalten!

Man kann diese Existenzen nur bewundern. Lauras Vater hat recht, Fett schwimmt immer oben. Womöglich hat Herr Borowski den Krieg in einer Schreibstube verbracht; hat auf einem Drehstuhl seinen dicken Hintern platt gesessen. Jetzt geht er den Amerikanern zur Hand, als hätte er sein Leben lang nichts anderes getan. Dabei sind sie erst vierundzwanzig Stunden in der Stadt. Nächste Woche wird er wohl in einer amerikanischen Uniform rumlaufen und in einem Jahr bringt er auf Wunsch eine Bescheinigung bei, dass er quasi schon immer Amerikaner war.

Und alles, weil er beim Auszahlen der Künstlergagen Englisch gelernt hat.

Eigentlich wäre das Dolmetschen auch etwas für Laura! Sie ist eine gebildete Person, spricht jetzt schon passabel Englisch und den Rest lernt sie schnell.

Dann denkt Frieda: Und wer steht mir bei, nach Annas Desertation?

Nein, sie wird Laura keinen Floh ins Ohr setzen.

2.

Frieda hat keine Probleme mit ihren neuen Gästen. Es ist zwar eigenartig, nur Männer um sich zu haben, hat aber auch seine guten Seiten. Die Soldaten, die ihr zugeteilt werden, sind unterschiedlichen Alters, haben unterschiedliche Temperamente, selbst unterschiedliche Hautfarben. Einige von ihnen könnten als Norweger durchgehen, andere als Mexikaner oder Asiaten. Manche sind freundlich, andere rabiat bis zur Unverschämtheit, doch die Tatsache, dass sie allesamt Amerikaner sind, gibt ihnen so etwas wie Familienähnlichkeit. Alle haben auf ihre Verfassung geschworen, sind stolz auf die eine, unteilbare Nation unter Gott, mit Freiheit und Gerechtigkeit für alle. Sie rauchen durchweg wie die Schlote und die meisten haben irgendwo eine Flasche Whisky griffbereit.

Man schickt Frieda nicht die Crème der Armee, keine Oberste und keine Generale. Für ihr Haus kommen nur Soldaten und Unteroffiziere in Frage, die für Tage oder Wochen abkommandiert sind, gelegentlich auch Offiziere niedrigen Rangs. Alle Männer fallen in irgendeiner Weise aus dem Schema F; deswegen werden sie nicht in einer der zahlreichen Wiesbadener Kasernen einquartiert. Man hat ihnen durchweg *Sonderaufgaben* übertragen und ihnen ungewöhnliche Freiheiten eingeräumt.

Anfangs werden sie beim Eintreffen von Otto Borowski begleitet. Was ihn betrifft, ist es genauso gekommen, wie Frieda vorausgesagt hat: Nach fünf Tagen in amerikanischen Diensten hatte er bereits einen imposanten Titel und seitdem trägt er eine merkwürdig zivil wirkende dunkle Uniform, die ihn als einen für die US Army unentbehrlichen Einheimischen kenntlich macht. Nach zwei weiteren Wochen befehligt er den ersten eigenen Untergebenen, dann im nächsten Monat zwei weitere.

Offenbar spielt sich nichts schneller ein als eine Rangordnung.

Es vergehen jedenfalls keine zwei Monate, bis Otto Borowski eine sowohl von den Deutschen wie von den Amerikanern respektierte Größe darstellt. Zusammen mit anderen Herren seiner Couleur residiert er im ehemaligen Grandhotel *Metropole/Monopole* an der Wilhelmstraße, ehedem Wiesbadens Prachtstraße. Von der Pracht ist vieles vergangen; das *Vier Jahreszeiten* nur noch ein Trümmerhaufen. Das *Metropole/Monopole* hat den Krieg mit Ach und Krach überstanden. Es wurde zwar von Bomben getroffen, glücklicherweise sind jedoch einige Stockwerke und

Seitenflügel intakt geblieben. Fast unmittelbar nach ihrem Einzug haben die Amerikaner dafür gesorgt, dass ausgerechnet dieses ehemalige Luxushotel provisorisch instand gesetzt wurde und nach einiger Zeit näherte es sich wieder seiner eigenen Vergangenheit an. Jedes Mal, wenn Frieda dorthin geht, um etwas mit Herrn Borowski zu regeln, denkt sie an Georg. Nie wird sie den Moment vergessen, als er in elegantester Livree aus dem Portal des Hauses trat und ihr aufging, dass ihr Verehrer trotz seiner jungen Jahre bereits Portier war. Bis dahin hatte er sie glauben lassen, er sei ein strebsamer Kellner, und dann bekleidete er eine solche Position, das Aushängschild des Hauses, eines Hauses von Weltrang. Mehr als einmal hat er sie deswegen später aufgezogen.

Ach, goldene Zeit der Jugend!

An ihrem eigenen Haus hat die Besatzungsmacht ein Schild angeschraubt: ›Off limits‹. Es besagt, dass Deutsche hier keinen Zutritt haben. Gleich bei seinem ersten Besuch hat ihr Borowski eingeschärft, sich jederzeit vor Augen zu halten, dass die amerikanische Regierung eine strikte *No-fraternization-policy* verfolge. Es ist von Anfang an eine Manie von ihm, amerikanische Brocken in seine Sätze einzuflechten. Diese Marotte macht die Unterhaltung mit ihm manchmal schwierig, vorsichtshalber erklärt er allerdings meistens einige Sätze später auf Deutsch und in einfachen Worten, was gemeint ist. ›No-fraternization-policy‹ bedeutet zum Beispiel nichts anderes als Politik der Nicht-Verbrüderung. In diesem Fall ist gemeint und gewünscht, dass Stacheldraht zwischen Deutschen und Amerikanern gezogen werden soll. Nach den Anordnungen der Militärbehörden ist jeder Kontakt zwischen Siegern und Besiegten aufs Allernotwendigste zu reduzieren. Die Militärbehörden hämmern ihren Soldaten ein: *Seid misstrauisch gegenüber den Hunnen! Traut keinem von ihnen! Versucht nicht, sie zu bessern; es hat keinen Zweck, sie sind so auf die Welt gekommen!*

Borowski drückt es so aus: »General Eisenhower wünscht klare Befehle von amerikanischer Seite und prompten Gehorsam von deutscher.«

Anna interpretiert das so: »Sie wollen von den Deutschen nichts anderes hören als das devote ›Jawoll‹, das die Deutschen ja auch gründlich geübt haben.«

Seitdem sie im *Aufbau-Ausschuss* mitwirkt, unterscheidet Anna genau zwischen den Amerikanern und den Deutschen; sie selbst scheint weder der einen noch der anderen Nation anzugehören. Sie schwebt irgendwo darüber.

Weiterhin hat Borowski der Chefin und dem Personal des *Petersburger Hof* eingebläut: Auf keinen Fall einem Amerikaner die Hand geben, ist absolut tabu. Nie vergessen!

Soweit die Theorie. Wie sie aber in einem Hotel mit Leben erfüllen? Leute kommen an, sagen etwas und erwarten Auskunft. Man muss ihnen Zimmer zeigen und Schlüssel geben; das Gepäck tragen die Amerikaner üblicherweise selbst. Willy steht deswegen mehr als einmal düpiert daneben; gehörte es doch früher zu seinen Pflichten, die Koffer aufs Zimmer zu bringen.

Anfangs stehen Frieda für Begrüßung und Abschied nur die wenigen Floskeln zur Verfügung, die ihr seit Jahrzehnten vertraut sind wie *Your key please, Sir!* oder *Have a nice day!* Ganz wichtig auch *Do you want breakfast, Mister?*

Bisher war sie mit Standardfragen ausgekommen wie: *Where are you from?*, *Do you like our city?* oder *Have you been here before?*

Früher lautete die nächste klassische Frage, die man Ankömmlingen stellte: *Did you have a good trip?*, mithin also: *Hatten Sie eine gute Anreise?* Aus verständlichen Gründen streicht Frieda diese Frage als erstes aus ihrem Repertoire.

So oder so, auf Fragen dieser Natur erfolgen unweigerlich Antworten. Zum Glück sind sie meist ebenso standardisiert wie die Fragen und führen nicht weit. Früher fanden amerikanische Gäste alles in der Stadt *great* oder *lovely*, also großartig oder herrlich. Die Soldaten halten es nicht anders; manchmal meint man, es existierten für sie gar keine anderen Vokabeln als diese blassen, verbrauchten Worte.

Die Meisten benehmen sich, wie sie es von zu Hause gewohnt sind und erwarten, dass auch das Personal des *Petersburger Hof* es so halten wird. Da ist zum Beispiel die Sache mit dem Trinkgeld. Da die Amerikaner nicht wissen, wie Frieda und ihre Angestellten bezahlt werden, spendieren sie immer wieder Trinkgeld; selbst bei kleinen Handreichungen, für die früher kein Gast etwas gegeben hätte.

Einer der Gäste, ein *Private First Class* namens Robert Koch aus *Cincinnati, Ohio,* mit deutschen Vorfahren aus der Rhön und aus Thüringen (er gehört zu einer Truppe von Museumsleuten, die verschwundene Kunstschätze aufspüren und retten soll), erklärt es ihr: Die USA sind ein Trinkgeld-Land mit sehr niedrigen festen Löhnen fürs Personal. Das Trinkgeld ist daher Teil der Bezahlung und nur bedingt eine freiwillige

Wohltat. Mag es so oder anders sein, das Trinkgeld in echten Cent und Dollars (es gibt auch Militärgeld, mit dem man als Deutscher wenig anfangen kann) bringt es mit sich, dass sich Laura schon im ersten Monat des neuen Zeitalters auf dem Schwarzen Markt in der Langgasse ein Paar recht gut passender Schuhe (mit flachem Absatz) kaufen kann. Im nächsten Monat leistet sie sich ein zweites hübsches Kleid und Unterwäsche. Und das trotz der absurd hohen Preise, die dort verlangt werden.

Wer immer sich die Vorschriften zur *Nicht-Verbrüderung* ausgedacht hat, hat vergessen, dass es nicht nur Männer auf der Welt gibt. Vor allem hat er nicht an Laura gedacht, an dieses sanfte, ruhige Wesen, das nicht das Geringste unternimmt, Männer in Unruhe zu versetzen und dies dennoch immer wieder erreicht. Die Männer suchen Kontakt mit ihr, kaum, dass sie angekommen sind. Dazu wenden sie unterschiedliche Taktiken an. Manche machen ihr handfeste Angebote, suchen sie mit Zigaretten, Alkohol oder Butter zu bestechen. Andere versuchen es mit Blumen und Pralinen. Besonders Direkte sind mit den gängigen Preisen für eine schnelle Nummer vertraut; sie bieten als Gegenleistung für etwas Entgegenkommen Nylonstrümpfe an. Dann gibt es welche, die sich als feinfühlig gerieren und Laura dafür bedauern, dass ihr Mann im Krieg verloren gegangen ist. Offenbar sind sie bereit, etwas Trost zu spenden. Laura erwidert dann meistens, sie glaube fest daran, dass Heini eines Tages unversehrt wieder vor der Tür stehe. Für diesen Tag lebe sie.

In jedem Fall sind die Männer beglückt, wenn sie das Baby sehen.

Frieda bewundert es, wie Laura die ausgehungerten Kerle auf Distanz hält. Sie wird nie laut, nie unhöflich, erfüllt nach Möglichkeit alle Wünsche, aber gönnt nicht einem der Männer auch nur einen persönlichen Blick.

Lucie ist in der Hinsicht nicht gefährdet, Anna ist kaum im Haus und Frau Roos im Herzen dem Führer Adolf Hitler weiterhin treu. Sie, Frieda Tremus, Witwe, würde durchaus mit dem Einen oder Anderen ein paar persönliche Worte wechseln. Doch sie zwingt sich, mit gutem Beispiel voranzugehen. Entsprechend reduziert sie alle Unterhaltungen auf geschäftlichen Verkehr, sieht man mal von *Private First Class* Robert Koch ab. Obwohl er so viel jünger ist als sie, ganz und gar andere Interessen und Erfahrungen hat, sieht sie ihn gern, spricht sie gern mit ihm und bewundert ihn für alles, was er tut. Manchmal glaubt sie, er sei der sehr viel jüngere Bruder von Richard, dieselbe zupackende Art wie der junge

Richard. Wie schmerzt es sie, dass sie ihren Geliebten nicht sehen, nicht umarmen kann. Aber es macht kaum einen Unterschied, ob man auf den Mond oder in die französische Zone will.

Unter keinen Umständen gibt sie einem der Gäste die Hand, nicht mal Mr. Koch. Otto Borowski hat ihr in diesem Punkt tatsächlich Angst eingejagt. Er hat ihr klipp und klar ins Gesicht gesagt, sollte er merken, dass sie etwas mit einem Angehörigen der US Streitkräfte anfängt, egal was, lässt er sie hochkant aus dem eigenen Haus werfen. Frieda glaubt ihm in diesem Punkt; er ist der geborene Despot. Wahrscheinlich hat er bereits irgendeine fähige Kraft in der Hinterhand, die nur darauf wartet von dem Fettwanst als Treuhänder eingesetzt zu werden.

Frieda traut ihm keinen Moment lang, weiß aber auch nicht, wie sie ihn auf ihre Seite ziehen kann.

Nach einigen Monaten wird die amtliche *Jeder-für-sich-und-Gott-für uns alle*-Politik stillschweigend aufgegeben. Frieda bleibt, was die Verbrüderung mit den Gästen angeht, dennoch auf der Hut.

Nach kurzer Zeit sind alle im Haus mit der amerikanischen Lebensweise vertraut. Man könnte meinen, sie hätten einen entsprechenden Kurs in der Volkshochschule absolviert. Nun wissen alle, dass Amerikaner zum Frühstück Tomaten-, Orangen- und/oder Grapefruitsaft trinken, dazu Unmengen von dünnem Kaffee, der himmlisch riecht, aber kaum besser schmeckt als der gewohnte Muckefuck. Merkwürdig auch das weiche, weiße Brot, das sie essen; Brötchen und Schwarzbrot rühren sie nicht an. Sie lieben braune Bohnen mit Tomaten und geräuchertem Speck, schätzen Dosensuppen und futtern selbst weiche, matschige Spaghetti aus Dosen.

Ihr deftiges amerikanisches Frühstück ist nicht mit dem in Europa bekannten Frühstück zu vergleichen, entsprechend unterscheiden die neuen Gäste zwischen *American Breakfast* und *Continental Breakfast.* Das Erstere besteht aus Eiern, Schinken, Speck, Würstchen, Cornflakes und Muffins, kleinen braunen Kuchen in einem geriffelten, gewachstem Papier, und große Mengen von Pfannkuchen mit und ohne Ahornsirup. Anfangs gibt es wegen des *Maple Syrup*, eben des bewussten Ahornsirups auf und zwischen Stapeln von Pfannkuchen Missverständnisse. Es geht darum, wie viel Sirup muss es sein und in welcher Weise muss er aufgetragen werden. Dem Einen ist es zu viel, dem Anderen zu wenig Ahornsirup. Es dauert Wochen, bis das allgemein akzeptierte Mittelmaß gefunden ist.

Das Frühstück wird von Rudolf Döringer zubereitet, dem ältesten Sohn der Frau Döringer. Er ist zwar kein gelernter Koch, im Gegenteil, er ist Uhrmacher; aber er hat die guten Gaben seiner Mutter geerbt. Wie viel Renommee hatte Frau Döringer früher dem *Petersburger Hof* mit ihren herrlichen Fischsoupers eingetragen. Frieda konnte gar nicht so viele Vorbestellungen annehmen, wie nachgefragt wurden. Frau Döringer ist leider bei einem der schweren Bombenangriffe auf Kassel ums Leben gekommen. Rudolf selbst ist als Soldat durch halb Europa gezogen. Bei einem Partisanenüberfall verlor er auf Kreta beide Beine und wurde als *nicht verwendungsfähig* in die Heimat zurücktransportiert. Mittlerweile hat er sich mit seinen Prothesen arrangiert und ist beinahe jeden Morgen der Erste, der vor der Tür steht. Gelegentlich hat er Rückfälle. Dann ist es ihm unmöglich zu stehen oder gar vom Hofgut Geisberg herunterzukommen, wo er sich mit einem anderen Kriegsversehrten einen Raum teilt. In solchen Fällen bewährt sich Frau Roos. Wenn sie auch nicht kocht oder serviert, so hat sie doch klare Vorstellung davon, was als Erstes und was als Nächstes dran ist und wie es gemacht werden muss. Herr Döringer wird selbstverständlich nach Stunden bezahlt.

Die Lebensmittel selbst werden von speziellen Versorgungskommandos geliefert. Man kann es nicht anders sagen, sie berechnen ihre Lieferungen ausgesprochen großzügig. Ganz offenbar gehen sie von Schwund in der Küche aus, und darin liegen sie nicht falsch.

Alles zusammen führt dazu, dass die Bewohner des Kosmos *Petersburger Hof* keinen Hunger kennen, und dies in einer Zeit, in der das Land hungert wie nie zuvor. Die amerikanische Kost mag ungewohnt sein, gelegentlich eintönig, sie ist aber in jedem Fall ausreichend, manchmal sogar zu kalorienreich.

Anna, die Pendlerin zwischen den Welten, betrachtet Fülle und Überfülle im Haus mit einer Mischung aus Verachtung und Verzweiflung. Die Allermeisten in der Stadt frieren und hungern, teils abwechselnd, teils gleichzeitig, führen einen schrecklichen Kampf ums Überleben. Oft bleiben die Lebensmittelkarten ein Stück Papier. Wenn die Versorgung der Läden mal wieder zusammenbricht, kann man bei größter Anstrengung nicht auftreiben, was sie versprechen, Milch, Zucker, Fett; manchmal fehlt es sogar an Brot. Manch alter Mensch stirbt wegen der Verhältnisse still und unbeachtet, wie eine flackernde Kerze erlischt. Und gleichzeitig werden im *Petersburger Hof* Toastbrot-Scheiben weggeworfen, wenn sie ein wenig angebrannt sind, oder Würstchen vernichtet, weil sie zu lange im Fett gelegen haben. Die deutschen Männer gieren nach einer Zigarette und die Sieger rauchen, wie zur Provokation, ihre nur an und drücken sie schon wieder aus. Die Amis lieben es zu sehen, wie sich die Raucher um ihre Kippen schlagen. Es hat was vom Vergnügen an Gladiatorenkämpfen.

Anna gehört in diesen Monaten nicht zur Stadtverwaltung und auch nicht zur Gewerkschaft. Offiziell sind die Gewerkschaften noch nicht wieder zugelassen; immerhin werden sie unter der Hand geduldet. Doch Anna arbeitet, als wäre sie Teil des Magistrats und gleichzeitig Funktionärin der Gewerkschaften. Sie kümmert sich um Probleme, von denen Frieda nie zuvor gehört hat und von denen sie unter anderen Umständen wahrscheinlich ihr Leben lang nichts hören würde. Anna kümmert sich um die *Displaced Persons*, ehemalige Fremdarbeiter, verzweifelte Menschen, die unter entsetzlichen Umständen im beschlagnahmten Museum und in den Gersdorff-Kasernen hausen. Anna macht sich Gedanken, ob in einer zukünftigen Verfassung die Möglichkeit der Sozialisierung vorgesehen sein soll und wie die entsprechenden Paragrafen ausgestaltet werden müssen, damit sie von den Amerikanern akzeptiert werden. Einmal organisiert sie zusammen mit dem Oberbürgermeister eine Feierstunde zur Begrüßung der aus KZs zurückgekehrten Wiesbadener Opfer der Naziherrschaft.

Unglückseligerweise zahlt die Stadt Anna kein Gehalt; die sich wieder etablierende Gewerkschaft drückt ihr zwar ein paar Groschen in die Hand, zum Leben zu wenig und zum Sterben zu viel. Mehr ist nicht in der Kasse. Nach wie vor lebt Anna deswegen von ihren Einkünften als nominelles Zimmermädchen des Peterburger Hof. Und vom reichhaltigen amerikanischen Frühstück und Abendessen, das hier geboten wird. Für Frieda ist es selbstverständlich, dass sie Anna weiterhin Lohn zahlt, obwohl diese beim besten Willen keinen Finger für das Haus rühren kann. Oft genug schläft Anna bei ihrer Überfülle an Arbeit abends einfach da ein, wo sie gerade steht oder sitzt.

Frieda scherzt, wenn sie Anna den Lohn zusteckt: »Schreib' dir irgendwo auf, was ich dir gebe … Du bist mit Rückzahlung dran, wenn du erst mal im Magistrat sitzt!«

3.

Eines schönen Sommertages erhält Anna ein offizielles Schreiben von einer amerikanischen Dienststelle. Der Name dieser Dienststelle verwirrt Frieda anfangs. Die Stelle heißt *Office of Strategic Services*, wird mit den Buchstaben *OSS* abgekürzt und residiert auf der Biebricher Höhe, und zwar im Sektschloss Henkell, dem früheren Hauptgebäude der Sektkellerei Henkell. Mit dem Schreiben wird Anna eingeladen, am nächsten informellen Treffen deutscher Politiker und Antifaschisten mit Angehörigen der Militärregierung teilzunehmen.

Frieda hat das Schreiben aus Versehen geöffnet; eigentlich aus Angst, Anna sei den Amerikanern durch ihre Tätigkeit für die im Zwielicht agierende Gewerkschaft (sie ist weder erlaubt noch verboten) unliebsam aufgefallen. Während des Tages, solange sie auf Anna wartet, liest Frieda das Schreiben gleich noch zweimal. Sie kann nicht fassen, was da steht. Die Militärregierung gibt sich die Ehre, Frau Anna Wienandt zu einem Treffen einzuladen. Es geht um Meinungsaustausch. Sie soll mitteilen, ob Übernachtung gewünscht wird; in diesem Fall wird für sie ein Zimmer reserviert.

Ihre eigentliche Überrumplung erlebt Frieda allerdings erst am Abend, als Anna endlich nach Hause kommt. Die wundert sich nicht mal über das Schreiben. Sie sagt, die Einladung sei ihr angekündigt worden und sie habe bereits mündlich zugesagt. Ohne Übernachtung!

Der Brief ist für Frieda der allerletzte Beweis, dass Anna auf dem Weg nach oben ist. Seit dem Tag, als sie zum ersten Mal mit dem *Aufbau-Ausschuss* tagte, geht sie den Weg, den vor ihr Georg gegangen ist; Frieda kennt die Zeichen nur zu gut. Anna spricht kaum darüber, Verschwiegenheit ist ihr zur zweiten Natur geworden. Aber ihre Andeutungen genügen Frieda; den Rest kann sie sich zusammenreimen. Anna knüpft Beziehungen, wird in ihren Kreisen zunehmend geschätzt und von politischen Gegnern zunehmend bekämpft, zumindest belächelt. Alles ist wie es damals bei Georg war. Der gleiche unbeirrbare Ehrgeiz wie bei ihm. Georg war als Hotelier gedacht, wollte aber unbedingt Politiker werden. Wie bei ihm frisst die Politik auch bei Anna alles andere auf. Frieda bewundert Anna dafür, wie sie noch spät am Abend und, wenn es partout nicht anders geht, sogar mitten in der Nacht Englisch lernt. Gelegentlich schläft sie dabei über ihren Heften ein, stört sie aber nicht. Anna hat sich zwei handliche Broschüren zum raschen Erlernen der Sprache beschafft, den Rest bewerkstelligt Laura. Sie bringt ihr Vokabeln, Aussprache und Grammatik bei, korrigiert ihre Arbeiten, und als Wichtigstes von allem, sie gibt Anna Sicherheit, lobt sie für alle Fortschritte und lässt keinen Fehler durchgehen. Laura ist als Lehrerin auf die Welt gekommen.

Frieda sieht ein, dass Anna ohne Englisch nicht weit kommen kann. Gegenwärtig ist es sehr hilfreich, die Floskeln *Can I have a cigarette?* und *May I have a word with you?* zu kennen. Vor allem sollte man die Beteuerung *I was never an active Member of the Nazi Party* stets parat haben. Doch diese Sätze reichen selbstverständlich nicht aus, wenn man vorankommen will.

Während des bewussten Tages beschäftigt Frieda die Frage, woher weiß die Militärregierung von Annas Existenz? Letztlich ist sie auf dem Papier Zimmermädchen im Hotel ›Petersburger Hof‹ und nichts sonst. Woher also wissen die Herren von ihr?

»Frieda, hörst du nicht zu, wenn ich was erzähle? Ich dachte, ich hätte dich über jeden Augenaufschlag des Stadtkommandanten informiert. Wie konnte ich denn ahnen, dass in der Hinsicht noch Fragen offen sind … Ich habe dir berichtet, wir haben den Stadtkommandanten schon zweimal in seiner Residenz aufgesucht, der gesamte *Aufbau-Ausschuss*, Mann für Mann und meine Wenigkeit … Ich habe dir dargestellt, was wir a) erreichen wollen und b) was die Amerikaner von uns erwarten. Hast du überhaupt nicht zugehört? Ist das für dich ebenso banal wie das, was Georg zu sagen hatte?«

Frieda lässt sie nicht weiterreden: »Natürlich höre ich dir zu. Aber das ist doch ein gewaltiger Unterschied, ob du dem Stadtkommandanten gegenüberstehst oder der Militärregierung … In dem Schreiben steht: ›Die Militärregierung gibt sich die Ehre‹. *Die Militärregierung*, Anna!«

»Ja, und? Wo ist der Unterschied? Das eine wie das andere sind amerikanische Offiziere. Ist doch selbstverständlich, dass die untereinander in Kontakt stehen …«

Frieda will wissen: »Und wer kommt dorthin, zu diesem Treffen? Wer wird da eingeladen?« Sie sagt das so, als sei sie einer Verschwörung auf der Spur und stehe kurz davor, das Komplott zu zerschlagen.

»Frieda, ich weiß wirklich nicht, was du willst. Du hast doch die Einladung studiert … Und vielleicht lässt du mich nächstens meine Post selbst aufmachen …«

»Ich habe mich ja schon entschuldigt ... Ich hatte nicht darauf geachtet, ich dachte ...«

»Ist ja gut. Aber um deine Frage zu beantworten, dort treffen sich a) deutsche Antifaschisten und b) Amerikaner, die für die weitere Entwicklung in Deutschland verantwortlich sind.«

Mit einem Wort, Anna gibt nur das zu, was eh bekannt ist. So wird sie auch bei der Gestapo verfahren sein.

Frieda belässt es dabei.

Hat sie Hunger? Will sie was essen?

Nein, nur lernen!

Anna setzt sich an den Schreibtisch in Zimmer 1, holt ihre beiden abgegriffenen Lernhilfen aus einer der unteren Schubladen und beginnt, etwas abzuschreiben. Welch ein Glück, dass es im Haus Papier gibt!, bemerkt sie dabei dankbar. Hinter Papier sind die meisten Leute tatsächlich her wie der Teufel hinter der armen Seele; hier ist es reichlich vorhanden, wie zu Friedenszeiten. Nun, zieht Anna das Fazit aus allem, Gott ist extrem gut zu Frieda Tremus, lässt sie nie aus den Augen. Frieda hat es ja mehr als einmal selbst offenbart.

Frieda weiß selbstverständlich den gutmütigen Spott einzuordnen. Dennoch weist sie Anna darauf hin, dass auch der Papiervorrat *organisiert* werden musste. Wie viel unerfreuliche Rederei mit Herrn Borowski hat das gekostet. Anna soll nicht alles für selbstverständlich halten!

Frieda setzt sich in den Sessel am Fenster und blättert in einer der amerikanischen Zeitschriften, die hier für die Gäste ausliegen – seltsamerweise schickt man ihr vor allem ausgesprochene Frauenzeitschriften. Diese hier heißt *Woman's Day* und bietet vor allem Kochrezepte und Tipps für die Hochzeit. Eine Braut ist in einem ganz engen weißen Kleid abgebildet, in einem Kleid, wie für eine Tänzerin gemacht.

Frieda ist unzufrieden mit der Situation. Sie ist nicht neidisch auf Anna, das nicht. Aber sehr weit von Neid entfernt ist ihre gegenwärtige Befindlichkeit auch nicht. Plötzlich sagt sie: »Anna, was ist denn das neuestens für eine Verrücktheit von dir, diese Einteilung in a, b und c?«

»Was meinst du?«, fragt Anna geduldig, aber erkennbar uninteressiert.

»Ich frage dich, wer eingeladen ist und du sagst mir: a) amerikanische Offiziere und b) deutsche Widerstandskämpfer ... Wo lernst du so was? Bei deiner Gewerkschaft oder wo?«

»Kann ich dir nicht sagen ... Doch, ich weiß, wo ich das herhabe: Von Werner Maschmeyer ... Er zergliedert jedes Problem, ehe er es löst.«

»Das ist ein wirklich tüchtiger Mann, wenn er *jedes* Problem löst.«

»Oder zu lösen versucht«, korrigiert sich Anna.

»Eins sage ich dir: Die Unterhaltung mit dir war wesentlich amüsanter, als du noch süchtig auf Kino warst ... Als du dich noch über die Taten und Untaten von Kinohelden erregt hast. Was ist daraus geworden?«

»Ich warte ebenso sehnsüchtig darauf wie du, dass die Kinos wieder aufmachen ... Kannst du nicht *dafür* mal beten?«

»Was soll denn der liebe Gott noch alles für mich regeln?«

Anna versucht zu lernen, reagiert deswegen diesmal nicht auf Friedas Bemerkung.

Diese fährt ziellos, weil unzufrieden, fort: »Wenn ich es genau nehme, konnte man sich am besten mit dir unterhalten, als du noch über das Fräulein Thecla herziehen konntest.«

»Tut mir leid, dass ich so langweilig geworden bin«, gibt Anna zurück. »Sieh es mir nach, dass mein Esprit flöten gegangen ist. Aber wenn du sechzehn Stunden am Stück ohne Erfolg versuchst, die Kartoffellieferung anzukurbeln ...«

»Ja, ich weiß, du musst kämpfen und mir fällt alles in den Schoß!«

»So ist es! Dir trägt man ja sogar die Kartoffeln geschält und in Stücke geschnitten ins Haus!«

»Ja, Süßkartoffeln und in Blechbüchsen! Darauf kann ich gut verzichten!«

Sie steht auf, sagt bissig *Nacht!* und verlässt das Zimmer. Sie wirft die Tür hinter sich zu, beziehungsweise würde es tun, wenn es möglich wäre. Die Tür zu Zimmer 1 ist jedoch eine Schwingtür und insofern fällt die Geste weit weniger dramatisch aus als gewünscht.

Während Frieda zum Schlafzimmer geht, steht ihr plötzlich wieder vor Augen, wie sehr sie sich früher darum bemühte, Anna Selbstbewusstsein einzuimpfen. Über Jahre hatte sie ihr gepredigt, sich von dieser tyrannischen Thecla, dieser unverschämten Kuh, nicht alles gefallen zu lassen. Anna hatte dazu nur vage gelächelt und geantwortet: *›Ich bin nicht du, Frieda‹*. Die Gestapo-Leute im Saarbrücker Schloss haben aus Anna offenbar eine andere Frau gemacht. Jetzt braucht sie in dieser Hinsicht keine Ermunterung mehr; jetzt ist sie offenbar fest entschlossen, sich zu behaupten.

Es ist gegen elf, als Anna zur Biebricher Höhe und zu dem bewussten Treffen aufbricht. Laura hat sie leicht geschminkt; Anna hat keine Hand für so was. Wenn man ihr nicht hilft, sieht sie nach Schminkversuchen aus wie ein Clown. Frieda beschleicht, als sie Anna nun so herausgeputzt sieht, erneut dieses ungute Gefühl, das sie bereits beim ersten Lesen der Einladung empfunden hatte. Diesmal gesteht sie sich ein: Es ist Neid. Sie ist an ihr Haus gefesselt, sie wird von morgens bis abends von den Gästen traktiert. In dieser Hinsicht sind die Amerikaner nicht anders als alle Übrigen, die je im Haus waren. Und wenn die Männer endlich Ruhe geben, muss der nächste Tag vorbereitet werden. Es hört nie auf. Anna dagegen ist vogelfrei; kann tun und lassen, was sie will, und nun trifft sie sich sogar mit Menschen, denen man die Zukunft des Landes anvertrauen will.

Frieda schärft ihr ein, da hat Anna bereits die Klinke der Haustür in der Hand, sie soll Dosenkaffee und Büchsenmilch mitbringen.

»Warum das?«, gibt Anna verwundert zurück.

Frieda erklärt ihr von oben herab, nach allem, was sie gehört hat, werden Leute, die mit Amerikanern zu tun haben, von denen mit Büchsenmilch, Kaffee, Hershey-Schokolade oder ersatzweise Zigaretten beschenkt.

»Ich werde mich bemühen, deinen Wunsch zu erfüllen«, verspricht Anna verwundert.

»Viel Spaß!«, wünscht Frieda, und Anna verlässt das Haus. Vor der Haustür steht eine riesige, in Armeefarbe gespritzte Limousine; ein Soldat reißt für Anna den Schlag auf und die steigt ein.

Anna!

Es ist alles nicht zu fassen!

Frieda sieht zu, wie die Limousine den Geisberg hinunterrollt und denkt: Um Kaffee und Hershey-Schokolade braucht sie wirklich nicht zu betteln. Alles, was Amerikanern wichtig ist, ist im Haus, einschließlich Coca-Cola. Das ist eine braune Limonade, die die Sieger für ihr Leben gern trinken, ein reines Kindergetränk. Um das Cola sachgerecht zu lagern, wurde von der Army ein spezieller Kühlschrank geliefert. Das Problem ist allerdings, dass der Strom nur sehr unregelmäßig kommt, meistens am Abend und in der Nacht. Bedeutet, die Eisstangen, die wie eh und je mit dem Pferdewagen vom Sonnenberger Eiskeller gebracht werden, sind immer noch zuverlässiger als die modernste elektrische Kühlung.

Anna kommt erst kurz vor Mitternacht zurück, auch diesmal in einer Limousine der Besatzungsmacht. Sie hat tatsächlich eine sehr hohe Tüte aus braunem Packpapier dabei, bis zum Rand mit Kaffee und Zigaretten gefüllt, auf dem Schwarzmarkt stellt das ein Vermögen dar. Frieda will darüber eine freundliche Bemerkung machen, dann fällt ihr auf, wie ernst Anna wirkt und erkundigt sich: »Was ist denn?«

»Wir gehen in die Küche ... Ich muss dir was sagen!«

Die beiden Frauen nehmen am großen, blank gescheuerten Küchentisch in der Mitte des Raumes Platz. Frieda fürchtet Schreckliches.

Anna zögert: »Frieda, ich weiß nicht, wie ich es dir beibringen soll ...«

»Möglichst in ganz einfachen Worten! Und ohne a, b und c!«

Darauf erklärt Anna direkt und ohne jede Verzierung: »August ist hier, seit Monaten! Er ist jetzt amerikanischer Offizier!«

Die Mitteilung macht Frieda stumm. Genauso gut hätte Anna sagen können: Georg ist aus dem Grab auferstanden! Oder: Sie haben deinen Vater gefunden, er ist jetzt Metzger!

Wie konnte August ihr das antun!

Das Verhältnis zwischen dem Jungen und ihr war immer kompliziert; vom ersten Tag an. Welch schwere Geburt; die Ärzte hatten um sie, Frieda, gefürchtet. Dann Augusts absurde Abwehr während seiner gesamten Kindheit. Wenn sie ihn in den Arm nehmen wollte, wurde er steif wie ein Stock. Als hätte ihm jemand in frühester Jugend eingebläut: Deine Mutter will dich nicht, hat dich nie gewollt! Du bist unerwünscht!

Es ist wahr, nach Adams Geburt sollte Schluss sein mit dem Kinderkriegen, aber das hat doch August nie erfahren! Wer hätte es ihm sagen sollen? Außerdem hatte sich Georg ja über ihre diesbezüglichen Wünsche hinweggesetzt, also das kann doch nie eine Rolle gespielt haben.

Mit vierzehn hatte August seine erste Frau, wenn nicht noch früher. Bei ihm war das Zusammensein mit einer Frau nicht das unsichere Rumsuchen der Jugend, nein, er war viel zu früh reif geworden. Er war mit vierzehn, fünfzehn schon ein großer Kerl, wesentlich stattlicher als Jungen seines Alters, selbst damals schon regelrecht gutaussehend. Entsprechend wunderte es niemand, dass er da schon ein Verhältnis unterhielt. Andere seines Alters machten sich in Sorgen um ihre Schulnoten und Versetzungen und August verschob Millionen, zusammen mit seinem Lehrherrn van Huyens. Dass er später nach Amerika verschwand, war nach diesem Anfang nur konsequent. Aus den USA hatte sie insgesamt zwei Postkarten von ihm bekommen, eine Ansichtskarte vom Dach des *Empire State Building* und eine Weihnachtskarte, die *Freiheitsstatue* im

Schnee. Jahrelang hatten die Karten im Rahmen ihres Frisierspiegels gesteckt, bis sie sie eines Tages voller Wut zerrissen und weggeworfen hatte.

Endlich fasst sich Frieda, fragt: »Was sagst du, er ist Offizier? Wie kann denn das sein? Er hatte doch kein richtiges Schulzeugnis, nicht einen Abschluss!«

»Im Krieg kann man Karriere machen! Denk an *Wallenstein*!«

»Wer ist *Wallenstein*?«

»Der Heerführer im Dreißigjährigen Krieg, der Günstling des Kaisers und der größte Kriegsgewinnler aller Zeiten …«

»Kenn' ich nicht.«

»Tut mir leid. Ich weiß nicht, warum mir ausgerechnet *Wallenstein* eingefallen ist.«

»Wenn August wirklich ein Offizierspatent hat, hat er's gekauft! Das traue ich ihm zu … Du hast gesagt, er ist seit Monaten hier?«

»Vom ersten Tag an.«

»Es hieß doch, die kämpfende Truppe ist gleich weitergezogen?«

»Er gehört nicht zu den kämpfenden Einheiten, er gehört zum Nachrichtendienst … Was bei den Deutschen *Abwehr* hieß, ist bei ihnen der *OSS*.«

»Wie sieht er aus?«

»Noch besser … Wie ein Filmschauspieler … Die Uniform steht ihm blendend!«

»Na, dann wird er ja noch mehr Frauen becircen … Und was macht er da, bei dieser Einheit? Ist er etwa der Chef?«

»Der zweite Mann; Chef ist ein *Captain* und er ist *Lieutenant* …«

»Es ist nicht zu fassen! Jede Woche habe ich einen Brief von seinem Direktor bekommen, ich soll ihn zur Schule schicken, und jetzt ist er amerikanischer Offizier … Na ja, was wundere ich mich? Du bist ja auch bald Minister! … Warum gibt's eigentlich keine *Ministerin*?«

»Weil's so ist!«

»Hat er dich gleich erkannt oder musstest du dich irgendwie bemerkbar machen? Wie ist denn das Wiedersehen abgelaufen?«

»Er hat in der Halle auf mich gewartet. Die Einladung habe ich ihm zu verdanken …«

Frieda zögert, ihr ist ein schrecklicher Gedanke gekommen: »Muss ich mich etwa auch bedanken? Hat *er* dafür gesorgt, dass wir nicht aus dem Haus gejagt wurden? Soll ich ihm dafür dankbar sein?«

Anna schweigt, beinahe schuldbewusst, und kaut auf der Unterlippe herum. Sie will oder kann nicht darüber sprechen. Frieda schließt daraus, nein, sie ist ihrem Sohn August nichts schuldig; August hat keinen Finger für seine Mutter gerührt.

Sie schluckt einmal, vergießt aber nicht eine Träne. Sie steht auf, sagt dabei: »Ich gehe ins Bett … Das reicht für heute. Bleibst du noch auf? Lernst du noch?«

»Nein, ich habe zu viel getrunken…«

»Dafür hättest du ein bisschen lustiger sein können. *Wallenstein*! Und sonst? Wie war das Treffen?«

»Sehr interessant.«

»Ist August verheiratet? Hat er Kinder?«

»Darüber haben wir nicht gesprochen.«

»Ich wette, er hat ein Verhältnis mit der Frau irgendeines Generals …«

»Ich tippe eher auf einen Admiral. Die Seefahrt hat ihn doch immer fasziniert.«

Beide lachen; zum ersten Mal seit Wochen sind sie Freundinnen und nichts sonst.

4.

Frieda versucht alles, um sich nicht anmerken zu lassen, wie sehr Annas Enthüllung sie getroffen hat. August ist seit Monaten in Wiesbaden und lässt sich nicht blicken? Ruft nicht an, hält es nicht für nötig, auch nur guten Tag zu sagen? Lädt stattdessen Anna ein!

Wenn Frieda im Bett liegt, auf die kahle Decke starrt, denkt sie manchmal: Er will Rache nehmen! Aber Rache wofür? Welche Kränkung will er wettmachen? Je nach Laune beschließt sie, sie wird August zur Rede stellen oder sie wird im Gegenteil niemals mehr ein Wort mit ihm wechseln.

Die eigene Mutter derart zu demütigen!

Weil Frieda ist, wie sie ist, packt sie eines Tages dann doch den Stier bei den Hörnern. Sie bittet *Private First Class* Robert Koch, diesen gewinnenden Museumsmenschen, als er auf dem Weg zu seiner Dienststelle ist, in Zimmer 1: Kann er ihr einen Gefallen tun? Ist es ihm möglich, für sie einen Termin mit August zu arrangieren?

Mr. Koch versteht nicht; was erwartet sie von ihm? Warum macht sie das nicht selbst? In ihrem Haus funktioniert doch das Telefon; sie braucht doch nur den Hörer abzunehmen.

Sie gesteht ihm, sie kann gegenwärtig nicht vernünftig mit ihrem Sohn reden. Sie wird schon an seiner Schreibkraft scheitern; die wird sie abwimmeln, wenn sie nur ihren Namen nennt. Und selbst, wenn ein Telefongespräch zustande käme, würde sie ihren Sohn nur beleidigen oder er sie. Aus gewissen Gründen will sie Anna nicht als Vermittlerin einschalten und ihre Schwiegertochter Laura noch weniger.

Und was erwartet sie nun von ihm? Soll er mit Lieutenant Tremus ein paar Worte wechseln und sie übernimmt dann der Hörer? Stellt sie sich etwas in dieser Art vor?

Ach was, wehrt Frieda ab, sie bittet ihn nicht, eine Boulevard-Komödie zu inszenieren. Aber es ist doch leicht zu verstehen, warum sie ihn anspricht, sie braucht jemanden, der vernünftig mit August verhandeln und mit ihm einen Termin verabreden kann. Es ist bitter genug, dass es so zwischen ihr und ihrem Sohn steht, aber es hat keinen Sinn, Mr. Koch irgendetwas vorzuspielen. Tut er ihr den Gefallen?

Er wird es versuchen, verspricht dieser.

Er ist wirklich ein netter Mann und ganz zart entwickeln sich Bande. Laura ignoriert ihn etwas weniger als die Übrigen, aber vom Beginn einer Liebesaffäre kann man wirklich nicht sprechen. In dieser Hinsicht kann Frieda ihre Schwiegertochter nur bewundern; ihre Treue zu Heinrich ist beinahe übermenschlich. Letztlich hat sie Heinrich nur wenige Tage gekannt und an dessen Vaterschaft mag Frieda immer noch nicht glauben. Ausgerechnet Heinrich, dieser zart besaitete Mann, soll sich, kaum hatte er sie gesehen, auf Laura gestürzt haben? Das kann glauben, wer will. Und nun in russischer Gefangenschaft! Sie darf sich gar nicht vorstellen, was er da erleidet. Hauptsache, er überlebt. Der Mensch erträgt so viel, und Heinrich hat zum Glück das Geschick, sich Freunde zu machen. Das ist in solcher Lage das A und O. Wer weiß, womöglich ist er viel früher wieder da, als alle vermuten. Sie selbst hat keinen Zweifel, dass er zurückkehren wird. Das *Große Ägyptische Traumbuch* hat es ihr mehr als einmal bestätigt.

Um auf Mr. Koch und Laura zurückzukommen, zuerst haben sie über Maler und Malerinnen geredet, wenn sie ihm den Kaffee zum Frühstück brachte oder wenn sie sich gelegentlich auf der Treppe begegneten. Das lag nahe, er Museumsmann und sie die Tochter eines Kunstmalers. Dann nahm er sie mal mit ins Ufa-Kino an der Wilhelmstraße. Das herrliche Kino ist jetzt für Deutsche *off Limits*, aber er konnte sie dort einschmuggeln. Laura entwickelt durchaus Sympathie für ihn und sie hat sehr schnell gemerkt, dass er Anderes sucht als schnelle Befriedigung, dennoch weicht sie ihm weiterhin aus.

Es ist schon ein großer Erfolg für ihren Verehrer, dass er es mit der Zeit erreicht, dass sie hin und wieder im Dambachtal spazieren gehen; mehr geschieht nicht. Was sollte auch geschehen? Offiziell dürfen Amerikaner den Deutschen immer noch nicht die Hand reichen! Und dieser arme Mann ist bis über beide Ohren verliebt.

Frieda weiß nicht, soll sie Laura zu- oder abraten, ihm entgegen zu kommen. Das Leben ist für alle sehr kurz, und ihre Treue nutzt Heinrich in seiner russischen Gefangenschaft nichts. Wenn Heini an sie denkt, wird er sowieso glauben, er habe eine Göttin erobert. Ob sie nun Mr. Koch und sich selbst die eine oder andere kleine Freude gewährt, spielt dabei keine Rolle.

Frieda macht sich nichts vor, sie würde es tun, wäre sie an Lauras Stelle. Doch sie ist nicht Laura. Offenbar hat ihre zarte, durchgeistigte Schwiegertochter nicht die Bedürfnisse, die andere Frauen ihres Alters haben. Wenn man nur an Doris denkt. Doris macht ihr mindestens einmal in der Woche die Aufwartung; sie behauptet, sie komme wegen des Kaffees und der Erdnussbutter, die es hier gibt; außerdem ist sie verrückt auf Erdnussplätzchen. Die Wahrheit ist natürlich, nirgendwo in der Stadt kann sie leichter, ein Stelldichein mit einem strammen jungen Kerl verabreden als hier.

Frau Frieda Tremus hat sich schriftlich verpflichtet, das Haus als Kloster zu führen. Otto schärft es ihr bei jeder seiner Kontrollen aufs Neue ein. Das kann er sich sparen. Nichts hat Frieda ihr Leben lang mehr gefürchtet und gehasst, als mit einer Puffmutter in einen Topf gesteckt zu werden. Entsprechend achtet sie eisern darauf, dass nicht irgendwelche Frauen von der Straße auf die Zimmer gelangen; gleichgültig, ob sie professionelle Huren sind oder nur auf ein Paar Nylonstrümpfe scharf sind.

Was Doris angeht, drückt sie beide Augen zu; findet immer noch ein Eckchen für sie. Sie rechnet es ihr hoch an, dass sie der Adamys wegen nicht den geringsten Zirkus veranstaltet hat. Doris hat praktisch kein Wort darüber verloren, dass sie, Frieda, ihre Nachbarn eigenmächtig in ihr Gartenhaus einquartiert hat. Um sich zu revanchieren, bringen ihr die Adamys immer mal eine Handvoll Obst oder Gemüse. Dabei behaupten sie stets, es stamme aus der Nachbarschaft. Das soll heißen: Wir würden doch niemals den großherzigen Doktor Waltz und seine ebenso generöse Gattin auch nur um eine Kartoffel betrügen!

Private Koch erreicht, was Frieda ihm aufgetragen hat; er erwirkt für sie eine Audienz bei August für den kommenden Freitag, zwei Uhr nachmittags; nach neuer Zeitrechnung 02:00 p.m.

Als Frieda am bewussten Freitag aufsteht, ist ihr erster Gedanke: Ich gehe nicht hin! Wie komme ich dazu, mich vor meinem Sohn zu demütigen? Es ist überdeutlich, er will nichts mit mir zu tun haben. Was soll er noch tun, um mir das begreiflich zu machen?

Womöglich ist er sogar im Recht.

Nach seiner Auswanderung hat sie wenige Gedanken an ihn verschwendet. Hin und wieder hatte sie sich die Allerweltsfrage gestellt, wie's ihm wohl geht? So hat sie aber auch an manchen verflossenen Gast gedacht, der nur ein paar Tage oder Wochen im Haus gewesen war. Ansonsten hatte sie stets andere Sorgen als August. Wahrscheinlich hatte sie geglaubt, solange man nichts von ihm höre, werde es ihm wohl gutgehen.

Sie wappnet sich gegen Augusts mögliche Vorwürfe und legt sich eine Verteidigung zurecht. Sollte er sie darauf ansprechen, sie habe es an Mutterliebe fehlen, will sie ihm antworten: In der Bibel steht, du sollst Vater und Mutter ehren! Da findet sich kein Wort, dass eine Mutter ihren Sohn lieben muss.

Eine von Georgs Weisheiten fällt ihr ein: Letztlich ist Familie Zufall.

Der Gedanke gefällt ihr nicht. Sie stellt sich Familienleben gern als gemeinsamen Kampf vor; Einer für alle, alle für Einen.

Erlebt hat sie so etwas allerdings nie.

Seit rund drei Wochen existiert wieder Postverkehr. Auch Deutsche können sich wieder Briefe und Karten schreiben, und just an diesem Morgen bringt die Briefträgerin neben einer Anfrage eines guten alten Gastes, ob das Haus den Krieg überlebt habe und ob er in absehbarer Zeit bei einem Geschäftstermin im *Petersburger Hof* übernachten könne, einen Brief ohne Absender. Statt eines Namens und einer Anschrift gibt es nur zwei Initialen: G. und T. Die Schrift auf der Vorderseite, selbstbewusst und kühn, kommt Frieda bekannt vor. Es fällt ihr aber niemand ein, der so schreibt. Der Brief ist in Mainz-Amöneburg aufgegeben worden, von billigstem Papier und mit Bleistift verfasst; das graue holzige Papier fasst sich sperrig an. Dünn, wie der Brief ist, kann er nur wenige Zeilen enthalten. Instinktiv erwartet Frieda von dem Schreiben eine Schreckensnachricht.

Als sie den Umschlag öffnet, enthält er nur einen Zettel, der aussieht wie aus einem Schulheft herausgerissen. Gabriele, Adams Frau, teilt herrisch mit, Adam ist ins Lager Darmstadt verbracht worden und sie selbst und die Zwillinge sind in Amöneburg bei einem ehemaligen Arbeitskollegen ihres Mannes untergekommen. Ansonsten alles wohlauf! Gruß, Gabriele.

Frieda ruft ihren Hausdetektiv Willy herunter; der soll das Schreiben gefälligst enträtseln. Wieso ist Gabriele in Amöneburg und nicht in Heidelberg, wo sie und Adam die herrliche Villa haben? Oder, sollte diese zerstört oder beschlagnahmt worden sein, wieso ist sie dann nicht bei ihrem Vater in Bensheim? Schließlich ist sie dessen Prinzessin, wird von ihm auf Händen getragen und in geradezu schamloser Weise angebetet. Und was ist mit Adam? Was ist das *Lager Darmstadt*?

Willy, der geborene Detektiv, bewährt sich; er hat für alles eine Erklärung.

Mit dem *Lager Darmstadt* kann nur *Civil Internment Enclosure 91* gemeint sein, ein Internierungslager, kurz *Camp 91* genannt. Seit März bringen die Amerikaner hohe Nazis dorthin, die sie in ganz Hessen und in halb Deutschland aufgreifen, jedenfalls soweit Deutschland amerikanische Zone ist. Umgeben von Stacheldraht und Wachtürmen steht auf einem riesigen Gelände am Darmstädter Stadtrand Zelt an Zelt; Frieda solle sich eine Stadt in der Stadt vorstellen. Bis zu 25 000 Internierte werden im Lager Darmstadt festgehalten.

Es ist nicht zu fassen. Woher weiß er das alles? Es erscheint keine Zeitung und im Armee-Sender gibt's nur amerikanische Musik und amerikanisches Kauderwelsch zu hören, und dennoch weiß Willy, wie viele Leute im *Camp 91* in Darmstadt festgehalten werden?

»Woher weißt du das alles?«, wiederholt sie.

»Von *Sergeant Milland* …«

»Wer ist *Sergeant Milland?*«

»Na, der Rothaarige, der sich mit Sergeant Wellman Zimmer 30 geteilt hat.«

»Keine Ahnung …«

»Frieda, du musst doch deine Gäste kennen!«

»Sehen doch alle gleich aus in ihrer Uniform!«

»Das ist doch reiner Quatsch. Die sind genauso individuell wie es deine geliebten reichen Russen waren!«

»Na, das war schon ein Unterschied – ein Großfürst oder ein *Master Sergeant*! Darüber müssen wir aber jetzt nicht streiten ... Ich will nur von dir wissen, wieso sie ausgerechnet Adam eingesperrt haben? Du hast doch eben gesagt, in diesem Lager setzen sie hohe Nazis fest ... Unter hohe Nazis stelle ich mir Göring vor und seine Blase oder meinetwegen irgendeinen Gauleiter, aber doch nicht Adam. Der war Mitläufer und sonst nichts!«

»Er war immerhin in der Reiter-SS, *Gruppenreiterführer*; das war nicht so wenig. Hast du es nicht mehr vor Augen, wie er hier im Zimmer in seiner braunen Uniform herumstolziert ist? Die beiden gekreuzten Lanzen am Kragenspiegel! ... Mir kommt's vor, als wären die Lanzen nur am *rechten* Kragenspiegel angebracht gewesen! Wie ist deine Erinnerung in der Hinsicht?«

»Nicht so scharf wie deine ... Willy, in allem, was kein Mensch wissen muss, bist du ein Genie!«

Er gibt leicht gekränkt zurück: »Du hast mich gefragt, warum sie Adam geholt und festgesetzt haben ...«

»Das frage ich dich immer noch! Mit Politik hatte er nie was zu tun ... Er hat *gebaut*! Die Sache mit dieser Reiterei, dieser Reiterstaffel, wenn das der Grund sein sollte, ihn zu internieren – das wäre ja lachhaft. Adam ging's doch nur ums Reiten und um Pferdezucht und selbst das war nicht sein Herzenswunsch. ... Die ganze Reiterei hat ihm doch sein hochgeschätzter Schwiegervater eingeredet! Fritz wollte ihn als Reiter sehen; das war angeblich wichtig für die geschäftlichen Verbindungen.«

»Adam hat auch für den Führer *gebaut*, Frieda, das wollen wir nicht vergessen. Sogar in Rastenburg waren die beteiligt, am Bau des Führerhauptquartiers, er und sein Zar, der große Fritz ... Frühwald und Konsorten ... Adam hat uns zwar vergattert, dass wir kein Wort darüber verlauten lassen; er ist aber doch geplatzt vor Stolz. Am liebsten hätte er ein Plakat drucken lassen: Führerbunker nur von *uns*!« Willy hebt den Zeigefinger: »Wie die Bibel sagt, Frieda: Hoffart kommt vor dem Sturz, aber *Hochmut* kommt vor dem Fall.«

Frieda weiß nicht genau, wie das zu deuten ist, ahnt aber die Intention des Gesagten und verteidigt Adam: »Sie waren nur dabei, waren bestimmt nicht die allerkleinsten Rädchen, das gebe ich zu. Aber Macht, richtige Macht hatten sie nie. Weder er noch Fritz. Sie waren Bauunternehmer und wollten Geld scheffeln, gut und schön. Das wollen sie ja alle, in Kriegs- und Friedenszeiten. Aber Adam hat sich bitter beschwert, hier in diesem Raum, wie andere vorgezogen wurden … Du kannst ihn doch nicht mit den *ganz großen* Nazis in einen Sack stecken!«

»Sie tun's! Siehste ja! Und so klein, wie Adam getan hat, wird der Anteil am Kuchen nicht gewesen sein. Was meinst du, wo sein Gestüt hergekommen ist? … Ein Bauunternehmer, der nicht klagt, ist keiner! Die haben ganz schön abgesahnt, Fritz Frühwald und Co, das steht fest! Die müssen Millionen am Krieg verdient haben! Millionen sind verreckt und die sind reich geworden … Bis an mein Lebensende werde mich an den verrückten Auftritt erinnern, Adam in Reiterstiefeln und die Peitsche in der Hand …«

»Von welchem Auftritt ist jetzt die Rede?«

»Wir waren doch auf dem Gestüt, hast du das vergessen? Wir durften die Glorie doch mit eigenen Augen bestaunen: Adam auf seinem Gestüt und als Krönung Adam auf seinem Gaul … Hat sich wirklich redlich angestrengt, uns zu beeindrucken, unser Reitersmann. Das arme Pferd hat mir leid getan. Es hat einem angeguckt, als wollte es sagen: ›Kann denn mal jemand diesem Knallkopp das Reiten beibringen?‹ Unser Adam mit eigenem Gestüt und eigenem Ross! Von seiner Villa will ich gar nicht reden … Was ist denn daraus geworden?«

»Woher soll ich das wissen?«

»Ich vermute mal, sie hat einen Volltreffer abgekriegt! Sonst wäre seine Gabriele mit den Kindern ja jetzt nicht in … wo ist sie?«

»In Amöneburg.«

»Aber ja, hat sie uns ja wissen lassen. Was lernen wir daraus? *Ob Deutscher oder Muselmann, im Herzen bist du Mensch!*«

Frieda ist einen Augenblick perplex, dann fährt sie ihn an, erbost darüber, dass er nicht einmal, nicht ein einziges Mal beim Thema bleiben kann. In ihrer Wut greift sie nach dem Fremdenbuch und würde es ihm am liebsten über den Schädel ziehen: »Hör endlich auf mit deinen Albernheiten; ich kann's nicht mehr ertragen. Das war komisch, als du fünfzehn warst …« Sie winkt ab: »Du wirst eben nie erwachsen!«

Statt ihren Rüffel als letzte Warnung zu nehmen, fährt Willy jedoch ungerührt mit den Narrheiten fort, die er so liebt: *»Doch kurz vor Ramadan, da lernten sie sich hassen, der Deutsche und der Muselmann!«*

Frieda schreit ihn an: »Du fliegst im hohen Bogen raus, wenn du nicht endlich aufhörst mit diesen Spinnereien! Ist dir wirklich alles egal, was mit uns ist und was mit uns wird? … Adam sitzt im Lager, August hält es nicht für nötig, auch nur mal *guten Tag* zu sagen und Heini … Ich darf gar nicht daran denken, was der gerade durchmacht! Aber du … Ach, mach doch, was du willst … Verbreite weiter deinen Quatsch! … Und jetzt will ich noch eins wissen und überleg dir gut, was du antwortest: Hast du mit Frau Grothe geschlafen? Ja oder nein!«

Willy überlegt, als hinge von der richtigen Beantwortung der Frage der Doktortitel ab, setzt einmal an, sagt nichts und bringt schließlich heraus: »Frieda, der Trieb bringt uns alle in spezielle Situationen …«

»Ich hab' verstanden … Jede Nummer im Stehen an der Hauswand wäre besser gewesen als so was … Jede Straßenhure hätte ich eher akzeptiert …«

»Frieda …«, will Willy sich rechtfertigen, aber sie schneidet ihm das Wort ab: »Ich will nichts hören von dem Dreck!!«

Willy wird nun sehr heftig: »Natürlich willst du es hören! Wenn es darum ging, hast du schon immer die Ohren aufgesperrt! Auch als Kind, wenn die Heybach mit ihrem Stecher nach hinten verschwand! Aber der Trieb manifestiert sich nicht nur in der einen einzigen Weise, als Verlangen nach geschlechtlicher Vereinigung …«

»Du sollst aufhören!«

Doch Willy gibt keine Ruhe. Er zwingt Frieda, sich anzuhören, was er diesbezüglich zu sagen hat: »Wir haben nie den eigentlichen Akt vollzogen, das ist die Wahrheit; dagegen hat sich Eva-Maria mit Händen und Füßen gesträubt … Für manche Frauen ist der *Kuss* das eigentliche Verlangen und die einzige wahre Befriedigung!«

»Du fliegst auch gleich genauso raus dem Fenster wie deine *Eva-Maria*! Wer weiß, vielleicht verschaffe ich euch ein Doppelgrab … Aber erst holst du mir einen Schnaps! Die Vorstellung … Wie kannst du denn so eine Frau anfassen?«

Willy lässt sich nicht zähmen, sagt bestimmt: »Frieda, gewollt zu werden ist die größte Versuchung.«

Sie denkt kurz nach und erwidert: »Da gebe ich dir ausnahmsweise recht. Damit muss es jetzt aber auch reichen! Nie wieder ein Wort über Frau Eva-Maria Grothe! … Und jetzt noch mal zu der anderen Schickse! Wie kriegen wir raus, wo genau in Amöneburg Gabriele untergekommen ist? Sie hat keine Adresse angegeben …«

Sie will Willy den Brief reichen, der heute gekommen ist. Er nimmt ihn aber nicht an. Er erklärt vielmehr: »Das ganze Amöneburg hat doch nur ein paar hundert Einwohner!«

»So klein ist es nicht!«

»Sagen wir ein paar tausend … Was meinst du, wie viel Bauunternehmungen es da gibt?«

»Ja, da hast du recht… so viele können das nicht sein … Du kriegst das raus! Es geht nicht, dass Gabriele und die Zwillinge da sitzen und wir kümmern uns nicht darum! Wieder typisch Gabriele! Will was und wir müssen springen!«

»Einmal Prinzessin, immer Prinzessin!«

»So ist es! Und jetzt gib mir einen Rat: Soll ich wirklich dahin fahren oder nicht?«

»Nach Amöneburg fährt gegenwärtig nichts!«

»Ich rede von August! Soll ich ihn in seiner Dienststelle aufsuchen oder nicht?«

»›*Liebe Schwester, das halte, wie es dir dein Herz eingibt. Denn weit und breit wirst du gerühmt wegen deines Scharfsinns und wegen deines Anstands!*‹«

»Und wo hast du das wieder her?«

»Zitiert nach den nächtlichen Erzählungen der *Schahrasad.*«

»Ich möchte auch mal so viel Zeit haben fürs Lesen wie du!«

»Frieda, es ist ganz einfach: *Krieg und Frieden* spielt in Russland, Mark Twain aber nicht.«

»Du bist nicht ganz dicht! Warst du nie! Und wirst du auch nie! Ich frage dich, ob ich August aufsuchen soll …«

»Ja, sollst du!«

5.

Als Frieda gegen halb zwei zur Audienz aufbricht, die ihr August gewähren will, ist es für sie eine Genugtuung, dass sie wie Anna in einer Armeelimousine gefahren wird.

Anna hat ihr berichtet, das Hauptgebäude der Sektkellerei Henkell, in dem er residiert, hat den Krieg heil überstanden, alles wie gewohnt. Es handelt sich dabei um einen gewaltigen Bau, ganz in einem klassischen Stil gehalten, außen hell und leicht, innen luxuriös wie ein Schloss, Säulen, Marmor, ein Lichthof. Auf dem Dach ist statt des alten Schriftzugs ›*Henkell trocken*‹ nun in meterhohen Buchstaben eine amerikanische Bezeichnung angebracht; sie wirkt, als wäre sie vom ersten Tag an dort gewesen.

Bei den Kontrollen an zwei Toren muss Friedas Fahrer Papiere unterschreiben, danach fährt er sie zu einem Nebeneingang und setzt sie dort ab. Ein Wachsoldat nimmt Frieda in Empfang, führt sie eine breite Marmortreppe hinauf in den ersten Stock. Im Gebäude selbst riecht es, wie es hier immer gerochen hat, nach Weinkeller nämlich. Schwache Naturen können von dem starken Odeur, der beim Gärprozess entsteht, ohnmächtig werden. Frieda weiß, unter der Marmorhalle befinden sich sieben Etagen Wein- und Gärkeller. Richard liebte es hier zu sein und entsprechend haben sie an mindestens drei, eher vier oder fünf Führungen durch die Keller teilgenommen; anschließend Verkostung und Sektprobe, gelegentlich von Musik begleitet.

Soweit sie erkennen kann, haben die Amerikaner nichts verändert, sieht man davon ab, dass sie zahlreiche Wegweiser in unterschiedlichen Farben und Größen an den Wänden angebracht haben. Auf den Böden gibt es verschiedenfarbige Linien. Anna behauptet, die Sieger hätten wenig Orientierungssinn, daher die obsessive Bemalung und Beschilderung.

Die Tür zum Vorraum von Augusts Büro steht weit offen, als Frieda und ihr Begleiter näher kommen. August selbst steht mit dem Rücken zu ihr im Raum; er trägt Uniform, aber keinen Uniformrock, ist vielmehr in einem kurzärmeligen Hemd und Krawatte und gibt einer Schreibkraft Anweisungen. Wie groß er ist, imponierend! Als das Bürofräulein aufblickt, dreht er sich um und sagt: »Ah, Mutter!« Die Bemerkung hat den Tonfall von *Lange nicht gesehen!*, kann aber auch bedeuten *Hast du mir was aus der Stadt mitgebracht?* August wirkt weder freundlich noch unfreundlich; auffallend nur, wie gut er aussieht. Es ist wie Anna gesagt hat, er könnte im Film auftreten. Offenbar hat er die besten Eigenschaften von ihr und Georg geerbt, Georgs Geschmeidigkeit und ihre natürliche Eleganz und Bestimmtheit.

»Nun, mein Sohn«, erwidert Frieda und, ohne dass sie das will, verfällt sie dabei in ihre majestätische Pose, die ihr so leicht zur Verfügung steht. Seit ihren jungen Jahren als Bademamsell ist diese Attitüde, von welterfahrenen Damen kopiert, ihr Schutz in schwierigen Lebenslagen.

Mutter und Sohn wissen nicht, ob sie sich umarmen sollen oder nicht; endlich verzichten sie darauf. August führt sie in sein Büro, schließt aber die dick gepolsterte Tür nicht hinter sich.

»Nimm Platz!«, verlangt er und deutet auf den mit Leder bezogenen Stuhl vor seinem Schreibtisch. So behandelt man Bittsteller.

Frieda tut ihm den Gefallen; wenn er eine Verhandlung will, die kann er haben. Sie setzt sich kerzengrade hin, ohne sich anzulehnen, und wählt einen Kaffee, als er ihr geschäftsmäßig anbietet: Kaffee, Tee, eine Cola?

»Ich bin beeindruckt«, sagt sie dann, wobei sie sich im Raum umsieht, »hast es ja weit gebracht ... Offizier mit Vorzimmer, alle Achtung ... Deine arme Mutter ist übers Matratzenvermieten nie hinausgekommen.«

»Ist das nicht immer dein größter Wunsch gewesen?«

Frieda widerspricht, sagt: »Nicht unbedingt ...« Aber sie weiß, müsste sie nun unter der Folter ausführen, was ihr mehr bedeutet als Herrin im eigenen Haus zu sein, geriete sie ins Stolpern.

»Ich denke doch«, bemerkt August. Es ist klar, nach seiner Meinung ist alles Wesentliche zu diesem Punkt gesagt.

Frieda geht in die Offensive: »Und ich vermute, wenn es nach dir gegangen wäre, wäre ich allzeit brave Hausfrau und gute Mutter gewesen und sonst nichts.«

»Gute Mutter hätte nicht sein müssen, Mutter hätte mir gereicht!«

»Ich will dir was sagen, mein Sohn, ich hatte überhaupt keine Mutter, nicht einen Tag in meinem Leben, und insofern hast du doch wohl besser abgeschnitten! Wie ich auch immer gewesen bin, ich war jeden Tag da ...«

»Es sei denn, du warst mit deinem geistlichen Herrn unterwegs! Gibt's den noch? Existiert er etwa noch?«

»Ist das wirklich alles, was wir uns zu sagen haben? Du bist ausgewandert, kommst in Uniform zurück, ein ganzer Ozean und ein ganzer Weltkrieg liegt zwischen Deiner Abreise und Wiederkehr, und jetzt hast du nichts anderes zu tun, als mir Vorwürfe zu machen? Dass ich dich nicht oft genug in den Arm genommen habe, als du Bub warst?«

»Mich hat's beschäftigt, ja«, erwidert er knapp.

Er spricht noch immer gut Deutsch, dabei hat er aber eine leichte, fremde Färbung in der Stimme und ab und an benutzt er eine amerikanische Vokabel, weil ihm das passende deutsche Wort nicht sofort einfällt. Alles verständlich nach Jahren unter Amerikanern. Doch erzeugt es bei ihr das Gefühl, dass er nicht mehr der Mensch ist, den sie in Erinnerung hat; er ist ein Fremder, als August verkleidet.

»Wenn wir schon über Kinder reden ... Wie steht's in der Hinsicht mit dir? Bist du verheiratet? Hast du Kinder?«

»Geschieden und ich habe eine Tochter; sie ist jetzt acht. Nein, sorry, neun ...«

»Ist ja schön, dass man erfährt, dass man auch in Amerika ein Enkelkind hat … Lebt bei der Mutter, hoffe ich, und alles, was sie von dir hat, ist ein Foto – Daddy bekommt einen Orden! Na, da hat sie ja auch was!«

August schweigt getroffen, sieht sie kurz an, als wollte er sagen: Das ist wirklich deine Stärke, anderen Leuten ins Herz zu sehen. Zu seiner Erleichterung bringt jetzt die ungewöhnlich hübsche Sekretärin, eine Mollige mit sehr festem Busen, den bestellten Kaffee; es ist, wie Frieda befürchtet hat, Nescafé. Die gegenwärtigen Gäste des *Petersburger Hof* trinken dieses Gesöff mit Wonne; da wird ein Päckchen aus Silberpapier aufgerissen, der Inhalt in heißes Wasser geschüttet und einmal umgerührt. Mehr ist nicht. Die Sekretärin lächelt Frieda in quasi diskreter Manier an und verschwindet wieder. August sieht ihr kurz nach, offenbar hat er was mit ihr.

»Mutter, können wir jetzt zur Sache kommen? Du willst doch was von mir, sonst wärst du ja nicht hier.«

»Reicht es nicht, dass ich meinen Sohn sehen will?«

»Den hast du jetzt ausführlich unter die Lupe genommen … Was noch? Worum geht es? Was ist dein Begehr?«

»Bis heute Morgen hatte ich kein Begehr, wie du sagst, jetzt habe ich eins: Adam ist nach Darmstadt gebracht worden, in ein Internierungslager …«

»I see«, erwidert er knapp und hart und es bedeutet nicht mehr als das deutsche *So?*.

»Das ist alles? Mehr hast du dazu nicht zu sagen? … Kannst du deinem Bruder helfen?«

»Ich denke nicht!«

»Ich denke doch! Und du willst ihm nicht helfen, deinem eigenen Bruder? Du willst ihn einfach seinem Schicksal überlassen? Was hat er denn verbrochen? Hat er dich auch zu wenig geherzt als Kind oder was?«

»Selbst, wenn ich wollte – was ich nicht will, damit das ganz klar ist –, wie kommst du darauf, dass ich etwas für ihn tun könnte? Ich bin *Lieutenant* der *US Army*, der Unterste auf einer Riesenleiter. Ich werde erdrückt von einer Heerschar von Vorgesetzten, einer höher als der Nächste und alles zusammen größer als die *Große Pyramide von Gizeh*. Und jeder von ihnen hat nur ein Ziel: Sie wollen Euch Deutsche zur Rechenschaft ziehen! Da ist nichts zu machen, wirklich nichts!«

»Erstens war ich kein Nazi …« Sie verstummt, als sie merkt, dass sie auch schon anfängt, wie Anna nach erstens, zweitens und drittens zu sortieren. Sie sagt dann ruhiger und schärfer: »Halte mich nicht für dumm! Du bist kein kleines Licht! Du läufst nicht mit dem Gewehr in der Hand rum, du sitzt am Schreibtisch, hast ein Telefon und solche Leute können immer was tun … Am Fuß der Leiter! Dass ich nicht lache! Anna hat mir erzählt, du suchst Leute aus, die in Zukunft in Deutschland die Politik bestimmen … Das Wenigste, was du tun kannst, ist irgendeinen anzurufen, der einen anderen anruft!«

»Aha, so geht das …«

»Ja, so geht das. So ist es immer gegangen! Als noch niemand an Telefon gedacht hat, wurden Briefe geschrieben, und bevor es Briefe gab, wurden Boten ausgeschickt! Die Leute, die das Sagen haben, haben immer Freunde und die verstehen den kleinsten Wink! Wenn du es nicht für deine Mutter tun willst, tu es für deine Familie! Eigentlich für dich! Im Augenblick brauchst du niemanden, ich weiß, und du denkst, das geht immer so weiter … Aber es geht *niemals* immer so weiter! … Ein Fehltritt und du stehst allein da, mutterseelenallein. Dann hast du nur noch deine Familie, niemanden sonst!«

»Dann kann ich nur hoffen, dass der bewusste Moment nicht zu bald kommt.«

In diesem Moment taucht sein Vorgesetzter auf, ein *Captain Forster*, der aussieht und geht wie ein Boxer. Er ist der Leiter des hiesigen OSS-Büros. Er war auch schon in London Augusts Chef, wie sie von Anna erfahren hat. Forster tut zwar so, als habe er einen dringenden Auftrag für *Gus*, Frieda vermutet jedoch, er ist neugierig und will einfach herausfinden, wie Augusts Mutter aussieht.

Er hat ein paar Allgemeinheiten für sie; sie antwortet ebenso unverbindlich und August übersetzt alles. Da ein gewöhnlicher Captain, nach deutscher Rangfolge also ein Hauptmann, eine Frau Frieda Tremus nicht zu beeindrucken vermag, verläuft die kurze Unterhaltung wie ein Gespräch zwischen Gleichgestellten. Der Captain verabschiedet sich nach einigen Minuten freundlich und danach ist August ein Stück kleiner; nicht gleich einen ganzen Kopf kleiner, aber eben kleiner.

Er merkt es, ärgert sich darüber und sagt kühler als zuletzt: »Mutter, um auf Adam zurückzukommen … Was meinst du, was er in meiner Lage für mich unternehmen würde? Was würde er tun, nach deiner Ansicht?«

Wiewohl es Frieda empört, dass sie derart für Adam betteln muss, versucht sie, sich sachlich zu geben: »Gut, du hast wahrscheinlich recht – er würde nichts tun, zwar mit schlechtem Gewissen nichts tun; aber am Ende läuft's tatsächlich auf dasselbe hinaus – er würde keinen Finger rühren … Hätte Bedenken, würde Fallen wittern und alles in allem hätte er Angst, dass ihm irgendetwas über den Kopf wächst … Das ist sein Unglück; deswegen sitzt er ja: Weil er immer gemacht hat, was er sollte und nichts anderes! Aber du bist doch ein anderer Mensch! Ich weiß nicht, wenn ich euch drei so betrachte – Adam, Heini und dich –, man könnte meinen, ihr hättet drei verschiedene Väter!«

»Und wie steht's damit?«, gibt August unerbittlich zurück.

»Das fragst du deine Mutter?«

»Du hast das Thema aufgebracht …«

»Also gut, reden wir darüber. Warum nicht? Ich habe nichts zu verstecken und nichts zu verheimlichen … Wir müssen ja alles in zehn Minuten abhandeln; wer weiß, wann du mir wieder Audienz gewährst! Also, mein Sohn, vielleicht war ich deinem Vater nicht immer treu, aber meinem Liebhaber mit Sicherheit! Und zu der Zeit, als ihr zur Welt kamt und auch in den Jahren davor, war Richard in Afrika und ich habe nur gelegentlich ein klitzekleines Lebenszeichen erhalten. August, ich schwöre dir …!«

»Mutter, bitte! Jetzt nicht deine Romanzen … Das ist das Letzte, woran ein Sohn interessiert ist!«

»Ich hatte nur eine einzige …«

»Hör auf!«

»Warum kommst du nicht mal zu uns? Können wir doch ganz anders reden … Es ist immerhin dein Elternhaus; du bist sogar mit einem Achtel beteiligt …«

»Wir werden sehen. Ich weiß nicht, wie lange ich noch hier bin. Möglicherweise werde ich versetzt.«

»Na ja, sieh zu, vielleicht lassen sich doch einige Minuten erübrigen …«

Sie steht auf. Was hat sie noch mit ihm zu reden? Einem Sohn, der so voller Groll gegen sie ist.

»Werde ich wieder zurückgefahren?«, fragt sie geradezu befehlend.

»Selbstverständlich … «

»Eins würde mich noch interessieren … Wie heißt du hier? *Gass*? Habe ich das richtig verstanden?«

Es ist eine rein rhetorische Frage. Anna hatte ihr schon erklärt, als zum ersten Mal davon die Rede war, dass August auf der Biebricher Höhe waltet, es sei vorher stets nur von Captain Forster die Rede gewesen, nie von Lieutenant Tremus. Ab und zu habe zwar jemand ›Gus‹ erwähnt (englisch gesprochen Gass) oder ›August‹ (ausgesprochen Oogest) sei für dieses oder jenes zuständig, aber wie habe sie ahnen sollen, dass es sich bei ihm um August handele, um *unseren August*?

Der Lieutenant Tremus reagiert nicht auf die Bemerkung seiner Mutter, sie fährt deswegen fort: »Anna hat gesagt, du hast während des ganzen Krieges in London für deinen Geheimdienst gearbeitet ... für deine Dienststelle.«

»Ab 1942, ja!«

»Und ihr habt Leute ausgesucht, die für den Wiederaufbau in Frage kommen? Nach amerikanischem Gusto selbstverständlich ...«

»So ist es, in der Tat! Und was ist jetzt deine Frage?«

»Hast du Anna schon in London ausgewählt ...? Sie irgendwie ins Auge gefasst?«

Er lächelt, sagt gewinnend: »Nein, von Annas Aktivitäten habe ich erst hier erfahren. Was ist der Sinn der Frage?«

»Irgendjemand hat Anna ein paar Wochen vor Ende des Krieges irgendwelche Papiere zugestellt – aus England. Bislang konnte ich mir das nicht erklären, aber eben kam mir der Gedanke, dass du vielleicht die Finger im Spiel hattest.«

»Nein, war ich nicht. Dazu kann ich nichts sagen. Alles Gute, weiterhin.«

»Dir auch.«

Anna ist zufällig in Zimmer 1, als Frieda zurückkommt. Sie sucht etwas im Schreibsekretär; angeblich hat sie irgendwelche Unterlagen vergessen, an denen sie in der Nacht gearbeitet hatte.

August hat auch seiner Mutter eine Tüte mit Schokolade, Büchsenkaffee und einigen Stangen Zigaretten in den Arm drücken lassen. Einen Moment lang war sie versucht, das Präsent abzulehnen, wollte sagen: ›Das haben wir dank eines gütigen Geschicks bereits im Haus‹. Dann hatte sie sich entschieden, die Sachen anzunehmen. Willy kann sich davon auf dem Schwarzmarkt einen neuen Anzug leisten; mindestens. Wäre wirklich mal fällig.

»Brauchst du was davon? Alles von *Gus*!«, sagt sie gehässig zu Anna, als sie die Tüte auf den Schreibtisch knallt; so, als sei Anna die wahre Schuldige am Misserfolg.

Anna kramt eine Tafel Hershey-Schokolade aus der Tüte, bricht einige Stücke ab und schiebt sich das kleinste in den Mund; alles andere wird erst mal aufgespart. Anna ist so, kann nicht anders.

»Er hasst mich!«

»Unsinn, er hasst dich nicht«, widerspricht Anna. »Auf seine Art bettelt er um deine Liebe!«

»Sollte das der Fall sein, möchte ich wissen, wie es sich anfühlt, wenn er jemanden zurückweist … Anna, war ich wirklich eine derart grausame Mutter?«

»Du warst nicht grausam, du warst uninteressiert. Du hast alle drei aufwachsen lassen wie sie wollten und einfach zugeguckt. Als wären sie exotische Pflanzen!«

»Ist das dein Ernst? Ich war derart furchtbar?«

»Das *Ehrenkreuz der deutschen Mutter* hast du dir jedenfalls nicht verdient!«

Frieda schluckt den Tadel; wie soll sie sich rechtfertigen? Und womit? Es gibt niemanden, der sie besser kennt als Anna; von Willy mal abgesehen. Wenn Anna also sagt … Jetzt laufen ihr Tränen übers Gesicht. Sie muss sich setzen, um nicht die Balance zu verlieren. Sie sieht Anna aus verweinten Augen an und fragt: »Habe ich dir wenigstens genug Liebe geschenkt?«

Anna muss lachen, erwidert: »Daran hat's nicht gefehlt …« und schiebt Frieda ein Stück Schokolade in den Mund.

»Das war's. Nicht noch eins! Ich esse dir doch nicht deine Schokolade weg«, lehnt diese ab und fährt im selben empörten Tonfall fort: »Kannst du dir das vorstellen? Er ist nicht bereit, irgendwas für Adam zu tun … Lässt seinen eigenen Bruder in dem schrecklichen Lager schmoren, nur weil Adam in der Reiter-SS war.«

»Darum geht's nicht!«

»Sondern?«

Anna setzt sich zu Frieda, schenkt ihr reinen Wein ein. Nach ihrer, Annas, Kenntnis geht es um Schwerwiegendes. Die Firma *Frühwald Hoch- und Tiefbau* hat die Fremdarbeiter, die man ihr zugeteilt hat, kriminell schlecht behandelt. Schon an normalen Tagen gab es Ausfälle durch Hunger und Krankheit. Und bei Luftangriffen blieben die Arbeiter ohne jeden Schutz; für sie wurden prinzipiell keine Keller bereit gestellt. Entsprechend war die Todesrate hier noch höher als anderswo.

Und woher hat Anna ihre Weisheiten?, fragt Frieda getroffen. Von August etwa? Hat er sie das wissen lassen, nach a), b) und c)?

Nein, sie hat bislang überhaupt noch nicht mit August über dieses Thema gesprochen; sie hat sich anderweitig sachkundig gemacht.

Dann weiß sie schon eine Weile Bescheid? Seit wann weiß sie, dass Adam in Darmstadt sitzt?

Seit einer Woche. Es ist zufällig bei einer Sitzung erwähnt worden.

Frieda ist gleichzeitig empört und erbittert: »Und dann behältst du das für dich? Es mag ja alles sein, wie du sagst ... Aber das war doch nicht Adams Wille! Der setzt doch von sich aus keine Menschen dem sicheren Tod aus! Wenn überhaupt einer dafür die Verantwortung trägt, dann ist das Fritz, sein durchtriebener Schwiegervater! «

»Nein«, widerspricht ihr Anna rigoros, »Adam war für die Fremdarbeiter verantwortlich.«

»Auf dem Papier vielleicht ...«

»Auch in Wirklichkeit!«

6.

Die Vorwürfe, die August ihr gemacht hat, beschäftigen Frieda in der Folgezeit, gelegentlich am hellen Tag und selbst bei der allgemeinen Hektik um sie herum. Dann sitzt sie regungslos am Schreibtisch in Zimmer 1 und sucht sich Szenen aus Adams, Augusts oder Heinrichs Kindheit ins Gedächtnis zu rufen. Sie will sich erinnern, wie sie mit ihren Buben gesprochen, gelacht oder sie gedrückt hat.

Bald entdeckt sie, was ihr so nie bewusst war und was sie nun schmerzlich berührt, es war eigentlich Georg, der das Herz der Kinder hatte. Wiewohl er noch weniger Zeit für sie erübrigen konnte als sie, war er es doch, der ihnen die glücklichsten Stunden bescherte. Eines trüben Herbsttages hatte er mit ihnen die schaurige Leichtweiß-Höhle aufgesucht und als sie drin waren, tobte draußen das heftigste Gewitter, was die Sache noch viel dramatischer und auch romantischer machte. Bei der Leichtweiß-Höhle handelt es sich um ein Versteck mitten im Wald, die sich ein Straßenräuber und seine Räuberbraut in längst verflossenen Zeiten hergerichtet hatten und worin sie von den Gendarmen gefangen genommen wurden. Über Tage hatten die Buben nachher im Hof und im Keller Räuberleben und Verhaftung nach Verrat und Treubruch gespielt.

Eins der größten Vergnügen, das die Jungen kannten, war, dass sie von ihrem Vater in einem schweren Kahn durch den Schiersteiner Hafen gerudert wurden; er in einem blau und weiß gestreiften Hemd und eine Kappe verwegen auf dem Kopf. Davon existiert noch eine Fotografie; Frieda hat sie neulich beim Suchen nach einem Dokument in der Hand gehabt. Später, als die Jungen größer waren, hat Georg mit ihnen Fahrradtouren an der Lahn und an der Mosel unternommen. Bei anderer Gelegenheit fällt ihr ein, wie Georg seinen Söhnen eine Kutschfahrt zur Griechischen Kapelle spendieren wollte. Sie selbst hatte wegen der Abreise einer Gruppe spanischer Tänzer zu Hause bleiben müssen. Diese Tänzer waren allesamt aufgeregte Hühner, das steht ihr jetzt noch vor Augen. Und prompt war Heini (er war damals noch ganz klein) während der Fahrt aus der Kutsche gefallen. Zum Glück blieb die Sache, bei dem geringen Tempo der Kutsche – immerhin ging's steil bergauf – ohne schwerere Blessuren, dennoch musste Heini zwei Nächte in den Städtischen Krankenanstalten verbringen.

Nach einer Woche zieht Frieda, was August angeht, Bilanz. Sie sagt sich, was geschehen ist, ist geschehen und beim besten Willen nicht wieder gutzumachen. Doch bei Lauras Sonnenscheinchen, der kleinen Eva, wird ihr das nicht passieren. Sie gibt sich selbst das Versprechen, sie wird dem Kind eine liebevollere Großmutter sein als sie ihren Jungen Mutter war. Tatsächlich scheint das kleine Wesen längst auf sie zu achten und auf sie zu reagieren; es beobachtet Frieda gleichermaßen neugierig wie abwartend, und ab und zu lächelt es seine Großmutter glücklich an. Frieda fühlt sich davon berührt; manchmal nimmt sie die Kleine auf den Arm, selbst wenn sie gerade mit Gästen zu tun hat. Das ist etwas, das sie sich früher unter keinen Umständen erlaubt hätte.

Nur diese Vorgeschichte erklärt Friedas Reaktionen, als Laura beim Abendessen danach fragt, ob sie sich nach einer Arbeit umsehen kann.

»Wie meinst du das, *nach Arbeit umsehen*?«, erkundigt sich Frieda konsterniert.

»Ich bin gelernte Buchhändlerin«, erwidert Laura und erinnert daran, dass sie Prüfung und Diplom mit Bravour geschafft hat.

»Ist denn hier nicht Arbeit genug? Allein, die vielen Listen, die geführt werden müssen … Das kann doch gar keiner außer dir! Ich kann's jedenfalls nicht!«

Es ist wahr, die Militärregierung verlangt pünktlich zum Monatsende ganze Packen Papier, in denen nach tausend Dingen gefragt wird. Womöglich ist es auch nur Herr Borowski, der wissen will, wie viel Erdnussbutter verbraucht wurde und wie viel Ketchup – und von wem.

Das Führen der Listen allein ist wahrhaftig ausreichend Arbeit für eine tüchtige Person. Dazu Lauras Sprachtalent, unersetzlich! Es ist doch eine ganz andere Sache, wenn sich die amerikanischen Gäste auch in den Nuancen verstanden fühlen. Mit Radebrechen, Zeichensprache und gutem Willen kommt auch Willy zurecht, von den Hausmädchen ganz zu schweigen.

Laura unterhält sich mittlerweile perfekt mit Mister Koch. Die Konversation zwischen ihnen perlt nur so. Selbstverständlich könnten sich die Beiden auch in Deutsch austauschen, doch Laura sagt sich zu Recht und sagt es ihm auch auf den Kopf zu, wenn sie schon einen so angenehmen Verehrer hat, will sie davon zumindest mit Verbesserung ihrer Aussprache profitieren.

Was ist noch zu berichten? Frau Roos hat gekündigt; sie wird in den nächsten Tagen wieder zu Dyckerhoff gehen. Da gehört sie auch hin. Ihre Stelle hat jetzt eine Lilly aus der Stiftstraße, die Bekannte von Herrn Döringer, eine sehr adrette Person.

Bei dem gegenwärtigen Abendessen gibt es Maissuppe aus der Dose, *Chicken wings* (das sind Hähnchenteile) und vorgebackene Pommes frites, ebenfalls aus gewaltigen grünen Blechdosen. Selbstverständlich müssen die Kartoffeln wie die Hühnerflügel in schwimmendem Öl ausgebacken werden, ein unglaublicher Luxus in diesen Zeiten. Dazu gibt es Weißkrautsalat, auch der kommt aus Dosen. Für die, die nicht gern oder nicht schon wieder Huhn essen wollen, werden *Hamburger* mit Ketchup gereicht; hinterher für jeden ein Stück Hershey-Schokolade. Alles wird von Herrn Döringer zubereitet und serviert. Er rechnet es Frau Tremus hoch an, dass er in dieser Notzeit, da viele nicht ein Stück Brot haben, an den Überschüssen des *Petersburger Hof* partizipieren darf. Umgekehrt hält Frieda es für selbstverständlich, dass sie einem schwer Kriegsversehrten beisteht. Irgendwie, nimmt sie an, wird das Heini in seiner russischen Gefangenenschaft gutgeschrieben.

Laura wiederholt ihre Frage. Ist Mutter damit einverstanden, dass sie sich nach einer Arbeit umsieht?

Vielleicht sind es die guten Vorsätze, die Frieda gefasst hat, der Grund dafür, dass sie nun überraschend friedfertig antwortet: »Du hast recht … Du musst dich nicht als unbezahlte Kraft ausnutzen lassen. Wo willst du denn nachfragen? Was schwebt dir vor?«

Willy hebt ob Friedas unverhoffter Sanftmut den Kopf und verfolgt den Fortgang der Unterhaltung, als habe sich urplötzlich ein Vorhang gehoben und zu aller Verblüffung werde ein spannendes Theaterstück aufgeführt.

Laura erwidert, als Erstes wolle sie es am Michelsberg versuchen. Damit meint sie natürlich die *Buchhandlung Hildebrandt*, wo sie ihre Lehre absolviert hat. Sie will sich erkundigen, ob und wie es dort weitergeht. Bislang hat noch keine der Wiesbadener Buchhandlungen wieder öffnen dürfen; Herr Hildebrandt hat dazu das Handicap, dass er aus gewissen, sehr persönlichen Gründen den besonders strammen Nazi spielte. Das hat ihm wenig genutzt; auf Anordnung der Partei musste er bereits im August '44 aufhören. Damals wurde im Schaukasten ein quasi amtliches Plakat angebracht: *Das Geschäft ist geschlossen. Betriebsführer und Gefolgschaft stehen im Felde oder arbeiten an kriegsentscheidender Stelle für den Sieg*, wobei *für den Sieg* wie mit einem Pinsel dick rot unterstrichen war. Der kleine Guckkasten in einer roh gemauerten Wand hatte die schöne, alte Schaufensterscheibe mit den goldenen Buchstaben und der aufgemalten goldenen Eule ersetzen müssen. Die Scheibe war ein Jahr zuvor bei einem Fliegerangriff kaputt gegangen, und für sie gab es selbstverständlich keinen Ersatz. Laura war, als Hildebrandt schließen musste, gerade Mutter geworden und konnte dementsprechend von Arbeitslosenunterstützung und dem Sold ihres Mannes, vor allem von den Rationen für Mutter und Kind leben.

»Na ja, Laura, du kannst es natürlich versuchen, ich drück dir auch die Daumen; aber ob es was bringt ... Bis der Buchhandel wieder in Schwung kommt, das dauert«, prophezeit Frieda und fügt hinzu: »Außerdem brauchst du nicht meine Erlaubnis, du kannst machen und fragen, was und wen du willst... Du bist ein freier Mensch! Jetzt sind wir ja alle freie Menschen, wenn Anna recht hat.«

»Ich frage vor allem aus einem Grund ... Was wird mit Eva, sollte ich tatsächlich eine Stelle finden? Für diesen Fall müsste ich Dich um Unterstützung bitten.«

»Brauchst du nicht ... Um Eva mach' dir keine Gedanken! Für dein Kindchen wird gesorgt, das ist kein Problem. Was, Willy?«

Willy hebt den Kopf, weiß überraschenderweise nichts zu antworten und nickt endlich ergeben.

Es ist, wie Frieda vermutet hat: Herr Hildebrandt hat keine Verwendung für eine Angestellte, gleichgültig ob Fachkraft mit Auszeichnung oder angelernte. Das Haus, in dem sich sein Geschäft befindet, hat sich beim großen Bombenangriff gut gehalten, doch seine Wohnung in der nahen Emser Straße ist *dem Erdboden gleichgemacht worden*, wie er sich ausdrückt. So sind er und seine betagte Mutter ins Geschäft gezogen, schlafen im früheren Büro auf dem Boden. Zu verkaufen haben sie ohnehin nichts, und zu beißen auch nicht. »Sei nicht undankbar, wir haben wenigstens ausreichend Lesestoff«, lässt sich seine Mutter kichernd vernehmen, als man dieses Thema anschneidet. Bei allen ist die Ernährung das Thema Nummer 1, mal abgesehen von den Glücklichen im *Petersburger Hof*, über die der Herr sein Füllhorn ausschüttet.

Mutter und Sohn Hildebrandt sehen regelrecht ausgezehrt und ausgehungert aus. Der größte Wunsch der alten Dame wäre, außer einer weichen Matratze und regelmäßigen Mahlzeiten, ein neues Gebiss. Das alte ist im Schutt der *Emser Straße* versunken.

Laura erkundigt sich nach Herrn Kettel; früher war er hier der erste Sortimenter, eine zickige Figur, stets leicht beleidigt. Wie hatte er sich aufgeregt, als Herr Hildebrandt ihr, Laura, schon vor der Abschlussprüfung die Führung des Bestellbuchs übertragen hatte. Sie hatte die Auszeichnung als Ritterschlag empfunden, und sein Gemaule und die bösartigen Intrigen hatten sie entsprechend gekränkt. Schließlich hatte sie sich die Ehre durch ihre akkurate Art und durch ihr gutes Gefühl für die Wünsche der Kundschaft verdient. Jedenfalls zuckt Herr Hildebrandt bei ihrer Frage nach dem Ergehen von Herrn Kettel zusammen; offenbar hat sie einen schmerzlichen Punkt getroffen.

Statt seiner antwortet seine Mutter: »Er hält sich jetzt auf den nordfriesischen Inseln auf! Kommen Sie nicht auch daher?«

»Nicht von den Inseln; von der Küste, wenn Sie so wollen.«

»Warum sollte ich das *wollen*? Wenn ich an diese Landstriche denke, denke ich an Kälte und Trübsinn.«

Bei der alten Dame hört sich das so an, als stehe Herr Kettel in den unwirtlichen Landen *dort oben* kurz vor dem Ende durch Ertränken oder Verhungern, und er habe dieses Schicksal selbst heraufbeschworen. Lauras Vater hatte einmal angedeutet, womöglich spiele der Paragraph 175 bei den Herren Hildebrandt und Kettel eine unheilvolle Rolle, und ihr Lehrherr suche das durch besonders strammen Nazigeist zu übertünchen. Tatsächlich hat sie, Laura, Herrn Hildebrandt mehrmals dabei beobachtet, wie er morgens vor Geschäftsöffnung Passagen aus dem *Völkischen Beobachter* auswendig lernte und diese dann im Laufe des

Tages der Kundschaft als eigene Weisheit und Einsicht präsentierte. Die *Weltanschauung bekennen*, hatte er das genannt. Gelegentlich waren es wirre Tiraden, die er da vortrug, seiner unwürdig. Bei der Buchhandlung Hildebrandt handelte es sich immerhin um eine sogenannte Traditionsbuchhandlung, in den unruhigen Jahren vor der bürgerlichen Revolution von 1848 gegründet. Lauras Vater hatte dennoch immer nur von der *Hildebrandt'schen Hofbuchhandlung* gesprochen. Umso trauriger, dass Herr Hildebrandt nun seine Schätze – Erstausgaben von Goethe, Schiller, Wieland, Lessing und anderen Heroen – auf dem nahen Schwarzmarkt verramschen muss.

Laura wird bald klar, dass sie nicht auf die Buchhandlung Hildebrandt setzen kann. Hildebrandt hat zwar bei den Behörden einen Lizenzantrag gestellt, er hat aber keine Hoffnung, dass der *durchgeht*. Dafür hat er sich denn doch zu sehr exponiert, wie er bitter bemerkt. Aber hat Frau Laura schon mal im *Pariser Hof* vorgesprochen?

Nein, muss Laura bekennen, warum hätte sie das tun sollen? Was ist der *Pariser Hof*?

Na, das alte Badhotel in der Spiegelgasse – gegenwärtig der Nabel der deutschen Verlagswelt; alle großen Verlage sitzen dort und scharren mit den Hufen, und zwar so illustre Unternehmen wie Insel, Brockhaus, Breitkopf und Härtel, Diederichs, Thieme und andere, die er im Moment nicht benennen kann. Hat sie nicht davon erfahren?

Leider, nein, wie hätte sie es erfahren sollen?

Nun, entweder von Kollegen oder durch die *Mitteilungen*, den Flugblättern der Besatzungsmacht. Dort sei davon berichtet worden, meint Herr Hildebrandt; ganz sicher ist er dessen allerdings nicht. Er bietet an, er kann nachsehen, irgendwo wird das *Käseblättchen* noch liegen … Schrecklich, dass es keine Zeitungen gibt!, beschwert er sich und beginnt auch schon zu kramen.

»Machen Sie sich keine Mühe«, bittet Laura. »Ich glaube Ihnen unbesehen.«

Der Buchhändler außer Diensten und Ex-Parteigenosse (er hat tatsächlich beim Amtsgericht eine Austrittserklärung aus der NSDAP hinterlegt; bei Gericht, weil er nicht wusste, wie und wo er seine ehemaligen Parteigenossen anderweitig informieren sollte) erklärt Laura nun die Weltlage. Alles ist vollkommen logisch. Die Amerikaner haben sozusagen entgegen der Absprache mit den Russen Sachsen und Thüringen erobert;

diese Gebiete sollen nun der Sowjetunion übergeben werden respektive diese Übergabe ist bereits erfolgt. Vor ihrem Abzug aus Sachsen haben die Amerikaner die Leipziger Verleger, deren wichtigste Mitarbeiter und entsprechend auch die wichtigsten Geschäftsunterlagen in Autos gepackt und nach Wiesbaden transportiert. Frau Laura werde staunen, wenn sie das Folgende erfahre: Selbst das Original der *Casanova-Biographie* aus dem Hause Brockhaus sei nach Wiesbaden evakuiert worden!

Hildebrandts Stimme wird scharf, als er fortfährt, es gehöre wahrlich wenig Vorstellungskraft dazu vorauszusehen, dass in Leipzig, über Jahrhunderte unbestreitbarer Mittelpunkt des deutschen Verlagslebens, bald Moskauer Verhältnisse einkehren werden. Insofern hätten sich die Amerikaner bereits jetzt um die deutsche Kultur verdient gemacht. Hätten sich die Kommunisten erst mal in Leipzig etabliert, sei in jedem Fall Schluss mit der deutschen Verlagskultur, um die uns die Welt stets beneidet habe. Kolchosen und Sowchosen brauchten keine humanistisch gesinnten Verleger. Sie brauchten tüchtige Arbeiter und vor allem tüchtige Arbeiterführer; von denen könne man nie genug haben. Er wage die Prognose, an Arbeiterführern werde bald kein Mangel herrschen. Man werde staunen, welch erkleckliche Zahl von bolschewistischen Funktionsträgern bereits darauf lauere, das *Glück des Proletariats* zu organisieren.

Offenbar, entdeckt Laura, betrachtet Hildebrandt die Menschheit mit ähnlicher Skepsis wie ihre Schwiegermutter.

Der Kern der Stadt liegt in Trümmern. Das, was mal Bärenstraße, Webergasse, Häfnergasse, Spiegelgasse und Kranzplatz waren, ist nun ein Ruinenfeld. Das Theater und das Kurhaus hat es erwischt, die Brunnenkolonnade ist eingestürzt, die Theaterkolonnade getroffen und von den *Vier Jahreszeiten*, einst Europas erstes Palasthotel, sind nur noch einige Säulen entlang der Wilhelmstraße stehen geblieben. Zum Glück haben sich wenigstens Teile der Grandhotels *Schwarzer Bock* und *Palasthotel* erhalten, auch Flügel des *Nassauer Hof* existieren noch. Die große Ausnahme ist die *Rose*, dieses herrliche Haus, an das Frieda die allerbesten Erinnerungen hat. Es steht da wie eh und je, ein reines Wunder. Die zuletzt genannten Häuser sind allerdings hinter mauerhohen Stacheldrahtzäunen verschwunden und dienen, soweit sie zu nutzen sind, der amerikanischen Militärverwaltung. An der Langgasse und an der Taunusstraße gibt es gewaltige Tore in den Zäunen, damit die Besatzer und ihre Hilfswilligen in ihre Festung hinein und heraus gelangen.

Inmitten der übrigen Wüstenei aus aufgetürmtem Schutt, Hausskeletten, sogar einzelnen Mauern, die unverständlicherweise einfach dastehen, als seien sie hingezaubert worden, befindet sich der *Pariser Hof*. Es handelt sich dabei um ein rund zweihundert Jahre altes, zweistöckiges Badhaus, innen weitaus größer und weitläufiger als es von außen erscheint.

Laura klettert auf dem Weg dorthin über einen Schutthügel, ehe sie entdeckt, dass bereits ein Trampelpfad zum Eingang führt. Nun, sie hat die Kletterpartie gemeistert und zum Glück haben ihre Absätze gehalten.

Sie klopft ihr Kleid aus, richtet die Haare und öffnet die Haustür. Mit dem nächsten Schritt befindet sie sich in einer kleineren, düsteren Empfangshalle und in einer anderen Zeit. Hier atmet noch alles die Atmosphäre von Kurbetrieb und Badegästen, es gibt ausladende korbgeflochtene Sessel, an den Wänden Sofas, einen Springbrunnen in der Mitte der Halle, allerdings ohne Wasser; es gibt bunte Gläser in den Fenstern und die unverkennbar leicht faulige Ausdünstung des Kochbrunnenwassers, in dem hier allzeit gebadet wurde.

Eine ältere Frau, die in einer Ecke Papiere sortiert, spricht Laura an: »Kann man Ihnen behilflich sein? Suchen Sie jemanden?«

»Ja, ich möchte gerne einen Herrn vom Insel Verlag sprechen ... Wenn das möglich ist ...«

»Herr Michael ist mit den anderen Herren essen gegangen. Üblicherweise kehren sie so gegen zwei, halb drei Uhr zurück.«

Laura erwidert zögerlich: »Ja, dann vielen Dank. Dann versuche ich ein anderes Mal mein Glück ...«, worauf die Frau überlegt und sagt: »Es könnte sein, dass Herr Ramsegger noch oben ist ... Ich habe nicht gesehen, dass er mit den Übrigen weggegangen ist. Ramsegger mit einem M; darauf legt er Wert.«

»Und in welchen Räumen?«, erkundigt sich Laura darauf hoffnungsfroh.

Die Frau deutet auf die Treppe und erklärt: »*Insel Verlag*, erster Stock, können Sie nicht verfehlen ... Sie wollen doch zu *Insel*?«

»Ja.«

Die Frau nickt, als habe Laura eine gute Wahl getroffen, und die geht daraufhin nach oben. Die Treppenstufen sind ausgetreten wie das ganze Haus unter seinem Alter ächzt; hier hat nicht der Krieg die Schäden angerichtet, sondern die Zeit.

Im ersten Stock sieht eine Tür aus wie die andere; Hoteltüren eben. Alle sind geschlossen, es gibt nicht einen einzigen Hinweis, wohin man sich zu wenden hat. Laura klopft auf gut Glück an die erste Tür neben dem Aufgang, eine energische Männerstimme fordert: »Herein, wenn's kein Schneider ist!«

Ein schlaksiger Mann um die Vierzig, ausgezehrt und fast vollständig kahl, steht am Fenster und ist dabei, mit einer großen Lupe entweder einen Buchstaben oder eine Zahl auf einem Formular zu entziffern.

Laura nennt ihren Namen und sagt: »Ich hörte, Herr Michael ist nicht im Haus.«

»Richtig. Worum geht es?«

»Sind Sie Herr Ramsegger?«

»Auch richtig!«

»Ich wollte mich vorstellen. Ich bin gelernte Buchhändlerin und insofern hat natürlich der Name *Insel Verlag* für mich einen ganz besonderen Klang ...«

»... und ganz besonderen *Zauber*, hoffe ich«, ergänzt Herr Ramsegger.

»Das auch. Ich glaube, Rilkes *Cornet* war das erste Buch, das ich öfter gelesen habe als *Nesthäkchen*.«

Statt nun pflichtschuldig zu lächeln, bleibt Ramsegger vollkommen ernst und bemerkt: »Sie wissen, dass Else Ury in den Osten deportiert wurde? Da schreibt die Frau einen Erfolg mit sieben Millionen Auflage und wird in ein Konzentrationslager gesteckt. Barbaren durch und durch. Falls Sie nicht wissen, wer Else Ury ist – die Autorin von *Nesthäkchen*. Jüdin.«

»Ich habe es mir gedacht«, gibt Laura zu.

Das nimmt Ramsegger erkennbar für sie ein. »Nehmen Sie doch Platz«, sagt er und deutet auf das Biedermaier-Bett an der Wand, die einzige Sitzgelegenheit im Raum, sieht man von seinem Drehstuhl hinter einem alten Militärschreibtisch ab. Das Bett ist nicht der einzige Hinweis darauf, dass das Haus vor nicht allzu langer Zeit noch als Hotel genutzt wurde – die Blumen der verblassten Tapete deuten ebenso darauf hin wie das Marmorwaschbecken in der Ecke.

Er will von Laura nun die Dinge wissen, die Chefs von möglichen Angestellten wissen wollen – Ausbildung, Kenntnisse, Neigungen und Familienverhältnisse. Als er fragt: »Haben Sie Kinder?«, zögert Laura einen Moment, antwortet aber dann doch wahrheitsgemäß: »Meine kleine Eva ... Sie würde tagsüber von meiner Schwiegermutter versorgt.«

Ramsegger fasst zusammen: »Sie würden zu uns passen, Frau Tremus, und insofern ist es erfreulich, dass Sie uns einen Besuch abgestattet haben. Ich verspreche Ihnen, ich werde Herrn Michael – er ist Chef unserer Niederlage Wiesbaden; unser Hauptsitz ist weiterhin Leipzig – auf alle Fälle werde ich ihm von Ihnen berichten und zwar so, dass er sich auf Sie freut … Leider können wir derzeit selbst noch nicht loslegen; wir warten beinahe täglich auf die Lizenz der Militärregierung. Insofern müsste ich Sie bitten, sich in absehbarer Zeit noch einmal bei uns zu melden.«

»Oder Sie sind so liebenswürdig und rufen mich an, wenn Sie eine Chance für mich sehen. Ich bin dann in zehn Minuten hier.«

»Wie? Sie haben Telefon? Wie geht denn das?«, erkundigt sich Ramsegger verblüfft.

Laura erklärt ihm, dass der *Petersburger Hof*, das Haus ihrer Schwiegermutter, voll in Betrieb ist und durch die besonderen Umstände keinen Tag ohne Telefonanschluss war.

»Darum beneiden wir Sie; wir haben Apparate auf jedem Schreibtisch, aber die Leitungen sind tot. Telefon gibt's für unsereinen erst mit der Lizenz.«

»Möge sie mit der nächsten Post kommen«, sagt Laura darauf und er fügt hinzu: »Darauf wollen wir unser Glas erheben!«.

Das hätte Willy auch sagen können.

Frieda ist angetan von Lauras Unternehmungsgeist und gleichzeitig erfreut darüber, dass sie dem *Petersburger Hof* vorerst erhalten bleibt. Wer war das überhaupt, der die Versprechungen gemacht hat, dieser Herr Ramsegger? Welche Funktion hat er in diesem Verlag?

Laura muss bekennen, danach hat sie nicht gefragt. So wie er gesprochen habe, muss er allerdings eine höhere Position bekleiden.

Das tut der Buchhalter auch, denkt Frieda, nimmt Laura jedoch nicht die Hoffnung.

7.

Seitdem sie weiß, dass Adam in Darmstadt gefangen gehalten wird, ist Frieda in Unruhe.

Sie kann nicht einfach dasitzen und nichts tun, doch was kann sie tun? August hat sich nicht erweichen lassen. Anna hält es für ausgeschlossen, dass *sie* etwas für ihn bewirken kann. Dabei gewinnt sie mit August' Hilfe ständig neue Verbindungen.

Zweimal hat Frieda eine ansehnliche Summe in den Opferstock der *Bonifatius-Kirche* gesteckt, in der Hauptsache, weil hier eine bunt bemalte Gipsstatue des Heiligen Antonius den Krieg überstanden hat. Allem Anschein nach erreicht jedoch selbst er, ihr persönlicher Schutzheiliger, nichts für Adam.

Willy, Detektiv aus Neigung und Berufung, hat herausgefunden, dass Gabriele und die Zwillinge im *Bauhof* in Mainz-Amöneburg Unterschlupf gefunden haben. Nach seinen Ermittlungen handelt es sich dabei um ein Gelände direkt am Rheinufer, auf dem mehrere Handwerksbetriebe, eine Holz- und eine Kohlenhandlung und eben auch die Bauunternehmung *Huth und Söhne* ansässig sind. Zu Fritz Frühwalds großer Zeit war Huth ein Subunternehmer von *Frühwald Hoch- und Tiefbau*; nach dem Motto *wo du bist, da will auch ich sein*. Willy ist überzeugt, entweder Huth selbst oder einer seiner Söhne ist der bewusste Kollege, den Gabriele in ihrer knappen Mitteilung erwähnt hat. Andere kommen nicht infrage.

»Das ist doch schon mal etwas!«, lobt Frieda ihren guten Willy, zieht ein hübsches Sommerkleid über, legt ein bisschen Kölnisch Wasser auf und teilt Laura mit, dass sie mal aus dem Haus gehe, um sich mit Herrn Jörns zu beraten.

Carl Jörns ist so etwas wie ein Freund der Familie; Georg war stolz auf die zwischen Bekanntschaft und Freundschaft changierende Beziehung. Damals hatte der Name Jörns einen besonderen Klang. Carl hatte als Radrenner angefangen, war dann Autorennfahrer geworden und jeweils Sieger bei zahlreichen Rennen. Dabei fuhr er ausschließlich auf Opel. Willy hatte schon früher ein ums andere Mal darüber den Kopf geschüttelt; er war überzeugt, Carl vergeude sein Talent. Seiner Ansicht nach hatte Carl das Zeug, einen *Silberpfeil* zu pilotieren oder für *Auto-Union* zu starten. Carl tat ihm jedoch nie den Gefallen; dachte gar nicht daran, die Marke zu wechseln. Immer nur Opel. *Des Menschen Wille ist sein Himmel- und Erdreich!*, hatte Willy deswegen mehr als einmal geächzt.

Heute sieht er die Sache anders. Dass Carl allzeit Opel die Treue gehalten hat, kann sich nun auszahlen. Gehört die Adam Opel AG doch schon seit Ende der zwanziger Jahre zum General-Motors-Konzern in Detroit (Carl spricht immer nur von *Schi-Emm*, wenn er die amerikanischen Eigentümer der Firma Opel meint) und Willy verkündet, wenn überhaupt eine Autofabrik in Deutschland wieder aufgebaut werde, dann werde es *Opel* sein. Allerdings kann er sich nicht vorstellen, warum man das machen sollte. Wer soll wohin fahren, wenn es kein Benzin, keine Straßen, keine Brücken und kein Geld gibt; wer kauft dann Autos?

Oder, wie Willy es formuliert: »Der Bausparer *gewinnt* Geld, der Autohalter *verliert* Geld! Das ist seit dem 15. Jahrhundert nachgewiesen!«

Die *Autowerkstätten Jörns – Garagen und Reparatur* befinden sich genau gegenüber auf der anderen Straßenseite, Nummer 7. Man kann die Einfahrt leicht übersehen; im Grunde nur ein altes Eisentor und ein relativ schmaler, gepflasterter Durchgang zum Hof. Nach ein paar Schritten gelangt man zu ehemaligen Remisen für Kutschen und der modernen, hellen Halle, die als Reparaturwerkstatt dient. Beides, Garagen wie Reparaturbetrieb, würde man nicht hinter den alten niedrigen Häusern auf dieser Seite der Straße vermuten. Carl hat sich den Betrieb bereits während seiner aktiven Zeit zugelegt; es war absehbar, dass er wie alle Rennfahrer die Gunst des Publikums nur begrenzte Zeit würde halten können. Der Betrieb hat ihm dann sehr geholfen, den Krieg heil zu überstehen. Während der furchtbaren Jahre reparierte er für die Wehrmacht Spezialfahrzeuge und kleinere Lastwagen, insofern war er *kriegswichtig* und entsprechend vom Kriegsdienst freigestellt.

Als Frieda in die Reparaturhalle kommt, steht Carl in Monteurklamotten in der Grube und fummelt an einem eleganten *Opel Admiral*; so viel versteht selbst sie von Autos.

»Schönes Auto«, sagt Frieda zur Begrüßung; Carl kommt hoch und erklärt ihr, das Fahrzeug ist Kriegsbeute, gehörte früher einem Chefarzt der Augenklinik und wird nun von einem *Master Sergeant* gefahren. Der Mensch kommt allerdings mit der Schaltung nicht zurecht; so, wie er fährt, wird er die Karre schnell ruinieren. Er hat ihm mehrfach gezeigt, wie man kuppelt und schaltet, der Mensch begreift es nicht. Carl hat dem Ami geraten, sich einen Fahrer zuzulegen; der hat abgewunken. Wahrscheinlich ist bei seinem Rang kein Fahrer drin.

»Und, Frieda, was treibt dich her?«, schließt Carl seine Betrachtungen ab.

Frieda berichtet ihm von Adam, Gabriele und den Zwillingen und dass Mutter und Söhne jetzt aus unerklärlichen Gründen in Amöneburg gelandet und gestrandet sind.

Carl hatte nie viel Sympathie für Gabriele; schon bei der Hochzeitsfeier hatte er vorausgesagt: »Die fährt mit Adam Schlitten – Tag und Nacht, vor allem nachts!«

Ist ja auch so gekommen, woran er sie nun erinnert.

Frieda lässt sich nicht beirren: »Lass sie sein, wie sie will«, erwidert sie, »sie ist meine Schwiegertochter und die Zwillinge sind meine Enkel, und ich lasse sie nicht im Stich!«

»Das heißt also, ich soll dich dorthin fahren? Das ist doch der Grund, warum du hier bist?«, kommt Carl Jörns zum Kern der Unterhaltung.

»Ich weiß nicht, wie ich sonst hinkommen soll – es heißt zwar, die Straßenbahnen fahren wieder; der alte Elyas hat mir aber gesagt, nur gelegentlich; man kann sich nicht drauf verlassen ... Er selbst hat mehr als zwei Stunden gestanden und gewartet ...«

»Moment, der Elyas – redest du jetzt von dem Spengler Elyas ...?«

»Ja, in der Feldstraße ...«

»Der hat die Zeit überstanden?«

»Ja, Freunde hatten ihn versteckt; das gab's auch!«

»Das ist mal eine gute Nachricht ...«

»Finde ich auch!«

»Ja, und was wolltest du jetzt?«

»Ob du mich nach Amöneburg bringen kannst!«

»Ach so, ja, eine Frieda Tremus fährt nicht mit der Straßenbahn, wenn sich's vermeiden lässt«, bemerkt Carl gutmütig.

Frieda betrachtet noch mal das Auto und erkundigt sich: »Bist du fertig mit dem Fahrzeug?«

»Warum?«

»Du musst doch sicher 'ne Probefahrt machen?«, schlägt Frieda vor.

»Gleich? Auf der Stelle?«, erwidert er, von ihrem Drängen überrascht.

»*Was du heute kannst besorgen* ... Ich hab' mich schon dafür angezogen und du kannst bleiben, wie du bist. Der Blaumann steht dir. Sieht dann auch mehr nach Probefahrt aus.«

»Also gut, du gibst ja doch keine Ruhe«, ergibt er sich. »Aber ich darf doch wenigstens die Sitze auslegen?«

»Darfst du... «

»Dann verstehen wir uns ja mal wieder.«

»Eigentlich immer!«

»Frieda«, mahnt er, »ich bin glücklich verheiratet!«

»So soll's auch bleiben!«

Während er die Sitze mit Packpapier schützt, das er von einer großen Rolle abreißt und über Fahrer- und Beifahrersitz legt, überlegt Frieda, wie es eigentlich mit ihnen steht, mit Carl und ihr. Sie hat nie herausgefunden, ob er sie stets und ausschließlich als Ehefrau respektive Georgs Witwe betrachtet hat oder ob er nicht gelegentlich auch andere als nur freundlich-wohlwollende Empfindungen für sie hatte. Womöglich. Manchmal glaubt sie es; dann wieder meint sie, sie sei ihm im Grunde völlig gleichgültig.

Merkwürdig, da sieht man sich alle drei Tage; sie kennt seine Verhältnisse bis ins Kleinste, er die ihren; man hilft sich und man feiert zusammen. Manchmal begleitet er sie am Todestag zu Georgs Grab, doch diese einfache Frage bleibt offen?

Wahrscheinlich ist es das Beste, man belässt alles so, wie es war und ist. Außerdem ist seine Käthe eine sehr angenehme Person; der würde sie niemals Kummer bereiten wollen.

Auf dem Papier ist Amöneburg ein Ortsteil von Mainz und grenzt an den Wiesbadener Stadtteil Biebrich. Doch der Krieg hat alle Verhältnisse durcheinander gebracht. Biebrich wie Amöneburg liegen auf dieser, der rechten Rheinseite, und insofern ist Amöneburg gegenwärtig unter dem Regime der Amerikaner und von Mainz getrennt. Links des Rheins haben die Franzosen das Sagen, rechts die Amerikaner, und zwischen der amerikanischen und der französischen Zone gibt es eine scharf bewachte Notbrücke. Man gelangt nur mit speziellen, schwer zu erhaltenden Papieren auf die andere Rheinseite; ansonsten existieren so gut wie keine Kontakte. Dafür sorgen die Franzosen. Wahrscheinlich verfolgen sie mal wieder das Ziel, die linke Rheinseite von Deutschland abzutrennen. Anna hat darüber ein paar Sätze mit Konrad Adenauer gewechselt, dem Oberbürgermeister von Köln. Er ist der Erste Vorsitzende des neu etablierten *Zentrums*, allerdings hat die Partei jetzt einen anderen Namen, heißt jetzt *Christlich Demokratische Union.* Wohlgemerkt dieser Herr Adenauer ist der Vorsitzende einer Partei für ganz Deutschland! Man kann nur staunen, mit wem Anna Verbindung hat. Selbstverständlich hat sie Herrn Adenauer bei einer der von August arrangierten Zusammenkünfte kennengelernt. Anna beschreibt ihn als einen *füchsisch-schlauen* alten Mann; angeblich war er schon in der Weimarer Zeit ein gewiefter Politiker. So, wie Anna ihn schildert, ist er persönlich nicht unsympathisch und hat klare Vorstellungen über die Zukunft, leider sind es nicht die, die Anna hegt und pflegt.

Jedenfalls teilt er Friedas Ansicht, dass die Franzosen dabei sind, auf den nächsten Krieg hinzuarbeiten. Zum Glück bieten sich ihnen diesmal wenigstens keine deutschen Separatisten an! Nach 1918 war das ja reichlich der Fall gewesen.

Als Frieda und Carl Jörns die Mainzer Straße entlang fahren, bemerken sie in der Nähe des Gleisdreiecks eine Straßenbahn, die Richtung Hauptbahnhof unterwegs ist. Sie ist ohne Scheiben, dennoch vollbesetzt. Selbst die Plattformen sind schwarz von Menschen und auf den Trittbrettern stehen ebenfalls Leute. Indische Verhältnisse!

Bei den jetzigen angenehmen Temperaturen lässt sich das ertragen, und es ist auch gut zu wissen, dass es tatsächlich wieder öffentlichen Verkehr gibt. Andererseits ist die Fahrt mit einem Luxusauto wie diesem *Opel Admiral* eine Wohltat in sich. Man sitzt wie in einem bequemen Sessel, streckt die Beine aus und kann den Motor kaum vernehmen, so gedämpft ist er; Carl macht sie extra darauf aufmerksam.

Die Beiden werden nirgends aufgehalten oder gar kontrolliert, sind doch außer einigen Pferdefuhrwerken nur Lastwagen deutscher oder amerikanischer Couleur unterwegs. Sie begegnen nicht einem einzigen Jeep der Militärpolizei. Entsprechend dauert es nicht länger als eine Viertelstunde, bis sie die ersten Häuser von Amöneburg vor sich haben. Diese sehen aus wie sie immer ausgesehen haben – weiß, als hätte es gerade geschneit. Bei dem Zeug, das fingerdick auf jedem Dach, jedem Zaun, jeder Wäscheleine liegt, handelt es sich um feingemahlenen Staub, wie er bei der Produktion von *Portland Zement* anfällt und aus großen Schornsteinen ausgestoßen wird. Dyckerhoff hat seine Arbeit bereits wieder aufgenommen; sonst hätten sie ja keine Verwendung für Frau Roos. Ohne Zement kein Wiederaufbau, das ist jedermann klar, und ohne Frau Roos kein Vorstandssekretariat. An ihrem letzten Arbeitstag im *Petersburger Hof* hat sich Frau Roos benommen wie eine Königin, die endlich das Exil verlassen kann. Hoffentlich hat sich alles so gefügt, wie sie es sich vorgestellt hat. Für ihr Essen muss sie nun selbst sorgen. Allerdings soll Dyckerhoff eine Werkskantine betreiben.

Carl findet den *Bauhof*, ohne dass er irgendwo oder irgendwen fragen muss. Als er anhält, sagt er, wie es Frieda von ihm gar nicht anders kennt: »Start und Ziel perfekt!«

Sie steigt aus und sieht sich um; will er nicht mitkommen?

»Ich bleibe lieber am Wagen; ist besser so, glaub mir … Bestell ihr einen schönen Gruß, das reicht.«

Die Firma *Huth und Söhne* hat ihr Büro in einem hohen, ansehnlichen Bau aus rotem Backstein. Die üppige Verzierung an der Fassade passt nicht zum Notdach; Dachpappe über nackten Brettern. Immerhin ein kleines Wunder, dass das Haus noch steht. Gerade auf die Fabriken am Rheinufer hatten es die Alliierten abgesehen und Kalle und Albert liegen entsprechend in Trümmern.

Im Büro gibt man ihr nur schmallippig Auskunft. Bei *Huth* arbeitet keine Frau Tremus. Wer soll das sein?

»Meine Schwiegertochter!«, erwidert Frieda sehr scharf. Der Drachen hinter dem Schalter lässt sich davon einschüchtern und erkundigt sich leicht beleidigt: »Suchen Sie etwa die Frau mit den Kindern?«

»Genau die ...«

»Dann müssen Sie sich ins Lager bemühen ... Soweit ich weiß, hausen die da unter dem Dach! ... Woher soll ich wissen, dass die Tremus heißen?«

Frieda bedankt sich geschäftsmäßig: »Verbindlichen Dank für die Auskunft!« Mit solchen subalternen Charakteren lässt sie sich auf keine Diskussionen ein.

Das Lager der Firma Huth ist rasch gefunden. Es handelt sich um einen sehr geräumigen Schuppen, mindestens hundert Meter lang. Auffallend sind die großen Lufteinlässe in verschiedenen Höhen; alle kreuz und quer mit Stacheldraht gesichert. Im Inneren sind Backsteine und Zementsäcke gelagert, und zwei Arbeiter mühen sich hier ab. Auf ihre Frage nach Frau Gabriele Tremus deutet einer der Arbeiter auf eine sehr steile Treppe: »Die wohnen oben ... Aber ich meine, die junge Frau wäre vorhin weggegangen«. Er wendet sich an seinen Kollegen: »Martin, sind die da?«

Der zweite Arbeiter zuckt mit den Achseln; er achtet doch nicht darauf, ob die kommen oder gehen.

»Soweit ich weiß, ist sie weggegangen«, wiederholt der erste Arbeiter seine Vermutung.

»Ich probier' mein Glück«, bedankt sich Frieda und steigt die Treppe hinauf; sie hat das Gefühl, der Arbeiter sieht ihr nach und einen Moment lang ist sie versucht, mit dem Hintern zu wackeln wie eine Bartänzerin beim Gegröle der angesäuselten Gäste.

Sie unterdrückt die Versuchung, sie ist Großmutter, ihr Geliebter ein geistlicher Herr und sie besitzt ein Hotel, da gehört sich solches Betragen nicht. Immerhin dreht sie sich nach dem Arbeiter um. Es ist, wie sie vermutet hat, er sieht ihr nach.

Oben bilden Lattenverschläge einen langen Gang. Sie geht an den leeren Käfigen vorbei und gelangt so zu einer Wohnungstür. Mit Heftzwecken ist hier ein Stück Pappe angeheftet und darauf steht: *G. T.*

Damit wäre sie also am Ziel.

Frieda klopft. Als sich nichts rührt, drückt sie die Klinke herunter. Zu ihrer Verblüffung lässt sich die Tür öffnen und sie steht unverhofft in einer Wohnküche. Irgendetwas simmert auf einem Kanonenofen und Gabriele liegt ausgestreckt auf einem mit grünem Samt bezogenen Kanapee, einem Möbelstück, das überhaupt nicht zur übrigen Armut ringsum passt. Gabriele hat ein Tuch über dem Gesicht und rührt und regt sich nicht.

»Gabriele, ich bin's«, sagt Frieda, lauter als unbedingt nötig; sie vermutet, dass Gabriele schläft.

Die zieht jedoch das Tuch in einer fließenden Bewegung herunter, richtet sich halb auf und begrüßt ihre Schwiegermutter, als habe man sich gestern zum letzten Mal gesehen: »Frieda! … Mit dir hätte ich nicht gerechnet.«

»Hast du was? Bist du krank?«, erkundigt sich Frieda.

»Nur die übliche Migräne … Es war schon weitaus schlimmer.«

Gabriele steht auf; sie hat sich kaum verändert, immer noch diese schlanke, elegante Schönheit. Kein Wunder, dass Adam manche Demütigung geschluckt hat, um sie nicht zu verlieren. Allein ihre Affäre mit diesem General. Adam hat deswegen geheult wie ein Schuljunge mit erstem Liebeskummer. Trotzdem versteht sie ihn; welcher Mann trennt sich freiwillig von einem solchen Glanzstück?

Die Frauen geben sich die Hand und danach packt Frieda ihre Geschenke aus. Alles Armeeware, Kaffee, Milch, Zucker, Fett, Erdnussbutter und Trockensuppen, Süßigkeiten für die Buben und eine halbe Stange Zigaretten für Gaby. »Ich weiß ja nicht, ob du noch rauchst …«, sagt sie, als sie die Zigaretten Gabriele über den Küchentisch zuschiebt.

Die erklärt, das kann sie sich nicht leisten; die Preise für Zigaretten sind derzeit überirdisch. Aber besten Dank dafür; damit hat sie auch mal etwas zum Verscheuern. Gabriele fährt fort, sie hat erfahren, Frieda vermietet nun ausschließlich an Amerikaner?

»Das haben sich die Amerikaner so ausgedacht. Aber ich bin erstaunt, dass sich das bis Amöneburg 'rumgesprochen hat?«

»Bis Bensheim … Ich habe es von meinem Vater erfahren.«
»Wie geht's ihm?«
»Wie Napoleon auf Elba!«
»Da ging's ihm noch ganz gut … Erst St. Helena wurde schlimm.«
»Wenn das so ist: Dann geht's ihm wie Napoleon auf St. Helena. Alles verloren, und wir Übrigen sind schuld.«
»Aber er ist in …?«
»Bensheim, ja. Wir sind wieder am Ausgangspunkt angelangt – keine Bagger mehr, keine Kräne, keine Villen, nicht mal ein Gestüt.«
»Hauptsache, Bensheim, Heimat ist Heimat. Ich dachte schon, er sei womöglich auch in Darmstadt interniert …«
»Ein Friedrich Frühwald doch nicht! Er hat mehrere Atteste in der Tasche, dass er schon den Weg dorthin nicht überleben würde.«
»Um Gottes willen. Was hat er?«
»Atteste!«, erwidert Gabriele bitter.
»Und ihr habt euch zerstritten? Oder warum bist du hier?«
»Was soll das werden, ein Verhör?«
»Ich mach mir Gedanken … Und wie geht's den Buben? Wo sind sie?«
»Auf dem Sportplatz … Die sehe ich erst wieder, wenn's dunkel wird. Aber es geht ihnen gut. Danke der Nachfrage.«
»Seit wann seid ihr überhaupt hier?«
»Zwei Monate … fast drei!«
»Und da konntest du dich nicht mal früher melden?«
»Wie? Es gab keine Post, kein Telefon, selbst den Brieftauben hatten sie ja die Hälse umgedreht.«
»Hauptsache, wir haben uns wiedergefunden.«

»Wie war's?«, fragt Carl Jörns, als Frieda nach ungefähr einer Stunde wieder bei ihm einsteigt.
»Sie hat sich kein bisschen geändert, stolz wie eine Spanierin … Nichts zu beißen, aber unseren Hochmut haben wir uns bewahrt.«
»Und warum ist sie hier? Was macht sie den ganzen Tag?«
»Weiß ich nicht, hat sie nicht verraten. Sie hat sich mit ihrem Vater überworfen, so viel steht fest. Aber warum und weshalb, ich kann's dir nicht sagen. Ich vermute, es hat 'was mit Adam zu tun … Sie hat es nicht direkt gesagt, aber so wie ich sie verstanden habe, will ihr Vater, dass sie sich scheiden lässt.«
»Sie hält aus Trotz zu Adam? *Jetzt erst recht nicht*, oder was?«

»Ich weiß es nicht ... Sie tut immer so, als müsse man alles wissen.«

»Oder hat sie einen Neuen? Was ist denn mit Herrn Huth hier oder seinen Söhnen?«

»Jetzt fahr' endlich! Ich kann dir nicht sagen, was das alles bedeutet ... Es ist alles sehr bedrückend!«

Carl Jörn lässt den Wagen an, fährt vorsichtig über das holprige Firmengelände, biegt in die Straße ein. Dabei will er wissen:»Sollst du sie aufnehmen? Will sie bei Dir unterkommen?«

»Davon war keine Rede ... Es geht ja auch gar nicht; beim besten Willen nicht! Die Amerikaner würden mir das Haus abnehmen, wenn das rauskäme ... Würden uns alle hochkant an die Luft setzen! Borowski lauert nur auf seine Chance!«

»Was will sie dann?«

»Unsere Essensreste ... sie will sich ein Schwein zulegen ...«

»Und schwarz schlachten?«

»Das ist doch Spinnerei ... Die Zwillinge sollen das Futter holen – in Eimern und mit der Straßenbahn. Achtjährige! Wir haben ja gesehen, wie's mit der Straßenbahn aussieht ... Kompletter Irrsinn alles!«

»Das arme Schwein ist verhungert, bevor die den ersten Eimer in Amöneburg haben.«

»Rede Du ihr das aus; ich habe es nicht fertiggebracht ... Ich habe es nicht mal gewagt, ihr zu sagen, dass unsere Abfälle längst vergeben sind. Ich kann doch nicht dem Kinderheim sagen: ›Die kriegt ab jetzt meine Schwiegertochter.‹«

»Wie haben sich denn die Jungen 'rausgemacht?«

»Sie waren unterwegs, sind 'rumgestrolcht, wie Buben eben sind ... Gabriele sagt zu Recht, es wird Zeit, dass es endlich wieder Unterricht gibt.«

»Was ist denn mit Adam? Weiß sie Näheres aus Darmstadt?«

»Stell dir mal vor, sie haben ihn aus dem Bett geholt wie einen Schwerverbrecher und mit keinem Wort gesagt, dass sie ihn nach Darmstadt schaffen. Einfach nur: *Hopp, hopp, hopp, raus!* und ab ging's. Angeblich hat sie bislang nur ein paar Zeilen von ihm bekommen. Aber sie hat von Anderen in gleicher Lage gehört; es muss da schrecklich zugehen ... Fünfundzwanzigtausend Menschen auf ein paar Quadratmetern und alle in Zelten ... Was soll das werden, wenn's Winter wird?«

»Vielleicht entlassen sie ihn bis dahin!«, versucht Carl, Frieda Mut zu machen.

»Gabriele hat keine Zuversicht ... Ihr Vater schiebt alle Verantwortung für die Verbrechen, die in seiner Firma passiert sind, auf Adam; das hat er schon schriftlich erklärt und notariell beglaubigen lassen. Er hat absolut saubere Hände, *war nicht mal in der Partei*. Wie er das geschafft hat ... Wenn Du erlebt hättest, wie er um den Reichsführer Todt rumscharwenzelt ist, diesen Rüstungsminister ... Dann ist alles vorbei und Herr Frühwald wischt sich die Hände ab, hatte mit allem nichts zu tun. Wie ein Zauberkünstler. Und Adam steht mit offenem Mund dabei und schon heißt es: Da haben wir ja unseren Verbrecher! ... Die ganze Ehe war ein Fiasko, vom ersten Tag an ... Und die Hauptschuld gebe ich dem guten Fritz, Fritz Frühwald, der hat mit Adam gespielt, als wäre er seine Marionette. Arm rechts hoch, Arm links hoch! Ich war mal dabei, das war ganz am Anfang des Krieges – da wohnten sie noch in der Scheffelstraße, mitten im Ort, ein ganz schönes Haus, natürlich nicht zu vergleichen mit der Ritterburg, die sie nachher hatten. Jedenfalls, es wurde ein pompöses Abendessen gegeben für einen der hohen Herren, entweder für Speer ... nein, damals war das ja noch Todt; der war ja noch Rüstungsminister, habe ich ja gerade selbst gesagt. Tauchte in bombastischer Uniform auf; in der Hinsicht waren sie ja immer ganz groß ... Also es stand ein richtiges Dîner an mit Champagner und Kaviar, Diener in Livree und mit Handschuhen, Hausmusik, was du dir wünschst. Wie viele alberne Wortspiele gab es allein mit den Vornamen – Fritz Todt, Fritz Frühwald und der Alte Fritz und damit war irgendwie Hitler gemeint ... Und unser braver Adam immer dabei; stand vollkommen unter der Knute seines Schwiegervaters und wusste sich nicht zu wehren. Fritz hat auf ihm rumgehackt, hat ihn schikaniert und drangsaliert und kujoniert und alles in ganz feiner Form, alles so, dass man hinterher sagen konnte: *Das war doch nur Scherz. Ich dachte, du hättest einen Funken Humor!* Ein reiner Sadist, der Kerl! Der Höhepunkt von allem kam dann ... Fritz Frühwald zwingt seinen Schwiegersohn, in Gegenwart seiner Frau, sich eine Geige von einem der anwesenden Musiker zu leihen und der versammelten Gesellschaft etwas vorzuspielen – ein Stück von Mozart. Wie ein Domestik stand Adam da und spielte und der Schweiß lief ihm runter und er war weiß vor Wut.«

»Und was hast *du* gemacht?« will Carl wissen.

»Ich bin gegangen! Das war das letzte Mal, dass ich ihn gesehen habe. Danach habe ich den guten alten Fritz nie wiedergesehen. Und wenn ich vor irgendeinem Gericht gegen ihn aussagen muss, dann leiste ich jeden

Eid und jeden Meineid, damit der seine Strafe kriegt! … Jetzt mal was Anderes, Carl, kennst du jemanden, der Papiere fälscht?«

»Was für Papiere?«

»Kennkarten und so was … oder Papiere, dass man Interzonenzüge benutzen darf.«

»Du hast Nerven, Frieda! Jetzt soll ich auch noch Bekanntschaft mit Passfälschern haben! Du hast ja schöne Vorstellungen von mir, Frieda, jetzt soll ich auch noch Verbrecher kennen. «

»War nur eine Frage! Hätte ja sein können.«

8.

Ein paar Tage nach dem Ausflug nach Amöneburg nimmt Frieda die Sache mit dem gefälschten Ausweis selbst in die Hand.

Sie hält es nicht mehr aus; sie wird verrückt. Sie kann es nicht mehr ertragen, Richard bei bester Gesundheit in Hettenleidelheim zu wissen, und ihn nicht sehen und nicht sprechen und ihn nicht umarmen zu können. Sie hat bereits zweimal nach Koblenz geschrieben, um die notwendigen Einreisepapiere für die französische Zone zu erhalten; beide Anträge abgelehnt.

Geht es nicht im Guten, dann muss es eben anders gehen.

Man hat ihr einen Tipp gegeben, womöglich findet sie in der *Gifthütte* am Bahnhof jemanden, der ihr verschafft, was sie braucht. Sie soll nach einem gewissen *Wodka* fragen; einem Polen, der sich durch den Krieg laviert hat.

Der Tipp stammt von Dr. Reinhold, Adams Anwalt. Er hat ihr aber gleich eröffnet, sollten deswegen Komplikationen entstehen, wird er alles abstreiten. In dem Fall hat er weder den Polen noch sie je gekannt! Er wird sich wegen ihres Liebeskummers nicht die Zulassung entziehen lassen.

Es ist gegen neun Uhr abends, als sich Frieda und Doris in die *Gifthütte* trauen. Angeblich ist dies die beste Zeit für ihr Vorhaben.

Bevor sie die Klinke der Eingangstür runterdrücken, holen beide Frauen tief Luft. Das Lokal befindet sich in einer Baracke in unmittelbarer Nähe des Hauptbahnhofs und hat einen Ruf wie Donnerhall. Es muss der Treffpunkt der Hefe sein; Frieda ist Doris ausgesprochen dankbar, dass sie sie begleitet. Allein hätte sie sich womöglich nicht in die Spelunke gewagt.

Als sie einen kleinen Vorraum passiert haben, sind die Frauen erst mal benommen von der überlauten Musik und dem Qualm, der ihnen entgegenschlägt. Fast alle Tische sind besetzt; in der Hauptsache sitzen da Männer mittleren Alters, einige haben Huren auf dem Schoß oder neben sich. Einer der Kerle krabbelt mit der Hand ungeniert im Büstenhalter seiner Begleiterin; deren Bluse ist weit aufgeknöpft und wird nur noch von einem Knopf gehalten. Aber selbst dieser Kerl schätzt ab, ob er sich Frieda oder Doris schnappen soll; macht Doris sogar ein unverschämtes Angebot.

Die Beiden schlagen sich zur Theke durch und Frieda erkundigt sich bei der Bedienung, einer abgebrühten und erschöpften Frau um die Siebzig: »Ist *Herr Wodka* da?«

»Wer?«

»Es ist sicher nicht sein richtiger Name, einen anderen habe ich leider nicht ... ein Stammgast von Ihnen, Pole ...«

»Nee, ist nicht da.«

»Aber er kommt?«

»Vielleicht kommt er, vielleicht kommt er nicht. Er weiht mich nicht in seine Pläne ein.«

Doris will den Mund aufmachen und die Frau zurechtweisen, da legt Frieda ihr beruhigend die Hand auf den Arm und schiebt mit der anderen diskret einen Geldschein über den Tresen.

Bevor die Bedienung zugreift, wirft sie noch einmal einen abschätzenden Blick auf die vor ihr stehenden Frauen. Offenbar vergewissert sie sich, dass sie weder von der Polizei noch vom Gesundheitsamt sind, und endlich nimmt sie, was ihr zugedacht ist. Danach deutet sie auf den schmalen Durchlass zwischen Theke und Wand und sagt: »Kommen Sie hier rum!«

Man muss sich durch einen dunklen Gang zwängen, über eine halbvolle Getränkekiste steigen und gelangt dann in ein Hinterzimmer, in dem vier Männer an einem runden Tisch Karten spielen. Offenbar geht es um viel Geld; der Einsatz in der Mitte des Tisches ist mindestens dreißig Zentimeter hoch.

Einer der Spieler muss der Mensch sein, den Frieda ansprechen soll. Jedenfalls entspricht er ganz der Beschreibung von Dr. Reinhold: groß, stiernackig, den Kopf vollkommen kahlgeschoren und listige Augen.

Er ist auch derjenige, der die Runde gewinnt.

Frieda will etwas zu ihm sagen, als die Runde vorbei ist, aber er wehrt ab: »Jetzt nicht.«

Die nächsten dreißig Minuten sitzen Frieda und Doris Waltz stumm nebeneinander, an die Wand angelehnt; beinahe so, als warteten sie auf die Abfahrt eines Zuges.

Frieda spürt, dass die Atmosphäre und die Vorgänge im Raum Doris erregen. Sie atmet immer flacher und beginnt zu schwitzen und ab und zu sieht sie Frieda an, als wollte sie sagen: *So etwas kann man nur mit dir erleben!*

Friedas Liebesleben erscheint Doris wie ein Roman – anfangs ist ihr Geliebter Missionar in Afrika, schreibt ihr Briefe, die sie erst nach Jahren erreichen, dann Kriegsheld. Dann, nach dem demütigenden Kriegsschluss von 1918, wird er politischer Trommler, und dabei führt er Frieda in wer weiß welch bedeutende Kreise ein, Industrielle, Bankiers, Geldmagnaten. Neid und Intrigen bringen Richard um den Lohn seiner Anstrengungen. Man degradiert ihn zum Landpfarrer in einem Ort nahe Bad Homburg. In den ersten Monaten der Nazizeit ist Friedas Held kurz davor, *Bischof* der *Deutschen Christen* zu werden. Die Sache zerschlägt sich ebenfalls und darauf folgt erneuter Absturz. Zu guter Letzt eine Pfarrstelle im Arbeiterstädtchen Hettenleidelheim, ohne Zweifel eine Strafversetzung.

Eine Hölle für einen strebenden Menschen!

Das Beste aber: Bei allem Auf und Ab liegt er Frieda zu Füßen und umgekehrt ist sie ihm ergeben.

Doris stellt sich wahrhaftig vor, Frieda habe *ihren Romeo* allzeit geliebt, unbeirrt, *absolut und niemals zweifelnd*, wie sie das ausdrückt. Für Doris mit ihrem flattrigen Naturell grenzt die Geschichte von Frieda und Richard an ein Märchen aus alten Zeiten. Mehr als einmal hat sie schon Sätze wie diese von sich gegeben: *Frauen wie dich, Frieda, findet man nur in Romanen. Ich betrachte es als eine absolute Ehre, dass ich deine Freundin sein darf.*

Und das Allerschönste ist, Doris meint es genau so, wie sie es formuliert; die Geschichte von Frieda und ihrem geistlichen Herrn erinnert sie an alle großen Liebesromanzen, von denen sie je gehört hat. Endloses Warten auf die Erfüllung, kurzzeitiges Finden, erneute Trennung, erneutes Sehnen und immer weiteres Sehnen und Begehren. *Ad infinitum.*

Frieda erinnert sich auch an andere Situationen und Empfindungen.

Jede Spanne Zeit bringt auch Alltag hervor.

Gegenwärtig unternimmt Richard alles, um das Bistum Speyer zu verlassen und eine Pfarrstelle im Bistum Mainz oder Worms zu erhalten. Er hat Differenzen mit seinen kirchlichen Behörden, weniger mit dem Generalvikar selbst als mit den Unterleuten im *Bischöflichen Ordinariat*. Seiner Beschreibung nach sind das komplette Hohlköpfe.

Gott sei Dank kann man seit einiger Zeit wieder Post verschicken und empfangen und diese Gelegenheit nutzt er eifrig. Kürzlich hat er seinem Brief einen Ausschnitt aus der Bistumszeitung beigelegt, aus dem hervorgeht, dass er, Richard (im Artikel wurde er nur respektvoll *Dekan Jennewein* genannt), sich rechtzeitig gegen ›die braune Pest‹ gestemmt habe. Anfangs, das müsse der Wahrheit wegen erwähnt werden, sei er allerdings wie die Meisten den Hasardeuren zum Opfer gefallen; sei er deren Schalmeienklängen gefolgt. Hätten die Nationalsozialisten doch bei ihm wie bei allen Menschen guten Glaubens leichtes Spiel gehabt. Wie satanisch wortgewandt hätten sie ihn über ihre wahren Ziele zu täuschen vermocht, habe Dekan Jennewein doch stets von unserem himmlischen Vater das Beste für das Vaterland erfleht und erringen wollen. Binnen kurzem seien ihm die Augen aufgegangen und von dem Moment an habe er in aller Stille, aber hartnäckig gegen das *Regime der Gottlosigkeit* gewirkt.

Frieda hat den betreffenden Artikel in ihrer Handtasche; sie könnte ihn auf der Stelle vorzeigen. Mittlerweile kennt sie den Schluss sogar auswendig. Da steht (von ihr mit einem Rotstift markiert): *Die Nationalsozialisten haben gewusst, welchen Gegner sie an ihm hatten, und mehr als einmal stand die Verhaftung unseres Bruders, Dekan Richard Jennewein, an, und war er entsprechend jeweils kurz davor, in einem Konzentrationslager Märtyrer für unseren Glauben zu werden. Sein Glaube ist ihm allzeit Zuflucht und Rettung.*

Alle schönen Worte ersetzen nicht die persönliche Begegnung.

Frieda beschließt, dem Polen nicht von sich aus ein Angebot zu machen. Soll er sagen, was er verlangt!

Die Männer machen eine Pause in ihrem Spiel; einer reißt ein Fenster auf. Es ist auch höchste Zeit. Es ist derart stickig, dass man kaum noch Luft bekommt. Der Pole nimmt seinen Stuhl und setzt sich breitbeinig vor Doris und Frieda, wobei er den Stuhl so gedreht hat, dass er seine Arme auf die Lehne aufstützen kann.

»Wem von Euch soll ich gefällig sein?«, fragt er mit erotischem Unterton. Doris hält die Luft an; *deswegen* ist man doch nicht hier!

Frieda erklärt dem Polen ohne Schnörkel, dass sie Dokumente braucht, die es ihr möglich machen, in die französische Zone einzureisen.

»Zweitausend Mark!«, verlangt *Wodka*.

»Tausend habe ich dabei!«

»Her damit!«

»Einen Augenblick! Wann könnte ich mit der ... Lieferung rechnen? Falls wir uns einigen ...«

»Vier Tage ab morgen! Alles für zweitausend Mark und ein Passbild!«

Frieda nimmt eine Dose Nescafé aus ihrer Handtasche.

»Drei Tage und der Kaffee ...«

Der Mann nimmt den Kaffee, gibt ihn einem der jüngeren Männer.

»Drei Tage und tausend! Fünfhundert jetzt!«

»In Ordnung!«

Frieda zählt ihm die Anzahlung vor, er steckt sie in die Brusttasche. »Ist ein guter Abend«, bemerkt er dazu. »Läuft gut ... Wollt ihr feiern? Champagner? Tanzen?«

»Nicht heute«, erklärt Frieda. Sie steht entschlossen auf, Doris zögert.

»Doris komm!«, verlangt sie. Während sie sich zum Aufbruch bereit macht, bemerkt sie, dass Doris dem Mann tatsächlich einen Seitenblick gönnt. Der steckt sich selbstzufrieden eine dicke Zigarre an, bemerkt dabei *schönes Teil* und präsentiert dann Doris die Zigarre in eindeutiger Weise.

»Wir gehen!«, sagt Frieda, und Doris zieht den Zigarrenduft tief ein.

Drei Tage später ist Frieda im Besitz der Einreiseerlaubnis für die französische Zone. Soweit sie es erkennen kann, handelt es sich um eine mustergültige Fälschung.

Sie telegrafiert Richard: *Ankomme übermorgen, mit Zug über Grünstadt und Ebertsheim.*

Hettenleidelheim lebt von seinen Tongruben. Für den Abtransport des Tons hat die Bahn schon vor dem Ersten Weltkrieg eine Nebenlinie eingerichtet, auf der auch Personenverkehr möglich ist. Diese Bahn ist wieder in Betrieb. Allerdings fährt der Personenzug nur zweimal am Tag. Wann genau, konnte man ihr am Schalter im Wiesbadener Hauptbahnhof nicht sagen.

Alles egal; im schlimmsten Fall wird sie in Ebertsheim übernachten. Niemand wird sie jetzt noch aufhalten.

Und wenn sie nach Hettenleidelheim tippeln muss!

Über die Behelfsbrücke nach Mainz gibt es keinen öffentlichen Verkehr; bedeutet, dass man nur zu Fuß von der amerikanischen in die französische Zone wechseln kann. Der amerikanische Kontrollposten will ihren teuren Pass nicht mal ansehen, Frieda wird durchgewinkt, kaum, dass sie das Schriftstück in die Höhe gehalten hat. Die Franzosen auf der anderen Brückenseite sehen genau hin und nehmen sie auf der Stelle fest.

Nicht, dass an der Fälschung etwas auszusetzen wäre. Das Dokument ist gestohlen, samt der Stempel, mit denen es versehen ist.

Erst nach Stunden – nachdem sie glaubhaft gestanden hat, was sie in die französische Zone treibt, das Papier selbst hat sie sich angeblich auf dem Schwarzmarkt besorgt – lässt man Gnade vor Recht ergehen und schickt Frieda zurück. Sie muss allerdings mit einer Anklage rechnen.

Während Frieda erneut über die provisorische Rheinbrücke marschiert, kommt sie sich vor wie ein dummes Schulkind. Sie spürt nicht mal Enttäuschung oder Wut, nur Erniedrigung. Einmal bleibt sie stehen, überlegt, ob sie einfach auf das Brückengeländer klettern soll und sich in den Rhein stürzen.

Dieser Anfall von Verzweiflung und Überdruss am Leben geht zum Glück so schnell vorbei wie er kam.

Man wird sich also weiterhin Briefe schreiben, wie man es eigentlich immer gemacht hat. Auf dem Weg zum amerikanischen Kontrollposten rechnet Frieda aus, dass sie den allergrößten Teil ihres Liebeslebens im Traumland verbracht hat. Wie viele Jahre hat sie auf Richard gewartet, wie viele Jahre hat sie sich nach ihm verzehrt. In Liebesromanen ergibt das zärtliche Beschreibungen und gute Gefühle. Im Leben ist eine derart unerfüllte Liebe eine einzige Tortur.

Mein Gott, hat sie alles falsch gemacht? Warum hat sie sich nie nach einem normalen Mann umgesehen, einen Mann, der nur sie will und nichts anderes? Einen Mann, der sie liebt und ehrt und schützt und nichts anderes im Sinn hat als das?

Kann sie nicht lieben oder kann man sie nicht lieben?

9.

Es ist Spätherbst und einer der grauen Tage, an denen man die Toten besucht. Am Vormittag bringt Frau Adamy Frieda einen Strauß aparter Chrysanthemen aus Doris' Garten, von tiefem Gelb, fast Gold, und dabei klagt sie über die Ungerechtigkeit des Schicksals. Ihr Haus ist beschlagnahmt und Friedas brummt ... und so weiter und so weiter; ihr Lamento ist bekannt.

Schon, als Frieda die Blumen in Empfang nimmt, weiß sie: Die bekommt Herr Maison. Selbst jetzt nennt sie ihn noch so, wenn sie an ihn denkt oder von ihm spricht. Dass sie ihn, auf seinen Wunsch hin, viele Jahre lang mit *Jules* angesprochen hat, ist verblasst und fast vergessen. Die Anrede *Herr Maison* ist einfach passender für ihn, drückt viel besser aus, was er für sie war, ihr Beschützer, ihr Stab und Stecken, ihr uneigennütziger Freund.

Am liebsten ginge sie auf der Stelle, da hat sich Frau Adamy noch nicht endgültig verabschiedet.

»Schönen Gruß auch an Fräulein Anna«, ist das Letzte, was Frau Adamy sagt, als sie sich auf der Treppe noch einmal umdreht. »Hab sie lange nicht mehr gesehen. «

»Ich leider auch nicht«, gibt Frieda zurück.

Das stimmt und stimmt selbstverständlich auch nicht. Anna liegt noch immer nachts neben ihr im Doppelbett, doch sie kommt meistens spät und ist früh wieder auf den Beinen. Sie verzehrt sich; sie ist immer noch für ihre Partei und die Gewerkschaften und die Stadt gleichzeitig tätig. Frieda denkt manchmal, Anna ist die Einzige, die die Stadt wieder aufrichtet. Sie organisiert Unterstützung für die Heimkehrer und hilft, dass der Abtransport der ehemaligen Fremdarbeiter einigermaßen human verläuft. Viele der *Displaced Persons* werden gegen ihren Willen in ihre Heimat gebracht – unglückliche Polen, unglückliche Russen, tief deprimierte Esten, Letten, Litauer. Dramen spielen sich an den Zügen ab und Anna versucht zu lindern!

Vor allem aber macht sie sich wegen der Neuorganisation der Gewerkschaften verrückt. Deswegen hat sie sich sogar mit dem Stadtkommandanten angelegt; wenn's nach dem ginge, gäbe es überhaupt keine Gewerkschaften.

Willy hat Anna neulich als *unsere Heilige Johanna des Proletariats* tituliert. Er wollte nur einen Jux machen, da war aber 'was los!

Annas Stimme nahm eine Schärfe an, die weder Willy noch Frieda je von ihr gehört hatten. Sie fuhr ihn druckreif an, er solle sich endlich engagieren, solle seine Passivität aufgeben; er habe jetzt lange genug auf seinen vier Buchstaben gehockt, zwei Weltkriege lang. Jetzt werde jede Hand gebraucht! Das *Hotel Petersburger Hof* werde durch Gottes Gnade und Güte überleben, auch wenn Willy weiterhin keine Hand rühre, aber nicht die Stadt und nicht das Land! Wie die Nation den kommenden Winter überstehen werde, wüssten nur die Götter! Aller Wahrscheinlichkeit nach würden Tausende und Abertausende verhungern und erfrieren. Die Zukunft Aller sei durch Arbeitslosigkeit, Finanzelend, mangelhafte Ernährung, durch Wohnungsnot und das Fehlen fast sämtlicher Verbrauchsgüter bedroht; nicht nur bedroht, sondern stehe auf der Kippe! Entsprechend müssten sich alle der Katastrophe entgegenstemmen, auch ein Willy Heybach. Wenn nicht jeder an seiner Stelle wirke, würden sich die Lebensbedingungen nie mehr bessern lassen, sei nichts und niemand mehr zu retten.

Für Frieda hörte sich das an, als habe ein Minister im Reichstag gesprochen. Dieselbe Wucht der Worte, dieselbe Schärfe der Gedanken.

Anna wird ihr unheimlich.

Nach dem Mittagessen marschiert Frieda nach Rambach; die Blumen trägt sie in einer braunen Packpapiertüte, mit denen die Amerikaner so freigiebig umgehen. An der Haltestelle *Sonnenberger Straße* wartet sie eine Viertelstunde lang, doch kein Bus lässt sich blicken. Endlich gibt sie es auf, weiter zu warten, geht durch den Kurpark (seltsamerweise stehen die Tore offen; eigentlich ist der Kurpark für die Besatzungsmacht reserviert), geht an der *Blumenwiese* und den Tennisplätzen vorbei, geht den *Salzbach* entlang, erreicht *Sonnenberg*, ruht sich auf einer Bank etwas aus und setzt dann ihren Marsch Richtung Rambach fort. Sie geht nun die Landstraße entlang, auf der sich kaum Verkehr abspielt. Wegen des grauen unfreundlichen Wetters lassen sich selbst die Kinder nicht draußen sehen. Endlich passiert sie auf ihrem Weg zum Rambacher Friedhof die *Dampfwäscherei Maison*. Diese hat ihre Arbeit wieder aufgenommen und in Frieda insofern eine gute Kundin, als sie bei jeder Wäschelieferung prompt zahlt. Gott sei Dank ist ihr das möglich; es gab auch schon ganz andere Zeiten, als sie um Verständnis und Aufschub betteln musste. Seit Herrn Maisons Tod wird die Wäscherei von seinem ältesten Sohn geleitet; der ist permanent auf der Suche nach Waschpulver und Seife.

Selbst Frieda hat er schon um Vermittlung bei den Amerikanern gebeten; sie hat ihn mit Herrn Borowski bekannt gemacht und das hat sich als nützlich für ihn erwiesen.

Herr Maison hatte immer angenommen, sein Ältester habe zwei linke Hände, aber es hat sich herausgestellt, dass er durchaus seinen Mann steht. Emil – das ist sein Vorname – und sie waren nie die besten Freunde; wahrscheinlich hat er ihre Verbindung zu seinem Vater falsch gedeutet, hatte ordinäre Ehebrecherei vermutet, wo nur eine besondere Art von Freundschaft existierte.

Einmal hat sie überlegt, ob sie ihm die Natur dieser Freundschaft erklären sollte. Aber wie könnte das gelingen?

Frieda bleibt kurz stehen und sieht zur *Villa Maison* hoch. Sie befindet sich über den Waschhallen, und während des Sommers verschwindet sie im Grün, das da oben wächst. Da das Laub aber bereits zum großen Teil von den Bäumen ist, kann man das Haus von der Straße aus recht genau erkennen. Es hat sich in den letzten Jahrzehnten nicht verändert. Im Großen und Ganzen sieht es immer noch so aus, wie Frieda es erlebt hat. Allerdings existieren die beiden Ecktürmchen nicht mehr gibt, lauschige Plätze, die Frau Maison geliebt hat.

Wie bedeutungsvoll ist dieser Ort für Friedas Leben! Anna hatte in dem Haus ihre Stelle als Bügelmädchen, Richard ging dort ein und aus. In der *Villa Maison* hat sie ihn zum ersten Mal gesehen, und seitdem schmerzt ihr Herz, wenn sie an ihn denkt. Wiewohl sie nur sehr, sehr entfernt miteinander verwandt waren, Richard und Herr Maison, hatte dieser Richards Priesterstudium finanziert. Wenn Richard heute Dekan ist, dann hat er dies zum entscheidenden Teil Jules zu verdanken. Und wie großherzig hatte er für Anna gesorgt, sein stocksteifes, schüchternes Bügelmädchen, das damals mit einer schrecklichen Lähmung in die Städtischen Krankenanstalten gebracht werden musste.

Frieda glaubt, Jules sei anders gewesen als jeder andere Mann, mit dem sie es je zu tun hatte, die pure Güte unter der Maske von Alltäglichkeit. Manchmal denkt sie, er war der einzige wirklich gute Mensch, der ihr je begegnet ist.

Was hat sie ihm alles zu verdanken, zuerst ihr Haus, dann in den grauenhaften Zwanziger Jahren mehr als einmal Rettung aus höchster Not; ihre gesamte Existenz stand gelegentlich auf dem Spiel; wäre er nicht gewesen und hätte sie aufgerichtet …

Wie fehlt er ihr! Ein solch guter Mensch – und stirbt an einer ordinären Lungenentzündung; 4. April 1943, gegen 5 Uhr nachmittags in den Städtischen Krankenanstalten. Die Medikamente waren schon knapp, wurden anderswo dringender gebraucht, und dann ging alles so schnell, zu schnell. Im Keller der Krankenanstalten hat sie ihn zum letzten Mal gesehen; er lag da leichenstarr und abweisend auf einem ganz einfachen fahrbaren Gestell, in einer Ecke abgestellt und auf seinen Abtransport wartend. Sie wollte ihm einen letzten Kuss geben, vermochte es aber nicht.

Frieda sieht noch einmal auf die Wäscherei.

Sie ist in Betrieb, doch sie ist nur noch ein Schatten ihrer selbst, wie man sagt. In ihren besten Zeiten gab die *Dampf-Waschanstalt Maison* Hunderten Menschen Lohn und Brot und gehörte zu den Hoflieferanten des Kaisers. Ihre Blütezeit war natürlich in den besten Jahren der Stadt; damals, als die halbe Welt hier kurte. Zum Transport der Wäsche stand dem Betrieb ein eigener Fuhrpark mit Dutzenden von Fahrzeugen und entsprechend Dutzenden von Kutschern und Chauffeuren zur Verfügung. Sie erinnert sich, dass Jules bei ihrer ersten Zusammenkunft im *Café Orient, Unter den Eichen*, damit renommierte, dass seine Waschanstalt in der Lage sei, täglich 75 000 Servietten vollständig schrankfertig anzuliefern. Sie hat die Zahl immer noch im Ohr, 75 000 Servietten. Anna, damals unbezahlte Propagandistin der *Maison'chen Dampfwäscherei*, hatte ihr eingehämmert, der Betrieb besitze zwei Dampfkessel, zwei Dampfmaschinen, acht Waschmaschinen, acht Zentrifugen und acht Dampfmangeln. Neben dem vorzüglichen Quellwasser aus dem Taunus werde nur beste Seife verwendet, hatte sie so stolz verkündet, als sei das ihr Verdienst.

Übrigens hatte Emil daran erinnert, als er sie um ihre Hilfe bat.

Frieda erreicht den *Rambacher Friedhof*; er liegt abseits des Ortes an einem steilen Hang.

Einige Monate vor Ende des Krieges ist bei einem Bombenangriff eine Luftmine keine hundert Meter hinter dem Friedhof eingeschlagen. Der Luftdruck hat einerseits Waldbäume zu Fall gebracht und andererseits die meisten Grabmale umgerissen. Der Friedhof sah aus wie von Barbaren geschändet.

Auch jetzt, da Frieda zum Grab geht, wo Herr Maison neben seiner braven Frau ruht, zeugen umgestürzte Grabkreuze und Beschädigungen an verschiedenen Grabmalen noch immer vom Angriff auf Rambach. Zum Glück hat Emil den Grabstein seiner Eltern wieder aufrichten lassen.

Sie legt die Blumen aufs Grab, setzt sich danach auf die steinerne Bank an der Seite der Grabstätte und erklärt Jules statt einer Begrüßung, er werde gebraucht und vermisst und er sei viel zu früh gestorben. Sie glaubt auch nicht an den Trost, dass ihm durch seinen Tod Schrecklichstes erspart worden sei. Anna kann reden, was sie will, Frieda, glaubt nicht an die Apokalypse. Deutsche können nicht untergehen; wer die Legionen des Römischen Reiches und den Dreißigjährigen Krieg überlebt und die Grauen des Ersten Weltkriegs, wird auch mit dem gegenwärtigen Elend fertig.

»Im Augenblick würdest du die Stadt allerdings nicht wiedererkennen. Die ganze Innenstadt ausradiert. Aber es ist alles eine Frage des Standpunkts! Gestern hat mir einer unserer Gäste – man glaubt's nicht, ich darf gegenwärtig nur an Amerikaner vermieten, das weißt du ja, das habe ich dir ja schon berichtet … Jedenfalls, alles wesentlich besser als gar keine Gäste – also, einer unserer Gäste hat mir eine Art Reiseführer für Wiesbaden gezeigt, selbstverständlich in Englisch und für Amerikaner. Da ist alles abgebildet, was noch steht, und wenn du das gesehen hast, denkst du, es ist nicht eine Bombe gefallen: Die *Griechische Kapelle* steht, das *Opelbad* steht, junge Leute in flotten Badehosen rutschen die Rutsche runter, die *Nerobergbahn* hat nichts abgekriegt, sogar das *Neroberg-Hotel*, dieser Riesenkasten, ewig unrentabel und immer kurz vor der Schließung – er steht … Ich weiß noch, welchen Zirkus du mit dem Neroberg-Hotel hattest, wollten die Bett- und die Tischwäsche immer express geliefert haben und waren ewig klamm, wenn's ans Bezahlen ging! Ich weiß es noch genau …

Tja, was ist noch von Wichtigkeit?

Anna würdest du nicht wiedererkennen, deine Anna, meine Anna, unser aller Anna. Sie ist couragiert und beherzt wie nie im Leben. So hätte sie einmal deinem Fräulein Thecla gegenüber treten sollen, nur ein *einziges Mal*, dann wäre alles anders gekommen! Ihr ganzes Leben wäre anders verlaufen.«

Als ob Jules Maison eine Frage gestellt hätte, fügt sie erklärend an: »Wenn sie gewusst hätte, was in ihr steckt! … Ich ziehe sie immer damit auf, wenn ich sage: *Wenn du erst mal Minister bist, zahlst du deine Schulden zurück* … Ich will dir was sagen, Jules, ich glaube daran! Anna bringt es noch weit, du wirst es sehen!«

Frieda kommt dann auf das *Internierungslager Darmstadt* zu sprechen, in dem Adam einsitzt, aus eigener Dummheit, wie sie betont. Sie hat erreicht, dass man ihm seine geliebte Geige ins Lager schmuggelte; sie kennt jemand in der *Gifthütte*, der hat überall seine Finger drin, der hat das organisiert. Sie vertraut darauf, dass Adam früher oder später im Lagerorchester spielen darf. Das wird ihm das Leben dort sehr erleichtern.

Willy wollte sie neulich aufrichten, hat gesagt: *Frieda, eines Tages kommt Adam aus dem Lager zurück und ist ein zweiter Paganini.*

Sie hat geantwortet: *Willy, das war er schon, als er dort eingesperrt wurde!*

Eigentlich braucht sie in dieser Hinsicht keinen Trost. Man weiß doch, unter solchen Umständen werden Beziehungen fürs Leben geknüpft. Niemals kommt man sich so nahe wie im Gefängnis und beim Militär. *Jules* wird ihr Recht geben, am Ende kann sich die Haftzeit noch als große Chance für Adam erweisen.

Was sie auch redet und was sie verschweigt, es bleibt eine sehr einseitige Unterhaltung.

Ohne, dass es dafür einen besonderen Grund gibt, beginnt Frieda zu weinen und zu schluchzen, und es dauert eine Weile, bis ihr dies bewusst wird. Eigentlich erst, als es der Regen stärker wird und ihr Tränen und Regen gleichzeitig übers Gesicht laufen.

III. Männer und Frauen

1.

Es geht auf Weihnachten zu; der erste Schnee ist gefallen, allerdings gleich wieder abgetaut und jetzt ist es nur unfreundlich. Kälte und Nässe ziehen durch alle Ritzen. Glücklich, wer jetzt Kohlen oder Briketts oder Holz hat; dankbar, wer wenigstens dicke Pullover und dicke Socken besitzt, warme Unterwäsche und einen Wintermantel. Heizmaterial wird streng bewirtschaftet, doch was nutzt ein Bezugsschein, wenn die Händler praktisch nur noch Ruß in ihren Lagern haben?

Anna hat sich mit Anderen dafür eingesetzt, dass die Wiesbadener wenigstens in den Parks und in den Wäldern, die die Stadt durchziehen und umgeben, so viel Holz schlagen dürfen, wie sie für sich brauchen. Anna will, dass die Menschen durch die Notzeit kommen; um die Aufforstung der Parks und der Wälder wird man sich zur gegebenen Zeit kümmern.

Dass es im *Petersburger Hof* trotz der geschilderten Umstände mollig warm ist, versteht sich wohl von selbst.

An einem solch unfreundlichen Tag, einem Samstag, taucht Otto Borowski überraschend im Haus auf. Er hat seinen Adlatus bei sich, Herrn Schell, was bedeutet, dass es sich bei seiner Visite um eine amtliche Angelegenheit handelt. Herr Schell war früher ein rasender Reporter in Frankfurt, hat nun Berufsverbot und ist deswegen eifrig bemüht, sich die Gunst seines Herrn zu erhalten. Von seiner früheren Tätigkeit ist eine gewisse Wieseligkeit geblieben und das Bemühen, zu verstehen und die Dinge zu durchdringen.

»Was kann ich Euch Gutes tun?«, begrüßt Frieda die Besucher.

Otto Borowski gibt ihr erst mal zu verstehen, was er alles Gutes für sie tut: »Wunderbar warm hier!«, sagt er. »Frieda, ich miete mich hier ein; was will der Mensch mehr, warmes Wasser aus dem Hahn und die Heizung bullert … Wirklich, Frieda, ich miete mich hier ein!«

»Tu das, Otto, und für Sie finden wir auch noch ein Eckchen, Herr Schell«, erwidert Frieda munter.

Seit einigen Wochen duzt sie sich mit Borowski. Sie ahnte Schlimmes, als er sie zu seiner Geburtstagsfeier einlud. Und zwar feierte er in *Loesch's Weinstuben*. Selbstverständlich nicht in dem gediegenen alten Haus in der Spiegelgasse mit seinen einmaligen Kassettendecken und den antiken farbigen Gläsern in den Fenstern. Dieses Haus ist für alle Zeiten dahin. Immerhin haben die Schmidts, die zuletzt die herrlichen Weinstuben betrieben hatten, in einer noblen Villa an der *Idsteiner Straße* ein Provisorium eröffnet, das in erstaunlicher Weise Frieden und Tradition imitiert. Das Provisorium hat wie das Original hohe Decken, einen gewaltigen offenen Kamin, Kellner in schwarzen Anzügen, auf den Tischen weiße Damast-Decken. Borowski leistete sich zu seinem fünfundfünfzigsten Geburtstag eine Jazz-Kapelle, vier Mann, die er bei anderer Gelegenheit unter der Hand an die Besatzungsmacht vermietet, muntere junge Männer, die für Stimmung sorgten. Otto hatte rund dreißig Leute eingeladen, mehr Frauen als Männer selbstverständlich. Otto ist der ewige Schürzenjäger, sein Leben lang unverheiratet. So macht er wenigstens niemanden unglücklich. Eine ausgemergelte Tänzerin vom *Deutschen Theater* (dieses hat den Betrieb vor kurzem wieder aufgenommen und spielt nun im ehemaligen *Kolpinghaus* in der Dotzheimer Straße) hatte es ihm besonders angetan. Bei dem Fest gab es nicht nur mehr Frauen als Männer, es gab auch mehr zu trinken als zu essen und insofern war sie, Frieda, schon ein bisschen angeschickert, als er ihr das *Du* anbot. Wie hätte sie ablehnen können! Jede Kröte, die ihr das Haus erhält, muss geschluckt werden. *Alle Räder rollen für den Sieg*!, nennt Willy das.

Natürlich wird es mit dem Dicken nie weitergehen als zum *Du*, das ist schon beklemmend genug. Eines muss allerdings zu seiner Ehre gesagt werden, er hat nicht die schwitzigen Patschhände vieler Dicker, legt auch immer ein anständiges *Eau de Cologne* auf und achtet im Großen und Ganzen die Grenzen.

Lilly kommt herein, und obwohl Otto genau weiß, dass sie die Verlobte von Herrn Döringer ist, mustert er sie, als überlege er, ob sie in seinen Harem passe.

Lilly macht es nichts aus; ob ein Ami sie will oder ein Deutscher, wo soll da ein Unterschied liegen? Im Allgemeinen ist sie Herrn Döringer treu und wenn nicht, ist sie wenigstens diskret.

»Lilly, mach doch den Herren mal Kaffee … Ihr wollt doch Kaffee?«

»Allemal«, erwidert Herr Schell. Das ist das erste Wort, das er an diesem Morgen verlauten lässt.

»Und worum geht's? Was führt Euch her?«, fragt Frieda betont munter; sie fürchtet, es wird nichts Gutes kommen.

»Das Hauptquartier in seiner übergroßen Weisheit hat einige Veränderungen angeordnet«, erklärt Borowski. Er benutzt selbstverständlich den Ausdruck *Supreme Headquarters* und versäumt es nicht, noch einige andere amerikanische Begriffe in den Satz einzuflechten. Am Ende läuft es dennoch darauf hinaus, dass es Veränderungen geben wird.

Frieda hält den Atem an. Wird man ihr das Haus doch noch abnehmen? Aus heiterem Himmel? Hat es etwas mit ihrem missglückten Ausflug nach Hettenleidelheim zu tun?

Sie brauche sich nicht aufzuregen, versichert Otto, er hat einiges für sie gedeichselt. Also, es ist so: Ab dem 1. Januar 1946 werden nur noch weibliche Kräfte der US Streitkräfte hier übernachten, ausschließlich *weibliche Kräfte*! Ansonsten läuft der Hotelbetrieb weiter wie gewohnt.

Frieda ist erleichtert und erstaunt gleichzeitig. »Unser altes Häuschen soll ein Nonnenkloster werden?«, vergewissert sie sich.

»Du hast es erfasst, Frieda, wie immer ... Du bist wirklich von der ganz schnellen Truppe.«

Borowski führt aus, es waren Abgesandte des Senats in Old Germany, nicht nur in Wiesbaden, und haben sich über gewisse Zustände in bestimmten Häusern aufgeregt; auch in Wiesbadener Häusern, er muss keine Namen nennen. Das soll abgestellt werden; die Moral soll höher gehängt werden, absolute Trennung von Männlein und Weiblein. Frieda muss sich drauf einstellen, in Zukunft wie die Vorsteherin eines Mädchenpensionats zu agieren. Die Weiblichkeit, die im Haus übernachtet, dürfe keinen Herrenbesuch empfangen.

»Dich mal ausgenommen, Frieda«, fügt er anzüglich an.

Frieda geht auf die Anspielung nicht ein: »Wie soll ich das anstellen, Otto, die Trennung der Geschlechter? Du hast gesagt, die Frauen haben zum Teil Offiziersrang ...? Das ist ja albern! Ich kann doch nicht erwachsenen Frauen, ausgewachsenen Offizieren der amerikanischen Armee, die Liebe verbieten! Wie stellt ihr euch das denn vor? Meinst du, die scheren sich um mich? Die kommen aus dem Krieg ...«

»Nicht alle! Manche kommen direkt von der Offiziersschule! Aber keine aus *West Point*, damit du dir keine falschen Vorstellungen machst ...«

Frieda ist versucht zu fragen, was ist *West Point*? Sie gibt sich jedoch keine Blöße; sie wird einem Otto Borowski nicht ihre Unwissenheit gestehen. Willy erklärt ihr später, *West Point* ist eine bedeutende Militärakademie, wohl die bedeutendste der Vereinigten Staaten, und deren Motto ist *Pflicht, Ehre, Vaterland.*

So was weiß Willy alles!

Statt also auf *West Point* einzugehen, sagt Frieda: »Idiotisch … Der *Petersburger Hof* ist ein bürgerliches Haus, hier ging's nie hoch her, nie hoch die Tassen, zu keiner Zeit! Aber ich bin nie gefragt worden, ob der zu jener ins Bett steigen darf. Das lag immer außerhalb meiner Befehlsgewalt!«

»Nichts bleibt, wie es ist, Frieda. Wenn wir irgendwas gelernt haben, dann doch wohl das. Also, ab 1. Januar bist du für hohe Moralstandards im Haus verantwortlich! Frieda, nimm das ernst! Ich kann es dir nur ans Herz legen! Ich habe dir gesagt, das kommt von ganz oben, direkt aus dem Senat. Ich stelle mir vor, irgendwelche Senatoren, die von ihren Frauen Druck kriegen, haben das durchgedrückt.«

»Man glaubt es alles nicht. Es ist gerade ein paar Monate her, da durften wir unseren Gästen nicht mal die Hand geben oder ein persönliches Wort mit ihnen wechseln; nun soll ich die Gouvernante von erwachsenen Frauen spielen und über deren Liebesleben wachen? Frauen mit Orden und Ehrenzeichen, kommandieren ganze Truppen und ich …«

»Du hast noch Glück, Frau Tremus! Du musst keine Flöhe hüten, wir setzen dir wenigstens keine fidelen Krankenschwestern ins Haus. Diese Damen bleiben an *mir* hängen; die muss ich rund ums Lazarett unterbringen.«

Otto Borowski macht kein Hehl daraus, für ihn sind Krankenschwestern eine bestimmte Sorte leichter Mädchen, mit Häubchen und in weißen Kitteln zwar, dafür aber ohne jegliche Hemmungen; leichter rumzukriegen als Bardamen. Nach seiner Auffassung hängt ihre Freizügigkeit mit der Tatsache zusammen, dass sie eine andere Einstellung zum Körper haben als normale Menschen. Seiner Meinung nach kann eine Frau, die den ganzen Tag Nackte in den unwürdigsten Situationen sieht, sie dennoch anfasst, sie wäscht und abtrocknet, beim besten Willen nicht schockiert sein, wenn ein Mann vor ihr die Hosen runterlässt.

Herr Schell verschwindet diskret nach hinten (*aufs Örtchen*, wie er verschämt erklärt), und Frieda nutzt die Gelegenheit, Otto seine Umschläge zu geben. Sie hat zwei Umschläge parat, einen für den laufenden Monat und dann den noch ausstehenden für November. Jetzt ist ihr klar, warum er im letzten Monat sein Geld nicht abgeholt hat. Sie hatte sich bereits Gedanken gemacht, ob sie in Ungnade gefallen sei, und nun stellt sich heraus, er war einfach zu beschäftigt; musste alles um- und neuorganisieren. Otto steckt das Schwarzgeld mit einer solchen Geschicklichkeit und Schnelligkeit ein, als habe er das Erpressen von Schutzgeld schon als Kind gelernt. Er zählt nicht nach; macht er nie. Frieda hat sich schon mehr als einmal gefragt, ob er seinem jeweiligen Gehilfen etwas vom Segen abgibt. Wahrscheinlich nicht; wahrscheinlich ist er zu vorsichtig, sich Mitwisser heranzuziehen. Nun, das kann er halten, wie er will; ihr ist es sogar lieber so. Sie braucht keine Zeugen für diese Art Zuwendungen. Dass sie an ihn abgeben muss, war ihr vom ersten Tag an klar; von dem Moment an, als er sagte: *Dann auf gute Zusammenarbeit!* Bei Leuten wie Otto geht's nie anders.

Einen Augenblick lang ist sie versucht, den Ratschlag von Oberleutnant Scheidt weiterzugeben, will sagen: *Otto, hoffentlich verwandelst du das Geld rechtzeitig in Grundstücke; eines Tages löst es sich in Rauch auf.* Sie hält jedoch den Mund; sie ist nicht Ottos Herzensfreundin. Sie haben eine Geschäftsbeziehung, mehr ist nicht. Soll er sein Geld verjuxen, wenn es ihm Spaß macht.

Wie es dem Herrn Scheidt wohl geht? Hoffentlich ist er nicht im Hunsrück gelandet; man hört Schreckliches vom *Kriegsgefangenenlager Kreuznach.*

Herr Schell kommt mit nassen Händen von der Toilette zurück. Die schüttelt er nun aus, als seien Handtücher noch nicht erfunden worden. Danach geht's zur Sache. Die Beiden haben Listen ausgearbeitet, welcher Gast wohin verlegt wird und wer ab 1. Januar festes Quartier im *Petersburger Hof* haben wird. Diese Listen werden nun durchgesprochen.

Private First Class Robert Koch wird in den *Bären* umquartiert. Er wird offenbar in seinen Kreisen geschätzt, das Hotel *Bären* ist eine Kategorie höher als der *Petersburger Hof* und insofern steigt Mr. Koch auf. Das Hotel *Bären* ist übrigens nur ein paar Schritte von Lauras Arbeitsplatz entfernt, dem ehemaligen Badhaus *Pariser Hof.* Da wird man sich ja nicht vollkommen aus den Augen verlieren.

Laura nimmt die Nachricht, dass Mr. Koch ab Januar nicht mehr im Haus sein wird, mit Fassung auf.

Dabei wären die Beiden so ein nettes Paar.

Wie gut sie sich unterhalten!

Frieda ist beeindruckt davon, dass Mr. Kochs Heimatstadt im Bürgerkrieg für die Schwarzen ein ganz besonderer Ort war. Sie hat gelernt, hier verlief die Grenze zwischen den Nord- und Südstaaten, also die Grenze zwischen Freiheit und Sklaverei. Wenn es einem Schwarzen (oder seiner Frau oder seinen Kindern) gelang, über den Fluss zu kommen, war er frei. Und einmal in Cincinnati, wurde dem Ex-Sklaven geholfen, Arbeit und Unterkunft zu finden oder die Weiterreise ermöglicht.

Frieda waren diese Tatsachen vollkommen neu. Davon war in dem von ihr so geschätzten Roman *Vom Winde verweht* mit keinem Wort die Rede. Wenn doch, hat sie es vergessen.

2.

Kurz vor Weihnachten, exakt am Montag vor Weihnachten, setzt sich Willy in den Kopf, zum Hamstern ins Ländchen zu fahren. Er verkündet starrsinnig, er will anständige Kartoffeln besorgen und sonst nichts.

Man versucht, ihm die Idee auszureden; es ist zu gefährlich. In der letzten Woche stand wieder etwas über Prozesse gegen Hamsterer in der Zeitung und welch harte Strafen verhängt wurden. Die Prozesse und die Strafen bewirken selbstverständlich nichts. Gegen knurrende Mägen ist kein Kraut gewachsen. Wesentlich gefährlicher als die Polizei und die Richter ist jedoch das Gesindel, das sich darauf verlegt hat, Hamsterer auszurauben. Eine junge Frau aus der Nerostraße ist in einer leeren Sandkiste neben der Bahnstrecke Niedernhausen – Camberg aufgefunden worden, erschlagen und beraubt. Und dies, weil sie bei Bauern zwei Flaschen Öl, etwas Mehl und ein paar Eier für sich und ihre beiden Kinder gegen Silbersachen eingetauscht hatte.

Der Bauer ist mittlerweile verhaftet worden; der Mörder noch nicht gefunden.

Willy will davon nichts hören; halsstarrig wiederholt er immer wieder, die ewigen Süßkartoffeln aus den Armeekanistern hängen ihm zum Hals 'raus. Er will endlich mal wieder anständige Kartoffeln im Maul haben.

»Und wer passt in der Zwischenzeit auf das Kleine auf?«

»Frieda, ich bin in ein paar Stunden wieder da … Wie lange brauche ich denn bis Kloppenheim und zurück? Dann muss Lilly mal nach unserem Evchen gucken, kann sie ja mal wickeln … Ich geb' ihr jetzt ein Fläschchen und dann wird's ja mal ein paar Stunden ohne mich gehen.«

Dazu muss man wissen: Laura hat seit einiger Zeit längere Arbeitszeiten; sie arbeitet jetzt täglich von 8 Uhr morgens bis halb sieben am Abend beim *Insel Verlag*; sie ist dort ausgesprochen glücklich. Dadurch hat es sich eingespielt, dass Willy tagsüber auf die kleine Eva aufpasst; er macht das ausgesprochen gut. Von Frau Baumbach, einer erfahrenen Hebamme, hat er sich zeigen lassen, was er wissen muss und worauf er zu achten hat, wie er das Kind zu halten hat, wie die Windeln anzulegen und so weiter. Vorsichtig versucht er anfangs Laura an seinen neuerworbenen Kenntnissen teilhaben zu lassen; die will aber, bei gütigem Lächeln, davon nichts hören.

Frieda sieht, dass er geschickt mit dem Kindchen umgeht, fürchtet aber, er wird Evchen auf die Dauer seinen unseligen Quatsch beibringen, seine verrückten Sprüche und krausen Gedanken. Gott sei Dank ist es noch nicht so weit, dass er dem Kind schaden könnte. Immerhin hat sie ihn neulich dabei erwischt, wie er dem Kindchen eintrichterte: »Evchen, eins muss dir klar sein: *Gold* ist Geld, alles andere ist Kredit, und Kredite können sehr, sehr schnell faulen! Finger weg von Krediten!«

Noch immer verschlingt er des Nachts, wenn er den Nachtportier markiert, alles Gedruckte, das ihm in die Finger fällt. Seine neueste Fackel ist eine *Einführung in die Finanzwissenschaften*, von einem Professor Soundso verfasst, von zwei weiteren Koryphäen durchgesehen, und gedacht für Studenten der Wirtschaftswissenschaften im ersten und zweiten Semester. Wer weiß, womöglich durchdringt Willy im Laufe der Zeit wirklich die Geheimnisse des Bank- und Börsengeschäfts und alle werden reich im *Petersburger Hof*.

Bezeichnend für Willy, wie er dem Kind neulich aus dem *Kurier* vorlas, die Frankfurter Börse sei wieder geöffnet worden; vorerst finde jedoch nur *nichtamtlicher Handel* statt. Man wusste nicht, war die Eröffnung der Börse bei Beschränkung auf den *nichtamtlichen Handel* ein begrüßenswerter Fortschritt oder womöglich ganz im Gegenteil eine Perfidie der Sieger.

Im Moment geht es Willy aber nicht um Gold und Silber, jetzt geht's um Kartoffeln.

Frieda versteht nicht, warum ihm die Sache derart wichtig ist und bemerkt kopfschüttelnd: »Willy, manchmal denkt man, du bist ein erwachsener Mann, aber meistens denkt man was anderes ... Jetzt zum Beispiel!«

Die Bemerkung trifft Willy; er will Friedas Anerkennung. Eigentlich ist dies das Einzige, das er will. Kleinlaut bettelt er: »Frieda, lass mir doch meinen Willen. Ich hab kein anderes Weihnachtsgeschenk für dich ... für niemanden!«

Darauf umarmt ihn Frieda und sagt: »Wenn es dir darum geht, dann fahr in Gottes Namen.«

Man weiß anfangs nicht, sind die Götter dem Unternehmen wohlgesonnen oder nicht. Einerseits lädt das Wetter geradezu zu einer Radtour ein, die letzten Tage waren eher frühlingshaft warm denn winterlich kalt und für heute ist auch ein sonniger Tag zu erwarten. Andererseits ist sein altes Rad platt, beide Schläuche müssten geflickt werden. Kurzerhand leiht er sich Annas Rad aus. Eigentlich müsste man sagen, er nimmt sich eigenmächtig das Rad, das ihr die Gewerkschaft für dienstliche Belange zur Verfügung gestellt hat. Willy hat deswegen keine Hemmungen, sagt obenhin: »Heute braucht sie's nicht, sonst hätt' sie es genommen!« und packt eine Dose Kaffee und eine Stange Zigaretten ein. Das ist viel zu viel für einen Rucksack Kartoffeln. Doch wenn's ans Handeln geht, ist Willy nicht der Tüchtigste. Er war schon zweimal bei den Spahns, leider war die Ausbeute jedes Mal sehr mickrig. Auf den einfachen Gedanken, sein Glück mal bei anderen Bauern zu versuchen, kommt er nicht. Bei Frau Spahn und ihren Töchtern vermutet er Wohlwollen aus alter Geschäftsbeziehung, die Anderen kennt er nicht; er ist sicher, von denen wird er entweder übers Ohr gehauen oder weggeschickt wie ein Bettler.

Willy kehrt nicht zurück. Anfangs macht man sich keine Sorgen. Er wird irgendwo sitzen und die Zeit vergessen haben. Wahrscheinlich hockt er in der Küche der Spahns und renommiert mit Geschichten aus dem Hotelleben.

Gegen sieben Uhr abends kommt Anna, wie immer in letzter Minute, und drängt: »Ich dachte, Frieda, du bist schon umgezogen!«

»Umgezogen wofür?«

»Wir wollen doch ins Kino...«

»Ach so, ja; hab' ich ganz vergessen vor lauter, lauter ... Willy ist noch nicht da!«

»Der kommt! ... Jetzt mach! Es war schwer genug, die Karten zu kriegen!«

»Ich ziehe nur meinen Mantel über... Das Kleid geht doch?«

»Natürlich! Das Publikum will *Hans Albers* sehen, nicht uns!«

»Dann wollen wir das Publikum nicht warten lassen!«

Frieda zieht ihren weißen Kittel aus; seit ihren jungen Jahren ist er Berufskleidung und Ehrenkleid gleichzeitig. Sie achtet darauf, dass er stets peinlich sauber ist. Nur ein kleiner Fleck und er wird gewechselt. Weiße Kittel, gestärkt und gebügelt, gehen ihr nie aus.

Unter dem Kittel trägt sie ein blau-graues Wollkleid, das von Ende September bis Ende März immer passend ist, nie zu warm und nie zu kalt und richtig für jeden Anlass. Danach bewaffnen sich die Freundinnen mit je einem Brikett; diese sind beim Kartenabreißer abzugeben. Wie sonst sollte das Kino heizen können?

Anna und Frieda wollen ins *Capitol*; es ist ihr zweiter Kinobesuch seit Kriegsende. Beim letzten Mal haben sie einen sehr amerikanischen Film mit vielen Gesangseinlagen gesehen, von dem Anna enttäuscht war. Sie hatte einen Wildwest-Film erwartet und stattdessen hatte man ihr diese seichte Komödie vorgesetzt. Heute weiß sie, worauf sie sich einlässt; es wird der Farbfilm *Große Freiheit Nr. 7* gespielt, ein Werk mit dem großen *Hans Albers* in der Hauptrolle. Sie verehrt Albers schon lange und Frieda ist deshalb nicht erstaunt, dass Anna alles über den Film weiß. Auf dem Weg zum Kino erfährt sie, dass der Streifen während des Krieges entstanden ist, von den Nazis jedoch nicht freigegeben wurde, da er keinen deutschen Held und keinen heroischen Kampf zeigt, stattdessen melancholische Liebe und dem deutschen Wesen fremde Unsittlichkeit.

»Wo hast du denn das wieder her? Gelesen?«, erkundigt sich Frieda.

Es stellt sich heraus, Anna war schon mal in diesem Film, zusammen mit ihrem Bernd, angeblich ist er ebenfalls ein Kinoverrückter.

Bernhard Enders, fügt sie lahm und erklärend hinzu.

»Ich weiß, von wem die Rede ist … Allerdings war lange nicht mehr die Rede von ihm. Ich dachte schon, es sei aus.«

»Nein, im Gegenteil«, erwidert Anna knapp.

Das *Capitol* befindet sich am Beginn der Wilhelmstraße, halbhoch an einem Hang oberhalb der Straße und über einigen zerstörten, ehemals sehr eleganten Kiosken. Die Vorderfront des Kinos ist dem Krieg zum Opfer gefallen, sie wurde durch eine schnell hochgezogene Notfassade aus rohen Backsteinen ersetzt. Dahinter ist alles wie gehabt, die Säulen, die schweren Teppiche, der gewaltige Samtvorhang, die alte Pracht eben. Wie in der Annonce versprochen, ist der Saal geheizt, zwar nur lauwarm, aber immerhin geheizt.

Frieda genießt den Film; er ist sehr stimmungsvoll, macht allerdings auch schwermütig. Die Handlung spielt zu großen Teilen in einer Seemannskneipe an der Reeperbahn. Am Sterbebett seines Bruders verspricht Hans Albers, dass er sich um dessen Geliebte kümmern wird, die der Bruder sitzengelassen hat. Albers hält sein Versprechen und holt das junge Mädchen nach Hamburg. Hier wohnt sie in seinem Zimmer und kümmert sich um den Haushalt. Alles ganz harmlos. Doch dann lernt besagte Gisa einen Hafenarbeiter kennen, und das Drama nimmt seinen Lauf. Der Arbeiter verliebt sich unsterblich in die junge Schöne, nimmt jedoch fälschlicherweise an, sie werde gezwungen, mit Hans Albers das Bett zu teilen und sei zudem ein leichtes Mädchen.

Frieda kann nicht anders; spätestens beim Lied *La Paloma* und besonders bei den Zeilen *Einmal muss es vorbei sein! Nur Erinn'rung an Stunden der Liebe bleibt zurück …* kommen ihr die Tränen.

Hinterher reißt Anna sie aus aller Stimmung. Sie redet nur von der Wochenschau; man kann den Eindruck haben, es sei nur die Wochenschau gezeigt worden und sonst nichts. Der Bericht über den Beginn des Nürnberger Kriegsverbrecher-Prozesses, der dort gebracht wurde, erregt sie in unnatürlicher Weise. Sie spricht darüber, als werde nun über alles Unrecht, das ihr, Anna Wienandt, je angetan wurde, Gericht gehalten. Dass sich die Verbrecher bei der Verlesung der Anklageschrift gelümmelt haben wie Schulkinder, die sich alles erlauben, wenn der Klassenlehrer mal einen Augenblick abgelenkt ist, erbost sie. Wenn sie könnte, würde sie jeden der Angeklagten persönlich ohrfeigen, angefangen beim ehemaligen Reichsmarschall Göring. Über Hitlers Stellvertreter Hess, den Außenminister Ribbentrop oder Franz von Papen, den ehemaligen Reichskanzler und Hitlers Steigbügelhalter, spricht sie in derart abfälliger Weise, dass Frieda sie kaum wiedererkennt. Wie viel Hass auf das Nazigesocks steckt in Anna; sie muss ihn loswerden, sonst erstickt sie daran.

Als ihr das klar wird, bleibt Frieda mitten auf der Straße stehen, streichelt Anna einmal über die Wange und lächelt sie an.

Anna ist davon verwirrt; warum das jetzt?

»Anna«, erklärt Frieda ihr, »ob du's mir glaubst oder nicht, ich versteh', dass dir die reale Politik wichtiger ist als die gespielte Liebe … Außerdem kanntest du den Film ja schon.«

Sie will hinzufügen: Dabei hast du ja mit deinem Liebhaber Händchen gehalten. Sie unterdrückt die Unfreundlichkeit im letzten Augenblick; sie klingt zu neidisch.

Interessant immerhin, dass sich in all den Monaten seit Kriegsende nicht einmal Gelegenheit fand, diesen Bernhard vorzustellen. Er scheint einen Buckel zu haben oder keine Zähne im Mund.

Nun gut, sie, Frieda, kann warten.

Anna nimmt an, als sie den Geisberg hinaufgehen und die Tür des Hauses öffnen, dass Willy am Küchentisch sitzt und sich mit schiefem Lächeln für die wenigen Kartoffeln entschuldigt, die er erkämpft hat. Doch so ist es nicht. Willy ist nicht zurückgekehrt. Kein Lebenszeichen von ihm; auch keine Nachricht, dass ihm etwas passiert ist. Lilly ist extra länger geblieben und hat gewartet; Laura bestätigt es.

Frieda ist sofort besorgt. »Hast du schon mal im Krankenhaus angerufen?« fragt sie Laura bestimmt.

Hat sie, erklärt Laura, in den *Krankenanstalten*, im *Rot-Kreuz-Krankenhaus*, im *St. Josefs-Hospital*, selbst in der *Augenheilanstalt*. Nirgends ist ein Patient namens Willy Heybach eingeliefert worden.

»Und bei der Polizei?«

»Auch. Die wissen ebenfalls nichts. Es hat keinen Unfall gegeben, es ist auch kein Zwischenfall gemeldet worden, in den ein Mann von Willys Alter oder Statur verwickelt war.«

Frieda macht sich Vorwürfe: »Ich hatte gleich so ein komisches Gefühl. Ich hätte ihn nicht fahren lassen dürfen.«

»Es wird sich alles aufklären … Frieda, Unkraut vergeht nicht. Du wirst sehen, es wird sich als ganz harmlos herausstellen«, versucht Anna zu beruhigen.

Diese bemerkt nur: »Laura, ich danke dir … Mehr kann man wirklich nicht tun« und »*Nacht!*« und geht nach hinten. Die Übrigen müssen nicht sehen, dass sie dabei ist, die Fassung zu verlieren.

Im Schlafzimmer setzt sich Frieda aufs Bett und lässt sich viel Zeit fürs Ausziehen. Sie grübelt darüber nach, wie es sein kann, dass sich ihre Lieben einfach in Luft auflösen. In diesem Augenblick ist sie überzeugt davon, dass man nie wieder etwas von Willy hören oder sehen wird. Ihr Vater ist ohne erkennbaren Grund verschwunden und nie wieder aufgetaucht. Sie hat zwar immer noch Theo in Verdacht, dass dieser ihm etwas angetan hat; die Beiden haben sich gehasst. In Theo war etwas Teuflisches angelegt; irgendwann wird es durchgebrochen sein. Der Einfachheit halber lässt man alle, die sich für die alte Geschichte interessieren, im Glauben, Theo sei ihr Halbbruder; dabei sind sie überhaupt nicht miteinander verwandt. Theo war der Älteste der Heybach, der Geliebten ihres Vaters. Sie, Frieda, hat sich mehr als einmal vorgestellt, er habe womöglich aus krankhafter Eifersucht oder aus einer sonstigen perversen Neigung heraus den vermeintlichen Nebenbuhler erstickt, erdrosselt oder in anderer Weise ermordet und die Leiche anschließend geschickt beiseite geschafft. Sie meint, entweder sei das Verbrechen im Hasenstall der Heybach passiert oder auf dunkler Straße, auf alle Fälle ohne Zeugen. Damals ist eine Belohnung ausgesetzt worden; es haben sich auch genug gemeldet, die die Belohnung wollten. Doch niemand wusste wirklich etwas. Bis auf den heutigen Tag hat sich das nicht geändert. Mithin ist das Geheimnis noch immer existent, und Verdacht ist nicht Beweis. Womöglich ist Theo in diesem Punkt schuldlos.

Andererseits, Theo hat das Böse stets mit sich herumgetragen wie ein Brandzeichen. Er hatte immer diesen kalten Blick; es war sicher kein Zufall, dass man ihn zu Lebenslänglich verdonnerte, nachdem er bei einem Streit den Vater seiner damaligen Braut erschlagen hatte. Andere wären bei gleicher Tat günstiger davongekommen; für die hätte man mildernde Umstände gefunden. Für Theo gab's die Höchststrafe; sieht man davon ab, dass ihm den Strick erspart blieb.

Anna kommt erst eine Stunde später ins Schlafzimmer. Als Erstes erklärt sie, sie mache sich keine Sorgen um Willy. Aber was ist mit dem Fahrrad, das er sich genommen hat? Das Rad wird morgen früh unbedingt gebraucht. Was soll sie den Genossen sagen, wo das Fahrrad abgeblieben ist? Heutzutage stellt ein Fahrrad ein Vermögen dar, schlimmer, etwas Unersetzliches.

Frieda erwidert aufgebracht: »Ist das alles, was dich beschäftigt, das Fahrrad? Was Willy passiert ist, zählt nicht? ... Und dann will ich dir noch was sagen, Anna, ich wollte dich vorhin nicht vor Laura maßregeln, aber Willy ist kein *Unkraut*!«

»Ich habe mit keiner Silbe...«

»Doch! Und das weißt du auch ganz genau. Willy hat seine Marotten, aber er ist kein Unkraut!«

Anna schweigt schuldbewusst; sie weiß, was sie gesagt hat. Aber das war doch aufmunternd gemeint!

Aus Vorsicht schweigt sie.

Als endlich das Licht ausgedreht ist und sie nebeneinander in ihren Betten liegen, verlangt Frieda: »Du gehst morgen früh zur Polizei und erstattest Vermisstenanzeige! Dich kennen sie wenigstens!«

3.

Tatsächlich meldet Anna Willy am nächsten Morgen bei der Polizei als vermisst. Es ist wie Frieda vorausgesagt hat, im Polizeipräsidium wird sie wie eine alte Bekannte behandelt, geradezu hofiert.

Dazu passt der Zufall, dass ausgerechnet der Obermeister Hecker die Vermisstenanzeige aufnimmt. Früher hat er mehr als einmal mit Stempel und Unterschrift bestätigt, dass Anna Wienandt die gegen sie verhängten Bewährungsauflagen eingehalten hat und wie vorgeschrieben erschienen ist; nach Kriegsende sah und hörte man nichts mehr von ihm. Sieh an, denkt Anna, als sie seiner nun ansichtig wird, auch dieser Herr ist wieder in Gnaden aufgenommen!

Hecker ist die Begegnung einen Moment lang peinlich, dann gibt er sich leutselig; versucht sogar so etwas wie Konversation. Er hat bereits von Kollegen gehört, Frau Wienandt ist die Treppe raufgefallen, erklärt er, und gibt sich dabei den Anschein, dass er sich darüber freut.

Anna hat ihn während der Hitlerjahre zu den *anständigen Nazis* gezählt, zu einer Zeit also, als ein Nazi offiziell noch die Krone der Menschheit war und in der Praxis alles sein konnte, vom niederträchtigsten Schwein bis zum verständnisvoll hilfsbereiten Mitläufer. Die Sortierung in *anständige* und *unanständige Nazis* ist jetzt allgemein üblich; sie wird selbstverständlich nur von denen benutzt, die nicht oder nur mit Vorbehalten mitgemacht haben. Die immer noch gläubigen Hitleranhänger ziehen es vor, bei politischen Diskussionen konsequent zu schweigen. Sie machen dabei ein Gesicht, als tue man ihnen bitter Unrecht, wenn man die deutschen Verbrechen auch nur erwähnt. Im Allgemeinen wagen sie aber nicht, sie zu rechtfertigen.

Sie deuten mit Blicken und Gesten an: *Man darf ja nichts mehr sagen!*

Als Anna Herrn Hecker die Details von Willys Verschwinden aufzählt und der Beamte sie brav notiert, kommt Anna der Gedanke: Vielleicht war er sogar ein Verkappter. Es muss ja einen Grund geben, dass der Obermeister die Entnazifizierung so glatt hinter sich gebracht hat und hier nun wieder den Stempel schwingen darf.

Wie zur Bestätigung, dass man im Präsidium allgemein von Annas neuer Bedeutung weiß, wird sie von einem agilen Herrn mittleren Alters angesprochen. Er stellt sich als Polizeioberrat Assmus vor und bittet sie in sein Dienstzimmer im ersten Stock. Sie folgt ihm ausgesprochen neugierig; will man sich etwa bei ihr entschuldigen?

In seinem Büro mit Blick zur Mauergasse und damit auch auf Bernds Zimmer (eins seiner beiden Fenster steht auf und die blau-rot gestreifte Gardine weht etwas; er ist also zurück) eröffnet der Beamte das Gespräch mit der Frage: Frau Wienandt ist seiner Kenntnis nach mit Herrn Maschmeyer bekannt?

Sehr gut sogar!, erwidert Anna wahrheitsgemäß und für ihr Gefühl etwas zu eifrig. Sie merkt, irgendwie schüchtern Polizei und Amtsstube sie noch immer ein. Sie versucht das zu übertünchen, indem sie fragt: Was kann sie für ihn tun?

Nichts für ihn, gibt ihr der Oberrat zur Antwort, etwas für die Bürgerschaft generell! Es handelt sich um ein Problem, das die Polizei schon an verschiedener Stelle vorgetragen hat, deshalb nun seine Frage auch an Frau Wienandt: Kann sie sich für angemessene Bewaffnung der Polizei einsetzen? Mit ihren Holzknüppeln kommen sie nicht weit und die Probleme verschärfen sich eher, als dass sie sich verringerten. Gäbe es nicht die amerikanische Militärpolizei, man stünde unmittelbar vor dem Chaos!

Anna sagt ihm Unterstützung zu.

Als sie Frieda abends von dem Gespräch berichtet – von Willy immer noch kein Lebenszeichen, absolut nichts! –, nickt diese nur. Frieda hat es aufgegeben, sich über solche Vorkommnisse zu wundern. Warum soll Anna nicht die Schutzpatronin der hiesigen Polizei werden? Sie ist ja lange genug von den Herren drangsaliert worden.

Auch am nächsten Tag wartet Frieda (ängstlich und ungeduldig gleichzeitig) auf Willys Rückkehr; ist ständig gereizt und ungerecht. Es darf einfach nicht sein, dass sich Willy in Luft auflöst! Der Albtraum darf sich nicht wiederholen. Noch Jahre nach seinem Verschwinden hat sie davon geträumt, dass ihr Vater unverhofft wieder vor ihr stehe und das Erwachen war jeweils mit Beklemmung und tiefem Schmerz verbunden.

Diese Folter nicht noch einmal; Willy hat zurückzukommen!

Alle Erklärungen für sein Verschwinden sind erörtert worden, jede ist deprimierender als die nächste. Dennoch zwingt sich Frieda, die Fassung zu bewahren, erträgt auch diesen Tag, liegt während der folgenden Nacht wach und ist am nächsten Morgen entschlossen, die Suche selbst in die Hand zu nehmen. Sie wird Willy suchen und finden. Es ihr vollkommen egal, ob die Hausmädchen mit den Amerikanern zurechtkommen oder nicht. Bei Abreise müssen sie sich nur ein Formular unterschreiben lassen; mehr ist nicht, kassiert wird diesmal nicht. Neue Gäste sind so kurz vor Weihnachten und angesichts der Tatsache, dass man ab 1. Januar nur noch weibliche Armeangehörige im Haus haben wird, nicht zu erwarten. Und wenn doch, muss man ihnen eben die Zimmer geben, die gerade frei sind. Außerdem hat sich Lucie ganz gut eingearbeitet. Seitdem Anna die Menschheit rettet und Laura sich in ihren *Insel Verlag* verzogen hat, gibt sie sich als stellvertretende Chefin. Frieda lässt sie gewähren; letztlich kommt ihr Lucies Eifer zugute.

Sie trinkt eine Tasse Kaffee und geht zu Carl Jörns hinüber. Das Tor steht weit auf und man hört schon auf der Straße das Kreischen einer Schleifmaschine. Carl und sein Monteur arbeiten an einem Krankenwagen mit deutschem Nummernschildern und großen roten Kreuzen an den Seiten.

Ohne langes Hin und Her kommt Frieda auf ihr Anliegen zu sprechen; kann Carl ihr helfen?

In welcher Weise?

Was hält er davon, wenn er mal die Strecke abfährt und dabei die Augen aufhält? So weit ist es ja nicht nach Kloppenheim. Vielleicht liegt Willy irgendwo im Graben, braucht dringend Hilfe und niemand hat ihn bislang bemerkt.

Carl Jörns lehnt ab; tut ihm leid, dafür hat er beim besten Willen keine Zeit. Der Krankenwagen muss fertig werden; die vom Josefs-Hospital sind auf das Fahrzeug dringend angewiesen. Als Kompromiss bietet er ihr an, sein Geselle kann die Strecke mal in Augenschein nehmen.

Dann fährt sie mit!, verkündet Frieda.

Aber nur als Sozius hinten auf dem Motorrad, ein anderes Fahrzeug hat er im Moment nicht zu Verfügung.

Macht nichts!

Also gut.

Der Monteur wird instruiert, Frieda zieht rasch warme Sachen an – Handschuhe nicht vergessen! – und zehn Minuten später sitzt sie hinter dem jungen Mann auf einer schweren alten Horex-Maschine, hält ihn mit beiden Armen und Händen umschlungen; eine andere Möglichkeit, sich festzuhalten, besteht nicht. Sie nehmen die Strecke, die Willy aller Wahrscheinlichkeit nach gefahren ist. So viele Wege nach Kloppenheim existieren ja nicht, und Willy wird, wie er nun mal ist, die bequemste, weil weniger steile Strecke genommen haben. Da er ja nicht beabsichtigte, eine Landpartie zu unternehmen, wird er wohl Wege mit festem Untergrund gewählt haben; durchgeweichte Feld- oder Waldwege kommen also nicht infrage. Das bedeutet, er wird die Wilhelmstraße genommen haben, an der die Bierstädter Straße abgestiegen sein und das Rad zur *Bierstädter Höhe* raufgedrückt haben. Damit wäre der steilste Anstieg geschafft, danach ist der Weg mehr oder minder eben; es geht durch Bierstadt, und ab Ortsausgang hat man die *Kloppenheimer Landstraße* vor sich. Danach geht's relativ geradeaus und nach ein paar Kilometern ist man in Kloppenheim.

Trotz des für die Jahreszeit ausgesprochen milden Wetters wird es Frieda schon nach wenigen Minuten bitterkalt auf dem Motorrad, zumal sie nur die Glacé-Handschuhe angezogen hat, die sie früher im Theater trug. Die dicken wollenen hat sie in der Eile nicht gefunden.

Während der Fahrt können weder Frieda noch ihr Fahrer etwas Ungewöhnliches entdecken. Zweimal lässt sie den jungen Mann anhalten und erkundigt sich bei Leuten, die zufällig irgendwo stehen oder gehen, nach Willy. Niemand kann sich an einen Radfahrer erinnern, wie sie ihn beschreibt. Es scheint sich auch kein Unfall oder ein sonstiger Vorfall ereignet zu haben, der etwas mit Willy zu tun haben könnte. Hätte sie doch wenigstens ein Bild von ihm eingesteckt!

Der Hof der Spahns liegt in der Ortsmitte von Kloppenheim, in der *Bachstraße*. Dabei handelt es sich um ein enges altes Gehöft, drei Seiten geducktes Fachwerk, aber von Willy weiß sie, es handelt sich dennoch um eins der bedeutendsten Anwesen im Ort. Es gehört viel Land dazu. Weder Frau Spahn noch eine ihrer Töchter sind anwesend, nur Flüchtlinge aus dem Osten, die man hier eingewiesen hat. Sie reagieren misstrauisch auf Friedas Fragen: Nein, soweit sie wissen, hat sich in den vergangenen Tagen nichts Ungewöhnliches ereignet! Es kommen natürlich immer Leute, die was anbieten, aber ein Radfahrer, wie die Dame ihn beschreibt, war nicht hier; nicht, dass man wüsste. Wann soll er dagewesen sein?

Am Montag.

Nein, niemand. Die Leute, die schrotteln wollen, kommen meistens samstags oder sonntags.

Frieda besteht darauf, dass man Frau Spahn holt. Ein Kind wird losgeschickt, und tatsächlich kehrt es einige Minuten später mit einer älteren, verhärmten Frau zurück. Frieda kennt Frau Spahn nicht, hat sie nie gesehen, nur von ihr gehört. Der Frau geht es ebenso und trotz der langen Geschäftsbeziehung gibt sie sich ausgesprochen reserviert. Frieda registriert das, lässt sich aber davon nicht beirren: Kann sie ihr helfen? Weiß sie, wo Willy abgeblieben sein kann?

Hier war er jedenfalls nicht!

Um alle Missverständnisse auszuschließen, fragt Frieda (in dem Moment ist sie schon zum Aufbruch entschlossen): »Sie wissen aber, von wem die Rede ist?«

»Selbstverständlich, Herr Willy«, erwidert die Frau. »Wir werden doch Herrn Willy kennen; er erzählt immer so bildhaft! War in diesem Jahr schon zweimal hier; einmal im Sommer und dann im Herbst und danach nicht mehr.«

»Ja, das ist Willy, danke dann ...«

»Ich an Eurer Stelle wäre schon längst bei der Polizei!«, bemerkt Frau Spahn, als Frieda schon fast am Tor ist, und erkundigt sich: »Was wollte er eigentlich?«

»Kartoffeln!«

»Wartet einen Moment!«

Es dauert zwei, drei Minuten, bis Frau Spahn mit einem Netz voller Kartoffeln zurückkommt. Die Kartoffeln schenkt sie Frieda; das Netz will sie wiederhaben.

»Danke, das vergesse ich nicht. Das mache ich bei anderer Gelegenheit wieder gut ... Und frohe Weihnachten«, verabschiedet sich Frieda und die Frau wünscht: »Hoffentlich findet Ihr ihn ... Er hat immer so gut von Euch gesprochen. Ich hab' Euch beneidet; ich hab' mir gewünscht, ich hätte auch so einen Mann.«

»Danke«, erwidert Frieda beschämt und verwirrt. Was vermutet die Frau denn?

»Er kommt wieder!«, verspricht Frau Spahn und Frieda sagt bestimmt: »Er muss wiederkommen; wir brauchen ihn!«

Während der Rückfahrt erinnert sich Frieda an die Hellseherin, die sie vor einigen Wochen im Wartezimmer von Doktor Reinhold, Adams Anwalt, kennengelernt hat. Sie hieß Frau Hoff oder so ähnlich, eine kleine stämmige Person mit erstaunlich üppigem Busen und dünnen, ungepflegten Haaren, eine Deutsche, mit einem Holländer verheiratet. Sie, Frieda, und diese Frau Hoff hatten über Stunden auf Doktor Reinhold warten müssen, der partout nicht vom Gericht zurück kam. Bei der Gelegenheit hatte die Frau ihr halbes Leben erzählt und dabei erwähnt, dass sie quasi hellseherische Fähigkeiten besitze. Zum Beweis hatte sie zwei in der Tat außergewöhnliche Episoden geschildert, in denen sich ihre Gabe bewährt hatte. Einmal war ein Kind in einem Versteck wiedergefunden, einmal ein Dieb in einer Menschenmenge aufgespürt worden.

Frieda hat sich vor allem eingeprägt, dass die Frau behauptete, sie mache von ihrer Gabe keinen kommerziellen Gebrauch, wolle absolut nichts dafür haben. Nach ihrer Erfahrung habe sie nur Nebel vor Augen, wenn Geld im Spiel sei; wenn man ihr eventuell eine Belohnung in Aussicht stelle oder ähnliches, versage ihre Gabe vollkommen.

Man hat ihr und ihrem Mann in Holland alle Konten gesperrt. Ihr gesamtes Geld sei *eingefroren*, hatte sie wörtlich gesagt. Frieda hat die Worte noch im Ohr, genau diese Formulierung hatte sie benutzt. Doktor Reinhold hatte dazu nur knapp angemerkt, so sei es in der Tat; er bemühe sich um Freigabe, was aber äußerst kompliziert sei und wenig aussichtsreich. Die Niederländer zeigten sich bockbeinig, wofür er angesichts des Vorlebens seines Mandanten durchaus Verständnis habe.

Frieda war damals sehr hoffnungsfroh. Adams Freilassung aus dem Lager Darmstadt schien bevorzustehen, und der Anwalt wollte die Angelegenheit durch ein bestimmtes Schriftstück beschleunigen. Mittlerweile hat sich die Hoffnung als Schimäre erwiesen. Im Gegenteil, jetzt muss Adam sogar mit einem Kriegsverbrecherprozess rechnen. Wie er auf Postkarten mitteilt, verschwendet er darauf keine Gedanken. Wenn man ihm Arbeit zuweist, erledigt er die, aber keinen Handstreich mehr.

Gabriele lässt die Dinge ebenfalls laufen, zeigt sich in der Hinsicht ausgesprochen apathisch. Neuerdings hat sie sich doch Schweine zugelegt, ihr Vermieter hat ihr stillschweigend eine Ecke seines Betriebsgeländes für zwei Ferkel zur Verfügung gestellt.

Frieda sagt sich manchmal: Wenn sich der Betroffene und seine Angetraute nur halbherzig um den angekündigten Prozess kümmern, warum muss sie, seine Mutter, das tun? Wie viel Stunden hat sie mittlerweile im Vorzimmer des überlasteten Anwalts verbracht und wie viel Geld hat sie inzwischen gezahlt, die Entlassung rückt jedoch immer weiter in die Ferne; die ganze Geschichte hat nun etwas von einer *Fata Morgana*.

Womöglich ist nun diese Frau Hoff, diese Holländerin die Belohnung für ihre Anstrengung.

Frieda hat zwar keine Adresse, aber sie erinnert sich, der Name war typisch holländisch, van Hoff oder de Hoff oder so ähnlich. Außerdem hat die Frau davon gesprochen, dass sie und ihr Mann am Leberberg in einer Ruine untergekommen seien. Sie hatte sich dankbar gezeigt, überhaupt ein Dach über dem Kopf zu haben und eine Tür, die man abschließen kann.

Insofern, meint Frieda, könne es kein Kunststück sein, die Frau ausfindig zu machen. Sie bittet ihren Fahrer, sie am Leberberg abzusetzen. Er tut ihr den Gefallen, und sie überlässt ihm für seine Bemühungen einige Kartoffeln, was ihn seltsam verlegen macht.

Ein netter junger Mann.

Der *Leberberg* ist eine relativ kurze Seitenstraße der *Sonnenberger Straße*, in der unmittelbaren Nähe des Kurparks. Einige der schönen alten Häuser haben den Krieg überlebt, der *Fürstenhof* zum Beispiel, ein gediegenes großes Hotel, mit dem Frieda früher in geschäftlicher Verbindung stand. Man kann aber auch die Ruinen nicht übersehen, die der Krieg hinterlassen hat. Es sind mehr Villen zerstört worden als erhalten geblieben sind.

Frieda hat Glück; schon an der zweiten Ruine, an der sie sich suchend umsieht, entdeckt sie ein Holzschild mit einem Pfeil und der Aufschrift *t'Hooft*; Schrift und Pfeil ins Holz eingebrannt. Sie hat sich den Namen also richtig eingeprägt.

Man muss um einen Berg aus Steinen, Schutt und Gerümpel gehen, dann findet man einen Eingang zum Keller. Es gibt eine Kellertür, die abgeschlossen ist, und eine außen angebrachte Hausglocke, ähnlich der im Anwesen Spahn. Frieda zieht zweimal kräftig am Glockendraht und kurz darauf öffnet Frau t'Hooft die Tür einen Spalt breit.

»Ich weiß nicht, ob Sie sich an mich erinnern, Frau Tremus mein Name; wir haben uns bei Doktor Reinhold kennengelernt«, stellt sich Frieda vor.

»Selbstverständlich erinnere ich mich an Sie«, gibt die Frau zur Antwort. »Ihnen gehört ein Hotel.«

»Ja, der *Petersburger Hof*. Kann ich eintreten? Ich hätte eine große Bitte an Sie!«

Frau t'Hooft zögert; sie ist nicht auf Besuch eingerichtet und ihr Mann noch weniger, wie sich gleich herausstellt. Sie trägt einen ausgebeulten, fleckigen Trainingsanzug, der viel zu groß für sie ist, während er, ein ungewöhnlich großer Mann, in langer Unterhose und Pantoffeln an einem Tisch sitzt und etwas bastelt. Im Laufe der Unterhaltung stellt sich heraus, er will Zigarettenanzünder aus Ton und einem Glühdraht fabrizieren und in großem Stil vertreiben. Davon verspricht er sich einiges.

Beiden ist Friedas Besuch peinlich, sie wissen aber nicht, wie sie sie loswerden können. Sie haben nur den einen Kellerraum, hier schlafen, kochen und essen sie. Es riecht schrecklich nach Moder, Schimmel und Kohl, und es ist düster hier drin, obwohl draußen die Sonne scheint. Frieda lässt sich dennoch nicht abwimmeln.

Sie schildert ihre Sorgen und bittet Frau t'Hooft um Hilfe. Kann sie ihr einen Anhaltspunkt geben, wo Willy abgeblieben ist?

Die kleine Person blickt ihren Mann fragend an, der erteilt ihr mit Kopfnicken seine Zustimmung. Darauf wird Frieda gebeten, am Tisch Platz zu nehmen und vorerst Schweigen zu bewahren; sie soll nur auf Fragen antworten und dies jeweils möglichst kurz und möglichst präzise.

»Ich werde mich bemühen!«, erwidert Frieda, viel zu hoheitsvoll für den Anlass und die Umgebung.

Darauf bittet Frau t'Hooft Frieda, die Hände auszustrecken und von jetzt an ausschließlich an den Verschwundenen zu denken, an nichts anderes. Frieda tut, was man von ihr verlangt, schließt nach einiger Zeit die Augen und empfindet bald eine tiefe Müdigkeit. Immerhin bemerkt sie, dass die Hellseherin ihre Hände auf die Ihrigen legt. Mit der Zeit wird es ihr unangenehm, die Patschhände der Anderen auf ihren Händen zu spüren, sie hält dennoch still. Für Willy bringt sie jedes Opfer.

Die Frau stellt als Erstes die Frage: »Wann ist Ihr Angehöriger weggegangen?«

Frieda: »Am Montag … am Vormittag«.

Die Frau schweigt eine weitere Weile, atmet sehr tief und einmal stöhnt sie auf, als werde ihr etwas angetan. Endlich sagt sie, und dabei liegen ihre Hände immer noch auf denen von Frieda, sie sieht einen dunklen Raum, womöglich eine Höhle oder ein Verlies, und darin hält sich jemand auf, er liegt auf dem Boden, spricht nicht und bewegt sich kaum, aber er lebt. Sie fühlt, Frau Tremus wird ihn bald wiedersehen.

Dann verstärkt sie ihre Aussage noch, indem sie wie erstaunt flüstert: »Er gibt jetzt Handzeichen … als wolle er uns zuwinken. Für mich sieht es aus, als wolle er sich erheben; ihm fehlt aber die Kraft.«

Frieda ist zu angespannt, als dass sie sofort Freude oder Erleichterung empfinden könnte. Sie wird dann in einen Taumel der Gefühle gestoßen, als die Frau hinzufügt, sie sieht außerdem den Torso eines zweiten Menschen. Es müsse jemand sein, der Frau Tremus viel bedeutet habe; sie spüre Vibrationen.

»Meinen Sie Heini?«, gibt Frieda zurück und wird darauf von dem Ehemann der Hellseherin zurechtgewiesen; sie soll keinerlei Fragen stellen, sonst reiße die Verbindung ab.

»Ich sehe es richtig … Sie sind noch wegen eines anderen Menschen in Sorge?«, vergewissert sich die Hellseherin bei Frieda.

»Ja, ich mache mir Sorgen um meinen Sohn Heini; er ist in russische Gefangenschaft geraten.«

Welches Alter hat dieser Sohn?, will Frau t'Hooft wissen.

In der Aufregung fällt Frieda nicht sofort Heinis Geburtstag ein; sie antwortet deswegen mit: ›Mitte dreißig‹.

Nein, dann ist er es nicht, den sie sieht, erklärt ihr Frau t'Hooft. Sie sieht einen älteren Menschen und wie gesagt, er steht Frau Tremus nahe, das spürt sie.

»Sehen Sie etwa meinen Vater?«, fragt Frieda tonlos. Sie hat in den letzten Tagen beinahe ebenso oft an ihn gedacht wie an Willy, und insofern liegt die Frage nahe. *Was ist mit ihm?*, will sie sich vergewissern, unterdrückt die Frage jedoch; die Verbindung ins Jenseits darf nicht verloren gehen.

»Man hat ihm Schreckliches angetan, er ist verstümmelt«, erklärt die Hellseherin nüchtern. »Seine Beine sind abgeschlagen und desgleichen seine Arme; der Kopf sitzt nicht auf dem Rumpf.«

»Ist er unter der Erde? Ist er vergraben?«, fragt Frieda atemlos.

Darüber kann sie nichts sagen, erklärt die Frau, er ist nun in vollkommener Schwärze verschwunden.

»Und das bedeutet?«

»Es kann alles bedeuten«, beantwortet Herr t'Hooft die Frage anstelle seiner Frau. Die zieht nun die Hände zurück, bleibt aber mit geschlossenen Augen sitzen und rührt sich nicht, so, als sei sie erschöpft.

Ungefähr zur selben Zeit wird Willy durch puren Zufall entdeckt und befreit. Während der gesamten Zeit, in der er verschwunden war, lag er unter den Balken und Brettern einer Feldscheune nahe der *Kloppenheimer Landstraße*. Er hatte sich wegen eines heraufziehenden Gewitters hier unterstellen wollen, doch bevor noch der erste Blitz zu sehen oder der erste Donner zu hören war, war die Scheune merkwürdig ruhig in sich zusammengefallen, scheinbar ohne Grund und fast lautlos, wie Willy immer wieder betont, wenn er davon berichtet. Offenbar hatte die Scheune bei einem Bombenangriff ihre Stabilität verloren und hatte sich nur noch aus Gewohnheit aufrecht gehalten. Die geringste Erschütterung genügte nun, sie einstürzen zu lassen.

Willy wird von Männern entdeckt, die sich auf der Suche nach Brennholz über die Balken und Bretter der Scheune hermachen wollen. Kaum haben sie einige Balken zur Seite geräumt, finden sie den bewusstlosen Willy. Immerhin stöhnt er, seine Beine zucken und die Füße bewegen sich. Daraufhin wecken ihn die Männer und fragen ihn aus. Willy kann sprechen, hat auch recht gute Erinnerung an das, was vor dem Unfall geschehen war, und auch an einige Momente unter den Brettern, als er dachte, er sei zum Tode verurteilt. Ansonsten hat er einige Rippen gebrochen und kann deswegen kaum stehen oder gehen. Darauf bringt ihn einer der Männer mit seinem Pferdefuhrwerk nach Hause und kassiert von Frieda eine angemessene Belohnung in Form von Zigaretten und Lebensmitteln. Alles egal, Hauptsache Willy ist wieder da.

Merkwürdig und unschön ist es, dass bei den ganzen Aufregungen Annas Fahrrad, eigentlich das Fahrrad der Gewerkschaft, nicht aufzufinden ist. Willy meint, dass er das Rad vor der Scheune abgestellt hat. Es ist aber auch möglich, dass er es mit in die Feldscheune genommen hat. Am Ende existieren zwei Möglichkeiten. Entweder hat sich jemand das scheinbar herrenlose Rad geschnappt, als Willy unter den Brettern gefangen lag, oder jemand hat es bei Willys Rettung an sich gebracht.

Anfangs heißt es: Macht nichts! Hauptsache, Willy ist nichts passiert! Doch mit der Zeit erweist sich die Angelegenheit als sehr ärgerlich; die Gewerkschaft braucht das Fahrrad dringend und wo ein neues hernehmen?

Frieda kann nur versprechen: *Ich ersetze es Euch! Hoffentlich ist das nicht alles, was Euch beschäftigt.*

4.

Am Heiligen Abend fließen im *Petersburger Hof* die Tränen. Man weint über unerwartete Freuden des vergangenen Jahres ebenso wie über das

Leid, das dieses Jahr gebracht hat. Man weint, weil man existiert, wo so viele andere ihr Leben verloren haben, und weint, dass man in Frieden feiern darf.

Frieda unterdrückt die Tränen, die sie wegen Heini und Adam vergießen möchte, weint aber hemmungslos bei dem Gedanken, dass Willy von den Toten auferstanden ist.

Jeder Heiligabend ist ein Abend der Rührung und Wehmut und des Selbstbetrugs. Wie oft hat Frieda es schon in früheren, besseren Zeiten erleben müssen, dass ihr das Fest unter der Hand zerrann.

Mehr als einmal haben die eigenen Lieben die Stimmung zerstört. Nach Besinnung und Bescherung, meistens beim Auspacken der Geschenke, haben sich Spannungen entladen, die lange schwelten und endlich nicht mehr unter der Decke gehalten wurden. Einige der Streitereien waren mit unglaublicher Heftigkeit ausgetragen worden, so, als wolle man sich jetzt, genau jetzt, an die Gurgel gehen. Ihr guter Georg hatte sie bei einer solchen Gelegenheit einmal dermaßen angeschrien, dass sie ihren Hut und ihren Mantel genommen hatte und gegangen war.

Später am Abend erwähnt Willy beiläufig und ohne besondere Absicht, dass er sich über August nur wundern könne; habe er doch tatsächlich die Nerven, seine Familie selbst an einem solchen Tag links liegen zu lassen. Wörtlich sagt er: »Frieda, ich könnte dich gut verstehen, wenn dir jetzt die Nerven durchgingen wie jedem guten Gaul«.

Dies ist einer der gefährlichen Momente, die mehr Verheerung anrichten können als Schießpulver. Mit dem nächsten Satz kann jetzt das ganze Weihnachtsfest in die Luft gejagt werden. Glücklicherweise hat Frieda aus den früheren Vorkommnissen gelernt, beißt die Zähne zusammen und schluckt ihre Wut hinunter. Wie beschämend ist das! August sitzt auf der *Biebricher Höhe*, spielt den großen Mann und hält es nicht für nötig, seiner Mutter auch nur eine Weihnachtskarte oder ein Präsent zukommen zu lassen.

Auch haben schon Gäste gelegentlich den Zauber des Festes zerstört. Etwa gleich zu Anfang des Krieges der wild gewordene, italienische Sänger aus Zimmer 26. Erst trank er still ein Glas nach dem anderen, bis er vollkommen betrunken war, dann fing er an zu krakeelen. Wollte den Weihnachtsbaum samt der brennenden Kerzen aus dem Fenster werfen! Und alles nur, weil man ihn am Vortag bei seinem Auftritt in der *Scala*, dem angesehenen Varieté-Theater in der Dotzheimer Straße, ausgebuht hatte; ach was, man hatte ihn praktisch von der Bühne gejagt. Frieda und Anna waren Zeuginnen des Vorfalls. Der eitle Mann hatte sich vorher ins Zeug gelegt, ihnen Freikarten besorgt und dann dieser Reinfall! Er hatte so gewütet (Frieda fällt im Moment sein Name nicht ein; nur, dass er aus Süditalien stammte und während seines ganzen Engagements in Zimmer 26 logiert hatte), dass die Gardinen Feuer fingen. Glücklicherweise war Adam an dem Abend im Haus und hatte alles mit einigen entschlossenen Handgriffen retten können.

Man darf sich das gar nicht vorstellen, das ganze Häuschen hätte Feuer fangen können.

Dass Adam am Heiligen Abend im Elternhaus war und nicht bei seiner eigenen Familie, war dem pikanten Umstand zu verdanken, dass sich Gabriele selbst am *Fest der Liebe* ihre Affäre mit diesem General leistete. Sie hatte die Buben bei ihren Eltern abgeliefert, und dann ging's mit einem leibhaftigen Wehrmachtsgeneral zum Skilaufen in die Berge. Um das Ganze völlig rätselhaft zu machen, muss daran erinnert werden, dass Adam zu dieser Zeit selbst angesehen war und sehr, sehr viel Geld verdiente.

Manchmal kommt Adam ihr wie ein neuer Hiob vor. Adam, Adam, seufzt sie jetzt, welche Prüfungen warten noch auf dich!

Ein Brand des Weihnachtsbaums ist in diesem Jahr ausgeschlossen. Die Amerikaner haben elektrische Baumbeleuchtung geliefert, dünne, dunkelgrüne Schnüre mit Steckern und Glühbirnen in Kerzenform. Sie geben ein kaltes, starres Licht, sind aber weitaus besser als nichts; Wachskerzen sind gegenwärtig nirgends zu bekommen. Mit den alten, durch den Krieg geretteten Kugeln, etwas Lametta und eben der von der Besatzungsmacht gelieferten elektrischen Beleuchtung macht der Baum durchaus etwas her.

Die Amerikaner haben vor offenem Feuer panische Angst, daher die überraschende Liebesgabe. Mr. Koch hat Laura erklärt, diese Phobie stamme aus dem vergangenen Jahrhundert, als in Amerika durch Unachtsamkeit ganze Städte abgebrannt seien.

Frieda hat Mr. Koch selbstverständlich eingeladen, mit ihnen zu feiern. Er hat jedoch mit der Begründung abgelehnt, Weihnachten sei für Deutsche das höchste Fest, da wolle er nicht stören, und Laura hatte nichts unternommen, ihn umzustimmen.

Frieda versteht die Beiden nicht. Man sieht doch auf den ersten Blick, sie sind füreinander geschaffen. Sie bewahren aber eine Keuschheit, als hätten sie vor Gott und allen Heiligen ein entsprechendes Gelübde abgelegt. Man kann alles übertreiben!

Vor einigen Wochen hat Frieda ihre Schwiegertochter einmal zur Seite genommen und ihr gesagt: »Laura, es ist ja schön, dass du Heini die Treue halten willst und als seine Mutter müsste ich mich darüber freuen. Aber ich freue mich nicht; ich kann mich darüber beim besten Willen nicht freuen ... Du bist nur einmal jung, verplempere nicht deine Zeit!«

»Mutter, ich weiß, dass du nicht sehr konventionell denkst, aber ...!«

»Ach, lass das doch. Es ist mir schon bewusst, dass du meine Schwiegertochter bist, das vergesse ich nicht. Unter uns gesagt, es wäre mir lieber, du wärst meine Tochter ... So oder so, ich will, dass du glücklich bist. Und wenn es nur für kurze Zeit ist! Wenn man dich sieht, denkt man, die Sonne geht auf ... Laura, Kind, ich bringe das nicht so schnell über die Lippen, und ich habe es bislang auch nur zu wenigen Menschen gesagt, aber dir sage ich es: Ich habe dich lieben gelernt! Und gerade deswegen, sage ich dir noch etwas: In der Liebe hat nur Rechte, wer da ist. Vertue die Zeit nicht!«

Laura lächelte nur zu dieser amoralischen Aufmunterung und sah dabei aus, wie von Vermeer gemalt.

Auch am Weihnachtsabend erweist sich Laura wieder als der Engel, der sie ist. Statt vor der Bescherung das Weihnachtsevangelium aus der Bibel vorzulesen, wie das Georg gemacht hatte (eigentlich nur für die Kinder und weil das nun mal Usus ist; er selbst glaubte kein Wort davon), statt also aus der Bibel vorzulesen, hatte Laura *Gregor von Nazianz* zitiert, einen Kirchenlehrer aus der Frühzeit des Christentums, aus einer Familie von Heiligen stammend. Frieda hatte nie zuvor von ihm gehört; die kluge Laura wusste viel von ihm und konnte dies auch in leichter Weise vermitteln. Ihre und die Worte des Heiligen berühren Frieda: *Christus ist geboren, Ehre sei ihm! Christus kam vom Himmel, geht und begegnet ihm! Christus kam auf die Erde, freut Euch. Die ganze Erde lobsinge dem Herrn!*

Als sie zuhört, wie Laura über den fernen Heiligen spricht, geht ihr der Gedanke durch den Kopf, dass sie mit Richard nie über Himmel oder Hölle gesprochen hat, weder über Glauben noch über Unglauben. Ihre Gespräche drehten sich immer nur um sehr Weltliches und dabei war er immerhin über Jahre Missionar und nun ist er Dekan, was in der katholischen Hierarchie nicht wenig ist.

Sie hat von Richard in der vergangenen Woche einen dicken Brief erhalten. Bis heute hat sie ihn nicht geöffnet; sie weiß, er wird wieder wunderbare Sätze und Worte enthalten. Schon früher war es ihr so vorgekommen, als zeige sich der wahre Richard nur in seinen Zeilen. Als sei der Mann, der da geht und steht und viel zu selten neben ihr aufwacht, viel prosaischer, viel weniger liebenswert als der Briefe schreibende Richard. Sie weiß schon jetzt, noch bevor sie den Umschlag auch nur aufgerissen hat, der Brief ist ihr schönstes Weihnachtsgeschenk; sieht man von der Tatsache ab, dass sich Willy wieder eingefunden hat. Sie wird den Brief heute Nacht im Bett lesen oder womöglich auch erst Morgen früh nach dem Hochamt.

Bei diesem Weihnachtsfest sind auch Frau t'Hooft und ihr Ehemann im *Petersburger Hof* zu Gast. Frieda ist nicht von der Idee abzubringen, dass die Frau mit ihrer Hellsehergabe entscheidend zu Willys Rettung beigetragen hat. Nach dem Erlebten zweifelt sie mit keiner Silbe an den übernatürlichen Fähigkeiten der Frau t'Hooft. Wahrscheinlich hätte sich jede Kartenlegerin etwas über Willy aus den Fingern saugen können. Nach ihrer Ansicht gibt jedoch niemanden auf der Welt, der ihr auf Anhieb etwas so Exaktes über ihren verschwundenen Vater hätte berichten können wie sie es getan hat. Wie die Frau es beschrieben hat, muss Theo in schrecklicher Weise gewütet haben.

Die Beiden, *Klärchen und Frans t'Hooft*, sind ein merkwürdiges Paar. Nach dem hiesigen Sprachgebrauch ist sie *e klaa Krott*, was man wohl am besten mit ›halbe Portion‹ übersetzt. Er dagegen ist ein ungewöhnlich großer und auch bemerkenswert gut aussehender Mann. Im Dämmerlicht des Kellers, unrasiert und unausgeschlafen, wie er in dem Moment war, konnte man das nicht erkennen; nun, in seinem besten Anzug, ist es nicht zu übersehen. Er spricht in der Manier von *Johannes Heesters* und hat auch die Bewegungen eines Sängers und Tänzers und sein *Klärchen* ist, zu Recht oder zu Unrecht, permanent von Eifersucht und Misstrauen gegen andere Frauen erfüllt.

Plötzlich fällt Frieda auch der Name des Sängers wieder ein, der damals ihren Weihnachtsbaum hatte demolieren wollen: *Pinetti*; *Paolo Pinetti* aus der Nähe von Neapel. Wahrscheinlich existiert sogar das Programmheft zu seinem Auftritt noch; sie kann ja mal suchen.

Willy ermittelt später, um wieder auf die Familie t'Hooft zurückzukommen, dass sich die Beiden, Frans und sein Klärchen, während der Besetzung Hollands der Kollaboration mit den Deutschen schuldig gemacht hatten. Sie hatte sich als Spitzel der Nazis betätigt, er als Funktionär des *NSB*, der niederländischen Nazi-Bewegung. Frans war in der unmittelbaren Umgebung von Anton Mussert tätig gewesen, dem *Führer des niederländischen Volkes*, ein wahrer Clown. Frans und Klärchen sollten unmittelbar nach der Befreiung zur Verantwortung gezogen werden. Es war ihnen jedoch gelungen vor der öffentlichen Demütigung (den Frauen wurden dabei die Haare abgeschnitten und die Männer geprügelt und sowohl Männer wie Frauen wurden durch die Straßen gejagt) zu fliehen und sich nach Wiesbaden durchzuschlagen, wo beide bei ihrer Ankunft keine Menschenseele kannten.

Vom ersten Tag an leben sie in der Furcht, an die Niederlande ausgeliefert zu werden.

An diesem Weihnachtsabend ist davon nicht mit einer Silbe die Rede. Immerhin erklärt t'Hooft, als man zum gemütlichen Teil übergeht und er nun zu viel und zu schnell trinkt, sein Geld sei gegen Recht und Gesetz *bevriezet,* also eingefroren, worden. Er richtet seine Worte an Willy. Wahrscheinlich ist die Mitteilung aber mehr für sie, Frieda, bestimmt. Als er genügend intus hat, echauffiert sich der gute Frans in einer Weise, dass es seiner Frau peinlich ist. Sie weiß ihn aber nicht zu bändigen. Der Höhepunkt von allem ist, als Frans verkündet, er sei *ein ebenso guter Niederländer* wie diejenigen, die sich über ihn zu erheben trachteten, *womöglich sogar ein besserer*. Nicht er sei in den dunklen Jahren ins Exil gegangen, sondern eine gewisse Dame, die erst in die Niederlande zurückgekehrt sei, als alles vorbei war. Als er ankündigt, es werde die Zeit kommen, in der anerkannt werde, was er für die Heimat geleistet habe, ähnelt er in unangenehmer Weise Herrn Thomé vom *Römerbad*, wenn der ungebeten für alle Angestellten des Hauses sprach.

Frau Tremus wird es erleben, wiederholt Frans, dass man ihm Gerechtigkeit widerfahren lässt! Als Erstes werde sie allerdings Zeuge davon, dass die Ewig-Gestrigen die Niederlande erneut niederdrückten. Von wegen *Entsäulung*, lachhaft! All die verrotteten, längst überholten Parteien kehrten zurück; Frau Frieda werde es bald bestätigen. Womöglich wolle man ihn dann zurückrufen, doch dann sei es an ihm, sich zu zieren.

Frieda versteht nicht alles, was er ihr und Willy vermitteln will; sie erkennt aber durchaus, hinter seiner verqueren Rechtfertigung verbirgt sich eine lange tragische Geschichte, die sie nicht hören will.

Gabriele und *die Zwillinge* sind ebenfalls eingeladen; sie wollen jedoch erst am Ersten Feiertag kommen. So passt es ihnen *besser ins Konzept*, wie Gaby auf einer Postkarte mitgeteilt hat.

Schon merkwürdig, dass Gabriele selbst an Heiligabend beschäftigt ist, während ihr Mann hinter Stacheldraht sitzt.

Willy hat hämisch geäußert, das hänge womöglich mit den Ferkeln zusammen. Sie werden mit Abfällen gefüttert, die in der Kasteler Bahnhofswirtschaft respektive in der Kasteler Kantine der Eisenbahner anfallen. Kantine und Gastwirtschaft werden von demselben Mann betrieben, einem guten Bekannten von Gabriele.

Es hat eine Weile gedauert, bis dies herausgekommen ist. Die *Zwillinge* waren offenbar von ihrer Mutter instruiert worden, nichts darüber verlauten zu lassen, und hatten auch wirklich eine Weile den Mund gehalten. Außerdem lassen sie sich ja auch nicht oft blicken. Irgendwann hatte sich dann doch einer der Beiden verplappert.

Es wird immer so getan, als hätten die Buben keine Namen, würden nur als Duo auftreten. Dabei heißen sie durchaus passend *Christoph* und *Michael* und sind unterschiedliche Charaktere. Christoph ist der ältere der Beiden; er ist zwar nur ein paar Minuten vor seinem Bruder auf die Welt gekommen, tritt aber immer als der Verständigere auf und wird deswegen stets als Hüter seines Bruders wahrgenommen. Beide sind überaus höfliche Kinder. Man kann meinen, sie bereiteten sich auf eine Laufbahn im Auswärtigen Dienst vor, so beherrscht geben sie sich, auch sind sie weit verständiger als es ihrem Alter entspricht, wirken dabei aber nicht unangenehm.

Sie sind gehalten, den Kantinenwirt *Onkel Eduard* zu titulieren. Das sagt wohl alles.

Nun, Gabriele kann schlafen, mit wem sie will; soll sich Adam damit auseinandersetzen, wenn er wieder da ist. Aber doch nicht vor den Augen der Buben! In ihrer Empörung hat Frieda Richard in ihrem Weihnachtsbrief nach Hettenleidelheim Gabrieles neueste Eskapade berichtet; vielleicht weiß er eine Lösung für das Problem.

Anna verbringt den Abend mit ihrem Bernhard und anderen aus diesem Kreis. Vor kurzem hat sich Anna ein Herz gefasst und Bernd vorgestellt. Man kann es nicht fassen, es ist ein vollkommen normaler Mensch, hat keine Ticks und keine körperlichen Anomalitäten, sieht ausgesprochen stattlich aus. Die Haare könnten etwas dichter sein, an der Stirn gehen sie ihm sogar schon aus. Das ist nun wahrhaftig kein Grund, ihn zu verstecken. Er hat keinen einzigen Satz gesagt, den man nicht verstehen und oder nicht unterschreiben konnte. Gelegentlich war er sogar halbwegs witzig, was man ja einem Sozialisten nicht unbedingt zutraut.

Gut, er ist jünger als Anna, aber doch nicht in abartiger Weise jünger. Und wo steht geschrieben, dass der Mann älter sein muss als die Frau? Es mag sein, dass der Altersunterschied eines Tages eine Rolle spielen wird, noch ist es nicht so weit, und außerdem wollen die Beiden ja nicht heiraten. Das haben sie unabhängig voneinander ins Gespräch einfließen lassen. Sie, Frieda, glaubt kein Wort davon. Sie nimmt an, Anna will, er ziert sich. Nun, auch das ist deren Angelegenheit.

Willy hat hinterher bemerkt, dass er jünger aussieht als Anna, sei ein Fehler, der sich von Tag zu Tag bessere.

Man weiß nicht, sollte es ein Scherz sein oder ist es eine zutreffende Beobachtung.

Am nächsten Tag kommen die Zwillinge und ihre Mutter zu Besuch und es gibt Rehbraten, den Gabriele spendiert. Der Baum wird illuminiert, es wird gesungen und gespielt, einer der Gäste musiziert auf seiner Jazztrompete, alles sehr harmonisch.

Soweit könnte man das Weihnachtsfest 1945 zu den rundum gelungenen rechnen, ereignete sich nicht am 2. Weihnachtstag (für die Amerikaner ist das bereits wieder ein normaler Arbeitstag) der Paukenschlag. Da jagen zwei Jeeps den Geisberg herauf, bremsen scharf, einer der beiden Jeeps wird quer über der Straße abgestellt, dann stürmen vier Militärpolizisten das Haus. Man kann meinen, sie stammten alle aus einer Familie: Jeder von ihnen baumlang und unglaublich kräftig, geradezu massiv. Als ob das nicht ausreichte, die Übeltäter einzuschüchtern, sind sie mit großen Pistolen und gewaltigen Schlagstöcken bewaffnet. Einer der Männer hält außerdem eine Maschinenpistole im Arm. Sein Befehl lautet, eventuell Flüchtende mit Gewalt aufzuhalten, und entsprechend baut er sich an der Haustür auf. Die Polizisten müssen sehr genau instruiert sein, jedenfalls fragen sie weder bei Frieda noch bei einem der Hausmädchen nach den Helden, die sie verhaften sollen. Ohne nach rechts oder links zu blicken rennen sie in den zweiten Stock und treten hier fast die Türen der Zimmer 16/17 und 20 ein. Die beiden Gesuchten leisten keinerlei Widerstand und werden abgeführt. Es sind zwei Gestalten, denen Frieda von Anfang nicht getraut hat. Otto – Otto Borowski – hat sie vor zwei Wochen im Haus einquartiert und sich dabei geheimnisvoll gegeben. Frieda hatte vom ersten Moment an den Eindruck, mit ihnen stimme etwas nicht, und Otto fühle sich bei dem ganzen Unternehmen äußerst unwohl. Beide Kerle liefen stets in Maßanzügen umher und hatten äußerst teure Schuhe an den Füßen. Nie sah man Uniformen an ihnen. Lilly sagte, sie hätten gar keine im Schrank hängen! Einer der Beiden wirkte wie ein Professor, wohl wegen der randlosen Brille, die er trug. Der Zweite machte auf Frieda den Eindruck eines Schlägers und Zuhälters. Die Frau, die er bei sich hat, war auffallend rot gefärbt; offenbar hatte er sie in einer Nachtbar eingefangen. Der Professor hatte 'was Seriöseres bei sich.

Die beiden Frauen verziehen sich ohne Aufforderung und derart rasch, dass man ihnen wohl gedroht hat.

Frieda hat während der ganzen Aktion Schweißperlen auf der Stirn. Es sind nämlich keinerlei Anmeldepapiere für die beiden Männer im Haus; auch im Fremdenbuch kommen sie nicht vor. Otto hatte ihre Anmeldungen mir nichts, dir nichts an sich genommen, kaum, dass die Herren den Zimmerschlüssel in der Hand hatten.

Frieda beschließt, sollte aus der Angelegenheit Ärger erwachsen, wird der gute Otto ihn ebenfalls abkriegen.

Die beiden Männer werden abgeführt und beinahe im Rausgehen wird Frieda instruiert, in den betreffenden Zimmern alles stehen und liegen zu lassen. Es erfolge noch gründliche Durchsuchung durch OSS-Spezialisten.

Es dauert keine zwei Stunden, da erscheint Otto mit einer in rotem Papier eingewickelten Packung Pralinen. Er vergisst, frohe Weihnachten zu sagen, so aufgeregt ist er. Aber statt nun klipp und klar zu sagen, was eigentlich los ist, druckst er herum. Frieda könne sich ja wohl ausrechnen, warum er Hals über Kopf seinen Schreibtisch verlassen habe und nun mit ihr klären wolle, wie man ungeschoren aus der Sache herauskomme.

»Hast du gekündigt? Oder was heißt das *den Schreibtisch verlassen*?«

»Ich habe nicht gekündigt … Ich bin hergekommen, um die Dinge zu bereinigen«, erklärt Otto aufgebracht. Dann verlegt er sich aufs Jammern: »Woher sollte ich wissen, dass die bis zum Hals im Schwarzhandel stecken? Die haben im ganz großen Stil die Militärmark verschoben … im ganz großen Stil, Frieda! … Ich rede von dem Geld, mit dem die Soldaten bezahlen können.«

»Ich weiß, was eine Militärmark ist, Otto!«

»Selbstverständlich, klar, du kriegst sie ja auch in die Hand … Aber die haben das Geld *in riesigen Mengen* verschoben. In unvorstellbaren Mengen. Die haben einen regelrechten Ring aufgezogen, selbstverständlich nicht die beiden Figuren, die ich dir geschickt habe – das sind die üblichen kleinen Fische … Aber was habe ich denn damit zu schaffen? Das sag mir mal!«

»Ich auf keinen Fall, Otto!«

»Sicher, du auf keinen Fall …«

»Ich habe von Anfang an nicht verstanden, warum du sie hier untergebracht hast … Wie die angezogen waren, gehörten die doch in den *Nassauer Hof* oder ins *Palast-Hotel*!

»Wollten sie nicht, aus guten Gründen … Haben sie hier bei dir schwer mit Geld um sich geschmissen?«

»Überhaupt nicht; sie haben weniger Trinkgeld gegeben als andere.«

»Na, dann ist das ja schon mal gut …«

»Was ist denn daran gut?«

»Dann ist es absolut glaubhaft, dass du keine Ahnung hattest.«

»Welche Ahnung, Otto? Wovon sollte ich eine Ahnung haben?«

»Die gehören zur amerikanischen Mafia… Habe ich jetzt erst erfahren«, fügt er lahm an; es klingt sehr unglaubwürdig.

»Otto, wir kennen uns doch so lange! Da schickst du mir solche Gestalten?«

»Das haben *die* verlangt, habe ich doch gerade gesagt … *Unauffällig … ein bisschen runtergekommen.*«

»Danke schön …«

»Du weißt doch, wie es gemeint ist.«

»Was hast du denn mit den Anmeldeformularen gemacht?«

»Deswegen bin ich hier, du hast es erfasst. Da müssen wir eine Regelung finden, Frieda!«

»Was können sie dir anhaben, Otto? Was hast du mit der Mafia zu tun?«

»Nicht das Geringste. Aber wenn Schuldige gesucht werden, werden auch welche gefunden.«

»So ist es leider!«, stimmt Frieda zu.

»Und insofern müssen wir eine tragfähige Lösung finden, Frieda.«

»Was schwebt dir vor?«

»Bis jetzt noch nichts«, gibt er zu, der große Mann. »Aber wie ich dich kenne, findest du bestimmt eine Lösung!«

Frieda kocht Kaffee, schenkt ihm etwas Whisky ein und sagt: »Jetzt mach dich nicht verrückt, Otto. Wenn alle Stricke reißen, spreche ich mit meinem Sohn.«

»Aha«, erwidert Otto, versteht aber ganz ersichtlich nicht, was Friedas Bemerkung bedeuten soll.

Frieda spielt nun den Trumpf aus, den sie für ganz besondere Engpässe reserviert hat: »Otto, mein Sohn August ist ein hohes Tier beim *OSS* auf der Biebricher Höhe und somit fußläufig zu erreichen. Wenn du ernsthafte Schwierigkeiten bekommst, machst du keine Handstände, sagst erst mal nichts und wendest dich direkt an mich.«

Otto sieht sie ungläubig an: Warum hat Frieda denn nicht früher mal ein Wort davon verlauten lassen? Ist ja kaum zu glauben, hat einen Sohn bei der Militärregierung und verliert darüber kein Wort?

»Ich habe meine Gründe, Otto. Ich habe für alles meine Gründe. So gut müsstest du mich doch kennen.«

»Wenn ich dir nichts glaube, das glaube ich dir!«

Otto sieht sie noch einmal an, sozusagen mit neuen Augen. Es ist nicht zu fassen: Da besitzt diese Frau derartige *connections* und lässt kein Wort darüber verlauten!

Bislang bestand keine Notwendigkeit dazu, erklärt Frieda knapp

»Frieda, du bist mir unheimlich«, sagt er und geht davon, als habe er den *Stern von Bethlehem* am Himmel gesehen.

Frieda denkt nur: Hoffentlich brauchen wir nie Augusts Hilfe!

5.

Wie angeordnet räumen die Soldaten am Ende des Monats den *Petersburger Hof*. Ein Militärbus fährt vor und transportiert alle neununddreißig Gäste, die zuletzt im Haus waren, in ihre neuen Quartiere. Die Stimmung hat etwas von einem Klassenausflug, viel Gerede, viel Gelächter, Hin- und Hergerenne. Besonders von Lilly verabschiedet man sich mit großem Hallo.

Mr. Koch trennt sich mit einer gewissen Wehmut. Er weiß, dass er Friedas Lieblingsgast ist, und Laura ist ihm erkennbar ans Herz gewachsen. Diese ist nicht anwesend, als er aufbricht; sie ist schon vor Stunden zu ihrer Arbeitsstelle gegangen und man hat sich schon am Vortag voneinander verabschiedet. Jetzt hat er eine Überraschung für Laura, ein in braunes Packpapier eingeschlagenes, etwa 30 mal 50 Zentimeter großes Etwas. Erst will er Frieda das Geschenk zu treuen Händen übergeben, dann ändert er seinen Entschluss. Er wird sie wohl im *Insel Verlag* antreffen, sagt er freundlich. Als Laura am Abend zurückkommt, stellt sich heraus, er hat ihr ein Bild geschenkt, das er selbst gemalt hat. Das kleine Ölgemälde zeigt eine romantische Stimmung, einen Blick auf den mit Morgennebel überzogenen Ohio River. Wie bekannt liegt seine Heimatstadt Cincinnati am Ohio und der Titel des Bildes ist: *Blick auf Newport*, mithin auf das Cincinnati gegenüberliegende Ufer.

»Hast du gewusst, dass er malt?«, fragt Frieda.

Laura erwidert, er habe ihr gestanden, dass er in dieser Hinsicht Ambitionen habe, er zweifle jedoch an seinem Talent.

»Muss er nicht! Das ist doch wunderbar gemalt ... Wie fein alles!«, befindet die Kunstkennerin Frieda.

Das Bild bekommt einen Ehrenplatz. Es wird in Zimmer 1 aufgehängt, zwischen den beiden goldgerahmten Fotografien des Wallfahrtsortes Lourdes in Frankreich, einem Geschenk von Richard.

Laura hängt das Bild selbst auf und während sie das tut, erzählt sie ein wenig über Cincinnati und dies in einer Art, als sei es ihre Heimatstadt. Laura hat die Geschichte, sogar den Stadtplan von Cincinnati im Kopf. Sie weiß, wo sich das Vergnügungsviertel befindet, rund um die *Main Street* nämlich, und weiß, dass sich die wichtigsten Institutionen der Stadt *downtown* etabliert haben, etwa die *Music Hall* oder das *Taft Museum of Modern Art*. Des Weiteren erläutert sie, dass Charles Dickens bei seinem Besuch im April 1842, damals noch ein junger Mann mit schwarzen Haaren, einen sehr guten Eindruck von der Stadt hatte. Sie vermag sogar zu zitierten, was Dickens über Cincinnati geschrieben hat.

Jetzt weiß man wenigstens, was die Beiden sich stundenlang zu erzählen hatten, denkt Frieda, als sie das hört. Gleichzeitig ist sie erstaunt darüber, was literarisch gebildete Menschen so alles interessiert. Obenhin sagt sie zu Laura, als das Bild endlich perfekt hängt: »Wer weiß, vielleicht kommst du eines Tages mal selbst dorthin!«

Sie glaubt es allerdings nicht.

Anstelle der abziehenden Soldaten wird der *Petersburger Hof* mit weiblichem Militärpersonal belegt. Zum größten Teil sind die Frauen in irgendeiner Weise mit der *Air Force* verbunden; diese hat neuerdings ihr Hauptquartier für Europa in Wiesbaden aufgeschlagen. Es sind in der

Hauptsache junge Frauen, die über alle vier Stockwerke des Hauses verteilt werden. Einige der neuen Gäste sind mittleren Alters, keine ist älter als Fünfzig. Zum größeren Teil tragen sie Uniform, manche lassen sich allerdings nur in Zivil blicken. Die Zivilamerikanerinnen bevorzugen praktisch geschnittene Anzüge, wie sie jetzt in den Vereinigten Staaten in Mode sind. Gelegentlich treten sie als Damen von Welt auf, in engen *Bleistiftröcken* und hohen Absätzen.

Der Aus- und Umzug wird von Ottos rechter Hand abgewickelt. Herr Schell tut so, als könne es gar nicht anders sein. Er vermittelt Frieda: Wozu braucht man einen Herrn Borowski, wenn man mich haben kann? Mit kryptischen Worten deutet er an, dass sein Chef gegenwärtig in Schwierigkeiten steckt, mehr aber auch nicht. Frieda reimt sich zusammen, dass diese Komplikationen mit Ottos Vorzugsbehandlung gewisser Gangster aus Chicago zu tun haben. In der Hinsicht gibt es Gerüchte; als Frieda am Monatsende die vorgeschriebenen Listen im *Metropole/Monopole* ablieferte, hieß es, Herr Borowski werde wohl eine andere Aufgabe übernehmen. Von Entlassung war nicht die Rede.

Wie auch immer, Herr Schell sieht sich bereits als sein Nachfolger.

Frieda fragt nichts, lässt alles auf sich beruhen. Für sie selbst ist die Angelegenheit glimpflich abgegangen. Ein Ermittler war, von einem Dolmetschers begleitet, im Haus, hat sich die Zimmer 16/17 und 20 zeigen lassen. Dort mussten Schränke und Betten von den Wänden abgerückt werden. Der Untersuchungsbeamte hat sich selbst die Spülkästen in den Toiletten vorgenommen. Nirgends war etwas, das da nicht hingehörte. Anschließend wurden Frieda und Lilly ausgiebig zu den bewussten Gästen befragt. Lilly wohl deshalb, weil sie am meisten mit den Herren zu tun hatte. Frieda konnte nur wenig Erhellendes aussagen. Als das Problem wegen der fehlenden Einweisungs- und Belegungsscheine zur Sprache kam, hielt sie sich an die Absprache, die sie mit Otto getroffen hatte. Angeblich hatten sich die Herren aus Chicago geweigert, die Formulare auszufüllen beziehungsweise vorzulegen. Eine glatte Lüge, aber bei dem, was die Typen alles auf dem Kerbholz hatten, glaubhaft.

Es wäre für Frieda natürlich ein Leichtes gewesen, Otto bei dieser Gelegenheit Knüppel zwischen die Beine zu werfen. Warum sollte sie? Mit ihm hat sie sich arrangiert; wer weiß, was nach ihm kommt. Auf einen Herrn Schell kann sie leichten Herzens verzichten. Aus irgendeinem Grund erinnert sie der Mann an einen Küster; manchmal meint sie sogar, Weihrauch an ihm wahrzunehmen.

Nach dem 1. Januar sind, von Willy und Herrn Döringer abgesehen, nur noch Frauen im Haus. Die Situation bleibt damit ebenso unnatürlich, wie sie es vorher war; allerdings mit anderen Vorzeichen. Die Amerikanerinnen stellen ganz andere Ansprüche als ihre männlichen Landsleute. Ständig wollen sie irgendetwas waschen, praktisch zu jeder Tages- und Nachtzeit, Blusen, Unterwäsche, Strümpfe. Nachdem die ersten Waschbecken verstopft und übergelaufen sind, wird eine amerikanische Waschmaschine angeliefert. Sie wird mit viel Gekeuche und Gemaule in die Waschküche geschafft und nimmt dort fast ebenso viel Platz ein wie das gemauerte Becken, in dem früher hin und wieder, praktisch nur in höchster Not, Bettwäsche gewaschen wurde.

Die amerikanische Waschmaschine, Marke *Continental*, sieht aus wie der Fortschritt selbst. Sie ist ein strahlend weißlackiertes, teilweise verchromtes Gerät, bei aller Schönheit jedoch eigenartig konstruiert. Man muss eine offene Trommel von oben befüllen und anschließend einen überdimensionalen Rührstab in Bewegung setzen. Der quirlt dann die schmutzige Wäsche um und um. Erst zum Abschluss des Waschgangs beginnt die Trommel dermaßen zu rotieren, dass die Wäsche fast trocken aus der Maschine kommt. Leider ist sie aber selten so sauber, wie die Frauen es erwarten. So gehen diese wieder dazu über, ihre Sachen in die Reinigung zu geben. Die Waschmaschine bleibt, wo sie ist, und wird mit der Zeit vergessen.

Auffallend ist auch der Verbrauch an Bettwäsche. Den neuen Gästen wäre es am liebsten, wenn die Wäsche täglich gewechselt würde. Das ist selbstverständlich unmöglich.

Was macht sonst den Unterschied zwischen Amerikanerinnen und Amerikanern aus? Die Frauen achten auf die Figur und verlangen deshalb leichtes, kalorienarmes Essen. Herr Döringer versteht anfangs nicht, was sie mit *kalorienarmem Essen* meinen. Sie wollen doch nicht hungern wie die Deutschen, die mit achthundert Kalorien am Tag auskommen müssen?

Nein, damit ist gemeint, Obst, Haferflocken, Cornflakes, Milch und noch mal Obst. Sehr geschätzt wird auch *Caesar Salad*. Bei diesem Gericht werden Römersalat, Tomaten und Croutons sowie knusprig gebackene Streifen von Hähnchenbrust miteinander vermengt und mit einer leichten Mayonnaise, *Dressing* genannt, überzogen. Für Gemüse haben die Amerikanerinnen wenig übrig.

Der eigentliche Unterschied zwischen Frauen und Männern, lernt Frieda, besteht in etwas Anderem. Die Frauen geraten leicht in giftige Streitereien; gehen sich tagelang aus dem Weg und versöhnen sich erst wieder nach komplizierten Friedensverhandlungen. Irgendeine ist immer beleidigt oder muss gemieden werden.

»Herr Schell, ich muss noch mal auf den Punkt kommen, dass wir … dass wir keine Kontakte zwischen unseren Gästen und Männern dulden sollen …«

»Es kann doch nicht so schwer sein, Anstand und Sitte zur Geltung zu verhelfen«, befindet Herr Schell gewissermaßen von der Kanzel herunter. »Sie weisen einfach jeden Mann an der Haustür ab, der sich hier blicken lässt!«

»Das ist ein guter Tipp, danke. Den Rat werden wir beherzigen«, gelobt Frieda.

»Frau Tremus, dabei handelt es sich nicht um einen Befehl der örtlichen Dienststellen. Das kommt von ganz oben, aus Washington, aus dem *Capitol*. Die alten Herren sind voller Argwohn gegen das weibliche Corps und ihre Gattinnen noch mehr! Dort hegt man gegen Frauen in Uniform tiefstes Misstrauen, wie berechtigt oder unberechtigt es auch immer sein mag.«

»Na ja, wenn das so ist, machen wir es so, wie Sie gesagt haben: Schicken wir die Männer einfach weg!«

»Sollte es Probleme geben, melden Sie sich bei mir!«

»Darauf können Sie sich verlassen, Herr Schell!«

Willy erwidert, als Frieda ihm nachher von den neuesten Anordnungen berichtet (für ihn sind sie von besonderer Bedeutung, schließt er doch nachts die Haustür auf und zu): »Dörsche, Butten, Schollen, Schellfisch, frisch geschuppt und gründlich ausgenommen, stets besondre' Leckerbissen sind! Nichts jedoch reicht an lebendfrische Schnepfen ran!«

»Na, dann weißt du ja, was dich erwartet.«

6.

Erst Ende März wird es Frühling, geht der *Winter des Schreckens* zu Ende. Selbst im *Petersburger Hof*, dieser Insel der Gesegneten, hat man hin und wieder gespürt, was die Übrigen zu erdulden hatten. Es gab kaum Kohle;

die Stadtwerke hatten deswegen die Strom- und Gaserzeugung rigoros drosseln müssen und an zwei Tagen pro Woche gab es kein Licht. Eisblumen blühten an den Fenstern. Kältewellen verwandelten die Stadt und das Land in ein Gefrierhaus. Der Rhein fror zu und in den Krankenhäusern konnte an manchen Tagen nicht operiert werden; ältere Leute blieben häufig im Bett liegen und taten da erschöpft ihren letzten Atemzug.

Wie gering sind dagegen Friedas Sorgen und die ihrer Lieben! Dennoch, auch Frieda hat Sorgen. Mit Willy stimmt etwas nicht.

Als die Feldscheune auf den Kloppenheimer Äckern ihn unter sich begrub, hat er sich einige Rippen gebrochen, mehr ist Gott sei Dank nicht passiert. Gewiss, jede Bewegung verursacht Schmerz, aber Willy sagt sich und alle Anderen sagen es ihm auch, es hätte ganz anders ausgehen können. Deshalb beißt er die Zähne zusammen und wartet darauf, dass die Rippen wieder zusammenwachsen. Die Ärzte haben ihm gesagt, er muss mit drei Monaten rechnen; schneller geht's nun mal nicht.

Einmal in der Woche schleppt er sich ins *Rot-Kreuz-Krankenhaus* an der *Schönen Aussicht*. Das sind rund tausend Meter Fußweg, er hat's nachgezählt; es geht ein bisschen bergauf und bergab, aber Willy tut, als habe er einen Höllenmarsch vor sich. Im Krankenhaus legt man ihm jeweils neue Binden um die Brust; mehr geschieht nicht und mehr ist auch nicht möglich. Da sich der Brustkorb bei jedem Atemzug hebt und senkt, sind Gipsverbände, wie man sie bei Arm- oder Beinbruch kennt, bei Rippenfraktur nicht möglich. Man verschreibt Willy nicht einmal Medikamente.

Üblicherweise würde Willy nach dem zweiten Besuch im Krankenhaus so tun, als habe er eine Arztlaufbahn vor oder hinter sich, würde erklären, Feinheiten enthüllen und jedermann ob seiner medizinischen Kenntnisse in Staunen versetzen. Diesmal nichts, nur wortkarge, uninteressante Berichte.

Manchmal schlurft er umher wie ein alter Mann, lächelt schief oder spricht mitten im Satz nicht weiter. Er blickt dann in irgendwelche Fernen; so, als sehe er dort Dinge, über die er nicht sprechen dürfe. Seine frühere Munterkeit ist verschwunden. Dabei gibt er sich Mühe und will Heiterkeit vortäuschen; wie erbärmlich wirkt es. Um die kleine Eva kümmert er sich nun wie aus Pflichtgefühl, von seinem früheren Vaterstolz (vor dem Unfall hatte er sich benommen, als sei er der Vater der kleinen Eva) ist nichts geblieben.

Acht oder neun Wochen nach dem Vorfall beginnt er über unerträgliche Kopfschmerzen zu klagen, und einmal schreit er dermaßen im Schlaf, dass man glaubt, es geschehe ein Verbrechen.

Frieda meint anfangs, mit der Zeit werde sich alles wieder einrenken. Aber nichts bessert sich, und endlich setzt sie durch, dass Willy für einige Tage zur Beobachtung im Krankenhaus aufgenommen wird. Bei der Entlassung sagt ihm der Oberarzt und sagt es auch Frieda (sie hat sich ihm als seine Schwester und Willys einzige lebende Anverwandte vorgestellt), organisch sei mit Herrn Heybach alles in Ordnung, von den Rippenbrüchen abgesehen. Er sei jedoch stark traumatisiert. So etwas kenne man von Soldaten, die im Schützengraben verschüttet wurden.

Und? Was kann man in Willys Fall tun?

Sich auf die Zeit verlassen; Zeit heilt alle Wunden.

Das Krankenhaus an der *Schönen Aussicht* hat eine merkwürdige Wirkung auf Frieda. Wenn sie hier ist, inhaliert sie seine Düfte und Geräusche wie andere Drogen nehmen, beobachtet Kranke und Personal mit einer Schärfe, als müsse sie über sie richten.

Sie kann sich nicht erklären, warum sie sich ausgerechnet hier derart herausgefordert fühlt. Sie spürt eine Unruhe in sich, die sie normalerweise nicht kennt; einmal spielt ihr Kreislauf verrückt und man muss sie behandeln – statt Willy. Vielleicht haben die Auffälligkeiten etwas damit zu tun, das sie August in diesem Haus unter Lebensgefahr zur Welt gebracht hat. Der Geburtshelfer hat ihr hinterher gestanden, man habe bei der Einleitung der Geburt schwere Bedenken gehegt, und tatsächlich habe ihr Leben am seidenen Faden gehangen.

Aber kann das wirklich der Grund für die Unruhe sein, die sie hier empfindet? Es ist ja damals alles gut gegangen.

Das Haus selbst ist nichts Besonderes, Backstein, Bögen über den Fenstern, Türmchen und eine Fahnenstange über dem Haupteingang. Während des *Dritten Reichs* hing da eine besonders große Hakenkreuzfahne. Bauten dieser Art gibt es viele; Schulen und Rathäuser sehen so aus, Kasernen auch. Selbst im Inneren fühlt sich alles nach einem Amtsgebäude an, lange, hohe Gänge, Terrazzoböden, steile Treppen mit gusseisernem Geländer.

Ist das Haus also nichts Besonderes, ist womöglich um die Menschen eine besondere Aura. Die Rot-Kreuz-Schwestern sind für ihre ungewöhnlich gründliche Ausbildung und ihr berufliches Können berühmt. So benehmen sie sich auch, selbstsicher, den Ärzten gewachsen und den Patienten erst recht. Es sind handfeste Frauen und gleichzeitig so etwas wie weltliche Nonnen. Keine von ihnen ist verheiratet; keine muss sich neben der Arbeit im Krankenhaus noch um Mann und Kinder kümmern. Um sich gegen die Wechselfälle des Lebens abzusichern (und wohl auch, um den allgemeinen, von Misstrauen geprägten Moralvorstellungen gerecht zu werden), leben sie in Gemeinschaft. Im Gegensatz zu Nonnen sind sie aber nicht konfessionell gebunden; womöglich ist die Eine oder Andere der Schwestern nicht einmal Christin.

Einmal, während sie auf Willy wartet, denkt Frieda: So verschieden von den Schwestern hier sind wir in unserem schönen alten Häuschen auch nicht. Sie selbst und Anna wurzeln von morgens bis abends und nachts liegen sie nebeneinander in der Dunkelheit statt bei ihren Liebhabern, und Laura hält sich von den Männern fern, als müsse sie schon morgens um fünf raus aus den Federn und für die erste Operation parat stehen.

An die Amerikanerinnen im Haus will Frieda in diesem Zusammenhang gar nicht erst denken. Die werden von ihren Vorgesetzten regelrecht zur Abstinenz gezwungen. Das in Washington ausgeheckte Keuschheitsgebot ist nur schwer durchzusetzen; Willy kann ein Lied davon singen. Neulich wurde er von einem erbosten Galan zusammengeschlagen, das Blut schoss nur so aus seiner Nase und wahrscheinlich ist dabei eine weitere Rippe gebrochen. Willy lehnt es aber strikt ab, Anzeige zu erstatten. »Der Mann war besoffen, Frieda! Das kann vorkommen! Sind halt Männer …«, ist alles, was er zu dem Vorfall zu sagen hat.

Als sie wieder mal an der *Schönen Aussicht* ist, nutzt Frieda die Gelegenheit und besucht Herrn Songül und dessen Frau.

Sie schämt sich ein wenig, dass sie erst jetzt darauf kommt, die Treppe hinaufzugehen und nach den alten Herrschaften zu sehen. Sie hätte sie längst besuchen müssen; wäre ihre Pflicht gewesen. Immerhin haben die Songüls fast neun Jahre im *Petersburger Hof* gewohnt, in Zimmer 14 im ersten Stock, ein ruhiges Zimmer mit Fenstern zur Straße und zum Hof. Nie hat Frieda Dauermieter länger ertragen als die Songüls. Hätten die Amerikaner sie nicht gezwungen, die alten Leutchen an die Luft zu setzen, sie wären in ihrem Haus gestorben. Herr Songül war zu seiner Zeit eine bedeutende Persönlichkeit und wurde mit *Exzellenz* angesprochen. In seinen besten Jahren verhandelte er im Namen der türkischen Regierung mit Botschaftern und Außenministern; Gustav Stresemann war ein persönlicher Freund von ihm. Den ehemaligen Diplomaten merkte man Herrn Songül auf Schritt und Tritt an, bis zum Tag seines Auszugs, und da war er immerhin schon dreiundachtzig und konnte sich kaum vorwärts bewegen. Er hatte stets ausgesuchte Manieren, immer ein feines Lächeln auf den Lippen und ein Kavalierstüchlein in der Jackettasche. Frau Songül war über Jahre der Star des Mainzer Theaters. Sie war mit einer herrlichen Sopranstimme gesegnet, entsprechend trug man ihr alle bedeutenden Opernrollen an, und in allen glänzte sie; sei es die *Aida*, die *Leonora* in *Der Troubadour*, die *Leonore* in der Beethoven-Oper *Fidelio* oder irgendeine andere Paraderolle. Frieda hat sie einmal in *Macbeth* gehört, als *Lady Macbeth* selbstverständlich, ein unvergessliches Erlebnis.

Anfang der Dreißiger Jahren verloren die Songüls, die aus Verzweiflung an der Börse spekuliert hatten, ihr gesamtes Vermögen; warum sonst hätten sie ausgerechnet im *Petersburger Hof* ihr Heil gesucht?

Frau Wessels, die Oberin des Krankenhauses, hat den Songüls ein kleines Zimmer im Verwaltungsbereich überlassen, mit einer einmaligen Aussicht auf den Kurpark und über die halbe Stadt. Das ist bei der allgemeinen Wohnungsnot eine Freundlichkeit, die man der Oberin gar nicht hoch genug anrechnen kann.

Herr Songül sagt dazu in seiner feinen Art: »Diesen Vorzug verdanken wir außer Ihrer liebenswürdigen Fürsprache einzig meiner Frau; er ist ein Bravo für ihre Kunst« und damit meint er offenbar die Erinnerung an die Auftritte seiner Frau im Mainzer Stadttheater.

»Ach was«, widerspricht Frau Songül (ihr Künstlername ist Leonore Heldt und sie ist geborene Mainzerin, mit allen Vorzügen und Nachteilen der Mainzer), »meine Lorbeeren sind seit langem verblasst. Es ist die Regierung in Ankara, die dich nicht fallen lässt.«

Frieda nickt dazu, als hätte der Satz auch nur ein Körnchen Wahrheit. Sie konnte die Frau mit ihrem Künstlergehabe nie leiden. Wenn die Songüls für ihre Bleibe überhaupt jemanden dankbar sein müssen, dann Laura. Sie war es, die die Oberin überreden konnte, die Beiden aufzunehmen. Eine wahre Zauberin, unsere Laura; weiß Herzen zu erwärmen und man weiß nie, wie sie es macht. Gibt nichts, verspricht nichts und dennoch fühlt man sich von ihr beschenkt.

Was kann sie, Frieda, mit den Songüls bereden? Leider kann sie dem alten Herrn heute keine türkische Zeitung auf den Tisch legen, wie man sie ihm noch zu Kriegsbeginn regelmäßig geschickt hat und deren Lektüre sein höchstes Glück war. Trotz seines Alters versteht er sehr wohl, was in der Welt vorgeht, und verfolgt es auch. Jetzt sagt er zum Beispiel voraus, dass die Übereinkünfte zwischen den Vereinigten Staaten und der Sowjetunion nicht lange Bestand haben werden. Er bedauert, dass İsmet İnönü gegen Ende des Krieges gezwungen war, das Bündnis mit Deutschland aufzukündigen, das so lange zwei stolzen Nationen gegenseitige Vorteile gebracht habe. Andererseits billigt er İnönüs geschickten Schachzug, in letzter Minute in den Krieg gegen Deutschland einzutreten.

Mit Herrn İnönü ist der Führer der Türken gemeint, vermutet Frieda. Sie spürt, sie gerät auf Glatteis, wenn sie sich auf Politik einlässt. Woher soll sie wissen, welche Ziele die Türkei früher verfolgt hat oder für die Zukunft anstrebt?

Um nicht einfach nur dazusitzen und über die Zeiten zu klagen und bei Herrn Songüls Darlegungen verständig zu nicken, beginnt Frieda zum eigenen Erstaunen plötzlich davon zu reden, wie sich ihr guter Bekannter Richard Jennewein während des Ersten Weltkriegs aus den deutschen Kolonien in Afrika in die Türkei gerettet habe.

Wie glücklich hatte es sie gemacht, dass er da in Sicherheit war und vermutlich wird sie nie vergessen, wie aufgeregt sie war, als er aus dem Militärzug ausstieg, der ihn von *Konstantinopel* (heute sagt man ja wohl *Istanbul*) zu ihr nach München brachte.

Herr Songül versteht etwas falsch und meint, Frau Tremus sei selbst in Istanbul gewesen, um dort ihren Freund in Empfang zu nehmen; der Einfachheit halber lässt sie ihn in diesem Glauben. Darauf beginnt er von Istanbul zu schwärmen und verlangt ihr Einverständnis zu seiner Aussage, Istanbul sei ein Ort nicht von dieser Welt. Welch herrliche Bauten gebe es und wie stimmungsvoll sei der Sonnenuntergang am Bosporus. Frau Tremus stimme ihm wohl zu, es sei ein unvergessliches Schauspiel, am frühen Abend, auf einer Dachterrasse über dem Bosporus sitzend, einen guten Kaffee vor sich auf dem Tisch, langsam die Sonne im *Goldenen Horn* versinken zu sehen. Wenn das Wasser, wie der Name behaupte, einen goldenen Schimmer bekomme, wenn die Silhouetten der *Hagia Sophia*, der *Blauen Moschee* und des alten *Sultanpalastes* in der Dämmerung zu verschwimmen begännen und sich aus dem Marmarameer ein Ozeandampfer in den Bosporus schiebe, fühle man sich in einen Traum versetzt. Jede berühmte Stadt zeichne sich durch eine unverwechselbare

Erinnerung aus: In Istanbul sei dies der Sonnenuntergang. Frieda müsse die alte, zwar etwas heruntergekommene, aber immer noch wunderschöne Dame Istanbul mit einem liebenden Auge betrachten, dann sei es ihr ein Leichtes, deren Chaos zu ertragen.

Frieda stimmt allem zu und macht den alten Herrn damit glücklich.

Mit ihr, der ehemaligen Sängerin, spricht Frieda nur das Notwendigste; selbst jetzt führt die sich wieder als Diva auf. Dabei war ihr Vater bei der Stadtreinigung. Das war in Mainz allgemein bekannt!

Als Frieda hinterher die Treppe runtergeht und dabei an Richard denkt, muss sie einmal stehenbleiben und tief Luft holen, derartig quält sie die Sehnsucht nach ihm. Wann endlich wird sie ihn wiedersehen? Selbstverständlich hat sie neuerlich einen Antrag auf Einreise in die französische Zone gestellt, man lässt sie aber hochmütig schmoren.

7.

Frieda hat Frau t'Hooft per Postkarte gebeten, sie sobald wie möglich zu besuchen. Sie hatte einige Träume, die sie beunruhigen, und die Auskünfte, die das Ägyptische Traumbuch dazu gibt, verwirren sie eher, als dass sie Klarheit erhält. Mehr und mehr wird sie von den besonderen Fähigkeiten der Frau t'Hooft abhängig; daher die fordernde Einladung.

Das Klärchen kommt bereits am nächsten Tag, zusammen mit ihrem Mann. Darum hat Frieda zwar nicht gebeten; man kann sie aber schwer ohne ihn haben. Frieda hat dies schon lernen müssen, und letzten Endes ist er ja nicht weiter störend.

Frieda lässt den Holländer bei Willy zurück; soll der sich ruhig wieder Willys Jammereien über die gebrochenen Rippen und den kaum merkbaren Fortschritt beim Heilungsprozess anhören. Mit Klärchen separiert sie sich in Zimmer 5. Bevor sie nach hinten geht, ordnet sie an, sie will jetzt unter keinen Umständen gestört werden.

Es hat sich bereits ein Ritual eingespielt. Klärchen nimmt an dem kleinen Tisch Platz, der sich am Fuß der Betten befindet; mit dem Rücken zur Zimmertür. Frieda setzt sich mit dem Rücken zur Frisierkommode und den Zimmerfenstern. Sie könnte sich nicht konzentrieren, müsste sie dauernd auf das *Bristol* auf der anderen Straßenseite sehen.

Frieda erklärt Klärchen, in ihrem Traum erreichte sie ein Brief von ihrem vermissten Sohn Heinrich. In diesem Brief teilte er mit, er wolle endlich sein Kellner-Dasein aufgeben und sich in Zukunft ganz dem Tanz widmen.

»Welcher Art von Tanz?«, will Klärchen wissen.

Frieda ist es unangenehm, darauf wahrheitsgemäß zu antworten. Aber welchen Nutzen soll es haben, Klärchen anzulügen? So gesteht sie, in ihrem Traum war Heini Gigolo und er tanzte eng mit schrecklichen alten Männern und war auch noch stolz darauf.

»Tanz mit älteren Herrschaften«, wiederholt Klärchen, und was genau ist nun die Frage der Frau Tremus?

»Ich will wissen, was mit Heinrich ist. Ist das nicht verständlich? Lebt er, lebt er nicht? Kam der Brief aus der Gefangenschaft oder aus dem Jenseits?«

Klärchen hört sich an, was Frieda erfahren will, äußert aber kein Wort dazu. Wie üblich muss Frieda ihre Hände auf dem Tisch ausstrecken, die Augen schließen und sich den Traum, so genau wie es nur möglich ist, ins Gedächtnis zurückrufen. Dabei darf sie aber kein Wort sprechen; Ablenkung zerstört alles.

Kläre t'Hooft wartet ab, bis Frieda in eine Art von Trance verfällt, legt dann ihre Hände auf Friedas und atmet sehr tief ein. Es vergehen vielleicht zwei oder drei Minuten, ehe sie etwas sagt. Sie spricht anfangs sehr klar und vernünftig, sagt bestimmt, dass Heini lebt. Sie meint, seine Stimme zu hören; wiederholt, was er sagt. Sehr undeutlich vermittelt er ihr, seine Mutter solle sich keine Sorgen machen. Danach schleichen sich in ihre Aussagen Unsicherheiten und Widersprüche ein. Sie sieht Schemen; möglicherweise handelt es sich um einen Mann, möglicherweise aber auch um zwei. Endlich wird Herrn Heinis Stimme viel deutlicher, gelegentlich vermutet Frau t'Hooft, Heini stecke in einem Nebel; nein, er verstecke sich hinter einem undurchdringlichen Vorhang. Ja, er versteckt sich.

Man kann den Vorhang nicht zur Seite schieben oder zur Seite ziehen; er ist so schwer, als wäre er aus Eisen. Ist derjenige, mit dem er spricht, ihm wohlgesonnen oder tritt er ihm feindlich gegenüber? Wahrscheinlich feindlich.

Ist es überhaupt Heinrich Tremus, der sich da bewegt oder wird sie, Kläre, von Trugbildern genarrt? Sie fragt die Gestalt, die sie schemenhaft mehr ahnt als sieht, ausdrücklich nach ihrem Namen. Heinrich! Also doch, er ist es. Und warum tritt er nicht hervor? Warum zeigt er sich nicht? Er sei dazu nicht bereit, gibt er Klärchen zur Antwort, und klagt über Beschwerden, die noch banaler sind als die von Willy.

Klärchen weckt Frieda aus ihrem Zwischenstadium von Wachheit und Abwesenheit und wiederholt, was sie eben gesehen und gesprochen hat.

Die gute Nachricht ist natürlich, dass Herr Heini lebt.

Damit muss Frieda vorerst zufrieden sein. Wie wunderbar, dass er will, dass sie sich keine Sorgen macht. Wenigstens einer, der auch mal auf sie Rücksicht nimmt.

Dann bittet Frieda Frau t'Hooft ihr noch mehr Klarheit über ihren von der Bildfläche verschwundenen Vater zu verschaffen. Sie muss wissen, wer sein Mörder ist. Hat der Mörder ihren guten Vater zerstückelt und verscharrt? Oder hat dies ein Komplize ausgeführt? Und wo und wann geschah das Verbrechen?

Nach einigem guten Zureden lässt sich das Klärchen darauf ein, die Prozedur fortzusetzen beziehungsweise eine neue beginnen.

Diesmal dauert es wesentlich länger, bis Klärchen (mit der Anrede geht es hin und her; mal spricht Frieda sie korrekt als Frau t'Hooft an, mal persönlicher und vertraulicher als *Frau Klara* und nur gelegentlich als *Klärchen*. Dabei ist dies die Anrede, die ihr am natürlichsten ist. Ihr Ehemann nennt sie gelegentlich in französischer Manier *Claire*, was aber albern wirkt), diesmal dauert es also lange, bis ihr zu Friedas Fragen Bilder kommen. Naturgemäß steigt damit Friedas innere Spannung. Könnte sie es, würde sie die Sitzung unterbrechen. Damit wäre dann aber für heute alle Verbindung zum Jenseits unterbunden; das hat Frieda schon früher erfahren müssen. Im schlimmsten Fall lässt sich die Konnektion überhaupt nicht mehr herstellen. Frau t'Hooft hat das schon bei anderen Personen erleben müssen, die wie Frieda um ihre Hilfe gebeten hatten. Endlich merkt man an ihrer Haltung, aber auch an der Art, wie sich in ihr Worte und Sätze bilden (man ahnt, nicht sie spricht, etwas wird ihr von außen eingeflüstert), dass sie Verbindung zu den Geschehnissen findet, um die es Frieda geht.

Und was sieht sie?

Erneut ein schrecklicher Anblick – ein Männertorso und in einem niedrigen Raum ohne Fenster, verstreute Körperteile. Sie sind weiß, wie aus Marmor, nirgends Blut. Das Ganze sieht weniger nach einem Verbrechen aus, eher nach der Werkstatt eines Bildhauers, der mit seinem Werk nicht zufrieden ist und eine Statue zerschlagen hat. Der Raum ist düster, aber es ist kein Grab oder ein Versteck, eher eine Krypta wie im Mainzer Dom. Klärchen sieht keinen lebenden Menschen, weder einen Bildhauer noch eine andere Gestalt und das Licht schwankt, wird mal langsam heller, mal langsam dunkler.

Doch, halt, da tritt jemand ein. Er hat einen Hammer in der Hand, nein, ein Beil, bückt sich nun und zerschlägt ein auf dem Boden liegendes Stück Bein. Trümmerteile fliegen umher, die Schläge hören auf, die Gestalt ist verschwunden, nicht weggegangen, hat sich einfach in Luft aufgelöst.

Klärchen kehrt mit einem Seufzer aus dem Jenseits in diese Welt zurück; sie wirkt erschöpft. Konnte sie Frau Tremus helfen?

Sehr.

Frieda hat nur noch eine Frage: Wie sah der Mann aus, der da gewütet hat? Groß, klein, dick, dünn, alt oder jung?

Klärchen denkt einen Moment darüber nach, ihre Visionen sind kein Bilderbuch, das man einfach aufschlagen kann. Sie vermutet, es war ein jüngerer Mann, vielleicht um die dreißig, nicht schmächtig, im Gegenteil kräftig; sie schätzt, einen Kopf größer als Frau Tremus.

Hatte er einen Schnurrbart?

Klärchen muss nachdenken, dann: Ja, hatte er.

Also doch, dann gibt es keinen Zweifel mehr; Theo hat ihren Vater auf dem Gewissen. Am liebsten würde sich Frieda in den nächsten Zug setzen, nach Diez fahren, wo Theo wegen dieses anderen furchtbaren Verbrechens lebenslang sitzt, und würde ihm den Mord auf den Kopf zusagen. Aber die verfluchten Besatzungszonen machen das unmöglich. Womöglich gewährt man ihr nach der Geschichte mit den falschen Papieren niemals Einreise in die französische Zone. In der Hinsicht sieht Dr. Reinhold sehr schwarz. Er glaubt allerdings nicht, dass die Franzosen einen Prozess gegen sie anstrengen werden; viel zu viel Papierkram.

Frieda ist dabei, sich bei Frau t'Hooft zu bedanken und will gerade aufstehen, da kommt ihr der Gedanke, Klärchen wegen Richard zu befragen.

Kann sie das wagen?

Kläre spürt natürlich, dass Frieda etwas auf dem Herzen hat, wartet ab.

Frieda zögert, sagt endlich: »Ich weiß ja nicht, ob ich das auch noch von Ihnen verlangen kann … Es hat nichts mit meinen Träumen zu tun … Es geht um einen Mann, der mir viel bedeutet … der mir in meinem ganzen Erwachsenenleben viel bedeutet hat …«

»Ein Angehöriger?«

»Ein Mann, der mir viel bedeutet.«

»Ich entnehme Ihrer Formulierung, er lebt …?«

»Gott sei Dank … Ich habe letzte Woche noch einen Brief von ihm bekommen; soweit geht es ihm gut.«

»Und was beschäftigt Sie?«

Frieda wagt nicht zu antworten: Ich will wissen, ob er mich liebt oder ob wir unsere Verbindung nur noch aus Gewohnheit aufrecht erhalten. Ich will wissen, ob er sich etwas vormacht! Oder ob wir uns beide uns etwas vormachen! Stattdessen sagt sie: »Sagen Sie mir einfach, was Sie sehen!«

Frau t'Hooft versteht, es geht um eine Herzensangelegenheit und erwidert vorsichtig, sie will gern tun, was sie für Frau Tremus tun kann, aber diese muss verstehen, es handelt sich bei ihrem Können um unerklärliche Phänomene, auch um für sie selbst völlig unerklärbare. Im Allgemeinen beweisen sie sich in Grenzfällen; bei Alltagsereignissen wie verlorenen Schlüsseln oder gestohlenen Portemonnaies zeigen sie sich nicht. Sie fürchte, Frau Tremus enttäuschen zu müssen; aller Erfahrung nach werde ihre Antwort unergiebig ausfallen, dafür bitte sie im Voraus um Nachsicht. Vieles von dem, was sie sehe, verlange außerdem der Deutung und dabei könnten sich gewaltige Fehler einschleichen.

Frieda gibt knapp zur Antwort: Sie kann zwischen einer Kartenleserin auf dem Jahrmarkt und ihren, Frau t'Hoofts, Eingebungen sehr wohl unterscheiden, und sie habe vollstes Vertrauen zu ihr. Wenn sie den bewussten Herrn nicht sehe oder heute nicht sehe, sei das vollkommen in Ordnung.

Was Frieda der Frau sagt, ist wahr; sie hat vollkommenes Vertrauen zu ihr. Wie hätte Klärchen, wäre sie eine gewöhnliche Handleserin, die sich ein paar Mark verdienen will, Theo beschreiben können? Und zwar den Theo, wie er damals aussah, zu der lange zurückliegenden Zeit, als er den Mord beging. Heute soll er schrecklich aus dem Leim gegangen sein; ein Mitgefangener, den man entlassen hatte, hatte sich mal im *Petersburger Hof* gemeldet und Wünsche und Forderungen von Theo überbracht. Bei der Gelegenheit hatte er Theos Aussehen beschrieben. Sie ist auf Theos Wünsche und unverschämten Forderungen selbstverständlich nicht eingegangen. Das wäre ja noch schöner.

Klärchen wartet darauf, dass sich Frieda erneut auf ihre Frage konzentriert. Die versteht, streckt ihre Hand aus und versucht sich zu sammeln. Nachdem ihre Gedanken ein wenig hin und hergegangen sind, stellt sie sich Richard in seiner Jugend vor; großgewachsen, unglaublich muskulös, nackt und bereit, mit ihr ins Bett zu steigen. Ihre Atmung geht schneller und sie ist irritiert, als sich jetzt Hände auf die ihren legen. Wie schuldbewusst denkt sie an den anderen Richard, mit dem sie auch zu tun hatte, den geistlichen Herrn in seiner Soutane, und das kühlt sie etwas ab.

Claire t'Hooft zieht urplötzlich ihre Hände zurück, als verbrenne sie sich, und als Frieda sie anblickt, ist Entsetzen in deren Augen.

»Was ist denn? Was haben Sie gesehen?«, fragt Frieda beunruhigt.

Die Frau behauptet, sie habe nichts Erwähnenswertes erkennen können; die Verbindung sei ohne Grund abgerissen.

»Welche Verbindung? Was haben Sie denn gesehen?«, will Frieda wissen.

»Nichts Konkretes ... absolut nichts Konkretes«, versichert die Frau.

Frieda glaubt ihr nicht, doch auch auf weitere Nachfrage bleibt Klärchen bei ihrer Aussage, sie habe nichts gesehen.

Frieda fühlt sich von dem Vorgang in Unruhe versetzt, belässt es aber dabei.

Nachher steckt sie Herrn t'Hooft Geld und Zigaretten zu. Der Holländer raucht nicht; auf dem Schwarzmarkt sind Zigaretten aber Bargeld und insofern hat auch seine Frau was davon. Klärchen ihrerseits tut so, als merke sie nicht, dass man nicht leer ausgeht. Das gehört zum Zeremoniell; hat sie doch mehr als einmal betont, seien pekuniäre Erwägungen im Spiel, versagten ihre spirituellen Kräfte.

Beim Abendessen berichtet Frieda, was sie mit *Kläre*, *Klärchen*, *Claire* t'Hooft erlebt hat. Sie zeigt sich erleichtert, nun Gewissheit über das Ende ihres Vaters zu haben. Werde sein Tod auch nicht gerächt und nicht gesühnt, so habe sie endlich Klarheit; das sei das Wichtigste für sie. Das Geheimnis um das Ende ihres Vaters habe sie allzeit belastet.

»Frieda, wer gibt dir denn die Garantie, dass sich die Frau das nicht einfach aus den Fingern saugt?«, will Willy spitzfindig wissen. »Solche Personen achten auf die kleinste Reaktion von dir – und wenn sie spüren, sie haben dich, wo sie dich haben wollen ...«

Frieda unterbricht ihn: »Willy, es gibt für alles eine Grenze, auch für die Schauspielerei! Sie kann sich das nicht aus den Fingern saugen! Das ist unmöglich. Du müsstest das doch am besten wissen. Wie lange hast du dich an dem Geheimnis versucht und hast das Rätsel nicht gelöst! Trotz deines Scharfsinn, Herr Oberkriminalrat, und all deiner detektivischen Fähigkeiten!«

Willy gibt sich geschlagen, bleibt dennoch zweifelnd.

Laura fragt: »Nehmen wir an, es ist alles exakt so passiert, wie Frau t'Hooft es sieht, was wäre das Motiv? Warum hat dein Bruder euren Vater erschlagen?«

»Theo hat *meinen* Vater erschlagen, nicht seinen ... Wer das war, sein Vater, kann man nur vermuten. Wahrscheinlich wusste es nicht mal die Heybach, seine Mutter. Sie war über Jahre das Verhältnis meines Vaters, ein grauenhaftes Weib ... Laura, du weißt gar nicht, wie gesegnet du bist, dass du einen Vater und eine Mutter hattest, auf die du stolz sein kannst. Willy und ich kommen aus Verhältnissen, die findest du nur in russischen Romanen ... Ich will dir nicht zu nahe treten, Willy, aber so war es doch!«

»Was heißt *mir zu nahe treten*? Ich hab' nicht zu ihr gesagt: *Lauf rum wie eine Schlampe! Führ' dich auf wie eine Vettel! Lass die Haare 'runterhängen und die Euter! Zieh den dreckigsten Kittel an, den du findest und die ausgetretensten Pantoffeln*! Das habe ich alles nie gesagt! Wie willst du mir da zu nahe treten?«

An und für sich hat Laura ein gutes Gespür dafür, wann eine Grenze erreicht ist, die man besser nicht überschreitet. Heute versagt diese Fähigkeit. Sie lässt nicht locker und will unbedingt erfahren: »Welchen Grund hätte Theo für ein schauderhaftes Verbrechen wie Frau t'Hooft es beschrieben hat?«

»Eifersucht!«, erwidert Frieda knapp.

Alle im Raum spüren, dass sie lange über diesen Punkt nachgedacht hat, darüber aber nicht sprechen wird.

8.

Im Juli kommt Adam durch Friedas Geld und die Bemühungen des Doktor Reinhold (bei Auflagen!) aus dem Lager Darmstadt frei.

Adam schickt ein Telegramm, mit welchem Zug er zu welcher Zeit am Hauptbahnhof ankommen wird. Frieda informiert Gabriele und ist pünktlich am angegebenen Bahnsteig 4, einen bunten Blumenstrauß im Arm. Weit und breit nichts von Gabriele zu sehen und als der Zug einigermaßen pünktlich einläuft, ist kein Adam drin.

Frieda vermutet, womöglich hat er seine Pläne in letzter Minute geändert und ist über Mainz-Kastel direkt nach Amöneburg gefahren. Hat sie schlicht und einfach versetzt. Ihr Verstand sagt ihr, es kann auch ganz anders sein. Möglicherweise haben die Amerikaner ihn einfach dabehalten; denen ist das zuzutrauen. Sie darf gar nicht daran denken, dass ihm unterwegs etwas zugestoßen ist. Jede Reise ist jetzt ein gefährliches Abenteuer.

Sie versucht, vom Bahnhof aus die *Baufirma Huth* anzurufen. Die einzige Telefonzelle ist abgeschlossen. Frieda geht deswegen zur Bahnpolizei, bittet, ihr einen Anruf vom Diensttelefon aus zu gestatten. Die Beamten haben Verständnis für Friedas Unruhe und Aufregung; gestatten ihr ausnahmsweise, ihr Telefon zu benutzen. Bei der Baufirma selbst weiß man von nichts; die Bürokraft verspricht, sollte man Herrn Tremus sehen, werde man ihm ausrichten, seine Mutter warte dringend auf einen Rückruf.

Genau, das ist die Botschaft; sehr liebenswürdig.

Frieda bedankt sich etwas zu überschwänglich bei dem Bürofräulein, hinterlässt sogar die Telefonnummer des *Petersburger Hof*; dabei wird Adam die Nummer wohl noch im Kopf haben. Seit er auf der Welt ist, hat sie sich nie geändert.

Frieda will etwas in die Kaffeekasse der hilfsbereiten Bahnpolizisten stecken, aber die wehren ab. Man wird ja mal helfen dürfen.

Ansonsten heißt es für Frieda wieder zu warten. Die Hälfte seines Lebens wartet der Soldat vergebens.

Als sie, vom Bahnhof kommend, den Geisberg hinaufgeht, bemerkt Frieda drei gewaltige amerikanische Limousinen, die vor dem Haus parken. Alle drei sind glänzend poliert wie chinesische Lackkästchen und funkeln in der Sonne. Was hat das wieder zu bedeuten? Für heute stehen weder Abreisen noch Anreisen auf dem Plan. Sie hat sich vorhin, vor dem vergeblichen Gang zum Bahnhof, dessen noch mal versichert. Wieso nun drei Autos auf einmal?

Frieda ist noch auf der gegenüberliegenden Straßenseite, da sieht sie, dass in Zimmer 2 fotografiert wird. Der Raum ist Frühstückszimmer, Speisesaal und Hausbar in einem und mit Abstand der größte Raum im Haus.

Dort herrscht jetzt also Trubel; Fotolampen sind aufgestellt, außerdem große Reflektoren; auf einem dreibeinigen Stativ ist eine eindrucksvoll große Fotokamera montiert.

Sie geht ins Haus, bleibt an der Tür zu Zimmer 2 stehen, aber niemand achtet auf sie.

Eine etwas zäh wirkende Frau mittleren Alters in weiten Hosen und weitem Pullover macht mit einer Leica Aufnahmen, und zwar macht sie Fotos von Miss Cort, der freundlichen jungen Person aus Zimmer 38, ebenfalls Amerikanerin. Diese trägt für die Aufnahmen ein extravagantes, tief ausgeschnittenes Kleid in sattem Rot und ist deswegen kaum wiederzuerkennen. Für gewöhnlich läuft sie in Uniform herum und macht kein Aufhebens um ihre Person; nun sieht sie aus wie ein Filmstar. Gegenwärtig probiert sie die unterschiedlichsten Posen, wobei die Fotografin unentwegt um sie herumtanzt und ihr Anweisungen erteilt. Einige weibliche Gäste des Hauses und mehrere jüngere Offiziere, die Frieda noch nie gesehen hat, nach Alter und Benehmen wohl Leutnants und Ranghöhere, verfolgen die Aufnahmen. Dabei bewundern sie abwechselnd die Fotografin oder Miss Cort. Frieda entdeckt zu ihrer Verwunderung sogar Otto unter den Zuschauern. Gott sei Dank, endlich einer, der ihr etwas erklären kann, denkt sie und gibt ihm ein Zeichen, sich zu ihr zu bemühen.

Otto ist längst wieder Herr aller Reußen; Herr Schell ist entlassen worden.

Otto tritt also zu ihr und sagt jovial: »Na, Frieda, was kriege ich dafür?«

»Wofür?«

»Wofür, fragst du? Ich setze dir solche Gäste ins Haus …! Die sind von der *Life*.«

»Was heißt das?«

»Kennst du die *Life* nicht?«

»Tut mir leid, Otto, kenne ich nicht, nein. Muss ich sie kennen? Ist das eine Truppe oder was?«

»*Life*! Das Fotomagazin! Klingelt's jetzt?«

»Nein. Ich vermute mal, das ist so eine Art Illustrierte?«

»Das ist nicht so eine *Art* Illustrierte! Nun die Ohren aufgesperrt, Frau Tremus, das ist die beste Illustrierte der Welt!«

»Kenne ich trotzdem nicht.«

»Wenn ich das gewusst hätte, hätte ich dir ein paar Exemplare mitgebracht … Wieso kriegt ihr die *Life* nicht?«

»Weil du sie uns nicht zukommen lässt.«

»Was kriegt ihr stattdessen?«

Frieda denkt kurz nach: »Zeitschriften mit Kochrezepten und Anleitungen für schöne Hochzeiten und gelungene Beerdigungen ... *Woman's Day* und so was!«

»Das hört sich alles nach Meister Schell an! Was da mittlerweile rausgekommen ist, was der alles verbockt hat ... Es war höchste Eisenbahn! ... Da musst du doch auch mal was sagen! Das wird abgestellt!« Otto macht dann einen Witz auf Englisch, von dem Frieda nur die Worte *Mister Schell* versteht. Sie tut nicht mal so, als finde sie es komisch, wie Otto seinen ehemaligen Stellvertreter heruntermacht. Darauf wird Otto geschäftsmäßig und wiederholt seinen Vorwurf: »Musst auch mal selbst initiativ werden! Ich kann beim besten Willen nicht alles im Kopf haben, wer mit was versorgt wird ... Ich hab' gehört, du hast Adam abgeholt? Wie hat er's überstanden?«

»Schwer zu sagen ...«

»Na ja, kann man sich ja denken. Darmstadt ist kein Zuckerschlecken! ... Schade, dass meine Süße heute Probe hat. Das *Fotoshooting* hier wollte sie unbedingt erleben, sie lassen sie aber nicht raus aus den Proben ... Wer weiß, wenn die von *Life* sie gesehen hätte und ein paar Bilder von ihr geschossen hätte ...«

»Ja, wer weiß«, stimmt Frieda zu. »Das Leben hängt von den verrücktesten Zufällen ab!«

Sie überlegt: Aller Wahrscheinlichkeit ist die *Süße* die Tänzerin ohne Busen, die sie bei Ottos Geburtstag kennenlernen durfte. Dann läuft das also immer noch; erstaunlich bei dem recht wankelmütigen Otto.

»Wie geht's denn mit deiner *Süßen?*«, erkundigt sie sich nun scheinheilig.

»Gut ... wirklich gut. Sehr gelenkig in jeder Hinsicht, wenn du verstehst, was ich meine ...«

»Nein, das verstehe ich nun gar nicht, Otto ... Aber erklär's mir auch nicht!«

»Frieda, hast du denn nicht ein anerkennendes Wort für mich? Jetzt wird dein *Petersburger Hof* für die Ewigkeit festgehalten. Überall, wo zivilisierte Menschen wohnen, bekommen sie einen Eindruck von deinem Haus. Und wer hat dir die Ehre verschafft?«

»Otto, eine besonders glückliche Fügung hat uns zusammengebracht!«

»Ich hoffe, du vergisst das nie!«, droht er. Es klingt nicht so scherzhaft, wie es sollte.

»Ich verspreche dir, wenn das mit deiner Süßen auf die Dauer nicht klappen sollte, heiraten wir beide!«

»Darauf komme ich im Fall der Fälle zurück!«

»Tu das!«

In diesem Moment legt die Fotografin ihre Kamera zur Seite; ihr Modell muss mal verschnaufen. Die kleine Pause nutzt Otto, um Frieda vorzustellen. Die Fotografin sagt freundlich *Hallo* und setzt ein paar allgemeine Sätze dazu. Sie heißt *Miss Safranzki* und spricht fließend Deutsch; wahrscheinlich eine Jüdin, die rechtzeitig emigriert ist, vermutet Frieda.

Nachdem die Fotografin noch einmal freundlich genickt und einen Schluck aus einer Thermosflasche genommen hat, geht's mit der Arbeit weiter. Frieda erkundigt sich bei Otto: »Du sagst, unsere Miss Cort ist Sängerin? Habe ich das richtig verstanden?«

»Frieda, nimmst du mich auf den Arm?«

»Wieso? Was ist denn mit ihr? Ist sie etwa auch weltberühmt?«, will Frieda wissen.

»Noch nicht ... Bis jetzt tritt sie im *Eagle Club* auf, im Kurhaus; der Saal tobt, sage ich dir; jedes Mal, wenn sie auf der Bühne ist. Das müsst ihr doch gemerkt haben, wenn die tagsüber schläft und abends aus dem Haus geht?«

»Woher soll ich wissen, was die alle treiben? ... Ihr schickt mir Listen mit Namen, die Gäste kommen, kriegen ihr Zimmer, bleiben drei Tage oder drei Wochen und reisen wieder ab. Meinst du, ich frage sie aus? Otto, Diskretion war das Erste, was man mir im *Römerbad* beigebracht hat, und daran halte ich mich bis auf den heutigen Tag. Ich habe von der guten Frau Eichhorn alles gelernt habe, was es über Hotels und Hotelgäste zu lernt gibt, und sie hat mir immer wieder eingetrichtert: *Frieda, Gäste kaufen in einem Hotel keine Betten und entgegen allen Vermutungen auch keine Liebe; sie kaufen Diskretion! Halte dich immer daran!* Otto, du kannst es glauben oder lassen, Diskretion ist für mich der Kompass – bis auf den heutigen Tag.«

»Glaube ich dir unbesehen, Frieda«, sagt Otto erkennbar beeindruckt, »nehme ich dir Wort für Wort ab. Über dich gab's noch nie Beschwerden – nicht eine einzige! Wenn ich daran denke, was ich über andere gastronomische Betriebe zu hören kriege ... Ich könnte Romane schreiben.

Ich ziehe über niemanden her, ist nicht meine Art, ich sage nur: Lass mich zufrieden mit den sogenannten Grandhotels!«

»Sehr freundlich von dir ... Meinst du, ich muss Miss Cort ein besseres Zimmer geben? Bis jetzt hat sie Zimmer 38 im vierten Stock.«

»Schon in Ordnung, mach dir keine Gedanken! Die Damen und Herren Künstler melden sich, wenn sie Wünsche haben; die sind nicht zimperlich. Ich hab' sie beim Kurorchester alle kennenlernen dürfen, alle Größen, die man sich nur ausdenken kann und alle Marotten auch ... Wenn ich nur an Schuricht denke, unseren Generalmusikdirektor; so was von pingelig bei der Abrechnung, auf den Pfennig genau und gleichzeitig der ganze moderne Kram auf dem Programm, Alban Berg, Arnold Schönberg, Strawinsky, Hindemith. Der gute Schuricht hat über Jahre im Hotel gewohnt, im *Christlichen Hospiz*, kennst du ja. Die Abrechnungen gingen alle über meinen Tisch ... Dieses Engelchen (dabei zeigt Otto auf Miss Cort) macht Karriere, verlass dich drauf.«

»Was singt sie denn so?«

»Jazz natürlich, auch Soul ...«

»Ach so ... Na ja, die Amerikaner hören so was ja gern«, befindet Frieda, obwohl sie keinen Schimmer hat, was Jazz und was Soul ist und worin der Unterschied zwischen den beiden Stilrichtungen liegt.

Dann wird ihr bewusst: Keins der Hausmädchen lässt sich blicken! Das geht doch nicht! Man kann die Leute nicht einfach sich selbst überlassen.

Entschlossen drängt sie ins Zimmer, schiebt sich zur Mitte durch und sagt bestimmt: »Meine Herrschaften, darf ich Ihnen etwas servieren lassen? Kaffee, Tee, eine Erfrischung; sagen Sie bitte, wenn was gewünscht wird.«

Die Amerikaner ahnen, was Frieda will, blicken sie aber nur abwartend an. Darauf tritt Otto neben sie und übersetzt. Einige der Herrschaften wollen eisgekühlte Fruchtsäfte, ein Offizier bestellt einen Tomatensaft mit Gin; ist das möglich?

Selbstverständlich, im *Petersburger Hof* ist alles möglich, grundsätzlich; es wird sofort serviert.

»Kann ich dir auch was bringen lassen, Otto?«

»Hast du zufällig einen Tennessee-Whisky?«

»Was denkst du denn von uns? Wir werden doch Tennessee-Whiskey haben, über Holzkohle filtriert und im Holzfass gereift.«

»Also dann, aber einen anständigen!«

Am nächsten Tag ruft Adam an. Die Entlassung wurde um einen Tag verschoben, aber jetzt ist er bei Gabriele. Er wirkt merkwürdig gehemmt; spricht, als würde er seine Worte von einem Blatt Papier ablesen. Er bedankt sich für alles, was Frieda für ihn getan hat, Geld, Rechtsanwalt und so weiter.

Frieda will antworten: Das ist doch selbstverständlich ..., da entschuldigt er sich unvermittelt und sagt, er müsse jetzt leider Schluss machen.

Frieda bietet an: Will er vielleicht mal kommen oder soll sie ihn besuchen?

Darauf gibt er zur Antwort, wenn es ihr nichts ausmacht, will er zunächst zur Ruhe kommen; er müsse erst mal alles verarbeiten.

»Sicher, dafür habe ich doch Verständnis«, erwidert Frieda und verspricht, ihm so viel Zeit zu lassen, wie er braucht.

Hat er eigentlich seine Geige bekommen?

Ja, hat er bekommen, vielen Dank.

Glücklicherweise kommt Anna an diesem Tag früher nach Hause. Frieda geht zu ihr, als sie sich im Schlafzimmer umzieht und schildert, was passiert ist. Das Telefongespräch mit Adam arbeitet noch in ihr. *Das ist doch nicht unser Adam!*, sagt sie mehr als einmal. *Er hat gesprochen wie ein wildfremder Mensch.* »Er kam mir vor, als würde er unter Schock stehen.«

»Vielleicht steht er unter Schock, weißt du's? Wer weiß, was ihm Gabriele eröffnet hat«, überlegt Anna.

»Zutrauen würde ich's ihr«, stimmt Frieda zu. »Womöglich hat sie ihm glatt ins Gesicht gesagt: In mein Bett kommst du nicht mehr; darauf kannst du lange warten. Für so was habe ich *Onkel Eduard.*«

»An so was ist er ja gewöhnt. Aber was ist, wenn sie sich scheiden lassen will?«

»Das wäre das Beste, was ihm passieren könnte ... Aber so viel Glück hat er nicht!«

»Warten wir's ab.«

»Ja, warten wir. Jetzt muss er erst mal zu sich finden.«

An diesem Abend geht Frieda früh ins Bett; Anna hat noch etwas auszuarbeiten und bleibt deswegen mit Willy in Zimmer 1.

Als Frieda sich auszieht und für die Nacht fertigmacht, denkt sie erneut über Adam nach; wie wird er sich in diesem Augenblick wohl fühlen?

Welch schreckliche Erfahrung muss das für ihn sein, erst der Palast in Heidelberg und nun muss er dankbar sein, dass er in einem Verhau unterkriechen darf! Kommt aus dem Lager und findet sich in einem Lattenverschlag wieder! Für seine Zwillinge ist er ein Fremder; womöglich einer, dessen sie sich schämen. Wenn sie auch noch nicht genau wissen können, was ein *Kriegsverbrecher* ist, werden sie ahnen, dass man darauf nicht stolz sein kann! Es muss die Jungen schrecklich belasten, dass sich ihre Mutter mit diesem Metzger zusammengetan hat. Wahrscheinlich hat Gabriele nicht die geringsten Hemmungen und empfängt ihren Galan bei sich. Womöglich ist er verheiratet; mit Sicherheit ist er verheiratet, beschließt Frieda.

Das Wort *Metzger* ist bis jetzt von niemanden in den Mund genommen worden, wenn von Gabrieles Liebhaber die Rede war; doch Frieda stellt sich den Kasteler Bahnhofswirt unwillkürlich als Metzger und Schlächter vor. Es ist ein hartes Gewerbe, das er betreibt; da braucht man rohe Naturen. Na ja, sagt sich Frieda abgestoßen, wenigstens füttert er Gabys Schweine durch; irgendetwas Gutes steckt selbst in dieser Sache.

Wie sie über Adam nachdenkt, wird Frieda aufs Neue bewusst, sie hat ihren Ältesten eigentlich nie verstanden. Sie hat nie begriffen, was er war und was er sein wollte. Wollte er Musiker sein oder Techniker? Wie kann man in dieser Frage hin- und herschwanken? Haben ihm die Frauen (Gabriele war nicht seine erste; es gab einige Vorläuferinnen ähnlichen Kalibers) etwas bedeutet oder hat er sich mit ihnen nur eingelassen, weil das von ihm erwartet wurde? Anna vermutet, er ist im Innersten ein schwacher Mensch und sonst nichts. Sie, Frieda, ist in diesem Punkt unsicher. Manchmal glaubt sie, womöglich habe sich Adam für sein Leben ein besonderes Prinzip zurechtgelegt. Eine Regel, die ihm erlaubt, mal der zu sein und mal jener, so, als wäre er aus mehreren Charakteren zusammengesetzt und könne nach Belieben mal dieses Element herauskehren und mal jenes.

Und warum meiden ihre Söhne das Elternhaus? Erst August, nun Adam – beide stellen sich gegen sie, ihre Mutter; dabei hat sie allzeit das Beste für sie gewollt.

Was treibt Adam jetzt dazu, sich bei seiner Frau zu verstecken? Das ist doch alles verrückt! Gabriele hat ihn allzeit nur ausgenutzt und lächerlich gemacht! Und ihn zieht's dorthin! Und seiner Mutter gibt er einen Korb.

Einem spontanen Entschluss folgend und entgegen ihrer Ankündigung fährt Frieda am übernächsten Tag nach Amöneburg. Die Straßenbahn ist überfüllt, man räumt ihr aber einen Sitzplatz ein und insofern ist die Fahrt erträglich. Wahrscheinlich ist es ihre Attitüde *Ich reise in schwieriger Mission; ich habe eine Seele zu retten*, die ihr diesen Platz verschafft.

Adam sitzt im Unterhemd am Tisch und zählt Geld, als Frieda an seiner Wohnungstür klopft und eintritt. Er steht unsicher auf und kommt auf sie zu; sie umarmen sich kurz und gegen ihren Willen verdrückt Frieda einige Tränen.

Adam sieht nicht schlecht aus, nichts von Hunger und Verhungern. Er ist abgemagert, das ist klar, aber er sieht nicht aus wie der wandelnde Tod; solche Erscheinungen gibt's ja auch. Die Bodenheimers, zwei Dachdecker aus der oberen Kapellenstraße, Cousins, sind vor einiger Zeit ebenfalls aus amerikanischer Gefangenschaft zurückgekommen. Die können jedem, der ihnen begegnet, jetzt noch durch ihr bloßes Aussehen einen Schreck einjagen. Lucie hat's auf den Punkt gebracht: *Die rappeln sich nie mehr auf*! Mit dem Dachdecken ist es jedenfalls vorerst nichts. Sie sind viel zu schwach dafür; die würden vom Dach fallen, wenn sie es versuchten. Die Beiden saßen in Algenrodt hinter Stacheldraht und haben die Amerikaner von einer anderen Seite kennengelernt. Es ging immer die Mär, amerikanische Gefangenschaft sei der *Himmel auf Erden*; jeden zweiten Tag Steaks. Das mag während des Krieges und in Amerika so gewesen sein, die Bodenheimers können regelrechte Schauergeschichten erzählen.

Nach allem, was Adam nun andeutet, ist das Lager Darmstadt ebenfalls kein Veteranenheim. Mehr als zwanzigtausend Mann sind da eingepfercht, der größte Teil in Zelten. Adam will gar nicht an die kalten Monate zurückdenken, die hinter ihnen liegen, hinter ihm und seinen Kameraden; bei den furchtbaren Temperaturen, die es im letzten Winter gab.

Ohne Übergang und ohne, dass sie ihn danach gefragt hat, erklärt er, in Darmstadt seien Parteigenossen aller Couleur eingesperrt, bis zu wirklich *Schuldigen*.

Frieda liegt die Frage auf der Zunge, will er damit sagen, er gehört zu den Unschuldigen? Sie unterdrückt die Frage, sie ist nicht sein Richter.

Im Gegenteil, sie sagt geradezu munter: »Heute steht in der Zeitung, gegenwärtig stehen zwölftausendvierhundert und ein paar Zerquetschte auf den Kriegsverbrecher-Listen der UNO! Wenn sie allen den Prozess machen wollen, haben sie ja was zu tun!«

Adam versteht, was sie ihm vermitteln will und widerspricht: »Mutter, mach dich nicht selbst froh! Mit meinem sprichwörtlichen Glück bin ich dran! Und wenn sie alle anderen laufen lassen!«

Frieda wechselt das Thema. Hat er denn wenigstens auf seiner Geige spielen können? Es war nicht einfach, sie ins Lager zu schmuggeln.

Ja, danke, er hat die Geige erhalten; das hat er ja geschrieben. Aber was er nicht geschrieben hat, weil er sie nicht entmutigen wollte: Man hat ihm die Geige sofort abgenommen, kaum, dass er sie einmal angesetzt hatte. Er hat sie auch bei der Entlassung nicht zurückerhalten.

Diese Mitteilung ruiniert nun alle Vorstellungen, die sich Frieda von seinem Leben im Lager gemacht hatte. Hat Adam wenigstens interessante Leute kennengelernt?

»Ja, kann man sagen, Mutter – *Erich Mix!*«

Er erwartet Staunen und Bewunderung, Frieda fragt stattdessen: »Wer soll das sein?«

»Mutter! *Erich Mix!* Der frühere Oberbürgermeister von Wiesbaden!«

»Von dem habe ich nie was gehört! Wann soll der denn Oberbürgermeister gewesen sein?«

»Von 1937 bis 1945!«

»Dann hätte ich doch den Namen gehört. Ich lese doch auch Zeitung! Es war immer nur von diesem *Piékarski* die Rede …«

»Der war Bürgermeister und hat die tägliche Arbeit gemacht, stimmt. Erich war zumindest auf dem Papier Oberbürgermeister; ich gebe zu, es war eigenartig geregelt. Erich war in der Hauptsache bei der Luftwaffe engagiert.«

Aha!

Adam hört Zweifel heraus: »Mutter, er hat mir sein ganzes Leben geschildert in allen Details, zwei Wiesbadener in einem Zelt, da macht man sich nichts vor.«

»Das musst du mit Anna besprechen; die interessiert sich für so was … Ich kenne nur diesen *Piékarski*, diesen Nazi-Schreihals … Sitzt er noch, dein Herr Mix?«

»Er soll jetzt auch rauskommen.«

»Dann halte aber die Verbindung! Wer weiß, was aus deinem Herrn Mix noch alles wird … Vielleicht noch mal Oberbürgermeister.«

»Das halte ich denn doch für ausgeschlossen … Ihm machen sie ebenfalls den Prozess …«

»Und wie soll's jetzt weitergehen?«

»Solange ich nicht entnazifiziert bin, geht's überhaupt nicht weiter! Ich habe Berufsverbot – für alles, außer Steine klopfen!«

»Solange willst du hier Däumchen drehen? Bis du juristisch entlastet bist?«

Es ist ihm unangenehm, darauf zu antworten, schließlich rückt er mit der Erklärung heraus: »Anton beschäftigt mich erst mal unter der Hand … *Anton Huth* hier.«

»Ich hab's mir schon zusammengereimt, von wem du sprichst … Was ist mit deinem Schwiegervater?«

»Nimm den Namen nie wieder in den Mund!«

»So wie ich Gabriele verstanden habe, will er sich auf deine Kosten aus dem ganzen *Tausendjährigen Reich* herauswinden.«

»Hat er schon«, giftet Adam. »Er ist schon wieder voll im Geschäft; in Heidelberg baut er für die Uni und in Ludwigshafen hilft er der *BASF*, wieder auf die Beine zu kommen.«

»Woher weißt du das so genau?«

»Von Gaby! Der brave Fritz hat ihr geraten, sich mit ihren Eltern auszusöhnen und zurückzukehren ins warme Nest. Aber da kennen sie ihre Tochter schlecht! Die spuckt ihnen vor die Füße.«

»Wo ist sie überhaupt?«

»Hat was zu erledigen … Eins muss man natürlich sagen … Wenn wir mal realistisch denken, vielleicht sollte ich meiner Frau sogar *zuraten*. Gegenwärtig kann ich ihr nichts bieten, und wer weiß, wann das je wieder sein wird!«

»Adam, was geht denn in deinem Kopf vor? Du willst auf deine Frau und deine Kinder verzichten? Sie soll sich bei ihrem eigenen Vater prostituieren? Da habe ich aber mehr Achtung vor Gabriele als du!«

»Machen wir uns nichts vor. Es kommt eine harte Zeit auf uns alle zu; damit meine ich Gaby, die Buben und mich nicht ausgenommen.«

»Offenbar denkt Gaby anders; sonst hättest du sie hier überhaupt nicht vorgefunden!«

»Ja, in dem Punkt ist sie bewundernswert!«

»Spar dir deinen Hohn! Sie ist *bewundernswert*! Ihr Vater baut ihr ein goldenes Nest, wenn sie sich scheiden lässt, aber sie …«

»… ist eine Heilige, ich weiß!«

»Mal was anderes. Was ist denn aus den Schweinen geworden? Sind sie langsam schlachtreif«, fragt Frieda.

»Wie kommst du jetzt auf die Schweine?«

»Na, ich hab' sie schon als Ferkel gekannt ... Da entsteht eine gewisse Bindung.«

»Mutter, ich dachte, wir führten ein ernsthaftes Gespräch ... Aber wenn du lieber sticheln willst ...«

Er beendet den Satz nicht, darauf sagt Frieda: »Wie ist es mit Geld? Braucht ihr was? Soll ich dir was geben? Im Moment kann ich's! Das ist auch mal eine schöne Erfahrung, dass im Sommer die Betten nicht leer stehen.«

»Dann hat sich der Weltkrieg ja für dich gelohnt!«

»Brauchst du Geld?«

»Danke, wir kommen zurecht ... Ich weiß, was du alles für den Anwalt hinlegst ... Schreib ja alles auf! Du kriegst jeden Pfennig zurück ...«

»Das weiß ich!«

Auf dem Weg zur Straßenbahn überlegt Frieda: Von hier aus ist es nur ein Katzensprung zur Kasteler Bahnhofswirtschaft; sie sollte sich den Mann mal ansehen, der Adam in den letzten Monaten so kraftvoll ersetzt hat. Sie macht die Entscheidung davon abhängig, welche Straßenbahn zuerst kommt, die nach Kastel oder die zurück zur Rheinstraße. Die Bahn nach Kastel kommt, Frieda lässt sich vom Schaffner nicht abwimmeln, achtet gar nicht darauf, dass er sie anschnauzt »Sie sehen doch, es ist alles überfüllt!« und steht einige Minuten später vor den Baracken, die jetzt den Kasteler Bahnhof darstellen. Das frühere, prächtige Bahngebäude ist Opfer der Bomben geworden; die Kasteler Bahnanlagen sind oft genug angegriffen worden. Man kann sich nur wundern, dass hier überhaupt noch respektive schon wieder Züge fahren.

Das ehemalige Empfangsgebäude war derart pompös, dass es als die kleinere Ausgabe des Mainzer Hauptbahnhofs galt; in der *Mainzer Straße* gab es ausgesprochene Luxushotels und ein reges Geschäftsleben. Alles dahin!

Frieda betritt eine der Baracken. Es riecht nach Kohl, und Leute, die offenbar viel Zeit haben, halten sich an ihren Biergläsern fest. Hinter dem Tresen steht ein Mann mit einer so typischen Gastwirt-Physiognomie, dass Frieda denkt: Arme Gabriele! Zum Glück stellt sich heraus, dass der Mensch nur eine Hilfskraft ist. Frieda bittet, den Pächter sprechen zu dürfen und der Mann verspricht, *den Chef* zu holen. Der Pächter, der nicht lange auf sich warten lässt, heißt Eduard Gaffron und hat etwas von einem Generalstabsoffizier; er ist beweglich, schnell, selbstbewusst. Was kann er für die gnädige Frau tun?

Frieda stellt sich vor; sagt, sie wolle sich nur dafür bedanken, dass er ihrer Schwiegertochter und ihren Enkeln so freundlich unter die Arme greife.

Herr Gaffron zeigt keinerlei Verlegenheit; im Gegenteil, er begrüßt sie ausgesprochen elegant. Seine Miene drückt dabei aus: Wir sind doch Menschen von Welt, wir verstehen uns.

Er bietet Frieda einen Kaffee an und »Gehen wir doch in mein Büro!« Frieda erwidert, alles Wesentliche sei eigentlich bereits besprochen. Sie habe sich nur einen Eindruck verschaffen wollen ... Schließlich trinken sie in seinem kleinen, engen Arbeitszimmer ein Glas Wein.

»Ich nehme an, Sie wissen bereits von Gabriele, dass mein Sohn entlassen wurde?«, eröffnet Frieda nach einigem Geplänkel das Verhör.

Herr Gaffron ist informiert; er fügt hinzu, so wie er es einschätze, kämen die eigentlichen Belastungen auf Adam erst noch zu.

Interessant, denkt Frieda, dass er derart mitfühlend von seinem Nebenbuhler spricht. Da scheinen sich ja schöne Verhältnisse anzubahnen. Wie sollen die Zwillinge damit fertig werden?

Sie beschließt, sie kann nicht einfach zusehen, wie ihre Enkel ...

Statt aber nun Empörung zu artikulieren, sagt Frieda: »Was haben Sie im Krieg gemacht, wenn ich mal fragen darf?«,

Es stellt sich heraus, er war während des Krieges Transportoffizier im Osten; Lublin, Brest, kurzzeitig auch in Kiew.

Na ja, denkt Frieda, als sie sich von ihm verabschiedet und er eine schneidige Verbeugung andeutet, dann legt sich Gabriele wenigstens nicht für ein paar Eimer Schweinefutter hin.

Als sie Anna von der Begegnung berichtet, erwidert Anna böse: »Hoffentlich hat er nicht die Transporte nach Auschwitz arrangiert ...«

»Was ist Auschwitz?«

»Die Hölle auf Erden!«

9.

Anfangs wurde der Vorfall auf den Kloppenheimer Äckern, die Geschichte mit der Feldscheune, die Willy unter sich begrub, als *Willys Malheur* bezeichnet. Darin schwang mit, so was ist typisch für Willy, so etwas kann nur ihm passieren.

Das Ereignis liegt nun fast ein Jahr zurück. In zwei Monaten kann man den Jahrestag von Willys Wiederauferstehung feiern, doch niemand spricht mehr von einem *Malheur*. Die Sache hat sich zu einem Drama ausgewachsen. Willy hat seitdem mindestens einmal, oft sogar mehrmals in der Woche rasende Kopfschmerzen. Er schluckt dann eine Tablette Aspirin nach der anderen; es kann nur eine Frage der Zeit sein, bis das Aspirin seine Organe angreift.

Gelegentlich hat er schreckliche Wutanfälle. Sie kommen aus heiterem Himmel, und wenn sie vorbei sind, ist er weinerlich und beschwert sich, dass er um sein Leben betrogen worden sei.

Neulich hat er zwei Amerikanerinnen, die nach Mitternacht kamen und ihre Schlüssel vergessen hatten, einfach vor der Tür stehen lassen. Und nicht genug damit, er hat die Frauen durch das kleine Fenster in der Haustür auch noch angeschrien. Er hat getobt, selbst ein Krüppel wie er sei letzten Endes ein Mensch; selbst er könne Rücksicht und Verständnis für seinen Zustand verlangen. Wenn man ihnen schon Schlüssel aushändige, sollten sie sie gefälligst nicht vergessen und ihn aus dem ersten Schlaf reißen. Er brauche seinen Schlaf!

Frieda wurde von der Schreierei wach und konnte die beiden verschreckten Amerikanerinnen noch einigermaßen beruhigen und davon abhalten, offiziell Beschwerde einzureichen. Sie stellte Willy dabei als Opfer des Bombenkrieges hin, was er im gewissen Sinn ja auch ist. Am nächsten Tag entschuldigte sich Willy zerknirscht bei den Damen, und die Beiden ließen den unschönen Zwischenfall aus Gnade und Barmherzigkeit auf sich beruhen.

Frieda darf sich gar nicht vorstellen, wie es ausgegangen wäre, wenn sie bei Otto um Verständnis hätte betteln müssen. Seine *Süße* hat ihm kürzlich den Laufpass gegeben und seitdem ist er unerträglich. Seine weniger schönen Seiten treten jetzt sehr deutlich hervor. Frieda ist sicher, so wie er sich gegenwärtig aufführt, hätte der Fettwanst die Gelegenheit am Schopf gepackt und irgendwelche unsittlichen Forderungen gestellt. Allein die Blicke, die er Lilly zukommen lässt! Ab und zu guckt er sie geradezu verzehrend an. Schrecklich der Gedanke, dass sie, Frieda, mit Lilly in Verhandlung hätte treten müssen, damit diese … Ein Glück, das wenigstens dieser Kelch an ihr vorbeigegangen ist.

Bei anderer Gelegenheit wird Willy vom heulenden Elend geschüttelt, dann kann man ihn nur in sein Zimmer schicken. Hier, in Zimmer 4, haust er praktisch von dem Tag an, da Frieda das Haus gekauft hatte. Der Raum ist ein schmales Handtuch; ursprünglich war er ein Durchgang von der Kapellenstraße zum Hof, zu schmal für alles. Dort hockt er ganze Tage auf seinem harten Bett, will nichts essen und nichts trinken, grübelt nur über sich und den Zustand der Welt. Das Allerschlimmste ist, wenn er die Tränen nicht mehr zurückhalten kann und anfängt zu schluchzen. Ein einziges Bild des Jammers.

In manchen Nächten hat er Albträume; dann schreit er so laut, dass man ihm den Mund zuhalten muss.

Eigentlich dürfte man Willy gar nicht mehr auf die Menschheit loslassen. Wenn er aber nicht Nachtportier sein darf, was kann er dann sein? Er hat alles und nichts gelernt und wenn Frieda nicht ihr Leben lang die Hand über ihn gehalten hätte, wäre er längst elend zugrunde gegangen.

Und bei alledem hat Frieda auch Glück. Endlich kann sie wenigstens für das verschwundene Fahrrad Kompensation anbieten.

Ende Oktober taucht ein jüngerer Zivilamerikaner auf, der sehr viel mit Mrs. Harkott zu besprechen hat, einem Gast aus Zimmer 14. Sie hatte früher mit dem Sanitätscorps zu tun; diese Zeit ist aber längst abgelaufen und sie wird demnächst in die Staaten zurückkehren. Der Mann ist jünger als sie, sehr maskulin, sehr durchtrainiert, einfach gut aussehend. Die Beiden setzen sich in eine Ecke in Zimmer 2, reden, lachen und scherzen miteinander.

Für gewöhnlich wirkt die Frau wie eine unzufriedene Lehrerin; an diesem Tag blüht sie sichtlich auf. Bei ihrer intensiven Unterhaltung bestellen die Beiden einen Cocktail nach dem anderen. Der ganze Nachmittag geht darüber hin. Die Cocktails, die die Beiden schlürfen, mixt Herr Döringer; er hat sich darin eine gewisse Fertigkeit angeeignet. Anfangs schüttete er bei Bestellungen freihändig zusammen, was er gerade zur Hand hatte und servierte das Getränk dann mit einem frei erfundenen Phantasienamen. Im zweiten Schritt legte er sich das Lehrbuch *Cocktail Basics* zu und damit gewann er die notwendige Sicherheit. Willy hat neulich mit säuerlicher Miene angemerkt, es könne nicht mehr lange dauern, bis Rudolf am Wettbewerb um den *Goldenen Cocktailbecher* teilnehme. Ganz falsch liegt er damit nicht; es gibt tatsächlich einen Wettbewerb der Barmixer; Herr Döringer hat auch schon davon gehört.

Doris, Doris Waltz, ist verrückt nach seinen Cocktails. Sie ist noch nicht richtig im Haus, da hört man sie schon rufen: »Herr Döringer, lassen Sie die Sonne aufgehen!« Am liebsten trinkt sie ein Gesöff, bei dem Ananassaft, Cointreau und viel hochprozentiger Rum zusammengeschüttet wird. Das Getränk schmeckt süß und fruchtig; man muss allerdings mit dem Quantum aufpassen; das Zeug hat es in sich.

Die Beiden, der flotte Zivilamerikaner und die verblühende Mrs. Harkott, reden und reden also miteinander. Nach einiger Zeit schiebt er vorsichtig seine Hand unter ihren Rock und sie tut so, als bemerke sie es nicht, und endlich verziehen sich die Beiden zur weiteren Besprechung nach oben.

Nun ist es weiblichen Armeeangehörigen immer noch strikt untersagt, Männer auf ihren Zimmern zu empfangen. Wenn es aber nur eben geht, drücken Frieda, Willy und die Mädchen alle Augen zu, falls sich derartiges doch ereignet. So auch in diesem Fall. Herr Döringer ist voll mit der Abrechnung beschäftigt, als die Beiden aufstehen und sich entfernen, und Frieda ist dabei, in Zimmer 1 irgendwelche Formalitäten zu erledigen. Daher kann sie beim besten Willen nicht sehen, dass die Beiden sich nach oben begeben.

Herr Döringer verschwindet anschließend in die Küche, kümmert sich ums Abendessen, und Frieda sieht, wie sie es gewohnt ist, in Zimmer 2 nach dem Rechten. Sie legt einen frischen Aufleger auf den Tisch, an dem das Pärchen saß; sonst ist alles in Ordnung. Sie sieht sich noch einmal um und entdeckt am Haken hinter der Tür einen bildschönen, dunkelblauen Kaschmirmantel, den jemand da vergessen haben muss. Sie bringt ihn in Sicherheit. Es reicht ja wohl, dass Willy ein Fahrrad abhanden gekommen ist.

Keiner bekommt mit, wann der Bekannte von Mrs. Harkott das Haus verlassen hat; ob er es überhaupt verlassen hat. Jedenfalls steht er am nächsten Morgen – da ist das Frühstück schon lange um – im Hausflur und verlangt seinen Mantel und zwar presto.

Welchen Mantel?

Seinen Mantel, einen blauen Kaschmirmantel.

So? Und wo soll der sein?

Er hatte ihn in diesem Zimmer – er führt Frieda in Zimmer 2 – an diesen Haken gehängt, aber da hängt er nicht mehr.

Es tut ihr leid, sagt Frieda, aber einen Kaschmirmantel hat sie seit vielen Jahren nicht mehr gesehen. Wenn sie ihn gesehen hätte, wäre er ihr mit Sicherheit aufgefallen. Es handelt sich sicher um ein wertvolles Stück?

Und ob!

Es ist furchtbar, erklärt Frieda dem jungen Mann, heutzutage wird alles mitgenommen, was nicht niet- und nagelfest ist. Man kann nicht vorsichtig genug sein; die Moral ist über die Wupper gegangen.

Was bedeutet *Wupper*?

Bedeutet so viel wie: Ist auf und davon, perdu … Moral existiert nicht mehr. Der Herr soll sich mal vorstellen, ihr Bruder Willy ist von einem einstürzenden Schuppen begraben worden. Und was geschieht? Man stiehlt ihm das Fahrrad. Dabei ist er auf das Fahrrad angewiesen!

Der Amerikaner wird unverschämt: Was redet sie denn da? Ist das alles? Will sie ihn mit Sprüchen abspeisen?

Selbstverständlich nicht. Sie wird alles unternehmen, damit er seinen Mantel zurückerhält. Schon aus Eigeninteresse! Derartige Affären sind immer unerfreulich, und in jedem Fall rufschädigend.

Das sagt Frieda so bestimmt und so siegesgewiss, dass der junge Mann Hoffnung schöpft.

Was wird sie unternehmen?

Als Erstes wird sie sich jeden im Haus gründlich vornehmen. Sie wird mit Herrn Döringer anfangen, dem Herrn, der ihn und seine Bekannte gestern bedient hat. Der Herr kann sicher sein, sie wird ihn auf Herz und Nieren prüfen. Danach kommen die Hausmädchen dran. Bei den Gästen muss sie, wie er verstehen wird, sehr vorsichtig vorgehen; niemand lässt sich gern des Diebstahls bezichtigen. Die Gäste, die schon abgereist sind, kann sie allerdings beim besten Willen nicht befragen. In diesem Fall sind ihr Grenzen gesetzt, und gerade für einen abreisenden Gast wäre es ein Leichtes gewesen, den Mantel nach dem Frühstück einfach vom Haken zu nehmen, ihn über dem Arm aus dem Haus zutragen oder sogar im Koffer zu verstauen und ihn wegtragen *lassen*.

Frieda vergewissert sich vorsichtig: Der Herr ist ganz sicher, dass er den Mantel gestern hier vergessen hat, nicht irgendwo anders? So was kommt vor, man denkt und in Wirklichkeit …

Nein, er hat den Mantel dorthin gehängt, an diesen Haken, erwidert der junge Mann aufgebracht und tippt noch mal den Haken an, an dem der Mantel gestern hing und jetzt nicht mehr hängt.

Sie wird alles Menschenmögliche unternehmen, dass der Herr seinen Mantel zurückerhält, versichert Frieda ihm erneut. Die Nachforschung wird allerdings ein bisschen dauern. Ist es dem Herrn möglich, später noch mal vorbeizukommen?

Nein!

Vielleicht kann er anrufen und man kann ihm dann womöglich positiven Bescheid geben?

Er wird anrufen, darauf kann sie wetten.

Sehr gut.

Der junge Mann zieht wütend ab; draußen ist es kalt und ein Kaschmirmantel kostet auch in Amerika Geld.

Aus der Episode erwächst einiges Hin und Her. Eine Versicherung stellt Fragen, schickt sogar einen Agenten vorbei und selbst die Militärpolizei taucht auf und vernimmt Willy und Herrn Döringer. Die Sache geht soweit, dass Willys Zimmer durchsucht wird. Darauf zeigt Frieda freiwillig und leicht gekränkt ihren Schrank vor; bitte sehr ... Hier wie dort wird selbstverständlich nichts Belastendes gefunden. Willy wie Herr Döringer versichern sehr überzeugend, dass sie in letzter Zeit keinen Kaschmirmantel gesehen haben, weder in blau noch in braun oder in einer sonstigen Farbe. Ob der bewusste Mantel je im Haus war, wer kann das beschwören? Es gibt niemanden im Haus, der sich an einen solchen Mantel erinnert. Insofern steht Aussage gegen Aussage.

Die Militärpolizei lässt die Angelegenheit nach einigen Wochen fallen. Otto hat ja schon früher erklärt, Frieda genieße bei den Militärbehörden einen erstklassigen Ruf; das macht sich jetzt bezahlt.

Kurz vor Weihnachten drückt Frieda Anna einen elegant geschnittenen, kaum getragenen blauen Herrenmantel in die Hand, federleicht und doch wunderbar wärmend. Das ist ja das Besondere an Kaschmirwolle, dass sie so leicht ist und so fein und dennoch praktisch im Alltag.

»Was soll ich mit dem Mantel?«, fragt Anna geradezu bestürzt.

»Ersatz für das Fahrrad ... Ist ein ausgesprochenes Wertstück!«

Anna will den Mantel nicht nehmen:»Frieda, ich weiß doch, wie du dran gekommen bist ...«

»Ich weiß auch, was mit deinem Fahrrad passiert ist.«

»Und wer von uns soll 'was mit einem Kaschmirmantel anfangen können? Du verwechselst was! *Plutokraten* tragen so 'was, keine *Proletarier*!«

Frieda macht ihr klar, auch Gewerkschafter haben gesellschaftliche Verpflichtungen und sind froh, wenn sie in anständigen Klamotten auftauchen können. Wie du kommst gegangen ...

Endlich nimmt Anna den Mantel, und damit ist die Sache mit Willys Fahrrad endgültig aus der Welt geschafft.

Frieda beendet die missliche Angelegenheit mit den Worten: »Ab jetzt will ich das Wort *Fahrrad* nie wieder hören!«

Mit Willy selbst kann es nicht so weitergehen. Sowohl am Ersten wie am Zweiten Weihnachtstag liegt er auf seinem Bett und heult über Stunden in unterschiedlichen Nuancen.

Ihm kann nur noch ein Nervenarzt helfen; wenn ihm überhaupt jemand helfen kann. Bislang hat Frieda gezögert, einen Arzt zu konsultieren. Man hat ihr mittlerweile so viele schreckliche Geschichten von im Krieg verschütteten Soldaten erzählt, dass sie sich wenig Hoffnung auf Heilung macht.

Aber so geht es wirklich nicht weiter!

Auf der Suche nach einem Nervenarzt empfiehlt man ihr einen Arzt namens *Doktor Vorsänger* in der Stiftstraße. Der Name kommt Frieda sofort bekannt vor. Andererseits wie viele Namen hat sie in ihrem Leben schon gehört und wieder vergessen! Als der Herr Doktor sie in seiner Praxis empfängt (man hat ihm dafür anderthalb Zimmer in einer ansonsten überbelegten Privatwohnung eingeräumt), weiß sie auf den ersten Blick, mit wem sie es zu tun hat. Doktor Vorsänger ist der Arzt, der damals Hannah, die Tochter von Frau Schweitzer, auf dem *Eichberg* behandelt hat, und den sie, Frieda, am Ende des Ersten Weltkriegs für eine Weile versteckt hatte. Er ist älter geworden, aber immer noch diese dunklen, traurigen Augen, immer noch diese beruhigende Stimme. Wie konnte sie den Namen *Vorsänger* und die Umstände, die damit verbunden sind, vergessen?

Wahrscheinlich hat sie sie aus gutem Grund aus dem Gedächtnis verbannt, sagt sich Frieda.

Der Arzt seinerseits ist über das Wiedersehen nicht erstaunt. Er spricht mit ihr, als hätte man sich erst vor einigen Monaten zum letzten Mal gesehen.

Frieda erkundigt sich: Wie hat er als Jude die Hitlerzeit überlebt?

Er hatte rechtzeitig die Zeichen erkannt, schildert er ihr. Er war nach Brasilien emigriert...

Und da kommt er wieder zurück? Brasilien muss doch ein wunderschönes Land sein? Sie kennt Leute, die dort ihr Glück gemacht haben, in *Porto Alegre*, ganz im Süden von Brasilien.

Die Stadt kennt er leider nicht, erwidert er lächelnd, hat aber selbstverständlich schon von ihr gehört.

Viele Deutsche sind dorthin ausgewandert, es müsse eine ganz tolle Stadt sein, versichert ihm Frieda noch einmal.

Sicher. Aber um ihre eigentliche Frage zu beantworten: In Deutschland werden Psychiater gebraucht, wahrscheinlich dringender als in Brasilien. Auf den *Eichberg* werden ihn allerdings keine zehn Pferde zurückbringen. Wie man ihm glaubhaft versichert hat, waren die Kliniken ein einziges Mordhaus.

Frieda erwidert knapp: Das ganze Land war ein einziges Mordhaus.

Er stimmt zu, dann erkundigt er sich: Was ist aus Frau Hannah geworden? Und aus ihrer Mutter?

Frau Schweitzer?

Genau, Frau Schweitzer.

Frieda schweigt verlegen; das Schicksal der Frau Schweitzer war besonders tragisch. Sie hatte die Einreisepapiere für Palästina in der Hand, hatte sich dort sogar schon umgesehen, kehrte aber 1934 zurück, weil sie sich unter misstrauischen Arabern und eifernden Juden nicht zurechtgefunden hatte; Palästina war einfach nicht Deutschland …

Er versteht, sagt Doktor Vorsänger. Und Hannah, seine Patientin? Wie ist es ihr ergangen?

Hat er das nie erfahren? Sie hat sich im *Petersburger Hof* das Leben genommen.

Wann?

Noch in tiefsten Friedenszeiten! Hat sich in der Badewanne ertränkt! Sie, Frieda, hat Hannah gefunden. Hat man ihm das nicht berichtet?

Womöglich hat man's, gesteht der Arzt, er hat es wohl vergessen. Doch nun: »Was führt Sie her? Haben Sie Beschwerden?«

Frieda erwidert: »Das allerdings … Beschwerden habe ich reichlich. Ich fürchte nur, bei den meisten können Sie mir auch nicht helfen … Ich habe drei Söhne; einer ist spurlos in Russland verschwunden, vermisst, kein Brief, keine Postkarte, nichts .Wenn wir Glück haben, steht er eines Tages wieder in der Tür … Eine Hellseherin, der ich vertraue, macht uns Mut. Sie sieht ihn an schönen Orten … Soweit Heini. Adam, mein ältester Sohn, macht mir die heftigsten Vorwürfe, dass er mit seiner Frau nicht zurechtkommt. Angeblich bin ich an seiner Ehe schuld; angeblich habe ich sie ihm aufgezwungen. Lächerlich, aber er hat sich's in den Kopf gesetzt, dass ich die Schuldige bin. Was wollen Sie da machen?

Und der dritte im Bunde, mein August, hat einen hohen Posten bei den Amerikanern, ist jetzt selbst Amerikaner und zu allem Überfluss hier in Wiesbaden stationiert, aber er will mit mir nichts zu tun haben … Reicht Ihnen das an Beschwerden?«

»Vollkommen. Ich verstehe durchaus, dass die Beziehungen zu Ihren Söhnen …«, hebt der Psychiater in professionellem Ton an, doch Frieda unterbricht ihn: »Ich bin nicht meinetwegen bei Ihnen; mit meinen Sorgen muss ich allein fertig werden … Es geht um meinen Bruder Willy … Halbbruder, genauer gesagt …«

Sie berichtet dem Arzt von Willys Verhalten. Doktor Vorsänger hört sich alles sehr konzentriert an, macht sich hin und wieder Notizen und zieht dann sein Fazit: »Frau Tremus, es geht beim besten Willen nicht anders, Ihr Herr Bruder muss sich schon selbst herbemühen, wenn ich ihm helfen soll. Fernbehandlung kann ich nicht bieten.«

Als sie ihn so reden hört, hat Frieda zum ersten Mal seit langem das Gefühl, Friede und Normalität könnten doch zurückkehren. Wenn ein Mann von seinem Niveau freiwillig zurückkehrt, dann ist das Land noch nicht verloren.

Gut, sie wird Willy schicken, verspricht Frieda. In einer spontanen Geste holt sie eine Büchse Nescafé aus ihrer Tasche und schenkt sie dem Arzt; eigentlich war sie für Klärchen gedacht.

Nun, dann bekommt sie eben eine andere.

Der Arzt versteht Friedas Großzügigkeit nicht. Er hat doch noch gar nichts geleistet! Außerdem ist er dankbar für jeden neuen Patienten …

Doch, widerspricht Frieda. Er hat etwas getan; er hat sogar sehr viel für sie getan, gerade eben – er lässt sie wieder hoffen!

10.

Es ist Ende März 1947; ein gewöhnlicher Tag, der den Frühling ahnen lässt. Kurz nach neun Uhr läutet das Telefon. In Zimmer 1 herrscht Hochbetrieb; neun Abreisen stehen an. Vor dem Haus wartet ein bereits zur Hälfte besetzter Militärbus. Er wird neun Damen nach Frankfurt bringen; von der *Rhein-Main-Air Base* geht's zurück in die USA; auch Mrs. Harkott ist dabei.

»Have a nice trip!«

»Thanks for all!«

Bei diesem Trubel muss selbst Willy ’ran. Als das Telefon nicht aufhört zu klingeln, gibt Frieda ihm ärgerlich ein entsprechendes Zeichen: »Bist du schwerhörig geworden? Nimm doch mal ab!«

Er will sich zum Schreibtisch durchdrängeln, schafft es nicht und geht deswegen in die Telefonzelle unter der Treppe. Von dort meldet er sich mit: »›Hotel Petersburger Hof‹ here ... What can I do for you?«

Als er wieder aus der Zelle kommt, ist er graublass, fasst Frieda am Arm und sagt: »Es ist was Wichtiges, Frieda!«

»Jetzt nicht ... Jetzt müssen erst mal die Damen ihr Flugzeug kriegen! Was Wichtigeres gibt’s nicht!«

Willy nickt ergeben, und erst eine Viertelstunde später will Frieda wissen: »Was war denn?«

»Der Herr Dekan ... «, beginnt Willy vorsichtig, da fällt ihm Frieda bereits ins Wort: »Sag nur, er kommt nicht!«

Sie erkennt, Willy hat schlechte Botschaft und das kann nur eins bedeuten: Er kommt nicht. Richard hat hartnäckig Antrag auf Antrag eingereicht und neulich haben ihm seine kirchlichen Vorgesetzten ihren Segen gegeben. Die Reiseerlaubnis der französischen Behörden hatte er schon vorher in der Hand. Mithin steht seinem Jahresurlaub in Wiesbaden nichts mehr entgegen; er hat versprochen, kurz nach Ostern zu kommen. Früher, vor dem Krieg und noch zu Beginn des Krieges, war er jeweils in den ruhigen Sommermonaten hier, jeweils für vier Wochen. Für Frieda war dies stets die glücklichste Zeit des Jahres. Diesmal kann er sich nur drei Wochen freimachen.

Hauptsache, er kommt endlich.

Wenn sie an das bevorstehende Wiedersehen denkt, spürt Frieda manchmal einen sie fast erstickenden Ring aus Eisen um ihre Brust; so sehr verzehrt sie sich nach ihm.

Jetzt kommt ihr der erschreckende Gedanke: Wirft ihm das Bischöfliche Ordinariat etwa in letzter Minute Knüppel zwischen die Beine?

»Frieda, es ist was passiert«, wiederholt Willy unsicher und umarmt sie ungelenk. Er ist dies nicht gewohnt und Frieda ebenfalls nicht; so sehr sie Willy auch zugetan ist, umarmt haben sie sich selten.

»Was ist denn?«, wiederholt Frieda drängend.

»Komm, wir gehen nach hinten ... in dein Zimmer.«

»Nein, ich will das jetzt hören«, wird Frieda heftig.

Darauf sagt Willy behutsam: »Der Herr Dekan ist heute Nacht eingeschlafen ... im wahrsten Sinn des Wortes ... Die Haushälterin ist sich sicher, er hat nicht gelitten, diese Schwester Amalie oder wie sie heißt.«

Frieda hat Mühe, seine Worte zu begreifen. Als ihr klar wird, was sie bedeuten, schwankt sie leicht, fällt dann gegen die Wand, rutscht die Wand herunter und bleibt im Gang liegen. Willy fürchtet eine Sekunde lang, sie sei ebenfalls tot. Dann stöhnt sie leicht und bewegt sich etwas ... Willy weiß nicht, ob sie bewusstlos ist oder nur benommen und was nun machen. Er ruft laut, fast hysterisch, um Hilfe. Lilly und Lucie, die gerade in der Küche Kaffee trinken, hetzen heran. Gemeinsam helfen sie Frieda auf die Beine und zu dritt führt man sie in Zimmer 5. Frieda lässt sich auf das ungemachte Bett nieder, hält sich dabei am Fußende fest.

»Geht's wieder?«, fragt Willy besorgt. »Willst du dich nicht lieber legen?«

»Wie ist es passiert?«, erkundigt sich Frieda und ihre Stimme klingt schon wieder normal. Mit schlechten Nachrichten wird sie leichter fertig als mit guten.

»Es ist heute Nacht passiert«, erklärt Willy, »niemand hat was mitgekriegt. Er sieht einfach aus, als würde er schlafen, hat seine Haushälterin gesagt, und deswegen hat sein Kaplan erst gedacht ... Er wollte Richard vorhin wecken und dabei hat er gemerkt, was los ist.«

Frieda unterbricht ihn: »Wer hat angerufen? Der Kaplan?«

»Nein, die Nonne, seine Haushälterin ...«

»Schwester Amalie hat hier angerufen?«, wundert sich Frieda. Sie hat die Frau nie zu Gesicht bekommen, kennt sie nur aus Telefongesprächen und aus Richards Schilderungen. Dennoch hatte sie mit ihr nie das beste Verhältnis. Bei den wenigen Telefonaten, die sie geführt haben, schwang Eifersucht mit; Eifersucht, getarnt als Hochmut. Bemerkenswert also, dass sich die Nonne überwunden hat und ihr die schreckliche Nachricht selbst durchgeben wollte.

Menschen sind letztlich immer anderes, als man denkt.

»Richard hatte doch nie was ...«, bemerkt Frieda halb fragend, halb konstatierend. »Wieso kann er sterben? Einfach so?«

»Warum und wieso hat sie nicht gesagt ...«

»Wann ist Beerdigung? Hat sie wenigstens in der Hinsicht was gesagt?«

»Nein! So schnell geht das nicht, Frieda … Bis alle benachrichtigt sind und so weiter … Das wird doch bestimmt eine große Sache; ich meine …«

»Willy, ich will jetzt nicht hören, was du denkst und meinst, sondern was sie gesagt hat!«

»Das habe ich doch gesagt«, erwidert er leicht gekränkt. »Dass der Kaplan ihn gefunden hat und dass er wie schlafend dagelegen hat … Und sie hat ihr Beileid ausgedrückt … Wie heißt der Kaplan … Bilfinger?«

»Hilfinger«, antwortet Frieda knapp.

»Na ja, Bilfinger, Hilfinger … Jedenfalls, er hat sofort den Arzt aus der Nachbarschaft geholt, aber der konnte nichts mehr machen. Es muss so um fünf Uhr passiert sein … Wahrscheinlich ein Herzanfall.«

»Ich rufe Schwester Amalie an; melde schon mal ein Gespräch an. Wenn wir Glück haben, können wir den ganzen Tag warten«, sagt Frieda und dies so beherrscht, als ginge es um einen banalen Termin bei irgendeinem Amt. Damit sind Willy und die Mädchen entlassen.

Im Rausgehen fragt Willy: »Soll ich Anna Bescheid sagen?«

»Nein, sie erfährt es früh genug …«

Den ganzen Tag über friert und fröstelt Frieda. Ab und an setzt sie sich, starrt, ohne sich zu rühren, in irgendwelche Fernen. Es ist Laura, die am Abend die richtigen Worte findet und Frieda etwas zu trösten weiß. Sie hat Richard nie gekannt, aber von Anna einiges über ihn erfahren. Wichtiger ist aber etwas anderes. Laura weiß, was Liebe ist und Verlust und Trauer, und sie vermittelt Frieda, sie ist in ihrem Kummer nicht allein.

Frieda sieht Laura ungläubig an; sie benutzt keine Worte, die andere nicht auch verwenden, sie kommt weder mit Bibelstellen noch mit Gedichtzeilen, zitiert keine Philosophen, nichts Hochtrabendes, sagt nur sinngemäß: Dein Schmerz ist mein Schmerz, und dennoch fühlt sich Frieda von ihr verstanden und getröstet.

Welch ein wunderbarer Mensch, welch ein Geschenk für ihre Lieben!

Annas Reaktion auf die Nachricht ist zwiespältig. Sie weiß, was der Tote Frieda während all der Jahre bedeutet hat, die hinter ihnen liegen. Eigentlich war er Friedas einzige Liebe. Entsprechend bringt Anna für Frieda Anteilnahme auf. Gleichzeitig schimmern ihre Vorbehalte gegen Richard durch. Anna hat Richard im Geheimen dafür verachtet, dass er sein Gelübde, die Hände von den Frauen zu lassen, bei Frieda stets aufs

Neue brach. Vor allem hat sie seine politischen Überzeugungen gehasst. Frieda und Anna haben es schon lange aufgegeben, über ihn zu sprechen. Anna ihrerseits ist Richard stets aus dem Weg gegangen, wenn es nur möglich war. Frieda glaubt, auf eine eigentümliche Weise hält Anna Georg noch immer die Treue und erwartet das auch von seiner Witwe.

Willys Mitgefühl zeigt sich daran, dass er sich seine Albernheiten für eine Weile versagt. Allerdings sind sie seit dem *Kloppenheimer Abenteuer* sowieso rarer und bitterer geworden.

11.

Richards Beerdigung findet in dem von ihm so wenig geschätzten Hettenleidelheim statt. Als es soweit ist, fährt Carl Jörns Frieda dorthin. Begleitet wird sie dabei von Klärchen t'Hooft und den Zwillingen. Es war für Carl nicht einfach, ein Fahrzeug loszueisen. Nach einigen Verhandlungen hat ihm die *US Army* gestattet, für diesen Sonderfall einen ihrer kleineren Kastenwagen zu benutzen. Carl hat bei den Amerikanern einen Gönner, der ihn in seiner aktiven Zeit bewunderte; sonst wäre das überhaupt nicht zu erklären.

Die Trauergesellschaft ist schwarz gekleidet. Frieda trägt ihr *Romkleid*, ein diskret mit Pailletten besetztes Kleid aus schwarzer Seide und darüber einen ebenfalls zu eleganten Mantel. Das Kleid hat sie sich kurz vor Kriegsausbruch nähen lassen; gedacht war es für eine Wallfahrt nach Rom, die wegen der bekannten Umstände ins Wasser fiel.

Die Fahrerkabine hat Platz für sechs Menschen, Carl und Frieda sitzen in der ersten Bankreihe, Klärchen und die Zwillinge dahinter. Es wird eine sehr stille Fahrt. Alle hängen ihren Gedanken nach, sogar die Buben, die sich nur hin und wieder leise auf etwas Sehenswertes aufmerksam machen. Gabriele hat sie vergattert, sich manierlich zu benehmen. Dabei sind die Zwillinge von Natur aus Muster an gutem Benehmen.

Die Kontrolle an der provisorischen Rheinbrücke geht ohne großes Tamtam vonstatten, trotz oder gerade wegen der amerikanischen Nummernschilder und den nicht zu übersehenden Sternen auf den Türen. Ein Blick der Wachen auf die Papiere und weiter geht's.

Das goldene Mainz ist vom Krieg hart getroffen worden. Frieda hat selbstverständlich von den schweren Angriffen auf Mainz gehört. Dennoch hat sie sich eine derartige Verwüstung nicht vorgestellt, wie sie sie nun vorfindet. Die *Kaiserstraße* ist zwar aufgeräumt, doch rechts und links nur Trümmerfelder. Von der gewaltigen *Christuskirche* und dem *Schloss* stehen nur noch Reste. Hier und da gibt's einige Behelfsbauten, in denen alteingesessene Firmen den Neuanfang versuchen. Ihre Geschäfte sind kaum mehr als Baracken, und die bekannten Namen versprechen mehr, als die Läden halten können.

Hauptsache, neues Leben blüht aus den Ruinen.

Anna hat sich strikt geweigert mitzufahren. Sie hat nicht mal irgendwelche Ausreden versucht, nicht irgendeine wichtige Sitzung vorgeschoben. Sie hat Frieda ins Gesicht gesagt, sie weigere sich, an dieser Farce teilzunehmen. Bei Laura hat Frieda erst gar nicht angefragt.

Doris war sofort Feuer und Flamme, wollte Frieda unbedingt begleiten.

Frieda war der Gedanke, dass Doris im Pfarrhaus aufkreuze und womöglich irgendwelche Sprüche über unvergängliche Liebe und ewige Treue von sich gebe, nicht geheuer. Anderseits wusste sie nicht, wie sie sie bremsen sollte. Doris hat unbedingt auch ihre guten Seiten; wie freigiebig ist sie etwa. Sie verschenkt viel lieber, als dass sie ein Geschenk annimmt. Der Zufall, ihr guter Freund, steht Frieda auch in diesem Fall bei. Quasi in letzter Minute gibt es Komplikationen mit der Sprechstundenhilfe von Doktor Waltz, so dass Doris zu ihrem größten Bedauern absagen muss.

Dass sie Klärchen mitnehmen würde, stand für Frieda dagegen von Anfang an fest. Niemals wird sie das Erschrecken in Klärchens Augen vergessen, als diese telepathisch Verbindung zu Richard aufnehmen wollte und erkannte, was ihm bevorstand.

Welch furchtbare Gabe, wenn man in der Lage ist, den Tod von Menschen vorherzusehen! Und welche Verantwortung!

Anfangs, unmittelbar nach der telefonischen Mitteilung von Richards Heimgang und vor allem in den Tagen danach, empfand Frieda nichts, nur ungeheure Leere. Gelegentlich gingen ihr Fetzen von Gedanken durch den Kopf, alle von der Art: Wenn er nicht mehr ist, warum soll ich weitermachen? Für wen soll ich mich quälen? Niemals dachte sie jedoch wirklich daran, ihr Leben wegzuwerfen. Nicht einen Moment lang wurde der Gedanke an Selbstmord beherrschend. Was ihr durch den Kopf ging, waren huschende Schatten, Splitter von Emotionen und Erinnerungen, undeutliche Impulse. Gelegentlich stand Richard für Bruchteile von Sekunden vor ihr, lachte oder erklärte etwas. Wie gern hat er sie belehrt! Bei den Begegnungen mit dem Toten hörte sie niemals seine wunderbare Stimme, stets war er von Helligkeit und Stille umgeben.

Erst nach einer Phase von Schock und Starre setzte Trauer um ihn ein. Jetzt, während dieser Fahrt nach Hettenleidelheim, spürt sie vor allem kaltes Elend; sie sieht alles und nichts berührt sie. In den Wingerten sind die Winzer beim Rebschnitt. Eigentlich arbeiten vor allem ältere Frauen in den Weinhängen. Einmal müssen sie mitten auf der Landstraße anhalten; eine Kolonne Kriegsgefangener wird von hier nach da getrieben. Vor Gebäudeeingängen langweilen sich französische Wachposten; die meisten von ihnen sind Nordafrikaner, sogar Berber.

Manchmal empfindet Frieda so etwas wie kalte Hellsichtigkeit. Sie meint, der Schock habe ihr die Augen geöffnet. Sie glaubt, sie sehe die Dinge jetzt deutlich wie nie zuvor. So, als sei der Staub und Dreck von Jahren von einem Fenster weggewischt worden und sie habe endlich einen freien Blick. Plötzlich glaubt sie (und diese Vorstellung trifft sie, als würde sie jemand mit einem Stock schlagen), für Richard war sie nur ein bequemes Verhältnis; stets zu seiner Verfügung, wenn er sie wollte. Sie sieht sich neben ihm, wie sie die verschiedenen Schlafzimmer betreten; sieht sich, wie sie das Bett teilen, fühlt ihn auf sich, sieht ihn bei Ankunft und Abschied. Darunter ist nicht eine Erinnerung, in der er sie will; immer ist sie es, die ihn begehrt.

»Unsinn«, sagt sie plötzlich halblaut zu sich, »alles Unsinn!«

»Was ist Unsinn?«, erkundigt sich Carl.

»Ach, ich habe nur laut gedacht ... Wie ist das eigentlich mit deiner Tante Josef ausgegangen? Hat sie sich wieder erholt?«

»Meine Tante? ... Wie kommst du jetzt auf Tante Josef? Die ist seit zwei Jahren tot, weißt du doch!«

»Entschuldige! Ich kann dir nicht sagen, was mit mir los ist ...«, erwidert Frieda; sie hat das Gefühl, sie müsste weinen, kann es aber nicht.

In Göllheim, jetzt liegen ungefähr drei Stunden Fahrt hinter ihnen, muss Klärchen unbedingt aufs Klo. Man macht an einer Gastwirtschaft Halt. Das einzige Getränk, das sie hier haben können, ist Tee aus Brennnesseln. Dann also Brennnessel-Tee, obwohl der bekanntermaßen harntreibend wirkt und wohl nicht das Richtige für eine langwierige Beerdigung ist. Irgendwas muss man jedoch zu sich nehmen, und der Tee schmeckt erstaunlich frisch und tut gut.

»Machen wir selbst«, erklärt die Wirtin stolz, als habe sie ein Patent auf ihren Tee.

Eine Viertelstunde später erreicht die kleine Trauergesellschaft ihr Ziel. Frieda war noch nie in Hettenleidelheim. Nach Richards Beschreibungen und Erzählungen kennt sie sich dennoch aus. Sie weiß, dass sich das Pfarrhaus in der Hauptstraße des Ortes befindet; von Fotos kennt sie sogar das Aussehen des Hauses. Es handelt sich um ein repräsentatives Bauwerk, eher die Villa eines reichen Menschen denn ein Pfarrhaus, und so kann sie bald sagen: »Da vorne – das ist es ... Am besten parkst du hier!«, bittet sie Carl.

Man steigt aus. Carl wechselt seine Strickjacke gegen einen Gehrock, setzt einen Zylinder auf und macht damit großen Eindruck auf die Zwillinge. Frieda setzt ihrerseits ihren großen, unglaublich gut zu Kleid und Mantel passenden Hut auf – sehr weite, beinahe waagrecht abstehende Krempen mit einem dichten Schleier vor dem Gesicht.

Man will zum Trauerhaus aufbrechen, da fällt Klärchen ein, dass das Blumengesteck noch hinten im Auto liegt. Um Gottes willen, das darf nicht vergessen werden. Es handelt sich dabei um ein Bukett weißer Rosen, die nur mit unglaublichen Schwierigkeiten aufzutreiben waren und obendrein sündhaft teuer sind. Doris hat ihren ganzen Ehrgeiz darein gesetzt, weiße Rosen aufzutreiben und, wie man sieht, ist es ihr gelungen.

Als man im Pfarrhaus eintrifft (Frieda am Arm von Carl, die Buben und Klärchen als Geleit), sind dort mindestens vierzig Geistliche verschiedenen Alters versammelt, vom unbeschriebenen blassen Blatt bis zu alten Männern, die längst resigniert haben. Schwester Amalie (sie ist nicht so füllig wie Frieda erwartet hatte) kommt auf Frieda zu, begrüßt sie mit gedämpfter Freundlichkeit, dem Anlass angemessen. Jedenfalls scheint es für sie selbstverständlich zu sein, dass Frieda hier erscheint. Sie stellt sie sogar zweien oder dreien der Geistlichen vor; natürlich derart neutral, dass man nicht erfährt, in welcher Beziehung sie zu dem Toten stand. Die Pfarrer und Prälaten halten sie wohl für eine Verwandte von Richard, womöglich für seine Schwester.

Richard ist in einem schwarz ausgeschlagenen Raum aufgebahrt. Kerzen brennen auf hohen Kandelabern; der Sarg ist offen und Richard liegt ausgestreckt darin, die Arme unnatürlich gekreuzt und wirklich mit einem Gesichtsausdruck, als schlafe er selig.

Bis jetzt hat Frieda die Fassung gewahrt, war im Gegenteil eher von feindseliger Stimmung gegen ihn erfüllt. In dem Moment, wo sie Richard wiedersieht, stößt sie einen Schrei aus und es fehlt nicht viel und sie würde sich auf ihn stürzen. Carl packt sie entschlossen am Oberarm und hält sie fest, besonders, als ihr ganzer Körper zu zittern beginnt.

Es wird gebetet und gesegnet, dann nehmen sechs ältere Sargträger den Eichensarg auf und tragen ihn nach draußen. Hier ist in der Zwischenzeit ein überreich mit schwarzen, silbern bestickten, Tüchern dekorierter Pferdewagen vorgefahren. Die Pferde sind jung und unruhig und schnauben und stampfen. Sie fühlen sich von der Menge der Trauergäste bedrängt oder gar bedroht. Der halbe Ort scheint sich versammelt zu haben. Auf beiden Seiten des Fuhrwerks stehen Menschentrauben, alle schwarz gekleidet und alle bezeugen ihre Anteilnahme, als der Sarg nun aus dem Haus gebracht und auf den offenen Wagen geschoben wird. Die Männer nehmen ihre Hüte ab, die Frauen bekreuzigen sich und einige knien sogar auf der Straße nieder.

Dann formiert sich wie selbstverständlich der Trauerzug. Unmittelbar hinter dem Pferdefuhrwerk geht Frieda, geführt von Carl Jörns. Ihnen folgt Klärchen, die Buben rechts und links an der Hand, und Schwester Amalie, Richards treue Haushälterin. Danach die Amtsbrüder und Amtskollegen von Richard (er hat zwischen *Brüdern* und *Kollegen* immer scharf unterschieden), dann die übrigen Gläubigen, beinahe die Hälfte der Einwohnerschaft.

Auf dem Friedhof wartet bereits die andere Hälfte der Gemeinde, Gläubige wie Ungläubige und selbst diejenigen, die in offener Fehde mit Richard Jennewein lebten. Am offenen Grab wird gesungen und gebetet und von Richard Abschied genommen. Mehrmals wird gesagt, der Herr in seinen unerforschlichen Ratschluss habe Dekan Jennewein unerwartet früh zu sich gerufen, was seinen Angehörigen, seinen Brüdern und seiner Gemeinde eine besondere Prüfung auferlege.

Bei den Trauerreden wird Richards Vergangenheit sehr summarisch geschildert. Danach wirkte der viel zu früh Dahingegangene vor dem Ersten Weltkrieg in der Kolonie Kamerun, suchte dort die Schwarzen für Christus zu gewinnen. Zu Beginn des Ersten Weltkriegs dann sein leidenschaftlicher Kampf zum Schutz und Rettung seines Aufbauwerkes. Mit keiner Silbe wird erwähnt, dass es sich um Franzosen handelte, die Richard um die Früchte seiner Arbeit brachten. Anscheinend will man der Besatzungsmacht keinen Anlass zu Schikanen geben; wahrscheinlich haben sie selbst hier auf dem Friedhof Spitzel. Richards Leidenszeit in einem Internierungslager wird nur gestreift, genau wie sein Ausbruch aus dem Lager und ebenso die Zeit seines Ruhms nach dem Krieg. Die Weimarer Jahre hatte Richard als langen Abstieg erlebt; davon ist hier nichts zu hören.

Am längsten spricht der Bürgermeister. Er erweckt mit einigen allgemeinen Formulierungen den Eindruck, dass Richard das Verhängnis, das die braune Brut über Deutschland bringen würde, früher als Andere erkannt und entsprechend früher als Andere Widerstand geleistet habe. Man muss meinen, Richard habe sich mit seiner ganzen Kraft gegen die Nationalsozialisten gewehrt, als die Meisten Hitler noch anbeteten. Mit keinem Wort deutet er an, dass der teure Verblichene ganz im Gegenteil anfangs mit den *Deutschen Christen* in aussichtsreichen Verhandlungen stand. Entweder hat man dem Bürgermeister das Falsche eingeträufelt oder er hat sich entschlossen, über Richards Fehler hinwegzusehen.

Bei der Ansprache des Bürgermeisters denkt Frieda: Die halbe Wahrheit ist die ganze Lüge.

Und an anderer Stelle meint sie, es sei jetzt vollkommen gleichgültig, ob Richard sie so geliebt habe wie er in seinen Briefen vorgab, oder ob er letztlich nur ein Mann war wie alle, egoistisch, ausschließlich auf die Erfüllung seiner Wünsche fixiert. Für sie war er der Mann, den sie begehrte und der mit wenigen Worten und wenigen Berührungen ihr Begehren wecken konnte, der Einzige, der sie in dieser Hinsicht je glücklich gemacht hat. Sollte er nur Mann gewesen sein, dann war er wenigstens ein richtiger Mann.

Erst Tage nach Richards Beisetzung findet Frieda wieder zu sich. Nun ist sie sich sicher, Richard war ihr Stab und Stecken und sie sein Anker und sein Hafen gleichzeitig. Diese Worte hatte er einmal in einem Brief verwendet und sie hat sie nie vergessen. Endlich weiß sie, so war es; sie waren miteinander glücklich, er war die Liebe ihres Lebens, eine andere wird sie nicht mehr finden.

IV. Die Nöte der Frauen

1.

Aus Prinzip hält sich Frieda aus allen Schwarzmarktgeschäften heraus. Sie vermietet nicht ein einziges Bett an jemanden, der nicht den entsprechenden Berechtigungsschein vorlegen kann. Jede *Militärmark*, die man ihr in die Hand drückt (seltsam bunte Geldscheine wie für Kinder), tauscht sie vorschriftsmäßig bei der Landesbank um. Sie hat allen im Haus angedroht, sie entlässt jeden, der auch nur eine Dose Erdnüsse auf dem Schwarzmarkt verscheuert.

In jeder Küche herrscht Schwund. Darüber hat schon zu Friedas Lehrzeit Direktor Knab im *Römerbad* geklagt: *Wenn sich die Köche streiten, erfährt man, wo die Butter geblieben ist!* Das ist auch im *Petersburger Hof* nicht anders; kein Wunder, wenn das Eine oder Andere schneller ausgeht, als man vermuten möchte. Alle haben jemanden, der von der Fülle im Haus partizipiert – die schiefe Lucie hält ihre Schwester über Wasser; diese arme Frau ist ebenfalls mit Komplikationen im Knochenbau geschlagen. Lilly hat hilflose Eltern und so weiter ... Darüber verliert Frieda kein Wort; alle müssen durchkommen. Aber nichts davon darf öffentlich werden.

Deswegen ist es geradezu ein Schock für sie, als sie sieht, dass Wally in der Langgasse, sozusagen dem offiziellen Schwarzmarkt der Stadt, mit Kaffee und Tee handelt – Tee und Kaffee in den typischen Armeebüchsen. Wally ist die Nachfolgerin von Frau Roos, eigentlich heißt sie *Waltraud Kreutzer*, hat feuerrote Haare und ist die geborene Hauptmannsbraut. Man kann nur bewundern, wie sie jetzt schachert, die Ware hergibt, das Geld einsteckt und gleichzeitig mit den Männern lacht.

Unter anderen Umständen wäre Frieda von ihr begeistert, aber nicht, wenn Wally ihr Haus aufs Spiel setzt!

Frieda entlässt sie auf der Stelle, ohne Rücksicht darauf, ob jemand zuhört oder nicht. Wally steht mit offenem Mund da, so groß ist ihr Erschrecken. Als sie eine Stunde später ins Haus kommt, um ihre Stelle zu retten, gibt es erst großes Geschrei, dann Weinen, Wimmern, Versprechungen. Frieda lässt sich auf nichts ein; sie hat oft genug gewarnt. Wally erkennt endlich, dass sie nichts erreichen wird, packt ihre wenigen

Habseligkeiten und geht. So muss für *Adam und Eva* die Verstoßung aus dem Paradies gewesen sein.

Willy will ein gutes Wort für das Fräulein Kreutzer einlegen. Frieda erklärt ihm, sie ist Kapitän auf einem Schiff – das Schiff und sein sicherer Kurs geht allem anderen vor. Sie, Frieda, hat womöglich übertriebene Angst davor, dass man eins der Mädchen dabei erwischt, dass es Armeegut verschiebt. Sie fürchtet tatsächlich, wird eine ihrer Angestellten bei diesem Kapitalverbrechen erwischt, nimmt man ihr das Haus noch nachträglich ab. In der Hinsicht traut sie Herrn Otto Borowski immer noch nicht!

Im Fall der Fälle werden ihr weder Willy noch der heilige Antonius helfen und am wenigsten August …

Wie kommt sie ausgerechnet jetzt auf August?, fragt Willy irritiert.

Frieda gesteht, sie hat August vor einigen Tagen zufällig auf der Wilhelmstraße getroffen, und diese Begegnung macht ihr immer noch zu schaffen. Sie hat sogar davon geträumt und die Erklärung des Traumbuches – *Warnung vor großer Gefahr!* – hat sie noch mehr in Unruhe versetzt.

»Wieso? Was ist ’n passiert? Hat er was gesagt?«, will Willy erfahren.

Frieda winkt ab. Es ist nicht der Rede wert! Sie hat sich damit abgefunden.

»Was war ’n?«, drängt Willy.

Endlich berichtet Frieda. Sie wollte Otto die Listen bringen, die am Monatsende in seinem Amt abzugeben sind. Es war schönes Wetter; es ist ja eigentlich viel zu warm für Ende März, die Natur ist weit vor der Zeit und irgendwie schöpfte sie Hoffnung, dass alles wieder werden könne. Aus dieser beschwingten Stimmung heraus war sie in die *größte Kuckucksuhr der Welt* gegangen, dem Geschäft von Herrn Kronenberger. Sie wollte ihm einfach mal guten Tag sagen. Früher, als er noch am Theater war, hatte er manchen Gast geschickt, und wer weiß, vielleicht ist man eines Tages wieder dankbar dafür, dass man ihn kennt. Außerdem war er immer ein angenehmer Mann mit vielen netten Einfällen. Eine Riesen-Kuckucksuhr als Laden für Andenken aufzustellen, das ist eine Idee, die hundertprozentig zu ihm passt.

Das ganze Geschäft sieht tatsächlich wie eine gewaltige Kuckucksuhr aus: An der Vorderfront hat es die üblichen Verzierungen, die zu einer Schwarzwald-Uhr gehören wie Eichenblätter und Hirschgeweih; die kreisrunde Fensterscheibe ist als Uhr gestaltet, mit römischen Zahlen und einem großen und einem kleinen Zeiger in der Mitte. Zur vollen

Stunde treten Figürchen aus der Vorderfront heraus, und dies ist der Moment, auf den die Amerikaner warten. Ganze Trauben von Soldaten fotografieren dann los. Amerikaner sind verrückt auf *cuckoo clocks*; das war schon vor dem Krieg der Fall. Insofern hatte Herr Kronenberger genau den richtigen Gedanken.

Willy bestätigt das: »Das ist eine Goldgrube, Frieda!«

»Schade, dass *dir* das nicht eingefallen ist ...«

Willy quittiert das Gesagte mit seinem Willy-Lächeln: »Ja. Das hätte einem einfallen *können*. Aber ich habe meinen Kiosk noch nicht aufgegeben ...«

»Das hört man gern«, erwidert Frieda knapp.

Wie viel ist über diesen Kiosk schon gesprochen worden! Willy träumt davon, auf den *Mauritiusplatz*, also im Zentrum der Stadt, einen Kiosk hinzustellen, wie ihn die Welt noch nicht gesehen hat.

Frieda und Willy denken, jeder auf seine Weise, einen Moment lang über diese Phantasmagorie nach, dann erinnert sich Willy, dass Frieda eigentlich etwas von August berichten wollte.

»Was war denn jetzt mit August? Hat er was gesagt oder gemacht?«

»Nein ... Ich gehe in das Geschäft von Herrn Kronenberger. Die Kuckucksuhren stapeln sich jetzt bis unters Dach. An den Wänden ist kein Zentimeter mehr frei, so viele Uhren hängen da ... Ich kann mir gar nicht vorstellen, wo er die alle herkriegt. Und wer steht mitten im Laden, mit einer Kuckucksuhr im Arm? August! Er hat mich beim Hereinkommen genau so gesehen wie ich ihn, aber er hat erst mal so getan, als müsse er unbedingt eine Uhr finden, die noch schöner ist, als die, die er bereits ausgesucht hatte. Ich hätte mich auf dem Absatz umdrehen sollen und einfach gehen. Aber ich habe es nicht eingesehen. Warum soll ich mich verstecken? Ich habe ihm nichts getan ...«

»Und? Habt ihr miteinander gesprochen?«, drängt Willy.

»Haben wir, ja. Ich war freundlich, habe ein paar nette Worte an ihn gerichtet und zum Dank wurde ich mit eiskaltem Wasser übergossen. Ich hätte mich nicht gewundert, wenn er gefragt hätte: *Kennen wir uns? Sind wir uns schon mal begegnet?*, derart abweisend war er. Aber das Merkwürdigste war, Willy, wie verlegen er war. Beinahe so, als hätte ich ihn in einem Freudenhaus erwischt. Irgendwie wollte er die Kuckucksuhr verstecken; ich sollte sie nicht sehen. Was ist denn dabei, wenn er ein Souvenir kauft? Hat er doch auch so was wie eine Familie und ich soll das nicht erfahren? Mir ist schon der Gedanke gekommen, vielleicht darf die *Army* nicht erfahren, dass ich seine Mutter bin. Dass er sich irgendwie falsche Papiere verschafft hat und einen falschen Lebenslauf … Vielleicht hat er Angst, alles kommt raus, wenn man mal mit mir über die familiären Verhältnisse spricht …«

»Wenn das der Grund wäre, wäre er nie in Wiesbaden aufgetaucht … Dann hätte er sich irgend woandershin versetzen lassen.«

»Dann erklär mir freundlicherweise, Herr Überschlau, warum er jeden Kontakt mit uns ablehnt.«

»Er lehnt nicht jeden Kontakt ab, mit Anna spricht er ja. Er lädt sie sogar regelmäßig ein. Du verrennst dich da in was, Frieda!«, erklärt Willy und legt seinen Kopf etwas zurück, wie er es gern tut, wenn ihm etwas zu schaffen macht. »Man müsste mal Doktor Vorsänger fragen. Womöglich steckt bei ihm was dahinter …«

»Du hast recht: August ist wirklich ein Fall für den Psychiater.

»Soll ich ihn mal darauf ansprechen?«

»Doktor Vorsänger stellt keine Ferndiagnosen; das hat er mir schon erklärt.«

»Wie sah er denn so aus?«, will Willy wissen. »Ich meine August.«

»Ist mir schon klar, wen du meinst … Wir reden ja nur von August«, gibt Frieda aufgebracht zurück, dann mäßigt sie sich: »Bestechend sah er aus, wie immer. Er trug leichte Sachen, nicht mal ein Jackett, nur ein Uniformhemd mit Krawatte, so kurz gebunden, wie die Amis sie tragen … Ich komme einfach nicht darüber weg. Er hat sich aufgeführt, als wären wir in seiner Dienststelle und er müsste mich ein weiteres Mal abfertigen. Zum Abschied hat er mir angeboten: *Mutter, wenn ich dir in irgendeiner Weise helfen kann, lass es mich wissen.* So was sagt er mir, seiner eigenen Mutter!«

»Was ist denn daran falsch? Ist doch immerhin ein Angebot …«

»So was sage ich zu Gästen, wenn sie zum ersten Mal im Haus sind: *Haben Sie keine Hemmungen. Wenn Sie einen Wunsch haben, lassen Sie es uns wissen. Wir erfüllen ihn gern, soweit es uns möglich ist.* So was will ich nicht von meinem eigenen Sohn hören!«

Willy setzt erneut sein Willy-Lächeln auf und das deutet daraufhin, dass nun wieder eine seiner Weisheiten kommt, die ihm weiß Gott woher zufliegen. Tatsächlich sagt er bedeutungsvoll: »Der Durchschnittsdeutsche weiß immer noch nicht, ob die Besatzungsmächte da sind, ihn zu vernichten oder ihn zu erretten. Es ist schwer zu sagen, ob die Besatzungsmächte das selber wissen.«

Was soll das nun wieder heißen?

Frieda wird heftig: »Willy, willst du dich über die Amerikaner beschweren oder was?«

»Im Gegenteil«, erwidert Willy, »ich bin für alles dankbar, was sie uns Gutes tun – außer für ihre Süßkartoffeln.«

2.

Einige Tage später bringt Otto drei schwarze Ladies ins Haus, alle drei wie dem Roman *Vom Winde verweht* entsprungen. Zwei haben riesige Brüste und gewaltige Hinterteile, die Dritte ist eine kleine Schönheit. So müssen die Hausmädchen ausgesehen haben, die beim Servieren im Salon die weißen Herren in Wallung versetzten.

Otto legt Frieda die Betreuung der drei Frauen sehr ans Herz.

»Otto, ich kümmere mich um jeden Gast. Das habe ich noch nie anders gemacht.«

»Sicher ... Na ja, sie brauchen eben *besondere* Betreuung ... Die Hautfarbe – du weißt schon ... Die Amerikaner sind da heikel.«

»Was soll ich ihnen verbieten – außer den Männern?«

»Du sollst ihnen nichts verbieten ... Es ist nur so, sie brauchen *gesonderte* Toiletten ...«

Ach so, das ist es. Das Problem taucht nicht zum ersten Mal auf. In der amerikanischen Armee herrscht strikte Rassentrennung, hier Weiße, da Schwarze. Nur beim Kämpfen gibt's Gemeinsamkeit und beim Sterben selbstverständlich auch.

»Wie soll ich denn das wieder deichseln, getrennte Toiletten für drei Frauen? Otto, du kennst doch das Haus!«

»Sie müssen aufs Klo, Frieda, wie alle anderen auch. Weiße Frauen werden aber kaum mit ihnen das Klo teilen.«

Frieda überlegt, sieht dabei angestrengt auf eins der Lourdes-Bilder an der Wand, als ob von da Hilfe kommen könne, dann hat sie die Lösung. Die drei schwarzen Damen werden in die durch eine Zwischentür getrennten Zimmer 16 / 17 im zweiten Stock einquartiert, eins der beiden Bäder auf diesem Stockwerk wird abgeschlossen und die Damen bekommen den Schlüssel dafür. Gott sei Dank sind beim Umbau vor dem Krieg mehrere Etagenbäder installiert worden; eins davon ist das erwähnte Bad im zweiten Stock. Als ob sie schon damals die Komplikationen des Jahres

1948 vorausgeahnt hätte, bestand Frieda beim Umbau darauf, dass in jedem dieser neuen Badezimmer eine Toilettenschüssel installiert wurde.

»Ich wusste doch, dass du eine Lösung findest«, bemerkt Otto anerkennend und teilt den Damen mit, dass jede von ihnen einen Schlüssel für ein für sie reserviertes Bad bekommt.

»Otto, was sollen sie mit drei Schlüsseln? Es kann immer nur eine aufs Klo! Ganz abgesehen davon, dass es überhaupt nur zwei Schlüssel pro Bad gibt – einen für den Gast; den anderen brauchen die Putzfrauen. Und jetzt sag' mir mal, wo ich zwei Zimmer für die Gäste herkriege, die bisher in 16 und 17 untergebracht waren! Die ahnen noch nichts von ihrem Glück, und ich hab' beim besten Willen kein Bett für sie ...«

»Frieda, dieses Problem löst du auch. Hast ja bislang alle Probleme gelöst.«

»Den Trost kenne ich, Otto, den habe ich schon von Georg gehört, meinem geschätzten Ehemann, Gott hab' ihn selig.«

Otto nickt und verabschiedet sich freundlich von den Negerinnen. Diese nehmen ihre Koffer und gehen, von Lucie geführt, nach oben. Frieda glaubt, damit sei alles geklärt und Otto werde sich verziehen. Der nimmt aber im Gegenteil am Fenster Platz und fängt an, sich über irgendwelche Scherereien in seinem Amt zu beschweren; ein schwachköpfiger *Captain Soundso* spielt dabei eine größere Rolle. Mit einem Wort, es geht um Komplikationen, die Frieda nicht versteht und die sie nicht interessieren. Otto ist selbst nicht wirklich bei der Sache. Sie spürt, er hat ein Anliegen. Endlich rückt er damit heraus. Er bittet um Rat: »Frieda, du kennst die Welt! Soll ich meine Tänzerin heiraten?«

»Ist sie schwanger?«, erkundigt sich Frieda nüchtern und ohne nachzudenken.

»Du hast ja schnell den entscheidenden Punkt getroffen ... Sie fürchtet ja! Aber hundertprozentig sicher ist sie nicht, noch nicht.«

»Verstehst du dich mit ihr ...?«

»Was heißt *verstehen*? Natürlich verstehen wir uns«, erklärt Otto ohne Feuer und ohne Liebe. Die anfängliche Begeisterung für seine Irene ist schon vor einer Weile erloschen, das will er nicht bestreiten. Eine Zeitlang waren sie getrennt, haben dann aber wieder zueinander gefunden. Und in der jetzigen Situation kann er sie nicht einfach sitzen lassen. Das entspricht nicht seiner Art.

Das stimmt; das kann selbst sie, Frieda, bestätigen. Er hat zwei erwachsene Kinder, zwei Söhne im heiratsfähigen Alter. Jeder ist von einer anderen Mutter, und er tut für sie, was er nur tun kann – für alle, für die Söhne wie die Mütter. Allerdings war er mit keiner der beiden Kindsmütter je verheiratet; auch nicht mit einer anderen Frau. Otto hat auf seine Freiheit immer großen Wert gelegt.

Was rät Frieda also?

Frieda stellt nüchtern die nächste Frage: »Und das Kind muss auf die Welt kommen?«

»Sie sagt, sie will es unbedingt haben – angeblich«, erwidert er halbherzig.

»Und du?«

»Na ja, ich bin ja nicht mehr der Jüngste, aber es ist von mir… Das steht fest! Sie ist so was von loyal, denkt man gar nicht bei einer … Tänzerin!« Er wollte wohl sagen: Künstlerin. Das Wort erschien ihm aber dann doch zu hoch gegriffen. Wie er die Vokabel *Tänzerin* benutzt, schwingt Leichtfertigkeit und Übermut mit; man stellt sich eine Tänzerin dieser Couleur nicht unbedingt als Mutter und Hausfrau vor, und entsprechend bittet er quasi um Nachsicht für ihr Tun.

»Na, dann viel Glück mit Fräulein Rehberger!«, wünscht Frieda.

Lucie kommt, bringt zwei Tassen Nescafé, die sie ohne Aufforderung aufgebrüht hat, als sie merkte, das Gespräch dauert an.

Otto ist dankbar für die Unterbrechung, nippt an der schwarzen Brühe und sagt endlich vorsichtig, wobei er auf der Unterlippe kaut: »Jetzt mal theoretisch …«

Die Frage, die er nur undeutlich stellt, lautet: Kann sie, Frieda, ihm jemanden empfehlen, für den Fall der Fälle? Bislang ist alles noch im Bereich von Befürchtungen – begründeten Befürchtungen zwar, aber eben noch nicht im Bereich von Tatsachen.

Nein, erwidert Frieda, sie kennt leider niemanden, der Otto respektive seiner Irene behilflich sein könnte. Aber sie will sich gerne umhören, vielleicht hat eins der Hausmädchen diesbezügliche Erfahrungen. Es wäre äußerst merkwürdig, würden sie nicht zumindest jemanden kennen, der schon mal in Schwierigkeiten dieser Art steckte.

Otto entfernt sich unbefriedigt. Aber wie soll sie ihm den Gefallen tun? Wo soll sie mir nichts, dir nichts eine Engelmacherin hernehmen? Dazu gehört Können und Habgier; Abtreibung wird mit mehreren Jahren Haft bestraft.

Schrecklich, die ewige Angst der Frauen wie der Männer vor ungewollter Schwangerschaft, denkt Frieda, als sie sieht, wie Otto sorgenbeladen den Geisberg hinuntergeht. Es wird höchste Eisenbahn, dass in dieser Richtung etwas erfunden wird. Atombomben können sie erfinden, aber kein Verhütungsmittel, das nicht alle Lust tötet.

3.

An diesem Tag ist Willy wieder einmal unerträglich; er ist unkonzentriert, weinerlich und hochfahrend gleichzeitig und alles zusammen verheißt nichts Gutes.

Am liebsten würde Frieda ihn schon nach dem Mittagessen in sein Nest in der Jörns'chen Werkstatt schicken. Doch während des Tages soll er dort nicht auftauchen; er würde nur den Mechanikern im Wege stehen oder sie im schlimmsten Fall mit seinen Geschichten aufhalten. Deshalb sorgt sie dafür, dass er sich mit der kleinen Eva beschäftigt, die heute nicht in den Kindergarten gehen kann, weil es dort einen Wasserrohrbruch gab. Erst vertreiben sich die Beiden auf dem Spielplatz an der *Schönen Aussicht* die Zeit, dann halten sie in Zimmer 2 ein Lesestündchen. Willy liest dem Kind aus dem Wirtschaftsteil der Zeitung vor, Meldungen von solcher Art wie: *Geschäftsführer O. F. Fockelmann von der Zoo-Tier-Firma Ruhe/Alfeld hat, einen Rekord aufgestellt. Es gelang ihm, allen Hindernis-Bestimmungen des JEIA-Ausfuhrverfahrens in Rekordzeit zu entsprechen. Innerhalb von eineinhalb Stunden brachte er sowohl beim Außenhandelskontor wie bei der JEIA-Behörde sämtliche 52 Unterschriften und 156 Stempel zusammen, die dem Export seiner Tiere üblicherweise entgegenstehen.*

Frieda, die das zufällig hört, sagt: »Was liest du denn da vor? Das steht doch nicht da! Das hast du doch erfunden!«

»Frieda, was denkst du denn von mir? Ich füttere unser Evchen doch nicht mit falschen Nachrichten.«

»Gib mal die Zeitung her! Wo steht das?«

Er reicht ihr die Zeitung und deutet auf den entsprechenden Absatz. Tatsächlich. Da steht Wort für Wort, was er dem Kind vorgelesen hat.

Frieda gibt ihm die Zeitung mit der Bemerkung zurück: »Trotzdem! Es muss doch noch was Anderes für ein Kind drin stehen!«

Eva verfolgt die Diskussion der Erwachsenen aufmerksam, aber ohne Regung.

Als sich Willy dem kleinen Mädchen wieder zuwendet, erklärt er dem Kind: »Evchen, das sind alles unhaltbare Zustände! Die Oma hat Recht!

156 Stempel für einen Vorgang! Aber ich verspreche dir, die Situation bessert sich; rapide! Innerhalb kürzester Zeit – ich rede von Monaten, nicht von Jahren! – wird sich die Lage für den deutschen Exporteur gewaltig verbessern! Alle Zeichen weisen darauf hin … Du wirst an meine Worte denken!«

Das Kind nickt, als ob es die Situation der Exportwirtschaft ähnlich einschätze wie Onkel Willy. Die Kleine liest Willy ihrerseits gern aus dem Kinderbuch vor, das ihr Miss Cort, die Sängerin aus Zimmer 38, geschenkt hat. Willy hört dem Kind dann aufmerksam zu und heuchelt an den richtigen Stellen Begeisterung, so, als höre er das, was Eva vorliest, zum ersten Mal.

Eine Weile sieht es so aus, als habe sich Willy durch den guten Einfluss des Kindes gefangen. Dann erweist sich, dass er nur eine Maske von Ruhe und Friedfertigkeit aufgesetzt hat. Ein Lieferwagen einer Glaserei kommt den Geisberg herunter und hält vor dem Eingang des *Petersburger Hof*, ausgerechnet auf dem Stück Straße, das die Besatzungsmacht für das Haus reserviert hat. Busse für ankommende oder abreisende Gäste sollen hier jederzeit ungehindert an- und abfahren können. Auf das Pflaster sind dafür weiße Streifen aufgemalt worden und an der Hauswand entsprechende Schilder angebracht. Man kann es keinesfalls übersehen, dass es Unbefugten verboten ist, hier zu halten oder zu parken. Dennoch wollen die beiden Männer von *Johann Hahn, Glaserei seit 1873* genau hier die Scheiben abladen, die sie für ihre Arbeit in Nummer 10 brauchen.

Sie haben noch nicht die Klappe ihres Lieferwagens heruntergelassen, da schießt Willy aus dem Haus und schreit die Männer an. Man kann meinen, er habe den Verstand verloren, derart abfällige Vokabeln quellen aus seinem Mund. *Faulenzer* und *Drecksbande* gehören noch zu den einfacheren Beleidigungen. Die beiden Handwerker wissen erst nicht, wie und was ihnen geschieht, dann nehmen sie drohende Haltungen ein und wollen auf Willy losgehen. Frieda kann sie in letzter Sekunde stoppen, entschuldigt sich für Willy und setzt erklärend hinzu: »Er war verschüttet«.

Das verstehen die Beiden sofort. Verschüttet zu sein war ein übliches Kriegsschicksal; davon nur zu hören jagt Angst ein.

Sie steigen wieder in ihren Lieferwagen ein, setzen ein paar Meter zurück und halten korrekt dort, wo es ihnen erlaubt ist. Ihr Auto ist das einzige Auto auf dem Geisberg und insofern haben sie die freie Auswahl.

Willy nimmt mit Befriedigung zur Kenntnis, dass er sich durchgesetzt hat und sagt: »Siehste, es geht!«

Frieda platzt der Kragen: »Willy, du verschwindest jetzt! Du ziehst dich zurück! Ich will dich heute nicht mehr sehen! ... Evchen, es ist Schluss für heute; Onkel Willy hat jetzt was anderes zu tun. Gib ihm einen Kuss!«

Das Kind tut, was es soll, Willy murrt, doch Frieda lässt sich nicht erweichen: »Wir sehen uns morgen wieder!«

»Und was ist mit meinem Abendessen?«

»Nimm dir was mit, von mir aus, aber du gehst!«

Willy wagt keinen Widerspruch.

Ein Glück, dass Anna an diesem Abend etwas früher nach Hause kommt. So können die Freundinnen endlich wieder einmal ein Gespräch führen, das diesen Namen verdient. Zuletzt haben sie sich meistens nur in Halbsätzen verständigt. Entweder haben sie sich Hinweise gegeben, wo es etwas auf Kleiderkarten gibt oder auf Raucherkarten, oder Anna hat mitgeteilt, zu welchen Treffen und Konferenzen sie demnächst fahren muss. Das Höchste der Gefühle war der Austausch von Grüßen. Frieda sagte etwa gestern oder vorgestern, nein, schon in der vergangenen Woche: »Der junge Herr Maison war heute Mittag hier; hat persönlich unsere Wäsche gebracht ... Ich soll dir einen schönen Gruß sagen.«

»Was erwartet er von mir?«

»Ob die SPD nicht mal was unternehmen kann; sie haben Angst, dass ihnen das Waschpulver ausgeht. Angeblich horten die Produzenten ihre Waren und warten auf eine Währungsumstellung.«

»Machen sie, ja ... Und was soll ich unternehmen?«

»Unternehmen gar nichts. Er wollte es dir ja nur ans Herz legen ... nur darauf aufmerksam machen.«

»Ja, danke. Dann weiß ich das jetzt.«

Sie sitzen in der Küche und Anna isst dankbar, was Frieda ihr aufwärmt. Vom Mittagessen ist Gulasch übrig geblieben. Anna hat wie so oft praktisch den ganzen Tag lang nichts gegessen; sieht man von dem einen Brot mit Erdnussbutter ab, das sie sich beim Weggehen geschmiert hatte. Anna isst vorsichtig wie jemand, der vorm Verhungern stand und nun nur kleinste Häppchen zu sich nehmen kann.

Während sich die Freundinnen unterhalten, steht die Tür zum Flur auf. So kann Frieda hören und sehen, ob jemand kommt oder geht. Der Herr Nachtportier ist ja nicht auf seinem Posten. Das war das Erste, was sie Anna berichtet hat – Willys Auftritt und dass sie ihn für heute seines Amtes enthoben hat.

»Ehrlich gesagt, Frieda, ich wundere mich, dass er immer brav zu seinem Schlafplatz marschiert«, bemerkt Anna dazu, und Frieda erwidert: »Und ich bin Carl unendlich dankbar dafür, dass er Willy dieses Eckchen eingeräumt hat. Ich wüsste wirklich nicht, was man sonst mit ihm machen sollte! Man muss Angst haben, dass er einem die Axt über den Kopf zieht, wenn er in diesem Zustand ist!«

Es ist wahr, Carl Jörns konnte Willy nur eine Nische des Ersatzteillagers abtreten, doch Willy hat sofort zugegriffen, als er ihm das Angebot machte. Er spürt ja selbst, was mit ihm los ist; wenn er in *seinem Zustand* ist, wie man sein Leiden umschreibt, ist er zu allem fähig. In der Autogarage stört es niemanden, wenn er im Schlaf zu schreien beginnt oder im Gegenteil herumwandert, weil er keinen Schlaf findet. Das Stück Werkstatt, das Carl ihm eingeräumt hat, ist höchstens drei auf drei Meter groß, riecht nach Motoröl, und im Winter war es dort lausig kalt. Doch alles besser, als Gäste zu erschrecken, sagt selbst Willy.

»Ich schäme mich jedes Mal, dass ich ihm das antue«, bemerkt Frieda dazu. »Wenn ich sehe, wie er sich mit gesenktem Kopf in sein Versteck verkriecht, kommen mir beinahe die Tränen.«

Das ist die lautere Wahrheit; das sagt sie nicht nur so dahin. Es bricht ihr das Herz, wenn sie sieht, was aus Willy geworden ist. Womöglich zahlt sie deshalb ohne jedes Murren die gepfefferten Rechnungen des Doktor Vorsänger, immer in der Hoffnung, dass er Willy am Ende doch helfen kann.

Zum Glück macht ihr Willy das Leben nicht zusätzlich schwer. Andere würden sich weigern, ihre Nächte zwischen Schraubenschlüsseln und Auspuffrohren zu verbringen. Willy hält jedoch im Gegenteil sogar Entschuldigungen für sie bereit. Neulich sagte er zum Beispiel ganz vernünftig, wenn er an Friedas Stelle wäre, würde er es nicht anders machen. Dann fügte er hinzu, man müsse immer bedenken, in einem U-Boot habe der einzelne U-Bootfahrer wesentlich weniger Platz als er bei Carl. Dazu komme, dass in einem U-Boot jeder seine Koje mit einem Kameraden teilen müsse. »Frieda, das muss man sich mal vorstellen, sozusagen das eigene Bett teilen! Nie Privatsphäre! Was du auch machst, einer guckt zu! Da habe ich's doch fürstlich. Die ganze Nacht Ruhe, niemand geht mir auf den Sack und das alles für sieben Mark den Monat!«

Warum Carl ausgerechnet sieben Mark Monatsmiete verlangt, ist sein Geheimnis. Und woher Willys gegenwärtige Begeisterung für alles Seemännische rührt, ist auch nicht zu erkennen. Wahrscheinlich stopft er sich mit Büchern aus der Seefahrt voll. Carl sagt, manchmal gehe in seiner Ecke das Licht die ganze Nacht nicht aus. Es kann nicht mehr lange dauern, dann werden Willys Kenntnisse fürs große Seemannspatent reichen. Vorhin hat er sich mit Kommandos aus der U-Boot-Sphäre verabschiedet: *Luken dicht und fluten, Männer!*

Morgen früh wird sich Willy aller Wahrscheinlichkeit nach mit einem anderen Satz aus der U-Boot-Fahrerei zurückmelden, und das wird so lange gehen, bis er das Interesse an der Seefahrt verliert und sich den Geheimnissen des südamerikanischen Dschungels oder der Astrophysik zuwendet.

»Meinst du, es wird je wieder was mit Willy?«, fragt Anna behutsam. Sie weiß, dass sich Frieda um seine geistige Gesundheit mehr Sorgen macht als Willy selbst.

»Ich kann nur wiederholen, was mir Doktor Vorsänger sagt ... *Geduld! Haben Sie Geduld!* Mindestens dreimal hat er mir mittlerweile auseinandergesetzt, Vorkommnisse wie Willy sie erlitten hat, werden von jedem anders verarbeitet. Falls sie überhaupt verarbeitet werden! Er hat schreckliche Beispiele parat, wo sich alles als vergebens erwiesen hat.«

»Aber er hat Hoffnung für Willy?«

»Angeblich ja.«

»Darf ich mal ganz offen sein, Frieda? Ich habe den Eindruck, es wird mit Willy eher schlimmer als besser ...«

Frieda stimmt ihr zu: »Ja, wenn du den Auftritt mit den Glasern der Firma Hahn erlebt hättest ... Im ganzen Leben hat er solche Ausdrücke nicht in den Mund genommen ... Ich muss den Männern irgendwie noch Geld geben oder irgendwas, das kann nicht mit einem einfachen *Herzlichen Dank für Ihr Verständnis* zu Ende sein...«

»Hast du Doktor Vorsänger gesagt, dass es mit Willy ...?«

»Anna, er behandelt ihn!«

»Ich kann nicht begreifen, dass die Geschichte Willy derart getroffen hat. Er ist doch nicht der Einzige, über dem der Schützengraben oder ein Bunker zusammengebrochen ist...«

»Was ist daran nicht zu verstehen?«

»Sicher, er lag in Kloppenheim ein paar Tage unter Balken und Trümmern. Aber überleg mal, was andere mitgemacht haben, im Ersten und im Zweiten Weltkrieg, davor und danach. In Verdun haben sie sich gegenseitig die Bajonette in den Bauch gestoßen ... In den Konzentrationslagern warst du in jeder Minute in Todesgefahr und in Todesangst und das unter Umständen über Jahre. Lass Dir von Georg Buch schildern, wie es in den KZs zuging! Wie viele wurden von den Wächtern oder von deren Kommandanten massakriert, rein zu deren Vergnügen– einfach so! Die Gefangenen haben den Rauch über den Krematorien gesehen und haben jeden Tag gedacht: Wann bin ich dran? Und trotzdem, die, die überlebt haben, fügen sich jetzt wieder ins normale Leben ein; meistern trotz ihrer Erfahrungen irgendwie ihren Alltag. Ich glaube, Willy hilft nur eins: Er braucht eine vernünftige Arbeit!«

»Das habe ich Doktor Vorsänger auch schon gesagt, nicht das mit den KZs. Ich habe von den Soldaten in den Schützengräben gesprochen ... Er hat mir geantwortet: ›Wie wollen Sie das quasi endlose, hilflose Warten auf Ersticken und Verhungern, das Ihr Bruder ertragen musste, qualifizieren? Haben Sie ein anderes Wort dafür als permanente Entsetzlichkeit?‹«

Anna ist mit den Auskünften des Arztes dennoch nicht zufrieden: »Frieda, mir geht's nicht darum, wer mehr erdulden musste und wer weniger und ob hier oder in einem KZ ...«

Frieda unterbricht sie: »Anna, wenn er Recht hat, treffen uns am meisten die Ereignisse, die vollkommen unerwartet unser normales Gefühl von Sicherheit und Unverwundbarkeit durchbrechen – ohne dieses Gefühl können wir keinen Schritt tun ... Dinge, die aus scheinbar vollkommener Sicherheit heraus passieren, machen einen anderen Menschen aus uns. Willy geht nichtsahnend zu dieser Scheune, will sich nur unterstellen und der ganze Bau kracht über ihm zusammen wie im Kino. Mit so was kann niemand rechnen; das ist ein solcher Schock, dass du an deinen fünf Sinnen zweifelst und an der ganzen Welt. Durch solche Erlebnisse wird der Einzelne seelisch stärker verstümmelt, als wenn der Schrecken zur Situation gehört. Dr. Vorsänger hat es so erklärt: Ein Feuerwehrmann kann sich über einen Brand nicht aufregen, aber wenn jemand in einem Zimmer sitzt, sich seines Lebens freut und plötzlich stehen die Gardinen in Flammen, da gerät man in Panik ... Das *nicht erwartete Grauen* wirkt anscheinend wesentlich stärker als das vorhersehbare. Wenn du noch einen Rat hast, wie wir Willy helfen können, heraus damit! Aber komm nicht wieder mit dem Vorschlag, er soll sich eine Arbeit suchen.«

»Einen anderen Rat habe ich leider nicht ...«

»Was schwebt dir vor? Soll er in die Politik gehen? Reden kann er ja!«

»Das muss dich ja ungeheuer kränken, dass ich ...«

»Ach was, Anna! Ich bin nicht eifersüchtig. Ich wünsche dir von Herzen alles Gute für deine Karriere! ... Ich kann's immer noch nicht fassen, dass du überhaupt eine Karriere hast! ... Man hört gar nichts mehr von deinem Landtagssitz?«

»Frieda, tu mir einen Gefallen: Bring für mich auch ein bisschen Geduld auf, nur halb so viel wie für Willy, ach was, nur ein Viertel, das reicht schon. Ich bin nominiert, ich bin aufgerückt, der nächste Platz, der in der Fraktion frei wird, ist meiner. Aber wann es so weit ist, kann ich dir nicht sagen. Ich verspreche dir, du erfährst es als Erste!«

Frieda will das Thema wechseln, drückt sich aber ungeschickt aus: »Nehmen wir mal an, du schaffst es ...«

»Ich schaffe es, sei versichert!«

»Ich glaube dir ja und drück' dir die Daumen!«, fährt Frieda beschwichtigend fort. »Aber wenn du in den Landtag kommst, dann musst du mir versprechen, das Erste, was du machst, ist gegen die Abtreibungsgesetze vorzugehen.«

»Wie kommst du denn jetzt darauf?«, fragt Anna verblüfft.

Frieda berichtet von Ottos Besuch.

Anne erwidert vorsichtig: »Ich vermute, dass ich eher Herrn Maison mit seinem Waschpulver helfen kann als deinem dicken Otto! Frieda, Parlamente sind voll mit Männern und wenn sie auf irgendetwas irrational reagieren, dann auf alles, was mit Weiblichkeit, Fruchtbarkeit und Schwangerschaft zu tun hat.«

»Jetzt keine Wahlreden, Anna ... Ich weiß auch, dass so was nicht von heute auf morgen passiert; aber irgendwann muss ja mal angefangen werden ... Und bis dahin muss ich Otto irgendwie helfen beziehungsweise seiner Schnepfe ... Ich habe schon mal an Frau Baumbach gedacht; sie ist gelernte Hebamme und ...«

»Der kannst du mit so was nicht kommen", schneidet Anna ihr das Wort ab. »Das ist eine sehr christlich eingestellte Frau ...«

»Ich sehe sie ja auch jeden Sonntag zweimal in die Kirche rennen. Aber ich kann Otto nicht in Stich lassen; er ist unsere Lebensversicherung!«

»Frau Baumbach ist die Falsche für so was, darüber brauchst du nicht nachzudenken. Versuch das auf keinen Fall! Sie spricht nie mehr ein Wort mit dir.«

Ehe man weiß, wie, hat Anna das Problem ins Prinzipielle gewendet. Sie hat Statistiken im Kopf, wie viel Abtreibungen pro tausend Frauen in den Westzonen vorgenommen werden, *schätzungsweise!* Anna kennt auch die entsprechenden Zahlen aus der Sowjetischen Zone; weiß, wie viel Abbrüche es in Großbritannien gibt, den Niederlande und Skandinavien und wo die Todesrate bei Abbrüchen am höchsten ist. Anna kennt sich derart mit dem Thema aus wie Willy derzeit mit der U-Boot-Fahrerei.

Wirklich erstaunlich.

»Das muss dich ja sehr beschäftigen«, bemerkt Frieda verwundert.

Anna macht kein Hehl daraus, ja, sie hatte deswegen schon mehr als ein Gespräch. Was man den Frauen mit der diesbezüglichen Gesetzgebung antut, ist unverantwortlich. Sie nimmt in diesem Zusammenhang sogar das Wort *unmenschlich* in den Mund. Frieda spürt, dass es ihr sehr ernst damit ist, als sie nun verspricht, solle sie je in eine für solche Fragen verantwortliche Position gelangen, wird sie sich für die Freigabe des ärztlich kontrollierten Schwangerschaftsabbruchs einsetzen. »Und ich setze mich nicht nur ein, ich erreiche das auch und wenn es das Einzige ist, was ich je erreiche.«

»Du packst das«, ermuntert Frieda die Freundin.

Mit keinem Wort wird bei diesem Gespräch daran erinnert, dass Anna selbst schon zwei Abtreibungen hinter sich hat und dass es Frieda war, die ihr beistand.

Anna hört nicht auf, über das Thema zu reden. Frieda denkt plötzlich, das muss ja schwer in ihr gearbeitet haben. Sie streichelt Annas Hand und sagt: »Du bist eine tapfere Person, Anna … Aber jetzt müssen wir irgendwas für Ottos *Süße* tun …«

4.

Kurz nach Ostern unternehmen Frieda, ihre neue Leibeigene Klärchen t'Hooft und Doris Waltz einen Ausflug mit einem Rheinschiffchen.

Es ist ein heiterer Frühlingstag – Doris nennt ihn *frühlingsfroh* – und alle drei fühlen sich regelrecht aufgekratzt. Schon als sie mit der Straßenbahn zum Biebricher Rheinufer fahren, könnten sie singen. Sie tragen leichte luftige Kleider. Das Blaugepunktete, das Klärchen bei dieser Gelegenheit zum ersten Mal anhat, ist ein Geschenk von Frieda. Sie hat ihr das nette Kleid von der Schneiderin nähen lassen, die auch für sie arbeitet. Diese Schneiderin (sie heißt merkwürdigerweise Rose Dorn) ist sehr gefragt, weil sie noch den einfachsten Sachen Pfiff geben kann. Das Ensemble, das sie für Frieda gezaubert hat, ist von neuestem Schick: ein sehr weiter, auch weit schwingender schwarzer Rock und dazu ein ganz eng anliegendes kurzes Oberteil, hell, der Rock aus Wollkrepp, einem Krepp, der sich ganz leicht anfasst. Man fragt sich, wie die Schneiderin an solche Stoffe gelangt. Auf Kleiderkarte gibt's so etwas nirgends. Frieda zahlt ohne zu handeln, was sie verlangt. Die Frau ist Gold wert und das weiß sie auch.

Sie betreibt ihr Gewerbe zusammen mit zwei Helferinnen in ihrer Wohnung im vierten Stock in der Saalgasse; das Wohnzimmer (nachts dient es ihr als Schlafzimmer) und die halbe Küche müssen dafür ausreichen. Nach Feierabend werden die Gerätschaften, die für die Arbeit gebraucht werden, auf den Flur geschoben und morgens wieder 'rein geräumt. Frau Dorn hat große Pläne für den Fall, dass sich die Dinge normalisieren. Sie spricht vorsichtig, in Andeutungen darüber und nimmt das Wort *Salon* nur flüsternd in den Mund.

Am Rheinufer stehen die eleganten alten *Rheinterrassen* wie eh und je, keine einzige ihrer vielen Scheiben scheint etwas abbekommen zu haben. Allerdings sind die früher so belebten Caféterrassen nicht für den Publikumsverkehr geöffnet. Eine große Firma hat jetzt hier ihren Sitz. Auch der Anlegesteg der *Köln-Düsseldorfer* hat den Krieg überlebt. Die weißen Dampfer, wie Frieda sie geliebt hat, fahren zwar derzeit nicht; immerhin wurde neulich im Radio gebracht, dass die *Mainz* bei Besserung der wirtschaftlichen Verhältnisse von heute auf morgen ihren Dienst wieder aufnehmen kann. Gegenwärtig wird sie in einem Rheinhafen als Hotelschiff genutzt; Frieda hat nicht genau verstanden, wo. Gerade an die stolze *Mainz* hat Frieda wunderbare Erinnerungen. Mit Richard ist sie damit einmal bis Köln gefahren, sie haben auf dem Raddampfer übernachtet, wunderbar, dieses leichte Schaukeln die ganze Nacht, und am nächsten Tag ging's zurück nach Biebrich. Und mit Herrn Maison, ach was, mit Jules!, hat sie in einer lauen Nacht unter den Blicken seiner eifersüchtigen zweiten Frau auf dem Deck des Dampfers getanzt. Diese Erinnerungen sind ihr kostbar. Sie nimmt sich vor, wird die *Mainz* wieder in Betrieb genommen, will sie unbedingt eine Tour mit ihr unternehmen.

Nun, die *Rheinperle*, das kleine Personenschiff, das auf sie wartet, hat auch seine Reize. Sie wirkt zwar gegen einen der gewaltigen Rheindampfer von ehedem wie ein Spielzeug. Kaum sitzt man aber auf dem Oberdeck und das Schiffchen legt tuckernd ab, kommt die alte Freude wieder auf. Wie erhebend wieder einmal an den alten Rheingauorten vorbeigleiten zu können, an Eltville, Hattenheim, Oestrich-Winkel – die Weinberge zu sehen und die Weingüter auf den Anhöhen und dabei die Haare im Wind flattern zu lassen. Frieda zögert, ob sie für dieses Vergnügen das kleine Hütchen absetzen soll, das ihr Ensemble vervollkommnet.

Nein, das Hütchen bleibt, wo es ist.

Die *Rheinperle* ist beileibe nicht das einzige Ausflugsboot, das an diesem Mittwoch, einem gewöhnlichen Werktag im April, unterwegs ist. Ganze Einheiten Amerikaner in Uniform sind auf Tour, wohl auf dem Weg nach Heidelberg. Oder sie kommen von *Heidelberg* und wollen zum *Binger Loch* oder zum *Deutschen Eck*. Heidelberg ist das Hauptquartier der Army in Europa, ein Ort, den sie lieben. Man muss nur das Wort *Heidelberg* in eine Unterhaltung einflechten, dann geht Amerikanern das Herz auf. Neben den großen, für die Besatzungsmacht reservierten Kabinenschiffen und einigen mit Kohle und Sand beladenen Rheinkähnen tummeln sich auch Sportboote auf dem Wasser. Manche der Sieger flitzen mit ausgesprochenen Rennbooten den Rhein rauf und runter. Für gewöhnlich wird ein solches Boot von einem selbstbewussten Mann gesteuert, seine Freunde halten kreischende Freundinnen im Arm und am Heck flattern amerikanische Flaggen.

Doris winkt dem einen oder anderen der Sieger zu und bemerkt dazu: »Gegenwärtig gehört ihnen die Welt; warten wir ab, wie lange. Vor zweitausend Jahren waren die Römer hier die Herren, und wo sind sie geblieben?«

Man weiß nicht, ist das positiv gemeint oder abfällig. Wahrscheinlich freundlich; Doris hat ein weites Herz.

Die Einladung zu dieser Rheintour stammt von ihr. Sie hat darauf bestanden, dass das Klärchen mitkommt. Sie hält allerdings immer noch auf Abstand und redet sie konsequent mit ihrem Nachnamen an, Frau t'Hooft. Dabei ist Doris von Klärchens übersinnlichen Fähigkeiten ebenso beeindruckt wie Frieda; ein- oder zweimal hat Klärchen Doris Dinge aus deren Vergangenheit in Erinnerung gerufen, die Doris selbst längst vergessen hatte. Doris ist überzeugt, dass die Statur der Frau t'Hooft (wie bekannt ist Klärchen kaum größer als ein Kind von elf, zwölf Jahren) etwas mit ihrer Seherinnenkraft zu tun hat. In allen Mythen und Märchen kommen laut Doris Zwerge vor, und nicht zufällig. Häufig werde den Kleinwüchsigen übermenschliche Kraft und Macht angedichtet. Laut Doris werden sie als schlau und zauberkundig beschrieben, bisweilen allerdings auch als listig, geizig und tückisch. Meistens erschienen sie aber hilfreich.

Einige dieser Eigenschaften findet man tatsächlich bei Klärchen.

Während der Fahrt setzen sich Doris und Frau t'Hooft für eine Viertelstunde etwas abseits und Klärchen muss Doris die Zukunft voraussagen. Gegenwärtig steckt Doris nämlich in einer bestimmten Konstellation, über die sie mit Frieda nicht sprechen möchte, derart verschlungen seien hier die Fäden. Hinterher behauptet Doris, aus den Worten der Frau t'Hooft schöpfe sie Mut und unendlich viel Zuversicht, und tatsächlich gibt sie sich nach der Konsultation geradezu übermütig.

In Rüdesheim gehen die Drei von Bord und während Frieda und Klärchen sich noch auf der Rheinpromenade umsehen wollen, dirigiert Doris sie geradewegs in die *Drosselgasse*. Die enge Straße, die Rüdesheim durchquert und sich in Weinhängen verliert, ist keine zweihundert Meter lang und so etwas wie das Herz des Ortes. Rechts und links stehen aus dem Mittelalter stammende Fachwerkhäuser, und in beinahe jedem Haus befindet sich eine Weinwirtschaft. Wo keine Ausflugsgaststätte ist, ist ein Souvenirladen. Das Erste, das Frieda ins Auge fällt, sind Kuckucksuhren, die an der Fassade eines solchen Geschäfts aufgehängt sind. Gegen Dollar und Militärmark kann man alles haben, was ein amerikanisches Herz erfreuen kann: Schlüsselanhänger aus Zinn, bunt bemalte Spielzeugritter aus Holz oder Bakelit, Porzellan in allen Variationen und Formen. Beliebt sind offenbar Rehe, Hirsche und Löwen in Porzellan. Auch Elefanten scheinen gut zu gehen, man sieht sie in jedem Schaufenster. Und selbstverständlich liegen überall Faltkarten aus, die den Lauf des Rheins beschreiben, von Basel bis Rotterdam.

Aus den Gastwirtschaften schallt Musik, wie man sie hier immer gehört hat, Rheinlieder und Schunkellieder und *Ich weiß nicht, was soll es bedeuten, dass ich so traurig bin …* Trotz der frühen Stunde (es ist kurz vor ein Uhr mittags) drängen sich die amerikanischen Soldaten in der Straße, vereinzelt auch Franzosen und Belgier in Uniform. Viele der Amerikaner halten Händchen mit deutschen Frauen und zwar Frauen jeden Alters. Einige könnten die Großmütter ihrer Kavaliere sein. Eine von ihnen ist bereits derart angeschickert, dass sie plötzlich mitten auf der Straße stehenbleibt, sich vornüber beugt und sich die Seele aus dem Leib kotzt. Ihr Galan weiß nicht, was er tun soll, deswegen macht er gar nichts, und endlich ziehen die Beiden weiter, wobei Klärchen, deren Schuhe sie verdreckt hat, das Weib anfährt: »Sie geben ein widerliches Schauspiel ab! Wissen Sie das?«

»Halt's Maul, Giftzwerg!« schnauzt die Betrunkene zurück und ihr Begleiter fällt ein: »Get the hell out! *Pygmy*!«

Frieda zerrt Klärchen weiter, ehe es Ärger gibt. Sie will gerade sagen: Wo wollen wir hin?, da drängt Doris sie in die Gastwirtschaft *Zum Lindenwirt*. Bei diesem Haus handelt es sich um eins der größeren Traditionslokale der Straße, eigentlich weltbekannt. Frieda war mehrmals mit Georg hier. Jetzt spielt eine Damenkapelle, Pärchen tanzen und man bekommt kaum Luft, so stickig ist es. Jeder Platz scheint besetzt zu sein. Frieda will Doris vorschlagen, man solle es woanders versuchen. Doch Doris wehrt ab und erklärt: »Keine Panik! Ich habe vorbestellt«. Sie führt Frieda und Klärchen in einen kleineren Nebenraum. Hier steht auf einem runden Tisch wirklich ein altmodisches Messingschild *Reserviert* und dieses Reserviert gilt ihnen, wie Doris stolz erklärt. Zum Glück steht der Tisch an einem offenen Fenster zum Hof; Gott sei Dank frische Luft!

»Wie habe ich das gemanagt?«, will Doris gelobt werden.

»Großartig!«, erwidert Frieda und selbst Klärchen streut Weihrauch, indem sie wiederholt: »Ganz, ganz großartig«. Üblicherweise hat sie es nicht so mit Lobeshymnen.

Ein Kellner, ein großer, breitschultriger Kerl mit zupackenden Händen und einer grünen Kellnerschürze um den Bauch, kommt mit einer offenen Flasche Rheinwein und drei Gläsern. Während er die Römer und den Wein abstellt, begrüßt er die Damen mit der Bemerkung: »Ihr seid ja pünktlich wie die Maurer ... Nach euch kann man die Uhr stellen!«

Doris sieht etwas verlegen auf und stellt ihn vor: »Erwin ... die Seele des Hauses ... meine Freundin Frieda Tremus, ich habe Ihnen ja schon von ihr erzählt, und Frau t'Hooft.«

Im Bett, denkt Frieda da, und Doris bestätigt ohne langes Hin und Her, welcher Art ihre Bekanntschaft ist. Sie steht auf und umarmt Erwin andeutungsweise und küsst ihn andeutungsweise und erklärt dazu: »Wir haben hier schon einige schöne Stunden erlebt, nicht wahr, Erwin?«

Erwin bestätigt dies mit der Bemerkung: »Das kannst du ruhig laut sagen!« Er schenkt Wein ein und fragt dabei: »Habt ihr ordentlich Hunger mitgebracht?«

»Was können wir haben?«, erkundigt sich Frieda und holt dabei Fleischmarken aus ihrer Handtasche.

Doris wehrt ab: »Lass nur, Frieda, das habe ich schon geregelt ... Du bist eingeladen; hast du das vergessen?« Sie hebt ihr Glas, die Frauen trinken sich zu, dann reicht Doris Erwin, der erwartungsvoll stehengeblieben ist, ihr Glas, wobei sie schelmisch sagt: »Auf weitere schöne Stunden, du Guter«.

Er nimmt einen kräftigen Schluck, sieht sie einem Moment wohlwollend an und flüstert ihr etwas zu. Doris signalisiert sofort Einverständnis und fügt hinzu: »Unser Boot geht aber um viertel vor sechs!«

Als Frieda nach Hause kommt, findet sie einen glückseligen Willy vor. Er gibt den zuvorkommenden Nachtportier von ehedem und empfängt Frieda wie einen lange vermissten Gast. Allem Anschein nach hat er nicht einen Schluck getrunken, dennoch ist er aufgedreht wie seit langem nicht mehr.

Und was ist der Grund für sein Glück? Eine Detektei *Luchs* aus Köln hat ihn angeschrieben und ihm ein Angebot unterbreitet. In ihrem Brief führt die Firma aus, man wolle das Arbeitsgebiet auf die amerikanische Zone ausweiten und suche daher Mitarbeiter mit Erfahrungen im Metier. In diesem Zusammenhang sei Herr Willy Heybach empfohlen worden. Bestehe Interesse, wird um eine kurze Rückantwort gebeten; Postkarte mit eindeutigen Informationen genügen. Kontaktgespräche sollen bereits in der kommenden Woche in Frankfurt am Main stattfinden.

Willy weist Frieda auf die Formulierung *Mitarbeiter mit Erfahrungen im Metier* hin und spricht darüber mit einer Emphase, als habe man endlich, endlich seine Fähigkeiten erkannt und sein Stern gehe auf.

»Das ist ja wirklich mal was Erfreuliches, Willy ... Was meinst du, wer dich empfohlen hat?«

Willy erwidert, darüber habe er sich schon den halben Abend den Kopf zerbrochen. Im Grunde könne die Empfehlung nur jemand abgegeben haben, der ihn in seiner aktiven Zeit erlebt habe; damals, als er für die Berliner Detektei *Tausend Augen* tätig war. Vorzugsweise komme deren Gebietsleiter Doktor Kiepenbauer dafür infrage. Der habe ihm ja noch lange nach seinem Ausscheiden aus den Diensten der Detektei zum Geburtstag gratuliert.

»Lebt der noch?«, fragt Frieda. »Der müsste ja uralt sein …«

»Solange ist das alles noch nicht her, Frieda; ich habe mal ausgerechnet, etwas mehr als zwanzig Jahre. Das ist ja keine Zeit. Es kommt einem nur alles so endlos lange vor … Bei allem denkt man, das war vor hundert Jahren. Aber nur, weil der Krieg und die Nazis dazwischen gekommen sind. Dadurch hat sich das ganze Zeitgefühl verschoben … Alles, was vor den Nazis passiert ist, scheint vor einer Ewigkeit passiert zu sein, bei *Kaiser Barbarossa* auf dem *Kyffhäuser* oder was weiß ich.«

»Da ist was dran, Willy, so empfinde ich das auch … Und sonst? Gab's noch was?«

»Eigentlich nicht … Otto war kurz hier.«

»Was wollte er?«

»Hat er nicht gesagt. Du wüsstest schon Bescheid … Angeblich wolltest du ihm bei einer bestimmten Sache behilflich sein.«

Frieda seufzt. »Und ich dachte schon, der Kelch ginge an mir vorüber …«

»Was will er?«

»Du kannst ihm bestimmt nicht helfen, Willy.«

»Und wie war's bei dir? Hattet ihr euren Spaß?«

»Ja, hatten wir … Wir haben sehr gut gegessen, *Forelle blau* aus der *Wisper*, ganz frisch und sogar mit Mandeln, habe ich lange nicht mehr gesessen … Die Hauptsache war, man ist mal rausgekommen aus der Tretmühle.«

Sie nimmt den Brief, den Willy aus Köln erhalten hat, noch einmal auf und erkundigt sich: »Hast du dich schon entschieden? Willst du dich da vorstellen? Dann musst du dich schnellstens anmelden!«

»Habe ich schon gemacht«, erwidert Willy und fügt hinzu: »Es tut gut, wenn man merkt, man wird geschätzt, und die Arbeit, die man geleistet hat, wird anerkannt.«

»Das ist doch nichts Neues. Die waren damals alle sehr zufrieden mit dir.«

»Ja, es sind mir einige Coups gelungen«, bestätigt Willy, wobei Wehmut in seiner Stimme schwingt.

»Leider war schnell Schluss.«

»Ja, es war meine Schuld, ich weiß; einzig meine Schuld. Ich hätte dran bleiben sollen, die Sache ausbauen … Ich hatte das Zeug dafür!

Frieda, ich hab hier gesessen den ganzen Abend und habe mir alles durch den Kopf gehen lassen. Es heißt immer: Jeder ist seines Glückes Schmied. Das ist leicht gesagt; man muss auch das Naturell dazu haben. Ich bin einfach zu kritisch – mir gegenüber. Ich will immer das Perfekte, die Perfektion, aber die ist schwer zu erreichen. Und dann habe ich mich gefragt: Willy, hast du überhaupt genug *heißes Eisen*, um dein *Glück zu schmieden*? Und hast du auch das passende Werkzeug? Hast du Hammer und Amboss und Feuer in der Esse?«

»Ja, das ist die Frage.«

»Ich habe immer meine Skrupel!«, gibt Willy zu. »Die stehen mir im Weg!«

»Es gibt doch gar keinen Grund dafür ... Siehst ja, sie haben ausdrücklich geschrieben, sie suchen Menschen mit Erfahrungen und die hast du!«

»Das meine ich doch auch«, bemerkt Willy und man spürt, wie er das selbst glauben will.

Frieda hört jedoch heraus, im Innersten hat er Zweifel. Sie sagt: »Willy, ich glaube, ich gehe heute mal früher ins Bett. Mir dreht sich alles; ich habe ein Glas zu viel getrunken. Man ist es nicht mehr gewohnt.«

»Dann passe ich weiterhin auf ...?«, fragt er hoffnungsfroh.

»Ich verlasse mich darauf!«

»Kannst du, Frieda, kannst du.«

Als sich Frieda in Zimmer 5 auszieht und für die Nacht zurechtmacht, fällt ihr ein, wer Otto und seiner Süßen helfen kann. Es ist wie eine Offenbarung. Man hat ja sozusagen einen Gynäkologen in der Familie – Doktor Waltz. Warum ist ihr der Einfall nicht schon längst gekommen? Natürlich wird er sich sträuben und winden, er ist ja ein seriöser Mensch, aber das wird ihm nichts nutzen. Doris wird ihm die Daumenschrauben ansetzen, wenn es sein muss. Und sollte sich Doris wider Erwarten weigern, in angemessener Weise mit ihrem Mann zu reden, wird sie Doris in den Schwitzkasten nehmen. Das wird sie nicht gern machen; Doris ist ihr im Laufe der Zeit wirklich ans Herz gewachsen. Doch Otto muss zufrieden gestellt werden; das ist im Moment das Wichtigste. So lange er bei den Amerikanern die Strippen zieht, darf man sich unter keinen Umständen seine Gunst verscherzen. Im Augenblick ist Otto Sonne, Mond und Sterne in einem.

5.

Der *frühlingsfrohe* Ausflugstag endet in großer Aufregung. Willy holt Frieda aus dem ersten Schlaf. Es ist kurz vor Mitternacht, als er sie am Arm zerrt und aufgeregt mitteilt: »Die Militärpolizei ist dran … Die wollen was von dir … Frieda!«

»Was ist? Wer will was?«

»Die Militärpolizei … Es wird was mit unseren Gästen zu tun haben«, erläutert Willy.

Frieda zieht ihren blauen schweren Morgenmantel über und eilt barfuß zum Telefon. Willy trägt ihr die Pantoffeln nach.

»Wo hast du das Gespräch hingelegt? In die Zelle?«

»Nein, vorne … auf den Schreibtisch.«

Frieda meldet sich: »Hotel *Petersburger Hof* … Frieda Tremus here …«

Ein Mann mit einer tiefen, beruhigenden Stimme antwortet: »*Hallo … This is Sergeant Barry … Mrs. Waltz wants to have a word with you…*«

Man merkt, dass der Hörer übergeben wird, dann ist Doris am Apparat: »Frieda?«, vergewissert sich Doris aufgeregt. »Bist du dran?«

»Ja, was ist denn?«

»Ich brauche deine Hilfe … Du musst mir unbedingt helfen … Ich bin hier bei der Militärpolizei. Sie wollen mich heute Nacht festhalten … Wollen mich morgen früh zu einer Untersuchung bringen.«

»Zu welcher Untersuchung?«

»Na ja, zu welcher Untersuchung wohl!«

Spätestens jetzt erkennt Frieda, in welchen Schwierigkeiten Doris steckt.

Diese fragt geradezu hysterisch: »Kannst du mich in irgendeiner Weise hier herausholen? Anna vielleicht … Und kein Wort zu meinem Mann! Hat er sich schon gemeldet?«

Frieda wendet sich an Willy, der gewissermaßen Gewehr bei Fuß an der Tür steht, immer noch Friedas Pantoffeln in der Hand.

»Hat sich Doktor Waltz gemeldet?«

»Ja, er sucht seine Frau …«

»Und was hast du ihm gesagt?«

»Dass du schon seit Stunden zu Hause bist … Dass alles in Ordnung ist!«

»In Ordnung ist überhaupt nichts! Ist Anna wenigstens da?«

»Ja, sitzt in der Küche und …«

»Hol sie her!«, verlangt Frieda scharf und während Willy ruft: *Anna, du wirst hier gewünscht!*, lässt sich Frieda von Doris noch mal den Militärpolizisten mit der tiefen Stimme geben (Frieda stellt sich vor, er ist ein freundlicher Schwarzer) und sagt: »Sergeant, my girlfriend Anna ist eine Abgeordnete des Hessischen Landtags …« Als Anna kommt und Frieda fragend ansieht, instruiert Frieda sie in klaren Sätzen: »Die Militärpolizei ist dran. Sag ihnen, Doris ist eine anständige Frau und was auch passiert ist, es war ein Missverständnis. Wir bürgen für sie! Sie sollen sie herschicken! Keinesfalls zu ihrem Mann! Hast du verstanden?«

»Zur Hälfte«, antwortet Anna.

»Sag ihnen, dass du eine Landtagsabgeordnete bist und kein Wort davon, dass du erst noch aufrücken musst …«

Anna übernimmt den Hörer und stellt sich tatsächlich als *a delegate of the parliament of Hesse* vor. Danach spricht sie mit dem Militärpolizisten wie eine Volksvertreterin mit einem Wähler spricht, freundlich, verbindlich, eindringlich, ernsthaft, drängend. Sie erwähnt Otto Borowski und macht sogar einen kleinen Scherz. Zwischendrin richtet sie einige Fragen an Frieda. Diese muss schildern, was sie heute gemacht haben und ob und wie lange sie, Frieda, sich in der *Alabama-Bar* aufgehalten hat.

»Ich? In welcher Bar? Ich war im ganzen Leben noch nicht in einer *Alabama-Bar* … Wo ist die denn überhaupt? In Rüdesheim?«

»In der Bahnhofstraße«, erwidert Anna, als gehöre das Wissen um die *Alabama-Bar* zum kleinen Einmaleins.

Frieda dreht bald durch. Was hat das alles zu bedeuten?

»Beruhige dich! Von dir wollen sie nichts!«, beschwört Anna sie. Sie verhandelt eine weitere Weile erst mit dem Sergeanten, dann mit dessen Vorgesetzten. Endlich verkündet sie: »Sie bringen Frau Waltz her … Frieda, wir sollen unterschreiben, dass sie keine Hure ist …«

»Das kann ich guten Gewissens unterschreiben … Und du auch!«

»Wenigstens keine berufsmäßige«, bemerkt Anna bissig. Sie ist keine Freundin von Doris.

Eine Viertelstunde später wird Doris von zwei Militärpolizisten im *Petersburger Hof* abgeliefert, Frieda und Anna unterschreiben Erklärungen (Frieda, ohne zu lesen, was sie da unterschreibt) und Doris erste Frage lautet: »Was hast du meinem Mann gesagt?«

»Bis jetzt noch gar nichts. Das ist wohl eher deine Aufgabe.«

»Frieda, meine Ehe steht auf dem Spiel«, bemerkt Doris und wieder einmal übernervös. Das Wort *Ehe* betont sie, als bedeute es das ganz große Los. »Was kann ich ihm um Himmelswillen sagen, wo ich gewesen bin?«

»Die Wahrheit! Die Militärpolizei hat dich festgehalten!«

»Und warum?«

»Es wird dir schon was einfallen ... Jetzt ruf' erst mal an, dass er Bescheid weiß; dass du nicht in den Rhein gefallen bist ...«

»Ja, du hast absolut Recht, hundertprozentig Recht, tausendprozentig!«

»Geh in eine Telefonzelle ... Telefonzelle 2 ... es spricht sich freier, wenn wir nicht zuhören.«

»Ja, danke Frieda, danke für dein Verständnis«, bemerkt Doris fiebrig und schließt sich in einer der Telefonzellen unter der Treppe ein.

Das Gespräch mit ihrem Mann dauert ungefähr eine Viertelstunde. Als Doris zurückkehrt, hat sich Willy in seinen Verhau verzogen und Anna ist zu Bett gegangen. Offenbar wollen sie nicht in die Komplikationen der Doris Waltz verstrickt werden; womöglich fürchten sie einen Auftritt ihres Mannes. Angeblich verprügelt er sie von Zeit zu Zeit. Anfangs hielt Frieda das für eine typische Übertreibung von Doris, mittlerweile ist sie nicht mehr sicher, dass ihm nicht tatsächlich ab und zu die Hand ausrutscht. Verstehen könnte man es.

Frieda setzt Doris eine Tasse Tee vor, die sie in der Zwischenzeit aufgebrüht hat: »Wie ist es gelaufen?«

»Ich weiß nicht, ob er mir glaubt ... Er *muss* mir einfach glauben; es ist ja *hundertprozentig die Wahrheit*«, versichert Doris und trinkt gedankenverloren den Tee. »Manchmal tut er mir sogar leid«, bemerkt Doris dabei sinnend.

»Das müsst ihr unter euch ausmachen. Aber ich würde auch gern wissen, wo du gesteckt hast ... Warum warst du nicht am Schiff? Die haben zehn Minuten auf dich gewartet!«

»Damit hat das ganze Durcheinander angefangen ... Du hast ja mitbekommen, das mit Erwin ist mehr als nur ein kleiner Flirt, das hat sich zu einer kompletten Affäre ausgewachsen ... Erwin hat etwas an sich ... und dass er etwas für uns arrangiert hatte, das hast du ja auch mitbekommen. Es waren einige Stunden *voller Sonnenschein*, und wenn du darauf bestehst, gebe ich sogar zu, dass wir uns verspielt haben, im wahrsten Sinne des Wortes. Du hast ihn erlebt. Aber du kannst dir nicht vorstellen, welche Kraft in diesem Mann steckt.«

»So genau will ich es nicht wissen.«

»Was soll ich noch sagen? Als ich zur Anlegestelle stürmte, war weit und breit keine *Rheinperle* mehr zu sehen. Ich habe es dann am Bahnhof versucht. Weißt du, wann der nächste Zug fuhr? 21.31 Uhr!«

»Hätte doch noch gereicht! Das Schiffchen hat ja auch seine Zeit gebraucht – gegen den Strom ...«

»Sicher, wäre vernünftig gewesen. Aber ich wollte einfach nach Hause ... Ich hatte dann insofern Glück, als zwei Offiziere in Zivil angehalten haben ... Ich dachte jedenfalls, es wären Offiziere; sie hatten einen sehr großen Wagen, ein riesiges Fahrzeug mit dieser hochmodernen Form. Die Herren waren an und für sich ganz nett, nicht mehr die Jüngsten und abgeklärt. Es ist nichts passiert, Frieda, absolut nichts! Nicht, dass du dir irgendwas zusammenphantasierst ... Etwas Verstand und Moral habe ich auch noch.«

»Und das Ende vom Lied war, ihr seid in einer Nachtbar gelandet?«

»Ja, in der Bahnhofstraße, gegenüber von Zauber-König. Es war mir vorher gar nicht aufgefallen, dass da eine Bar ist ... Nebenbei gesagt, diese *Alabama-Bar* ist sehr stilvoll eingerichtet, sehr nette Atmosphäre und sehr gute Musik; würde dir bestimmt gefallen, wo du so für die *Südstaaten* schwärmst ... Aber natürlich *off limits* für Deutsche ... Weiße Soldaten gehen da auch nicht unbedingt hin. Den Rest kannst du dir denken. Es fand eine Kontrolle statt, die Schwarzen werden dauernd kontrolliert. Die Militärpolizisten wollten unbedingt von mir den *Sozial Pass* sehen ... Du weißt, um welches Papier es sich da handelt ...?«

»Ich habe schon davon gehört.«

»Es ist wirklich nicht Geheimnisvolles, aber auch nichts besonders Erstrebenswertes; ein Ausweis, dass du als Frau amerikanische Einrichtungen betreten darfst... Wenn du es drauf anlegst, Amerikaner zu unterhalten, um es mal etwas zu umschreiben.«

»Die beiden gesetzten Herren, die dich mitgenommen, waren Farbige?«

»Das nicht. Sie schwärmten ganz einfach für schwarze Musik ... Frieda, du musst dich unbedingt bei Anna für ihre Hilfe bedanken, in meinem Namen. Das werde ich ihr nie vergessen, niemals! Wie sie sich für mich eingesetzt hat, das war phänomenal. Stell dir vor, ich hätte morgen früh im Gesundheitsamt antreten müssen und die hätten mich auf Geschlechtskrankheiten untersucht. Ich wäre tausend Tode gestorben!«

»Wärst du nicht, Doris, aber so ist es besser!«

»Ich bin dem Himmel wirklich dankbar, dass er uns zusammengeführt hat, Frieda«, sagt Doris, die sich immer noch benimmt, als sei sie kurz vor Untergang des Schiffes aus Seenot gerettet worden. Sie steht jetzt sogar auf und drückt Frieda in einer Gefühlsaufwallung einen Kuss aufs Haar.

Frieda wartet, bis sie wieder Platz genommen hat, bemerkt dann: »Dein Hochgefühl vergeht dir gleich, Doris! Ich würde es dir ersparen, wenn ich könnte, aber ich kann es nicht!«

»Was meinst du?«

Frieda schildert ihr die Schwierigkeiten, in denen Irene Rehberger, Ottos *Süße*, steckt. Die Arztfrau begreift sofort, worauf das Gespräch hinausläuft und erkundigt sich: »In welchem Monat ist sie?«

»Im vierten, behauptet Otto.«

»Du weißt, was du mir abverlangst? Mein Mann macht das praktisch nie, und es gibt wirklich genug Frauen, die ihn deswegen anflehen. Die Hälfte aller Schwangerschaften sind doch heutzutage mit Problemen verbunden, der Ehemann in Kriegsgefangenschaft und so weiter ...«

Frieda unterbricht: »Doris, ich weiß nicht, ob ich darum bitten würde, wenn's um mich selbst ginge. Aber Otto Borowski hat mehr Macht über mich als der Präsident der Vereinigten Staaten. Und er weiß es! Er lässt es mich nicht nur fühlen, er hat angefangen, mich regelrecht zu erpressen ...«

»Wie kann er dich erpressen? Du passt doch immer höllisch auf ... Du hältst doch jede Vorschrift ein!«

»Soweit es möglich ist ... In der Hinsicht hat er wirklich nichts in der Hand. Er erpresst mich mit meiner Herkunft. Er weiß, wo ich herkomme; er weiß, dass ich nicht aus den edelsten Verhältnissen stamme und sagt mir auf den Kopf zu: ›*Frieda, du hast mit Sicherheit eine Menge Verbindungen gekappt bei deinem Aufstieg ins Bürgertum, aber alle Wurzeln kann niemand rausreißen. Ganz geht das nie! Du kannst mir nicht weismachen, dass du überhaupt niemanden kennst, der Irene helfen kann.*‹ Als ob ich eine Kuppelmutter wäre, eine neue Heybach!«

»Das ist ja heute ein Tag der Wahrheit«, bemerkt Doris, nun sehr abgekühlt, und will unvermittelt wissen, wie Frieda damit zurechtkommt, dass sie vor wenigen Monaten, mit Richards Tod, praktisch zum zweiten Mal Witwe geworden ist.

»In welcher Hinsicht? Körperlich? Seelisch? Was meinst du?«

»In jeder Hinsicht!«

»Er fehlt mir, jeden Tag und jede Nacht«, bekennt Frieda. »Und es wird immer schlimmer ... Mit Georgs Tod bin ich ganz anders fertig geworden. Es erscheint mir alles so ungerecht.«

Zu ihrem eigenen Erschrecken beginnt Frieda zu schluchzen.

Zwei Tage später ruft Frieda den geschätzten Herrn Otto Borowski an und teilt ihm mit, es ist alles geregelt. Die Einzelheiten soll er mit Frau Doris Waltz klären. Wenn er einen Bleistift und ein Blatt Papier zur Hand hat, gibt sie ihm jetzt eine Telefonnummer, unter der er innerhalb der nächsten halben Stunde Frau Waltz erreichen kann.

»Und der Eingriff selbst ...«

»... wird von einem Facharzt durchgeführt, ja.«

6.

Willy kommt aus Frankfurt zurück. Er sagt, er weiß nicht, ob sich die Fahrt gelohnt hat oder nicht. Die Züge waren überfüllt, aber das ist ja gegenwärtig immer so, selbst auf den Trittbrettern haben Leute gestanden. Er hat zum Glück einen Sitzplatz ergattert, indem er sich als Kriegsversehrter ausgegeben hat.

»Du brauchst dich nicht als Kriegsversehrter *auszugeben*! Du bist *einer*!«

»Ja, sicher, Frieda ...«

Er schildert dann, dass das Gespräch im Keller eines ehemaligen Luxushotels stattgefunden hat, oben Trümmer, im Keller schon wieder Leben. Es gab auch etwas zu essen, einen Teller Linsensuppe, sehr schmackhaft.

»Und wie ist es ausgegangen?«

»Ja und nein, will ich mal sagen.«

»Aha.«

»Ich weiß es ja selbst nicht ... Es waren gleich zwei Herren aus Köln angereist, einer eine rheinische Frohnatur, das war der eigentliche Chef, ein Herr Andreas. Der Andere, ein Herr Brühl, hat einen besseren Eindruck auf mich gemacht; der wirkte wesentlich seriöser. Er hat kaum was gesagt, aber wenn, hat jedes Wort gesessen. Und umgekehrt hat er jeden Satz notiert, den ich gesprochen habe. Er war so freundlich, mir zu sagen, bei mir merke man, jedes Wort, das ich herausbringe, komme aus der Praxis.«

»Und wie habt ihr euch geeinigt? Oder ist gar nichts dabei herausgekommen? Willy, lass dir doch nicht jeden Satz aus der Nase ziehen!«

»Ehrlich gesagt, ich habe ein zwiespältiges Gefühl! Einerseits, andererseits.«

Auch nach einigen weiteren Fragen und Antworten weiß Frieda kaum mehr. Positiv ist, dass man starkes Interesse an Willy gezeigt hat. Angeblich war man ausgesprochen erfreut, dass er sich gemeldet hat. Was sich sonst so vorgestellt habe, sei nicht gerade die erste Garnitur gewesen.

Gut und schön, und wo ist der Haken?

Haken direkt nicht.

Frieda insistiert: »Verlangen sie eine Kaution, wie die Berliner Detektei damals?«

»Frieda, die Berliner haben das Geld prompt zurückgezahlt, als ich ausgeschieden bin! Das wollen wir festhalten«, beeilt sich Willy den Sachverhalt aufzuhellen.

»Ja, das Geld haben wir auf Heller und Pfennig wiederbekommen … Davon spricht doch niemand. Und was verlangen die Kölner?«

Nichts, absolut nichts, versichert Willy. Im Gegenteil, man hat ihm sogar einen Vorschuss in Aussicht gestellt.

»Na ja, das hört sich doch alles erfreulich an …«

Willy wehrt ab: »Frieda, mich wundert's nicht, dass sie händeringend Leute suchen! Ich kann mir doch ausrechnen, warum sie mir den roten Teppich ausrollen wollen! Es fehlen überall Fachkräfte. Wenn man ganze Generationen ins Feuer schickt, kann sich hinterher niemand darüber wundern, dass sie an allen Ecken und Enden fehlen. Es sind Millionen verheizt worden!«

»Willy, die Weltlage kenne ich … Willst du das Angebot annehmen oder nicht?«

»Das ist die Frage, Frieda! Das ist genau die Frage aller Fragen! *Kennst du Treue? Wirst du mir für heute und alle Zeiten treu sein? Treu auf ewig?*«

»Bleib' vernünftig!«

»Frieda, ich bin da weggegangen und erst dachte ich: Jetzt mache ich sie alle glücklich, wie sie da sind, Frieda, Doktor Vorsänger, selbst Carl Jörns – alle glücklich. Unser Willy hat eine Beschäftigung, die ihm liegt und die ihm Freude macht und die er ausfüllen kann. Aber im Zug habe ich dann überlegt: Ist es das, was du willst? Ist das wirklich eine dich erfüllende Aufgabe? Willst du am Ende deines Lebens mit Stolz darauf zurückblicken, dass du einen Wechselbetrüger dingfest gemacht hast?

Einen unehrlichen Buchhalter überführt hast? Einen, der die Krankenkasse hinters Licht führen wollte?«

»Nimm das Angebot an, Willy! Mit jedem Erfolg wächst der Stolz aufs Erreichte!«, drängt Frieda. »Bis du auf dem Totenbett liegst, das dauert noch eine Weile.«

Willy verspricht: »Hochverehrte Frau Tremus, ich denke über alles gründlich nach; ich verspreche es dir ... Ich habe aus meinen Fehlern gelernt! Ich sage nicht einfach zu und nach vier Wochen mache ich einen Rückzieher ... Die Zeiten liegen hinter uns! Für mich heißt es entweder – oder.«

»Dann entweder, Willy!«

»Ich habe mir Bedenkzeit auserbeten und erhalten, und die nutze ich gründlich.«

Tatsächlich macht er sich in den folgenden Tagen viele Gedanken darüber, ob er das Angebot annehmen soll oder nicht. Er bezieht sogar Evchen in seine Überlegungen ein. Er erklärt dem Kind etwa: »Eva, Kind, man kann es nicht bestreiten, und das wird auch niemand ernsthaft versuchen, der eine Ahnung davon hat: Die Tätigkeit eines Detektivs ist äußerst vielseitig ... Sie haben mir eine Broschüre mitgegeben, welche Leistungen sie abdecken. Kind, wenn du das liest, wächst deine Hochachtung vor dem Detektivberuf, aber gewaltig!«

Er zieht eine schmale Broschüre aus grauem Papier aus der Jackentasche und liest daraus vor: »Detektivarbeit umfasst das gesamte Zivil- und Geschäftsleben. Sie reicht von einfacher Anschriftenermittlung bis zur Mitarbeiterüberwachung, Stichworte: Untreue am Arbeitsplatz, Honorar-, Abrechnungs- und Spesenbetrug, Kassendifferenz, Kassenüberwachung. Das geht weiter über Vermisstensuche, Kindesrückführung, Unterhaltsangelegenheiten, Nachbarschaftsstreitigkeiten, Diebstahl- und Betrugsaufklärung im Nachbarschaftsbereich bis hin zum Versicherungsbetrug. Das ist ein ganz, ganz wichtiger Geschäftszweig ... Weiterhin, jetzt alles nur unter *B*, Bewaffnung, Bewerberüberprüfung, Beziehungsangelegenheiten und so weiter, und so weiter. Du kannst das ja später mal selbst lesen, Kind, wenn dich das dann noch interessiert.«

Evchen nimmt die Broschüre in Empfang, erkennt aber auf den ersten Blick, dass sie keine Bilder enthält und legt sie enttäuscht zur Seite.

Willy nickt verstehend und verzeihend. »Ja, das ist noch außerhalb deines Horizonts ... Obwohl, wie gesagt, hochinteressant!«

Er nimmt das Heft noch einmal an sich und studiert es ein weiteres Mal und wieder mit einer Feierlichkeit, als würde sich bei genauerer Lektüre ein Menschheitsproblem lösen. Offenbar hofft er, dass eine höhere Macht an seiner Stelle entscheidet. »Evchen, hör dir das an: *Beziehungsangelegenheiten umfassen in der Fachsprache alles vom gewöhnlichen Ehebruch bis hin zur Zweitfrau und zur Zweitfamilie* … Evchen, Evchen, *die Liebe vom Zigeuner stammt*. Das ist eine tiefe Weisheit, die bleibt niemandem erspart!«

Nach gründlichem Abwägen lehnt Willy die Offerte ab.

Ein Detektiv, der seinen Beruf ernst nimmt, erklärt er, braucht ausreichend Garderobe, Garderobe für jeden Anlass. Er muss sich der jeweiligen Situation entsprechend kleiden können, muss sein Äußeres je nach Erfordernis blitzschnell verwandeln können. Doch wie soll er an die notwendige Berufskleidung gelangen, bei leeren Geschäften und lächerlich wenigen Abschnitten auf der Kleiderkarte? Kann ihm das mal jemand verraten? Kann ihm das jemand mal verklickern?

So sehr er es bedauert, Willy muss ablehnen.

7.

Zeitgleich trifft ein Schreiben aus Montabaur ein: Ist Frau Tremus immer noch daran interessiert, ihre Zwillinge in die Obhut der Katholischen Kirche zu geben? Herr Dekan Jennewein hat deswegen angefragt und man ist bereit, die Jungen zu Beginn des kommenden Schuljahres im Bischöflichen Konvikt zu Montabaur aufzunehmen. Selbstverständlich unter der Voraussetzung, dass die jungen Menschen im katholischen Sinn erzogen wurden und die Anforderungen an die schulischen Leistungen erbracht werden.

Frieda liest diesen Brief, als komme er aus dem Jenseits. Ihr wird abwechselnd kalt und heiß. Richard, lieber Richard, denkt sie, und: Warum hast du mich verlassen?

Bei dem Schreiben sind selbstverständlich Gabriele und die Zwillinge gemeint, und Frieda hat keine Schwierigkeit, sich vorzustellen, wie es dazu gekommen ist. Frieda hatte ihn gebeten, etwas für die Jungen zu tun, und der Brief, den Frieda nun in Händen hält, ist das Ergebnis seiner Bemühungen.

Sie sieht auf ihre Hände, sie zittern.

Frieda entscheidet sich spontan, nach Amöneburg zu fahren und mit Adam über diese überraschende Möglichkeit zu sprechen. Während sie in der Straßenbahn Linie 6 sitzt, beschließt sie, für den Fall, dass Gabriele allein zu Hause ist, wird sie kein Wort über die unverhoffte Chance für die Buben verlieren. Gabriele wird das Angebot im besten Fall höflich ablehnen, im schlimmsten Fall wird sie den Brief auf der Stelle zerreißen und ihre Schwiegermutter auffordern zu verschwinden.

Frieda gesteht sich ein, sie fürchtet Gabriele. Es kommt nicht oft vor, dass sie vor jemanden Angst hat, doch Gabriele geht sie nach Möglichkeit aus dem Weg. Die Frau kann schneidend und eiskalt sein und hat die Peitsche stets griffbereit.

Na ja, man wird sehen. Bei etwas Glück ist Adam anwesend und vielleicht kann er Gabriele überzeugen.

Gabriele ist zu Hause. Sie ist in verführerischer Unterwäsche und dabei, ihre Haare zu föhnen, als Frieda unverhofft in ihrer Behausung auftaucht. Ganz offensichtlich macht sich Gabriele zum Ausgehen fertig. Dennoch begrüßt sie Frieda ausgesprochen höflich und deutet mit keinem Wort an, dass sie unter Zeitdruck steht. Ein gutes Zeichen! Von Adam ist nichts zu sehen. Gabriele erklärt, wobei sie die Schultern etwas hochzieht, er verrichte mal wieder Aushilfsarbeiten für die Firma Huth, und selbst dafür müsse man den Huths die Finger küssen; besonders jetzt.

Dann entschuldigt sie sich. Sie möchte nicht unhöflich sein, aber sie habe eine Verabredung, erklärt sie beiläufig.

Jedenfalls besser so, als frech und herausfordernd.

Während Gabriele sich im Schlafzimmer anzieht, nimmt Frieda Platz und sieht sich etwas um. Gabriele hält die Räume stets picobello sauber und ordentlich, beinahe, als erwarte sie in der nächsten halben Stunde königlichen Besuch. Über das durchgelegene Sofa hat sie eine bunte Decke derart geschickt drapiert, dass das alte Möbelstück regelrecht wertvoll wirkt. Adam schläft hier; sie lässt ihn nicht mehr in ihr Bett. Das hat Frieda von Adam selbst erfahren.

Eins passt zum anderen. Von Adams Selbstbewusstsein ist nichts geblieben; er lässt sich von seiner Frau behandeln wie ein Domestik. Das Spruchkammer-Urteil, das er aus dem Lager Darmstadt mitgebracht hat, hat ihm das Genick gebrochen. Man hat Adam in Darmstadt als *Belasteten* eingestuft; schlimmer geht's kaum. Nur die ganz großen Nazis, die sogenannten *Hauptschuldigen* wie Hess und Göring, wurden als noch gemeingefährlicher abgestempelt.

Das Urteil verbietet ihm, irgendeine bezahlte Arbeit anzunehmen; somit kann Adam nur illegal tätig werden. Dankenswerterweise hat der Bauunternehmer Huth Adam in gewisser Weise aufgefangen. Adam hatte ihn während des Krieges als Subunternehmer eingesetzt und ihm so ermöglicht, sich sein Stück vom Kuchen abzuschneiden. Selbst am Bau der *Wolfsschanze*, dem Hauptquartier im Osten, hatte Huth dank Adams Fürsprache mittun dürfen.

Man kann es nicht anders sagen, es ist ausgesprochen anständig von Huth, dass er sich daran erinnert. Andere hätten es vergessen.

Da alles unter der Hand geschehen muss, bekommt Adam jedes Mal, wenn er etwas für die Firma Huth erledigt, sein Geld bar auf die Hand. Obendrein stammt dieses Geld aus einer schwarzen Kasse, darf also nie offiziell irgendwo auftauchen. Gerichtsgebühren oder Anwaltskosten kann er davon nicht bestreiten; die bleiben an ihr, seiner Mutter, hängen.

Ab und zu finden auf den Baustellen der Firma Huth Kontrollen statt. Dann heißt es für Adam, sich so schnell wie möglich zu verdrücken. Einmal musste er sich mehr als zwei Stunden im Gebälk einer Latrine verstecken; genau so lange, bis die Prüfer wieder abgezogen waren. Hinterher schmerzten ihn wegen der verkrümmten Haltung, die er hatte einnehmen müssen, tagelang alle Knochen.

Man kann nur beten, dass sein Anwalt endlich eine bessere Einstufung erreicht. Wird sein Spruchkammer-Urteil nicht aufgehoben oder wenigstens bedeutend korrigiert, wird Adam für alle Zeiten nur noch als Schatten existieren.

Die ganze Entnazifizierung ist lachhaft!

Nach der Entlassung aus dem Lager hatte Adam anfangs nur herumgesessen, Löcher in die Decke gestarrt oder mit einer Verbissenheit Patiencen gelegt, als sei das seine Berufung. Über diese Phase hat Gabriele einmal gesagt, sie hätten kurz davor gestanden, verrückt zu werden, entweder er oder sie oder sie beide. Der Versuch, eine Revision des Spruchkammer-Urteils zu erreichen, zieht sich seit fast zwei Jahren hin. Eine erste Revisionsverhandlung, von der sich Doktor Reinhold sehr viel versprach, war bereits im letzten Jahr angesetzt, wurde aber ohne Angabe von Gründen und Nennung eines neuen Termins verschoben. Nun heißt es weiter warten und die Zuversicht nicht verlieren!

An dem Rechtsanwalt liegt es nicht. Er unternimmt (wie gesagt auf ihre, Friedas, Kosten) alles nur Menschenmögliche, ein neues, besseres Urteil zu erreichen. Neuerdings ist er in dieser Hinsicht sogar recht zuversichtlich. Er hat jetzt einen Zeugen an der Hand, einen früheren Fremdarbeiter, der bei der Revisionsverhandlung zu Gunsten von Adam aussagen will. Er will beschwören, dass sich Adam angesichts seiner Möglichkeiten und entgegen den verbrecherischen Anordnungen der Partei stets menschlich korrekt verhalten hat. Der Mann, jetzt ein *DP*, hat schon seine Papiere zur Auswanderung nach Neuseeland in der Hand. Dennoch will er bleiben, bis er vor der Spruchkammer für Adam ausgesagt hat. Wie Doktor Reinhold das zuwege gebracht ist, ist Frieda unerklärlich. Sie hat nachgefragt, aber keine vernünftige Antwort erhalten. Diese Absprache muss ein Vermögen kosten; wer verzichtet denn freiwillig auf ein neues Leben? Sie vermutet, dass Gabriele ihren Vater eingespannt hat; eine andere Erklärung findet sie nicht für dieses halbe Wunder.

Endlich kommt Gabriele, nun hübsch zurechtgemacht, aus dem Verschlag, der ihr als Schlafzimmer dient, und brüht ihrer Schwiegermutter ein Kännchen Muckefuck auf. Die Brühe schenkt sie dann in der damenhaften Manier ein, die ihr angeboren sein muss. Während sie Frieda die Tasse reicht, bemerkt sie kühl: »Frieda, dein Sohn kann jetzt nur noch ins Wasser gehen ... Zum Rhein hat er's ja nicht weit.«

»Wieso? Ist was passiert?«

»Hast du das von der Spruchkammer nicht erfahren?«

»Wieso? Doktor Reinhold ist doch neuerdings ganz zuversichtlich. Er hat doch jetzt diesen Zeugen ...«

»Hat leider absolut nichts genutzt ... Hast du es wirklich nicht erfahren? Ich dachte, deswegen bist du hier?!«

»Nein, was ist denn jetzt wieder?« erkundigt sich Frieda besorgt.

»Nun, diese Frage kann ich dir in einem Satz beantworten: Die Revisionsverhandlung hat stattgefunden – ist überraschend vorgezogen worden – und hat nichts erbracht. Im Gegenteil, sie haben Adam wiederum als *Aktivist* und *Nutznießer* eingestuft. Das sind andere Worte, aber in der Sache bedeuten sie dasselbe wie *Belasteter* im ursprünglichen Urteil. Er hat mit Pauken und Trompeten verloren.«

Frieda weiß darauf nichts zu antworten, sitzt einfach da, als wäre sie zum Tode verurteilt worden. Endlich fasst sie sich: »Das ist ja furchtbar.«

»Du sagst es …«

»Und was ist mit der Gefängnisstrafe, die sie ihm aufgebrummt hatten?«

»Die wird er jetzt antreten müssen. Sechs Jahre, drei Monate; die Rechtsmittel sind erschöpft.«

»Du lieber Himmel …«

»Und der Kriegsverbrecherprozess wartet auch noch auf ihn, das wollen wir nicht vergessen.«

»Sie können ihn doch nicht zweimal verurteilen!«

»Sie können! Es ist alles eine einzige Farce. Er hat gemacht, was mein Vater wollte und der reibt sich beide Hände in Unschuld.«

»Wie nimmt Adam das denn auf?«

»Als ginge es ihn nichts an … Keine Gemütsbewegung … Wenn er davon in der Zeitung gelesen hätte, hätte es ihn auch nicht stärker berührt! Von dem Mann, den ich geheiratet habe, ist nichts geblieben. Sie haben ihm in Darmstadt das Rückgrat gebrochen, jeden Knochen einzeln ’raus amputiert.«

Frieda nickt stumm. Sie muss Gabriele leider Recht geben … Wie oft hat sie in den letzten Jahren schon gedacht: Das ist doch nicht Adam!

Gabriele klagt ihn weiter an: »Nichts mehr von seinem früheren Elan! Nichts von seiner Geschmeidigkeit, für die ich ihn geliebt habe.«

Frieda betrachtet die Schwiegertochter einen Moment, gesteht sich ein, dass sie eine Schönheit ist, und sagt dann, was ihr gerade durch den Kopf geht: »Es ist zu bewundern, dass du trotzdem zu ihm hältst!«

»Ich trenne mich nicht von Adam, wenn du das fürchtest! Den Triumph gönne ich meinen Eltern nicht, nicht meiner Mutter und schon gar nicht meinem Vater! Und wenn ich deswegen unter einer Brücke schlafen müsste.«

»Gaby, ehe es soweit ist, finden wir eine Lösung.«

Es ist wohl das erste Mal, dass Frieda ihre Schwiegertochter derart vertraulich anredet. Entsprechend erstaunt blickt Gabriele auf und sieht Frieda in ihrer üblichen skeptischen Art an. Wird man derart von ihr gemustert, fühlt man sich in der Regel schuldig. Diesmal hält Frieda der Prüfung stand und wiederholt: »Ich finde das wirklich großartig von dir!«

Gabriele hält sich damit nicht länger auf, will vielmehr erfahren: »Wenn du nicht gekommen bist, Adam die Hand zu halten, warum bist du dann hier?«

Frieda zieht das Schreiben des *Bischöflichen Konvikts* aus der Handtasche und reicht es Gabriele. »Da ist wohl etwas durcheinander geraten …«

Gabriele liest den Brief und erkundigt sich anschließend in neutraler Weise: »Sollen sie Geistliche werden? Willst du das?«

»So ist das nicht gedacht; sie sollen nicht gleich Papst und Kardinal werden … Das ist in der Hauptsache ein Internat.«

»Was bedeutet *Bischöfliches Konvikt*?«

»Es ist eine kirchliche Einrichtung, das ist klar – ein Internat, das von Priestern geleitet wird, und Nonnen machen die praktische Arbeit. Es wird eine Menge gebetet, ich sag's offen. Heini war da mal für einige Monate; er wollte wirklich Priester werden, aber nicht lange, dann war er wieder zu Hause … Die Schule selbst ist ein ganz normales Staatliches Gymnasium, ein paar Schritte vom *Konvikt* entfernt. Der übliche Unterricht; geht von der Sexta bis zum Abitur.«

»Und was hat die Kirche davon? Wenn sie eine staatliche Schule besuchen …?«

»Na, hör mal! Sie wollen, dass die jungen Leute eine christliche Erziehung erhalten. Bei den heutigen Verhältnissen ist das ja wohl die große Ausnahme!«

»Mit christlicher Erziehung meinst du vermutlich eine katholische Erziehung?«

»Katholisch, evangelisch, spielt doch keine Rolle mehr! Man muss schon dankbar sein, wenn sie lernen, dass Weiß weiß ist und Schwarz schwarz.«

»Wo liegt überhaupt Montabaur?«

»Im Westerwald.«

»Und wie kommt man dahin?«

»Ganz normal mit dem Bähnchen … durchs Aartal und über Limburg, wirklich eine sehr schöne Strecke.«

»Ich merke, du bist schon dagewesen?«

»Wie gesagt, für Heini.«

»Ich vermute, mit deinem Dekan.«

«So ist es!«, erwidert Frieda fest. Es wäre ja noch schöner, wenn sie sich für Richard entschuldigen sollte! Immerhin erstaunlich, dass Gabriele das Angebot nicht rundweg ablehnt.

Im Gegenteil, sie fragt: »Was würde es kosten? Davon ist in dem Brief mit keinem Worte die Rede. Du kannst dir ja denken, was Adam verdient. Weniger als ein Taschengeld!«

Frieda will gerade erwidern, die Gebühren sollten nicht Gabrieles Hauptsorge sein, da hört man Geschrei und Aufregung aus der Lagerhalle unter der Wohnung, dann Schreie: »Frau Tremus!«

Frieda fühlt sich angesprochen, springt sofort auf, doch Gabriele beschwichtigt sie, hält sie zurück und sagt: »Ich bin wohl gemeint!«

Sie verlässt die Wohnung und geht zur Treppe, da kommt ein älterer Mann keuchend herauf, sagt etwas zu Gabriele und darauf eilen beide die Treppe hinunter.

Frieda folgt ihnen und kommt dazu, als man den merkwürdig zappelnden Adam auf eine Wolldecke legt und auf ihn einredet, ruhig liegen zu bleiben. Ein Mann drückt ihm vorsichtshalber beide Schultern auf den Boden. Von einem großen Rohr hängt ein Strick herunter, und in der Nähe liegt ein Hocker. Als sie näher kommt, sieht Frieda, dass Adams linke Gesichtshälfte aufgerissen ist und blutet, auch am Hals sieht man Verletzungen. Einer der Arbeiter hastet mit einem Erste-Hilfe-Kasten heran, einem Blechkasten, wie er während des Krieges in jedem Luftschutzkeller zu finden war, und beginnt, den stöhnenden und zuckenden Adam wie ein Sanitäter zu versorgen.

Der Vorarbeiter erklärt Gabriele: »Ihr Mann hat unheimliches Glück gehabt … Wenn wir nicht den Raupenbagger gebraucht hätten, wären wir heute gar nicht in die Halle gegangen!«

Gabriele erwidert nichts, sieht nur zu, wie Adam behandelt wird und bemerkt sachlich: »Haben Sie bereits einen Arzt informiert?«

»Machen die im Büro«, erklärt einer der Bauarbeiter. »Sie rufen den Doktor Freya an.«

Gabriele nickt allen Beteiligten zu und bedankt sich kühl: »Ich danke Ihnen allen sehr für Ihre Hilfe«. Sie wendet sich dann an Frieda und bittet: »Wartest du so lange, bis der Arzt kommt? Ich kann meinen Termin nicht verschieben!«

Frieda nickt stumm.

Alle Anwesenden (sieht man von Adam ab, der sich in einem sonderbaren Zwischenstadium befindet, nicht anwesend, aber auch nicht bewusstlos) verfolgen ungläubig, wie sich Gabriele entfernt. Man kann meinen, es sei eine alltägliche Angelegenheit, dass ihr Mann versucht, sich das Leben zu nehmen. Offenbar schenkt sie einer solchen Bagatelle keine weitere Beachtung.

Frieda fasst sich als Erste und wendet sich an die Männer: »Können Sie ihn nach oben tragen? Tun Sie mir den Gefallen?« Gleichzeitig sucht sie in ihrer Handtasche nach einem angemessenen Trinkgeld, findet aber nur drei Hundert-Mark-Scheine. Was sind heute schon dreihundert Mark? In der Langgasse kann man sich gerade drei Päckchen Zigaretten davon kaufen. Dennoch drückt sie dem Vorarbeiter das Geld in die Hand und verspricht dabei: »Ich zeige mich noch erkenntlich ...«

Und wie immer, wenn sie Halt braucht, verfällt Frieda in die Attitüde einer regierenden Fürstin, erklärt quasi vom Thron herab: »Mein Sohn hat Schreckliches durchgemacht, eine grauenhafte Gefangenschaft und einen furchtbaren Prozess. Und das Allerschlimmste ist für ihn, sein Bruder Heini wird in Russland vermisst ... Sie waren sich verbunden wie Zwillinge.«

In diesem Moment fällt ihr ein, dass sie drei Söhne hat und der dritte sich gegenwärtig in glänzenden Verhältnissen befindet. Das lässt sie verstummen und gleichzeitig aufrichten und diese Pose gibt ihrem Auftritt ein tragisches Gepräge.

Man transportiert Adam in seine Wohnung und legt ihn aufs Bett. Während sich die Arbeiter der Firma Huth mit ihm abmühen, erfährt Frieda, Adam wurde gerade noch rechtzeitig entdeckt. Er war fast am Ende seiner Vorbereitungen angelangt, hatte sich schon die Schlinge um den Hals gelegt, als die Männer in die Halle kamen und ihn auf seinem Hocker bemerkten. Wie unter Zwang hatte Adam dann den Hocker umgestoßen. Die Verletzungen stammen von seiner Rettung, nicht von seinem Selbstmordversuch. Mit Händen und Füßen hatte er sich gegen die Helfer und Retter gewehrt und dabei hat er sich dann unglücklich verletzt.

Frieda blickt auf Adam, als er nun nach Luft ringt wie ein Fisch auf dem Trocknen, und denkt: Er ist und bleibt ein Unglücksrabe! Selbst das ist ihm nicht gelungen!

Ein älterer Arzt kommt vorbei und tut so, als würde er glauben, was Frieda ihm an Erklärungen für Adams Verletzungen vorsetzt. Zu guter Letzt tauchen die Zwillinge auf und betrachten ihren Vater mit unverkennbarer Distanz. Dieselbe Zurückhaltung, die ihre Mutter an den Tag legt. Sie wundern sich weder über den angeblichen Unfall ihres Vaters noch über die Abwesenheit ihrer Mutter. Sie waschen sich kurz, machen sich etwas zu essen, setzen sich an den Tisch und laden auch ihre Großmutter ein zuzugreifen.

Und wo kommen sie jetzt her?

Sie hatten Musikunterricht; Christoph hat die Begabung seines Vaters für Musik geerbt. Er spielt Klavier, als wolle er ein zweiter Mozart werden. Frieda ist versucht zu erzählen, wie Adam damals, lang, lang, ist's her, im Kurhaus brillierte. Sie unterdrückt die Anwandlung. Wahrscheinlich haben die Beiden die Erzählung von Adams großem Moment längst dutzende Male anhören müssen. Um sie abzulenken zeigt sie ihnen den Brief des *Bischöflichen Konvikts*. Während die Beiden stumm lesen, versucht sie ihnen das Leben im Internat in den schönsten Farben zu schildern.

Die Zwillinge stellen jedoch Fragen, die sie ihnen nicht beantworten kann: Gibt es dort zweistöckige Betten und wer schläft in solchem Fall oben und wer unten? Darf man während des Essens sprechen oder herrscht absolutes Silentium wie bei den *Trappisten*? Trägt man einheitliche Internatskleidung oder darf man seine normalen Sachen anziehen? In welcher Weise wird man bestraft, wenn man unreine Gedanken beichtet? Muss man in aller Öffentlichkeit die Hosen herunterlassen und dann wird der Blanke versohlt?

Die Fragen resultieren aus Lektüre. Sie haben in letzter Zeit mehrere englische Romane gelesen, die in dortigen Internaten spielen. Die Bücher stammen aus der *deutsch-amerikanischen Bibliothek* an der Bierstadter Straße und sind in englischer Sprache gehalten, die die Buben schon erstaunlich gut beherrschen. Ihre Enkel beschreiben Frieda nun einige Vorkommnisse, die in den Romanen geschildert werden. Sie machen Frieda regelrecht verlegen. Sie kann nur hoffen, dass die Buben nicht genau verstanden haben, welche Perversionen da umschrieben wurden. Oder sind sie durch die eigenen häuslichen Verhältnisse bereits vollkommen abgebrüht?

Plötzlich fällt Michael ein: Montabaur liegt doch in der französischen Zone?

Ja, und?

Dann ist Französisch die erste Fremdsprache in der Schule, erklärt er. Sie haben aber bislang Englisch gebüffelt.

»Ja, und? Ihr holt das doch im Handumdrehen auf … so begabt, wie ihr seid«, befindet Frieda.»Französisch ist eine wunderbare Sprache. Früher bekamst du in der Gastronomie überhaupt keinen Posten – keinen besseren Posten jedenfalls –, wenn du nicht französisch konntest. Euer Vater kann euch doch dabei helfen. Er hat mal mehrere Monate in Paris verbracht, als er sich bei *Renault* fortgebildet hat.«

»Ja, und als er ein Liebesverhältnis mit einer Hutmacherin hatte«, wie Michael kichernd anfügt.

»Ihr seid ja bestens informiert«, erwidert Frieda, dann doch konsterniert.

»Großmutter, ich glaube, es wäre besser, wir würden beim Englisch bleiben. Heute ist Französisch nicht mehr so wichtig«, wägt Christoph ab. »Die Zukunft gehört dem Englischen!«, meint auch Michael und das sagt er so, als sei damit das letzte Wort gesprochen.

Der Arzt muss Adam ein starkes Betäubungsmittel gegeben haben. Immer, wenn Frieda nach ihm sieht, schläft er unruhig, schläft aber wenigstens.

Gabriele kommt erst mitten in der Nacht zurück, erkundigt sich: »Wie ist es gelaufen?« Als Frieda sagt: »Gut. Er ist einmal aufgestanden; ansonsten hat er durchgeschlafen!«, nickt Gabriele, als habe sie nichts anderes erwartet. Sie bedankt sich bei ihrer Schwiegermutter. Bedankt sich bei ihr, dass sie bei Adam *gewacht* hat. Sie sagt das wörtlich so und in der Tonlage, in der ehedem Herrschaften einer Gouvernante ihren Dank aussprachen, wenn diese das Kleine gehütet hatte statt der eigentlich fürs Kinderhüten zuständigen, aber verhinderten *Bonne*.

»Er ist immer noch mein Sohn!« erwidert Frieda scharf. »Er bringt sich ja wohl nicht jeden Tag um!«

»Es ist aber auch nicht sein erster Versuch«, erklärt Gabriele kühl.

»Na, dann wird's ja wohl einmal klappen«, sagt darauf Frieda, gleichermaßen aufgebracht von Gabriele schnodderiger Redeweise wie von Adams Verhalten und Versagen. Sie schnappt ihren leichten Mantel und fährt ihre Schwiegertochter an: »Euch kann man nicht helfen! Ich versuch's auch nicht mehr! Das hat sich für mich erledigt. Aber tu mir den Gefallen und überleg dir das mit dem Internat! Die Buben müssen ja nicht zugucken, wie ihr euch zugrunde richtet!«

»Diese Entscheidung sollte Adam fällen«, erwidert Gabriele, vollkommen beherrscht. »Er ist der Herr im Haus.«

Soll das nun Ironie sein? Wahrscheinlich nicht; wahrscheinlich ist das eine Schallplatte, die Gabriele an- und abstellen kann, wie's gebraucht wird.

Frieda gesteht sich ein, sie kann Gabriele nicht durchschauen. Sie weiß nicht einmal, ob sie triebhaft ist wie Doris oder sich im Gegenteil nur an Männern festhält, weil sie Halt braucht.

Als Frieda zur Haustür hereinkommt, ist Anna dabei, zwei amerikanischen Damen, die bereits um diese Uhrzeit abgeholt werden sollen, Kaffee in Zimmer 2 zu bringen.

»Wo sind unsere Hausmädchen?«, fragt Frieda erstaunt.

»Guck mal auf die Uhr! Sollen sie jetzt schon antanzen?«

»Das ist nett, dass du das machst«, bemerkt Frieda anerkennend, als Anna aus Zimmer 2 zurückkommt. Doch Anna erwidert: »Dafür werde ich ja bezahlt! Ich bin hier angestellt!«

»Aber nur so lange, bis du Minister bist!«

»Und? Hattest du deinen Spaß?«, erkundigt sich Anna, während sie Frieda eine Tasse Kaffee einschenkt. Offenbar nimmt sie an, dass Frieda von einem heiteren Abend zurückgekommen ist.

»Der Spaß hielt sich in Grenzen. Adam wollte sich das Leben nehmen ...«

»Das kann doch nicht wahr sein«, bringt Anna heraus.

»Leider doch! Die Arbeiter haben ihn in letzter Sekunde abgeschnitten.«

»Das konnte ich nicht wissen«, entschuldigt sich Anna verlegen für ihre Flapsigkeit.

Frieda beruhigt sie: »Für diesmal ist es noch einigermaßen glimpflich ausgegangen. Gabriele sagt, es war nicht das erste Mal ... Verstehen kann man's, dass er Schluss machen wollte! Sein Urteil ist da; er ist jetzt endgültig vernichtet.«

Ohne Übergang macht sie dann Anna Vorwürfe und will von ihr wissen, wie lange das noch gehen soll mit diesen Spruchkammern und dem Elend, das sie anrichten?

Anna versteht nicht, warum *sie* plötzlich für die Politik der Alliierten gerade stehen soll, verteidigt dennoch die Verordnungen aus den ersten Monaten der Besatzungszeit und alles, was daraus erwuchs. Sie argumentiert, die Alliierten hätten die Gerechtigkeit in Deutschland wiederherstellen wollen und sich deswegen die Sisyphusarbeit aufgeladen, schuldig von unschuldig zu trennen, schwarz von weiß, Nazi von Nicht-Nazi. Dass sie bald gemerkt hätten, dass sie damit in Treibsand zu versinken drohten und darauf die Deutschen an der Reinigung des deutschen öffentlichen Lebens beteiligten, sei verständlich und nicht mehr als recht und billig. Schließlich gehe es ja um deutsche Schuld und Sühne.

Frieda denkt: Da ist sie wieder, die Abgrenzung, die Anna so gern vornimmt. Die Deutschen und die Sieger und mittendrin Anna.

»Weißt du, wie Doris die Spruchkammern nennt? *Zeitgemäße Hexengerichtsbarkeit,* und ganz egal, ob Adam hundertmal schuldig gesprochen wird oder endlich entlastet wird, es muss jetzt Schluss sein mit diesen Spruchkammern. Die richten nur noch Unheil an. Die ganze Entnazifizierung sät nur noch Hass.«

»Aha, so ist das!«

»Ja, so ist das. Wer sitzt da deiner Meinung nach über wen zu Gericht?«

»Nicht-Nazis über Nazis«, antwortet Anna kühl.

»Ja, und *minderbelastete* Juristen! Wenn ich das schon höre - *minderbelastete Juristen* ... Haben mitgemacht, als es vorteilhaft war, und machen wieder mit, wenn's der Karriere dient! Gibt dir das nicht zu denken, Anna, dass selbst der Pastor Niemöller neulich von allen Kanzeln gegen euer *Befreiungsgesetz* hat predigen lassen?«

»Es gibt mir zu denken; es gibt mir sogar sehr zu denken, wenn ein Landesbischof von Hessen und Nassau mir nichts, dir nichts ein großes, weißes Tuch über alle Taten und Untaten breiten will, den ganz großen Mantel der Barmherzigkeit öffnet. Das ist eine ausgemachte Schweinerei!«

»Immerhin hat Pastor Niemöller selbst im KZ gesessen ...«

»Umso verwerflicher, dass er in seinem Hirtenbrief Tränen über die *Mitläufer* vergießt und die *Opfer des Faschismus* nicht mit einem einzigen Wort erwähnt! Und, noch was, Frieda, ich verstehe ja, dass du Adam in Schutz nehmen willst ... Aber lass dir einmal, nur ein einziges Mal, von August erzählen, wie er mit den Fremdarbeiter umgegangen ist, die unter seiner Fuchtel standen. Die Russen hat er systematisch verhungern lassen. *Tod durch Arbeit*, hieß die Parole!«

»Ich muss ins Bett! Ich habe die ganze Nacht nicht geschlafen!«, erwidert Frieda brüsk und lässt Anna in der Küche allein.

8.

Ein heißer Tag im Juni '48; exakt ist es der 18. Juni 1948.

Frieda sitzt an ihrem Schreibtisch in Zimmer 1, wischt sich mit einem Taschentuch, das sie mit einem Tropfen *Chanel Nr. 5* getränkt hat, den Schweiß von der Stirn; erfrischt sich auch unter den Achseln. Sie schnuppert noch einmal am Flakon und schraubt ihn endlich zu. Es ist ein wunderbares Parfüm, viel raffinierter als das *Eau de Cologne* von Mouson, das sie für gewöhnlich auflegt, ein Hauch aus Friedenszeiten. Das Parfüm ist eine Aufmerksamkeit von Miss Cort, der netten Sängerin aus Zimmer 38.

Was Miss Cort angeht, ist eingetreten, wie Otto es vorausgesagt hat, als sie für diese berühmte amerikanische Illustrierte fotografiert wurde. Nachdem der Artikel über sie erschienen war, ging es steil aufwärts mit ihr. Sie tingelt jetzt in Clubs in der gesamten amerikanischen Zone, aber auch in Österreich, Italien und neulich ist sie sogar in Paris aufgetreten. Von dort das Mitbringsel.

Der Artikel über Miss Cort ist ausgesprochen schmeichelhaft ausgefallen und die Fotos nicht weniger. Wenn sie in ihren engen blauen Baumfäller-Hosen die Treppe herunterkommt, kann man kaum glauben, dass sie die Person auf den Bildern ist. Otto hat ihr, Frieda, im Vertrauen gesteckt, dass sie *aus einer entsprechenden Familie kommt*, wie er das genannt hat. Frieda braucht seine Belehrungen nicht, um zu wissen, dass ein solcher Artikel nicht ohne Beziehungen zustande kommt. Otto hat ihr den Artikel damals aufgekratzt gebracht und nicht verstanden, dass sie deswegen nicht vor Stolz platzte. Der Schönheitsfehler an dem Bericht ist, dass *der Petersburger Hof* nicht mit einem Wort erwähnt wurde. Selbstverständlich hängen die beiden schönsten Seiten der Reportage dennoch im Treppenhaus, gerahmt und unter Glas.

Erfreulich ist, dass Miss Cort dem Haus weiterhin die Treue bewahrt. Obwohl sie sehr viel auf Reisen ist, hat sie das Zimmer unterm Dach behalten. Manchmal steht es wochenlang leer, dennoch darf es auf Anordnung der Armee nicht belegt werden.

So etwas ist ebenfalls nur denkbar, wenn jemand an bestimmten Fäden ziehen kann. Miss Cort selbst sagt dazu freundlicherweise: »Ich muss doch irgendwo zu Hause sein.«

Über diese Bemerkung hat sich Frieda sehr gefreut. Sie empfindet ein Lob dieser Art wie einen Orden.

Sie will gerade das Parfümfläschchen in der Schublade verstecken (man muss schließlich niemanden neidisch machen), da läutet das Telefon, laut und durchdringend und anklagend. Frieda fühlt sich ertappt, bei was auch immer, holt einmal Luft und meldet sich dann. Und wer ist dran? Doris! Aufgeregt ruft sie ins Telefon: »Hast du es schon erfahren, Frieda?«

»Was?«

»Die Nachricht des Jahres … Es ist soweit … Die Währung wird umgestellt. Wir bekommen endlich wieder stabiles Geld.«

»Wann?«

»Übermorgen, am Sonntag … Sie haben es eben in *Radio Frankfurt* gebracht. Hast du es auch gehört?«

»Nein …«

»Na, dann ist es ja gut, dass ich dich anrufe!«

»Das ist es … Es ist schön, dass man von dir immer das Weltbewegende aus erster Hand erfährt, Doris. Ich verspreche dir, wenn der nächste Weltkrieg ausbricht, revanchiere ich mich – dann rufe *ich* dich an!«

»Gerne … Sie haben gesagt, alle Einzelheiten kann man den Aushängen an den Litfaßsäulen entnehmen; ihr habt doch eine Litfaßsäule, habe ich doch schon gesehen.«

»Ja, auf der Taunusstraße … Wenn du was wissen willst …«

»Es wird aber auch wirklich Zeit mit der Geldumstellung … Mit Geldscheinen kannst du dir derzeit nur noch Zigaretten anstecken.«

»Wenn du Zigaretten kriegst!«

»Du sagst es … Weißt du, was heute ein Glimmstängel auf dem Schwarzmarkt kostet, Frieda? Eine einzige Zigarette zehn Mark, eine einfache Eckstein! Habe ich eben von unserer Sprechstundenhilfe erfahren.«

»Und am Sonntag, was geschieht da genau?«

»Da bricht die Gleichheit aus. Einen Tag lang sind wir alle gleich. Jeder bekommt vierzig Mark neues Geld auf die Hand und erst mal nichts sonst … Das Geld gibt's da, wo du sonst die Lebensmittelkarten abholst. Kennkarte mitbringen und vierzig Mark pro Kopf und Mensch.«

»Gut, das passiert am Sonntag. Und was ist am Montag?«

»Ich hoffe doch sehr, dass ab Montag Schluss ist mit dem ganzen Sozialismus, dem nationalen wie dem internationalen. Dann hat wieder jeder, was er hat und was er sich erarbeitet. Du kennst meine Meinung dazu … Wenn es wieder was werden soll mit dem schönen Deutschland in allen seinen Zonen, muss Schluss sein mit der Zuteilerei und den Vorschriften und den tausend Ämtern, mit der ganzen Formularwirtschaft. Ich habe mich immer gefragt, warum die Amis ihren Kapitalismus nicht einfach bei uns eingeführt haben. Niemand kann es mir erklären! Dabei haben die *Vereinigten Staaten* den Krieg gewonnen, soweit ich weiß, und nicht die deutschen Stempelkissen!«

»Ist das jetzt deine Meinung oder ist das amtlich mit der Abschaffung der Ämter und der Kartenwirtschaft? Hast du das aus dem Radio?«

»Eins folgt aus dem Anderen. Du kannst kein richtiges Geld haben, wenn du keine richtige Wirtschaft hast!«

Frieda erkundigt sich nach den Details der Währungsreform. Sie will wissen, wie es mit den Sparguthaben weitergeht, ob die umgestellt werden und zu welchem Kurs; wie sie die Mädchen bezahlen soll und so weiter. Doris antwortet nur sehr wolkig. Offenbar kennt sie die Einzelheiten nicht, nach denen Frieda fragt. Entweder wurden die nicht im Radio durchgegeben oder Doris hat nicht zugehört. Stattdessen verbreitet sie sich über die Vorzüge und Nachteile der verschiedenen Arten Wirtschaft, Planwirtschaft, Kommandowirtschaft, freie Wirtschaft. Wenn es so kommt, wie Doris es vorhersagt, wird am Sonntag das Paradies ausbrechen. Womöglich hat in Kürze jeder Deutsche ein Auto, wie das in Amerika bereits gang und gäbe ist.

Nach dem Telefonat mit Doris verkündet Frieda den Hausmädchen die Neuigkeit, bittet Lucie, aufs Telefon aufzupassen, nimmt eine Schachtel Aspirin aus dem Küchenschrank und eine Flasche Coca-Cola aus dem Eisschrank und steigt die halbwegs angenehme Treppe zum dritten Stock hinauf, danach die steilen Stufen zum obersten Stock. Sie will nach Laura sehen. Laura hat sich heute Morgen nicht wohl gefühlt und hat sich deswegen bei ihrem Verlag entschuldigt. Seitdem hat man sie nicht mehr gesehen.

Es wird doch nichts Ernstes sein?

Frieda klopft zart an Lauras Tür, öffnet die Tür und erkennt mit einem Blick, was sich auf dem Bett tut. Laura und Miss Cort, Laura in Unterwäsche und Miss Cort in der Hauptsache nackt, umarmen sich keuchend. Frieda blickt einen Moment lang regungslos auf die Beiden, abgestoßen und fasziniert gleichzeitig, geht dann vorsichtig rückwärts und schließt behutsam hinter sich die Tür. Sie weiß nicht, ob eine der Beiden sie bemerkt hat; sie will es auch nicht wissen.

Während sie die Treppe hinuntergeht, denkt Frieda: Damit haben sich gleich alle Rätsel auf einen Schlag gelöst. Nun ist klar, warum die Sängerin weiterhin unter dem Dach logieren wollte, obwohl man ihr ein Zimmer im ersten Stock angeboten hatte; warum sie überhaupt ein festes Zimmer im Haus hat – so kann sie Laura so nahe sein, wie nur möglich.

Frieda weiß wenig über die Sängerin, eigentlich nur das, was in der Illustrierten stand und was Otto getuschelt hat, doch sie ist sofort überzeugt, diese hat Laura verführt, nicht Laura die Amerikanerin.

Damit wäre auch geklärt, warum der nette Mister Koch von Laura einen Korb nach dem anderen erhalten hat; dabei hat er sich um sie bemüht, als gäbe es keine weitere Frau auf der Welt.

Und wie hatte sie, Frieda, ihr zugeraten, sich wenigstens eine Liebelei mit ihm zu gönnen!

Jetzt passt alles zusammen. Heini wurde gern von Männern gesehen; Laura, seine Angetraute, hat Empfindungen für Frauen. Einen Moment lang ist Frieda versucht, sich schockiert zu geben. Aber auch nur einen Augenblick lang. Dann wird ihr klar, was auch geschieht, sie wird Laura schützen und behüten; sie wird Laura jeden Fehler nachsehen und für alle Zeiten Entschuldigungen für sie finden. Plötzlich wird Frieda klar, sie liebt diese junge Frau, liebt sie ohne Wenn und Aber; sie empfindet den Gedanken wie einen Schmerz.

Unten stellt Frieda das Cola wortlos wieder in den Eisschrank.

Lucie fragt: »Geht es ihr wieder besser?«

»Bedeutend«, erwidert Frieda und nickt Lucie aufmunternd zu.

Laura kommt erst am Nachmittag herunter. Sie nimmt allen Mut zusammen, sucht Frieda so lange, bis sie sie im ersten Stock findet, wo Frieda gerade einem neuen Gast das Zimmer zeigt. Laura wagt ihre Schwiegermutter kaum anzusehen, so beschämt ist sie. Als Frieda fragt: »Was ist denn? Was hast du denn?«, drückt Laura ihr einen Brief in die Hand.

Frieda blickt irritiert auf das harte blaue, beinahe hölzerne Papier in ihrer Hand und will wissen: »Wo soll er hin?«

»Er ist für dich … Ich bitte dich um Verzeihung …«, haucht sie und will sich umwenden.

»Moment!«, sagt Frieda. »Wo willst du denn jetzt hin?«

»Ich muss Eva abholen … vom Kindergarten.«

»Ist es schon fünf?«

»Fast.«

Beide Frauen gehen wortlos die Treppe hinunter, unten wendet sich Frieda nach links, geht in Zimmer 1 und Laura verlässt das Haus.

Frieda ist versucht, den Brief ungelesen zu zerreißen und ihn wegzuwerfen. Was kann Gutes drinstehen? Laura hat das Entscheidende ja schon gesagt: Sie will um Verzeihung bitten. Was hat sie, Frieda, ihr zu verzeihen? Ist sie eine Königin oder eine Priesterin, dass sie Verzeihung und Vergebung aussprechen kann? Kennt Laura sie derart schlecht?

Sie legt den Brief in die Schreibtischschublade, holt ihn aber zwei Minuten später wieder heraus. Was sie liest, empört sie. Laura will ausziehen; das ist doch vollkommener Unsinn! Wo will sie hinziehen? In der ganzen Stadt gibt's keine Wohnung für sie und die Kleine. Jeder, der eine Unterkunft hat, behält sie. Es gibt Eheleute, die über Monate kein Wort miteinander sprechen; ihre Ehen werden geschieden, sie gehen neue Verbindungen ein, aber sie leben weiter in denselben vier Wänden wie zuvor, Bett an Bett. Wer ein Dach überm Kopf hat, behält es. Nur in den allerseltensten Fällen und bei ganz besonderen Konstellationen wird die Unterkunft aufgegeben. Aber niemals ins Blaue hinein!

Erst, nachdem sie mehrmals den Kopf geschüttelt hat, liest Frieda weiter. Laura entschuldigt sich für ihr Verhalten. Sie schreibt in schönen, klaren Sätzen, dass sie sich lange gegen die Nähe und die Berührungen einer anderen Frau gewehrt habe, aber letztlich seien ihre Gefühle stärker als die Gebote Gottes und der Menschen. Sie bittet Frieda, die Mutter ihres vermissten Mannes, um Nachsicht und Verzeihung, da sie ihn nicht darum bitten kann.

Da ist es wieder, das Wort *Verzeihung*. Welch ein Unsinn, welch ein kompletter Unsinn. Das Mädchen liest zu viele Bücher. Frieda zerreißt den Brief in ganz kleine Schnipsel; den muss niemand in die Finger bekommen.

An diesem Freitag kommt es nicht mehr zu einer Aussprache zwischen Frieda und ihrer Schwiegertochter. Koffer sind vertauscht worden. Neu angekommene Damen verlangen, dass ihr Gepäck, das sich entweder noch auf der *Rhein-Main Air Base* befindet oder in anderen Hotels gelandet ist, herbeigeschafft wird. Otto ist nicht zu erreichen und sein neuer Adlatus, eine ausgesprochene Schlafmütze, erst nach langem Hin und Her. Einige der Koffer werden gefunden, andere nicht. Selbst der nächste Morgen geht für die Lösung des Problems drauf.

In solchen Situationen haben in der Hotellerie alle privaten Gedanken und Gefühle zurückzustehen.

Erst am Nachmittag nimmt Frieda Laura ins Gebet. Sie bittet sie in ihr Schlafzimmer, schließt hinter sich die Tür ab. Das bedeutet: Ich will unter keinen Umständen gestört werden.

»Erstens, wo willst du hinziehen?«, eröffnet Frieda die Gerichtsverhandlung. Laura erwidert verlegen, eine Kollegin aus dem Insel-Verlag sei bereit …

»Mit einem Wort, eine abstruse Notlösung«, schneidet Frieda ihr das Wort ab. »Aber zweitens, wir brauchen keine Notlösungen, weder für dich noch für mein Enkelkind.«

Diese Unterteilung in erstens, zweitens und drittens hat Frieda gegen ihren Willen am Ende doch von Anna übernommen; manchmal ertappt sie sich dabei und ärgert sich, wie jetzt, darüber. Doch wie alle Unsitten ist es schwer, sie sich abzugewöhnen, haben sie sich einmal festgesetzt.

Laura wagt Frieda kaum anzusehen, so beschämt fühlt sie sich immer noch. Frieda fährt jedoch fort: »Laura, niemand muss dir verzeihen! Und du brauchst dich auch nicht selbst anzuklagen. Du bist ein guter Mensch, eine gute Mutter und welchen Menschen du liebst, ist deine Sache. Wenn das überhaupt in deiner Hand liegt. Nach meiner Erfahrung liebt man, ob man will oder nicht ...«

Laura wagt immer noch nicht zu sprechen.

Frieda fährt nachdenklich fort: »Wenn ich darüber nachdenke, hatte ich in der Liebe eigentlich nie die Wahl ... Ich konnte nie sagen: Den ja, den nicht! Wenn ich jemanden geliebt habe, dann habe ich ihn geliebt und das war's ... Ich habe Richard gesehen und war ihm verfallen ... Manchmal siehst du jemanden, weißt, der fügt dir nur Leid und Schaden zu und lässt dich doch von ihm umarmen. Oder du denkst: Den auf keinen Fall, das ist das Dümmste, das du dir antun kannst, und am Ende hat er doch seine Hände auf dir ... Liebe liegt außerhalb unserer Entscheidung.«

Laura fühlt sich ermuntert zu erwidern: »Mutter, du hast sehr ungewöhnliche Ansichten für eine Christin. Es ist mir schon früher aufgefallen, dass das Wort *Sünde* in deinen Ausführungen so gut wie nie vorkommt. Jedenfalls nicht in theologischer Hinsicht, eher in gastronomischer. *Es wäre eine Sünde, wenn man das schöne Stück Fleisch wegwerfen würde*, in der Art. Einmal hast du gesagt, es sei eine Sünde, wenn in einem so breiten Bett nur ein Mensch liegen würde. Das verstehst du unter Sünde! Allgemein wird im Christen- und Judentum und auch im Islam der Begriff *Sünde* anders definiert. Da besteht die Sünde aus der Abkehr von Gottes gutem Willen, im Zulassen des Bösen, im Sich-Verführen-Lassen.«

»Wann soll ich das gesagt haben? Dass es eine Sünde wäre, wenn in einem Bett nur ein Mensch liegen würde?«

»Vor einigen Monaten, als die beiden Lieutenants aus Fort Worth ...«

»Ach so, ja, ich weiß, von wem du redest – ausgerechnet die, beide lesbisch, das sah man auf den ersten Blick, und wollten nicht in einem Zimmer schlafen und schon gar nicht in einem Bett.«

»Mutter, bei dir klingt das alles so beiläufig, so unwichtig … Mein Vater hätte mich aus dem Haus gejagt, hätte er herausgefunden, dass ich eine Verbindung mit einer Frau unterhalte … Wahrscheinlich hätte er mich auch enterbt, obendrein.«

Frieda erwidert scharf: »Uns kann's egal sein, was dein Vater getan hätte. Zu vererben hatte er am Schluss sowieso nichts mehr … Welche Rolle spielt das noch! Er ist tot, und du weißt nicht, welche Verfehlungen er vor dir geheim gehalten hat … Die Meisten heucheln sich durchs Leben. Wenn du die Menschen irgendwo kennenlernst, dann in einem Hotel. Ich habe mit fünfzehn in einem Badhaus angefangen, ich habe sie vom ersten Augenblick an nackt gesehen – im wahrsten Sinn des Wortes. Über Menschen kann mir niemand was erzählen. Du gehörst zu den Guten, Laura, und von denen gibt es nicht viele! Freue dich darüber, dass du jemanden liebst und geliebt wirst … Hoffe ich doch zumindest …«

Laura nickt verlegen.

»Ich meine es todernst, Laura, freu' dich darüber! Wie viele Menschen müssen seelisch mit gar nichts auskommen oder mit irgendwelchem Ersatz. Das ist doch heute das Schicksal der Meisten – Kunstseide, Kunsthonig und Ersatzliebe! … Na ja, wenn es nach Doris geht, hat das alles ab Montag ein Ende; ich rede jetzt von der Kunstseide und dem Kunsthonig. Mit der Liebe wird es nicht mehr werden, aber mit allem anderen. Angeblich bekommen wir wieder reelle Verhältnisse. Ich für mein Teil bin allerdings noch skeptisch. So eine Geldumstellung kann die Dinge bessern, muss es aber nicht … Das haben wir ja schon alles hinter uns!«

»Mutter«, bemerkt Laura vorsichtig, »ich weiß nicht genau, was du von uns erwartest … Wenn ich nicht ausziehen soll, soll Carry ausziehen?«

»Um Gottes willen, Kind, sie ist unser berühmtester Gast … Eines Tages singt sie sogar im Radio.«

»Da singt sie schon, bei ANF, dem amerikanischen Armeesender.«

»Das hättest du auch mal früher sagen können. Hätte ich gern mal gehört. Nein, solange sie bleiben will, bleibt sie. Sie ist ein Vorzeigegast, so munter und nett wie sie ist… Weißt du, dass sie mir aus Paris teures Parfüm mitgebracht hat? Aber natürlich weißt du das schon … Ich will dich nicht ausfragen, aber eins ist mir doch noch wichtig, entschuldige, dass ich danach frage.«

»Du hast jedes Recht zu jeder Frage!«

»Ich nehme nicht an, dass sie die Erste ist, die dein Herz höher schlagen lässt?«

Laura antwortet nicht, doch als sie feuerrot wird, verrät dies Frieda, sie hat das Richtige vermutet. Das ist aber nicht die Frage, die sie beschäftigt. Sie will vielmehr wissen: »Was ist mit Heini? Hat er dir was bedeutet oder ging es nur um die Vaterschaft für Eva?«

Laura will beschwören, dass sie Liebe für Heini empfunden hat und immer noch empfindet.

Warum?, insistiert Frieda. Was hat sie an Heini geschätzt?

»Ich bin unendlich dankbar dafür, dass wir uns begegnet sind, Mutter, und ich möchte immer noch mit jeder Faser meines Herzens glauben, dass er lebt ...«

»Gut, das habe ich verstanden. Aber warum? Was hat dich an ihm gefesselt?«

»Ich glaube, zuerst war es die Tatsache, dass er ein Dichter ist; ein wirklicher Dichter ... Er hat mir einiges von sich zu lesen gegeben und nach den ersten Zeilen habe ich ihn bewundert. Er hat unglaubliche Bilder gefunden und unglaubliche Zeilen komponiert, ultrarealistisch und mythisch zugleich, vor allem über den Krieg! Manches war wie in einem Alptraum geschrieben. Man spürte bei fast allem, was er niederschrieb: Alles wird verwehen; ist bereits verweht. Nur der Tod ist real und nicht zu besiegen; er wird in jedem Fall Sieger sein.«

»Ist das auch verbrannt?«

»Jede Zeile ...«

»Du hast ja nicht viel Glück mit der Kunst, die Bilder des Vaters verbrannt, Heinis Gedichte verbrannt ... Hat mein Sohn daran geglaubt, dass er zurückkommt?«

»Er hat es zumindest gespielt; ob's echt war ... An den Sieg hat er jedenfalls nicht geglaubt.«

Frieda denkt: Mir hat er nicht eine einzige seiner wunderbaren Zeilen geschickt; sie hat einige Sätze auf Postkarten. Sie sieht Laura forschend an: »Hat sich Heini auch über mich beschwert?«

»In welcher Hinsicht ...?«

»Er ist jedenfalls nicht auch vor mir geflohen?«

»Keinesfalls. Aber, Mutter, wir haben uns nur einige Wochen gekannt ... Wir haben uns bei Weitem nicht alles sagen können, was wir uns sagen wollten.«

»Mehr als er mir gesagt hat, in jedem Fall«, sagt Frieda, wobei ebenso viel Verwunderung mitschwingt als Verletzung. »Und du bist ganz sicher, er wäre ein bedeutender Dichter geworden …?«

»Er war es, Mutter.«

»Weißt du was, wir halten uns an Klärchen. Sie sagt voraus, er kommt wieder, dann kommt er auch wieder … Und damit bist du entlassen!«

Laura steht auf, geht zur Tür und wendet sich noch einmal zu Frieda um: »Was erwartest du von Carry und mir?«

»Nichts. Was soll ich erwarten? Oder doch; ich erwarte doch etwas! Dass ihr euch weiterhin so diskret verhaltet wie bisher. Ich will mich nicht in Washington euretwegen vor einem Senatsausschuss verantworten müssen.«

Laura kehrt zu Frieda zurück, umarmt ihre Schwiegermutter vorsichtig und sagt dabei sanft: »Mutter, es stünde besser um die Welt, würdest du nicht nur im *Petersburger Hof* die Gesetze aufstellen.«

»Das glaube ich auch. *Nicht-Verbrüderung* hätte es bei mir nicht gegeben.«

9.

Als Frieda am 19. Juni dieses Jahres ins Bett geht, tut sie das in einem geschundenen Land ohne Hoffnung. Am nächsten Tag erwacht sie in einer Traumwelt. Für sie, wie für die Meisten, die ihr im Laufe dieses Vormittags begegnen, ist es unfassbar, wie sich die Welt in einer einzigen Nacht verändern kann. Wo am Tag zuvor Luken in roh gemauerten Wänden die Schaufenster von ehedem ersetzen mussten, sind glatte, spiegelnde Scheiben eingesetzt worden. Und hinter den Scheiben liegen Waren, die man seit Jahren nicht mehr in Geschäften gesehen hat und woanders auch nicht.

Trikotagen-Geschäfte bieten wieder Mieder und Büstenhalter an, Höschen und Hemden, in Weiß und Rosé, mit und ohne Spitzen. Es gibt Nylonstrümpfe und Sommerkleider und dazu passende Schuhe. Die Hut Läden präsentieren Hüte wie aus amerikanischen Filmen. Küchen-Weygandt an der Ecke Webergasse und Saalgasse hat ganze Porzellan-Service in den Fenstern, Kochtopf-Serien und sogar rot und blau gestreifte Geschirrhandtücher aus reinem Leinen. Selbst Klaviere und Pelzmäntel sind zu sehen.

Allerdings ist dies kein Tag, an dem man Pelzmäntel kaufen will oder Klaviere. Man will überhaupt nichts kaufen. Auch in einem Traum will man nichts einpacken und nichts einsacken, man will sehen und staunen und beglückt werden, und so empfinden die Meisten an diesem Tag. Ein paar Hartgesottene, die auch sonst durch nichts zu beeindrucken sind, fühlen sich betrogen. Sie zetern, alles Lug und Trug! Wo kommen plötzlich die Waren her? Wo hat man die gehortet? Sie erregen sich sowohl über die *elenden Schieber* wie über die *Verbrecher da oben*; sie könnten kotzen!

Der Rest der Einwohnerschaft geht wie auf Zehenspitzen durch die unglaublich veränderte Stadt.

Frieda lässt sich von Laura und ihrer kleinen Enkelin zur Geld-Ausgabestelle in der Lehrstraße begleiten. Laura freut sich darüber, dass ihre Schwiegermutter sie gebeten hat, mit ihr zu gehen. Seit dem bewussten Geständnis ist sie Frieda nach Möglichkeit aus dem Weg gegangen. Anscheinend fürchtet sie, dass diese doch noch nicht ihr letztes Wort in dieser Angelegenheit gesprochen hat; dass sie ihre Meinung plötzlich revidiert. Es wäre tatsächlich nicht das erste Mal, dass Frieda ihre felsenfeste Anschauung von einer Sache von einer Minute zur nächsten wechselt. Das hat auch Laura schon lernen müssen.

Beim Gang zur Umtauschstelle nehmen die Drei nicht den kürzesten Weg. Sie wollen möglichst viele der Veränderungen erleben, sich verzaubern lassen. Immer wieder bleiben die Frauen stehen und erklären dem Kind, was es zu sehen gibt. Im Grunde versichern sie sich, dass sich die Dinge nicht vor ihren Augen auflösen.

Eine Seite der Straße ist nicht bebaut und von hier hat man einen besonders schönen Blick auf Winkel und Ecken des Bergkirchenviertels, auf eine steile Treppe, die zur Saalgasse hinunterführt, auf Dächer, Gassen und Gärten.

Das Geld wird in einem Nebengebäude der ehemaligen Lehrstraßen-Schule getauscht. Wo früher Lesen, Schreiben und Rechnen gelehrt wurde, befindet sich nun ein Möbellager für Ausgebombte. Doch der Schulhof existiert noch und auch die frühere Turnhalle, die nun als Ausgabestelle dient. Als Frieda und Laura hier ankommen, ist der Hof schwarz von Menschen, alle in Sonntagskleidung. Damit die Ordnung gewahrt bleibt, lässt man sie immer nur schubweise ein. In den Reihen der Wartenden wird eher geflüstert als gesprochen, eher gelächelt als gelacht. Man kann glauben, die Menschen hätten sich verabredet, die Magie nicht zu zerstören, die über allem liegt.

Nach einer Viertelstunde des Wartens dürfen Frieda und ihre Lieben ins Gebäude. Der Raum ist durch eine lange Reihe einfacher Tische mit Tintenflecken und Einkerbungen getrennt. Hinter den Tischen sitzen Beamte jeden Alters, haben Listen vor sich, und neben ihnen stehen auf Gestellen Holzkisten mit dem neuem Geld und andere, in die sie die gebrauchten, abgenutzten Scheine werfen, die seit einigen Stunden keinen Wert mehr haben. In zwei Ecken stehen schwer bewaffnete Amerikaner, die Arme hinter dem Rücken gekreuzt. Weil sie sich nicht rühren, fallen sie kaum auf. Der Umtauschvorgang selbst geht rasch und reibungslos vonstatten – hier vierzig Reichsmark, da vierzig Deutsche Mark und Stempel in Listen. Im Davongehen sieht sich Frieda die frisch gedruckten Geldscheine gründlich an. Die Scheine sehen aus, als hätte jemand Dollars nachahmen wollen, aber keine Vorlage zur Hand gehabt. Der Eine-Mark-Schein kommt sogar ohne ein einziges Bild aus. Auf der Vor- und Rückseite steht nur ›Eine‹ beziehungsweise ›Eine deutsche Mark‹, und an allen vier Ecken sind Einer-Ziffern aufgedruckt, die wirken wie aus dem Wilden Westen ausgeliehen.

»Unser neues Geld sieht nicht unbedingt seriös aus«, befindet Laura.

Frieda zuckt mit den Schultern: »Hauptsache, es behält erst mal eine Weile seinen Wert – auf die Schönheit kommt's nicht an … Und jetzt seid ihr eingeladen …« Sie beugt sich zu Eva hinunter: »Was hättest du gerne? Eis, Schokolade, Torte, Kakao?« Ihre Enkelin denkt nach und antwortet endlich bestimmt: »Eiscreme«.

Im Eissalon *Wejot* in der Langgasse gibt sich Frieda ausgesprochen spendabel. Von ihrem bald *Kopfgeld* genannten Vorschuss spendiert sie Laura und sich jeweils eine Schale *Bananensplit* und dem Kind eine Mischung von Frucht- und Milcheis, bestreut mit bunten Liebesperlen. Die kleine Eva probiert argwöhnisch Kugel um Kugel; vergleicht im Geiste diese fremden Genüsse mit dem gewohnten amerikanischen Fabrikeis und kommt zu dem Schluss: »Schmeckt gut«.

Frieda streicht dem Mädchen über den Kopf. Die kleine Eva sieht sie mit einem Ausdruck an, der sagt: *Das könntest du allmählich lassen! Aus dem Alter bin ich raus!*

Während sie ihr eigenes Eis genießen, reden Schwiegermutter und Schwiegertochter über dies und jenes. Frieda spürt, Laura hat den Drang, über Anderes, Wichtigeres zu sprechen, über ihre Liebe. Sie schweigt aber, bis die Kleine in einer Ecke Kinderbücher und große Hefte mit illustrierten Kindergeschichten bemerkt und höflich fragt: »Darf ich sie mir ansehen?«

»Willst du noch ein Eis?« bietet Frieda an, doch die Kleine schüttelt den Kopf. Das Gedruckte zieht sie mehr an.

»Die Tochter ihrer Mutter – die kommende Buchhändlerin …«, lächelt Frieda. Laura widerspricht: »Eher die kommende Lektorin …«

»Oder die kommende Dichterin!«

»Um Gottes willen, nicht ein solches Schicksal! Das Brot nicht über Nacht!«

Frieda fragt dann auffordernd: »Und was muss ich über Miss Cort noch wissen?«

Laura sieht unter sich, aber nicht, weil sie sich schämt; wohl, weil sie sich sammeln will. Sie blickt Frieda dann in die Augen und erklärt ihr ruhig und konzentriert (und offenbar hat sie genau durchdacht, was sie sagen will), Carry sei nicht einfach die sonnige Natur, als die sie sich im Allgemeinen präsentiere. Carry habe wesentlich mehr Härte und mehr Rückgrat, als man vermute. Müsse sie auch haben, bei der Familie, aus der sie stamme. Weil sie als junges Mädchen in einer Umarmung mit ihrer Lehrerin erwischt wurde, habe ihr Vater sie in eine *Psychiatrische Anstalt* gesteckt. Dort sei sie mit elektrischen Stromstößen *therapiert* worden. Sie habe gefürchtet, ihren Verstand zu verlieren; unglücklichen Patientinnen dieser Anstalt sei es bei der Tortur so ergangen. Unter Aufbietung aller Schauspielkunst habe Miss Cort endlich Ärzte und Eltern davon überzeugen können, dass sie nicht mehr das geringste Verlangen nach Frauen verspüre, ja, dass sie den Gedanken daran hassen gelernt habe. Carry sei in diesem Zustand zu jeder Schandtat bereit gewesen, meint Laura, nur damit die grauenhafte Elektrotherapie ihr Ende finde. Zwei Jahre habe sie sich danach in der Nähe ihrer stets argwöhnischen Eltern aufgehalten. In dieser Zeit habe sie Musik und Gesang studiert, und schließlich sei ihr die Flucht in die *Air Force* gelungen. Dahin hätten die Beziehungen des Vaters dann doch nicht ausgereicht und so habe Carry sich zum ersten Mal im Leben in Sicherheit gefühlt. Selbstverständlich hätten ihre Eltern jede Verbindung mit ihr abgebrochen; andererseits habe sich Carry vorgenommen, so lange nicht in die Vereinigten

Staaten zurückzukehren, solange die barbarischen Gesetze dort Geltung hätten. In Europa fühle sie sich frei.

»Was ist mit der Lehrerin geworden?«, will Frieda wissen.

»Welcher Lehrerin?«, fragt Laura verwundert.

»Die Lehrerin, die deine Miss Cort verführt hat …«

»Ich weiß nicht, ob man das so nennen kann …«

»Aber ja, kann man. Ich weiß, junge Leute sind neugierig, aber eine Lehrerin, die die Neugier unterstützt …«

»Sie verlor ihre Anstellung und floh aus dem betreffenden Bundesstaat, bevor es zu einem Prozess kam, um später Selbstmord zu unternehmen.«

Laura fleht Frieda dann an, kein Wort über die Affäre verlauten zu lassen, gegenüber niemand. Sie fürchte sich nicht – obwohl man ihr Eva wegnehmen könne, wenn es zu einem entsprechenden Prozess käme – sie habe Angst um Carry. Sie ist überzeugt, erfährt deren Vater vom Rückfall seiner Tochter, wird er Himmel und Hölle in Bewegung setzen, dass sie nach Amerika zurückgeschafft und dort endgültig gebrochen wird.

Laura will ein weiteres Mal hören, dass ihrer Schwiegermutter Verständnis für sie aufbringt. Statt dies aber zu sagen, fragt sie: »Verachtest du uns?«

»Kind, was muss ich dir denn noch sagen, damit du mir glaubst? Hat dir Anna nie von der Gräfin Aljewa erzählt? Oder Willy?

»Nein. Von welcher Gräfin sprichst du …?«

»Du hast wirklich noch nie von ihr gehört?«

»Nein. Den Namen höre ich zum ersten Mal.««

Welch ein diskretes Etablissement ist unser *Petersburger Hof* doch, denkt Frieda. Der Direktor Knab vom *Römerbad* wäre mit uns zufrieden gewesen; eine derartige Diskretion.

Frieda nickt und erklärt knapp: »Sie hat eine gewisse Rolle in meinem Leben gespielt … Evchen, willst du noch ein Eis?«, wendet sie sich dann an das Kind.

»Aber nur Erdbeere«, erwidert das Kind.

Auf dem Weg nach Hause kommen die Drei an einem Haltepunkt für Droschken vorbei. Wie lange hat man keine Kutsche mehr am Straßenrand gesehen und nun stehen sie in einer Reihe da, als hätte es keinen Krieg und keine Nachkriegsjahre gegeben.

In einem spontanen Entschluss mietet Frieda eine der Kutschen. Als Ziel bestimmt sie: »Zur *Griechischen Kapelle* und zum *Russischen Friedhof*.«

Sie fahren den Geisberg hoch, am Haus vorbei. Eva sieht Herrn Döringer, der gerade seinen Dienst antritt und winkt ihm aufgeregt zu. Frieda muss die Kleine festhalten. »Dein Vati ist einmal aus der Kutsche gefallen, als er noch ganz klein war ...«, erklärt sie Evchen und die Kleine versucht daraufhin, sich ihren Vater als Kind vorzustellen – zu schwer für sie, kennt sie doch nur einige Fotos ihres Vaters, Heini darauf in Wehrmachtsuniform.

Die goldenen Kuppeln der *Griechischen Kapelle* glänzen nur matt; sie müssten mal wieder mit Blattgold belegt werden. Wer sollte das tun? Wer weiß, ob die orthodoxe Kirche in Russland überhaupt noch existiert; wahrscheinlich werden die Kommunisten mit ihrem Hass auf Gott sie längst vernichtet haben. Und die *Herzöge von Nassau*, die die Kirche einst bauen ließen, sind schon vor einem Jahrhundert vom Thron gestoßen worden.

Mit der Kirche ist eine traurige Geschichte verbunden. Sie ist die Grabkirche für die blutjunge nassauische Herzogin Elisabeth, Tochter des russischen Großfürsten Michael Pawlowitsch Romanow. Ihr Vater war der jüngste Bruder des Zaren Nikolaus I.; der Zar mithin ihr Onkel. Die Herzogin ist bei der Geburt ihres ersten Kindes gestorben, zusammen mit ihrem kleinen Mädchen.

Frieda erklärt Evchen die Tatsachen in einfachen, dem Kind begreiflichen Worten, und es ist sichtlich beeindruckt von der Geschichte.

»Das ist mir schon früher aufgefallen, Mutter«, bemerkt Laura dazu. »Du kennst dich in den Familiengeschichten der russischen Fürsten und Großfürsten aus, als wärst du mit ihnen verwandt.«

»Wir gehen noch ein paar Schritte und dann verstehst du warum ...«, erwidert Frieda. »Ich will dir etwas Bestimmtes zeigen, Laura.«

Hinter einem niedrigen, geduckt wirkenden Haus (dem Haus, das sich der Küster der Griechischen Kapelle und der Geistliche der dazugehörigen russischen Gemeinde teilen) liegt in einem stillen Waldstück ein großer russischer Friedhof, einer der größten außerhalb von Russland. Während der großen Zeit der Stadt liebten die reichen Russen Wiesbaden. Sie kamen nicht nur für Monate zur Kur, viele besaßen auch Häuser im Nerotal oder an den Hängen, die die Stadt umgeben. Im Ausland zu sterben und nicht nach orthodoxer Sitte begraben zu werden, war für die Meisten von ihnen allerdings ein erschreckender Gedanke. Deshalb wurde neben der kostbar ausgestalteten orthodoxen Kirche auf dem Neroberg, dem schönsten Fleck in Wiesbaden, auch der Friedhof angelegt, auf den Frieda ihre Schwiegertochter und ihr Enkelkind nun führt.

Während sie die Gittertür öffnet, erklärt sie den Beiden, dass Angehörige des russischen Herrscherhauses und des russischen Hochadels, bedeutende Regierungsbeamte wie andere Würdenträger des alten Russland hier ihre letzte Ruhe gefunden haben. Und nicht nur sie, fügt sie hinzu. »Nach der Revolution kamen *Weiße Russen*, die von den Kommunisten gejagt wurden, nach Wiesbaden, aber auch *Rote*, die bei den eigenen Leuten in Ungnade gefallen waren. Deshalb liegen hier nun *Weiße* wie *Rote* einträchtig beieinander.«

Frieda steuert ein Grab an, das sich abseits der alten prunkenden Monumente befindet, und auch abseits der schlichten Eisenkreuze, die später hinzu gekommen sind. Das Grab, zu dem sie geht, wirkt wie hinter Büschen und Dornenhecken versteckt; scheint ein Teil des Waldes zu sein, der den Friedhof umgibt. Auf dem Grab steht ein schlichtes Monument aus schwarzem Marmor. Auf einem rechteckigen Sockel ist ein Kreuz mit den typischen orthodoxen Querbalken montiert, auf dem Sockel steht ein Name in kyrillischen Buchstaben, aber weder Geburts- noch Todesdatum.

Frieda schlägt das Kreuzzeichen der Katholiken und erklärt Laura dann: »Das ist das Grab der Gräfin Aljewa … Sie hat mir viel bedeutet Sie war meine Miss Cort.«

»Ein Gast von dir?«

»Nein«, lächelt Frieda. »Wenn sie nach Wiesbaden kam, hat sie in der *Rose* gewohnt oder in den *Vier Jahreszeiten*. Ich habe sie im *Römerbad* kennen gelernt, als ich da noch Badmamsell war …«

Die Kleine sieht die Großmutter aus großen Augen an und erwartet offensichtlich eine Erklärung, die sie versteht. Frieda wendet sich aber in der Hauptsache an Laura. Sie deutet auf den Sockel und sagt: »Was da steht, ist eigentlich nur für mich bestimmt Da steht ihr Adelsname und *Marija*, das war einer ihrer vielen Vornamen, aber der Vorname, den nur ich benutzen durfte … Natürlich habe ich sie nur *Marija* genannt, wenn wir allein waren. Wenn andere uns hören konnten, war sie die Gräfin Aljewa … Aber wer bezahlt, darf auch bestellen, deswegen habe ich mich für *Marija* auf dem Stein entschieden.«

»Wieso hast du das entschieden?«

»Alles, was du hier siehst – das Grab, den Platz, das Grabmal, das habe ich bezahlt; ich habe sie auch hierher überführen lassen, aus Berlin. Nach der Revolution ist sie vollkommen verarmt, in Charlottenburg in einem Armenasyl gestorben. Ich wusste das nicht, habe es zu spät erfahren, aber als ich es erfahren habe, habe ich alles getan, was ich konnte, damit sie wenigstens ein anständiges Grab bekommt ... Ehrlich gesagt, ich hatte gar nicht das Geld für die Grabstätte und das Grabdenkmal; ich habe alles zusammengebettelt und hinterher in Zehn-Mark-Raten abgestottert ... Das Grabmal hat ein guter Gast von uns ausgeführt, ein Herr Schüren aus *Elberfeld-Barmen*, ein bekannter Steinmetz dort. So billig, wie er versprochen hatte, ist es dann auch nicht geworden.«

Nach einer winzigen Pause setzt Frieda hinzu: »Das war ich ihr schuldig.«

»Inwiefern?«, fragt Laura unumwunden.

»Es hat mich schwer getroffen, als ich gehört habe, unter welchen Umständen sie gestorben ist ... Ich hatte nicht gewusst, dass sie in Berlin war; ich dachte, sie wäre irgendwo in Russland verschollen ... Kurz vor dem Ersten Weltkrieg habe ich sie zum letzten Mal gesehen, und dann habe ich sie genau einige Tage nach ihrem Tod wiedergesehen ...« Frieda wischt sich mit einem Finger Tränen aus den Augen: »Ich habe nicht mal *sie* gesehen, nur ihre Urne ... Sie ist an dem Tag verbrannt worden, an dem ich nach Berlin kam.«

»Du hast sie geliebt?«, fragt Laura behutsam.

»Ich weiß nicht, Kind ... Wir waren immer mal für ein paar Tage, und wenn du alles zusammenrechnest, für ein paar Wochen ein heimliches Paar. Es hat mich nie jemand danach gefragt, und ich habe auch nicht darüber gesprochen, was sie mir bedeutet hat ... oder ich ihr. Anna war eifersüchtig und Willy auch, aber du siehst ja, sie haben es für sich behalten. Vielleicht verstehst du am besten, was zwischen uns war, wenn ich sage, sie wollte mich unbedingt in ihrer Nähe haben ... Sie wollte mir unter allen Umständen in St. Petersburg ein Teehaus einrichten, nur damit ich in ihrer Nähe war ... Ich habe aus vielen Gründen abgelehnt, aber es ist mir schwer gefallen, nein zu ihr zu sagen ... Es gibt keine Frau, die mich mehr beeindruckt hat als sie.«

»Was hat dich angezogen?«

Frieda denkt kurz nach, erklärt dann: »Ihre Unabhängigkeit, ihre vollkommene Unabhängigkeit. Sie hat gemacht und gesagt, was ihr richtig erschien. Konventionen hat sie nur akzeptiert, wenn sie ihr zupass kamen.«

Laura, die wunderbare Laura, versteht aus den wenigen Worten und einigen kryptischen Andeutungen, welcher Art die Beziehung war, die Frieda und die Tote verband. Sie versteht, dass es nicht um eine simple Liebesgeschichte ging und auch nicht um die Gier nach Lust und Befriedigung; jedenfalls nicht ausschließlich. Sie sagt: »Für mich hört es sich an, als sei es der gescheiterte Versuch gewesen, gemeinsam eine besondere Art von Leben zu führen.«

»Laura, du bist ein Gottesgeschenk«, erwidert Frieda gerührt. Sie selbst hätte diese Worte nicht finden können, aber sie drücken aus, was war und was gefühlt wurde.

Als die Drei nachher wieder in der Kutsche sitzen, erzählt Frieda von der Beisetzung der Gräfin und dem Leichenschmaus in Zimmer 2 des *Petersburger Hof*. Die Beisetzung nach orthodoxem Ritus hatte bei schönem Wetter stattgefunden und fiel anrührend aus. Mehrere Herrschaften aus der russischen Gemeinde hatten daran teilgenommen. Nicht einer der Anwesenden hatte die Gräfin gekannt, sie waren wohl von ihrem Priester dazu angehalten worden. Dieser Priester, berichtet Frieda, war ein Bilderbuch-Geistlicher, gewaltiger Bart, fromm, feiner gütiger Humor. Beim Leichenschmaus hatte er Frieda aufgefordert, einige Worte des Gedenkens zu sprechen. War sie doch die Einzige der Anwesenden, die etwas Persönliches über die Gräfin Aljewa sagen konnte.

»Du kannst dir vorstellen ... Ich war so verlegen; ich hatte doch nicht damit gerechnet, dass ich sprechen sollte. Ich bin also aufgestanden und wusste noch nicht, was ich sagen sollte, als ich den Mund auftat. Ich habe deswegen über das Erstbeste gesprochen, das mir einfiel, über unseren gemeinsamen Flug über die Alpen in dieser kleinen wackeligen Maschine; die Gräfin als Pilotin, ich hinter ihr als ihr Fluggast; vor uns hatten das noch nie zwei Frauen gemacht. Von da kam ich darauf, wie sehr die Gräfin in Fliegerkreisen geschätzt worden war. Selbst Roland Garros, damals der Heros aller Flieger, habe ich in meiner kleinen Rede erwähnt. Ich hätte natürlich auch ganz andere Geschichten über sie erzählen können, aber was ich gesagt habe, hat ausreichend beeindruckt.«

»Warum weiß ich das alles nicht?«, fragt Laura.

»Was weißt du schon von mir?«

»Es macht mich glücklich, dass du solches Vertrauen zu mir hast.«

»Heute ist der richtige Tag dafür. Ich sage dir, Laura, heute fängt der Frieden wieder an. Und ich sage es dir nochmals, Kind, Liebe ist ein Geschenk und wenn man es bekommt, soll man es annehmen ... Ich spüre jetzt noch die Lippen der Gräfin auf meiner Haut und auf meinem Hals.«

Laura wird rot, als sei über Miss Cort verhandelt worden.

»Danke», sagt sie, »danke für dein Verständnis.«

10.

Ende des Monats Juni besucht Frieda ihren Gönner Otto.

Es ist ihr erster Besuch bei ihm. Entweder hat sie ihn bislang in ihrem Haus gesehen oder in seinem Amt; gelegentlich sind sie sich zufällig auf der Straße begegnet. Privater ist es nie geworden, sieht man von der legendären Feier zu seinem 55. Geburtstag ab. Jetzt hat er ihr eine Postkarte zukommen lassen und sie gebeten, bei ihm vorbeizusehen. Er liege *auf der Nase* und dies noch für einige Zeit, und es sei doch einiges zu besprechen.

Im Text schwingt mit: Und bring' freundlicherweise mein Schmiergeld mit!

Otto wohnt in der Moritzstraße neben dem *Apollo-Kino.* Das hat er ihr schon mehr als einmal erzählt und auch, dass er hier zwei Zimmer und eine Dachkammer zur Verfügung hat. Der Hausbesitzer, der im Hof des Hauses eine Färberei und eine Chemische Reinigung betreibt, ist ein guter Bekannter von ihm und hat Otto die Räume sozusagen unter der Hand überlassen. Nach den Vorschriften ist das viel zu viel Platz für einen alleinstehenden Menschen, und Frieda hat sich schon mehr als einmal gefragt, wie die Beiden das gedeichselt haben. Allerdings befinden sich die Räumlichkeiten auf drei Ebenen, im zweiten und dritten Stock je ein Zimmer und unter dem Dach die erwähnte Kammer; womöglich hat man dadurch was drehen können.

Langgasse, Kirchgasse und Moritzstraße sind im Grunde eine Straße. Seit den römischen Zeiten bilden sie die Achse der Stadt. Entsprechend wird da gebaut und dort wieder eingerichtet; man ahnt, was war und hofft, dass es wieder so wird. Frieda genießt es, dass die Straßen aufblühen; beinahe so, als wäre es ihr Verdienst.

Sie hat sich für drei Uhr angemeldet. Als sie am alt-ehrwürdigen *Apollo,* schon immer eins der renommierten Kinos der Stadt, anlangt, ist es erst Viertel vor Drei. Um Otto nicht in Verlegenheit zu bringen – wer weiß, ob er überhaupt schon für Besuch gerichtet ist –, betrachtet Frieda aufmerksam die Bilder, die in den Schaukästen des Kinos aushängen. Es läuft ein italienischer Film namens *Fahrraddiebe;* ausgerechnet Fahrraddiebe! Die Namen der Schauspieler sagen ihr nichts und der des Regisseurs ebenfalls nicht. Nach dem, was man auf den Fotos erkennen kann, scheint es in dem Film sehr dramatisch zuzugehen und sehr bitter.

Frieda will gerade weitergehen, da tritt der Filmvorführer aus dem Notausgang seines Vorführer-Kabuffs und zündet sich auf einer kleinen eisernen Empore (mit einigen Stufen hinunter zur Straße) eine selbstgedrehte Zigarette an.

Er nickt Frieda zu, als seien sie alte Bekannte; offenbar hat er in ihr auf den ersten Blick eine Kinogängerin erkannt, und Frieda tut ihm den Gefallen und erkundigt sich: »Ist der Film interessant?«

»Na ja … Es geht um einen Arbeitslosen in Mailand. Dem wird das Fahrrad gestohlen und das braucht er unbedingt, weil er Plakate ankleben soll …«

»Die Geschichte kenne ich«, befindet Frieda.

»Es ist aber ein ganz neuer Film, läuft selbst in Italien gerade erst an«, wehrt der Vorführer ab.

»Ich spreche nicht von dem Film, ich spreche von dem gestohlenen Fahrrad – *das* kenne ich …«

»Ja«, befindet der Vorführer philosophisch, »Elend ist Elend.« Ihm wird bewusst, dass er eine potentielle Besucherin nicht abschrecken sollte und setzt schwach hinzu: »Aber ganz aufschlussreich … Man denkt immer, Amore und Sonnenschein, das ist Italien, und das reicht. Aber hier sieht man mal das ganze Elend.«

»Na, mal gucken«, behauptet Frieda und verabschiedet sich.

Der Film wäre der letzte, den sie sich ansehen würde – von Fahrrädern und Fahrraddieben hat sie bis an ihr Lebensende genug.

Sie geht durch die breite Durchfahrt von Haus Nummer 8. Die Tür des Treppenhauses steht weit auf; sie muss also nirgends klingeln, und daraufhin steigt sie die sehr schmale Treppe hinauf.

Im zweiten Stock ist an einer Tür ein Emailschild mit dem Namen *O. Borowski* angebracht. Frieda klopft und Irene Rehberger, Ottos Süße, öffnet so schnell, als hätte sie schon hinter der Tür auf Friedas Erscheinen gelauert. Sie ist in einem roten Unterhemd und barfuß und kocht gerade auf einem Zwei-Platten-Kocher eine Kartoffelsuppe; sie riecht ganz gut.

»Sehr liebenswürdig von Ihnen, dass Sie Otto einen Besuch abstatten«, begrüßt sie Frieda.

»Was hat er denn? Ist es schlimm?«

»Bindehautentzündung ... Die Augen sind ganz rot und verklebt ... Die Ärzte in der *Augenheilanstalt* haben ihn gefragt, warum er nicht früher gekommen ist. Ich hätte es ihnen sagen können: Er hat eine übertriebene Angst vor Ärzten. Jetzt dauert die Heilung mindestens einige Wochen.«

»Aber er wird doch wieder?«, fragt Frieda bestürzt. Sie hatte an eine Sommergrippe gedacht oder etwas ähnlich Harmloses, als sie Ottos Karte bekam, doch nicht an eine ernste Erkrankung.

»Sicher ... Die Ärzte glauben ja.«

»Wie kriegt man denn so was?«

»Es ist eine Virenerkrankung.«

»Viren? Das ist doch nicht etwa ansteckend?«

»Nun ja, Sie sollten ihn nicht küssen.«

»Das mache ich auch nicht, wenn er kerngesund ist. Darauf können Sie sich verlassen.«

Die Frau sieht Frieda an, als habe sie daran Zweifel.

»Was denken Sie denn von mir?«, sagt Frieda entrüstet.

»Habe ich etwas gesagt?«

»In gewisser Weise!«

»Dann bitte ich um Entschuldigung.«

»Und wo ist er jetzt?«

»Oben«, erwidert das Fräulein Rehberger und deutet mit dem Daumen zur Decke.

»Na, dann gucken wir mal nach dem Patienten«, sagt Frieda entschlossen und dreht sich um.

Irene Rehberger hält sie jedoch auf und fragt, jetzt beinahe demütig: »Haben Sie einen Moment Zeit für mich?«

»Worum geht's?«

Irene Rehberger schließt die Tür und fährt sich aus Nervosität mit der Zunge über die Lippen. Frieda fällt erst jetzt auf, dass ihr Lippenstift passend zum Unterrock ist, und da sie schon dabei ist, die Frau zu mustern, denkt sie: Sie müsste aufgepäppelt werden. Auch eine Tänzerin braucht was auf den Rippen.

Irene deutet auf einen Stuhl, Frieda nimmt Platz. Aha, was Ernsthaftes.

Das Fräulein Rehberger beginnt: »Ich habe Ihnen bis jetzt noch nicht für Ihre Hilfe gedankt … «

»Das ist doch nicht der Rede wert … Ich habe mit einer Freundin gesprochen, das ist alles, was ich für Sie getan habe. Dafür brauchen Sie sich nicht groß zu bedanken.«

»Ich danke Ihnen dennoch von ganzem Herzen. Ich hatte keinen Ausweg mehr gesehen.«

»Ach was … Im schlimmsten Fall hätten Sie ein Kind bekommen … Es gibt noch ganz andere Katastrophen.«

»Nicht für mich … Ich möchte, dass Sie es wissen: Ich danke Ihnen aufrichtig und von Herzen; Sie haben mich gerettet.«

»Gut, dann haben wir das geklärt … Ich habe Otto ein bisschen Schokolade mitgebracht … Die darf er doch essen?«

»Ja, natürlich … das Schleckermaul.«

Frieda will aufstehen. Aber Fräulein Rehberger hält sie ein weiteres Mal auf. »Darf ich noch etwas sagen?«

»Ich bitte Sie! Sie können sagen, was Sie wollen!«

»Es ist nicht einfach, es auszusprechen … eine andere Frau zu bitten …«

»Aber?«

Irene Rehberger setzt sich nun auch, aber nur auf die Kante eines Hockers, beinahe so, als sei sie hier zu Besuch, nicht Frieda.

Leise beginnt sie: »Reden Sie Otto die Heirat bitte nicht aus … Ich flehe Sie an.«

»Wie kommen Sie denn auf so was? Welche Heirat soll ich ihm nicht ausreden? Wollen *Sie* ihn etwa heiraten?«

»Hat er nicht mit Ihnen darüber gesprochen?«

»Sie haben eine völlig falsche Vorstellung von uns … Otto hilft mir geschäftlich und insoweit haben wir miteinander zu tun, aber er fragt mich doch nicht danach, wen er heiraten soll oder nicht …«

»Er verehrt Sie!«

»Otto? Mich?«, antwortet Frieda denn doch verblüfft.

»Wenn Sie es darauf anlegten, würde er morgen mit fliegenden Fahnen zu Ihnen überlaufen!«

Frieda lässt sich mit der Antwort Zeit, sagt dann: »Ich merke ja, es ist Ihnen ernst ... Sie reden das nicht nur so dahin ... Aber ich versichere Ihnen: Ich bin keine Konkurrenz für Sie! War ich nie und werde ich nie sein.«

Irene Rehberger nickt, als wolle sie gern glauben, vermöchte es aber nicht. Schließlich lässt sie Frieda einen Blick in ihre Seele tun: »Und wenn ich Sie bitte, sich für mich zu verwenden?«

»Tja ... das kommt alles sehr überraschend. Was ist denn geplant – Ihrerseits?«

»Sie vermuten wahrscheinlich, ich bin nur auf eine geheizte Wohnung aus und etwas zu essen ... Ja, das bin ich auch; ich gebe es unumwunden zu ...«

»Wohnen Sie denn nicht zusammen?«

»Nein, ich habe in der Emser Straße meine Schlafgelegenheit.«

»Aha ... Ich dachte ...«

»Nein. Das hatten wir uns am Anfang versprochen ... Jetzt würde ich es gerne ändern.« Sie wirkt verbittert, als sie hinzufügt: »Eine Tänzerin hat nur eine begrenzte Haltbarkeit. Insofern ... Aber bitte glauben Sie mir, wir verstehen uns auch menschlich gut ... Es geht nicht nur ums Materielle.«

Frieda erwidert: »Das ist nicht der schlechteste Grund für eine Ehe. Otto sorgt jedenfalls für seine Lieben; das spricht wirklich für ihn.«

»Er kann rührend sein, glauben Sie mir!«

»Ich glaube Ihnen alles ...«

»Damit Sie nicht einen völlig falschen Eindruck bekommen, ich bin nicht nur berechnend ... Ich tue alles, was ich für ihn tun kann. Ob es im Bett ist oder im Haushalt ... Und im Bett ist er nicht gerade anspruchslos, das kann ich Ihnen versichern.«

»Das will ich gar nicht wissen; das müssen Sie mir nicht erzählen. Meinen Segen haben Sie!«

»Es genügt mir, wenn Sie mir versprechen, mir keine Knüppel zwischen die Beine zu werfen.«

»Das ist ja eine Wendung der Dinge ... Ich dachte, ich mache hier einen Anstandsbesuch und jetzt soll ich ihm gut zureden, Sie zu heiraten?«

Irene antwortet demütig: »Sie würden mich ein weiteres Mal retten.«

»Ich will's gern versuchen. Aber hoffentlich bereuen Sie es später nicht. Gegen ihn sind Sie noch sehr jung.«

»Lassen wir es darauf ankommen«, erwidert Irene und lächelt nun wie ein Schulkind.

Wie es gar nicht anders sein kann, reden Frieda und Otto anfangs über seine Krankheit.

Er liegt in einem schmalen Bett in der Dachkammer. Dieses Bett steht unter einer Schräge und erinnert Frieda an ihre Kindheit. Auch sie hatte nachts eine Schräge über dem Kopf und träumte immer wieder von Baumstämmen, die ins Rollen gerieten und sie zu erdrücken drohten.

Otto hat Binden über beiden Augen; das rechte tränt offenbar dermaßen, dass diese Binde unangenehm gelb aussieht.

»Erst nahmen die Ärzte an, dass ich womöglich *Grünen Star* hätte, den gefährlichen Star … Aber die Befürchtung hat sich Gott sei Dank nicht bestätigt.«

»Ich hab' schon gehört, es geht alles wieder vorbei.«

»Es wird Zeit. Ich spüre dauernd ein Brennen und ein Jucken in den Augen, ich könnte sie mir rausreißen. Es ist, als ob sich ein Fremdkörper oder Sand im Auge befänden. Besonders morgens, wenn ich aufwache, du kannst dir nicht vorstellen, wie verschwollen und verklebt meine Augen sind, vor allem das rechte. Alles Sekrete … Hast du mir einen Umschlag mitgebracht?«

»Natürlich. Hier.«

Sie drückt Otto den Umschlag mit den Geldscheinen in die Hand. In diesem Moment kommt Irene mit der Suppe und darauf lässt er den Umschlag mit der Geschicklichkeit eines Jongleurs unter dem Kopfkissen verschwinden. Sieh an! Sie ist nicht einmal eingeweiht!

Irene setzt sich auf den Bettrand und füttert ihn vorsichtig und geduldig; einmal muss sie ihn sogar zum Klosett bringen. Es befindet sich Gott sei Dank gegenüber der Kammer. Während Irene ihn hinausführt, denkt Frieda, sie sind vielleicht nicht das ideale Paar, aber sie sind wenigstens ein Paar.

Als die Beiden zurückkehrt sind, Otto wieder in seinem Bett liegt und Irene ihn erneut mit Suppe füttert, wird jedoch der Punkt, der dem Fräulein Rehberger am Herzen liegt, nicht mit einem Wort angesprochen. Es ergibt sich einfach nicht, und ein Gespräch über eine so ernste Frage kann man nicht erzwingen.

Stattdessen reden die Drei über das, was in der Zeitung steht, was in allen Nachrichtensendungen gebracht wird und was jedermann beunruhigt. Man fragt sich (und Frieda stellt auch Otto diese Frage): Steht der nächste Weltkrieg vor der Tür? Ausgeschlossen ist es nicht, so schrecklich der Gedanke auch ist!

Die Währungsreform, die Frieda so enthusiastisch begrüßt hat, war, wie sie mittlerweile begriffen hat, für die Russen ein schwerer Affront. Sie hatten dem neuen Geld zu amerikanischen Bedingungen nicht zugestimmt. Nun besteht für sie die Möglichkeit, in ihrer eigenen Zone eigenes Geld auszugeben und die haben sie auch bereits genutzt; dazu haben sie die alten Reichsmarkscheine einfach überklebt. Schließlich können die Sieger in ihrer Zone schalten und walten, wie es ihnen gefällt. Die Deutschen müssen nicht gefragt werden. Was die Sache mit dem doppelten Geld und der damit verbundenen weiteren Teilung Deutschlands aber gefährlich macht, ist Berlin. Die Stadt liegt inmitten der *Sowjetischen Besatzungszone*; gleichzeitig wird Berlin, in vier Sektoren eingeteilt, von den Siegern gemeinsam verwaltet. Niemand kann sich zwei Arten Geld in einer Stadt vorstellen. Die Russen wollen nun erzwingen, dass ihr Geld in ganz Berlin Geltung hat und zwar ausschließlich ihr Geld; auf die Dauer würde ihnen dann das ganze Berlin gehören.

Um das zu erreichen, haben sie vor einigen Tagen alle Zugänge nach Berlin abgeriegelt. Gegenwärtig gelangt kein Zug dorthin, kein Lastwagen; selbst die Kanalschiffe liegen an eisernen Ketten fest. Alle Schranken sind runtergelassen; die Russen haben Panzer aufgefahren und in den Gewehren ihrer Soldaten ist scharfe Munition.

Bald werden die Berliner die Wahl haben, sich den Russen zu unterwerfen oder zu hungern.

»So wird's nicht kommen, Frieda! Da kennst du die Amerikaner schlecht!«, prophezeit Otto.

Gerade weil er gegenwärtig fast blind ist, verfolgt er jede Radiosendung und ist deswegen nicht weniger gut informiert als Anna oder Willy.

Frieda widerspricht ihm: »Glaubst du wirklich, die Amerikaner führen einen weiteren Krieg, und ausgerechnet dafür, dass nicht alle Berliner in russische Hände fallen? Die Hälfte sind ja schon unter russischer Herrschaft!«

»Die Amerikaner lassen sich ihre Rechte nicht beschneiden. Wenn sie dafür schießen müssen, dann tun sie es. Und wenn sie die Atombombe werfen müssen, machen sie es auch.«

»Das sind ja schöne Aussichten!«

11.

Alles hätte Frieda für möglich gehalten, aber nicht, dass die Weltpolitik einmal vor ihrer Haustüre stattfinden würde, und dass sie davon sogar profitieren würde.

Gegen jede Vernunft und Wahrscheinlichkeit tritt genau das ein.

Nachdem sie erst mal damit begonnen haben, setzen die Russen die Blockade Berlins auch im Juli und im August 1948 fort, Tag um Tag und Woche für Woche.

Die Amerikaner sind anfangs unschlüssig, wie sie reagieren sollen. Sie verhandeln mit den Russen und konferieren untereinander und mit ihren Alliierten, wo immer sich ein Konferenzsaal findet. Die Diskussion dreht sich um wenige, einfache Fragen. Sollen sie mit Panzern und Soldaten den Durchbruch erzwingen und sich auf diese Weise für alle Zeiten einen Korridor durch die sowjetische Besatzungszone sichern? Kann das gelingen, und welche Kosten sind damit verbunden? Oder wollen die Westmächte um des lieben Friedens willen einfach ihren Anteil an Berlin aufgeben?

In diesen unruhigen, unsicheren Wochen beziehen die Amerikanerinnen, die bei ihr im Haus logieren, Frieda zum ersten Mal in ihre Gespräche ein. Sie wollen von ihr die Meinung der Deutschen wissen. Was glauben Friedas Landsleute? Hält der wackelige Frieden oder kommt ein großer Krieg? Und versprechen sich die Deutschen davon womöglich einen nachträglichen Sieg über die Sowjetunion? Die Meisten der Frauen gehören der *Army* oder der *Air Force* an und sind im Fall des Falles direkt betroffen. Entsprechend sind sie kaum weniger nervös als die Deutschen, die größtenteils den Weltuntergang befürchten.

In den ersten Tagen der Blockade hat Doris die Geschichte noch als ein windiges Manöver der Sowjets abgetan. Je länger die Unsicherheit aber anhielt, desto besorgter wurde sie. Gegenwärtig spricht sie über einen weiteren Weltkrieg genau so hysterisch wie über Bettgefährten, die sie enttäuscht haben. Klärchen t'Hooft äußert sich nicht zur Zukunft. Sie vermittelt den Eindruck, dass sie bei Prophezeiungen dieser Art ihre Sehergabe verliert. Ihr Gemahl zeigt eine Selbstzufriedenheit, die man bisher noch nicht an ihm gesehen hat. Es ist, als wolle er sagen: *Merkt ihr nun, wie mir Unrecht getan wurde? Ich habe immer gegen die Bol-*

schewisten gekämpft! Und wie wurde es mir gedankt? Aber jetzt lernt ihr sie kennen!

Anna ist wegen der Weltlage ausgesprochen pessimistisch. Sie fürchtet, Stalin sei der härtere Pokerspieler; Präsident Truman, ein ehemaliger Herrenausstatter, zu unerfahren in seinem Amt, um sich gegen den gerissenen Diktator durchsetzen zu können. Sie glaubt an Pro-forma-Schießereien und danach an ein Einlenken der Amerikaner.

Der Einzige, der einen guten Ausgang der Geschichte voraussagt, ist Willy. Er prophezeit Evchen: »Keine Sorge, Kind, die Welt wird nicht untergehen. Auf solche Phantasien kann man getrost verzichten, *wenn man kann.* Leider fällt dem Menschen das sehr schwer … Wenn es um seine Zukunft geht, sieht der Mensch am liebsten schwarz. Das Gehirn ist einfach so eingerichtet, Evchen, es hat Angst vor dem Unbekannten und *Zukunft ist unbekannt.* Es ist *wissenschaftlich erwiesen,* das ist nicht von mir erfunden, es wird so lange in allen Ecken und Winkeln nach möglichen Gefahren gesucht, bis welche gefunden sind. Deswegen scheint unser Ende immer nah, ist immer um die nächste Ecke. Ich sage dir, Kind: Das Ganze ist vor allem was für die Zeitungen. Die müssen was zu schreiben haben!«

»Onkel Willy, glaubst du wirklich, was du predigst?«, fragt Laura interessiert.

»Immer! Und ansonsten gilt die Regel, am Sonntag immer in den besten Sachen promenieren!«

Nach vielen Konferenzen beschließen die Amerikaner, die drei Luftkorridore nach Berlin, die ihnen vertragsgemäß zur Verfügung stehen, zu nutzen und die Stadt bis zur Herstellung des *Status quo ante* aus der Luft zu versorgen. Sie wollen alle Lebensmittel, jedes Medikament, jedes Stück Kohle und jedes Maschinenteil, das in Berlin gebraucht wird, mit Flugzeugen dorthin schaffen. Und das so lange, bis sie die Russen in die Knie gezwungen haben.

Bei der Versorgung einer belagerten Stadt mit zwei Millionen Menschen auf Flugzeuge zu setzen und nur auf Flugzeuge, klingt phantastisch. Doch die Deutschen trauen den Siegern so etwas zu. Während des Zweiten Weltkriegs haben sie lernen müssen, mit welch ungeheurer Schnelligkeit Amerikaner Massen an Flugzeugen, Schiffen und Panzern aus dem Boden stampfen können. Warum sollen sie dann Schwierigkeiten haben, eine Stadt auf dem Luftweg zu versorgen?

Tatsächlich zieht die *US Air Force* alle Transportflugzeuge, die sie irgendwo auf der Welt entbehren kann, in Deutschland zusammen. Der Großteil davon wird auf der *Rhein-Main Air Base* in Frankfurt und dem Wiesbadener Flugplatz *Erbenheim* stationiert. Anfangs sind das kaum mehr als einige Dutzend Flugzeuge, aber es werden schnell mehr und mehr Maschinen und endlich fliegen sie Tag und Nacht im Minutentakt nach Berlin.

Das Hauptquartier der Aktion (die Amerikaner nennen sie *The Big Lift;* die Deutschen *Luftbrücke)* wird im ehemaligen Hotel *Hamburger Hof* eingerichtet, Ecke Taunusstraße und Geisberg. Existierte Willys Barrikade noch, grenzte sie an das Haus.

Der *Hamburger Hof* zählte nie zu den wirklich geschätzten Wiesbadener Kurhotels; er war immer nur ein Kasten, um Leute unterzubringen. Für das Haus spricht allerdings, dass es weitaus mehr Räume hat, als man ihm von außen ansieht und genau das zählt jetzt.

Von hier aus koordinieren *Major General William H. Tunner* und seine Leute die gesamte Operation. Und da die Zahl der Transportflugzeuge immer größer wird, wächst auch Tunners Stab. Nach einigen Monaten haben sich seine Männer fast die ganze Taunusstraße erobert.

Anna wird einmal zusammen mit anderen Offiziellen eingeladen, das Treiben aus der Nähe zu betrachten. Soweit sind wir schon; Anna wird von den Amerikanern ernst genommen! Wie auch immer, sie berichtet hinterher, der Betrieb im *Hamburger Hof* sei gleichzeitig hektisch und unglaublich durchorganisiert. Alle Flugbewegungen zwischen der amerikanischen und britischen Zone und Berlin würden auf Schiebetafeln dargestellt, verfolgt und im Minutentakt aktualisiert. So wisse man stets bis auf den Meter genau, wo sich gerade jedes der eingesetzten Flugzeuge befinde.

General Tunner hat ihr imponiert. Er ist erst zweiundvierzig und bereits weißhaarig und dabei ein unglaublich *effizienter Militär,* soweit sie das einschätzen kann. Während des Krieges hat er eine Art Luftbrücke über den Himalaya organisiert; damals wurden die demoralisierten und hungernden Truppen des chinesischen *Generals Chiang Kai-shek* von ihm mit Essen und Material versorgt und zwar von Indien aus. Diese Erfahrung hat ihm wohl das jetzige Kommando eingetragen und nach Annas fester Meinung rechtfertigt er alle Erwartungen, die ihn gesetzt werden.

Weil mehr und mehr Piloten herangezogen werden, werden auch immer mehr Unterkünfte für sie gebraucht. Die Männer schlafen in Kasernen,

Zelten und endlich auch in Hotels. Einige von ihnen werden schon in den ersten zwei Wochen im *Petersburger Hof* untergebracht. Niemand fragt jetzt noch nach Moral und Sitte. Ob die Männer ihre Betten Wand an Wand mit Soldatinnen oder Zivilamerikanerinnen haben, interessiert niemanden mehr. Hauptsache, es werden Betten zur Verfügung gestellt.

Nach kurzer Zeit ist es so, wie es Willy von den U-Booten beschrieben hat. Die Piloten und ihre Mechaniker schlafen ein paar Stunden, dann verschwinden sie und die Nächsten legen sich in ihren Betten aufs Ohr. Die Männer sind hundemüde, wenn sie kommen, und wirken zerschlagen, wenn sie gehen.

Herr Döringer und ein weiterer Koch sind rund um die Uhr im Einsatz. In der Hauptsache öffnen sie Büchsen und wärmen den Inhalt auf. Egal. Das Wichtigste ist, dass die Männer zu jeder Tages- und Nachtzeit etwas Warmes zwischen die Zähne bekommen.

Die Menge an Bettwäsche, die gebraucht wird, wird bald zum Problem. Die Wäscherei Maison liefert an manchen Tagen zweimal, und das reicht immer noch nicht. Ein Teil der Wäsche wird wieder, wie zur Jahrhundertwende, in einem gewaltigen Kessel in der Waschküche gewaschen und von den Mädchen mit Hilfe einer großen Mangel im Keller geplättet. Auch die elegante, chromblitzende Waschmaschine, die die Amis im Haus installiert haben, kommt wieder zum Einsatz. Damit werden Handtücher und Tischwäsche gewaschen, Aufleger in der Hauptsache. Allerdings erweist sich die Maschine als nicht sehr zuverlässig. Der Installateur Elyas aus der Taunusstraße ist deswegen mindestens einmal pro Woche im Hotel *Petersburger Hof*.

Das geht über viele Monate so. Anfangs ist der Betrieb im Haus für Frieda wie ein immerwährender Lotteriegewinn. Dann gewöhnt sie sich auch daran.

Dass das Ganze nicht nur Aufregung und Geldscheffelei ist, wird ihr erst bewusst, als ein Pilot und sein Co-Pilot bei der Rückkehr aus Berlin mit ihrer C-47 abstürzen. In der Zeitung steht, es handele sich um einen Lieutenant George B. Smith aus Tuscaloosa, Alabama, und seinen *First Lieutenant* Leand V. Williams aus Abilene, Texas. Frau Roos und Lucie behaupten Stein und Bein, dass beide mehrmals im Haus übernachtet haben. Frieda kann sich nicht erinnern, die Namen schon gehört zu haben. Selbst die Zeitungsfotos sagen ihr nichts. Sie will aber auch nicht das Fremdenbuch nach den Eintragungen absuchen und so gibt sie Lucie und Frau Roos einfach recht. Welchen Unterschied macht es, ob die Beiden für paar Stunden oder ein paar Nächte in ihrem Haus waren oder nicht – sie sind tot. Viel zu früh gestorben, und in Texas und in Alabama weinen nun Mütter und Frauen um sie und womöglich auch Kinder.

Frieda denkt plötzlich an Heini. Sie glaubt immer weniger daran, dass er in russischer Gefangenschaft genesen ist und nun für die Russen geheime Arbeiten verrichtet. Mag das Klärchen sehen, was es will.

V. Wunder und andere Unwahrscheinlichkeiten

1.

Mein Gott, ist sie aufgeregt!

Sie wird doch die Besucherkarte nicht vergessen haben! Frieda wühlt in ihrer Handtasche. Gott sei Dank, da ist sie.

Frieda steht vor dem Stadtschloss der Herzöge von Nassau, am Fuß der Treppe zum Haupteingang. Hinter sich hat sie das schwer beschädigte Rathaus und die Ruinen des Lyzeums und auch einige Stände eines Bauernmarktes. Sie holt mehrmals tief Luft; sie muss sich einfach beruhigen. Schließlich ist sie nur Zuschauerin; Hauptperson ist Anna. Sie wird heute zum ersten Mal als reguläre Abgeordnete an einer Sitzung des Hessischen Landtags teilnehmen. Für den Landtag ist es eine Allerweltsitzung, die erste im Jahr 1949, für Anna beginnt ein neuer Lebensabschnitt. Ab heute kann sie über Gesetze mitentscheiden, die Regierung kontrollieren; sie hat sogar gewisse Privilegien.

Frieda hätte gern Laura und Willy bei sich, ach was, am liebsten alle ihre Lieben, vor allem ihr Gefolge, Doris samt Klärchen und Franz. Alle sollten Anna an ihrem Ehrentag bewundern dürfen. Doch das ist unmöglich, der Parlamentssaal reicht gerade für die Abgeordneten. Für Zuschauer sind nur sehr wenige Plätze reserviert. Anna musste Handstände unternehmen, um wenigstens *eine* Karte für Frau Frieda Tremus, Witwe des in der örtlichen Sozialdemokratie unvergessenen Georg Tremus, herauszuschlagen.

Frieda hat sich fein gemacht, als ginge sie zu einer Hochzeit oder zu einer Gerichtsverhandlung. Sie trägt das schlichte Dunkelblaue, das ihr so gut steht und das gleichzeitig sowohl offiziell wie alltäglich wirkt. Das Wetter spielt mit; für Januar ist es mild und freundlich und so kann sie den leichten grauen Wintermantel anziehen, der dazu passt. Der dicke hätte die ganze Erscheinung zerstört. In dem dicken Mantel kommt sie sich immer vor wie eine russische Bäuerin; viel zu unförmig, das Ding.

Frieda wirft noch einmal einen Blick auf das Schloss. Beim letzten großen Bombenangriff hat es einiges abgekriegt. Im Inneren hatte es gebrannt und ein oder zwei Jahre lang sah der Bau – ohne Fenster und mit der schwarzverrußten Fassade – wie eins der vielen anderen Opfer aus, die der Krieg gefordert hat. Mittlerweile hat man das Haus in Ordnung gebracht, und nun steht es wieder da, wie es sich die Herzöge gewünscht hatten. Hoch über dem Eingang ist noch immer deren Wappen angebracht, darunter steht in selbstbewusster Größe *Hessischer Landtag.*

Nun gut, dann wollen wir mal!

Frieda steigt die rote Sandsteintreppe hinauf, die zum Eingang führt; die Treppe, die schon Kaiser und Zaren benutzt haben und die nun Annas Treppe ist. Frieda könnte weinen vor Glück.

Oben, im Vestibül, steht ein Parlamentsdiener, im Frack und mit weißen Handschuhen und will Friedas Besucherkarte sehen. Sie reicht sie ihm und weiß sofort: Den Menschen kennst du! Den hast du schon gesehen!

Er blickt sie ebenfalls überrascht an, dann sagt er: »Na, Frieda, hätten wir das gedacht? Das *wir* mal hier Hausherren sind!«

Die Stimme kennt sie; das ist … das ist …

»Albert … Albert Zander«, stellt er sich vor, als er Friedas Unsicherheit bemerkt.

»Ach, Albert, entschuldige … Ich bin so aufgeregt …«

Als er seinen Namen genannt hat, stand Frieda die Vergangenheit sofort wieder vor Augen. Der Genosse Zander war der typische Mitläufer, den man stets im Umfeld von Anführern findet. Er hatte sich an Georg gehängt in der Erwartung, in dessen Schatten ebenfalls aufzusteigen. Frieda erinnert sich, dass sie ihn nie wirklich gemocht hat. Georg hatte sie deswegen immer zurechtgewiesen: *Was willst du? Er tut nun wirklich alles, was er kann, um mir Arbeit abzunehmen. Ich bin froh, dass ich auf ihn zählen kann.*

»Wir haben uns eine Weile nicht gesehen …«, sagt Albert verbindlich, wie sie das immer von ihm kannte.

»Das ist wahr … Eigentlich seit Georg nicht mehr unter uns ist … Wie ist es dir denn ergangen?«

»Ich hab's überlebt …«

»Entschuldige, das hatte ich ganz vergessen. Dich hatten sie ja auch eingesperrt; du warst ja im Moor, irgendwo da oben bei Hamburg …«

»Ja, *Börgermoor* … bei Papenburg. Mit Schaufeln und bloßen Händen mussten wir das Moor kultivieren.«

»Anna hat's mir erzählt.«

Er winkt ab: »Es ist vorbei … *Glücklich ist, wer vergisst* …«

»Wenn man vergessen kann. Anna schreit manchmal, wenn sie vom Gefängnis in Saarbrücken träumt. Ich nehme an, du kennst so was auch …«

»Es ist vorbei, Frieda! Wie ein Film auf der Leinwand … Das ist das Schöne am Kino: Am Schluss wird's wieder hell.«

»Du weißt sicher, dass Anna ab heute reguläre Abgeordnete ist … Sie hat heute ihre erste Plenarsitzung!«

»Ich weiß, ich hab' ihr schon gratuliert! Von der Fraktion hat sie einen Blumenstrauß bekommen.«

Das ist zu viel. Frieda kommen nun die Tränen, die sie den ganzen Vormittag zu unterdrücken suchte.

Sie presst ihr Taschentuch gegen die Augen, fasst sich nach einigen Momenten und entschuldigt sich: »Tut mir leid, Albert … Du weißt, was das Georg bedeutet hätte … Wenn er das hätte erleben dürfen!«

»Diese Verbrecher!«, erwidert Albert heftig. »Dieses braune Pack! Wenn alles so gekommen wäre, wie es kommen sollte, wäre Georg in den Reichstag eingezogen.«

»Und womöglich ins KZ«, fügt Frieda realistisch an. »Wer weiß, wofür es gut war … Dann gucke ich mal nach Anna …«

»Tu das … Aber eins möchte ich dir noch sagen, Frieda: Du hast dich überhaupt nicht verändert! Auserlesen wie immer.«

»Was soll das denn heißen?«

»So schön wie immer.«

»Das stimmt zwar nicht, aber danke!«

Sie geht weiter, darauf folgt er ihr noch zwei, drei Schritte und sagt: »Lass dich doch mal bei einer Versammlung vom Ortsverein blicken! Komm doch einfach mal vorbei!«

»Albert, es ist kein böser Wille! Aber abends bin ich fertig! Zur Zeit haben wir dreimal so viel Gäste wie in normalen Zeiten.«

»Ja, habe ich schon gehört. Erfreulich, dass wenigstens irgendwo der Weizen blüht!«

»Tut er, ja!«

Frieda hält es nicht für sinnvoll, ihm zu sagen, dass sie nicht einen Tag lang Sozialdemokratin war und an keiner Versammlung eines Ortsvereins teilgenommen hat. Für ihn war sie ganz offenbar die Ehefrau von Georg Tremus und entsprechend hat er sie automatisch den Guten zugerechnet.

Man muss durch verschiedene herrliche Räume gehen, um zum Plenarsaal zu gelangen; herrlich wegen ihrer Lüster, wegen der reichen Wand- und Deckenmalereien, wegen des erlesenen Parketts.

Umso ernüchternder dann der eigentliche Parlamentsaal. Solange im Schloss höfisches Leben zelebriert wurde, diente der Raum als Musiksalon. Er ist in seinen Ausmaßen und in seiner Ausführung genau so gelungen wie das gesamte Schloss; es ist nur schlicht zu klein für die Aufgabe, die man ihm jetzt gestellt hat. Der Landtag hat immerhin neunzig Mitglieder; sogar Kommunisten sind darunter. Die KPD stellt zehn Abgeordnete; die SPD, die stärkste Partei des Hauses, fast viermal so viel. Die CDU hat 28 Sitze, die Liberaldemokraten (abgekürzt LPD) 14. Andere als diese vier Parteien sind nicht im Landtag vertreten. Die Amerikaner haben bei der Wahl von 1946 sehr darauf geachtet, dass es nicht wieder zur Zersplitterung der politischen Kräfte kommt. Unter anderem daran, an dieser Zersplitterung nämlich, sei die Republik von Weimar in den zwanziger Jahren und zu Beginn der dreißiger Jahre gescheitert, hat Anna schon mehr als einmal doziert, in der Küche genauso wie im Schlafzimmer. Frieda ärgern solche allgemeine Betrachtungen und Belehrungen. Sie war dabei; sie hat alles genau so erlebt wie Anna, und mit Politik wurde sie mindestens genau so gefüttert wie diese. Richard hatte ihr zum Beispiel haarklein auseinander gesetzt, dass sich Massen niemals selbst zu regieren vermöchten. Entweder würden sie nur pro forma gefragt und hätten nur scheinbare Wahlmöglichkeiten oder das Chaos und Anarchie regierten. Wenn er das Wort *Demokratie* in den Mund nahm, schwang stets Hohn mit.

Die Abgeordneten sitzen an einfachen Tischen und einfachen Stühlen, die zur herzoglichen Zeit allenfalls in der Küche geduldet worden wären. Immer vier Abgeordnete sitzen dicht an dicht an einem der in mehreren Reihen aufgestellten Tische. Dann gibt es einen Präsidiumstisch und einige Arbeitsplätze für Journalisten. Damit hat sich's denn aber auch. Frieda hat man einen dick gepolsterten Stuhl neben einen solchen Arbeitsplatz eines Redakteurs gestellt. Es liegt sogar ein Zettel auf dem schwarzen Polster: *Reserviert*. Frieda nimmt in angemessener Weise (den

Herzögen von Nassau und den Königen von Preußen angemessener Weise) auf dem Stuhl Platz und sieht sich um.

Wo sitzt denn nun Anna?

An sonnigen Tagen ist das Licht völlig ausreichend; durch fünf große Fenster fallen dann Sonnenstrahlen in den Saal. Wenn es aber draußen düster ist, wie im Moment, wird es schummrig im Plenarsaal des Hessischen Landtags. Es gibt wohl eine Übereinkunft, keinen Strom zu vergeuden – Strom ist immer noch ein Engpass – und so sitzt man eben in der Düsternis und sperrt die Ohren noch etwas weiter auf als sonst.

Zurzeit steht ein feuriger jüngerer Abgeordneter am Rednerpult und erläutert, warum sich das Land Hessen für die Einrichtung eines Friedensbüros einsetzen sollte. Angeblich hat das Land Württemberg – Hohenzollern in vorbildlicher Weise Einrichtungen geschaffen, wie er sie hier vermisst. In Stuttgart beuge man dem raschen Vergessen vor. Gegenwärtig erschienen Schriften, die Hitler als eine Art *Rinaldo Rinaldini* darstellten, und dagegen müsse unbedingt angegangen werden. Hessen müsse handeln, bevor es zu spät sei!

Frieda denkt: Welche Sorgen hat denn dieser Mensch! Wer in Deutschland weiß nicht, wer Hitler war? Wer muss mit Steuergeldern über ihn aufgeklärt werden?

Wahrscheinlich geht's nur um einen weiteren Posten, der geschaffen werden soll.

Die Mehrheit der Anwesenden muss ähnliche Gedanken haben. Der Redner erntet weitaus mehr Widerspruch als Zuspruch und plötzlich entdeckt Frieda ihre Freundin. Anna sitzt mitten im Saal, umringt von Männern, die alle wesentlich größer und fülliger sind als sie. Sie schüttelt den Kopf und wie sie den Kopf schüttelt, ist typisch für sie. So hat sie dem Lehrer Werner schon in der Volksschule zu verstehen gegeben, dass das Fräulein Anna sich über ihn nur wundern kann.

In einer Beratungspause umarmen sich Frieda und Anna; Frieda gratuliert ihr von ganzem Herzen und Anna nimmt das hin, als seien derartige Geschichten für sie vollkommen alltäglich. Nebenbei stellt sie Frieda zwei älteren Genossen vor und diese sagen ihrerseits etwas der Situation Angemessenes.

Aus irgendeinem Grund ist Frieda die Euphorie, mit der sie das Schloss betreten hat, abhanden gekommen. Vielleicht hätte ihr Albert Zander nicht begegnen dürfen.

Als sie sich abends wiedersehen, fragt Frieda spitz: »Sag mal! Das wollte ich dich heute Morgen schon fragen … Warum war denn dein Bernhard nicht bei deiner ersten Sitzung anwesend?«

»Frieda, wie sollte ich an zwei Karten kommen? Deine hat schon Arbeit genug gemacht …«

»Na, dann habe ich mich ja zu bedanken … Ich danke!«

»So war das doch nicht gemeint, das weißt du doch ganz genau.«

»Ich habe mir nur Gedanken gemacht … An Weihnachten hat man nichts von ihm gesehen und gehört, an Neujahr nicht … Und heute nun auch nicht!«

»Es ist alles in bester Ordnung! Danke der Nachfrage!«, erwidert Anna aufgebracht.

Es fehlte nicht viel und es käme zum großen Krach. Die liebe gute Laura spürt das und sagt einige vermittelnde Sätze und insofern geht der große, so lang herbeigesehnte Tag einigermaßen passabel zu Ende.

Glück sieht anders aus.

2.

Frau Roos kommt zu spät zur Arbeit, eigentlich sehr verspätet. Im Gegensatz zu normalen Tagen, wo sie immer auftaucht, als sei sie aus dem Ei gepellt, wirkt sie etwas derangiert.

Und passend dazu verdirbt sie mit einer schlechten Nachricht allen im Haus den Tag. Statt guten Morgen zu sagen und irgendeine Entschuldigung für ihre Verspätung vorzubringen, reißt sie die Küchentür auf und verkündet: »Die Luftbrücke wird eingestellt!«

Frieda ist bei ihrem zweiten Frühstück, bei ihrem *Auf*, heißt, sie genießt die übliche halbe Flasche Sekt. Sie bekommt einen furchtbaren Schreck, sowohl über das, was Frau Roos, als auch über die Art, wie sie es gesagt hat. Sie fährt Frau Roos an: »Erzählen Sie doch nicht so was! Das wäre ja furchtbar!«

Lucie, die am Küchenwaschbecken ein Silbertablett poliert, dreht sich zu Frau Roos um und will wissen: »Wieso …?«

Frieda ärgert sich über Lucie: »Was ist das denn für eine Frage! Du lebst auch von den Fliegern!«

»Das meine ich nicht«, versucht sich Lucie zu rechtfertigen. Wie immer, wenn sie ungerecht getadelt wird, stottert sie ein wenig: »Ich … Ich … Ich frage ja nur, wollen die Amis doch noch schießen?«

Frau Roos bürstet sie ab: »Ach was! Die Sowjetunion merkt, dass sie die Schlacht verliert und dreht bei. Hinter den Kulissen wird bereits verhandelt.«

Frieda ist erstaunt, dass Frau Roos plötzlich Staatsgeheimnisse kennt. Sie fragt nach: »Und woher wissen Sie, dass die Luftbrücke eingestellt wird? Haben Sie das gelesen oder was?«

»Nein, das ist noch vertraulich …«

»Wieso vertraulich?«

»Wenn Sie es so genau wissen müssen: Ich habe die Information von jemanden, der immer sehr gut unterrichtet ist … Von ihm habe ich erfahren, es wird gegenwärtig sowohl in Moskau wie in Washington verhandelt, äußerst diskret natürlich.«

Frau Roos will sich entfernen und ihren Mantel in Zimmer 4 tragen, Frieda entlässt sie aber noch nicht: »Nun, warten Sie doch mal! Das ist doch wichtig! Von wem genau haben Sie das?«

Frau Roos windet sich und nennt endlich einen Namen. Frieda versteht *Doktor Bleibtreu*; der gute Mann kann aber auch anders heißen. Frieda vermutet, Frau Roos hat seinen Namen mit Absicht etwas undeutlich artikuliert. Jedenfalls handelt es sich bei dem Herrn, wie sich schlussendlich herausstellt, um jemanden aus dem Vorstand von Dyckerhoff, mit dem Frau Roos in Kontakt steht.

»Aha … Na ja, wenn es so ist, wie Sie sagen, und wenn es wirklich so kommt, müssen wir eben weitersehen«, schließt Frieda die Befragung ab und bemüht sich, möglichst gelassen zu erscheinen.

Daraus schließt Frau Roos, dass Frieda sie nicht wirklich ernst nimmt. Sofort verfällt sie wieder in die Attitüde einer Chefsekretärin und erklärt: »Glauben Sie, ich erfinde so etwas? Soll ich Ihnen die Namen der Chefunterhändler nennen? Wenn Sie es so genau wissen müssen: Für die westliche Seite verhandelt ein *Mister Philip Jessup*, ein Jurist im amerikanischen Außenministerium, und für die russische Seite ein *Genosse Malik*, ebenfalls ein Diplomat.«

»Ich bin beeindruckt!«, erwidert Frieda und nickt zustimmend; beinahe so, als habe Frau Roos alles richtig wiedergegeben, was allgemein bekannt ist.

Was sie wirklich denkt, ist: Der gute Doktor Bleibtreu scheint Frau Roos ja sehr eingehend zu instruieren.

Die Ankündigung von Frau Roos macht Frieda weit mehr zu schaffen als sie zugibt. Selbstverständlich war immer zu befürchten, dass es mit der Luftbrücke eines Tages zu Ende gehen würde.

Es war und ist alles zu schön; die letzten Monate waren das Dorado für eine Matratzenvermieterin wie sie. Eine höhere Macht spülte und spült ihr unablässig Gäste ins Haus; Gäste, die dankbar sind und ohne Extrawünsche. In nichts sind sie mit den Herrschaften von ehedem zu vergleichen, die sich immer neue abartige Forderungen ausgedacht hatten. Das Schlimmste war, dass die zum Teil unerhörten Forderungen auf der Stelle erfüllt werden sollten.

Der jetzige Zustand kann beim besten Willen kein Dauerzustand sein, das war und ist Frieda klar. Jeder Traum endet.

Aber wann?

Frau Roos kann ihr in dieser Hinsicht nicht weiterhelfen. Als Frieda sie am nächsten oder übernächsten Tag nach einem genauen Termin fragt, erwidert sie schnippisch, sie sitze nicht mit am Verhandlungstisch.

Frieda versteht nicht, warum der *Kurier* nichts über irgendwelche Geheimbesprechungen und Geheimberatungen in dieser Richtung bringt. Dafür ist eine Zeitung doch da. Oder hat sie, Frieda, den entsprechenden Bericht überlesen? Sie blättert die alten Nummern durch, die immer zwei Wochen lang aufgehoben und erst dann verfeuert werden. Das hat Georg eingeführt und so wird es immer noch gehalten. Nein, in der Zeitung findet sich nichts über Verhandlungen zur Beendigung der Berliner Blockade.

Aber gibt's denn etwas Wichtigeres als das?

In ihrer Unruhe wendet sich Frieda an den einen oder anderen der Piloten, die im Haus übernachten. Die Männer wissen nichts oder dürfen nichts nach außen dringen lassen; angeblich hat man sie über irgendwelche Verhandlungen nicht informiert. Die Piloten würden es begrüßen, wenn mit der Aktion *Big Lift* tatsächlich bald Schluss sein sollte. Für sie ist es reine Knochenarbeit.

Nun gut, beruhigt sich Frieda endlich, wenn es ein Erwachen geben muss, dann muss es eben sein.

Der liebe Gott wird sie auch danach nicht in Stich lassen.

Eines Abends spricht sie dieses Thema ein weiteres Mal mit Anna durch. Als Landtagsabgeordnete müsste Anna ja eigentlich etwas wissen. Sie weiß aber nichts.

Das Gespräch findet in der Küche statt und während sie sich unterhalten, sitzt einer der älteren Piloten stumm mit am Tisch, beinahe so, als wäre er gar nicht da. Anna teilt sich mit ihm eine Büchse mit Würstchen und Gebackenen Bohnen. Endlich resigniert Frieda: »Wir haben vor der *Luftbrücke* gelebt, da werden wir es auch hinterher schaffen ...« Dann atmet sie tief durch und fügt an: »Vorerst ist ja der amerikanische Präsident noch für unser Wohlergehen zuständig. Solange das Haus beschlagnahmt ist, ist unsere Existenz gesichert ... Es sind schon verdrehte Verhältnisse!«

»Frieda, sie waren bereits wesentlich verdrehter! Bei der Gelegenheit, Frau Tremus, hiermit möchte ich fristgerecht kündigen. Es ist jetzt alles geklärt, ab Monatsende alimentiert mich der hessische Steuerzahler.«

»Gratuliere. Und was kriegst du?«

»310 Mark, jeden Monat. Und noch Zulagen.«

»Ich dachte, es wäre mehr ...«

Zu ihrer Verblüffung lässt sich jetzt der Pilot, der abrufbereit in Fliegerjacke und seinen schweren Pilotenschuhen bereits an den Füßen bei ihnen am Tisch sitzt, vernehmen: »Das ist kein schlechtes Geld. Ein durchschnittliches Lehrergehalt.«

Offenbar spricht er deutsch und hat jedes Wort verstanden, das sie gewechselt haben. Mein Gott, man muss doch immer aufpassen, wann und wo man den Mund aufmacht.

Am nächsten Vormittag hat Frieda etwas in Ottos Dienststelle zu erledigen. Auf dem Weg dorthin kommt sie an der Bonifatiuskirche vorbei und geht für einen Moment hinein; so viel Zeit muss sein.

Beim Eintreten bekreuzigt sie sich, wobei sie etwas zu viel Weihwasser nimmt. Dann steuert sie den Heiligen Antonius an. Ihr privater Heiliger steht da, wo er immer steht, auf der linken Seite der Kirche, vom Hochaltar aus betrachtet. Und er steht da wie immer, verlegen lächelnd und in seiner unnatürlich heiligenmäßigen Haltung. Letztlich ist er nur eine bunt angestrichene Gipsfigur. Allerdings hat er die Zeiten von Krieg und Nazitum vollkommen ungeschoren überstanden; das ist auch schon etwas, das kann man ruhig erwähnen.

Frieda kniet nieder und beginnt ein Zwiegespräch mit dem Heiligen Antonius, diesmal mit dem echten, dem im Himmel. Sie bedankt sich für seine Hilfe und dafür, dass er unablässig über sie wacht.

Sie gesteht, einen Augenblick lang sei sie in Versuchung gewesen, die Verlängerung der Luftbrücke zu erbitten. Dafür wolle sie sich entschuldigen; es sei ihr klar, wie egoistisch ein solcher Wunsch sei angesichts der Probleme, die die gegenwärtigen Umstände für Millionen Berliner mit sich brächten. Sie schäme sich ihres Egoismus; so viel Eigennutz stehe selbst ihr nicht zu.

Sie sieht in der Handtasche nach. Da sie Geld zur Bank bringen muss (immerhin zwei dicke Bündel Geldscheine), hat sie heute die Schweinslederne genommen. Die Tasche sieht aus wie ein Koffer in klein und Frieda liebt sie; Anna findet sie *klobig*. Was versteht Anna schon von Chic! Frieda denkt noch mal kurz nach. Doch, etwas von dem Reichtum kann sie entbehren. Also bitte, dann hundert Dollar als Buße und Bitte um weiteren Beistand.

Sie betet ein Ave Maria, steckt das Geld in den Opferstock und geht.

Als sie die Luisenstraße hinunter läuft, überlegt sie: Womöglich hat es auch sein Gutes, wenn die Luftbrücke wieder eingestellt wird. Etwas weniger Rummel im Haus wäre auch nicht schlecht. Man könnte wenigstens mal wieder eine Nacht durchschlafen. Da glaubte man, als der Krieg zu Ende war, jetzt reißt dich keine Sirene mehr aus dem ersten Schlaf; von wegen! Die Piloten kommen und gehen, wie sie wollen; auf einem Bahnhof kann's nicht schlimmer sein. Frieda hätte schon längst einen Nachtportier eingestellt, aber das wagt sie nicht. Das kann sie Willy nicht antun. Sie kann ihn nicht offiziell ausmustern; das würde ihn endgültig zerstören. Andererseits kann man ihn auch nicht wieder in seine alte Position einsetzen. Carl Jörns hat neulich wieder eine Schauergeschichte von ihm erzählt, da wurde es Frieda ganz anders. Die Stunden bei Dr. Vorsänger sind eingestellt; die bringen nichts. Der Arzt gibt es selbst zu. Er ist ein netter Mann, aber deswegen kann man ihm ja nicht für Nichts und wieder Nichts das Geld in die Tasche stopfen.

Jedes Mal, wenn Frieda durch die Stadt geht, entdeckt sie ein neues Geschäft oder ein altes hat wieder aufgemacht. Das Mindeste, was man erwarten kann, ist ein weiteres Bauschild. An der Luisenstraße soll an Stelle des alten Residenz-Theaters ein riesiges Kino entstehen.

Im Großen und Ganzen haben sich die Dinge eingespielt. Nach der ersten Euphorie über die Währungsreform kam die große Maulerei. Alle Preise stiegen; man hatte gemerkt, dass die Wohlhabenden bei der Geldumstellung mal wieder besser abgeschnitten hatten als die Übrigen. Erst kürzlich stand ein langer Artikel in der Zeitung, in dem dargestellt wurde, wie die Währungsreform die ärmeren Volksschichten benachteiligt hat. Dafür soll in absehbarer Zeit ein Lastenausgleich erfolgen. Frieda vermutet, dass die Reichen am Ende dafür sorgen werden, dass der Lastenausgleich nicht auf ihre Kosten geht.

Alles in allem werden die Umstände Frieda wieder vertraut. Wer was hat, ist wieder wer; die Entnazifizierung wird stillschweigend vergessen. Die Lehrer reden im Geschichtsunterricht vorzugsweise über Caesar und Hannibal, mit dem Ausbruch des Ersten Weltkrieges ist das Ende der Geschichte gekommen. Die Fabriken produzieren wieder. Manche stellen bereits wesentlich mehr als in der Vorkriegszeit her, Dyckerhoff mit seinem Portland-Zement zum Beispiel. Preise und Löhne passen sich einander an und die Gewerkschaften demonstrieren und protestieren. Am Ende des letzten Jahres haben sie sogar den Generalstreik ausgerufen, aber der machte sich so gut wie nicht bemerkbar.

Willy erwartet binnen kürzester Zeit ein Wirtschaftswunder. Seitdem er das Fachbuch *Einführung in die Finanzwissenschaften* durchgearbeitet hat, hält er sich für einen halben Wirtschaftswissenschaftler. Nun ja, man kennt Willy. Er phantasiert sich eben eine Menge zusammen, wenn der Tag lang ist. Wo soll ein Wirtschaftswunder herkommen?

Willy lässt sich durch die allgemeine Skepsis nicht beeindrucken. Er bleibt bei seiner Meinung: »Ihr Ungläubigen! Das ist genau das Besondere an *Wundern*, dass man sie nicht exakt voraussagen und nicht hundertprozentig erklären kann – sie passieren.«

Schön wär's, Willy!

Frieda zahlt das Geld, das sie mit sich herumträgt, bei der *Wiesbadener Bank* ein und geht von da aus weiter zu Ottos Dienststelle. Dort gibt sie die üblichen Unterlagen beim Pförtner ab. Der Mann hat im Krieg beide Hände verloren, aber er hantiert so geschickt mit seinen Prothesen, dass dies kaum auffällt. Otto selbst ist nicht anwesend. Sein Augenleiden hat sich – nach kurzer Besserung – wieder verschlechtert; er ist erneut krankgeschrieben.

Frieda überlegt. Man müsste ihm ein paar Blumen zukommen lassen oder sonst eine kleine Aufmerksamkeit. Sie entscheidet sich aber dagegen; man muss es nicht übertreiben. Otto hat sich rechtzeitig seinen Anteil am Gewinn des *Petersburger Hof* gesichert und der ist nicht gering; das muss reichen. Schließlich hinterlässt sie einen schönen Gruß.

Wird ausgerichtet, verspricht der Pförtner.

Frieda will gerade sagen: »Vielleicht schreiben Sie es sich freundlicherweise auf«, da sieht sie, dass der Mann sich tatsächlich etwas auf einem Zettel notiert.

So muss es sein!

Auf ihrem Heimweg kommt Frieda an den Schaufenstern des Herrenausstatters Kurowsky vorbei, Wilhelmstraße 32 bis 34. Die Firma wirkt durch und durch seriös. Man meint, wenn man in den Laden blickt, sie habe schon zweihundert Jahre an diesem Fleck verbracht und bereits die Herzöge von Nassau passend eingekleidet. Offenbar kennt man hier die Worte *Krieg* und *Nachkrieg* nicht.

Was im Schaufenster ausliegt, muss für die englische Oberschicht bestimmt sein. Frieda vermutet, Lords tragen solche Regenmäntel, solche Ein- und Zweireiher, solche Blazer mit und ohne Wappen, für die Ewigkeit gefertigten Sportjacketts. In den Fenstern liegen Einstecktücher, distinguierte Krawatten samt Krawattennadeln, sogar karierte Socken, Spazierstücke und merkwürdig geformte Hüte; alles ohne Preise selbstverständlich.

Plötzlich kommt Frieda der Gedanke: Würde Willy wieder aufblühen, wenn er einen solchen Anzug besäße? Wenn er sich wenigstens ab und zu wie ein Herr anziehen könnte, käme womöglich der alte Schwung zurück, das alte Selbstvertrauen, der alte Willy eben.

Ohne weiter nachzudenken, geht sie in den Laden.

Der Verkäufer ist für dieses Geschäft geboren. Er ist nicht mehr der Jüngste und genau das macht seine Überzeugungskraft aus; schlanker Körperbau, lange schmale Hände, gepflegte weiße Haare und über allem schwebt ein sehr dezentes Herrenparfüm.

»Womit kann ich dienen, die Dame?«, beginnt er sein Verkaufsgespräch.

Frieda erklärt ihm, sie wolle sich nach einem Anzug für ihren Bruder umsehen. Man kriege ihn nicht dazu, sich selbst mal hierher zu bemühen. Das ist wahr und gleichzeitig unwahr. Tatsächlich würde es eine Heidenarbeit machen, Willy in diesen Laden zu treiben. Er würde abwehrend lächeln und behaupten, er sei kein *Hochstapler*, ein solches Geschäft sei für andere Menschen als ihn gedacht. Frieda ist sich sicher, er würde sich buchstäblich mit Händen und Füßen sträuben, das Geschäft auch nur zu betreten. Andererseits schleicht Willy durchaus durch die Herrenabteilungen der Kaufhäuser in der Kirchgasse. Frieda hat ihn mal im Modehaus Schneider beobachtet. Hinterher hatte er lahm erklärt, er kaufe aus Prinzip nichts; er wolle sich nur *auf dem Laufenden halten.* Würde sie, Frieda, ihm nicht ab und zu ein Hemd, einen Pullover oder eine Hose mitbringen, Willy würde zum Original verkommen.

Der Verkäufer zeigt ihr mehrere Anzüge, macht sie auf die unterschiedlichen Stoffe und die gediegene Verarbeitung aufmerksam. Er empfiehlt, bei der Arbeit stets einen Einreiher zu tragen, niemals einen Zweireiher, wobei er offenbar voraussetzt, Friedas Bruder sei Bankier oder Geschäftsführer eines bedeutenden Unternehmens oder ähnliches. »Zweireiher sind für das Büro einfach zu modisch. Eher fürs Pferderennen gedacht«, begründet er seine Empfehlung mit einer winzigen Spur Überheblichkeit. Vor allem kommt's ihm drauf an, dass jedes Kleidungsstück perfekt sitzt. Jedes! Selbst der teuerste Anzug sieht schlecht aus, wenn er nicht wirklich passt, belehrt er Frieda. Die schließt nur rasch die Augen, als müsse man darüber in ihrer Gegenwart kein Wort verlieren. Solche kleinen Tricks hat sie in ihrer Jugend den Damen abgeschaut, die sie als blutjunge Badmamsell bedienen musste. Wie oft haben ihr deren Posen und Gebärden schon gute Dienste erwiesen!

Auf einmal kommt sie zu einem Entschluss: »Wissen Sie was! Das machen wir ganz anders. Statt, dass ich ihn hierher verschleppe und er läuft uns mittendrin davon, verkaufen Sie mir doch einfach einen Stoff für einen Anzug ... Soll sich der Schneider mit ihm 'rumschlagen! Sie haben doch ein Stofflager?«

»Selbstverständlich, gnädige Frau ... Wir sind stolz darauf ... Wenn ich nach hinten bitten darf!«

Im Stofflager kann sich Frieda eine Weile nicht entscheiden: Soll sie Stoff für einen dunkelblauen oder einen dunkelgrauen Anzug wählen? Auf Zuraten des Verkäufers entschließt sie sich zu einem hochqualitativen anthrazitfarbigen Kammgarn, der in einer exquisiten Spinnerei in *Huddersfield, England,* hergestellt wurde. Er hat einen stolzen Preis, gewiss, aber Qualität zahlt sich immer aus, wie ihr der Verkäufer versichert.

Dann geht es um die Stoffmenge. Frieda verlangt: »Messen Sie ruhig großzügig, lieber ein paar Zentimeter mehr als zu wenig ... Mein Bruder ist sehr groß und noch schlanker als Sie, sehr lange Arme ... Wissen Sie, wenn ich so darüber nachdenke, ist es ganz richtig, dass wir uns entschlossen haben, das Teil nähen zu lassen. Er ist nicht der Typ, der mit Konfektion so ohne Weiteres zurechtkommt. Da haben Sie mich wirklich gut beraten. Ich danke Ihnen ...«

Sie sieht in ihre Tasche, darin ist nur noch Geld für eine Busfahrkarte. »Jetzt habe ich noch eine letzte Bitte … Können Sie mir die Ware liefern? Hotel *Petersburger Hof*, Geisbergstraße, Frau Frieda Tremus … Ich zahle bei Lieferung!«

»Ist der *Petersburger Hof* nicht von den Amerikanern beschlagnahmt?«, fragt der Verkäufer etwas irritiert. »Es war immer ein so angenehmes kleines Haus!«

»Ist es immer noch … Ich bin Frau Tremus! Es ist mein Haus.«

»Selbstverständlich, gnädige Frau … Die Lieferung kann aber erst morgen früh erfolgen. Wäre das in Ordnung?«

»Absolut. Ich bedanke mich sehr für Ihre ausgezeichnete Beratung!«

»Es war mir eine aufrichtige Freude, gnädige Frau … Es sollen ja jetzt amerikanische Siedlungen gebaut werden. Da kann man nur hoffen, dass die Beschlagnahmungen dann aufgehoben werden.«

»Sie sagen es!«

Kurowsky liefert wie vereinbart am nächsten Morgen. Frieda hält sich zu der Zeit in Zimmer 1 auf, bespricht etwas mit zwei Herren von den *Stadtwerken*. Es geht um neue Zuleitungen; die jetzigen Stromkabel sind stets am Rand der Überlastung. Man kann von Siegern nicht erwarten, dass sie auf Engpässe im Leitungsnetz Rücksicht nehmen. Amerikaner sind in allem großzügig, auch beim Stromverbrauch.

Der junge Mann von Kurowsky kommt also, Frieda hat den Scheck schon vorbereitet und übergibt ihn dem Boten; vergisst auch nicht, ihm ein Trinkgeld zuzustecken. Dann bringt sie das Paket mit dem Stoff im Schreibtisch unter und das alles, ohne die Unterredung mit den Herren von den Stadtwerken zu unterbrechen. Das ist Eleganz!

3.

Doris kommt ins Haus. Sie bedauert *unendlich*. Das mit Heidelberg wird leider nichts, es tut ihr ausgesprochen leid. Sie will nur rechtzeitig Bescheid sagen, damit Frieda umdisponieren kann.

Vor zwei Wochen, als sie zum ersten Mal davon hörte, dass Miss Cort demnächst in Heidelberg auftritt, hatte sich Doris *himmelhoch jauchzend* bereit erklärt, Frieda, Laura und Evchen nach Heidelberg zu begleiten. Mehr noch, sie versprach, sie im herrlichen Wagen ihres Mannes dorthin zu kutschieren. Das Auto ist ein elegant in schwarz-weiß gehaltener DKW, dessen Dach man aufklappen kann. Bei schönem Wetter sitzt man praktisch im Freien und der Wind weht einem um die Nase.

Es ist ein wahres Meisterstück von Doktor Waltz, wie er den Wagen durch den Krieg und die Nachkriegszeit manövriert hat. Er hatte das Auto kurz vor Kriegsausbruch gekauft, entweder 1938 oder 1939, so genau weiß Frieda das nicht. Rechtzeitig, bevor Privatfahrzeuge für Kriegszwecke abgegeben werden mussten, hatte er das Auto dann seinem *Reichsärztebund* überlassen und dieser stellte ihm den Wagen wiederum für angeblich kriegswichtige Fahrten zur Verfügung. Der gute Doktor war während des Krieges irgendwie für die *Reichsführerschule der deutschen Ärzteschaft* tätig und deswegen kam er angeblich nicht ohne Auto aus. Zu seinem Glück hatte er aber nachweislich nie etwas mit Rassenhygiene und der Euthanasie unwerten Lebens zu tun. Die Entnazifizierung war deswegen kein Problem für ihn. Er füllte den Fragebogen aus, wurde als Mitläufer eingestuft und praktisch nicht belangt. Er musste nur eine lächerlich geringe Summe als Strafe zahlen, und das war's dann.

Doris hat ihr das alles lang und breit erklärt. Frieda hat die Details nicht behalten. Sie spürt allerdings immer noch den Schmerz, den sie damals wegen der Ungerechtigkeit empfunden hatte. Doktor Waltz war schon vor '33 mit der Führerschaft der Ärzte verquickt, und das war man nicht, wenn man nicht dachte und redete wie die Meute. Hinterher kam er davon, als wäre nichts gewesen. Dagegen wird Adam behandelt, als hätte er den Krieg persönlich angezettelt und als Einziger geführt.

Doris versichert noch einmal, was Frieda überhaupt nicht bestreitet, dass sie sich *unbändig* darauf gefreut habe, die Amerikanerin einmal persönlich erleben zu können. Im Rundfunk hat sie Miss Cort schon mehrfach gehört. Der amerikanische Soldatensender in Frankfurt bringt immer mal Aufnahmen von ihr. Carry gehört gewissermaßen zum Ensemble des Senders. Sie hat dort ihre ersten Lieder gesungen und seitdem behandeln die Frankfurter Radiomacher sie als ihre hauseigene Attraktion. Laura sagt, es seien sehr angenehme junge Offiziere und Unteroffiziere, die das Programm verantworteten. Nach ihrer Schilderung herrscht dort ein so lockerer Umgangston, wie man ihn sich in einem deutschen Verlagsunternehmen niemals vorstellen könne. Speziell nicht beim *Insel-Verlag*.

Von einem Konzert in Heidelberg hatte sich Doris *sehr, sehr viel* versprochen, etwas *ganz Besonderes*. Nach ihrer Ansicht ist für einen Künstler ein Auftritt vor lebendigem Publikum etwas vollkommen anderes als eine Darbietung, die durch den Äther kommt. Ein Auftritt vor einem interessierten *lebendigen* Publikum beflügele die Leistung eines Jeden beträchtlich, verleihe ihr eine *Tiefe,* die in der Kälte und Einsamkeit eines Studios *beim besten Willen* nicht erzeugt werden könne.

Es gibt nichts, das Doris nicht in solch enthusiastischen Worten vortragen kann.

Für Carry Cort ist der Auftritt tatsächlich ein Experiment; damit hat Doris schon recht. Zum ersten Mal singt sie dort außerhalb des gewohnten amerikanischen Dunstkreises. Sie ist von der großen *Radiofabrik Grundig* in Nürnberg engagiert worden, vor ausgewählten Mitarbeitern aufzutreten. Die Firma hat diesen besonderen Mitarbeitern und ihren Frauen einen dreitägigen Aufenthalt in Heidelberg spendiert, quasi als Dank, dass sie die Firma in so wenigen Jahren so weit nach oben gebracht haben.

Carry will nun testen, ob sie auch von einem Publikum angenommen wird, das nicht von Natur aus englisch spricht und das üblicherweise auch nichts mit Jazz zu tun hat. Laura hat berichtet, dass sie wegen dieses Auftritts Herzklopfen hat.

Kann man gut verstehen.

Jazz ist für viele Deutsche nicht einfach eine Art Musik, sondern eine Krankheit, die Fäulnis verbreitet; eine Weltanschauung, die mit Stumpf und Stiel ausgerottet gehört. Hitler und seine Verrückten haben das den Leuten eingeredet und für Viele ist Jazz tatsächlich immer noch *entartete Kunst.* Und wer diese Worte, weil neuerdings verpönt, nicht in den Mund nehmen will, spricht von *andersrassiger Musik.* Man versteht schon, was gemeint ist: Man will sich weiterhin dem Untergang Europas entgegenstellen.

Und warum kann Doris nicht nach Heidelberg fahren? Man muss sie nur ansehen, dann weiß man Bescheid. Sie hat ein blaues Auge; schlimmer, es ist fast geschlossen, und die linke Gesichtshälfte ist geschwollen. Sie hat auch Schwierigkeiten mit dem Sprechen. Doris behauptet tapfer, sie sei gestürzt, als sie ihrem Mann etwas zu rasch in die Praxis runterbringen wollte und dabei nicht auf die Stufen geachtet habe. Frieda glaubt ihr kein Wort. Sie nimmt an, dass ihr Mann wieder mal ausgerastet ist.

In gewisser Weise kann Frieda Doktor Waltz sogar verstehen. Doris kennt in der bewussten Hinsicht einfach kein Maß und kein Ziel. Frieda hat schon mehr als einmal überlegt, ob sie sich einen anderen Frauenarzt zulegen soll. Es ist ihr peinlich, dem Mann unter die Augen zu treten und dabei immer so zu tun, als wisse sie nichts von Doris' Eskapaden und den Eheproblemen im Hause Waltz. Aber man kann es nicht anders sagen, er ist immer gleichmäßig freundlich zu ihr. Niemals behandelt er sie als Komplizin von Doris, was leicht denkbar wäre. Frieda hat durchaus schon die eine oder andere Kapriole seiner Frau gedeckt und insofern ist sie tatsächlich eine Mitschuldige. Aber er tut stets so, als könne sie beim besten Willen nichts von Doris gelegentlicher Untreue wissen. In ihrem Beisein kommt er jedenfalls nie darauf zu sprechen. Dabei hat man schon mehrmals zu dritt bei *Mutter Engel* diniert; Frieda war sogar schon zu Familienfesten bei den Waltz' eingeladen.

Sie, Frieda, könnte kein Verhältnis mit ihm anfangen; vor allem könnte sie es nicht mit ihm aushalten. Er wäre ihr zu kalt. Insofern hat sie ein gewisses Verständnis für Doris, aber nicht für deren hemmungslose Art.

»Ja, Doris, das ist ja schade«, sagt Frieda nun und will damit die Audienz beenden. »Vielleicht klappt's ein anderes Mal.«

»Ich würde mich darüber freuen. Ich würde sie *unbedingt* mal erleben wollen.«

»Wie gesagt, Miss Carry wird in absehbarer Zeit auch in Kaiserslautern auftreten; das ist schon vereinbart. Ich meine, Laura hätte auch gesagt, im nächsten Monat singt sie in Pforzheim *oder* in München; es kann auch sein in Pforzheim *und* in München.«

»Pforzheim soll ja auch so zerstört worden sein; war ja mal unsere Schmuckstadt ...«, bemerkt Doris dazu, offenbar nur, um überhaupt etwas zu sagen. Frieda stimmt zu und will das Thema nun aber auch wirklich beenden: »Ich kann Laura ja noch mal nach den genauen Terminen fragen, wenn dich das so interessiert.«

»Selbstverständlich. Aber vermutlich tritt Miss Cort in nächster Zeit wieder in amerikanischen Clubs auf.«

»Wahrscheinlich.«

»Es ist einfach zu ärgerlich ... Heidelberg wäre *vollkommen unkompliziert* gewesen, ist nicht weit, und sie tritt da *vor Deutschen* und *in deutschem Ambiente* auf. Es wäre doppelt interessant gewesen, das mitzuerleben.«

»Beim nächsten Mal passt du eben ein bisschen besser auf, wenn du die Treppe runtergehst. Dann passieren solche Ausrutscher nicht.«

»Ja! Mach dich nur lustig über mich! Das habe ich verdient ... Aber bedenke bitte, du musstest bei *niemandem* Rechenschaft ablegen, wenn du nach Hettenleidelheim wolltest ...«

Frieda unterbricht die Freundin: »Das stimmt, Doris, das ist der Vorteil, wenn man Witwe ist … Jetzt mal was Anderes. Was machst du mit deinem Auge? So kannst du doch nicht rumlaufen. Am besten gehst du zur *Augenheilanstalt*, wenn du schon mal hier bist. Es sind doch nur die paar Schritte die Kapellenstraße rauf.«

»Auch das noch, Geld ausgeben! Ist nicht nötig, Frieda. Ich habe einen tüchtigen Arzt zu Hause!«

Also gut, dann muss eben Carl Jörns engagiert werden. In seinem Mercedes ist auch wesentlich mehr Platz. Das Cabriolet von Doktor Waltz ist ohne Zweifel ein sehr schönes Auto, aber man hätte darin doch sehr beengt gesessen.

Die Veranstaltung mit Carry Cort ist für den 9. April terminiert, für den kommenden Samstag also. Hoffentlich ist Carl nicht bereits gebucht. Mein Gott, wie die Zeit vergeht; eine Woche später ist bereits wieder Ostern.

Carl Jörns kann, und die in Heidelberg bestellten Zimmer sind bestätigt.

Also dann!

An dem bewussten Samstag schickt Laura Evchen nicht in den Kindergarten. Man will möglichst früh aufbrechen, am besten am Vormittag, nach der Abreise der Gäste. Erstens, damit man nicht hetzen muss, und zweitens erhofft sich Frieda, dass sie vor Carrys Aufritt etwas von Heidelberg sehen kann. Vor dem Krieg war sie einige Male dort gewesen; einmal zwei Tage und zwei Nächte mit Richard. Nach dem Krieg ist sie noch nicht wieder dorthin gekommen, aber sie hat stets alle Zeitungs- und Illustrierten-Bilder aufmerksam betrachtet, die Heidelberg zeigen. Es gilt immer noch: *Alt Heidelberg, du feine … am Neckar und am Rheine* … Wunderbar, dass es wenigstens noch einige schöne alte deutsche Städte gibt, die unzerstört geblieben sind.

Kurz nach elf Uhr fährt Carl Jörns wie verabredet vor dem Haus vor. Die kleine Eva hat schon ungeduldig auf der Straße auf ihn gewartet. Am liebsten wäre sie schon vor einer Stunde in seine Werkstatt ’rüber gerannt, aber das war ihr untersagt worden und daran hält sie sich. Nun krabbelt sie sofort und unaufgefordert in Carls Auto. Sie ist derart aufgeregt, dass sie am liebsten sofort losfahren würde. Wenn’s sein müsste, auch ohne ihre Mutter und ihre Großmutter. Eva liebt Tante Carry, und umgekehrt ist die Amerikanerin verrückt nach dem Kind. Wenn man Carry ließe, würde sie Evchen beschenken und behängen wie einen Weihnachtsbaum.

Frieda hat einen kleinen Koffer gepackt; Laura reist nur mit der Reisetasche, die sie immer nimmt, wenn sie sich irgendwo mit Carry trifft.

Die Damen nehmen also im Auto Platz und statt vernünftig *guten Morgen* zu sagen oder *Mit dem Wetter haben wir ja noch Glück gehabt, geht ja so,* fängt Carl sofort an, sich über Willy zu beschweren. Wie unruhig der heute Nacht wieder war und so weiter.

Frieda bremst ihn: »Carl, es gibt doch so viele Themen, über die wir uns unterhalten können. Es muss doch nicht immer *das Eine* sein!«

Für eine Weile sagt Carl erst mal gar nichts mehr.

Er wählt die Strecke über Groß-Gerau und Weiterstadt und von da zur Auffahrt der Autobahn Frankfurt-Mannheim. Das ist das berühmte Stück Straße, mit dem der Autobahnbau in Deutschland begonnen hat und das Hitler 1935 oder 1936, ganz genau hat es Frieda nicht im Kopf, mit so viel Tam-Tam eröffnete.

Man muss zugeben, es ist eine beeindruckende Straße, schnurgerade, zwei Bahnen nach Süden, zwei Bahnen nach Norden, fein säuberlich von einem Grünstreifen voneinander getrennt.

Die Betonplatten der Autostraße haben sich im Laufe der Jahre teils gehoben, teils gesenkt, deswegen geht in regelmäßigen Abständen ein kleiner Schlag durch das Auto. Die Fahrt auf der Schnellstraße bekommt dadurch etwas von einer Eisenbahnreise. Man muss zugeben, auf der Autobahn kommt man *wesentlich schneller* voran als auf der Landstraße, die man vorher genommen hat; eigentlich unglaublich schnell.

Carl muss die Autokarten sehr gründlich studiert haben. Als er bei Heidelberg das Ende der Strecke erreicht, zeigt er kein Zeichen von Unsicherheit. Er weiß genau, wie er nach Heidelberg 'reinkommt, welche Brücke er nehmen muss, um ans andere Ufer des Neckar zu gelangen und wo die Straße Richtung Ziegelhausen zu finden ist. Man kann glauben, er würde hier täglich rumkajolen, so sicher bewegt er sich. Die Ausfallstraße führt unmittelbar am Neckar entlang und man hat dadurch einen sehr schönen Blick auf den Fluss und die Heidelberger Altstadt auf dem gegenüberliegenden Ufer. Man sieht auch die Ruinen des *Heidelberger Schlosses* und Laura erlaubt sich den kleinen Scherz: »Sieh mal, Eva, etwas ist doch zerstört worden im Zweiten Weltkrieg – das Schloss da drüben!«

Das kluge Kind lässt sich nicht irritieren; es weiß, dass die Franzosen das Schloss schon vor Jahrhunderten gesprengt haben. Nur mit dem Begriff *Pfälzischer Erbfolgekrieg* hat die Kleine ihre Schwierigkeiten.

kennt zufrieden: »So gut habe ich den seit Jahren nicht gekriegt; mein Käthchen macht ihn immer einen Hauch zu sauer. Aber man darf nicht meckern. Sie ist keine schlechte Köchin.«

Frieda ist in diesem Punkt anderer Meinung, behält diese aber für sich. Sie ist mit *Zürcher Geschnetzeltem* und sehr leckeren Rösti ebenfalls sehr gut bedient. Die *Crêpes Suzette* hinterher, das ist schon Völlerei; so gut, man findet gar keine Ausdrücke dafür. Frieda nimmt sich vor, sie wird *Herrn Wierzle*, dem Küchenchef des Hauses, eine Aufmerksamkeit zukommen lassen, wenn sie wieder zu Hause ist. Vielleicht eine Wiesbadener Ananastorte, die gefällt immer.

Das Wetter hellt sich auf, die Sonne kommt heraus und es tut gut, mit Carl am Neckarufer spazieren zu gehen. Sie sind überrascht, wie viele gemeinsame Erinnerungen sie haben. Carl hat manches parat, von dem sie dachte, niemand außer ihr habe es überhaupt bemerkt.

Natürlich reden sie auch über Naheliegendes. Gabriele hat sich endgültig von Adam getrennt und sich mit ihrem Herrn Gaffron zusammengetan. »Kannst du dir das vorstellen, Carl? Das ist ein *Von – von Gaffron*, alter schlesischer Adel. Das habe ich neulich erst erfahren.«

»Nur damit es keine Missverständnisse gibt … Du redest von dem Bahnhofswirt in Kastel?«

»Das war mal. Er ist jetzt Bankier … *Deutsche Pfandbrief-Anstalt* … Gibt's das?«

»Klar, die sind aus Berlin hergezogen. Und da ist er beschäftigt?«

»Nicht beschäftigt, im Vorstand!«

»Alle Achtung! Da hat sich Gabriele ja wirklich verbessert.«

»Die weiß immer, was sie macht; das kannst du laut sagen.«

»Und die Zwillinge sind in Montabaur im Internat?«

»Nein, waren sie nie … Gabrieles Vater hat sich eingemischt, sie sind jetzt in Salem am Bodensee …«

»Aha, der Herr Bauunternehmer, scheint wieder obenauf zu sein.«

»Ja, er baut wie verrückt …«

»Muss er auch, wenn er das Schuldgeld für zwei Buben bezahlen will; die nehmen's von den Lebendigen, da am Bodensee … Mein lieber Mann!«

»Meinst du, das ist so teuer?«

»Salem ist nur was für die Hautevolee … Die Zwei müssen aber auch ganz schön was im Oberstübchen haben, sonst wären sie gar nicht genommen worden.«

»Haben sie. Haben immer nur Einer und Zweier im Zeugnis; ein Zweier ist eigentlich schon ein bedenkliches Zeichen …«

»Frieda, wenn du solche Enkelkinder hast – die Kleine von Laura ist doch auch ein Wunderkind; ist fünf und erzählt dir was von *Ludwig dem Vierzehnten* – vielleicht haben sie den Grips von *dir*!«

»Darüber sollte man wirklich mal nachdenken, Carl! … Das größte Wunder hast du noch gar nicht erwähnt, ich spreche von August: schwänzt jede Schule, die es gibt, und macht in der amerikanischen Armee Karriere.«

»Hast du mal wieder was von ihm gehört?«

»Von August?«

»Hast du noch einen General in der US Army?«

»Na, General ist er ja noch nicht …«

»Bei ihm halte ich alles für möglich.«

»Ehrlich gesagt, ich auch.«

Carrys Abend wird ein voller Erfolg. Der Saal ist bis auf den letzten Platz besetzt. Frieda hat einen sehr schönen Platz in der ersten Reihe; war für sie reserviert. Er befindet sich zwar nicht in der Mitte der ersten Reihe, diese Plätze haben sich die Veranstalter vorbehalten. Dennoch ist sie mit ihrem Platz sehr zufrieden. Es entgeht ihr nichts, was sich auf der Bühne tut, und außerdem ist sie so nahe der Tür, so dass sie im Fall der Fälle sehr rasch aus dem Saal kommt. Menschenansammlungen sind ihr generell suspekt, und man darf nicht vergessen, dass hier alles aus Holz ist! Wie leicht kann was passieren!

Miss Cort tritt in einem herrlichen, bodenlangen roten Kleid auf; nach der Pause in einem schwarzen, ebenfalls bodenlang und eng anliegend und ohne jeden Schmuck. Sie wird von einem Quartett begleitet, das ab und an auch ohne sie spielt. Diese Truppe ist merkwürdig zusammengestellt. Sie besteht aus einem Pianisten, einem Posaunisten, einem Schlagzeuger und einem Kontrabass. Alle Musiker sind Deutsche mittleren Alters; der Schlagzeuger könnte sogar der Vater der Truppe sein.

Carry singt in der Hauptsache amerikanische Lieder, die meisten sind Jazz. Einige hat sie sogar selbst getextet und komponiert und bevor sie einen Song bringt, erklärt sie jeweils mit wenigen Worten den Inhalt oder schildert, was sie dazu gebracht hat, diese Worte und diese Melodien zu wählen. Sie spricht in einem sympathischen Durcheinander von Deutsch und Englisch. Zur Sicherheit hat man einen Dolmetscher engagiert, der alles korrekt wiederholt. Der Mann ist aber zu steif und insofern stört er.

Wie begabt diese Frau ist! Und welch angenehme Stimme sie hat, eine wunderbar rauchige Altstimme. Niemand kann bestreiten, dass Carry ihr Publikum für sich einzunehmen weiß. Was sie auch vorträgt, es wird andächtig aufgenommen und hinterher tüchtig beklatscht. Frieda meint, eine Magie zu spüren, die über dem Abend liegt.

Einmal bringt Miss Cort einen Song, der von Cincinnati erzählt und dass die Stadt für die Schwarzen in Amerika ein besonderer Ort ist; dass während des Bürgerkriegs hier die Grenze zwischen den Nord- und den Südstaaten verlief, also die Grenze zwischen Freiheit und Sklaverei. Wenn ein Schwarzer (oder seine Frau und seine Kinder) es schaffte, über den Fluss zu gelangen, war er frei.

Als Carry dieses Lied singt, wendet sich Frieda zu der neben ihr sitzenden Laura und flüstert ihr zu: »Auf dieses Lied hast du sie gebracht! Das höre ich. Das hast du von Mister Koch.« Laura nickt glücklich, und das beweist Frieda, sie hat Recht. Eva, die Laura während des ganzen Konzerts auf dem Schoss hat, nickt wissend und zustimmend: Ehm, Oma!

Carl ist irgendwo hinten untergekommen. Aber er sagt hinterher, er habe alles sehr gut verfolgen können. Er ist ebenfalls von Carry Cort beeindruckt. Besonders gut hat ihm gefallen, dass sie sich mit dem auf Deutsch gesungenen Volkslied *Muss i denn, Muss i denn zum Städtele hinaus* … verabschieden wollte.

Selbstverständlich hat man sie damit nicht entlassen; sie musste noch drei Lieder als Zugabe singen.

Später feiern die Musiker ihren Erfolg in einem Nebenraum des Hotels; hier sind sie vollkommen unter sich. Zum ›Unter-sich-sein‹ gehört, dass zwei der Musiker ihre auf Stöckelschuhen herumlaufenden Freundinnen dabei haben, der Posaunist sogar seine Angetraute. Sie wirkt so hausfraulich, dass man sich fragt, wie sie mit einem Ehemann zurechtkommt, der keinen Hehl daraus macht, dass er *ein weißer Duke Ellington* sein möchte.

Frieda schließt daraus, der echte Duke Ellington ist ein Schwarzer, und erfährt: Und ob!

Frieda und Carl Jörns sind selbstverständlich zu dem kleinen, improvisierten Fest eingeladen. Allerdings verschwindet Carl sehr rasch; zwei, drei Schluck *Deidesheimer* und dann geht er. Er möchte seiner generell eifersüchtigen Frau nichts erklären müssen. Deren Eifersucht richtet sich Gott sei Dank nicht gegen Frieda; diese hat Käthe schon vor Jahren akzeptiert, andere Frauen nicht. Ihr Argwohn rührt aus der Zeit, als Carl noch Rennen fuhr und Rennen gewann und sich ihm hemmungslose Weiber in schamlosester Weise anboten. Spricht man Carl auf diese Zeit an, leugnet er alles. Wenn man ihn hört, waren alle Eskapaden Erfindungen seines Käthchen. Wie er das aber formuliert, beweist, er trauert immer noch dem Carl von damals nach.

Nach einer Weile setzt sich Carry zu Frieda und erkundigt sich, ob ihr das Konzert gefallen habe. Frieda antwortet wahrheitsgemäß: »Es war ganz, ganz großartig … Ich bin so stolz auf Sie, als hätte ich eine Schwiegertochter mehr … Aber auf diesen stocksteifen Übersetzer können Sie verzichten; der hat mehr geschadet als genutzt. Es hat ja jeder verstanden, was Sie gesagt und gesungen haben…«

»Was denken Sie, Frau Tremus? Soll ich noch einmal einen solchen Abend geben? Man hat mir ein Angebot vorgelegt.«

»Was ist das denn für eine Frage! Sie haben doch gehört, wie begeistert das Publikum war … Die wollten Sie doch gar nicht von der Bühne lassen!«

»Gut, wenn das Ihre wahre Meinung ist …«

»Das ist sie! Und das wissen Sie auch! Und wissen Sie noch was: Ich gehe jetzt! Es war sehr schön, aber ich will mein Enkelkind nicht so lang allein lassen. Für ein Kind gibt's nichts Schrecklicheres, als in unbekannter Umgebung allein zu sein.«

»Ich bedanke mich, dass Sie gekommen sind«, erwidert Carry und überrascht Frieda mit einem Küsschen auf die Wange. Dann wird sie auch schon wieder von dem Veranstalter in Beschlag genommen. Er möchte sie unbedingt für zwei weitere Auftritte in dieser Art gewinnen. Am liebsten würde er auf der Stelle einen Vertrag darüber abschließen.

4.

Es ist schon nach zwei, als Carry und Laura in Lauras Zimmer gehen. Carry ist ein bisschen beschwipst, glücklich sowieso; Laura ebenfalls glücklich, aber hellwach. Beide haben angebrochene Weinflaschen in den Händen, außerdem zwei Gläser. Sie stellen Flaschen und Gläser ab, nehmen sich in die Arme und küssen sich. Als sie sich wieder trennen, sagt Laura heiter: »Wenigstens eine von uns sollte die Tür zumachen … Oder willst du etwa dein Publikum schockieren?«

Carry stößt die Tür mit dem Fuß zu; dabei sagt sie: »Mein Publikum liebt mich« und schenkt Wein ein. »Hast du gesehen? Die Musiker haben sich beim Abschied bei mir bedankt…«

»Wofür?«, fragt Laura freundlich.

»Dass sie mit mir auftreten duften, Honey … Es gibt Menschen, die es glücklich macht, mit mir zusammen zu sein.«

»Ich gehöre zu diesen Menschen«, sagt Laura leise und streicht zart über Carrys Lippen.

Diese reicht Laura ein Glas, die Beiden stoßen auf die Zukunft an und trinken. Hinterher sagt Carry: »Deine Tochter hat mich angesehen, als erwarte sie ein Wunder von mir … Ich liebe sie. Und dich auch! Weißt du das?«

»Ich hoffe es …«

»Doch, tue ich … Und weißt du, was auch schön ist? Der Reporter der Zeitung … wie heißt der Titel?

»*Rhein-Neckar-Zeitung*?«

»Ja, so heißt sie … Er hat mir versprochen, einen sehr freundlichen Bericht über den Abend zu schreiben. Der Artikel kann allerdings auf sich warten lassen, ich darf die Geduld nicht verlieren … Wegen der gegenwärtigen Papierknappheit wird ihm nur wenig Umfang …«

»Platz«, korrigiert Laura.

»Platz zur Verfügung gestellt, Frau Lehrerin. Aber er wird mich angemessen *würdigen* … Es erschien mir, der junge Mann war etwas verliebt; hattest du auch diesen Eindruck?«

»Sein Pech!«

»Ich denke, es ist gut so. So fällt der Artikel freundlich aus.«

Die Freundinnen sind in Lauras Zimmer, weil Carry ihr Zimmer mit einer Angestellten des Veranstalters teilt. Insofern können sie nur hier zusammen sein.

Warum nicht? Es ist ein schönes Zimmer mit einem breiten Bett, ausreichend für drei. Eines der Fenster steht ein wenig auf, und man hört die Geräusche des nächtlichen Flusses – liebenswerte Geräusche wie Seufzer und Gluckser.

Carry zieht Laura an sich und beginnt, ihr die Bluse aufzuknöpfen. Als sie ihr das Kleidungsstück ausziehen will, gibt Laura plötzlich einen Schmerzenslaut von sich und versteift sich.

Carry hält inne, fragt besorgt: »Hast du wieder Schmerzen?«

»Es geht«, behauptet Laura.

Danach ist Carry beim Auskleiden noch vorsichtiger, streift ihr behutsam Rock und Unterrock ab, öffnet den Büstenhalter mit sehr spitzen Fingern, zieht ihr das Höschen aus, als sei Laura aus Porzellan. Carry lässt ihr nur den Strumpfhalter und die schwarzen Nylonstrümpfe. Auf Lauras heller Haut erzeugen sie eine besondere Wirkung, geben der braven Laura etwas Verruchtes; erregen Carry jedenfalls. Sie streichelt Laura geschickt und lässt sich viel Zeit dabei. Endlich legt sie die Geliebte behutsam aufs Bett. Dann setzt sich zu ihr und küsst Laura ein weiteres Mal, jetzt aber heftig und hemmungslos, wie ausgehungert. Erst, nachdem Laura einmal aufgeschrien hat, zieht sie ihr eigenes Kleid aus.

Für gewöhnlich sieht Laura ihr gern beim Ausziehen zu; Carrys Bewegungen sind dabei elegant fließend wie die einer Tänzerin. Jetzt dreht sie sich zur Seite und beißt sich sogar einmal auf die Lippen, um sich nicht erneut zu verraten. Laura spürt wieder schrecklichen Schmerz. Diesmal ist es, als jage ihr jemand Messer in die Oberarme, eins in den rechten Arm, ein zweites in den linken. Sie will dies Carry aber nicht wissen lassen und unterdrückt deswegen jeden Ausdruck von Qual und Schmerz.

Carry bemerkt dennoch, dass etwas mit ihr nicht stimmt, legt sich zu Laura und fragt besorgt: »Warst du beim Arzt?«

»Nicht jetzt. Nicht heute Nacht«, erwidert Laura, »nicht nach deinem wunderbaren Erfolg. Wir sprechen ein anderes Mal darüber …«

»Nein! Jetzt!«

»Liebste, ein anderes Mal … ich verspreche es dir … nicht jetzt!«, lehnt Laura erneut ab.

Carry drängt sich an sie, liegt an ihrem Rücken, nimmt Lauras linke Brust in die Hand (Laura hat nur eine Handvoll Busen) und flüstert: »Nein, ich will es jetzt wissen … Ich will nicht, dass du länger allein Angst hast … Warst du beim Arzt?«

»Beim Arzt und im Krankenhaus …«

»In welchem Krankenhaus?«

»An der Schönen Aussicht … Im Rot-Kreuz-Krankenhaus … Carry, ich werde sterben. Es gibt keine Hoffnung für mich.«

»Sag nicht so etwas. Du machst mir Angst. Das ist kein Scherz.«

Laura befreit sich, richtet sich auf und wiederholt, ohne Carry dabei anzusehen: »Es gibt keine Hoffnung für mich … Es ist erblich; meine Mutter ist daran gestorben.«

Laura sagt das so klar und so bestimmt, dass Carry versteht, es ist bittere Wahrheit! Die Eröffnung erschüttert Carry dermaßen, dass sie darauf nicht zu reagieren vermag. Sie weiß nichts zu sagen, nichts zu tun. Wahrscheinlich wird ihr in diesem Moment zum ersten Mal bewusst, dass wir sterblich sind, und der Gedanke lähmt sie.

Es ist Laura, die so tut, als sei dennoch alles in Ordnung. Sie küsst Hals, Nacken, den Rücken der Geliebten, streichelt ihre Brüste, ihren Bauch, ihre Schenkel.

»Ich sterbe nicht morgen ... Irgendwann ... « Sie lügt sogar für Carry, als sie verspricht: »In vielen Jahren erst«.

Üblicherweise gelingt es Laura, in diesem Punkt alle um sich herum zu täuschen. Niemand weiß, dass sie permanent leidet. Bemerkt mal jemand, dass etwas mit ihr nicht stimmt, hat sie sofort Erklärungen parat. Ihre Tage verlaufen immer besonders schmerzlich oder sie hatte Ärger bei der Arbeit; man hat ihr eine Tasche vor ihren Augen weggekauft, weil sie zu lange zögerte und so weiter, alles glaubhafte Beschwichtigungen. Carry zu überlisten gelingt ihr nicht; zumindest nicht in dieser Nacht. Womöglich will sie Carry nicht einmal in falscher Sicherheit wiegen.

»Was ist es?«, fragt Carry. »Was hast du?«

»*Morbus Pompe* ... auf Deutsch heißt das Leiden *Pompesche Krankheit;* sie ist nach dem holländischen Pathologen Pompe benannt, der die Krankheit als Erster verstanden und als Erster richtig beschrieben hat. Es ist eine Krankheit, die nur sehr selten auftritt, sehr, sehr selten sogar. Einer von 150000 Menschen wird davon befallen ... Ich habe das große Los gezogen; ich habe sie.«

»Ich will alles wissen, Laura! Sag mir alles! Was passiert?«

»Bei *Morbus Pompe* wird Glykogen an den falschen Stellen im Körper gespeichert ... Als Glykogen bezeichnet man die im menschlichen Organismus vorkommende Speicherform der Kohlehydrate ... Bei Pflanzen spricht man analog dazu von Stärke ... Es ist nicht so kompliziert, wie es sich anhört. Glykogen kann in vielen Geweben gespeichert werden, in der Leber, in den Muskeln, in den Nieren, im Gehirn, sogar in der Vagina. Bei mir lagert es sich in den Muskelzellen ab und da gehört es nicht hin, auf die Dauer zerstört es die Muskelzellen ... Symptome sind fortschreitende Muskelschwäche besonders der Atemmuskulatur und der rumpfnahen Skelettmuskulatur – Oberarme, Becken und Oberschenkel. Man kann *Morbus Pompe* nicht behandeln; es gibt kein Medikament dagegen. Wer sie hat, stirbt an der Krankheit.«

Carry umarmt Laura nun mit beiden Armen, hält sie und sagt dabei: »Du erklärst das so ruhig – wie ein Professor!«

»Carry, außer dir, den Ärzten im Rot-Kreuz-Krankenhaus und einigen Schwestern weiß niemand davon. Das bleibt auch so, vorerst ... Bis es nicht mehr zu verheimlichen ist. Versprichst du mir das?«

»Ja!«

»Du kommst auch nicht mit irgendwelchen Wundermitteln an, mit gerade erst entwickelten Arzneien und schlägst mir auch keine Operationen in berühmten Krankenhäusern vor ... Ich gehe nicht ins *John Hopkins Hospital*, auch nicht ins *Massachusetts General Hospital* in Boston oder in die *Mayo Clinik.*«

»Wieso kennst du dich mit den Krankenhäusern in den USA aus?«

»Mrs. Woods, ein Gast von Frieda! Sie hat ein Zimmer im *Petersburger Hof* ... Du machst mir keinerlei Vorschläge der geschilderten Art? Habe ich dein Wort?«

»Laura, meine Liebe, meine einzige Liebe«, erwidert Carry, wobei sie Laura an sich presst, »wie kannst du so ruhig sein?«

»Ich hatte Zeit, mich an den Gedanken zu gewöhnen.«

Carry beginnt zu schluchzen.

Es wird draußen schon wieder hell, da weint Carry immer noch. Laura kann sie nicht trösten, was sie auch sagt und versucht, Carry schluchzt, als habe man *ihr* den baldigen Tod angekündigt. Einmal stöhnt sie: »Du darfst mich nicht verlassen! Niemals! ... Solange ich lebe, habe ich dich gesucht ... Du darfst nicht ohne mich gehen!«

5.

Am 12. Mai 1949 wird um null Uhr eins die Blockade Berlins aufgehoben. West-Berlin ist danach auch wieder auf dem Land- und Wasserweg zu erreichen. Die Züge und Lastwagen, die den Berlinern Kartoffeln, Salat und Frischgemüse bringen, Frischfleisch und Frischfisch, Haarshampoo, Nivea-Creme und Durchschlagpapier, sind geschmückt wie früher Festwagen beim Umzug. Fast ein Jahr lang hatten die Ernährungsämter den eingeschlossenen Berlinern nur Trockengemüse, Trockenkartoffeln, Trockenobst und getrocknete Bohnen und Erbsen zur Verfügung stellen können, dazu Milchpulver und Kaffeepulver und alles wurde gierig genommen. Ein Sonderfall war ein grauenhaftes Kartoffelkloßmehl, das wegen seines sandigen Beigeschmacks nicht mal in der Berliner Notsituation gegessen wurde.

Der Grund, dass über viele Monate nur *dehydrierte* Lebensmittel ausgegeben wurden, lag auf der Hand. Beim Transport mit Flugzeugen sollte so viel Gewicht wie möglich eingespart werden. Am Ende des Experiments stand fest, der Mensch isst alles, hat er nur genügend Hunger. Mit Ausnahme des erwähnten Kloßpulvers.

Die Versorgungsflüge nach Berlin endeten zwar nicht am nächsten Tag, doch die Hektik erlosch auf der Stelle. Es blieben wieder Zimmer frei. Frieda empfand die neue, alte Situation, wie ein Süchtiger den Entzug seines Rauschgifts. Eine lange Weile diese permanente Beschenkung und nun wieder Alltag und nichts sonst.

Als die Ankündigung vom Ende der Berliner Blockade in der Zeitung stand, hatte Frau Roos ein Gesicht gemacht, als wollte sie sagen: Na, was habe ich prophezeit? Nein, eigentlich machte sie ein Gesicht, als wollte sie sagen: Na, wie habe ich das *hingekriegt*?

Doris hat sie übrigens mal mit ihrem Doktor Bleibtreu (wenn er wirklich so heißt) erwischt. Da kaufte sie in ihrer Hardt-Filiale auf der Biebricher Höhe Lebensmittel ein und Frau Roos und ihr Kavalier ebenfalls. Frau Roos war die Begegnung äußerst unangenehm. Sie tat so, als hätte sie Doris im ganzen Leben noch nicht gesehen; Doris ihrerseits tat ihr den Gefallen und übersah sie vollkommen. Doris erzählte hinterher, er sei ein kleinerer Mann, jedenfalls kleiner als Frau Roos, etwas dicklich und beinahe kahlköpfig, vor allem *zappelig*. Doris vermutet, im Dyckerhoff-Vorstand gebärdet er sich seriöser. Sie hält ihm zugute, dass er sich in einer Ausnahmesituation befand, als er da in aller Öffentlichkeit mit Frau Roos Ehepaar spielen sollte. Doris vermutet, der Mann ist anderweitig liiert, wenn er auch keinen Ehering trug.

»Du hast ihn dir ja genau angeguckt!«, bemerkt Frieda beeindruckt.

»Ich wusste doch, dass du exakten Report erwartest.«

»Das stimmt. Aber, wenn wir es genau nehmen, geht's uns nichts an, für wen Frau Roos die Beine breit macht.«

»Frieda, Frieda, Frieda! Was sind denn das für Ausdrücke! Ich bin entsetzt.«

»Entschuldige, die *Hilf* kommt mal wieder durch!«

Die Dinge scheinen sich zu wiederholen. So, wie Friedas schönes altes Häuschen damals beschlagnahmt wurde, so wird es auch wieder freigegeben. Es geschieht etwa eine Woche nach der Beendigung der Blockade. Frieda sitzt an ihrem Schreibtisch und beobachtet zufällig, wie ein Jeep gegenüber vor Nummer 7 anhält. Otto und ein amerikanischer Offizier, beide mit Klemmbrettern in den Händen klettern raus, der Fahrer, ein schwarzer *Private,* bleibt zurück. Kaum sind seine Passagiere ausgestiegen, steckt er sich eine Zigarette an.

Wie in einem Stummfilm wiederholt sich beinahe jede Handbewegung. Der Unterschied zu der Szene am Kriegsende ist, dass es sich diesmal um einen smarten schlanken Lieutenant handelt statt des Dicken von damals und dass selbst Otto in der Zwischenzeit beträchtlich abgenommen hat. Eigentlich sieht er zehn Jahre jünger aus als damals.

Die beiden Bevollmächtigten der Besatzungsmacht kommen schnurstracks in den *Petersburger Hof,* begrüßen Frieda mit Handschlag und der Amerikaner sagt freundlich zu ihr: *How do you do?* Dann gibt er Otto mit einer Handbewegung zu verstehen: Sprich du! Otto erklärt dienstlich und förmlich: »Frau Tremus, es ist Ihnen bekannt, dass die Blockade Berlins aufgehoben wurde, entsprechend wird auch die *Luftbrücke* in absehbarer Zeit eingestellt.«

»Ja, das habe ich mir gedacht«, bestätigt Frieda die Ankündigung.

»Wir sind in erster Linie hier, um Ihnen mitzuteilen, dass die Militärregierung Ihr Haus zum 31. Mai 1949 wieder freigeben wird. Ab 1. Juni können Sie wieder vollkommen selbstständig über Ihr Eigentum verfügen.«

Frieda ist wie vor den Kopf geschlagen. Das hat sie denn doch nicht erwartet. Konsterniert fragt sie: »Was heißt das? Schickt Ihr mir keine Gäste mehr?«

»Nein. Mit dem 1. Juni tritt der ursprüngliche Status wieder ein; es ist wieder alles so, wie es vor der Beschlagnahme war.«

»So! Und was ist mit Gästen, die schon länger im Haus sind? Wir haben seit einem Jahr drei Zivilamerikaner im zweiten Stock; ein Ehepaar und ein einzelner Mann! Sie sind praktisch Dauermieter.«

»Die ziehen entweder um – wir bieten ihnen Möglichkeiten an – oder Sie müssen sich mit Ihnen über den Mietpreis verständigen … Das liegt dann ganz bei Ihnen und Ihren Mietern. Das Versorgungsamt zahlt jedenfalls nicht weiter.«

»Und die Sachen und die Lebensmittel, die im Haus sind?«

Als Erstes fällt ihr die verdammte, ewig zu reparierende Waschmaschine ein. Sie erwähnt sie jedoch nicht, und auch nicht den neuen achtflammigen Herd, teils Kohle, teils Gas, den man ihr im letzten Jahr in die Küche gestellt hat.

»Die Sachen verbleiben bei Ihnen, soweit nicht noch eine gegenteilige Entscheidung fällt … Wir werden die Dinge allerdings zum Zeitwert berechnen. Wir erstellen eine Schlussabrechnung. Sie reichen Ihre laufenden Unterlagen bis spätestens 5. Juni bei uns ein; wir rechnen im üblichen Turnus ab und Sie erhalten zeitgleich die Schlussabrechnung. Wenn Sie weitergehende Forderungen an die Besatzungsmacht haben sollten, melden Sie die schriftlich an … Oder wenn wir uns über den Zeitwert nicht verständigen können; sollten Sie da unterschiedlicher Auffassung sein … In dieser Hinsicht würde ich Ihnen raten, sich mit einem Anwalt ins Benehmen zu setzen, der sich in Versorgungsangelegenheiten auskennt.«

»Ja, ist gut«, bemerkt Frieda tonlos.

Die Besucher wollen aufbrechen. Frieda sagt: »Haben Sie es so eilig? Wollen Sie nicht wenigstens einen Schluck Kaffee?«

»Wir sind in Zeitdruck, wie Sie sich vorstellen können, Frau Tremus«, lehnt Otto ab und auch der Lieutenant will keinen Kaffee und keine weitere Unterhaltung. Er legt Frieda ein Formular vor, Frieda unterschreibt. Das Original verbleibt bei der amerikanischen Militärregierung, der Durchschlag geht an Frieda.

»Tja, Frau Tremus, das war's dann soweit«, sagt Otto, als er und sein Ami aufbrechen. »Wir bedanken uns für die gute Zusammenarbeit!« Und an der Haustür fügt er hinzu: »Viel Glück!«

»Ihnen auch, Herr Borowski.«

Frieda ist es, als hätte ihr jemand das Telefonbuch auf den Kopf geschlagen. Schon nach Ottos ersten aufgeblasenen Sätzen wurde ihr bewusst, was die Freigabe bedeutet: Sie steht wieder am Anfang. Wo soll sie Gäste herbekommen, wenn die Amerikaner ihr keine schicken? Das Haus ist vollkommen aus dem Bewusstsein der Fremden wie der Einheimischen verschwunden; ist wie vor aller Augen getilgt worden. Wie soll das werden? Wie *kann* das je wieder werden?

Dann versucht sie sich mit dem Gedanken aufzurichten: So viele mussten bei null beginnen und haben es geschafft. Sie ist zwar später dran als die Glücklicheren, aber womöglich noch nicht zu spät. Die Stadt selbst kommt doch gerade erst wieder auf die Beine. Warum soll es ihr dann nicht auch gelingen?

Nein, der heilige Antonius wird sie nicht in Stich lassen und der liebe Gott ebenfalls nicht.

Sie schenkt sich in der Küche ein großes Glas Sprudelwasser ein und trinkt es in einem Zug aus. Man kann meinen, sie sei am Verdursten. Frau Roos und Herr Döringer sehen sie fragend an; sie bittet aber nur: »Nicht jetzt! … Ich erzähle Euch alles, aber nicht jetzt!«

Sie nimmt eine Flasche Rheingauer aus dem Eisschrank und steigt in den zweiten Stock hinauf, klopft an der Tür des Ehepaares Eisenstedt. Sie weiß, *er* ist nicht da; er arbeitet ja um diese Uhrzeit. Aber sie muss da sein. Frieda klopft vorsichtig an, sagt: »Frau Eisenstedt, hier ist Frau Tremus … Darf ich stören?«

Keine Antwort, nur Rascheln im Zimmer.

Frau Eisenstedt ist die Ängstlichkeit in Person. Sie muss Schreckliches mitgemacht haben. Sie war über Jahre im Keller versteckt, von 1941 an. Treue Freunde, die im Westerwald ein großes Mietshaus hatten, Arier selbstverständlich, hatten ihr in ihrem Keller ein Versteck eingerichtet. Es kam nie zu einem Zwischenfall, niemand hat dort je nach ihr gesucht. Und dennoch, für die Frau muss es eine schreckliche Zeit gewesen sein, über Jahre in der Dunkelheit, bei jedem Geräusch die Entdeckung befürchtend. Kurz nach der Befreiung hat sie ihren Mann kennengelernt. Er war damals ein *Second Lieutenant* (eigentlich ein Chemiker, der auf der Schreibstube gelandet war) und musste ihr Papiere ausstellen. Als er den letzten Stempel auf das Papier gesetzt hatte, waren sie ein Liebespaar. Vor dem Krieg, besser gesagt, vor der Nazizeit, war Dr. Eisenstedt deutscher Jude. Zu seinem Glück war er rechtzeitig emigriert. Als er nun seine Ruth in Hadamar kennengelernt hatte und die Beiden heiraten wollten, legte ihnen die Army so viel Steine in den Weg, dass er endlich resignierte. Washington wollte keine Ehen zwischen amerikanischen Staatsbürgern und deutschen Frauen; auch für im Untergrund versteckte Jüdinnen wurden keine Ausnahmen gemacht. Daraufhin verließ er die Armee, wurde *Zivilamerikaner* und suchte sich eine Arbeit in Deutschland. Beim berühmten *Chemischen Laboratorium Fresenius* nahm man ihn mit offenen Armen auf; er ist dort jetzt Abteilungsleiter. Fresenius ist keine hundert Meter vom *Petersburger Hof* entfernt. Man muss praktisch nur einige Schritte die Kapellenstraße 'raufgehen, dann ist man da. Das ist der Hauptgrund, dass die Eisenstedts Ende 1946 mit einer Sondererlaubnis in Zimmer 24 eingezogen sind. Danach haben sie wohl nie daran gedacht, wieder auszuziehen.

Frieda gegenüber haben sie jedenfalls nie etwas in dieser Richtung erwähnt.

Endlich macht Frau Eisenstedt die Tür einen Spalt weit auf. Sie hat immer etwas Ängstliches im Blick. Auch jetzt sieht sie Frieda an, als erwarte sie Prügel. Nach den Papieren ist sie über Vierzig, aber sie ist seltsam alterslos. Sie könnte auch wesentlich jünger sein oder wesentlich älter; er ist definitiv Anfang Fünfzig.

»Ich würde gern etwas mit Ihnen besprechen; ist das möglich?«, erkundigt sich Frieda.

Darauf lässt Frau Eisenstedt sie ein, duckt sich aber, als rechne sie mit dem Schlimmsten.

Im Zimmer ist alles picobello aufgeräumt, Strickzeug liegt auf dem kleinen Sofa neben dem Fenster und im Waschbecken ist Unterwäsche eingeweicht, was ihr peinlich ist.

Da die Frau ihr keinen Stuhl anbietet, bleibt Frieda stehen und sagt: »Frau Eisenstedt, ich hätte vielleicht warten sollen, bis Ihr Mann nach Hause kommt ... Aber ich bin ganz durcheinander. Ich habe gerade erfahren, dass ich in ein paar Tagen mein Haus wieder zurückbekomme; die Beschlagnahmung wird aufgehoben und ich dachte mir, Sie haben so etwas auch erfahren ...«

»Inwiefern? Wie meinen Sie das?«

»Ich meine, dass sich die Dinge von einer Minute zur nächsten geändert haben ... dass alles anders wurde ... Ich weiß, das ist nicht dasselbe, was Sie erlebt haben, aber ... Ich habe Ihnen eine Flasche Wein mitgebracht, die können Sie ja mit Ihrem Mann trinken ... Hoffen Sie mal, dass alles gut wird!«

Sie überreicht ihr die Flasche und Frau Eisenstedt sucht sich erkennbar einen Reim auf alles zu machen. Es scheint ihr nicht zu gelingen; Frieda weiß ja selbst nicht, warum sie hier ist und was sie redet.

Frau Eisenstedt bedankt sich ungläubig, sieht auf die Flasche und auf Frieda, so als hätte man ihr noch nie im Leben ein Geschenk gemacht, endlich erkundigt sie sich: »Haben Sie bereits eine Vorstellung, wie es weitergeht?«

»Ehrlich gesagt, nein ... Ich habe keine Ahnung ...«

»Ich verstehe«, bemerkt Frau Eisenstedt jetzt, »Sie dachten, ich bin Expertin in Sachen Neuanfang und könnte Ihnen einen Rat geben ...«

»Ich weiß nicht, was ich gedacht habe ... Offenbar habe ich so etwas gedacht, sonst wäre ich ja nicht hier«, gibt Frieda zu.

»Wollen wir die Flasche öffnen? Wollen wir auf den neuen Lebensabschnitt anstoßen?«

»Was meinen Sie?«

»Ja, wir sollten es tun ... Mein Mann macht sich nicht viel aus Wein. Er hat immer Angst, er sei nicht koscher.«

»Was kann denn an einem Wein nicht koscher sein?«

»Wir Juden bestehen nur aus harten Gesetzen. Bei koscherem Wein werden die Trauben erst ab dem vierten Jahr geerntet, nie von Rebstöcken, die jünger als vier Jahre sind. Zwei Monate vor der Lese darf nicht mehr mit tierischem Dung gedüngt werden. Alle Geräte, die zur Lese oder Verarbeitung der Trauben dienen sollen, werden ebenso wie der Weinkeller unter der Aufsicht von Rabbinern gesäubert. Flaschen dürfen nicht mehrmals gefüllt werden. Und so fort. Ein Hundertstel des neuen Weins darf nicht verkauft und vom Winzer nicht selbst getrunken werden, dieses Hundertstel geht an die Armen.«

»Das habe ich alles noch nie gehört ...«

»Es ist bei weitem nicht alles, was es bei der Erzeugung und beim Verzehr von Wein zu beachten ist ... Wo habe ich den Korkenzieher? Ah, da ist er ja...«

Frau Eisenstedt findet ihn in der Nachttischschublade und zieht die Weinflasche auf, schenkt ein wenig Wein in zwei Gläser, überreicht Frieda eins der Gläser. »Mögen sich Ihre kühnsten Erwartungen erfüllen«, sagt sie, als sie anstoßen.

»Danke ... Aber so viel erwarte ich gar nicht.«

»Was können Sie bei realistischer Betrachtung erwarten und erreichen?«, erkundigt sich Frau Eisenstedt nach dem ersten, geradezu andächtig genommenen Schluck.

»Ich weiß es nicht ... Ich habe nicht die geringste Vorstellung, wie es weitergeht ... Ob ich das Haus als Hotel weiterführen kann oder ob ich verkaufen muss ... Vielleicht kann ich die Zimmer einzeln vermieten, quasi als Appartements ... Da müsste man natürlich umbauen ... Ich hab' keine Ahnung ... Ich hatte nur das Gefühl, ich müsste Ihnen die Veränderung so rechtzeitig wie möglich mitteilen. Es kann ja sein, dass Sie sich eine Wohnung suchen wollen ...Die Amerikaner wollen Ihnen eine Unterkunft anbieten.«

»Sollen wir das als Kündigung auffassen?«

»Um Gottes willen! Denken Sie einfach: Die gute Frau Tremus ist vollkommen durch den Wind. Die kommt schon wieder zu sich und dann reden wir weiter.«

6.

Einige Tage lang kann sich Frieda mit der *Abwicklung* betäuben. Sie nimmt in allen Zimmern gründlich Bestand auf; notiert, was vorhanden ist, was fehlt und was erneuert werden sollte. Generell müssen alle Zimmer tapeziert und gestrichen werden. Die Teppiche, soweit vorhanden, müssen rausfliegen. Ihr war nicht bewusst, wie dringend renoviert werden muss. Andererseits kann sie sich darüber auch nicht wundern. Die letzte gründliche Renovierung hat 1937 stattgefunden. Ein ganzer Weltkrieg liegt zwischen damals und jetzt. Es geht nicht anders; wenn das Haus wieder proper und ansehnlich werden soll, muss saniert und investiert werden. Mit ein wenig Überstreichen ist es nicht getan.

Während sie durch die Zimmer geht, bemerkt Frieda, dass sie die wenigsten ihrer Gäste kennt. Wenn sie deren Namen weiß, ist das schon viel. Jahrelang war ein einziges Kommen und Gehen im Haus, beinahe wie bei der Bahnhofsmission. Mit Hotellerie, wie sie sie kannte, hatte das alles wenig zu tun. Wie bei diesem Trubel seine Gäste kennenlernen?

Gut, das Ehepaar Eisenstedt ist ihr soweit vertraut. Mit *ihm* hat sie sich immer mal unterhalten, *sie* ist absolut menschenscheu. Oder Mrs. Woods von Zimmer 7. Sie ist mit dem Militär nach Europa gekommen und nach der Demobilisierung hiergeblieben. Sie hat mit dem Gesundheitswesen zu tun, ist aber keine Ärztin und auch keine Krankenschwester. Sie berät die amerikanische Regierung auf ihrem Fachgebiet. Deswegen ist sie oft dienstlich unterwegs, vor allem fährt sie immer wieder nach Paris. Zurzeit ist wieder mal für fünf Tage in *Neuilly-sur-Seine*. Nach ihrer Beschreibung ist das ein besonders elegantes Viertel von Paris. Das vornehme Bürgertum residiert da, Anwälte, hohe Richter, die Männer, die in der Wirtschaft das Sagen haben, und in genau dieser teuren Umgebung unterhalten die Amerikaner Dienststellen. Außerdem gibt es in *Neuilly* seit Jahrzehnten ein berühmtes amerikanisches Krankenhaus. Davon hat sie auch schon mehrfach erzählt.

Mrs. Woods wird staunen, wenn sie zurückkommt und steht auf der Straße. Frieda nimmt nicht an, dass sie bleiben wird. Wenn sie erfährt, dass das reichhaltige amerikanische Frühstück in Zukunft gestrichen ist, ist sie weg. Sie ernährt sich praktisch vom Frühstück.

Bei Herrn und Frau Eisenstedt ist sich Frieda nicht so sicher. Möglicherweise wollen sie das Zimmer behalten. *Sie* hat ja vor der geringsten Veränderung Angst. Das wäre dann ja schon die erste feste Einnahme.

Weiterhin kann sich Frieda mit der Personalfrage ablenken. Es muss geklärt werden, wer geht und wer bleibt. Herrn Döringer, immerhin ein Schwerbeschädigter, muss sie entlassen, so leid es ihr tut. Lucie behält sie; Lilly, die Braut von Herrn Döringer, will sich eine neue Stelle suchen, wobei sie aber möglichst mit ihm zusammenbleiben will. Eine solche Stelle wird sich wahrscheinlich nicht so ohne weiteres finden lassen und insofern kann Frieda vorerst auf sie zurückgreifen. Mit Frau Roos erzielt sie eine Übereinkunft. Zum Glück ist die Frau einsichtig. Sie ist damit einverstanden, dass man es in ersten drei Monaten der neuen Epoche mit der Hälfte der Arbeitszeit und der Hälfte der Bezahlung belässt.

Nach dem 1. September wird man entscheiden, wie es in der Hinsicht weitergehen soll. Die Frauen besiegeln die Übereinkunft mit einem Händedruck, wobei Frieda sagt: »Wollen wir hoffen, dass es am 1. September überhaupt noch ein *Hotel Petersburger Hof* gibt!«

»Seit wann sind Sie pessimistisch, Frau Tremus? Das ist doch wirklich nicht Ihre Art«, muntert Frau Roos sie auf.

Viel Zeit verbringt Frieda damit, die alten Fremdenbücher durchzugehen und an die guten Gäste von früher eine vorgedruckte Postkarte zu schicken: *Hotel Petersburger Hof freut sich, Sie wieder begrüßen zu können.* Erst wollte sie als Unterschrift darunter setzen: *Unter alter Leitung.* Nach Einspruch von Willy hat sie sich für die Formulierung *Unter bekannter bewährter Leitung* entschieden.

Selbstverständlich schickt sie die Karten nur an Adressen, bei denen man hoffen kann, dass sie überhaupt noch existent sind. Gäste, die vor dem Krieg als Heimatadresse *Ostpreußen* oder *Pommern* oder *Sudentenland* angegeben hatten, werden logischerweise nicht bedacht. Auch keine ehemaligen Gäste aus Ungarn, dem Baltikum oder gar Russland. Bei der Gelegenheit geht Frieda auf, wie viele Ausländer früher unter ihren Gästen waren. Laut der Eintragungen war der *Petersburger Hof* vor dem Ausbruch des *Tausendjährigen Reiches* ein wirklich internationales Haus. Wiewohl das Porto für Übersee-Sendungen exorbitant hoch ist, schickt Frieda Karten nach Brasilien, Argentinien, Chile, Mexiko, die kleineren Länder Mittelamerikas, sogar in die Panamakanal-Zone. Nicht, dass sie damit rechnet, dass die Gäste von ehedem umgehend eintreffen. Die Postkarten haben etwas von Notsignalen Schiffbrüchiger; sind die roten und weißen Leuchtkugeln der Frieda Tremus Wwe.

Nach Feierabend hilft Laura ihr beim Adressieren der Karten, und Evchen darf die Briefmarken aufkleben. Sie liest dann immer stolz die Namen der Länder vor, die auf den Karten stehen. Warum soll man das Kind überhaupt in die Schule schicken? Es weiß doch schon alles!

Auch Willy bietet sich als Helfer an. Seine Unterstützung besteht allerdings darin, Schnurren über die Gäste von ehedem zu erzählen, soweit er sich an die Herrschaften erinnert. Na ja, ist wenigstens unterhaltsam. Wie vieles hat man vergessen. Willy erinnert sich sogar noch an die beiden *warmen SA-Männer*, die unmittelbar nach dem Röhm-Putsch in aller Herrgottsfrühe von Ihresgleichen aus den Betten geholt, mit Totschlägern und Gummiknüppeln verprügelt und verletzt wurden und abtransportiert wie Schlachtvieh. Frieda wurde strengstens vergattert, kein Wort über den Vorfall verlauten zu lassen. Vor allem durfte sie niemanden gegenüber erwähnen, dass es sich bei den Homosexuellen um besonders alte Kämpfer handelte; eine Schande für die SA!

Willy will noch eine weitere Geschichte von ähnlicher Natur auftischen, aber Frieda unterbindet das: »Wir waren alle dabei, Willy! Das ist vorbei und von dem Schmutz will ich nichts mehr hören … Hast du nichts Anderes?«

Willy nickt und beginnt nun, den Anwesenden mit verdrehten Sprüchen auf die Nerven zu gehen. Diesmal hat er's mit Gästen und Gastgebern. Er sagt etwa: *Guter Gast kommt ungeladen!* Oder: *Schlimmer Gast, der den Wirt vertreibt!* Oder: *Der Gast soll sich wie zu Hause fühlen, aber sich nicht wie zu Hause betragen.* Merkwürdig wahr klingt auch seine Behauptung: *Weilt der Gast auch nur kurze Zeit, so sieht er doch viel.* Man weiß nicht genau, was damit gemeint ist, aber man ahnt, dass Wahrheit in dem Ausspruch steckt.

Viel Freude macht er Evchen mit dem absurden Ratschlag: *Kind, wo du auch Gast bist, danke stets für Tabak und Tee!* Die Kleine wiederholt den Unsinn noch tagelang.

Willy hat übrigens eine neue Leidenschaft. Aus Dankbarkeit, dass er unter Carls Dach schlafen darf (und dadurch zum ersten Mal im Leben so etwas wie Privatsphäre hat), hat er angefangen, Carls Pokale gründlich zu polieren und anständig aufzustellen. Danach hat er Listen von Carls Rennsiegen zusammengestellt und ähnliches. Außerdem hat er sich daran gesetzt, die alten Zeitungsausschnitte, die Carl achtlos in einen Karton geworfen hatte, sorgfältig aufzukleben und zu katalogisieren. Er hat sogar einige kleinere, uralte Wochenschau-Berichte von Carls Rennen aufgetrieben. Das war eine Heidenarbeit, aber entgegen Willys Neigung, alle Anstrengung nach einer Weile aufzugeben, hat er es diesmal sogar geschafft. Carl nennt das Ergebnis seiner Bemühungen, halb anerkennend, halb belustigt, *mein Jörns-Museum*.

Durch diese Beschäftigung ist Willy zum Rennsport-Experten geworden. Gegenwärtig redet er über Fahrrad-, Auto- und Motorradrennen wie ein Champion außer Diensten. Er hat sogar die *Motorsport-Zeitung* abonniert, aus der er gern beim Mittagessen das Neueste vom Tage referiert. Gestern zum Beispiel, da hat er Frau Roos und die Mädchen mit seinem Unsinn regelrecht auf die Palme gebracht. Es fing ganz friedlich an, als er sagte, jeder am Tisch müsse endlich begreifen, dass die *DKW-Piloten* mit ihren schlitzgesteuerten Dreizylinder-Zweitaktern unmöglich gegen die *Moto Guzzi-Werksfahrer* anstinken könnten! Frau Roos machte da den Fehler und erwiderte auf Geradewohl: »Na, sie versuchen es wenigstens!« Was dann folgte, war nicht feierlich.

Von einer Sekunde zur nächsten wurde Willy regelrecht ausfallend. Heftig und dabei auf den Tisch schlagend und in einer Art, als sei er der Rennsport-Papst und dulde keinen Widerspruch, fuhr er Frau Roos an: »Machen Sie sich nur lustig über die kleinen Klassen! Sie haben doch keine Ahnung! Es ist doch kein Kunststück, mit einer 350er Norton ein ganzes Fahrerfeld von hinten aufzurollen! Das kann ich auch, wenn's sein muss. Aber machen Sie es mal mit einer kleinen DKW, wie Ernst Bausch es vorgeführt hat! Wenn die Kupplung rutscht oder die Bowdenzüge klemmen wie bei ihm, was machen Sie denn dann? Das sagen Sie mir mal! Ein dummes Gesicht! Unsere müssen dankbar sein, dass sie überhaupt wieder mitfahren *dürfen*! Für mich sind das Helden! Und Sie machen sich darüber lustig! Ist hier noch jemand am Tisch, der so denkt?«

Man wusste nicht, war das ernst gemeint, war ihm ein Spaß verunglückt oder kündigte sich ein Anfall an?

Vorsichtshalber legte ihm Frieda die Hand auf die Linke und sagte: »Willy, wir sehen das alle hundertprozentig genauso wie du!«

Zum Glück beruhigte er sich, aber alle spürten: Das hätte auch anders ausgehen können.

Ende Mai ziehen die letzten Amerikaner aus, auch Mrs. Woods. Wie vermutet verbleiben die Eisenstedts als einzige Gäste.

In den ersten Juni-Tagen geht Frieda wie benommen durch das leere Haus. Wiewohl sie doch auf die Veränderung vorbereitet war, bedrückt sie die Stille. Die Zimmertüren stehen auf, die Betten sind abgezogen, die Matratzen stehen an den Wänden, das Wachspapier ist aus allen Schränken gerissen und die Schranktüren sind nur angelehnt.

Herr Huth, Adams Wohltäter, nimmt sich zusammen mit Adam und einem jungen Architekten Raum um Raum vor, misst und rechnet. Frieda hat ihn beauftragt, Pläne und Kostenvoranschläge zu erarbeiten, die man der Bank vorlegen kann. Und zwar in zwei Varianten: Eine mit und eine ohne den Einbau eines Personenaufzugs. Die *Wiesbadener Bank* hat schon grundsätzliches Wohlwollen versprochen. Aber jetzt muss man erst mal sehen, was eine Erneuerung vom Keller bis zum Dachfirst kostet und ob ein entsprechender Kredit je abgezahlt werden kann. Frieda hat zwar eine ansehnliche Summe auf dem Konto; insofern ist sie nicht als Verliererin aus dem Krieg hervorgegangen. Aber eher verkauft oder verpachtet sie ihr Haus, als dass sie dieses Geld angreift. Sie will nie wieder ohne Barmittel dastehen, nie wieder.

Darin bestärken sie übrigens auch ihr Steuerberater und sogar Herr von Gaffron. Frieda hat ihn mal zufällig bei einer Veranstaltung der *Industrie- und Handelskammer* getroffen und sie haben sich eine Weile ganz vernünftig unterhalten. Weder er noch sie haben dabei mit einem Wort erwähnt, dass er nun mit Gabriele zusammenlebt.

Die Kalkulation der Firma Huth liegt rasch vor; Frieda gibt sie persönlich bei der Bank ab. Die Herren versprechen erneut, den Kreditantrag wohlwollend zu behandeln. Es kommen dann aber bald Anrufe, ob es unbedingt die höhere Summe sein müsse? Endlich bewilligen die Bankmenschen einen anständigen Kredit, der für die Renovierung vollkommen ausreichend ist, aber nicht für den gleichzeitigen Einbau eines Personenaufzugs.

Was nun? Soll sie sich mit Herrn von Gaffron ins Benehmen setzen? Wenn man schon mal einen Direktor der *Deutschen Pfandbrief-Anstalt* persönlich kennt …

Sie bespricht die Frage unter anderem mit Adam und Herrn Huth. Selbstverständlich erwähnt sie in Adams Beisein den Namen Gaffron mit keiner Silbe. Adam würde durch die Decke gehen, wenn …! Die beiden Experten versichern ihr übereinstimmend, der Verzicht auf einen Aufzug erleichtere die Renovierung beträchtlich. Bestehe sie jetzt auf dem Einbau eines Lifts, verrenne sie sich womöglich. In diesem Fall müsse nämlich ein entsprechender Antrag beim Bauamt eingereicht werden; schlimmer noch, sie lege dann den Fortgang der ganzen Sache in die Hand der Stadtverordnetenversammlung. Diese müsse über die an und für sich bedeutungslose Angelegenheit entscheiden, da für den Einbau einige Quadratmeter Hof herangezogen werden müssten und dies sei nur möglich, wenn vorher der städtische Bebauungsplan geändert werde.

»Wie lange dauert es denn in etwa, bis so ein Antrag bewilligt wird?«

»Rechne mit acht bis zwölf Monaten. Das dürfte realistisch sein«, klärt Adam sie auf.

»Adam, ich kann doch nicht ein Jahr auf den Antrag warten! Und dann muss ich das Geld für einen Aufzug auch noch auftreiben!«

»Mutter, wenn du meinen fachmännischen Rat hören willst: Geh in zwei Schritten vor. Jetzt die Renovierung und in absehbarer Zeit – nach der Erteilung der Baugenehmigung – dann Schritt zwei, Einbau des Lifts.«

»Adam, das ist doch auch deine Entscheidung. Du bist Mitbesitzer!«, erinnert sie Adam an seine Mitverantwortung.

»Von mir aus ist es bereits entschieden!«

»Also kein Aufzug? Obwohl ich's allen hundertmal versprochen habe …«

»Mutter, du wolltest meinen Rat hören. Das ist er.«

»Ist denn ein nachträglicher Einbau so ohne weiteres zu bewerkstelligen?«, erkundigt sich Frieda; das ist aber bereits ein Rückzugsgefecht.

Absolut, versichern die beiden Experten übereinstimmend.

Na gut, dann soll es so geschehen.

Mit Adams Hilfe und einer Kolonne der Firma Huth werden neue Rohre hochgezogen, für weitere Waschgelegenheiten und zusätzliche Duschen. Die Heizkörper werden ausgetauscht, in manchen Zimmern neue elektrischen Leitungen verlegt. Es wird gehämmert, gebohrt, geweißelt und gestrichen. Mit einem Wort, renoviert und tapeziert, weiche trittdämpfende Bodenbeläge angeschafft, und, auch nicht unwichtig, neue Matratzen. Die Möbel sind erst im letzten Jahr von den Amerikanern im ganzen Haus ausgetauscht worden. Sie stammen aus besonderen Armeedepots und sind in allen Offizierswohnungen zu finden, soweit sie vom Militär ausgestattet worden sind. Es sind stabile Möbel, alle auf Mahagoni getrimmt und im Südstaaten-Look gehalten.

Als alles fertig ist, denkt Frieda: Als ich hier zum ersten Mal eröffnete, sah's anders aus; schlechter, weitaus schlechter. Doch wie steht es um sie selbst? Wie viel Enthusiasmus steckte damals in ihr, und heute nur Furcht vor dem, was kommen kann.

Zur selben Zeit wird auch das *Bristol* auf der anderen Straßenseite wieder Hotel. Das Erste, was Frau Adamy tut, nachdem man ihr die Hausschlüssel in die Hand gedrückt hat: Sie leiht sich bei Frieda ein Beil und schlägt alle Fliegengitter raus, die die Amerikaner vor den Fenstern angebracht hatten. In ihrem Brass verletzt sie beinahe eine Passantin auf der Kapellenstraße, die sie nicht bemerkt hatte. Die Sache geht mit leichten Verletzungen ab, in der Hauptsache sind's Schrammen, aber die Frau droht dennoch eine Anzeige an!

Das geht ja wieder gut los da drüben.

Frau Adamy kommt mit dem Beil und einem sehr großen Strauß Sommerblumen zurück. Die Blumen stammen natürlich aus Doris' Garten. Frau Adamy bedankt sich ein weiteres Mal dafür, dass Frieda ihr damals so selbstlos zu dem Gartenhaus im Walkmühltal verholfen hat; es hat ihr über Jahre so gute Dienste geleistet.

»Das war doch selbstverständlich, Frau Adamy … Wie lange sind wir Kolleginnen und Nachbarn …«

»Nicht jeder hätte das gemacht, Frau Tremus … Das war sehr selbstlos von Ihnen und wie gesagt, wir sind Ihnen ewig dankbar dafür.«

»Jetzt genug der schönen Worte! … Was war denn eben mit der Frau, die sich so aufgeregt hat?«, erkundigt sich Frieda, die Unwissende spielend. Dabei hat sie die Szene von A bis Z verfolgt.

»Haben Sie das etwa mitgekriegt? Eine unverschämte Person! Es geht ihnen allen schon wieder zu gut!«, antwortet Frau Adamy und sieht sich noch mal prüfend um. »Toll, wie Sie das gemacht haben … Sie haben sogar neue Messinggriffe an der Haustür … Und was für schöne Gardinen.«

»Voile«, bemerkt Frieda.

»Ja, sehe ich …gleich das Teuerste«. Sie bemerkt, dass auch die Rahmen der Fotos von Lourdes eine Veränderung erfahren haben. Die Bilder hängen zwar noch am gewohnten Platz, aber sie leuchten und blitzen nun, wenn ein Sonnenstrahl auf sie fällt. »Sind die Rahmen neu?«, will sie wissen.

»Nein, aber neu vergoldet – unten auf der Taunusstraße ...«

»Frau Tremus, ehe ich es vergesse ... Das möchte ich Ihnen jetzt sagen, wo wir wieder loslegen ... Das habe ich mir fest vorgenommen und das meine ich genau so ...«

»Machen Sie es nicht so spannend!«

»Was ich Ihnen versprechen möchte, ist das: Nie mehr Neid auf Sie!«

»Wie meinen Sie das?«

»Ach, das wissen Sie doch. Wenn Sie das Schild raushängen *Besetzt* und bei uns steht die Hälfte der Zimmer leer, da kocht's doch in einem ... Da denkt man doch, Sie wollten uns was antun. Da nutzt es auch nichts, dass man sich sagt: Es kommt auch mal wieder anders 'rum.«

»Das ist doch alles nur menschlich!«

»Aber dumm! Wie gesagt: Nie mehr Neid.«

Man weiß nicht, ob sie den Nichtangriffs-Pakt mit Händedruck besiegeln will oder nicht. Frieda hält es für ausreichend, zu dem großen Versprechen von Frau Adamy zu nicken. Ganz traut sie dem Frieden nicht; sie kennt die Frau lange genug.

»Wann wollen Sie denn wieder eröffnen?«, will Frau Adamy nun wissen.

»Wenn der erste Gast zur Tür reinkommt, ist eröffnet.«

»Kein Fest? Nichts?«

»Was soll ich feiern? Dass die ganze Quälerei wieder von vorne anfängt? Ich bin nicht mehr zwanzig.«

»Man merkt's Ihnen aber nicht an ... Ich kann nur bewundern, wie Sie das anpacken; wo Sie die Energie hernehmen ...« Erneut mustert sie die funkelnagelneue Pracht um sich herum und bemerkt ein weiteres Mal: »Man kann Sie wirklich nur bewundern, Frau Tremus! Muss eine Heidensumme verschlungen haben.«

»Kredit, alles auf Kredit, was Sie hier sehen! Aber was bleibt einem anderes übrig? Mein Mann hat immer gesagt: *Stillstand ist Rückschritt und der erste Schritt ins Grab.*«

»Ich dachte, wir würden in dem Budchen unser seliges Ende finden, in der Gartenlaube von Doktor Waltz. Ich habe nicht einen Tag lang daran geglaubt, dass ich mein Haus je zurückkriegen würde. Ich war wie vor den Kopf geschlagen, als es hieß: Wir geben Ihr Haus wieder frei!«

Frieda nickt zustimmend; diese Zustimmung kann aber alles bedeuten.

Frau Adamy schüttelt noch mal leicht den Kopf: »Den Mut hätte ich nicht, den Sie da aufbringen, Frau Tremus ... Derart viel zu investieren. Allein die neuen Fenster! Das sind Schallschutz-Fenster, haben mir die Glaser gesagt. Das würde mich natürlich auch interessieren ... Was kostet denn so was?«

»Fragen Sie nicht, Frau Adamy. Aber man hat mir sehr zugeraten zu den Fenstern. Die Autos werden tatsächlich immer mehr. Ich habe den Eindruck, das sind jetzt schon mehr als vor dem Krieg. Wenn das so weitergeht, kann ja kein Mensch mehr schlafen bei dem Krach auf der Straße.«

»Man soll auch an Heizkosten sparen ...?«

»Das haben sie mir auch gesagt. Bis jetzt haben wir ja praktisch den Geisberg geheizt ... Wenn das alles so ist, wie die mir vorgerechnet haben, kommt die Investition auf die Dauer allein durch die geringeren Heizkosten wieder rein ... Darf ich Ihnen eine Tasse Kaffee anbieten?«

»Ach, das ist freundlich, aber ich muss wieder rüber ... Was ich nicht mache, macht niemand.« Sie unternimmt allerdings keine Anstrengungen zu gehen. Deshalb trägt Frieda Lucie auf, als die den Kopf zur Tür 'reinstreckt: »Mach uns mal Kaffee.«

»Das ist wirklich nicht nötig, Frau Tremus. Sie haben bestimmt was Besseres zu tun, als mich zu unterhalten ... Ich bin nur hergekommen ... wollte Ihnen ja nur alles Gute wünschen ... Ist schön, dass Sie die Lucie immer noch haben. So ein armer Mensch würde woanders nur 'rumgeschubst. Da tun Sie ein gutes Werk!« Dann greift sie ein anderes Thema auf, das sie erkennbar mehr interessiert: »Ich habe gesehen, Ihr ältester Sohn hat auch tüchtig angepackt ...?«

»Ist ja sein Beruf, Adam ist schließlich Baumensch. Das hätten Sie erleben müssen, wie er aufgeblüht ist.«

»Sehen Sie, so was fehlt mir! Hilfe, ganz einfach ein bisschen Hilfe! Dann flutscht alles ganz anders, wenn man Unterstützung hat ... Von meinem Mann kann ich nichts erwarten. Er sitzt da und grübelt; davon wird natürlich nichts besser! Seien Sie froh, dass Sie keinen Mann haben! ... Ich habe von Frau Waltz erfahren, Ihr Ältester hat ja so viel Pech mit der Spruchkammer und so weiter ...?«

»Wenn es nur die Spruchkammer wäre! Aber beschwören Sie es nicht – zur Zeit ruht alles, das Spruchkammerverfahren, die Prozesse, alles zieht sich in die Länge, schleppt sich hin.«

»Ich habe gehört, das soll alles mit einem Federstrich erledigt werden, wenn wir wieder eine eigene Regierung kriegen. Es soll ja bald soweit sein.«

»Es wäre wunderbar, wenn Sie Recht hätten.«

Frau Adamy lässt eine kleine Pause eintreten, dann kommt sie endlich zu dem, was ihr wirklich auf der Seele liegt: »Frau Tremus, ich weiß nicht weiter. Geben Sie mir doch mal einen guten Rat. Soll ich verkaufen? Oder vermieten? Oder verpachten? Was würden Sie mir raten? Oder ist das zu unverschämt, wenn ich Sie damit belästige?«

»Was soll daran unverschämt sein? Ich verstehe Sie, Frau Adamy … Ich verstehe Sie sogar viel besser, als Sie denken. Ich habe mich auch nächtelang gequält: Aufgeben oder weitermachen? Es war genau so, wie ich's Ihnen gerade gesagt habe, ich habe nächtelang wachgelegen. Ich habe mich fürs Weitermachen entschieden. Aber ob das die *richtige* Entscheidung war, das werden wir bald merken.«

»Sie wissen wenigstens, *für wen* Sie es machen. Sie haben Söhne! Sie haben Enkelkinder! Das ist der Unterschied … Sie können jemand was hinterlassen. Aber wir?« Sie sieht Frieda nun beinahe misstrauisch an, erwartet offenbar Widerspruch. Als der nicht kommt, wechselt sie den Tonfall, als wollte sie sagen: Nun kommen wir aber endgültig zum Ernst des Lebens!; erkundigt sich endlich: »Ich habe neulich erfahren, Ihr anderer Sohn ist amerikanischer Offizier?«

»Ja, Captain …«

»Welcher Rang wäre das bei der *Wehrmacht*?«

»Hauptmann.«

»Ja, so was hat man mir auch gesagt … Als ich das erfahren habe, habe ich zu meinem Mann gesagt: ›Jetzt hast du endlich deine Erklärung, warum die Frau Tremus die ganzen Jahre weiter in ihrem Haus wirken konnte und wir im Walkmühltal Kartoffeln ziehen durften‹.«

Na also. Da ist er wieder. Da macht er sich endlich wieder bemerkbar, der altbekannte Neid der Frau Adamy. Es wäre ja auch zu schön, wenn sich die Frau gewandelt hätte. Nein, sie ist noch, wie sie immer war. Sie hatte nur ein bisschen Kreide gefressen.

Frieda kann deswegen nicht anders, als ihr zu antworten: »Es ist immer gut, wenn man Beziehungen hat, Frau Adamy. Deswegen sind die Einen oben und die Anderen nicht.«

7.

Es sind vielleicht zwei oder drei Stunden seit der Visite der Frau Adamy vergangen, da kommt ein älterer Herr mit einem kleinen Koffer in der rechten Hand und einem Zettel vom Fremdenverkehrsamt in der anderen den Geisberg herauf.

»Guten Tag«, sagt er, legt seinen Hut auf den Tresen und schiebt Frieda den Vordruck des Fremdenverkehrsamts zu. »Das Verkehrsbüro schickt mich … Haben Sie ein Zimmer für drei Nächte? Ein Einzelzimmer.«

»Sie können *für's ganze Jahr* ein Zimmer haben. Herzlich willkommen … Sie sind unser erster Gast, der mit D-Mark zahlt …«

Der Herr versteht nicht genau, was Frieda ihm plausibel machen will. Deswegen erläutert sie: »Wir machen heute wieder auf. Unser Haus war jahrelang beschlagnahmt …«

»Stimmt, die Dame vom Verkehrsbüro hat so etwas erwähnt … Also, dann bitte für drei Nächte und ruhig, wenn's geht.«

»Wir haben Schallschutzfenster.«

»Was ist das denn?«

»Was Neues … Wie Doppelfenster; Sie müssen nur nicht so viele Scheiben putzen. Wenn das Fenster zu ist, hören Sie so gut wie nichts mehr.«

»Ich weiß nicht, ob ich das … Ich bin gewohnt, bei offenem Fenster zu schlafen. Luft bräuchte ich schon.«

»Wenn das so ist, machen wir's anders. Der Gast ist König …«

Frieda hängt den Zimmerschlüssel von Zimmer 8 (sie wollte ihm ursprünglich das beste Zimmer im Haus geben) wieder ans Brett und legt den Schlüssel von Nummer 7 vor ihm auf den funkelnagelneuen Tresen, eine Maßanfertigung der *Schreinerei Wetzel*. Dabei erklärt sie: »Sie haben die freie Auswahl … Ich gebe Ihnen das ruhigste Zimmer im Haus. Zum Hof! Da können Sie die ganze Nacht das Fenster sperrangelweit auflassen und schlafen trotzdem wie in Abrahams Schoß.«

»Ja, so was hatte ich mir vorgestellt. Dann nehme ich das.«

»Sehr schön. Und wenn Sie uns bitte hier den Meldezettel ausfüllen wollen … Oder wissen Sie was, Sie sind unser erster Gast nach den Amerikanern – da wär's vielleicht am schönsten, Sie tragen sich ins Fremdenbuch ein …«

Der Gast erwidert darauf: »Gern. *Wer schreibt, der bleibt.*«

»So ist es!«

Frieda schlägt das Gästebuch auf – es ist ebenso jungfräulich wie der Tresen – und schiebt es dem Herrn hin.

Der greift nach dem Kugelschreiber, den sie ihm reicht (er stammt noch aus der amerikanischen Epoche) und bemerkt: »Ich sehe, ich bin Nummer eins ... Ich glaube, das habe ich noch nie erlebt. Dass ich mal irgendwo der Erste bin.«

»Dann ist es ja schon Schicksal, dass Sie zu uns gekommen sind ... Auf diese Weise werden Sie uns nicht mehr vergessen ... Ich bin Frau Tremus...«

»Mein Name ist Rhode. Ich habe in Zukunft öfter in Wiesbaden zu tun.«

»Sehr angenehm.«

Frieda schätzt ihn kurz ab, denkt: Das haben wir uns ja wirklich einen ganz angenehmen Zeitgenossen eingefangen, und laut sagt sie: »Noch mal herzlich willkommen, der Herr!«

Aus den Eintragungen geht hervor, dass Herr Rhode, Vorname Martin, geboren am 2. 11. 1902, deutscher Staatsbürger ist und aus Köln-Ehrenfeld stammt. Als Beruf gibt er *Klavierbauer* an.

Klavierbauer.

Das ist doch schon mal ein schöner Anfang.

Einige Tage geht das so. Gast um Gast tröpfelt ein, die ersten reisen wieder ab; mit einem Wort, zäher Geschäftsbetrieb.

Frieda hat sich darauf eingestellt. Sie weiß, der Anfang wird ein harter Kampf sein, und diesem Anfang folgt das Sommerloch. Während der heißen Monate werden überhaupt keine Gäste kommen. Dann ist die Stadt tot.

Frieda Tremus vertraut offenbar nicht genug auf den Heiligen Antonius oder den lieben Gott, sonst würde sie anders reden und denken. Denn die Rettung ist nah.

Es ist etwas mehr als eine Woche seit der Wiedereröffnung ihres Hotels vergangen, da findet sich ein smarter junger Mann ein, die Haare sehr kurz geschnitten, dunkelblauer Anzug, ganz schmale Krawatte, messerscharfe Bügelfalten und klassische Schnürschuhe mit abgesetzter vorderer Kappe.

Wie aus dem Ei gepellt.

Ein gut sitzender Anzug macht wirklich was her, denkt Frieda bei seinem Anblick.

»Kann ich Herrn Tremus sprechen?«, erkundigt er sich.

»Das wird leider nicht möglich sein … Mein Mann ist schon vor Jahrzehnten gestorben.«

»Oh, Entschuldigung. Und Sie leiten nun hier die Geschäfte?«

»So ist es. Wobei es im Moment leider nicht viel zu leiten gibt … Wir fangen gerade wieder an.«

Sie deutet auf das Schlüsselbrett, die meisten der Zimmerschlüssel hängen dort in Reih und Glied. Frieda erinnern sie an eine Truppe, die auf das Aufbruchsignal des Hornisten wartet.

»Ich darf mich vorstellen«, sagt der junge Mann nun, »ich bin Rechtsanwalt Dr. Lowe und vertrete Herrn Schedlich, Ihnen vielleicht besser bekannt als *Bruder Fridolin* …«

»Der Heilpraktiker?«

»Genau … Es freut mich, dass Sie meinen Mandaten als *Heilpraktiker* bezeichnen, was er tatsächlich ist, und nicht als *Wunderheiler*, als der er durch die Presse geistert … Ich verrate es Ihnen lieber sofort: Er kann in Wirklichkeit *nicht* übers Wasser laufen. Seine Heilerfolge sind allerdings unbestreitbar. So wie ich hier vor Ihnen stehe, bin ich der lebende Beweis für seine unerklärlichen Fähigkeiten … Ich konnte monatelang nicht ein Wort herausbringen, bis ich ihm gegenüberstand. Ich sehe ihn, er sieht mich an und ich konnte wieder sprechen.«

»Das ist ja kaum zu fassen! Und was kann ich nun für Sie tun?«

»Wir bräuchten einige Minuten … Wollen wir hier oder in Ihrem Büro …?

»Wir können rübergehen in Zimmer 2. Da habe ich den Überblick und wir sind vollkommen ungestört …« Sie greift zum Telefon, ruft im zweiten Stock an, wo Frau Roos zusammen mit Lucie Zimmer macht. Zum Glück erwischt sie sie gleich und sagt: »Frau Roos, könnten Sie hier unten aufs Telefon aufpassen? Ich habe eine Unterredung.« Zu dem Besucher sagt sie: »Kaffee, Tee, Kakao, was darf ich Ihnen bringen lassen?«

Der junge Rechtsanwalt ist von dem Angebot überrascht: »Tja, wenn das ernst gemeint ist, dann würde ich gerne einen *Kakao* nehmen.«

»Alle meine Angebote sind ernst gemeint …« Sie deutet auf die Tür des Frühstückzimmers: »Nehmen Sie schon mal Platz! Ich bin sofort bei Ihnen.«

Sie wartet auf Frau Roos, die wie immer gemessenen Schrittes die Treppe herunterkommt, gibt ihr entsprechende Anweisung, sieht noch mal in den wandhohen Flurspiegel – ihr weißer Kittel sitzt einwandfrei, nirgendwo ein Fleckchen –, dann begibt sie sich in Zimmer 2.

»So«, sagt sie zu dem jungen Mann, »jetzt können wir über alles verhandeln.«

»Im Grunde geht es um zwei Dinge«, erklärt Dr. Lowe, »zum einen müssten wir für rund zwei Wochen dreißig Personen unterbringen. Wäre das möglich?«

»Ohne Weiteres!«, erwidert Frieda in einem Ton, als könnte sie auch dreihundert Leute beherbergen. »Und zum Anderen?«

»Das ist genau der Punkt, über den wir sprechen müssen. Sie müssen sich klar sein, wenn Sie *Bruder Fridolin* zu Gast haben, stehen Sie automatisch im Blickfeld der Öffentlichkeit. Sie müssen mit Berichten in Radio, Zeitungen, Illustrierten rechnen und nicht jedermann steht Bruder Fridolin und seinem Wirken positiv gegenüber. Ein Teil der Kritik und der Aufmerksamkeit fällt automatisch auf Sie und damit muss man umgehen können.«

»Ich will Ihnen was sagen, Herr Rechtsanwalt: Hier im Haus hat mal ein Reichstagsabgeordneter seinen gesamten Wahlkampf geführt, ein SPD-Mann, der anfangs von der halben Stadt angefeindet wurde; jedenfalls von allen, auf die es ankam. Wiesbaden war konservativ und kaisertreu und dann erfrecht sich jemand, und will für Wiesbaden in den Reichstag einziehen? Das gibt's doch nicht! Und was ist passiert? Am Schluss hat Herr Lehmann auf dem Balkon von Zimmer 8 gestanden und hat einen Fackelzug abgenommen ... Er hat überhaupt nicht aufgehört, der Fackelzug; so ist er geehrt worden. Und wer hat hinter ihm gestanden? Mein Mann und ich. Also, mit Aufmerksamkeit und Anfeindung können wir umgehen ...«

Frau Roos bringt nun den Kakao und darauf stellt Frieda sie vor: »Das ist unsere Frau Roos, meine rechte Hand. Sie hat früher für den Vorstand von Dyckerhoff gearbeitet, immerhin eine Weltfirma ... Sie hat heute noch gute Beziehungen zum Vorstand! ... Herr Doktor Lowe!«

Frau Roos ist von dieser Vorstellung derart überrascht, dass sie knallrot anläuft und verschwindet, kaum dass sie den Kakao abgestellt hat.

Man spricht über dies und das, unter anderem darüber, wer ihn auf den *Petersburger Hof* aufmerksam gemacht hat. Es war Friedas Anwalt Dr. Reinhold, ein Studienkollege von Herrn Lowes Vater. Dann hätten die ganzen Aufregungen um Adam und seine Prozesse ja wenigstens einmal etwas Gutes.

Der junge Herr trinkt in aller Ruhe seinen Kakao, lobt ihn ausdrücklich und bittet schließlich: »Wenn ich jetzt einige der Zimmer sehen könnte...«

»Aber gern, Frau Roos wird Sie rumführen.«

Frieda geht in Zimmer 1, wo Frau Roos schlauerweise gewartet hat. Sie muss etwas Derartiges erwartet haben, nickt jedenfalls nur, als Frieda sie bittet: »Zeigen Sie ihm alles, was er sehen will, und malen Sie's ihm in den schönsten Farben aus, Frau Roos ... Er hat nach einem Aufzug gefragt. Sagen Sie ihm, wir sind dran. Wir warten nur noch auf die Bauerlaubnis...«

»Das haben Sie ihm doch sicher schon gesagt.«

»Doppelt genäht hält besser. Es geht um dreißig Gäste für zwei Wochen! Damit wäre der erste Monat schon gesichert.«

»An mir soll's nicht liegen«, verspricht Frau Roos kühl und damenhaft.

Der Abschluss kommt zustande. Dr. Lowe mietet achtzehn Zimmer mit Frühstück für insgesamt sechzehn Tage und zahlt auch gleich eine anständige Summe an.

Zwei Tage später quartiert sich *Bruder Fridolin* samt Gefolge im Haus ein. Zum Gefolge gehören mindestens fünf junge Frauen, die ihm jeden Wunsch von den Augen ablesen. Man weiß nicht, ob eine davon seine Favoritin ist oder ob sie alle fünf nur Anbeterinnen sind, die er der Aura wegen um sich geschart hat.

Insgesamt sieht der Mann aus, wie man ihn aus der Wochenschau kennt. Er ist Ende Fünfzig, hat einen sehr langen, sehr dichten Bart und trägt eine Art Mönchskutte; ist jedoch kein Ordensgeistlicher, nicht mal ein einfacher Ordensbruder. Er ist auch nie als Arzt oder Sanitäter ausgebildet worden. Wie er heilt, kann niemand sagen; angeblich weiß er es selbst nicht. Seine Erfolge sind dennoch unbestreitbar und oft genug so sensationell, dass er die gesamte Ärzteschaft gegen sich hat. Willy behauptet, Bruder Fridolin hat etwas von *Rasputin*, dem russischen *Geistheiler*, der im Treibeis der Newa in Sankt Petersburg endete. Frieda kann nicht widersprechen. Derselbe durchdringende Blick, der Frauen lähmt.

So oder so: Man muss dankbar sein, dass man ihn im Haus hat.

8.

Für die am schlimmsten betroffenen Kranken (einige von ihnen begleiten Bruder Fridolin samt ihrer Ärzte oder Pfleger von Station zu Station seiner Auftritte, beinahe so, als seien sie Teil eines Wanderzirkus) räumt Frieda ihr eigenes Zimmer. Diese Patienten kommen in Zimmer 5 und 6 unter, also zu ebener Erde. Sie und Anna schlafen vorübergehend im zweiten Stock. Einen Moment lang hat Frieda sogar daran gedacht, bei Willy zu campieren, solange das Haus derart frequentiert ist. Den Gedanken hat sie aber rasch fallen lassen, zumal Anna nicht angeboten hat, während des Trubels bei ihrem Herzensfreund Enders zu nächtigen. Da scheint der Haussegen schief zu hängen; Frieda drängt jedoch nicht auf Aufklärung. Das muss Anna allein regeln.

Dr. Lowe bedankt sich im Namen von Bruder Fridolin ausdrücklich für die Bereitschaft des Hauses, alles Menschenmögliche zum Gelingen seines Aufenthaltes beizutragen. Bruder Fridolin lässt ausrichten, hier erweise sich wieder einmal, bei rechtem Willen und christlichem Geist sei an Gutem praktisch alles möglich.

Die jungen Frauen sind nicht, wie man anfangs dachte, die Betthäschen des Heilpraktikers. Jedenfalls nicht ausschließlich. Sie kümmern sich in der Hauptsache um die Unmenge von Post, die Tag für Tag eintrifft. Teils handelt es sich um Post, die mit einem Personenwagen von Trier, Bruder Fridolins letzem Aufenthaltsort, herangeschafft wird. Zum Teil kommt die Post für ihn auch in Paketen, die ihm aus seinem Heimatort, einem Dorf im Frankenland, zugeschickt werden. Bruder Fridolin wohnt dort auf einen kleinen Hof, den ihm ein dankbarer Patient hinterlassen hat. Ob es da eine Frau gibt oder sogar eine Ehefrau, weiß man nicht und erfährt man auch nicht. In diesem Punkt herrscht verdächtiges Schweigen.

Die jungen Frauen öffnen die Post und sortieren die Briefe nach Themen; anschließend werden sie gebündelt und in Waschkörben gesammelt. Dabei wird unterschieden nach Bitten um Heilung, Dankbekundungen für erfolgte Heilung, allgemeine Anfragen und Stellungnahmen. Die Geschäftsangelegenheiten werden davon getrennt abgelegt. Um diese Post kümmert sich die Geschäftsführung – Doktor Lowe, ein festangestellter Manager namens Wieland und so weiter. In freien Minuten nimmt sich Bruder Fridolin die Bitten um Heilung Stück für Stück selbst vor. In leichteren Fällen beginnt er auf der Stelle mit der Fernheilung, andere Schreiben (meist die, in denen es um unheilbare Leiden geht) legt er wieder zur Seite und wartet darauf, dass er genügend Kraft in sich findet, um auch diesen Unglücklichen helfen zu können. Die Dankbekundungen liest er nur auszugsweise; überfliegt sie eigentlich nur. Es sei denn, sie werden ihm von seinen jungen Damen aus diesem oder jenem Grund besonders ans Herz gelegt. Dabei handelt es sich, wie man sich denken kann, oft um besonders exorbitante Heilerfolge.

Die Umschläge enthalten neben maschinengeschriebenen Briefen oder handgeschriebenen Zetteln (man sieht ihnen quasi das Mütterchen an, das sie verfasst hat) meistens auch Geld. Nach außen hin heilt Bruder Fridolin ohne Gewinninteresse. Heilt ausschließlich *aus Liebe zu den Menschen*, wie es in den Zeitungen heißt. Doktor Lowe bestätigt dies: Wer nichts gibt, gibt nichts. Er wird nicht behelligt, und sei's ein Lahmer, dem Bruder Fridolin das Gehen wieder möglich gemacht hat. Frieda und die Hausmädchen (Lilly ist selbstverständlich auch wieder dabei; das Haus ist ja bis auf den letzten Platz ausgebucht, da geht es nicht anders) sehen mit eigenen Augen – wenn sie etwa Kaffee bringen oder eine sonstige Erfrischung –, dass und wie sich die Liebe zu den Menschen auszahlt. Nicht schlecht jedenfalls. Oft genug sind mehrere Hunderter in den Kuverts. Das eingehende Geld wird von den jungen Damen Pfennig für Pfennig und Mark für Mark gezählt und in den Unterlagen festgehalten, unter anderem für die Steuer.

Außer dem Rechtsanwalt Lowe gibt es den erwähnten Manager Wieland (sieht aus wie ein Metzger) und einen Managerassistenten. Außerdem wird der Manager von seiner Frau unterstützt, einer besonders Vollbusigen, die gern durchsichtige Blusen und darunter BH's aus Spitze trägt. Frau Roos findet heraus, sie ist ebenfalls fest angestellt. Ein kleiner Wanderzirkus hat sicher auch keine größere Führungsgruppe.

Wenn man nur diese Äußerlichkeiten betrachtet, hat Anna sicher recht, wenn sie nur vom *Zirkus Fridolin* spricht. Aber man darf nicht nur die Äußerlichkeiten betrachten. Bruder Fridolin hat ohne Zweifel unerklärliche Fähigkeiten. Dass es solche gibt, sieht man ja bei Klärchen, und die Berge von Dankschreiben sind schließlich nicht erzwungen worden! Den Geheilten geht es nicht nur heute und morgen besser, nein, die Besserung hält oft schon über Jahre an, und in nicht wenigen Fällen ist vollständige Heilung eingetreten. Herr Lowe hat berichtet, in Trier wurde ein Mädchen auf einer Trage zu Bruder Fridolin gebracht, das bei der Traubenlese einen schrecklichen Unfall erlitten hatte und seitdem vom Unterkörper abwärts gelähmt war; die Ärmste konnte nicht mal mehr richtig *durchatmen*. In diesem Fall hat Bruder Fridolin keine spektakuläre Wunderheilung vollbringen können, immerhin kann sich das Mädchen jetzt auf eigenen Füßen vorwärts bewegen – wenn sie dabei auch Hilfe braucht – und ihr Arzt hat bestätigt, dass sich ihre Atmung um hundert Prozent verbessert hat.

Und was die Menge der helfenden Hände angeht, so muss man unbedingt bedenken, dass ja nicht zehn oder zwanzig Patienten erwartet werden, sondern Hunderte. Wenn es so kommt, wie es zuletzt in Trier war, muss man zusätzlich mit Scharen von Schaulustigen rechnen. Doktor Lowe geht davon aus, dass sich in Wiesbaden sogar weitaus mehr Menschen einfinden werden als in Trier. Trier liegt am Rand, *in einem schwierigen Umfeld*, er wolle nur das Stichwort *JoHo-Staat Saar* nennen, und ist obendrein schwer zu erreichen. Wiesbaden befindet sich dagegen in der Mitte der *Trizone* und kann sowohl mit der Bahn wie mit dem Auto gut erreicht werden. Er hält es für möglich, dass am Ende tausende Menschen Bruder Fridolin sehen, hören und anfassen wollen. Sogar aus München, dem nächsten Ziel von Bruder Fridolin, werden zwei Autobusse erwartet. Sollte die Berichterstattung Trierer Ausmaße annehmen, ist mit zahlreichen weiteren Gruppen zu rechnen.

Frieda geht dabei durch den Kopf: Frau Adamy kann beruhigt sein, sie wird von dem Segen auch einiges abbekommen.

Die Patienten, ihre Begleiter und die Mitarbeiter von Bruder Fridolin, halten alle im Haus auf Trab. Der Einzige, der keine Ansprüche stellt, ist Bruder Fridolin selbst. Er trinkt seinen Kräutertee und nimmt jeden Morgen eine kräftige Bouillon zu sich, damit hat es sich aber auch.

Die eigentliche Unruhe geht von den Filmleuten aus, die das Geschehen rund um Bruder Fridolin aufnehmen. Sie haben ihren *Dokumentarfilm* in dem Moment begonnen, in dem er seinen Fuß in die Tür gesetzt hat. Mit diesem Dokumentarstreifen will man den zum Teil üblen Berichten einer der vier Wochenschauen entgegenarbeiten. Diese Wochenschau hat es sich, aus welchen Gründen auch immer, zum Ziel gesetzt, Misstrauen gegen Bruder Fridolin zu säen und Missstimmung zu verbreiten.

Die Filmleute, die dagegen antreten sollen und wollen, arbeiten für die Hamburger *Komet Filmgesellschaft*. Großenteils übernachten sie ebenfalls im *Petersburger Hof*. Sie sind eine Plage; permanent sind sie jedem im Haus im Weg. Mal suchen sie Stromanschlüsse und beschweren sich über die Leitungen im Haus. Dann stolpert man über ihre Kabel und Kameraschienen und oft genug kommt's vor, dass sie mit Megafonen um *absolute Ruhe* bitten. Außerdem essen und trinken sie grundsätzlich außerhalb aller zivilisierten Zeiten. Man denkt nichts Böses, und schon steht wieder einer von ihnen am Eisschrank. Nicht, dass sie klauen würden; sie bezahlen alles, was sie bestellen oder was sie sich nehmen, aber eben zu den unmöglichsten Zeiten.

Eines Abends, als sie sich auszieht, sagt Frieda: »Mein Gott, Anna, was sehne ich mich nach der *Luftbrücke* zurück! Da herrschte noch Ruhe und Frieden! Ich bin fix und fertig!«

»Und dabei hast du bis jetzt noch nicht einen Einzigen geheilt – keinen Blinden sehend gemacht und keinen Tauben hörend.«

»Das mache ich morgen!«, verspricht Frieda spitz. »Und dir helfe ich auch!«

Der vierte Tag von Bruder Fridolin in Wiesbaden ist der Tag, auf den alle Anstrengungen zulaufen. Er will vom Balkon von Zimmer 8 zu den Menschen sprechen, die sich seinetwegen einfinden. Die Polizei sperrt, um Unfälle zu vermeiden, den Geisberg bereits ab neun Uhr morgens. Und zwar wird das Straßenstück zwischen der *Einmündung Kapellenstraße* und der *Einmündung Neubauerstraße* für den Autoverkehr dicht gemacht. Autofahrer müssen einen Umweg durch das Dambachtal in Kauf nehmen.

Diese Sperrung erweist sich schnell als sehr sinnvoll. Obwohl es sogar in der Zeitung steht, dass Bruder Fridolin erst am Nachmittag vor seine Anhänger (und womöglich auch vor die Menge seiner Gegner) treten wird, versammeln sich schon am frühen Morgen Trauben von Menschen vor dem Haus. Man erkennt, wenn man nur einen Augenblick lang zum Fenster ’rausguckt: Fast jeden, der da steht oder auf einem Klapphocker ausharrt, haben bittere Umstände hergeführt. Ärzte und Schwestern sind unter der stetig größer werdenden Menge. Sie stützen ihre Patienten oder verabreichen ihnen Mittel, damit sie das Warten besser überstehen. Es sind Männer, Frauen und Kinder, teils in Rollstühlen, in jedem Fall bleiche und ausgezehrte Gestalten. Der Eine oder Andere sieht aus, als sei er erst gestern aus russischer Kriegsgefangenschaft entlassen worden, so sehr ist er von seinem Leiden gezeichnet.

Die Filmleute haben Scheinwerfer und zwei ihrer Kameras vor dem Haus aufgebaut und suchen sich Einzelne aus der Menge heraus. Sie befragen sie nach ihren Schicksalen und ihren Erwartungen und Hoffnungen und nehmen jedes Wort auf. Das bringt zumindest eine gewisse Abwechslung in die allgemeine Warterei.

Der Anführer des Filmtrupps, ein Herr Elch, ist sehr stolz darauf, dass er einen *Kriegskameraden* von Bruder Fridolin in die Menge geschmuggelt hat. Dieser Kriegskamerad hat zusammen mit dem Wunderheiler fast zwei Jahre in französischer Gefangenschaft in einem Bergwerk in Lothringen gearbeitet. Er berichtet, bereits damals habe Bruder Fridolin seine Heilkräfte bewiesen. Ihm persönlich seien die Heilungen jedoch so unglaublich erschienen, dass er sie rundweg abgestritten habe. Erst die Tatsache, dass der Kamerad Schedlich früher entlassen wurde, weil er französische Aufseher geheilt hatte, habe ihn umdenken lassen. Schedlich – also heute Bruder Fridolin – habe sich von ihm mit den Worten verabschiedet: *Denke daran, was du mit eigenen Augen gesehen hast, wenn du in den kommenden Jahren viel über mich in den Zeitungen lesen wirst!* Damals habe er die Worte des Kameraden Schedlich für Fantasien gehalten. Heute könne aber kein rechtschaffen denkender Mensch mehr an den übernatürlichen Kräften von Bruder Fridolin zweifeln.

Herr Elch ist mit einzelnen Formulierungen des Kriegskameraden nicht zufrieden; der muss alles, was er sagt, zweimal wiederholen. Vor allem soll er den Namen *Schedlich* nach Möglichkeit vermeiden und stets von *Bruder Fridolin* sprechen, was dem ehemaligen Bergmann und heutigen Opel-Arbeiter Mühe bereitet.

Erfreulicherweise gibt es zwei Imbisswagen wie auf dem Jahrmarkt. An einem kann man Getränke und Süßigkeiten kaufen, am anderen Bratwürste und Kartoffelpuffer mit Apfelbrei. Viele der Wartenden kommen im Laufe des Tages ins Haus. Entweder leisten sie sich in Zimmer 2 einen Bildband über das Leben des Bruder Fridolin (*Rottendorfer Verlagsanstalt*, 8 DM, eine sehr stattliche Summe) oder sie erstehen das wesentlich billigere Traktat mit dem Titel *Kranke heilen, Menschen helfen.* Es kostet mit Autogramm von Bruder Fridolin nur 1,50 DM. Oder die Menschen wollen schlicht und einfach aufs Klo. Man hätte Eintritt verlangen sollen, so viele stellen sich an. Frau Roos achtet darauf, dass zwischendrin immer mal geputzt wird.

Einmal zieht ein Trupp von acht oder neun jungen Leuten durch die Gruppe der Wartenden. Sie führen Plakate mit Aufschriften wie *Heil, Heil, Wunderheiler* oder *Obskurantismus bis zum Tod* mit sich. Man ahnt, was sie wollen. Aber niemand spricht mit ihnen, niemand gibt sich mit ihnen ab und so ziehen sie mit einem Lächeln, das Überlegenheit ausdrücken soll, aber nur Beklemmung erkennen lässt, wieder davon.

Pünktlich um 16 Uhr tritt Bruder Fridolin auf den kleinen Balkon. Sofort leuchten die Scheinwerfer der Filmleute auf. Dennoch dauert es noch zwei, drei Minuten, bis der Letzte begriffen hat, dass es nun losgeht und absolute Stille eintritt. Frieda hat sich ans Fenster von Zimmer 10 gestellt und kann so gut verfolgen, was sich auf der Straße tut. Als Erstes sieht sie, was sie wirklich nicht erwartet hat, sogar Willy hat sich eingefunden. Er steht aufrecht wie ein Wachsoldat vor dem eisernen Tor der Garage Jörns und hält gewissermaßen Blickkontakt mit Bruder Fridolin, für den er bislang kein gutes Wort übrig hatte.

Der Wunderheiler spricht mit einer leisen, eindringlichen Stimme, die sich in der atemlosen Stille bei jedem der Anwesenden Gehör verschafft. Er verzichtet auf jede Ausschmückung und sagt kein Wort mehr, als zum Verständnis dessen notwendig ist, was seine Hörer wissen müssen.

Er beginnt mit einer eindringlichen Mahnung, sich zum Glauben an Gott zu bekennen – das sei die erste Voraussetzung, die Heilung zu empfangen. Dann gibt er die Weisung, den Gedanken an die Krankheit auszuschalten, die Augen zu schließen und genau zu beobachten, was im Körper vorgeht. Er wiederholt diese Anweisung mehrmals; offenbar weiß er aus Erfahrung, dass dies für die Kranken und Verletzten nicht einfach zu erfüllen ist.

Willy sagt später, bereits in den ersten Momenten nach dieser Aufforderung habe er ein Prickeln in der Hand verspürt. Als Bruder Fridolin verlangte, die Hände kurz auf die schmerzende Körperstelle aufzulegen und dann losreißen, sei er einen Augenblick lang verwirrt gewesen. Es tut ihm ja nichts mehr weh; so habe er die Hände rechts und links an die Schläfen gelegt, gewissermaßen das Gehirn berührt, und auch dabei habe er etwas Prickelndes, Surrendes empfunden. Nach den ersten Anweisungen, denen noch einige andere in ähnlicher Manier folgen, lässt Bruder Fridolin eine Pause eintreten. Jetzt blickt er nur stumm und eindringlich auf die Menge zu seinen Füßen. Dann erhebt er überraschend seine Stimme und sagt seinen Zuhörern sehr kraftvoll, er habe ihnen soeben gegeben, was er ihnen geben könne. Sie sollten die Kraft jetzt in sich wirken lassen und an die Heilung glauben, auch wenn sie nicht sofort eintrete. Danach entfernt er sich vom Balkon und ist auch durch Rufe und schrille Schreie nicht zu bewegen, noch einmal vor die Menge zu treten.

Willy sagt am nächsten Tag beim Mittagessen, er gehöre nicht zu den Gläubigen, denen man ein X für ein U und ein Y für ein Z vormachen könne, aber er könne nicht leugnen, dass er sich von Pater Fridolin berührt und angerührt gefühlt habe.

»Seit wann ist er denn *Pater*?«

»Ich habe mich versprochen, dann eben *Bruder Fridolin* ... Es ist doch völlig egal; es ist doch so oder so ein Künstlername.«

Und dann folgt etwas, das Frieda sich nicht hätte vorstellen können.

An diesem und den nächsten Tagen werden jeweils einige wenige ausgesuchte Kranke und Beobachter in Zimmer 8 vorgelassen. Willy setzt Himmel und Hölle in Bewegung, um zu diesen wenigen Ausgesuchten zu gehören. Er versucht sein Glück bei dem Manager, dessen Frau und sogar beim Managerassistenten. Endlich, erst nach Friedas Intervention, wird er auf eine Liste gesetzt und darf am nächsten Nachmittag zusammen mit drei Kriegsversehrten, zwei Hörgeschädigten und einem Halbblinden Bruder Fridolin aufsuchen. Der sitzt in Friedas liebstem Sessel, erhebt sich auch nicht, als die Gruppe hereingeführt wird; gibt gewissermaßen Audienz. Willy berichtet, von dem Anblick sei er etwas ernüchtert worden; er habe dieses Benehmen einen Moment lang für ungehörig, vielleicht sogar als anmaßend empfunden. Aber dann habe der Mann seinen Mund aufgemacht und ganz einfach gesprochen – und sofort sei seine, Willys, vorherige Faszination wieder dagewesen.

Willy hatte sich vorgenommen, dem Heilpraktiker *(»Was anderes ist er nicht, das wollen wir nicht vergessen; er ist kein Arzt und bestimmt kein Heiliger!«)* einige präzise, für den Bruder möglicherweise sogar *heikle* Fragen zu stellen. Wollte ihn sich vornehmen, wie sich ein Detektiv eben einen Verdächtigen vornimmt. Aber in dem Augenblick, in dem ihn Bruder Fridolin persönlich angesprochen habe, habe er *begriffen*, dass hier etwas ganz, ganz Anderes am Werke sei als Suggestion und Autosuggestion, dass tatsächlich eine *höhere Macht* am Werke sei und dass man sich für sie aufnahmebereit zeigen müsse. Man müsse sich sozusagen *durchlässig* machen, wenn die Macht in einem selbst etwas bewirken solle.

In dem Moment habe er sich nur danach gesehnt, von seinen Albträumen befreit zu werden und das habe er Bruder Fridolin auch gestanden. Der hatte Willy daraufhin mit seinem stechenden Blick durch und durch erforscht und ihn endlich ermahnt: »Glaube an Gott, bekenne dich zu IHM – das ist das Erste. Alles Weitere folgt!«

Lucie macht einen dummen Scherz, sagt: »Sehen Sie, Herr Willy, das habe ich Ihnen immer gesagt, es kann nichts schaden, wenn Sie mal in die Kirche gehen! Aber Sie wollten ja nicht hören.«

Willy erwidert nichts, lässt sich nicht herausfordern, bringt nicht einen der verdrehten Sprüche, die ihm sonst so leicht über die Lippen kommen. Er scheint nicht mal gehört zu haben, was Lucie gesagt hat. Offenbar steht er noch immer unter dem Eindruck der Begegnung mit Bruder Fridolin.

In dieser Nacht schläft Willy zum ersten Mal seit langer Zeit tief und traumlos. Am nächsten Morgen kommt er früher als sonst, bekennt: »Frieda, ich kann nicht fassen, was mit mir passiert ist. Was hat sich der Doktor Vorsänger eine Mühe gegeben, ist bei mir bis ins Essgefach gegangen, die Ärzte im Krankenhaus, niemand konnte mir helfen ... Ich weiß doch selbst, was ich nachts für eine Zucht mache und jetzt das ... Wie ein Baby habe ich geschlafen! ... Was kann ich ihm zukommen lassen? Meinst du hundert Mark sind genug?«

»Jetzt warte erst mal ab, Willy! Der Mann ist noch eine Weile im Haus ... Wenn die Heilung anhält, kannst du dich immer noch bedanken.«

Willy lächelt sie an, wie nur Willy das kann, und erwidert: »Dem Gott *Mensch* ist nichts heilig, Frieda!«

Was soll das denn nun wieder heißen?

9.

Frieda erwartet das Ehepaar t'Hooft gegen zwei Uhr.

Sie hat Klärchen eine Postkarte geschickt und ihr mitgeteilt, dass sie einen Traum hatte, der ihr sehr zu schaffen macht. Sie würde sich freuen, wenn Klärchen ihr den Traum auslegen wolle. Herzliche Grüße an Frans.

Das sieht natürlich so aus, als habe sie nur Klärchen eingeladen, aber für gewöhnlich erscheinen beide.

Was den Traum angeht, hat Frieda selbstverständlich sofort ihr Ägyptisches Traumbuch zu Rate gezogen, kaum, dass sie die Augen aufgeschlagen hatte, aber die Erklärungen, die sie dort gefunden hat, sind zu allgemein gehalten; damit kann sie nichts anfangen.

Die t'Hoofts haben sich in letzter Zeit rar gemacht. Angeblich sind sie von morgens bis abends damit beschäftigt, eine neue Unterkunft zu suchen. Den Keller am Leberberg, in dem sie jahrelang hausten, mussten sie aufgeben. Die Ruine ist bereits abgerissen und abgeräumt. In Kürze wird dort ein Klotz mit achtzehn Wohnungen errichtet – auf einem

Grundstück, das früher von einer einzigen Villa bestanden war und von einer einzigen reichen Familie bewohnt wurde.

In Wiesbaden eine Wohnung zu ergattern, ist ein Kunststück. Die Stadt ist überbelegt. Die Innenstadt ist bislang nur zum Teil wieder aufgebaut; eine riesige Fläche im Herzen der Stadt liegt einfach brach. Die Amerikaner benötigen Büros für ihre vielen Dienststellen und Wohnungen für die Mitarbeiter dieser Dienststellen. Der hessischen Landesregierung geht es nicht anders, die sucht ebenfalls händeringend Wohnungen und Büros. Verwaltungen haben die Neigung, sich aufzublähen und das ist in diesem Fall nicht anders; Anna kann ein Lied davon singen.

Offiziell ist die Zuzugssperre, die im Sommer 1945 verhängt wurde, immer noch nicht aufgeboben. Für Menschen, von deren Anwesenheit sich die Stadt Nutzen verspricht, werden allerdings Ausnahmen gemacht. Für normal Sterbliche wie die t'Hoofts ist die Suche nach einer Wohnung in dieser Lage fast aussichtslos. Das Wohnungsamt kann auch *ihnen* beim besten Willen nicht helfen.

Frans hat einen Leserbrief über die Zustände im Wohnungsamt verfasst und der *Kurier* hat ihn sofort abgedruckt. Frans beschwert sich darin über lange Wartezeiten, bürokratische Behandlung und die Tatsache, dass das Amt nach vielem Hin und Her doch keine Wohnungen zur Verfügung stellen kann. Diesen Ausschnitt trägt Frans stets mit sich herum und zeigt ihn gern vor.

In der Zeitung erscheinen seitdem immer wieder Leserbriefe von Leuten, die verlangen, dass das Wohnungsamt einfach aufgelöst wird; dass zumindest die Zuzugssperre ohne Wenn und Aber aufgehoben wird. Sie geben sich überzeugt, dass sich *beim freien Spiel der Kräfte* alles von selbst regeln wird. Diese Überschlauen argumentieren mit *dem gesunden Menschenverstand.* Dieser besage nämlich, jedermann werde sich erst dann nach Wiesbaden aufmachen, wenn ihm von vorherein klar sei, wo er unterkommen könne. Aufs Geradewohl mache sich niemand auf den Weg; niemand tausche seine Heimat gegen das Nichts. Und den Einheimischen könne das Amt sowieso nicht helfen; siehe die treffende Beschreibung von Kurierleser t'Hooft.

Anna schüttelt über die Vorstellungen vom gesunden Menschenverstand nur den Kopf. Sie hat Beispiele parat, wo ganze Familien plötzlich mit ein paar Koffern, Taschen und Rucksäcken auf dem Bahnhof standen und eine Unterkunft benötigten. Gegen den Mangel an Wohnraum hilft ihrer Ansicht nach nur Neubau, Neubau und noch einmal Neubau.

Die t'Hoofts hatten insofern noch Glück im Unglück, als ihr Vermieter sie nicht einfach auf die Straße gesetzt hat. Er hat ihnen einen ausgedienten Wohnwagen organisiert. Dieser Wohnwagen gehörte früher Schaustellern, die auf Jahrmärkten ihre Sachen verkauften, und ist ganz gut in Schuss. Natürlich ist dort alles sehr beengt, aber wenigstens müssen sich Frans und Klärchen nun nicht mehr mit Schimmel und Schaben rumschlagen wie zuvor am Leberberg.

Kurz nach dem Mittagessen erscheint Klärchen. Allein.

Frieda versucht ihre Enttäuschung zu verbergen. Das gelingt ihr auch ganz gut, zumal Klärchen rasch damit herausrückt, dass er nur zum Friseur gegangen ist.

»Aber er kommt doch?«

»Ja, er will mich abholen ... Hat ja sonst nichts zu tun. Warum?«

»Ich habe eine Überraschung für ihn.«

»Was für eine Überraschung?«

»Abwarten! ... Hast du Hunger?«

»An und für sich haben wir gegessen ...«

»Ich habe euch noch Graupensuppe aufgehoben.«

»Na ja, wenn noch was übrig ist ... Ich würde was nehmen ...«

»Auch ein Schluck Bier?«

»Mit einem Glas Bier machst du mir immer eine Freude! Du verwöhnst uns ...«

»Ich bin froh, wenn du kommst ... Mein Traum liegt mir auf der Seele ... Aber erst isst du was!«

Während die stets ausgehungert wirkende Zwergin die Suppe löffelt und ihren Geschmack lobt, redet Frieda über dies und das, in der Hauptsache selbstverständlich über Bruder Fridolin und alles, was damit verbunden war. Die Letzten der Truppe sind erst gestern abgereist.

»Der Mann war ein Gottesgeschenk, Klärchen, ein reines Gottesgeschenk!«

Wenn Frieda nur an die Reklame denkt, die sein Hiersein bedeutet, *unbezahlbar*. In der neuesten Ausgabe von *Fox T*önende Wochenschau beschäftigt sich bereits der zweite Beitrag mit Bruder Fridolin. In dem gar nicht mal so kurzen Beitrag wird die Fassade des Hauses gezeigt (Bruder Fridolin auf dem Balkon) und der Schriftzug ist gleich dreimal zu sehen. Außerdem wird der Name *Hotel Petersburger Hof* im Text erwähnt. Insgesamt ist der Bericht ausgesprochen positiv gehalten, ganz im

Gegensatz zu der üblichen Geiferei in der anderen Wochenschau. Die hat diesmal still gehalten. Dazu die mehr oder minder kurzen Artikel in den großen deutschen Zeitungen – *Süddeutsche Zeitung, Stuttgarter Nachrichten, Frankfurter Rundschau*, alle haben etwas gebracht. Die *Neue Zeitung*, eine angesehene Münchner Zeitung, hat sogar ein großes Bild abgedruckt, auf dem das Haus gut zu erkennen ist. Allerdings hat diese Redaktion Bruder Fridolin und sein Wirken runtergemacht; egal, Hauptsache ihr Haus war gut zu sehen. Der *Kurier* hat ein Interview mit Bruder Fridolin geführt und in insgesamt vier (Willy hat sie gezählt) Artikeln und Notizen erwähnt, wo Bruder Fridolin abgestiegen ist.

Einige Gäste von früher haben bereits geschrieben, sie freuen sich, dass der *Petersburger Hof* den Krieg so gut überstanden hat; sie erinnern sich gern an die schönen Zeiten, die sie da verlebt haben und kündigen an, sind sie wieder mal in Wiesbaden, werden sie unbedingt bei Frau Tremus absteigen. Das nette Ehepaar Braunfels – sie haben früher ein sehr großes Schmuck- und Uhrengeschäft in Fürth betrieben – hat bereits für die *Traubenkur* im Oktober reserviert. Wie lange hat man diesen Begriff nicht mehr gehört! Er klingt nach einer ganz fernen Zeit.

»Klärchen – und ich hatte mir solche Gedanken gemacht, wie ich unser schönes altes Häuschen wieder bekannt machen könnte ... Gott ist gut«, schließt Frieda ihre Schilderung ab.

Nachdem Klärchen noch eine zweite Portion Suppe gegessen hat, gehen die Frauen nach hinten. Frieda ist wieder in Zimmer 5 eingezogen.

Hier nehmen sie die gewohnten Plätze ein. Trotzdem ist etwas anders als früher; Frieda braucht einen Moment, um zu erkennen, was es ist. Durch die Schallschutzfenster hört man nun so gut wie nichts mehr von der Straße. Dafür ist Frau Roos umso deutlicher zu vernehmen. Sie erteilt im Flur Anweisungen und einmal telefoniert sie in einer der Zellen, wobei sie offenbar die Tür offenstehen lässt. Mein Gott, welche Lautstärke. Bis jetzt ist ihr, Frieda, dies nie bewusst geworden; die Frau kann ja lauter sein als ein Feldwebel.

Frieda streckt die Hand aus, Klärchen legt ihre Rechte darauf und dann muss Frieda berichten. Was hat sie geträumt?

Frieda erzählt wahrheitsgemäß, dass ihr vor einigen Tagen Heini im Traum erschienen ist. Er hatte einen langen weißen Kittel an und hantierte an mehreren großen Apparaten, die sie nicht erkannt hat. Ihr kam es vor, als ob er in einer Brauerei beschäftigt wäre oder so etwas, jedenfalls erinnert sie sich an sehr hohe Metallzylinder, die wie übergroße Badeöfen aussahen. Wie gesagt, Heini hantierte an diesen Zylindern, drehte an irgendwelchen Rädern und trug dabei einen langen weißen Kittel. Kann es sein, dass er in der Gefangenschaft als Arzt oder Sanitäter auftritt? Man hat schon von mehreren solcher Fälle gehört. Da hatten sich Gefangene ohne jede Vorbildung dreist als Augen-, Ohren-, Zahnärzte ausgegeben und hatten mit Hilfe ihrer Lügen Sibirien überlebt. Kann es sein, dass Heini bei den Russen als Hochstapler auftritt?

Klärchen bittet darum, dass Frieda nun schweigt und sich ganz auf das konzentriert, was ihr von dem Traum noch in Erinnerung ist.

Nichts sonst.

Es dauert eine Weile, bis Klärchen Bilder empfängt. Sie spricht nichts, schon gar nicht darüber, ob und was sie sieht, doch in der Art, wie sich ihre Hand auf der von Frieda bewegt, auch wie sie endlich Friedas Hand umfasst und drückt, kann Frieda erkennen, dass Klärchen Verbindung mit dem Jenseits und womöglich mit Heini selbst erreicht.

Endlich – da sind vielleicht vier oder fünf Minuten vergangen – murmelt Klärchen etwas, das Frieda nicht versteht. Unmittelbar darauf schlägt Klärchen die Augen auf. Einen Moment lang scheint sie nicht wissen, wer vor ihr sitzt.

Frieda war, was Klärchens übersinnliche Fähigkeiten angeht, in letzter Zeit skeptisch geworden. Die Erlebnisse mit Bruder Fridolin haben diese Skepsis hinweggefegt. Für sie steht nun wieder hundertprozentig fest, dass es Menschen gibt, deren Begabungen und Fähigkeiten Anderen unerklärlich erscheinen. In diesem Moment vertraut sie Klärchen jedenfalls wieder so fest wie ganz zu Anfang ihrer Bekanntschaft.

»Und? Was hast du gesehen?«, erkundigt sie sich, als es keinen Zweifel mehr gibt, dass Klärchen wieder im Hier und Jetzt angelangt ist.

»Es stimmt«, bekräftigt Klärchen Friedas Beobachtungen, »dein Heinrich verrichtet eine Arbeit, bei der er einen weißen Kittel tragen muss. Aber was er da tut, hat sich mir nicht erschlossen. Ich habe gesehen, wie er durch mehrere kahle Gänge gegangen ist und in diesen Gängen hat ein sehr helles Licht gebrannt; so hell, dass es an den Augen schmerzte … Aber warum und wieso – ich kann es dir nicht sagen. Ich habe auch eine komische Sirene gehört, wie bei uns auf dem Schlachthof, aber ich müsste lügen, wenn ich dir erklären sollte, was das alles zu bedeuten hat; es hat sich mir nicht erschlossen, tut mir leid.«

»Hauptsache, er lebt und er kann arbeiten … Den Rest finden wir auch noch heraus. Meinst du, es könnte bedeuten, dass er vor der Entlassung steht? War irgendwie von Heimkehr die Rede?«

»Nein. Tut mir leid, da muss ich dich enttäuschen …«

»Du kannst mich nicht enttäuschen. Du siehst, was du siehst … Was kann ich mehr verlangen, als dass es ihm gut geht und dass er von den Russen geschätzt wird …?«

»Von Russen habe ich nichts gesagt, Frieda. Ich habe keinen Menschen gesehen außer Heinrich. Und er stand größtenteils mit dem Rücken zu mir … als wollte er nicht erkannt werden.«

»Klärchen, ob du es glaubst oder nicht … So kam mir das in meinem Traum auch vor. Als ob er nicht von mir *erkannt* werden wollte … Als ob er sich verstecken müsste.«

»Verstecken? Nein, diese Empfindung hatte ich nicht. Er ging vielmehr, als müsse er zu einer Besprechung und habe es eilig.«

»Oder so«, bestätigt Frieda Klärchens Beobachtungen.

Frans kommt ungefähr eine Stunde später. Frisch geschoren und sogar glatt rasiert. Frieda denkt, als er ins Haus kommt: In einem gut geschnittenen Anzug ist er eine Persönlichkeit.

Sie bietet ihm auch von der Graupensuppe an, aber er lehnt ab. Angeblich hat er sich eine Brezel geleistet und außerdem hatten sie ja schon gegessen.

»Dann setz dich mal zu deiner Frau … Ich mache uns eine Tasse Kaffee …«, sagt Frieda und verlässt Nummer 2. Sie trägt Lucie die Bestellung auf, geht in den Empfangsraum und holt aus der hintersten Ecke ihres Schreibtisches den Anzugstoff heraus, den sie bei Kurowsky erstanden hat. Sie wusste gar nicht mehr, dass er sich derart leicht anfühlt; es ist tatsächlich ein wunderbarer Stoff.

Sie kehrt damit in Zimmer 2 zurück, legt den Stoffballen auf den Tisch und erklärt: »Frans, der ist für dich … Bedanke dich bei deiner Frau! Wenn wir sie nicht hätten …«

Sowohl Frans wie Klärchen sind sprachlos. Klärchen streicht immer wieder über den Stoff, breitet ihn auch etwas auf und bemerkt endlich: »Frieda, das können wir nicht annehmen! Das ist ein Vermögen! … Frans, das ist feinster Kammgarn! Wie für einen Bankdirektor!«

Anklagend wendet sie sich wieder Frieda zu: »Wo soll er denn so was Elegantes tragen?«

»Klärchen, wenn er erst mal den Anzug *hat*, wird sich auch eine Gelegenheit finden, ihn zu tragen. Ein gut sitzender Anzug gehört zum guten Ton.«

Den letzten Satz hat der Kurowsky-Verkäufer mit der gleichen Betonung gesagt.

Klärchen fühlt sich noch immer überrumpelt, sagt erneut: »Frieda, das können wir nicht annehmen! … Frans, sag doch auch mal ein Wort.«

»Danke, Frieda!«

Heißt das nun, er will den Stoff annehmen oder nicht?

Er will.

Seine Frau ärgert sich über sein Verhalten: »Und wo willst du das Geld für den Schneider hernehmen? Darf ich das erfahren?«

Frieda sucht sie zu beschwichtigen: »Klärchen, das findet sich auch … Ich bin dem lieben Gott so dankbar, dass er uns diesen *Wunderheiler* ins Haus geschickt hat … Ich dachte, wir balancieren am Abgrund und nach zwei, drei Monaten stürzen wir hinein, einfach, weil niemand weiß, dass es uns wieder gibt … Ich dachte, das dauert mindestens ein, zwei Jahre, bis sich wieder rumgesprochen hat *Hotel Petersburger Hof ist wieder für Sie da!* … Klärchen, weißt du, was es gekostet hätte, wenn ich nur eine einzige Anzeige in der *Frankfurter Illustrierte* aufgeben hätte? Und jetzt guck dir die Reportage und das Foto da an … Frau Roos hat's mir vorhin mitgebracht … Ist heute erschienen!«

Frans und Klärchen bewundern pflichtgemäß die Seite, die Frau Roos fein säuberlich ausgeschnitten hat; sie soll nachher zum Rahmen in die Taunusstraße gebracht werden. Auf dem Bild sieht man Bruder Fridolin auf dem Balkon vor Zimmer 8, geheimnisvoll im Halbdunkel (dabei war der Auftritt in Wirklichkeit gar nicht so schummrig wie auf dem Foto), im Vordergrund die Menschenmenge und überdeutlich der Hotelname.

»Das ist Gold wert, Klärchen! Das ist wie ein Lotteriegewinn … Man muss auch mal ein Geschenk annehmen können.«

»Wenn du es so empfindest …«

»So empfinde ich das«, schließt Frieda diesen Punkt ab. »Jetzt müssen wir nur noch klären, wer uns den Anzug schneidert … Was haltet ihr vom *Atelier Solino*? Da hat Georg schon seine Sachen schneidern lassen. Man kann gegen Georg sagen, was man will, aber er war immer picobello gekleidet, seriös und immer mit einem Hauch Extravaganz! Das ging gar nicht anders, er war ja Stadtverordneter. Er musste was darstellen.«

»Solino? Meinst du die Schneiderei in der Coulinstraße?«

»Ja, das Schneider-Atelier … Ecke Michelsberg. Die waren früher in der Burgstraße, aber die gibt's ja nicht mehr. Auch ausgebombt. Ich weiß gar nicht, ob der alte Herr noch tätig ist … Wir können ja noch mal rumfragen, vielleicht hat jemand einen besseren Rat. Nicht, dass wir da auf den Namen reinfallen und ärgern uns hinterher; es soll ja schon was sein.«

Frans mischt sich ein: »In der Hinsicht kennen wir uns begreiflicherweise nicht aus, Frieda. Da vertrauen wir ganz auf deine Empfehlung.«

Es ist, wie Frieda vermutete, der alte Herr Solino hat verkauft; das Atelier wird nun von einem Schneidermeister unbestimmten Alters betrieben, der sich merkwürdig leutselig gibt. Kaum hat er Frieda und Klärchen begrüßt, sagt er etwa: »Wenn Frauen sagen: *Ein interessanter Mann*, dann meinen sie *gutgekleidet*. Stimmt's?«

Frieda wartet nur darauf, dass er sie duzt. Er hat etwas Zwiespältiges und sie kann wahrlich nicht sagen, dass sie seine Art schätzt.

Der Mann scheint aber wenigstens was von seinem Gewerbe zu verstehen. Er heißt Girrbach und war während der Hitlerjahre in der Hauptsache Uniformschneider. Jetzt gibt er sich betont zivil; an den Wänden seiner beiden Räume hängen Plakate von englischen und amerikanischen Konfektionsbetrieben; auf einem Fensterbrett stapeln sich abgegriffene Journale mit Titeln wie *Mann und Welt* oder *Der Gentleman*. Daneben liegen mehrere Zeitschriften mit gleichem Inhalt aus Übersee. Herr Girrbach hält auch einige Ballen Anzugsstoffe parat. Dabei handelt es sich aber um Ware *mittlerer Qualität*, wie er freimütig bekennt; der Engländer bezeichne dieses Genre als *Utility* (*Zweckmäßigkeit*). Der Begriff sei 1941 auf der Insel eingeführt worden, als dort Material eingespart werden musste, er feiere aber bis heute fröhliche Urständ. Bei Anzügen dieses Kalibers seien bestimmte Einsparungen vorgesehen, etwa nur eine Brusttasche, keine Aufschläge und so weiter. Bei dem Stoff, den ihm die Herrschaften vorgelegt hätten, rate er unbedingt zu *non-utility;* darunter falle praktisch alles, was die weltberühmte britische Schneiderkunst ausmache.

Nebenbei gesteht er, eine Ware von der Qualität, wie sie die Herrschaften mitgebracht haben, könne er sich beim besten Willen nicht hinlegen. Dafür müsse die Kundschaft noch *zu stark rechnen.*

Bei den letzten Ausführungen nimmt er Frieda in den Blick, als sei sie der Finanzminister des Trios und verstehe als Einzige, wovon er spreche.

Die ersten Fragen, die geklärt werden müssten, seien: Soll's ein Freizeit-Anzug oder ein Geschäftsanzug werden? (Girrbach spricht dabei stets von *Business-Suit*.) Und soll der Anzug nach amerikanischer oder nach britischer Manier genäht werden?

»Worin besteht der Unterschied?«, will Klärchen erfahren und zwar in einer Tonart, als käme sie einer Betrügerei auf die Spur.

»Die britische Herrenmode ist unbestritten stets einen Hauch konservativer als die amerikanische; auf *Tragbarkeit* legen beide glücklicherweise Wert.«

»Und wenn man ihn einfach wie einen deutschen Anzug näht?«

Der Schneider taxiert Klärchen, als sei sie mitten im Unterricht aufgesprungen und habe gekräht: *Ich muss aufs Töpfchen*! Endlich erwidert er: »Ein derart edles Material verlangt adäquate Behandlung … Die Damen werden mir zustimmen: Es wäre töricht, zu glauben, dass ein schlecht angezogener Mann mehr Erfolg haben könnte als ein gut gekleideter, besonders, wenn es um die ernstesten Verhandlungen des menschlichen Lebens geht – um die *Gattenwahl*. Habe ich recht?«

Und wieder dieser Blick, der so schwer einzuschätzen ist. Ist der Mensch etwa unverschämt? Oder was soll das?

An der ersten Anprobe nimmt Klärchen nicht teil, da kommen nur Frans und Frieda. Wiewohl das Kleidungsstück noch sehr unfertig ist, ist bereits zu erkennen, dass es Frans verwandeln wird. Mit den passenden Schuhen, einer geschmackvollen Krawatte und einem kleinen Einstecktuch wird aus ihm ein Mann von Welt.

Man macht den Termin für die nächste und womöglich schon letzte Anprobe aus, Frieda bezahlt eine der ausgemachten Raten und danach entfernen sich die Beiden.

Im Treppenhaus nimmt Frans Frieda in den Arm und küsst sie hitzig.

Frieda macht sich frei, schüttelt den Kopf: »Wir sind doch keine achtzehn mehr … Wenn uns jemand sieht …«

»Das passiert sowieso, früher oder später.«

»Das wollen wir nicht hoffen!«

Wieder drängt Frans sie an die Wand, schiebt seine Hand in ihren Ausschnitt und flüstert: »Ich will dich haben …«

»Aber auf keinem Fall noch mal in eurem Wohnwagen!«

»Warum? Es ist ein gutes Bett …«

»Und es stinkt alles nach dem Fett von deinen ewigen Pommes frites …«

Diese Bemerkung ernüchtert ihn auf der Stelle.

Auf der Straße hält er Frieda auf: »Meisje, warte!«

Frieda bleibt abwartend stehen.

Er offenbart ihr, wobei er sehr entschlossen wirkt: »Claire muss am Mittwoch und am Donnerstag zu ihren Onkel Raimund.«

»An diesem Donnerstag?«

»Ja, morgen und übermorgen.«

»Das kommt sehr überraschend ... Frans, es ist nicht so, dass ich nicht wollte ... Ich will, ich bin ganz ehrlich. Aber nicht bei mir und nicht bei euch.«

»Wo dann?«

Sie überlegt: »Früher gab's am Sedanplatz ein Etablissement, da habe ich immer mal Leute hingeschickt, die unbedingt allein sein wollten ... Hieß bei uns nur *Pension Seitensprung*; ich weiß gar nicht, ob's die noch gibt und wie die wirklich hieß ... Ich denke drüber nach und sage dir Bescheid!«

»Wie willst du das machen?«

»Auch wieder wahr! Ruf mich nachher an.«

»Besser morgen früh! Sie fährt um halb zehn.«

»Siehst du, das ist Romantik!«

10.

In dieser ersten Saison nach der Wiedereröffnung taucht eine Frau auf, die behauptet, ein Fräulein von Forell zu sein und hier auf ihren Cousin warten zu wollen.

Die Frau hat erkennbar bessere Tage gesehen, hat aber gegenwärtig nicht eine Mark in der Tasche. Das einzige Dokument, das sie bei sich trägt, ist eine Bahnsteigkarte vom Frankfurter Hauptbahnhof. Die Karte ist vier Tage vor ihrem Eintreffen im *Petersburger Hof* abgestempelt worden.

Die Frau ist um die Achtzig, trägt fadenscheinige Kleidung, geht am Stock und hat etwas von einem ausgesetzten Hund. Erkennbar war sie irgendwo zu viel; wahrscheinlich hat sie irgendwer davon gejagt.

Tatsächlich ist sie nicht die einfachste Natur. Sie gibt sich herrisch und wird rasch unverschämt. Dann droht sie mit ihrem Stock wie der *Alte Fritz.* Lilly zieht sie gleich am zweiten Tag einen Hieb über den fülligen

Hintern. Frau Roos empört sich: »Ich würde sie auf der Stelle an die Luft setzen, Frau Tremus! Wo kommen Sie denn hin bei solchen Gästen? *Fräulein von Forell*, dass ich nicht lache! In meinen Augen ist sie eine neue *Anastasia*!«

Gegen jede Vernunft hält Frieda still, gewährt der alten Frau Unterkunft und Hilfe. Sie überlässt ihr Zimmer 6 neben ihrem Schlafzimmer, steckt ihr ein paar Mark zu und besorgt ihr sogar Unterwäsche zum Wechseln. Die Frau kann nicht sagen, wo sie herkommt und wo sie hinwill beziehungsweise hinwollte. Sie behauptet nur, ihr Cousin, ein Freiherr von Soundso (manchmal heißt er wie sie von Forell, denn wieder anders) werde demnächst auftauchen und Mark für Mark begleichen, was sie im Moment schuldig bleiben müsse.

Wie zu erwarten war, meldet sich kein Freiherr, kein Baron, kein Graf, niemand. Anna rät Frieda sehr bestimmt, das Sozialamt über die Angelegenheit zu unterrichten. »Die Frau wird irgendwo vermisst, Frieda! Du siehst doch, sie ist geistig verwirrt.«

Nach mehreren Telefonanrufen schickt das Amt eine sehr junge, dennoch sehr kompetent wirkende Person, die aber eine Viertelstunde später heulend davonläuft. Fräulein von Forell oder wie immer die Alte heißt, rennt ihr, den Stock schwingend, bis zur Haustür nach. Eine Szene wie aus einem Lustspiel mit Adele Sandrock.

Nun ist es Willy, der die Angelegenheit in die Hand nimmt. Er ist der Einzige, der die Geduld aufbringt, der alten Frau auch nur zuzuhören. Es macht ihm auch nichts aus, von ihr abwechselnd als *Strolch* oder als *Tagedieb* beschimpft zu werden. Seit der Wunderheilung ist Willy nicht wiederzuerkennen. Oder besser gesagt, man hat wieder den alten Willy vor sich. Er ist wieder neugierig, listig und unerbittlich wie ein Dachshund, wenn der sich in etwas verbissen hat. Willy ist er Erste, dem auffällt, dass das Fräulein gern und ausführlich über das redet, was Jahrzehnte zurückliegt. Was gestern geschah oder vor vier Wochen, ist ihr nicht präsent und wann der Zweite Weltkrieg begann und wann er endete, kann sie beim besten Willen nicht angeben.

Nach ihren Erklärungen ist sie am 2.4.1864 in Kleve geboren; Vorfahren von ihr waren unter anderem ein Klever Bürgermeister und verschiedene Amtsräte, die dort in der *königlich preußischen Domänenkammer* tätig waren. Ihr Vater hatte sich von ihrer Mutter scheiden lassen, da war sie neun Jahre alt. Es kann aber genauso gut möglich sein, dass er seine Frau schon vor ihrer Geburt verlassen hat. Ob sie selbst je verheiratet war oder nicht, findet Willy nicht heraus. Mal spricht sie von einem Verlobten, der in Frankreich gefallen ist; mal verwandelt sich der Gefallene aber unter der Hand in einen nahen Verwandten. Macht Willy sie auf den Widerspruch aufmerksam, wird sie fuchsteufelswild und bedroht ihn. Am zweiten Tag der Unterhaltung mit der alten Frau – *Verhör* wäre wohl der treffendere Ausdruck – hat Willy ein blaues Auge. Das behandelt er als unwichtige Kleinigkeit; behauptet tapfer, er habe nicht aufgepasst und sich an einer Schublade gestoßen.

Allmählich bekommt er so viele Fäden in die Hand, um die Frage nach der Herkunft des Fräulein von Forell angehen zu können. Sie erzählt, sie habe herrliche Kindertage auf *Schloss Strünkede* verbracht und dort mit anderen Kindern gespielt, deren Namen ihr nicht mehr geläufig sind, sieht man vom *großen Kurt* und seiner Schwester ab.

Willy findet heraus, *Schloss Strünkede* existiert. Es ist ein Wasserschloss im Herner Stadtteil Baukau inmitten eines ausgedehnten Schlossparks. Sein Name geht auf das mittelhochdeutsche Wort *Strunk* für *gerodeter Baum* zurück.

»Dann rufst du da mal an, Willy!«, schlägt ihm Frieda vor, »vielleicht kennen sie sie da.«

»Sackgasse!«, gibt Willy mit mildem Lächeln zurück. »Ich habe mich da bereits gemeldet. Das Schloss hat eine wilde Vergangenheit. Zuletzt war ein Teil des Schlosses von Januar 1935 bis Mitte/Ende 1937 eine Einrichtung der *Hitlerjugend*, im anderen Teil hatte die Stadt Herne ihr *Emschertal-Museum* untergebracht. Jetzt ist es ein Kindererholungsheim der *Britischen Heilsarmee*. Gegenwärtig werden dort rund 150 Kinder aus der ganzen *Emscherregion* betreut, körperlich und seelisch.«

»Mit einem Wort, die haben noch nie etwas von einem Fräulein von Forell gehört?«, zieht Frieda das Fazit.

»Ganz stimmt das nicht, Frieda. Ich hatte jemand am Rohr, der meinte, das Schloss habe mal einer Adelsfamilie mit einem solchen Namen gehört ... Irgendwas mit Fisch, vielleicht auch *von Hecht*.«

»Willst du mich auf den Arm nehmen?! Und was ist mit dem Standesamt in Herne?«

»Ich habe es in Herne und in Kleve probiert. Fehlanzeige. Das heißt, in Kleve gab's mal von Forells, das ja, aber eine *Amalie Elisabeth*, geboren am 2. April 1864 kommt in den Registern nicht vor.«

»Wie ich gesagt habe, eine zweite *Anastasia*!«, bemerkt Frau Roos zufrieden.

Anastasia war bekanntlich die Hochstaplerin, die behauptet hatte, sie sei die jüngste der Zarentöchter und habe durch glückliche Umstände als Einzige das Massaker von *Jekaterinburg* überlebt.

In den nächsten beiden Wochen werden die Dinge immer verworrener. Ein Schriftsteller namens Friedrich (*Fritz)* von Forell spielt eine Rolle in Willys Berichten, außerdem kommen der bekannte Kampfflieger Mölders vom *Kampfgeschwader Mölders* sowie die Bombardierung der Stadt Guernica während des Spanischen Bürgerkriegs vor. Keiner hört da noch zu, wiewohl Willy alle Einzelheiten, die das Fräulein von Forell preisgibt, überprüft und für richtig befindet.

Eines schönen Tages, als man schon glaubt, die Dinge gingen immer so weiter, geht die Tür auf und ein älterer korpulenter Herr tritt auf. Er stellt sich als *Gerhard von Forell* vor und belegt mit einem Schreiben des Frankfurter Polizeipräsidiums, dass er berechtigt ist, bis zur endgültigen amtlichen Festlegung die Angelegenheiten des Fräulein *von Forell, Amalie Elisabeth*, geboren am 2. April 1864 in Düsseldorf, zuletzt wohnhaft in Lauchhammer, Sowjetische Besatzungszone, zu regeln.

»Ist meine Tante noch hier?«, erkundigt er sich.

»Ja, sie ist hinten, in ihrem Zimmer ... Sollen wir sie holen oder wollen Sie ...?«

»Es wäre mir lieb, wenn wir erst die finanziellen Dinge regeln könnten ... Meinen Tadel hole ich mir gern später ab ... Hauptsache, wir haben sie wieder. Was ist sie Ihnen schuldig?«

Einen Moment lang ist Frieda versucht zu antworten: Ach, das haben wir doch gern getan! Aber dann denkt sie daran, wie oft Frau Roos prophezeit hat: »Das Geld sehen Sie nie wieder, Frau Tremus!« und deswegen legt sie dem Freiherrn von Forell (ist er tatsächlich, Freiherr nämlich) eine genaue Abrechnung vor, so und so viele Übernachtungen, so und so viele Frühstücke, Mittag- und Abendessen. Sie ist selbst von der Höhe der Rechnung überrascht. Der Mann greift jedoch ungerührt in seine Brieftasche, holt einige Hundert-Mark-Scheine heraus und lässt auch ein anständiges Trinkgeld für die Hausmädchen zurück; dies mit dem Stoßseufzer: »Ich kenne doch meine Tante!«

»Wenn Sie mir eine Frage gestatten, Herr von Forell ... Wieso ist sie Ihnen ...«

»... abhanden gekommen, wollen Sie erfahren?«

»Ja, das wäre meine Frage.«

Der Mann seufzt einmal und erklärt dann: »Wir wollten sie zu uns holen; durch den Krieg war sie nach Lauchhammer verschlagen worden. Wird Ihnen kaum etwas sagen, ist eine Industriestadt südlich von Berlin, am Rande eines Braunkohlereviers. Man kann wohl mit Fug und Recht sagen, die gesamte Wirtschaft und Infrastruktur ist dort an den Braunkohleabbau gekoppelt und entsprechend können Sie sich vorstellen, welche Verhältnisse dort bestehen. Die dortigen Behörden waren sofort einsichtig. Wir haben eine sehr zivilisierte Korrespondenz geführt und schließlich einigten wir uns, meine Tante kommt mit einem Interzonenzug. Es ist klar, ja? Die Zonenbehörden haben ihr die Ausreise offiziell gestattet und sie kam in Begleitung einer Schwester der Bahnhofsmission. Während wir uns um ihr Gepäck und ihre Sachen gekümmert haben, ist sie uns durch die Lappen gegangen. Wir haben sofort den halben Bahnhof abgesucht, die Bahnpolizei eingeschaltet – sie war verschwunden. Bis heute Morgen. Da rief mich das hiesige Sozialamt an. Ich habe mich sofort auf die Socken gemacht und hier bin ich.«

»Tut uns leid ... Wenn wir eine Adresse gehabt hätten oder wenigstens einen Namen ... Wir hätten Sie sofort informiert ... Wir haben es in Kleve versucht und in Herne.«

»Alle Achtung. Mit Kleve waren Sie aber dicht dran ... Unser Familienzweig kommt tatsächlich von dort. Es gibt allerdings im In- und Ausland noch zahlreiche andere gesunde Äste am Stammbaum Forell.«

»Ja, mein Bruder Willy kriegt so etwas raus – an ihm ist ein Detektiv verloren gegangen ... Wo ist denn Willy jetzt?«, wendet sie sich an Lucie, die neugierig herumsteht.

»Drüben in seiner Wohnung ... Soll ich ihn holen?«, bietet Lucie an.

»Ach, muss nicht sein ...«, entscheidet Frieda.

Herr von Forell begibt sich, von Frieda begleitet, nach Zimmer 6. Er klopft an, die Tür geht auf und Fräulein von Forell begrüßt ihren Neffen, als habe sie ihn im Leben noch nicht gesehen: »Ja, bitte! Was führt Sie zu mir?«

»Tante Amalie, ich bin's, Werner! ... Dein Neffe Werner!«

»So, ein Neffe? Sehr erfreut! Treten Sie doch bitte ein!« Und zu Frieda sagt sie: »Aber Sie will ich nicht sehen, Sie Kuppelmutter!«, zieht ihren Neffen ins Zimmer und schlägt die Tür zu.

Frieda ist einen Moment lang empört; sie muss sich erst in Erinnerung rufen, dass die alte Frau nicht ganz klar im Kopf ist.

11.

Kurz nach der Episode mit Fräulein von Forell hat Frieda Geburtstag. Es ist kein runder Geburtstag. In den letzen Jahren hat sie nie ein Aufhebens um ihren Geburtstag gemacht. Diesmal ist es anders, diesmal hat sie Lust zu feiern. In diesem Jahr hat sich derart viel Schönes ereignet, da muss man einfach mal den Alltag hinter sich lassen. Wenn nicht jetzt, wann dann? Alles hat seine Stunde!

Frieda hasst es, über ihr Alter zu sprechen. Ab und an wird sie von Gästen in gewundenen Redensarten, die Bewunderung ausdrücken sollen und doch nur Neugier verraten, danach gefragt. Für gewöhnlich antwortet sie darauf: *Ich muss mal in meinem Pass nachsehen, da steht's bestimmt*! Bei Männern, die ihr sympathisch sind, sagt sie gelegentlich: *Sie kennen doch den Spruch: Eine Frau ist so alt, wie sie sich anfühlt!* Als sie sich vorhin umzog und sich dabei im Spiegel betrachtete, dachte sie: Frieda, sei zufrieden! Die Haut ist glatt wie die einer Jungen und mehr als einen Liebhaber brauchst du wirklich nicht.

Doris hat neulich gefragt: »Was ist dir denn Gutes widerfahren, Frieda? Du bist so munter in letzter Zeit!«

Ohne nachzudenken hat sie geantwortet: »Der Bruder Fridolin hat auch an mir ein gutes Werk verrichtet, Doris, nicht nur an Willy.«

Apropos Doris. Von ihr kam heute Morgen als Erstes ein riesiger Blumenstrauß mit einem Kärtchen in ihrer Handschrift: *Alles Liebe zum Geburtstag, Deine Doris.* Als sie auf den Gruß blickte, dachte sie, es ist ja mal wieder bezeichnend für dich, meine liebe Doris, dass du deinen Mann vergessen hast. Was hätte es denn ausgemacht, wenn sie Konrad auch erwähnt hätte? Doris hat später angerufen und noch mal telefonisch gratuliert. Bei der Gelegenheit hat sie angekündigt, dass sie ihren Göttergatten heute Abend mitbringen wird; *er* freut sich schon drauf. Na, das ist wohl nicht anzunehmen. Er hasst Menschenansammlungen von mehr als drei Leuten.

Leider kann Laura an dem Fest nicht teilnehmen. Carry hat Verpflichtungen in Marseille und an der französischen Riviera; sie hat Laura und Evchen eingeladen, sie einige Tage zu begleiten. Frieda hat versucht, einen anderen, besser geeigneten Termin zu finden; man muss ja nicht ausgerechnet an ihrem Geburtstag feiern. Aber aus verschiedenen Gründen ließ sich dies nicht einrichten. Unter anderem, weil Anna einen sehr vollen Terminkalender hat. Anna hat gerade die Bundestagswahl hinter sich, aber eine Landtagswahl vor sich. Es ist zwar noch etwas Zeit, bis zu dieser Wahl, doch Anna muss jetzt schon graben und baggern. Das geht in der Politik nicht anders, da ist nach der Wahl stets vor der Wahl. Dies muss man Frieda nicht erklären; das war bei Georg nie anders.

Die Drei haben ihr immerhin ein Glückwunsch-Telegramm geschickt und im Laufe des Vormittags haben sie sogar aus dem Hotel *Negresco* in Nizza angerufen. Man stelle sich vor, ein Ferngespräch über die Alpen und wozu? Um ihr zu sagen: Herzlichen Glückwunsch! Selbst die Kleine durfte mit ihr sprechen. Bei allem schwang Lauras schlechtes Gewissen mit, dass sie nach Frankreich und an die Riviera abgeschwirrt waren statt mitzufeiern. »Ach, Kind, Liebe«, hatte Frieda sie beschwichtigt. »Das ist doch viel wichtiger, was ihr macht; das sind doch Erlebnisse fürs Leben, auch für Evchen. Ich beneide euch!«

Das war nicht mal geschwindelt. Das *Negresco* ist bekanntlich eine Institution in Nizza und gehört zu den berühmtesten Hotels der Welt. Gute Lage, direkt an der Promenade. Frieda hat dort einmal auf der Terrasse indischen Tee getrunken; sie hat den Ausflug mit Marija nicht vergessen. Carry suchte freundlicherweise die Pracht des *Negresco* ein wenig herunterzuspielen: »Es ist nur ein Hotelmuseum mit einem großen Namen, viel Plüsch und wirklich nicht jedermanns Sache!«

Laura hatte das ergänzt: »In keiner Weise zu vergleichen mit dem frisch herausgeputzten *Petersburger Hof!* Allerdings ist die Aussicht sehr schön!«

»Lasst mich auch mal«, hatte da die Kleine gerufen und sie durfte wirklich auch einige Worte ins Telefon sprechen.

Während des Tages wird Zimmer 2 umgeräumt und dekoriert, als stünde eine Hochzeit an. Die Tische werden in zwei langen Reihen aufgestellt, der Bartresen mit mehreren weißen Tischdecken abgedeckt. Dort will Herr Döringer gegen sieben Uhr sein Buffet aufbauen. Nach allem, was er vorbereitet hat, wird es so üppig ausfallen wie früher die Buffets seiner Mutter. Der Unterschied ist nur, damals war man in tiefsten Friedenszeiten, jetzt rappelt sich das Land erst wieder auf.

Egal, heute wird gefeiert!

Bei der Renovierung ist Zimmer 2, auch *Frühstückszimmer* genannt, zum schönsten Raum im Haus geworden. Der Durchbruch zum früheren Zimmer 4 (dem Schlauch, in dem die Liege für den Nachtportier stand) hat viel gebracht und die neue Holzvertäfelung auch. Sie verbindet die unterschiedlichen Teile sehr harmonisch; der Frühstücksraum wirkt jetzt wie aus einem Guss, scheint ein kleinerer Saal zu sein, den es so immer schon gegeben hat. Die neue Bar, die bei der Gelegenheit eingebaut wurde, findet guten Zuspruch. Jeden Abend sitzen da entweder Hausgäste oder Menschen aus der Nachbarschaft, und Herr Döringer mixt seine berühmten Cocktails. Er ist noch auf der Suche nach einer Stelle, die seinen Fähigkeiten angemessen ist, aber so lange er die nicht gefunden hat, ist er froh, hier sein zu können. Auf Lilly kann Frieda bei der unerwartet starken Belegung sowieso nicht verzichten.

Herr Döringer hat die Zutaten, die er für seine Köstlichkeiten benötigt, schon gestern besorgt. Dafür ist er mit Carl Jörns extra zum Frankfurter Großmarkt gefahren; dort ist angeblich alles *wesentlich* frischer und günstiger als hier. Seit dem frühen Vormittag hat er gekocht und gewerkelt und nun findet er kaum noch einen Platz, an dem er die Sachen kühlstellen kann.

Als Entrees wird es verschiedene Sorten *Canapés* geben, unter anderem *Canapé à l'Amiral*. Das ist rund ausgeschnittenes Weißbrot, bestrichen mit Krabbenbutter und mit Krabben belegt; darauf Mayonnaisetupfer und Dillspitzen. Da Frieda für ihr Leben gern Fisch isst, hat Herr Döringer eine Räucherfischplatte vorbereitet mit allem, was das Herz erfreut, wobei *Graved Lachs* mit *Schwedischer Dillsauce* dominiert. Auf anderen Platten sind Lachsröllchen mit Meerrettichsahne, Matjesröllchen auf Apfelscheiben und Kaviar mit Ei zu finden. Sogar einige halbe Hummer mit Mayonnaise liegen zum Verzehr bereit, sowie Hähnchenbrust mit exotischen Früchten (Orangen und Mandarinen, in einer tropisch-sanften Sauce), Hähnchenschenkel pikant, eine Schinkenplatte, eine Roastbeefplatte, zwei Käsebretter und Süßigkeiten über Süßigkeiten. Herr Döringer wollte als Entree zusätzlich eine *Muschelsuppe à l'Armoricaine* anbieten, also eine bretonische Muschelsuppe, das erschien Frieda denn doch übertrieben. So wird es für den, der unbedingt ein Süppchen braucht, eine klare Oxtailsuppe geben, mit altem Portwein abgeschmeckt und mit hauchfein geschnittenen Champignonscheiben als Einlage; eine Delikatesse, wie er immer wieder versichert und wobei er den Mund spitzt. Anscheinend ist er selbst scharf darauf. Ist ja auch eine Delikatesse.

Kurz nach fünf, also viel früh, taucht Adam mit den feingemachten Zwillingen auf. Sie sind wieder gewachsen; es kann nicht mehr lange dauern, dann sind sie Professoren. Die Jungen sind nett und freundlich und Frieda begegnet ihnen immer mit aller Herzlichkeit, die ihr zur Verfügung steht; aber wahr ist, die Buben schüchtern sie ein. Sie hat noch nie Kinder gesehen, die auf so selbstverständliche Weise erwachsen sind. Sie sind nicht altklug oder überheblich; machen nichts und sagen nichts, was gegen sie spricht. Sie sind, wie sie sind, einfach *die Zwillinge*. Aber ganz geheuer sind sie Frieda nicht.

»Ihr habt doch Hunger?«, sagt sie als Erstes. »Wollt ihr Kaffee und Kuchen? Oder lieber schon was vom Buffet?«

Also, wenn sie wählen dürfen, würden sie gern etwas Handfestes wählen. Herr Döringer hat Mühe, seinen Ärger zu verbergen. Muss man ihm denn alles zerstören? Schließlich macht er ihnen aber doch eine Platte zurecht – von allem ein Happen.

Den Buben schmeckt alles und das ist ein gutes Zeichen.

»Und Adam? Was führt dich her? Wie kann ich dir helfen?«

»Eigentlich sind wir hergekommen, um Geburtstag zu feiern.«

»Gut, das machen wir auch, später ... Jetzt ist erst mal Sprechstunde. Was liegt dir auf der Seele?«

Er seufzt tief, sagt dann beherrscht: »Gabriele will sich scheiden lassen!«

»Das war zu erwarten ...«

»Du nimmst das ja leicht! Mutter, du hast mich in diese Ehe 'reingetrieben ...«

Frieda will sich keine Vorwürfe anhören, nicht an diesem sonnigen Tag, und unterbricht ihn sofort: »Und nun soll ich dich da wieder rausholen. Oder was?«

»Du wirst mich nicht *rausholen* können ...«

»Sondern was?«

Er wird fahrig. »Na ja, es ist schon wahr, ein Scheidungsverfahren kostet ... Das geht nicht auf Armenrecht.«

»Das ist doch überhaupt kein Thema. Erstens bist du Mitbesitzer hier. Das habe ich dir schon ein paar Mal gesagt, aber du bist ja zu stolz ... Das ist ein falscher Stolz! Von jeder Mark, die ich verdiene, gehören dir zwölf Pfennig. Und im Augenblick verdiene ich! ... Ist das denn wirklich endgültig mit eurer Trennung? Hast du überhaupt nicht versucht, sie zurückzugewinnen?«

»Warum sollte ich das tun?«

»Sie ist immerhin die Mutter deiner Kinder ...«

»Das ist ein Grund, das sehe ich ein!«, erwidert er bitter. »Mutter, wenn wir schon dabei sind … Was mir nicht gefällt … Was mir wirklich nicht gefällt, ist die Tatsache, dass du mir in den Rücken fällst … Wenn du denkst, ich bekomme nicht mit, dass du mit Gabriele und ihrem *von* Verbindung hältst … ich bekomme alles mit! Alles! Auch in Amöneburg!«

»Was willst du denn da *mitbekommen*? Wenn ich sie sehe, reden wir miteinander. Das ist alles. Sie ist immerhin die Mutter *meiner Enkelkinder*!«

»Deswegen müsst ihr miteinander essen gehen? Ihr seid gesehen worden – bei *Mutter Engel*!«

»Du hast ja wirklich tüchtige Spione! Ich wollte mich beraten lassen …«

»Ach, hör doch auf! Wann lässt du dich je beraten? Von wem?«

»Wenn du hier bist, meinen Charakter zu durchleuchten …«

»Bevor wir weiterreden … Hast du die Beiden etwa auch eingeladen? Dann bin ich aber auf der Stelle weg!«

»Was denkst du denn von mir?«

»Genau das denke ich von dir!«

»Das ist doch verrückt … Adam, tu mir einen Gefallen, lade nicht allen Groll und nicht alle Verbitterung auf mich ab, wenigstens nicht heute … Morgen kannst du das wieder machen, dagegen habe ich nichts, aber nicht heute. Ich weiß nicht, wann ich das letzte Mal Geburtstag gefeiert habe. Das muss vor dem Krieg gewesen sein … Lass uns wenigstens heute mal gute Miene zu allem machen!«

Während sie das sagt, denkt sie: Welch ein Glück, dass ich auf Anna gehört habe!

Sie, Frieda, hatte tatsächlich überlegt, auch Gabriele und ihren Galan zu ihrem kleinen Fest einzuladen. Anna hatte gesagt: Du bist verrückt! Wenn das rauskommt, Adam spricht nie wieder ein Wort mit dir! Es reicht doch wohl, dass du August verloren hast! Anna versteht nicht, dass Frieda nicht einen klaren Schnitt macht. Wie kommt Frieda dazu, überhaupt noch mit der notorisch untreuen Gabriele und ihrem augenblicklichen Bettgenossen Verbindung zu halten? Anna hat ihr wörtlich an den Kopf geworfen: *Willst du ihn Gabriele ausspannen? Eine andere Erklärung habe ich nicht.*

Adam will ihr einen weiteren Vorwurf machen, das sieht Frieda ihm an. Deswegen kommt sie ihm zuvor, indem sie sagt: »Jetzt rate mal, wer mir einen Glückwunsch geschickt hat.«

»Die Wäscherei Maison, nehme ich an. Du bist ja da Großkunde geworden!«

»Die auch, tatsächlich. Der junge Herr Maison ist ganz tüchtig; sein Vater hatte ihm das nie zugetraut … Nein, *August*! Dein Bruder August hat mir zum Geburtstag gratuliert! Nur eine vorgedruckte Karte, aber immerhin!«

»Wo kommt denn diese Liebe plötzlich her? Anna hat gesagt, sie haben ihn nach Berlin versetzt? Was macht er denn im *Vorposten der freien Welt*?«

»Was weiß ich, wie der amerikanische Geheimdienst seine Leute einsetzt. Das musst du die fragen … Oder Anna! Die kann dir bestimmt Näheres verraten!«

»Ist ja ein toller Spion, der Postkarten verschickt!«

Jetzt reicht es Frieda. Da sie weiß, wo und wie sie Adam treffen kann, erwidert sie scharf: »Dein Bruder ist immerhin *Captain der Vereinigten Staaten von Amerika* … Was machen denn deine Berufspläne?«

»Es sind noch einige Hürden zu nehmen … Ja, es dauert! … Guck mich nicht so an!«

»Wie gucke ich denn?«

»Als ob ich mir das alles aus den Fingern saugte … Die Hauptsache ist, wir verhandeln immer noch über eine Teilhaberschaft. Es geht hin und her. Seine Söhne sind ja auch beteiligt.«

»Ja, sicher. Deswegen heißt die Firma ja: *Huth und Söhne*! Meinst du, in vier Wochen heißt sie: *Tremus, Huth und Söhne?* Mach dir doch nichts vor. Ich beschwöre dich: Mach dich selbstständig! Ich helfe dir! Was brauchst du die Huths! Du hast dich da in was verrannt, Adam …«

»Ach, das ist doch Unsinn! Weißt du, was ein Bagger kostet oder ein Kran? Es ist ja lieb und nett, dass du für mich bürgen willst. Aber das Haus ist doch jetzt schon belastet bis unters Dach. Bau erst mal deinen Lift ein, dann können wir über alles Andere reden.«

»Adam, es macht mir immer Freude, mich mit dir auszutauschen. Aber jetzt muss ich mich leider wieder um die Vorbereitungen kümmern … Die Musiker kommen … Soll dir Lucie einen Kaffee bringen oder ein Glas Wein?«

»Nichts, danke! Es gibt ja wohl nachher ausreichend Alkoholisches.«

»Das glaube ich auch.«

Frieda ist schon an der Tür, als sie sich noch einmal umdreht: »Willst du eine Zeitung? Eine Illustrierte, solange du wartest?«

Wenn Blicke töten könnten …

Das mit den Musikern ist kein Vorwand. Tatsächlich lassen sich die Musiker bereits blicken. Es handelt sich um das *Duo Gebrüder Paul* samt ihrer Managerin; das ist eine Frau Wannenmacher, die in einer schönen alten Villa in der Weinbergstraße ihr Büro unterhält. Sie vermittelt verschiedene Musiker und unterschiedliche Musikgruppen, bis hin zu einem Männerchor, der auf Bruckner spezialisiert ist. Laura hat ihr die Frau empfohlen; der *Insel-Verlag* zieht sie zu Rate, wenn er musikalische Umrahmung benötigt.

Frau Wannenmacher, vielleicht Mitte, Ende fünfzig, gibt sich etwas exaltiert, lässt vor allem die superblond gefärbten Haare flattern, wie es nur möglich ist. Am Telefon hat sie Frieda vor allem die Gebrüder Paul empfohlen, hatte gesagt: »Sie möchten tanzen und feiern? Kein Problem! Ich lege Ihnen mein *Duo Paul* ans Herz. Die Beiden schaffen für Sie genau die besondere Atmosphäre, die Sie sich wünschen – stimmungsvolle Hintergrundmusik, aber auch Solonummern, die Ihnen und Ihren Gästen unvergesslich bleiben.«

Die Musiker kommen so rechtzeitig, weil die *Feinabstimmung* des Programms noch vorgenommen werden soll. Was genau schwebt Frau Tremus vor?

Nun ja, das Übliche …

… das wären neben Standardtänzen wie Walzer, Foxtrott und Tango auch flotte *Schlagermelodien zum Mittanzen und Mitsingen*?

Sicher!

Und was speziell erwartet Frau Tremus, das gespielt oder nicht gespielt werden soll?

»Ich habe da gar keine Eisen im Feuer; die Gäste sollen glücklich sein, das ist alles.«

»Aber nicht wenig!«

Frau Wannenmacher weist noch mal darauf hin, dass die Gebrüder Paul (in Fachkreisen scherzhaft *Paulus und Saulus* genannt) einige Jahre im berühmten Orchester Kurt Edelhagen gespielt haben. Jazz liegt ihnen also im Blut.

Frieda betrachtet kurz die beiden jungen Männer, denen der Jazz *im Blut liegt*. Sie wirken wie Kofferträger, handfeste Kerle, die Doris zusagen müssten. Frieda erwartet, dass die Beiden auch etwas zur Unterhaltung beitragen, aber sie lassen konsequent ihre Managerin für sich reden. Womöglich sind dazu verdonnert worden.

Frieda bietet ihnen an: »Etwas Jazz können Sie natürlich auch spielen, wenn Ihnen das Freude macht, aber nicht zu viel ... Lieber ein bisschen volkstümlicher.«

»Das Wichtigste habe ich ja vergessen ...«, sagt nun die Managerin. Frieda ahnt Schlimmes, bemerkt sofort und vorbeugend: »Über das Geld hatten wir uns doch schon geeinigt!«

»Davon soll ausnahmsweise einmal nicht die Rede sein ... Frau Tremus, unseren herzlichsten Glückwunsch zum Geburtstag und alles, alles Gute!«

Die Musiker nicken zustimmend und Frau Wannenmacher überreicht ihrer Kundin einen Blumenstrauß. »Von uns allen«, sagt sie dazu.

Kurz nach sieben Uhr treffen die Gäste ein.

Eine der Ersten ist Doris, allein. Ihr Mann will nachkommen; bei einer Patientin haben sich überraschend Komplikationen ergeben. Das war zu erwarten. Doris hat sich regelrecht aufgemöbelt. Man kann meinen, sie wolle der Star des Abends werden. Sie hat einen Ausschnitt gewählt, der Männlein wie Weiblein staunen lässt. Was hat sie vor? Mit diesem Kleid wäre sie im Tanzlokal *Ball der einsamen Herzen* wahrlich besser aufgehoben.

Frieda hat sich übrigens auch noch einmal umgezogen; sie hat sich letztendlich für das blau-weiß gestreifte Leinenkleid entschieden, das lässt sie so schlank aussehen.

Klärchen und ihr Mann sind ebenfalls unter den Ersten. Frans trägt seinen herrlichen neuen Anzug, kombiniert mit einer bildschönen Krawatte, die auch nach Kurowsky aussieht; reine Seide. Die Anwesenden mustern ihn, als hätten sie ihn noch nie gesehen. Frans ist der Beweis, dass Kleider tatsächlich Leute machen.

Carl Jörns und seine Käthe sind selbstverständlich ebenfalls geladen. Sie haben gefragt, ob sie einen lieben Bekannten mitbringen dürfen, den Sohn eines früheren Konkurrenten. Was für eine Frage! Der junge Mann sieht blendend aus, beinahe so, als hätte Leni Riefenstahl ihn für ihren Olympia-Film ausgewählt, blond, groß, muskulös. Er stammt aus Wolfratshausen bei München, heißt Eugen Geyer und ist gerade Werksfahrer für DKW geworden, 125er-Klasse und 250er-Klasse. BMW ist an ihm interessiert und Norton hat ihm auch ein Angebot gemacht, aber er sagt sich, einen Schritt nach dem anderen. Während des Abends unterhält er seine unmittelbaren Nachbarn mit seinen Rennerlebnissen. Vor allem mit dem Nervenkitzel auf dem *Schotten-Ring*, wo er kürzlich gefahren ist. Das ist eine Rennstrecke bei Gießen; abenteuerlich, lebensgefährlich. Aber immerhin 200 000 Zuschauer! Wo kriegt man die sonst geboten!

Willy kann gar nicht genug vom *Schotten-Ring* hören. Er stellt exakte Fragen, gewissermaßen von Kenner zu Kenner. Man kann meinen, er wäre in früheren Jahren ebenfalls dort gestartet. Offenbar kennt er durch die Berichte seiner Rennsport-Zeitung jede Tücke der Strecke, aber auch ihre Vorteile.

Eine, die ebenfalls alles vom Schotten-Ring wissen will, ist Doris. Man wird aufpassen müssen, dass sie sich nicht zu vorgerückter Stunde an dem jungen Helden vergreift. Zumal sie ein Glas nach dem anderen abkippt, als wäre es Limonade. Zum Glück taucht Doktor Waltz doch noch auf. Er hält Doris mit Blicken im Zaun und das ist auch gut so. In der Hauptsache unterhält sich Doktor Waltz bei dem Fest jedoch mit Willy. Er fragt ihn zum Beispiel direkt: Hat Herr Heybach Angst vor einem Rückfall?

Nein, erwidert Willy, und das klingt dermaßen bestimmt, als sei jede andere Möglichkeit ausgeschlossen.

Allmählich beginnt selbst Frieda an die Dauerhaftigkeit der Blitzheilung zu glauben. Gegenwärtig benimmt sich Willy jedenfalls, als sei er nie verschüttet gewesen. Man kann ihn durchaus wieder einsetzen. Aber Frieda will kein Risiko eingehen, so wird er abends immer noch in seine Wohnung geschickt. Neulich hat er vorsichtig gefragt, ob er seinen Nachtportierposten zurückhaben kann, aber Frieda hat ihn erst mal hingehalten.

Sie war versucht, auch Doktor Vorsänger einzuladen, den Arzt, der sich so aufopfernd um Willy bemüht hat. Er ist ein angenehmer Mensch und man kennt sich seit langem. Aber sie fürchtete, dass durch seinen Anblick bei Willy womöglich wieder vieles aufgerührt werde, und das wollte sie nicht riskieren.

Schade eigentlich.

Frau Adamy und ihr Mann sitzen nicht weit von den Ehrengästen und Ehrenplätzen. Beide machen Gesichter, als suchten sie zu verstehen, warum stets über Frieda Tremus das Glück mit dem Füllhorn ausgeschüttet wird, während sie permanent das schlechtere Los ziehen. Was haben sie sich zuschulden kommen lassen, dass für sie immer nur Krumen abfallen? Gegenwärtig haben sie nur *einen* Gast! Man darf nicht darüber nachdenken!

Verschiedene Nachbarn, auch einige von Annas Genossen, sind ebenfalls gekommen. Und selbstverständlich Otto und Fräulein Rehberger, seine *Süße*. Otto hat sich nicht lumpen lassen und als Geburtstagspräsent einen ganzen Rehrücken spendiert, den er weiß Gott wo organisiert hat. Herr Döringer war dankbar dafür.

Frieda hat auch den Anwalt Doktor Reinhold eingeladen. Wenn man es genau nimmt, ist er Adams Anwalt, den *sie* finanziert. Sie führt ja keine Prozesse. Gegen wen auch? Doktor Reinhold hatte sofort zugesagt, musste sich aber in letzter Minute entschuldigen. Er wurde zu politischen Verhandlungen nach Bad Godesberg gebeten. Gegenwärtig werden in Bonn, der funkelnagelneuen Hauptstadt des neuen Staates Bundesrepublik Deutschland, wichtige Weichen gestellt. Am vergangen Sonntag war *Bundestagswahl*, die erste bedeutende freie Wahl auf deutschem Boden seit 1932. Sieger wurde die SPD, sie hat eine Million mehr Stimmen erhalten als der Zusammenschluss der verschiedenen christlich-demokratischen Parteien. Frieda hat Anna dazu gratuliert. Aber die winkte ab: »Das muss man abwarten. Morgen beginnen die Verhandlungen der Parteien untereinander; wie die ausgehen, das werden wir so schnell nicht erfahren. Es kann durchaus sein, dass am Ende nicht Schumacher« (Kurt Schumacher ist der Vorsitzende der SPD, also ihrer Partei), »sondern Adenauer gewählt wird! Noch steht alles in den Sternen.«

Wohlgemerkt, sie sprach dabei von Konrad Adenauer, ihrem alten Bekannten. Er hat sie vollkommen überrascht, als er ihr nach ihrer ersten Landtagssitzung mit einigen Zeilen gratulierte. *Wie gut sein Büro organisiert sein muss, dass die so etwas registrieren!*, hatte Anna gestaunt.

Frieda hatte widersprochen: *Oder, wie sehr du ihm aufgefallen bist!*

»Frieda bemühe dich nicht«, hatte Anna zurückgegeben, »ich trete trotzdem nicht in die CDU ein!«

Anna bedauert, dass Doktor Reinhold nicht kommen kann. Sie hätte gern mit ihm geredet und gestritten. Er ist stockkonservativ, aber politisch beschlagen und hielt, das ist für Anna das Wichtigste, während des Naziterrors Kontakt zur *Gruppe Roos*, dem örtlichen bürgerlichen Widerstand gegen Hitler.

Von ihrem Herzensfreund Bernhard, Bernhard Enders, hört und sieht man seit langem nichts mehr; die Sache hat wohl ihr natürliches Ende gefunden. Nicht ein einziges Mal hat Anna etwas darüber verlauten lassen, hat nicht geweint oder gezetert; auch nicht heimlich. Letztlich weiß

Frieda nicht, wo sie dran ist. In dieser Sache hat sie Anna nie bedrängt. Liebe ist für niemanden leicht.

Frau Roos kommt als eine der Letzten. Die *Gebrüder Paul* haben bereits kräftig für Stimmung gesorgt, Frieda das Buffet schon eröffnet, alle haben über die Fülle und Qualität des Gebotenen gestaunt, da segelt Frau Roos herein. Sie gibt sich, als wäre sie *Dyckerhoff-Zement persönlich*. Frieda hatte bei der Einladung freundlich gesagt: »Frau Roos, es steht Ihnen völlig frei, wen Sie als Begleitung mitbringen … Wenn Sie wollen, bringen Sie gern Ihren Bekannten mit, würde mich freuen.«

Sie hatte schnippisch geantwortet: »Nicht so scheinheilig, Frau Tremus. Sie wissen ganz genau, dass er gebunden ist. An einem Samstagabend kann er sich nicht freimachen.«

»Tut mir leid für Sie, Frau Roos, aber wir haben alle unsere Zwänge …«

Als Frieda und sie zufällig nebeneinander am Buffet stehen, fragt Frau Roos, in ihrer üblichen, kiebigen Art: »Wie haben Sie denn Herrn t'Hooft verwandelt? Johannes Heesters ist ja nichts dagegen! Als ich ihn eben sah, dachte ich: *Heute Abend gehen wir in's Maxim.*«

»Tja, Frau Roos, wir tun alle, was wir können. Ich hier, Sie da!«

Glücklicherweise hat das Klärchen von dem kurzen giftigen Dialog nichts mitgekriegt. Sie legt in letzter Zeit eine alberne Eifersucht an den Tag. Dabei hat sie absolut keinen Grund dazu! Wenn jemand Herzensangelegenheiten diskret abwickeln kann, dann ist das sie, Frieda.

Claire sollte sich zähmen.

Frau Roos setzt sich zu den Adamys. Die haben ihr einen Platz frei gehalten und sind froh, sie in ihrer Nähe zu haben. Wenigstens einer vom Fach, der zu erkennen vermag, was sie, die Adamys, auszuhalten haben.

Als der erste Hunger gestillt ist, tritt in den Gesprächen eine kleine Pause ein. Man wartet darauf, dass sich alles *ein bisschen setzt* und will dann noch mindestens einmal zuschlagen; es ist einfach *zu köstlich*!

Diesen Moment von Wohlbehagen und Ermattung nutzt Anna, steht auf und erwartet, dass Ruhe eintritt. Weil das aber nur die Wenigsten begreifen, schlägt sie mit einem Löffel mehrmals an ihr Glas, bis schließlich das Gekreische selbst an den hinteren Tischen verstummt. Die Musiker geben ebenfalls Ruhe. Nebenbei gesagt, die Beiden treffen immer den richtigen Ton und wenn Alexander singt, hört man ihm gern zu. Er hat eine sehr angenehme Stimme, Richtung *Rudi Schuricke*

Es tritt nun also Ruhe ein, und Anna sagt, sie wolle die Gastgeberin hochleben lassen und wenn es gestattet sei, einiges Wahrhaftige über Frieda preisgeben, das auch einmal gesagt werden sollte. Dazu müsse sie sehr weit ausholen, müsse da beginnen, wo alles begonnen habe, im Grandhotel *Römerbad* nämlich, ehemals Frieda Lehrstätte und heute Friedas Sehnsuchtsort, das einzige Fleckchen Erde, das sie sich wieder herbeizauberte, wenn so etwas möglich wäre. Anna vermutet, für Frieda ist das Hotel *Petersburger Hof* Glück, das *Römerbad* verklärte Erinnerung. Das vielgepriesene Paradies als solches könne Frieda vorerst entbehren und wohl auch in ferner Zukunft, weil man noch nie gehört habe, dass da Betten zu vermieten seien. Jeder, der Frieda aus der Nähe kenne, wisse, Gäste zufrieden zu stellen, sei Frieda Pflicht und Freude. Alles andere komme danach. Man solle sich aber nicht täuschen. Wenn es sein müsse, könne sie sogar gegen Gäste schnelle und harte Entscheidungen treffen! Wenn's drauf ankomme, verfüge Frieda über die Härte einer Bordellwirtin.

Anna nimmt wirklich dieses Wort in den Mund und Frieda sieht sie deswegen einen Moment lang ungläubig an.

Aber ehe sie reagieren kann, fährt Anna fort, Frieda sei aber auch und immer dann, wenn es vollkommen unerwartet komme, zu Akten großen Mutes und selbst zu Opferbereitschaft fähig. Die dann gezeigte Größe passe selten zu ihrem alltäglichen Verhalten. Deswegen könne man ihre unerwartete Güte nur schwer verstehen geschweige denn einordnen. Das sei wohl der Hauptgrund, warum ihr Charakter jeden fessle, der sie näher kenne. Der Vorfall mit dem alten Fräulein von Forell, wie er sich vor kurzem hier ereignet habe, beweise, was sie gerade ausführe. Wenn das Sozialamt nicht zu guter Letzt tätig geworden wäre, säße die alte Frau immer noch in Zimmer 6 und niemand wisse, wer sie sei.

»Nein», ruft Willy dazwischen, »die säße nicht in Sechs, die würde auch *hier* sitzen.«

Anna stimmt ihm zu, sagt, das sei der rechte Schlusspunkt ihrer kleinen Rede. Danach lässt sie Frieda hochleben und die Freundinnen umarmen sich.

Mein Gott, wer hat Anna nur das Reden beigebracht!

Kurz danach erfolgt ein weiterer Höhepunkt. Da spielt Adam ein sehr gefühlvolles Solo und zwar auf der Geige, die man ihm ins Lager Darmstadt geschmuggelt hatte, die ihm aber erst bei der Entlassung ausgehändigt wurde. Er spielt das *Adagio for Strings*, opus 11, von Sam Barber, einem zeitgenössischen Komponisten. Es handelt sich dabei um ein sehr dramatisches, geradezu aufwühlendes Stück. Die Zwillinge sind wie gebannt, ihren Vater derart aufspielen zu sehen und zu hören. Frieda denkt: Ab heute haben sie ein anderes Bild von ihm! Wie schön!

Wie recht hat sie daran getan, einmal ein Fest auszurichten. Vielleicht wird sie so etwas an ihrem *runden* Geburtstag wiederholen.

Nachdem auch die Süßigkeiten bis auf Reste verzehrt sind, werden zwei der Tische in den Flur geschoben und der Tanz eröffnet. Frieda tanzt mit einigen ihrer Gäste, auch einmal mit Frans, aber mit Abstand und wie gesagt, nur einmal.

Frans ist begreiflicherweise nicht ganz nüchtern, allerdings weit davon entfernt, betrunken zu sein. Aber seine Claire verträgt nicht viel; Frieda hält deswegen sehr auf Distanz.

Ist es diese Abfuhr oder Taktik, von Frieda abzulenken, oder am Ende nur der Alkohol oder die übliche Gier der Männer, im Laufe des Abends macht er sich jedenfalls an Frau Wannenmacher heran; die scheint nicht abgeneigt zu sein und Klärchen verlässt das Haus unter Protest. Frans folgt ihr eilig. Er kann sich dennoch auf eine Strafpredigt gefasst machen.

Ein anderer Fall ist Otto. Er will unbedingt mit Frieda *ein Tänzchen wagen*, braucht aber dringend erst mal eine Tasse Kaffee; danach geht's vielleicht wieder.

In seinem Zustand ist Otto wirklich nicht der Kavalier, den sich Frieda aussuchen würde. Sie hält ihn eine Weile hin. Aber er drängelt mehrmals und endlich tut Frieda ihm den Gefallen.

Während des Tanzes teilt Otto ihr mit schwerer Zunge mit, er heiratet seine *Süße*. Frieda braucht eine kleine Weile, bis sie begreift, er stellt nicht allgemeine Betrachtungen über die Ehe und Fräulein Rehberger an, er will tatsächlich Ende November heiraten. Der Termin hat etwas mit irgendwelchen Zulagen zu tun, die ihm dann in seinem Amt zustehen. So angeschickert er auch ist, er weiß, dass er mit diesen außerplanmäßigen Zahlungen einen Großteil der Kosten abdecken kann, die durch die Hochzeit entstehen.

»Das ist schön, Otto! Dann geht das ja beinahe null für null auf!«

Als sie sich nach dem Tanz trennen, greift er überraschend nach Friedas Hand und hält sie fest: »Frieda! Du hast zu lange gewartet! Was wären wir für ein schönes Paar. Ab November stehe ich nicht mehr zur Verfügung! Na, sagen wir ab Dezember!«

»Ach, Otto, wer weiß! Bis dahin kann noch viel passieren!«

»Aber danach nicht mehr ... «, behauptet er eigensinnig.

»So ist es, Otto! Danach ist es endgültig vorbei mit uns!«

Am Ende der Festlichkeiten ist Otto volltrunken, anders kann man es nicht ausdrücken. Frieda gratuliert Irene Rehberger, der gewesenen Tänzerin, zu ihrem Fang, bietet ihr das Du an und wünscht ihr schon jetzt alles Gute. Irene antwortet, so stelle sie sich ihre Hochzeitsfeier vor, wie Friedas Fest, genauso, fröhlich und laut und Otto zum Schluss stockbesoffen. Sie vertraut ihrer neuen Duzfreundin an, sie habe kein Problem damit, dass es in der Hochzeitsnacht mangels Masse wohl nicht zu ehelichen Freuden kommen werde. Im Gegenteil, sie freue sich auf ein paar Tage Abstinenz.

Frieda hat Mitleid mit ihr. Irene besteht nur aus Lebensangst!

Der Höhepunkt des Festes ist, dass Frieda nach Mitternacht auf dem Tisch tanzt, als Einzige und mit dem Temperament einer Zwanzigjährigen. Die Zwillinge sind von dem Schauspiel derart gepackt, dass sie kaum wissen, wie sie ihre Emotionen bändigen sollen. Christoph küsst seiner Großmutter am Ende beide Hände. Er ist jetzt absolut sicher, nach welcher Art Frau er später Ausschau halten muss.

VI. Gut erben

1.

Es ist Anfang Februar 1950.

Frieda liest im *Kurier*, dass der neue Bürgermeister der Stadt Diez an der Lahn seine Amtsgeschäfte aufgenommen hat. Das ist eine Meldung, die keine Bedeutung für sie hat, und die sie normalerweise nicht einmal wahrnehmen würde. Aus irgendeinem Grund, den sie nicht benennen könnte, bleibt sie jedoch an den wenigen Zeilen hängen. So erfährt sie alles Wesentliche über den Bürgermeister Doktor Müller und seine guten Absichten für seine Stadt. Schon während der Lektüre des kleinen Artikels hat Frieda das Zuchthaus in Freiendiez vor Augen, sieht dessen graue Mauern und Fenster und die Gitter davor.

Sie legt die Zeitung zur Seite und sagt zur überraschten Frau Roos: »Ihr müsst morgen auf mich verzichten. Ich bin morgen nicht da …«

»Muss ich früher kommen?«, erkundigt sich Frau Roos.

»Alles wie immer – nur ohne mich.«

Am nächsten Morgen lässt sie sich sehr früh von einem Taxi zum Hauptbahnhof bringen. Als sie eintrifft, steht der Personenzug Richtung Diez an der Lahn, Abfahrt 7.09 Uhr, schon auf Gleis 12 bereit. Allerdings ist noch keine Lokomotive vorgespannt. Es handelt sich um ganz alte romantische Waggons mit offenen Plattformen an beiden Enden; mit solchen Bähnchen fuhr man in die *Sommerfrische*, als es so etwas noch gab.

Frieda ist froh, frühzeitig gekommen zu sein. Mehr und mehr füllt sich der Waggon mit Leuten, die irgendwo zur Arbeit erscheinen müssen; wohl in den Fabriken rund um den Dotzheimer Bahnhof oder im Aartal selbst. Es handelt sich allerdings nicht um einfache Arbeiter, die werden schon an ihren Arbeitsstellen sein, eher um Personal wie technische Zeichner oder Expedienten und um Frauen, die in Büros arbeiten.

Anfangs ist es unangenehm kalt im Waggon, da ist Frieda dankbar, dass sie sich für ihre Angorawäsche und die halbhohen Stiefel entschieden hat. Die Sachen tun ihr jetzt gute Dienste. Je voller der Zug allerdings wird und je länger man nachher unterwegs ist, desto molliger wird es in dem Waggon; da möchte sie am liebsten das Fenster aufreißen.

Noch aber steht der Zug und wartet auf seine Lokomotive. Dabei kommt Frieda zum ersten Mal der Gedanke: Ich hätte mich anmelden sollen.

Dann denkt sie: Im schlimmsten Fall muss ich unverrichteter Dinge umkehren. Auch kein Beinbruch.

Hätte sie etwas mitnehmen sollen? Aber was? Sie macht schließlich keinen Anstandsbesuch.

Der Zeiger springt weiter, der Pfiff ertönt und die Aartalbahn setzt sich in Bewegung. Die ersten Stationen sind *Bahnhof Landesdenkmal*, danach *Waldstraße* und schließlich *Dotzheim*. Wie sie es vermutete, steigen nun etliche der Fahrgäste aus. Aber beinahe ebenso viele von gleicher Couleur steigen zu. Zwei Frauen, die genau gegenüber Plätze erwischt haben, wollen sie in eine Unterhaltung verwickeln. Frieda bleibt unnahbar; will in ihren Gedanken und Erinnerungen nicht gestört werden.

Sie will mit Theo sprechen und dafür braucht sie alle Kraft, die ihr zur Verfügung steht. Er verkörpert alles, was in ihrer Kindheit schrecklich war. Sie war erst zehn oder elf, da wollte Theo sie sich schon grapschen und die Heybach, dieses Urbild einer Schlampe, hatte Theo noch ermuntert. Theo, ihr Ältester, ihr Augenstern, durfte sich alles herausnehmen! Willy, der Jüngste der Heybach, hat sie damals vor Theo bewahrt; das wird sie ihm nie vergessen. Dafür hat er bis an sein Lebensende jeden Kredit bei ihr.

Als Kind und selbst noch als junge Frau hat sie nicht verstanden, wie ihr Vater es mit der Heybach aushalten konnte. Sie musste ein ganzes Leben hinter sich bringen, um zu akzeptieren, dass der Sexus seinen ganz eignen Regeln folgt; Logik kennt er nicht. Dafür besitzt er mehr zerstörerische Kraft als jede Bombe. Adam ist das beste Beispiel dafür. Gabriele hat ihn vom ersten Tag an gedemütigt und was macht er? Er liefert sich seiner Frau bis zur Selbstzerstörung aus, und zum Clou sitzt er nun in seinem Zimmer und hat nichts anderes im Kopf, als sich nach ihr zu verzehren. Oder Theo. Gut, er war immer ein gewalttätiger Mensch; er ist wohl mit einem entsprechenden Defekt auf die Welt gekommen. Auch in Willy lauert etwas Rabiates, wie man schon mehr als einmal erleben musste. Aber wen hat Theo umgebracht? Irgendeinen Kurgast, den er ausrauben wollte? Einen Zeugen, der ihm hätte schaden können? Wollte er Rache üben? Nein, das alles nicht. Er hat den Vater seiner Braut umgebracht! Und worum ging es? Um Begierde und Geilheit und Egoismus. Der brave Mann wollte, dass sich seine Tochter einen Anderen suche und das konnte Theo nicht ertragen. Nach einem Streit um die Frage: Kann ich endlich mit ihr ins Bett oder immer noch nicht?, hat er den guten Mann erschlagen. Seitdem sitzt er, seit Jahrzehnten. Sieht man von den paar Tagen ab, an dem die Franzosen die Gefangenen eines *Stammlagers* bei Diez befreiten, kriegsgefangene Franzosen, Belgier, Briten und so weiter, und anschließend im Zuchthaus Freiendiez alle Zellen aufschlossen. Die Gefangenen strömten 'raus, Theo natürlich auch. Er kam Gott sei Dank nicht weit. Als sich die Verhältnisse nach ein paar Wochen wieder einpendelten, wurde er geschnappt und erneut eingesperrt; lebenslänglich ist schließlich lebenslänglich.

Die Bahnstation Freiendiez ist nichts als ein kleiner Bahnhof zwischen Schienen und einer Landstraße. Sie stammt aus der Zeit, als Freiendiez noch eine selbstständige Gemeinde war; heute ist sie ein Ortsteil von Diez. Frieda blickt auf die Bahnhofsuhr, will die exakte Zeit wissen. Es ist kurz vor halb neun, womöglich zu früh für einen Besuch im Gefängnis.

Der Bahnhof besitzt eine Restauration und hier macht Frieda erst einmal Rast. Bei dem Faktotum, das alles erledigt, was in der kleinen Wirtschaft anfällt, bestellt sie ein kräftiges Frühstück mit drei gebackenen Eiern (»Streuen Sie ein bisschen Paprikapulver aufs Gelbe«, bittet sie) und einem Brot mit Schwarzwälder Schinken.

»Lassen Sie sich Zeit! Ich hab's nicht eilig!«, ruft sie ihm nach, als sich der Mann in die Küche verzieht.

Zu dieser Uhrzeit ist Frieda der einzige Gast in der kleinen Wirtschaft. Sie greift nach der Lokalzeitung, die, in einen Halter eingeschraubt, an einer Hutablage hängt. Das Erste, was sie sieht, ist ein Bericht über die Amtseinführung des neuen Bürgermeisters. Vielleicht, denkt Frieda da, sollte ich lieber diesen Doktor Müller besuchen statt Theo. Der Besuch im Zuchthaus kann nur unangenehm werden.

Sie lässt fast eine Stunde vergehen, bis sie endlich aufbricht. Das Faktotum hat ihr erklärt, es sind nur ein paar Schritte bis zum Gefängnis, einfach die alte Landstraße in Richtung Limburg laufen, dann ist man schon da. Ganz so kurz ist der Weg dann nicht. Vor allem hat sich das Wetter verschlechtert. Es ist zwar kein richtiges Winterwetter, es ist nur kalt und zugig, aber es regnet jetzt und nicht zu knapp. Je näher man dem Zuchthaus kommt, desto einschüchternder wirkt der Bau.

Frieda muss suchen, ehe sie ein Portal mit einer Klingel findet. Drinnen behandelt man sie voller Misstrauen und Ablehnung, beinahe so, als wolle sie Theo gewaltsam befreien. Heute ist keine Sprechzeit; heute kann sie sich nur *anmelden*. Sie kann dieses Formular hier ausfüllen und dann wird man ihr Bescheid geben.

Die beiden Justizwachtmeister, die an der Pforte Dienst tun, hatten wohl noch nie mit einer Frau wie Frieda Tremus, Witwe, zu tun. Sie macht ihnen in bestimmten Ton und mit einschüchternden Blicken klar, dass sie nicht gehen wird, ehe sie nicht den hier einsitzenden Theo Heybach gesprochen hat; es geht um eine Angelegenheit von Leben und Tod.

Einer der Wachtmeister will antworten: »Darum geht es hier immer«, wird aber darauf hin von Frieda derart abgebürstet, dass er es für richtig befindet, die Entscheidung dem stellvertretenden Direktor zu überlassen. Dieser ist nicht anwesend, da bei einer Konferenz in Wiesbaden, so muss er den Herrn Direktor mit der Angelegenheit behelligen.

Der Herr Direktor bemüht sich persönlich zur Pforte, dabei ist er voller Brass über die Zumutung, sieht Frieda und bewilligt, auf der Stelle gnädig gestimmt, eine Viertelstunde. Aber das muss eine Ausnahme bleiben! Hier gelten klare Bestimmungen.

Die Bewilligung ist erteilt und somit ist alles besprochen, was zu besprechen wäre, trotzdem trennt sich der Direktor nicht von Frieda. Er bittet sie für einen Moment in einen kahlen Raum hinter der Pforte. Gerade als Frieda diesen Raum betritt, sieht sie, wie die gewaltigen Gittertüren zum Vorraum geschlossen werden. Auf der Stelle fühlt sie sich gefangen, fürchtet unsinnigerweise, nie wieder freigelassen zu werden, und muss sich zwingen, sich diese Empfindung nicht anmerken zu lassen.

In dem Raum, der für Besprechungen zwischen den Anwälten und ihren Mandanten reserviert ist, gibt es mehrere kleinere Tische und entsprechend mehrere Stühle, ansonsten nur eine Fotografie des Bundespräsidenten Heuss an der Längswand. Theodor Heuss ist sicher eine freundliche Natur, doch im Radio versteht man ihn nicht; er hat eine so tiefe, dumpfe Stimme.

Der Direktor blickt sie an. Er hat dabei den unsicheren Blick eines Gastes, der einen Extrawunsch äußern will, aber nicht weiß, ob er sich damit bloßstellt. Frieda hat schon die Frage *Was kann ich für Sie tun?* auf der Zunge, kann sie aber gerade noch unterdrücken.

Der Direktor erklärt ihr, man hat dem Gefangenen Heybach schon mehrmals geraten, ein Gnadengesuch einzureichen, er lehne aber permanent ab. Hat sie eine Erklärung dafür?

Frieda glaubt nicht, dass dies die Frage ist, die der Direktor eigentlich stellen will, beantwortet sie aber dennoch nach bestem Wissen und

Gewissen. Sie sagt: »Ich nehme an, er fürchtet sich vor dem Leben in Freiheit. Das kann man auch verstehen nach so langer Zeit, in dem ihm jeder Handgriff vorgeschrieben ist. Draußen kennt er niemanden mehr, wenn wir mal von seinem Bruder Willy und mir absehen wollen! Alle tot oder vom Winde verweht. Da ist nichts, das ihm noch vertraut wäre.«

Der Direktor stellt noch zwei, drei allgemeine Fragen, dann kommt er zum Wesentlichen: »Hat er mal Suizid angedeutet? In einer Nachricht oder bei einem Besuch?«

»Nein, soweit ich weiß nie …«

»Dann darf ich Sie nicht weiter aufhalten, gnädige Frau!«

Frieda verabschiedet sich mit ausgesuchten Worten von dem Anstaltsdirektor. Er spürt den Hauch einer anderen, weiteren Welt und ist froh, dass er sich auf die Begegnung eingelassen hat.

Man führt Frieda in einen großen, ebenfalls stark gesicherten Besuchsraum, der in voller Breite von einer Art hölzerner Theke getrennt ist. An Besuchstagen sitzen auf der einen Seite des Raumes die Gefangenen, auf der anderen Seite die Besucher, und die Barriere zwischen ihnen ist so breit, dass sie sich nicht berühren oder sich etwas unbemerkt zustecken können.

Frieda muss einige Minuten warten, dann führt man Theo zum Platz ihr gegenüber. Theo ist dermaßen dick und schwer geworden, dass sie ihn kaum wiedererkennt. Er trägt die gestreiften Anstaltsklamotten, aber an der unförmigen Gestalt wirken sie wie ein Theaterkostüm; würde er jetzt den Mund aufreißen und anfangen zu singen, könnte man sich in *Fidelio* fühlen. Frieda ist versucht aufzustehen. Irgendwie will sie ihre Überraschung ausdrücken, weiß aber nicht wie.

Er sagt hämisch: »Du bist ja immer noch das Schnuckelchen von damals … Es juckt auch immer noch, was?!«

Es ist unglaublich. Theo spricht jetzt dermaßen hoch, dass Frieda glaubt, sie habe einen Kastraten vor sich.

Sie schüttelt nur den Kopf und sagt dann knapp und bestimmt: »Theo, du weißt, warum ich hier bin!«

Er verzieht darauf das Gesicht; es soll wohl ein Lächeln werden, drückt aber nur Schadenfreude aus. Mit halb zugekniffenen Augen bekennt er: »Ja, ich war's, Frieda!«

»Wo hast du ihn verscharrt?«

»Mehr erfährst du nicht!«

»Und *warum* hast du es gemacht?«

»Es hat mir gut getan, von Anfang bis Ende, richtig gut getan! Mehr erfährst du nicht!«

»Hast du ihn begraben?«

Er lächelt sie wieder fett an: »Manchmal male ich mir aus, wie's gewesen wäre, wenn ich dich eingeritten hätte ... Kannst dich bei der Alten bedanken, die war dagegen ... Du hättest es genossen, ich weiß es! Es ist ja heute noch die höchste Seligkeit für dich, was drin zu haben.«

Frieda hat sich vollkommen unter Kontrolle. Was kann ein Schwein wie Theo ihr anhaben? Sie sagt von oben herab: »Ich bin eben gefragt worden, ob bei dir Suizidgefahr besteht. Ich kann nur sagen, danach sieht es leider nicht aus ... Phantasiere weiter!«

Frieda steht auf und geht, ohne sich noch einmal nach ihm umzusehen.

Auf dem Weg zurück zum Bahnhof überlegt sie, ob es sinnvoll war, hierher zu kommen.

Natürlich war es sinnvoll. Sie hat die Bestätigung erhalten, dass Theo ihren Vater ermordet hat. Zwar hat sie keine Details erfahren, aber welche Details braucht sie? Plastischer als Klärchen es getan hat, kann auch Theo das schreckliche Ende ihres Vaters nicht beschreiben. Sie nimmt an, der Grund, warum Theo gemordet hat, ist ein ganz einfacher. Er konnte es und er wollte es, und deswegen hat er es gemacht.

Sie ist überrascht, wie kalt sie die ganze Angelegenheit lässt. Sie fühlt sich weder aufgewühlt noch geprellt. Sie hat die Bestätigung erhalten, dass es so war, wie sie es viele Jahre lang vermutete, aber daraus zieht sie keine Befriedigung. Der beste Abschluss für die ganze unselige Geschichte wäre tatsächlich, dass sich Theo aufhängen würde. Aber diesen Gefallen wird er niemanden tun.

Das muss man sich mal vorstellen, sagt sie sich. Millionen Soldaten haben Schlimmstes mitgemacht, Millionen sind gefallen, und ein seelischer Krüppel, eine Missgeburt wie Theo wird über Jahrzehnte gehegt und gepäppelt. Der Mensch in der Bahnhofswirtschaft hat ihr beschrieben, wie die deutschen Gefangenen nach dem Krieg in das *Stammlager XII A* getrieben wurden, in dem vorher die Kriegsgefangenen aus den Feindstaaten gelitten hatten.

Alles ist Theo erspart geblieben! Er musste kein Trommelfeuer über sich ergehen lassen, ihm wurden keine Glieder abgerissen, er ist nicht auf dem Bauch durch den russischen Schlamm gerutscht wie die Soldaten bei Stalingrad; ihm ist alles erspart geblieben. Und warum? Weil er rechtzeitig gemordet hat!

Und was sein Aussehen betrifft, so hat Frieda eine Erklärung dafür. Sie hat neulich in *Reader's Digest* einen Artikel gelesen, der das Dickwerden plausibel erklärte. Darin stand, das Dickwerden hat weniger körperliche als seelische Ursachen. Die Dicken, die immer dicker werden, bringen einerseits eine erbliche Veranlagung mit. Aber dann kommen die Umstände dazu, die sie erdrücken: Armut, Einsamkeit, Überforderung, Existenzangst. Der amerikanische Forscher, der den Artikel verfasst hat, hat ausgeführt: *Wenn ich meine dicken Patienten frage: Welche Last tragen Sie?, dann wissen die meisten genau, was ich meine.*

So gesehen, leidet Theo wahrscheinlich doch an seinen Verbrechen.

Gut so! Soll er leiden!

2.

Einige Tage später kommt Lilly gegen Mittag mit einem Tablett von oben. Darauf befinden sich benutztes Frühstücksgeschirr, eine kleine Vase mit einigen vertrockneten Adonis-Röschen und vier abgegriffene Kreuzworträtsel-Hefte, alle ausgefüllt.

Mit diesem Tablett geht Lilly vorsichtig an der abwartend dastehenden Frieda vorbei und bemerkt: »Herr Tremus hätte gern ein paar neue Rätselhefte!«

Frieda wird sarkastisch: »Ist es dringend? Müssen wir springen?«

»Nein, er hat gesagt, wenn mal wieder jemand in der Saalgasse Zeitungen holt, soll er ihm ein paar neue Hefte mitbringen«, erwidert Lilly gleichmütig.

»Na, hoffentlich hat er noch Vorrat.«

»Noch drei Hefte ...«

»Es ist immer schön, wenn jemand Weitsicht zeigt«, bemerkt Frieda dazu.

Sie nimmt eins der Hefte vom Tablett und blättert es durch. Fast alle Felder sind ausgefüllt, fast alle Rätsel gelöst. Adam hat herausgefunden, das italienische Wort für *tschüs* ist *ciao*. Name des deutschen Bildhauers der Spätgotik (1447–1533): *Stoss*. Die niederdeutsche Bezeichnung für *Pfannkuchen* ist *Plinse, eine Sense* ist ein Mähgerät, einer der Zuflüsse der Maas heißt Rur (ohne h), Iwan ist ein russischer Männername und die *Menge des Verbrauchs zur Arbeitsverrichtung* wird als *Energiebedarf* bezeichnet. Nur der Name *des mesopotamischen Wettergottes* war Adam nicht geläufig. Frieda schüttelt den Kopf und fragt dann Herrn Döringer: »Wann essen wir?«

»Wie immer!«, erklärt der gleichmütig.

Das wäre in einer halben Stunde.

»Ich bin oben«, verkündet Frieda. Man weiß nicht genau, an wen die Mitteilung gerichtet ist; wahrscheinlich an Frau Roos, die in Zimmer 1 die neuesten Belegungszahlen für das Fremdenverkehrsamt zusammenstellt.

Frieda klopft an die Tür von Zimmer 34. Es dauert eine Weile, bis Adam ruft: »Was ist?«

»Ich bin's«, sagt Frieda und will eintreten. Die Tür ist abgeschlossen.

»Moment«, bittet er.

Geraschel, endlich öffnet er die Tür. Er ist im Morgenmantel und ungewaschen, aber er scheint nicht mehr im Bett gelegen zu haben. Das Bett ist jedenfalls gerichtet.

»Können wir uns mal unterhalten?«, fragt sie, während sie ins Zimmer geht.

»Schon wieder?«

»Ja, schon wieder ... Wie soll das weitergehen? Willst du bis an dein Lebensende hier sitzen und die Wände anstarren ...? Oder Kreuzworträtsel lösen?«

»Es gibt Schlimmeres!«

»Aber nicht für einen erwachsenen Mann!«

»Mutter, was genau stört dich?«

»Bist du verrückt geworden? Was mich stört? Dass du am hellen Vormittag hier im Bademantel rumsitzt, das stört mich!«

»Was meinst du, was ich tun könnte? Was sollte ich tun? Deiner Meinung nach?«

»Dir die Zeitung schnappen, die Annoncen studieren und dich bewerben – das wäre eine der Möglichkeiten, die dir offenstehen ... Eine andere wäre, du machst einen Laden auf, und wenn's nur ein Kiosk ist ... Willy hat uns immer einen Kiosk versprochen, wie ihn die Welt noch nicht gesehen hat. Vielleicht schenkst *du* ihn uns!«

»Einen Kiosk, über den die Welt staunt?«, vergewissert er sich.

»Mein Gott, Adam, dich haben sie vom Haken gelassen; du kannst dich nicht mehr hinter irgendwelchen Ausreden verstecken. Wenn ich sehe, wer alles was macht, wie sie alle hochkommen … Du kannst doch zugucken, wie das Geld überall wächst und du sitzt hier und zerbrichst dir den Kopf darüber, wie der mesopotamische Wettergott heißt …«

»*Adad*, auch *Haddad*, semitisch *Hadda* …«

»Und woher weißt du das plötzlich?«

»Aus dem Rätsellexikon …«

»Na, siehste, da haben wir beide was gelernt … Adam, du bist ein so begabter Mensch … Vielleicht ist es dein Unglück, dass du *zu* begabt bist … Du kennst dich mit dem Bauen aus, du hast das Kraftfahrzeug-Handwerk von der Pike auf gelernt … Daraus kann man doch was machen! An jeder Ecke muss gebaut und repariert werden!«

»Du hast vergessen zu erwähnen, dass ich mal mit dem Kurorchester gespielt habe – im weißen Anzug!«

»Ich habe das Gefühl, ich spreche mit Willy … Wie wär's, wenn du im Haus helfen würdest, wenigstens bis du …«

»Bis wann?«, fragt er überraschend scharf.

Frieda kann er damit nicht einschüchtern. Sie sagt bestimmt: »Bis du wieder Boden unter den Füßen hast. Alles besser, als hier Kreuzworträtsel zu lösen.«

»Und wie stellst du dir die *Hilfe im Haus* vor? Soll ich Willys Nachfolger als Nachtportier werden?«

»Daran hatte ich noch nicht gedacht, aber das ist auch kein schlechter Gedanke! Es ist wirklich keine Freude, wenn ich den ganzen Tag auf den Beinen war und werde mitten in der Nacht rausgeklingelt …«

»Wenn es das nicht war … woran hattest du gedacht bei deinem Angebot, hier tätig zu werden? Du hast dir doch was ausgedacht?«

»Ja, ich denke mir immer was aus … Ich bin ja dein böser Geist! Mal treibe ich dich in deine Ehe, dann will ich, das du Hitler einen schönen Bunker baust, anschließend jage ich dich ins Internierungslager und zu meinem Vergnügen lasse ich nebenbei deine Teilhaberschaft platzen … Das Einzige, was du mir wirklich nicht vorwerfen kannst ist, dass ich Gabriele ins Bett von Herrn Gaffron gelegt hätte …«

»Du hast doch was im Hinterkopf! Was wolltest du mir vorschlagen? Warum bist du hier?«

So genau weiß es Frieda auch nicht. Sollte sie es gewusst haben, so hat sie es mittlerweile vergessen. Deswegen sagt sie aufs Geradewohl: »Du könntest Frau Roos ersetzen … Die ist ganz schön teuer … Die denkt, sie ist immer noch bei Dyckerhoff.«

»Aha. Und welche Aufgaben umfasst es, Frau Roos zu ersetzen? Soll ich die Betten machen?«

»Nein, bestimmt nicht. Das macht sie auch nicht ... Sie achtet darauf, dass alles läuft ... So eine Art Geschäftsführer ...«

»Bei den paar Betten ein Geschäftsführer?«

»Ich komme ohne Frau Roos jedenfalls nicht aus; oder jemand, der sie ersetzt ... Organisieren kannst du ja, das hat nie jemand in Frage gestellt.«

Er gibt jetzt seinen mehr höhnischen als ironischen Ton auf, als er anklagend sagt: »*Du* hattest mir angeboten, hier einzuziehen! Und zwar ohne Bedingungen! Schon vergessen?«

»Adam, was wehrt ihr euch alle mit Händen und Füßen gegen mich? Habe ich denn so Unrecht? Ich will gar nicht abstreiten, dass du manchen Schicksalsschlag erlitten hast ... Niemand hat es gerne, wenn ihm die Frau wegläuft ...«

»Mutter, mit Gabriele habe ich schon vor Jahren innerlich abgeschlossen. Sie bereitet mir keine schlaflose Nächte.«

»Sondern was?«

Er antwortet darauf nicht.

»Adam, lass uns doch mal ganz vernünftig reden, so, als wären wir wildfremde Leute! Du bist wieder ein freier Mann! Sie haben dich laufen lassen! Die Prozesse sind eingestellt! Dir stehen wieder alle Möglichkeiten offen! Alle! Und erzähl mir ja nicht, du musst die Geldbuße abstottern. Was ist denn das schon?! Jeder muss irgendwas abzahlen. Na gut, das mit der Teilhaberschaft hat nicht geklappt; hat dich getroffen, das verstehe ich ... Aber, mein Gott, so ist es im Geschäftsleben! Ein Handel kommt zustande, ein anderer nicht ...«

»Ganz so simpel ist es nicht, Mutter! Es war kriminell, was der kleine Huth, der Gottfried, geboten hat! Gelegentlich werde ich dir mal erzählen, mit welchen Tricks er die Verhandlung torpediert hat! Am Rande der Legalität!«

»Das hast du doch von Anfang an gewusst, dass er nicht dein Freund ist ... Wenn ich es weiß ...«

»Aber doch nicht derart mies, derartig hinterfotzig.«

»Adam, das sind alles keine Gründe, hier rumzusitzen und auf ein Wunder zu warten. Willst du wirklich *Weltmeister im Kreuzworträtsellösen* werden?«

»Mutter, ich durchdenke meine Möglichkeiten. Und diesmal lasse ich mir Zeit! Wenn ich zu einem Entschluss gekommen bin, lasse ich es dich wissen.«

»Sehr schön! Und jetzt zieh' dich an! Wenn du dich beeilst, kannst du mit uns essen.«

»Ich habe keinen Hunger … Danke!«

»Ja, das Haus ist bekannt für sein reichhaltiges Frühstück«, erwidert Frieda und zieht die Tür so hinter sich zu, dass es knallt.

Als sie die Treppe hinuntersteigt, geht ihr durch den Kopf: Ich hätte sagen sollen, Motorroller und Kleinautos haben jetzt Konjunktur! Willst du nicht so was verkaufen? Es kann doch kein Kunststück sein, eine Werkstatt aufzumachen, wenn man gelernter Mechaniker ist.

Dann beschließt sie: Ich lasse ihn in Ruhe. Vielleicht habe ich ihm wirklich schon zu oft den Weg gebahnt.

3.

Ein älteres Ehepaar kommt auf der eindrucksvollen Marmortreppe herunter, und Frieda beeilt sich, ungesehen in den engen Aufzug zu gelangen. Sie zieht die Gittertür zu und drückt auf den Knopf für den dritten Stock. Der Lift setzt sich ruckelnd in Bewegung. Er hatte seine besten Jahre schon vor Jahrzehnten hinter sich, aber besser ein holpernder Fahrstuhl als keiner, sagt sich Frieda und fühlt leichten Neid. Durch die Gitter kann man das ehemals so noble Treppenhaus sehen; es müsste mal gestrichen werden. Aber das war schon angebracht, als sie damals mit klopfenden Herzen hier aufwärts schwebte, immer unsicher, was sich Herr Maison diesmal einfallen lassen würde.

Im dritten Stock steigt sie aus. Der Eingang der *Pension Seitensprung*, wie Jules Maison die Absteige gern genannt hat, befindet sich immer noch hier. Es gibt Zimmer im zweiten und im dritten Stock; die beiden Etagen sind durch eine kleine Wendeltreppe am Ende eines langen Ganges verbunden.

Die breite, schön verzierte Holztür ist noch immer so, wie sie war. Selbst deren Milchglasscheiben haben den Krieg überlebt. Die exotischen Muster der Scheiben, irgendwie eingeätzt oder eingefräst, haben ihr damals schon imponiert. Frieda will klingeln, aber sie zögert, als sie plötzlich den kleinen Riss in der unteren Ecke der linken Scheibe bemerkt. Der ist ja immer noch da! Soll sie wirklich auf die Klingel drücken, bei so vielen Erinnerungen?

Endlich holt sie Luft und läutet. Eine Frau mittleren Alters öffnet. Frieda hat sie noch nie gesehen, aber sie weiß sofort, sie kann nur die Tochter der Frau Seitebert sein, die damals die Pension betrieb; die Familienähnlichkeit ist frappant, dieselbe üppige Figur. Es ist beinahe so, als wäre die Pensionswirtin von damals keinen Tag älter geworden.

»Guten Tag«, sagt Frieda, »wir hatten reserviert …«

»Ja«, erwidert die Pensionsbetreiberin, »der Herr ist schon da.«

»Gut.«

Die Frau führt Frieda den düsteren Gang entlang; auf einem Tischchen stehen jetzt künstliche Blumen, sonst hat sich nichts verändert. Die Pensionsquetsche bleibt zwei, drei Meter vor einer Tür stehen: »Zimmer 5«, sagt sie und Frieda nickt.

Sie wartet, bis die Dicke sich verzogen hat. Soll sie wirklich in das Zimmer gehen? Das ist zu albern; ausgerechnet Nummer 5. Da hätte sie auch zu Hause bleiben können. Endlich klopft sie und betritt den Raum. Es handelt sich um ein sehr großes Zimmer, mit zwei Fenstern zum Sedanplatz, offenbar eins der früheren Paradezimmer. Die alten Betten stehen noch an ihrem Platz, nur die Gardinen sind neu und die offene Dusche in einer Ecke auch. Frans sitzt auf einem Stuhl am Fenster, vollständig bekleidet, sieht man davon ab, dass er die Jacke seines guten Anzugs mit einem Bügel am Schrank aufgehängt hat. Ansonsten trägt er ein weißes Hemd und den bordeauxroten Schlips, den sie ihm zum letzten Treffen in dem schrecklichen Stundenhotel in der Bleichstraße mitgebracht hat.

Frans steht auf und setzt ein künstliches Lächeln auf, wie ein Verkäufer, der eine gute Kundin wittert. Er kommt auf sie zu und will sie umarmen, aber Frieda wehrt ab: »Ich weiß nicht, Frans … langsam.«

Er bleibt abwartend stehen, sagt aber nichts.

»Frans, ich weiß, ich hab' uns das eingebrockt … Entschuldige, aber wir gehen wieder. Ich habe einen Fehler gemacht …«

»In welcher Hinsicht?«

»Wir hätten uns nicht hier treffen sollen. Es ist mir nichts anders eingefallen … Ich wollte auf keinen Fall ein zweites Mal in der Bleichstraße, du weißt schon … Was anderes als das hier ist mir nicht eingefallen; so oft bin ich nicht auf Abwegen.«

Frans sieht sich etwas um: »Es ist doch alles sauber und ordentlich …«

»Das behaupte ich ja nicht.«

»Sondern?«

»Ich bin nicht zum ersten Mal hier. Aber ehe du alles missverstehst, es war keine Liebesgeschichte, es ging nicht ums Bett. Ich habe mich hier nicht ein einziges Mal ausgezogen … «

Er blickt sie verständnislos an. »Was hast du dann hier gemacht?«

»Hast du schon mal von Herrn Maison gehört? Hat Anna den Namen mal in den Mund genommen? Oder Willy …?«

»Sprichst du von eurer Wäscherei?«

»Ich merke schon, der Mund war ihnen versiegelt … An denen hätte sich Oberst Redl die Zähne ausgebissen.«

Es klopft an der Tür.

Frieda ruft: »Ja?«

Frans erklärt: »Das ist der Wein …«

Die Tür öffnet sich, ein junges Ding sagt: »Ihre Bestellung … Kann ich 'reinkommen?«

»Kommen Sie!«

Das junge Mädchen bringt in einem mit zerstoßenem Eis gefüllten Glaskübel eine Flasche Rheinwein und zwei Römer, stellt die Sachen ab und erkundigt sich: »Haben Sie sonst noch einen Wunsch?«

»Im Augenblick nicht …«

»Ich soll sagen, wir haben sehr feine Gänseleberpastete …«

Frieda wehrt ab, das Mädchen geht.

Frans entschuldigt seinen Eifer: »Ich dachte …«

»Ist ja richtig; ein bisschen Stimmung muss sein … Und keine Angst, wir trinken ihn auch. Wenn wir nun schon mal hier sind … Alles andere wäre ja lächerlich.«

Der Korken ist nur aufgesetzt, Frans nimmt die Flasche und schenkt ein. Es handelt sich um *Johannisberger*; Frans hat sich nicht lumpen lassen. Er vermutet zu Recht, am Ende wird Frieda die Zeche zahlen, so oder so.

Sie stoßen an, trinken und dann wissen sie nicht mehr weiter.

Soll Frieda nun die lange, verwickelte Geschichte erzählen, die zwischen ihr und Herrn Maison – *Jules … Jules … Jules* Maison – bestand? Wohl eher nicht. Was hat Frans davon? Sie sagt nur: »Ich habe Herrn Maison sehr viel zu verdanken … Er hat mir Rat erteilt und er hat mich ohne jeden Grund beschenkt und mir geschäftlich geholfen. Wenn wir uns getroffen haben, haben wir uns oft hier getroffen … Ich weiß nicht warum … Mir war das immer unangenehm, aber er wollte es so … Jeder hat seine Marotten. Bei dir sind's die *Pommes Frites*!«

»Und bei dir?«

»Ich habe keine Fehler! … Jedenfalls, was wir zu bereden hatten, hätten wir auch im *Café Blum* besprechen können oder im *Café Orient* … Da fing unsere Geschichte übrigens an, im *Café Orient* …«

Sie schweigt und Frans ist sich unsicher, was sie nun von ihm erwartet. Soll er einfach dasitzen und sie ihren Erinnerungen überlassen? Oder vielleicht doch etwas zupackender werden? Was erwartet eine Frau in solcher Situation? Wenn sie wenigstens auf dem Bett säßen oder auf einer Couch, aber die Stühle sind so weit voneinander entfernt, dass er sie nur berühren könnte, wenn er aufstehen würde und zu ihr ginge. Das wäre in jedem Fall eine Entscheidung, aber womöglich die falsche.

Schließlich spielt er doch den Liebhaber, erhebt sich erneut, geht zu ihr und küsst ihr den Nacken. Frieda empfindet dabei ein angenehmes Gefühl, statt ihn aber gewähren zu lassen, sagt sie: »Das machst du auch nicht zum ersten Mal …«

Das bisschen Feuer, das Frans angefacht hat, erlischt auf der Stelle. Er nimmt die Weinflasche und schenkt sich etwas nach. »Du auch?«, fragt er dabei.

»Langsam … Warst du *Unter den Eichen*?«, erkundigt sie sich.

»Vorhin …«

»Und ich dachte schon, du hättest meinetwegen deinen besten Anzug angezogen.«

»Das auch … Frieda, willst du wissen, wie es gelaufen ist? Oder nicht?«

»Selbstverständlich will ich es wissen. Ich dachte, *ich* hätte gerade danach gefragt.«

Er berichtet etwas umständlich, wie er bei der Filmproduktion *AFIFA*, Unter den Eichen war, wie er sich durchfragen musste und endlich den zuständigen Menschen sprechen konnte, den *Aufnahmeleiter*.

»Und? Was hat er gesagt?«

»Er wollte wissen, woher ich das hätte …«

»Was hätte?«

»Woher ich wüsste, dass sie einen holländischen Seemann suchen.«

»Und? Was hast du gesagt?«

»Ich habe gesagt, von meiner Frau … Die würde das Gras wachsen hören.«

»Da ist gut. Hauptsache, du hast nicht *Hotel Petersburger Hof* erwähnt!«

»Mit keiner Silbe!«

»Es ist ja an und für sich kein großes Geheimnis ... Ich hab's dir ja gesagt, der Kameramann des Films und sein Assistent, dieser pickelige Gerd, übernachten bei uns und eines Morgens haben sie am Tresen gestanden und sich darüber unterhalten, dass sie einen Seemann suchen, der holländischen Akzent spricht ... Aber es ist besser, wenn mein Name gar nicht erst auftaucht. Ein Hotel lebt von seiner Diskretion. Du siehst ja, Anna und Willy sind verschwiegen wie ein Grab! ... Ja, und? Jetzt hast du also mit dem Mann gesprochen ... Stellen Sie dich ein?«

»Womöglich, Frieda ... Womöglich!« Er benutzt dazu das holländische Wort *wellicht*.

»Du siehst zwar nicht aus wie ein Seemann ...«

»Das haben die auch gesagt, aber vielleicht kann ich einer von *de rederij* werden ...«

»Was kannst du werden?«

»Einer von den Schiffen ... von den Schiffsbesitzern ... ein Reeder, so ist das deutsche Wort. Manchmal fällt einem das einfachste Wort nicht ein.«

»Da hättest du ja schnell Karriere gemacht; willst Matrose werden und wirst Reeder.«

»Noch habe ich die Rolle nicht ...«

»Aber?«

Frans lächelt selbstzufrieden. »Es sieht gut aus. Ich muss morgen wiederkommen. Der Regisseur entscheidet es. Es wären drei Drehtage und für jeden Tag gibt es 130 Mark.«

»Na, du wirst ja Millionär. Dann stoßen wir mal darauf an ... Dann hätte sich das hier ja schon gelohnt ...«

Sie deutet auf das Mobiliar, vornehmlich auf das Doppelbett; sie stoßen an und küssen sich, aber weitere Freiheiten nimmt sich Frans nicht heraus. Er hat seine Lektion gelernt. Wenn sie was will, wird sie sich rühren.

Unvermittelt fragt Frieda: »Frans, wie war das eigentlich in Holland? Hattet ihr auch Entnazifizierung?«

Er sucht nach einem Zusammenhang, findet keinen und antwortet geradezu finster: »Aber sicher hatte wir *Entnazifizierung*. Bei uns hieß das anders, aber in der Sache war es dasselbe Verbrechen. Bei uns wurde eingeteilt in die Guten und die Bösen. Die Guten waren die Schneeweißen, die Widerstandskämpfer, die, die Juden versteckt hatten. Die Bösen waren die Kollaborateure, die Deutschenfreunde, die Halunken, die Verbrecher. Schwarz und weiß, gut und böse. Und ich war doppelt böse … habe mich mit deutschen Nazis zusammengetan *und* mit den holländischen … Habe direkt unter *Mussert* gearbeitet; habe dreimal am Tag mit ihm gesprochen … Man denke: *Mussert* persönlich, der *Hitler der Niederlande*! So einem wie mir musste man den Kopf abreißen! Siehst du?« Er streckt sein Bein aus und fährt, sich immer weiter in Wut steigernd fort: »Siehst du meinen Teufelsfuß? Ist doch unübersehbar! Was meinst du, warum man mir mein Geld weggenommen hat? Bis heute! Nach dem Krieg, in den ersten Wochen und Monaten nach dem Krieg, durften sich die Guten austoben. Es war wie in Frankreich; Frauen, die sich mit Soldaten eingelassen hatten, wurden kahlgeschoren und durch die Straßen gejagt, mit Dreck beworfen und angeschrien, *Moffenmeiden, Moffenmeiden!* Mitglieder der *NSB* wurden öffentlich zur Schau gestellt. Wie im Mittelalter. Sie wurden zusammengetrieben und mit ihren Kindern in Lager gesteckt und was da los war … Ich kann nur kotzen, wenn ich daran denke. *Amersfoort*, *Vught* und *Westerbork*, so hießen die Lager; im Krieg waren das die *Konzentrationslager* der Deutschen gewesen. Womöglich waren dort 150 000 Menschen eingesperrt.«

»Übertreibst du nicht?«

»Nein! Die Weißen, die Guten, waren so wütend, weil sie *schuldig* waren wie alle anderen! *Die Dame*« (damit meint Frans die niederländische Königin *Wilhelmina*; das hat Frieda schon früher gelernt) »und die Regierung sind ins englische Exil geflohen, weg, weg, weg, und wir konnten sehen, wie wir mit den siegreichen Deutschen zurechtkamen. Innerhalb von ein paar Stunden hattet ihr Deutschen gesiegt und die *Festung Holland* hielt noch, da war Adolf Hitler, der *größte Führer aller Zeiten*, bereits tot. Und dann stellt sich *die Dame* hin und verkündet, dass es für Kollaborateure und Landesverräter, für alle mit dem *bösen Blick*, in den befreiten Niederlanden keinen Platz mehr gibt … Warum willst du das wissen?«

»Ach, wegen Adam … Ich hatte mit Adam einen Disput … Also, du solltest auf den Scheiterhaufen und dann?«

»Habe ich es nie erzählt? Es kamen die großen *Befreiungsfeiern*, alle Weißen lagen sich in den Armen und sie wurden jeden Tag mehr, die Guten, die Weißen. Frag nicht, wie wir über die Grenze kamen, Claire und ich. Wir haben uns in der Nähe von Wesel versteckt, wollten nicht erschossen werden. Es sind nicht wenige erschossen worden, Frieda!«

»Und warum ausgerechnet Wesel ...?«

»Claire hat dort Verwandte; Rheinschiffer. Du siehst, ich bin der geborene Reeder ...«

»Wahrscheinlich war es nicht so lustig, wie du es jetzt hinstellst ...?«

»Es war wahrhaftig nicht lustig. Während der ersten Monate haben wir täglich gefürchtet, wir würden ausgeliefert. In Wesel erfährst du alles, was sich in den Niederlanden abspielt – wenn du dich dafür interessierst. Damals hat sich kein Schwein für die Niederlande interessiert. Wesel war vollständig zerstört; weit mehr als diese Stadt hier. Die Leute hatten mit sich zu tun; die meisten wollten nur *aufbauen.*«

»Gut, das war Wesel; ich nehme an, da war es nicht anders als hier. Aber wie war's in Holland?«

»Wie es war? Im Sommer 1945, dann im Herbst 45 sollte die *politisch-soziale Erneuerung* kommen, kam aber nicht, auch nicht im Winter '45 und auch nicht im folgenden Frühjahr. Die groß angekündigte Säuberung des öffentlichen Lebens von allen Kollaborateuren und sonstigen Teufeln fand nie statt; wer sich bei irgendeinem der neuen Größen unbeliebt gemacht hatte, wurde entlassen, natürlich. Wer es geschickter anstellte, nicht. Von wegen *Hoffnung auf Erneuerung* ... 1947, 1948 ging es offiziell zu Ende mit der Verfolgung von uns politischen Delinquenten. Selbst uns, Claire und mir, hat man zu verstehen gegeben, wir könnten zurückkommen ... aber auf mein Geld müsste ich verzichten! Ich habe ihnen nicht getraut und traue ihnen immer noch nicht. Wenn ich mein Geld nicht zurückbekomme, kann ich auch hier bleiben. Wer weiß, am Ende hat *die Dame* recht und in den Niederlanden ist niemals wieder Platz für die Bösen ...«

»Du hast doch gerade gesagt, es wäre vorbei ...«

»Ist es ja auch, das war Ironie. Wenn du heute ein Buch drucken würdest: *Das dunkle Kapitel der Niederlande!*, du würdest einen Ladenhüter drucken. Es will niemand hören, wie es damals war. Und wie es *wirklich* war, schon gar nicht! Nicht mal die Guten wollen das hören! Vor allem die nicht!«

»Reg' dich nicht auf, Frans ... Es war nur eine Frage ... Hier ist es ja auch nicht anders. Anna regt sich jeden Tag einmal darüber auf ... Willst du was von der Gänseleberpastete, die sie uns angeboten hat?«

»Bleiben wir denn noch?«, fragt er erstaunt.

»Es kommt auf dich an ... Hast du noch Zeit?«

»Ja, sicher ...«

»Und was sagst du zu Hause?«

»Es hat länger gedauert *Unter den Eichen* … Ich musste auf den Regisseur warten.«

»Sehr gut … Also schön, dann bestell' ein bisschen von der Pastete … Und sie sollen nicht mit dem Toast sparen … Das ist auch so eine Verrücktheit, die sich nie ändert, Pastete gibt's reichlich, aber am Toast wird gespart. Neulich im *Mutter Engel* wieder …«

Frans geht zur Tür. »Ich bestelle auch noch mal Wein …«

»Ja, er ist wirklich sehr gut!«

Während sich Frieda auszieht, sieht sie sich im Spiegel der Schranktür und sagt sich: Eine Frau in meinem Alter und mit dieser Figur muss er sich erst mal suchen.

4.

Eines Nachts, es ist kurz nach Ostern und schon sehr spät – eigentlich schon sehr früh, hält ein Privatwagen vor dem Haus. Anna sitzt auf dem Beifahrersitz und bleibt dort auch erst mal sitzen. Sie spricht noch drei oder vier Minuten lang mit dem Fahrer, redet dabei geradezu beschwörend auf ihn ein und steigt endlich aus; der Wagen rollt davon.

Frieda sitzt in Zimmer 1 und beobachtet die Szene. Sie war schon im Bett, konnte nicht schlafen und hat sich deswegen wieder angezogen. Stundenlang hat sie sich mit Papierkram beschäftigt, hat Rechnungen und Reservierungen abgelegt und ähnlich Wichtiges erledigt – und auf Anna gewartet.

Anna schließt jetzt die Haustür auf, bemerkt Frieda und fragt erstaunt: »Hast du etwa auf mich gewartet, Mama?«

Frieda nimmt den Ton auf: »Kind! Pass ja auf! Die Männer wollen alle dasselbe!«

Anna kommt ins Zimmer und lässt sich in einen der kleinen Sessel am Fenster fallen. Dabei sagt sie: »Ich wollte, wir hätten wirklich solche Sorgen …«

»Und welche hast du?«

Anna zieht, obwohl sie noch ihren leichten Regenmantel trägt, ihre Schuhe aus und gesteht, während sie sich die Füße reibt: »Ich bin fix und fertig … den ganzen Tag Klausur … Männer hören sich wirklich gern reden, aber bei Klausursitzungen können sie endlich mal *ungestört* reden … Und wenn du denkst, jetzt ist aber wirklich alles zum Thema ausgebreitet worden, steht einer auf und sagt, er muss seinem Vorredner unbedingt Recht geben; genau so ist es! Und dafür braucht er dann wieder eine Viertelstunde.«

»Jeder Beruf hat seine Tücken.«

»Apropos Tücken. Am Sonntag muss ich in Fritzlar auftreten … Herrmann Sänger fällt aus und ich muss einspringen.«

»Wenn es so ist, auf nach Fritzlar! … Willst du noch was essen oder trinken?«

»Nur was trinken«, erwidert Anna, nimmt ihre Schuhe und geht in die Küche. Frieda macht das Licht in Zimmer 1 aus und geht nach hinten.

Wie so oft in vergangenen Jahrzehnten benehmen sich die Freundinnen wie ein altes Ehepaar. Frieda hat bereits ihr Nachthemd angezogen und die Zähne geputzt, ehe Anna endlich kommt.

Frieda steigt ins Bett und nun zieht sich Anna aus.

Plötzlich sagt Frieda: »Anna, ich muss mit dir reden …«

»Fang an!«

»Mach dich erst fertig …«

»So wichtig ist es?«

Anna tritt an Friedas Bett, dabei hat sie noch ihren rosafarbenen Unterrock und ihre Strümpfe an.

Frieda will sich zurückhalten, aber dann muss doch heraus, was sie beschäftigt: »Habe ich mich irgendwie verändert in letzter Zeit? Hast du was mitgekriegt?«

»Was meinst du? Was soll ich mitgekriegt haben?«

»Ich weiß gar nicht, ob ich das erzählen kann … Es ist so peinlich … Aber wenn bis jetzt keiner was gemerkt hat, dann machen wir es vielleicht richtig …«

»Was ist denn? Hat man dir ein unsittliches Angebot gemacht?«

»Schlimmer … Ich … Wie soll ich das ausdrücken? *Gold gab ich für Eisen,* würde Willy sagen.«

Anna setzt sich auf Friedas Bett: »Kannst du dich ein bisschen klarer ausdrücken?«

»Ich habe mir einen Verehrer zugelegt …«

»Aha«, kommentiert Anna die Neuigkeit und fügt dann an: »So was soll vorkommen!«

»Ist das jetzt gespielt oder ist das wirklich eine Überraschung für dich?«, vergewissert sich Frieda.

»Kein Mensch hat mir was gesagt … Wer weiß denn davon?«

»Außer dir bis jetzt niemand … hoffe ich.«

»Frieda, ich versichere dir, in meinem Beisein hat niemand ein Wort darüber verloren … oder irgendeine Anspielung gemacht … Nicht einmal Frau Roos!«

»Dann weiß es bis jetzt tatsächlich noch niemand; die sperrt die Ohren stets sperrangelweit auf … Aber ich mache mir nichts vor, so etwas kommt immer raus; wenn nicht am ersten Tag, dann an nächsten …«

»Wenn du meinst …«

»Niemand kann eine Liebschaft auf die Dauer geheim halten. Es reicht doch, wie zwei Leute nebeneinander stehen und übers Wetter reden. Dann genügt doch ein Blick und jeder weiß: Die haben was miteinander.«

»Übers Wetter reden Liebende selten.«

»Na, Liebende … Anna, du behältst das aber für dich!«

»Vielleicht kann ich erst mal etwas mehr darüber erfahren. Nur so aus Neugier!«

»Es ist eine ganz einfache Geschichte und peinlich bis dorthinaus… Ganz klassisch, die Frau im besten Alter und der Mann ist jünger und scharf aufs Geld und ich zahle dafür …«

»Weiter! … Befreie dich! Beichte, du verdorbene Seele! Kenne ich ihn?«

»Leider ja.«

»Doch nicht etwa Otto?«

»Welcher Otto?«

»Otto Borowski! Gibt's noch einen Otto?«

»Du bist verrückt! Otto! Ich weiß gar nicht, was der mir dafür zahlen müsste … Also weißt du … Traust du mir wirklich so was zu?«

»Also, wenn nicht er, dann wer?«

Frieda holt tief Luft, sagt zögernd. »Ich will wirklich keine große Sache draus machen!« Aber dann rückt sie doch kein Detail heraus.

Anna drängt: »Jetzt sag's schon! Bei mir ist dein Geheimnis gut aufgehoben, ich bin auf die hessische Verfassung vereidigt.«

»Bis jetzt ist es noch keine Staatsaffäre und ich kann nur hoffen, dass es nie eine wird …. Ich war mit Frans im Bett … ein paar Mal …«

»Bevor er Filmstar wurde oder danach?«

»Was hat denn das eine mit dem anderen zu tun?«

»Vielleicht hast du ihn plötzlich mit anderen Augen gesehen …«

»*Ich* habe ihn doch erst auf die Idee gebracht mit dem Film … Ich habe zufällig mitgekriegt, dass sie bei der *AFIFA* einen Holländer suchen … Wenn er Karriere macht, kann er sich bei mir bedanken.«

»Ich denke, das tut er schon.«

»Na gut, dann sehen wir das mal so … Weißt du, dass man ihm jetzt noch ein Angebot gemacht hat?«

»Holländer scheinen ja gefragt zu sein.«

»Anscheinend. Sie haben ihn sofort akzeptiert. Der Regisseur hat ihn gesehen und schon war er engagiert. Vielleicht war's auch sein Anzug, den sie wollten. Für die drei Drehtage hat er 500 DM gekriegt oder so was und jetzt hat er schon das nächste Angebot …«

»Dann ist er ja bald Millionär.«

»Das habe ich auch gesagt!«

»Und wann hat das angefangen mit euch … ?«

»Na ja, angefangen … Ende letzten Jahres, im Dezember, wenn wir's genau nehmen … Ich wollte den Beiden ein kleines Nikolauspräsent bringen, da in ihrem Wohnwagen … Die hausen wie die Zirkuskünstler. Das müsstest du mal erleben … Claire war nicht da und dann kam eins zum anderen … Na ja, wie so was eben passiert.«

»Ah, daher der neue Name …«

»Was meinst du?«

»Früher hieß die Frau *Klärchen* oder wenn ein hoher Feiertag war, *Klara* … Und auf einmal Claire … Irgendwann ist mir das mal aufgefallen, aber ich habe mir nichts dabei gedacht …«

»Er nennt sie immer *Claire*.«

»Eben.«

Anna lächelt, steht auf und geht zum Waschbecken. Sie hat sich ja immer noch nicht für die Nacht fertiggemacht.

Frieda ist überrascht, beinahe enttäuscht.»Das ist alles?«, fragt sie. »Du machst mir keine Vorwürfe, hältst mir keine Strafpredigt? Anna, ich habe mir das Geständnis schlimmer vorgestellt.«

»Was kann ich dir sagen, was du nicht selbst weißt? Seine Frau ist nicht blöd und außerdem Hellseherin. Also …«

»Du meinst, das endet in einem Skandal?«

»Wundern würde ich mich nicht. Sie himmelt ihren schönen Mann an und vor allem ist sie eifersüchtig auf dich … Das war sie von Anfang an.«

»Anna, ich schwöre dir, bis zu dem bewussten Vorfall war nichts, absolut nichts.«

»Du musst nicht mich überzeugen, das musst du *ihr* beibringen ...«

»Aber erst, wenn wir wirklich entdeckt werden sollten!«

»Und ganz einfach wieder Schluss machen, das geht nicht?«

»Ich versuch's ja ... Aber wenn man so lange gefastet hat wie ich, so viele Jahre ...«

»Ich verstehe, der Mann ist sein Geld wert.«

Von so viel Kaltschnäuzigkeit ist Frieda denn doch pikiert.

»Anna, eines Tages bist du auch mal wieder verliebt. Dann kriegst du auch dein Fett! Das verspreche ich dir.«

»Das war noch nie anders! ... Aber erst mal viel Glück. Du wirst es brauchen.«

Zwei Wochen später kommt heraus, warum Anna so viel Nachsicht für Friedas Verfehlung zeigt.

An Pfingsten soll im Biebricher Schlosspark das große Reitturnier stattfinden. Ein solches Reitturnier existierte über Jahrzehnte; es ist schon durch die halbe Stadt gewandert, wurde schon auf dem *Kleinfeldchen*, dem Sportgelände an der Dotzheimer Straße, ausgetragen, auf der Rennbahn in Erbenheim, auch schon *Unter den Eichen;* dort wo sich jetzt das Filmgelände befindet und Frans auf dem Weg zum Ruhm ist.

Wo das Turnier auch immer stattfand, Frieda war zugegen und im Allgemeinen so elegant gekleidet, als gehöre ihr eins der Pferde. Meistens trug sie dazu auch verwegene Hüte und nie vergaß sie an die Gräfin Aljewa zu denken, die die Erste war, die sie zu einem Pferderennen mitgenommen hatte. Nach '45 hatte man sich um anders zu kümmern, als Pferde zu dressieren oder sie über Hindernisse springen zu lassen. Zufällig war aber einer der amerikanischen Stadtkommandanten im Privatleben ein erfolgreicher Reiter und setzte sich die Wiedereinführung des Reit- und Springsports in den Kopf. Anscheinend wollte er sich damit *in seiner Stadt* ein Denkmal setzen, und das ist ihm ja auch gelungen. Im vergangenen Jahr fand jedenfalls das erste Turnier nach dem Zweiten Weltkrieg statt und zwar im herrlichen *Biebricher Schlosspark*, direkt am Rhein gelegen. Das Schloss der Herzöge von Nassau war im Krieg schwer ramponiert worden, wird aber gegenwärtig wieder hergerichtet. Vorbei die Zeiten, als sich in den Ruinen fahrendes Volk eingerichtet hatte und Huren dort ihrem Gewerbe nachgingen. Doch die frühere Herrlichkeit lässt noch auf sich warten. In dieser Hinsicht übertreffen die Einrichtungen, die den Parcours ausmachen, gegenwärtig das Schloss. Sie sind nicht nur neu, sie sind vorbildlich. In ganz Deutschland findet man zurzeit nichts Vergleichbares.

Im vergangenen Jahr hat Frieda Laura und Evchen zum Reitturnier eingeladen. Das kleine Mädchen war vom ersten Moment an fasziniert von den Pferden und den Reitern, naturgemäß von den Pferden mehr als von den Reitern. Auch für das diesjährige Springen um den *Großen Preis* hat Frieda Karten für sich und die Beiden besorgt.

Die Kleine drängelt und bettelt jedoch und endlich erklärt sich Frieda bereit, mit ihrer Enkelin bereits zum Training zu gehen. Am Donnerstag vor Pfingsten ist es soweit. Das Kind wird herausgeputzt, seine Großmutter macht sich ebenfalls nett zurecht und die Beiden fahren nach Biebrich. Laura kann leider nicht mit; sie kann sich nicht freinehmen. Im *Insel-Verlag* ist zu viel zu tun; gegenwärtig findet eine Konferenz mit den Verlagsvertretern statt.

Frieda und Evchen nehmen, um zum Schlosspark zu gelangen, die Linie A respektive den neuen *Oberleitungsbus*, über den so viel in der Zeitung gebracht wurde und mit dem Frieda noch nie zuvor unterwegs war. Der *O-Bus* ist, wie oft beschrieben, eine Kreuzung zwischen Straßenbahn und Omnibus und weiter keine bemerkenswerte Sache. Im Schlosspark haben die Beiden Glück. Die Ställe werden zwar bewacht und sind für Unbefugte nicht zugänglich. Doch an der Hand der Oma kommt die Kleine den Pferden in ihren Boxen und auf dem Übungsgelände recht nahe, entsprechend freut sie sich über alles, was sie sieht und erlebt.

Plötzlich wird das Kind verlegen und sagt vorsichtig: »Da ist Tante Anna …«

»Wieso Tante Anna? Wo?«

Eva deutet zu einer Baumgruppe und zu Friedas Verblüffung steht dort tatsächlich Anna, in einer leidenschaftlichen Umarmung mit einem Mann, und der ist erkennbar nicht Bernhard Enders.

Frieda weiß nicht, wie sie reagieren soll. Anna einfach übersehen? Oder zu ihr gehen und sie überraschen? Welche Möglichkeiten bleiben sonst noch? Sie überlässt die Entscheidung der Kleinen. »Sollen wir Tante Anna *Guten Tag* sagen?«

Die Kleine schüttelt den Kopf und wendet sich ab.

Also gut, dann nicht.

Abends, als man allein ist, spricht Frieda Anna auf den Vorfall an: »Dann hattest du heute also mal Urlaub von der Politik?«

»Wie meinst du das?«, fragt Anna, sofort auf der Hut.

»Wir waren in Biebrich und wir meinen, dich dort gesehen zu haben…«

»Wer ist *wir*? Du und Frans?«

»Eine aufmerksame Beobachterin und ich …«

»Deine Doris?«

»Anna, du bestehst aber auch nur aus Misstrauen … Nein, ich war mit unserem Evchen im Park und wer küsst da, als gäbe es kein Morgen? Eine Vertreterin des hessischen Volkes … Waren heute keine Sitzungen?«

»Nein, Pause, nach Pfingsten geht's weiter … Und damit das kein Frage-und-Antwort-Spiel wird, streue ich sofort Asche auf mein Haupt und gestehe: Ja, ich war's; ja, ich habe mir einen Mann angelacht und noch mal *ja*, ich bin glücklich.«

»Das sei dir gegönnt … Nach Bernhard Enders frage ich in diesem Zusammenhang sicher besser nicht …«

»Wir haben uns getrennt – mit Beschimpfungen und Tränen und allem, was dazu gehört. Er hat mir sogar Geschenke zurückgegeben … Kannst du Manschettenknöpfe brauchen? Vielleicht für Frans?«

»Danke … Ich hatte mir schon gedacht, dass das sein Ende gefunden hat … Und wo ist der Haken bei dem neuen Glück?«

»Geht's denn nicht einmal ohne Haken?«

»Bei uns beiden nicht …«

»Also gut, Frieda, machen wir reinen Tisch: Ich kenne ihn aus dem Landtag; er ist einer der Geschäftsführer der kommunistischen Fraktion.«

»Du lieber Gott!«, entfährt es Frieda, »das ist ja schlimmer als Vaterlandsverrat! Anna, die schmeißen dich aus der Partei … Du kannst dich doch nicht mit einem *Kommunisten* hinlegen! Und wenn dich die SPD nicht mit Schimpf und Schande davonjagt, dann machen es die Amis und erzähl mir ja nicht, die Amis könnten das nicht; die können! Die drehen durch, wenn sie das Wort *Kommunist* nur hören.«

»Das war nicht immer so!«

»Aber jetzt ist es so! Hast du schon mal was davon gehört, dass wir im *Kalten Krieg* leben? Und wenn du dich freundlicherweise daran erinnerst, August ist beim amerikanischen Geheimdienst; also, die können.

Willst du das wirklich alles riskieren? Wenn das Klärchen uns im Bett erwischt, nur mal angenommen, ist das eine Sache von ihr, mir und Frans. Du bist über die Landesliste der SPD in den Landtag gekommen und wie hast du um einen eigenen Wahlkreis gekämpft …«

»Frieda, dass wir uns lieben, das kommt dir nicht in den Sinn?«

»Ihr seid doch nicht *Romeo und Julia*! Aus diesem Alter seid ihr raus, beide; ich habe ihn ja gesehen … Ich garantiere dir, die Liebe ist sehr schnell zu Ende, wenn ihr auf der Straße sitzt, deine Eroberung und du. Und meinst du, die Kommunisten dulden, dass er sich mit einer *Feindin* einlässt, mit einer *Revisionistin*, einer *Verräterin* an der Arbeiterklasse?«

»Du bist ja gut geschult. Warum bewirbst du dich denn nicht um einen Wahlkreis?«

»Das mache ich an dem Tag, an dem sie dich rauswerfen! Ich trete dein Erbe an.« Frieda mäßigt sich und wiederholt: »Anna, es muss aufhören! Schneller, als es angefangen hat! Dafür hast du zu viele Opfer gebracht! Dafür hast du dich nicht dein ganzes Leben lang gequält.«

5.

Frieda zahlt bei der *Wiesbadener Bank* Geld ein; nicht wenig Geld, eine ganze Reisegruppe ist heute Morgen abgereist. Außerdem ist endlich der mehrfach avisierte Scheck der *Mailänder Oper* eingetroffen; der muss vorgelegt werden. Mitglieder des Mailänder Opernhauses wohnen schon seit einigen Tagen im Haus; eigentlich war Vorauskasse vereinbart worden; nun ja, Hauptsache, der Scheck ist endlich da.

Die Mailänder *Scala* zeigt im *Hessischen Staatstheater* im Rahmen der wieder auferstandenen Maifestspiele drei Aufführungen. Während der Kaiserzeit war das Haus *Königliches Hoftheater*, wurde von Berlin aus dirigiert und Kaiser Wilhelm der Zweite war Schutzherr und oberster Besucher gleichzeitig. An diese Zeit denkt Frieda wie an ein Kapitel aus dem Märchenbuch. Allein die wunderbar geschmückten Kutschen, die damals durch die Stadt rollten! Und die üppigen Roben der Besucherinnen …

Frieda hat sich nie viel aus Musiktheater gemacht, aber nun über Wochen Betten für verschiedene Opernbühnen zur Verfügung stellen zu können, lässt sie die Maifestspiele mit anderen Augen betrachten. Selbstverständlich übernachten bei ihr nicht die Stars der jeweiligen

Oper, eher Choristen oder Bühnentechniker; außerdem werden kräftige Nachlässe verlangt. Dennoch, die Masse macht's!

Frieda erledigt ihre Bankgeschäfte und ist gerade dabei, die Schalterhalle zu verlassen, da begegnet ihr Direktor Moos, der zuvorkommende Bankmensch, der ihr den Kredit für die Renovierung gewährt hat.

»Frau Tremus», sagt er munter, »wie geht's, wie steht's?«

»Ihre Bank kann mit mir zufrieden sein. Pünktlichste Tilgung!«

»Nichts anderes hatten wir erwartet ... Ist ja angenehm, dass wir uns begegnen; erspart mir Schreiberei ... Gnädige Frau, wir hatten gerade gestern über Sie gesprochen und es erscheint mir als ein sehr gutes Zeichen, dass wir uns nun über den Weg laufen. Haben Sie einen Moment Zeit für mich? Dürfte ich Sie auf eine Tasse Kaffee in mein Büro bitten?«

Frieda sieht auf ihre hübsche neue, mit kleinen Edelsteinen besetzte Armbanduhr, gewissermaßen ein Andenken an den DUGENA-Kongress. Er hatte ihr dieses freundliche Ehepaar Feihl aus Hof in Oberfranken ins Haus geweht, die Besitzer des ersten Geschäfts für Uhren und Schmuckwaren in Hof. Die Beiden haben ihr die Uhr aus purer Liebenswürdigkeit zum halben Preis gelassen; eine Messeneuheit, nebenbei bemerkt.

»Ja, sicher, für Sie hätte ich Zeit«, erwidert Frieda freundlich, wenn sie sich auch nicht vorstellen kann, was der Direktor von ihr will.

Sein Büro befindet sich im ersten Stock, Vorzimmer mit zwei Sekretärinnen, gepolsterte Türen und sehr seriöse Ledersofas; es gibt gleich zwei davon; sie stehen sich gegenüber, ein niedriger eichener Couchtisch zwischen ihnen.

»Die Geschäfte laufen?«, fragt der Direktor und fordert sie auf, doch bitte Platz zu nehmen. Er bestellt Kaffee und liest beinahe gleichzeitig eine Notiz, die auf seinem Schreibtisch liegt. Einen Augenblick lang wirkt er geistesabwesend, dann wendet er sich wieder seiner Besucherin zu. Er kann offenbar sein Lächeln an- und ausknipsen als hätte er dafür einen Lichtschalter.

»Ja«, erwidert Frieda, »Gott sei Dank, die Geschäfte laufen – wie die der ganzen Stadt ... Wenn ich nur an die Amerikaner denke! Dass wir das Hauptquartier der Luftwaffe hier haben, ist ein Segen Gottes; ich spreche natürlich von der US Air Force; *Luftwaffe* war mal. Verdienen alle gut und bei vier Mark für einen Dollar sind sie die Herren der Welt. Außerdem sehen sie in ihren schmucken Uniformen wirklich nicht schlecht aus, das muss der Neid ihnen lassen.«

Der Direktor nimmt auf dem Sofa Platz, das ihr gegenüber steht, und sieht sie jetzt an, als müsse er überlegen, was er eigentlich von ihr will. Scheinbar aufs Geradewohl fängt er an: »In der Tat, Frau Tremus, mit den Generalen und Obristen der *Air Force* ist die Stadt bestens bedient ... Es ist, wie Sie vollkommen zu Recht bemerkt haben, Aufschwung, wohin man sieht ... Neulich hat einer meiner Mitarbeiter in einer Besprechung behauptet, der *Hohe Kommissar* McCloy habe in einem Interview mit *Stars and Stripes* bemerkt, Wiesbaden sei die am meisten aufblühende Stadt in Westeuropa; die Geschäfte der Wilhelmstraße könnten sich mit denen der *Fünften Straße* in New York messen. Ich hielt das für übertrieben, eigentlich für nicht möglich, habe mir das Interview heraussuchen lassen und tatsächlich, McCloy hat es genau so formuliert, und er ist seines Zeichens immerhin der amerikanische Statthalter in Deutschland.«

»Ja, ich habe mich auch sehr darüber gefreut«, erwidert Frieda zur Verblüffung des Direktors. Sie erklärt ihm: »Miss Cort ... Carry Cort, die sympathische Sängerin von *AFN*, ist ein sehr lieber Gast von uns und sie hat mir die Bemerkung aus der Soldatenzeitung ausgeschnitten.«

»Sehen Sie, deswegen möchte ich Sie gerne ansprechen, Frau Tremus, Sie stehen mitten im Leben ... Sie wissen, die *Wiesbadener Bank* hat es sich zum Ziel gesetzt, *die* Bank des heimischen Mittelstandes zu sein, und um unseren Kunden noch näher zu kommen, unsere Präsenz noch weiter zu stärken, wenn ich das so formulieren darf, haben wir beschlossen, den Beirat um einige Sitze zu erweitern, die Stimme des Mittelstandes noch akzentuierter vernehmlich zu machen ... Sind Sie daran interessiert?«

»Woran? An einem Sitz im Beirat?«

»Das ist meine Frage, ja. Und bitte keine Angst wegen der zusätzlichen Arbeitsbelastung. Die hält sich sehr in Grenzen. Keiner der Beiratsmitglieder hat Zeit zu verschenken, das ist uns bewusst.«

»Ihr Angebot kommt sehr überraschend ... Darf ich darüber nachdenken?«, erwidert Frieda und sie hört, während sie das sagt, eine der welterfahrenen Damen aus der *Rose* oder dem *Römerbad* sprechen, den Kurgästen von ehedem, ihre Leitsterne bis zum heutigen Tag.

»Selbstverständlich, gnädige Frau«, beeilt sich Direktor Moos zu erwidern. »Lassen Sie sich Zeit. Aber sagen Sie zu. Wir würden uns glücklich schätzen, Sie in unserem Kreis begrüßen zu dürfen.«

Als sie ein paar Minuten später durch die Stadt geht, denkt Frieda: Was will er? Sucht er hintenherum Kontakt zu Anna oder zur SPD? Jongliert er?

Dann sagt sie sich, ich bin ja schon wie Anna; ich frage nicht, was ist, ich will nur herauskriegen, was *wirklich dahinter steckt*...

Wahrscheinlich ist es genau so, wie er es erklärte. Dass die Bank nicht nur die Meinung der tonabgebenden Menschen in der Stadt hören will, sondern auch die des Durchschnitts.

Kann er haben!

Ja, sie wird zusagen. Am liebsten hätte sie dies auf der Stelle gemacht. Das wäre natürlich absolut unklug gewesen, aber sie muss zugeben, von dem Angebot fühlt sie sich geehrt. Diesmal war nicht Georg gemeint, nicht Anna und nicht einmal August. Sie, Frieda, war gemeint. Selbstverständlich war es richtig, sich eine Bedenkzeit auszubitten, aber sie wird annehmen. Das steht schon jetzt fest. Man kann im Leben gar nicht genug Kontakte besitzen. Womöglich kann sie am Ende Adam mit jemand zusammenbringen, der ihm wieder auf die Beine hilft. Alles denkbar!

Die Namen der Beiratsmitglieder, die Herr Moos genannt hat, waren durch die Bank beeindruckend. Glücklicherweise kannte sie den einen oder anderen davon. Zum Beispiel Doktor Bleibtreu von Dyckerhoff-Zement.

Frieda sagt sich: Dass ich mit den Feinheiten des Bankgeschäfts nicht vertraut bin, kann er sich denken. Darum geht's offenbar auch nicht, wahrscheinlich will er tatsächlich nur den gesunden Menschenverstand zu Wort kommen lassen. Und wenn alle Stricke reißen, muss Willy mit seinen volkswirtschaftlichen Grundkenntnissen weiterhelfen. Die hat er ja studiert.

Frieda öffnet die Haustür und sofort ist sie wieder im vollen Menschenleben. Aus der Küche kommen südländische Düfte. Die Italiener bekommen mittags einen leichten Imbiss und erst abends warm. Aus diesem Grund hat sie Herrn Döringer vorübergehend wieder eingestellt; der kocht täglich große Mengen Makkaroni und Spaghetti. Spaghetti sind ganz dünne runde Nudeln, jede einzelne Nudel ist dabei fast ein Meter lang. Die Zutaten, die Herr Döringer für seine original italienischen Nudeln und Saucen benötigt, besorgt er sich in einem Hinterhofladen für Gastarbeiter in der Wellritzstraße.

Frau Roos sieht Frieda und sagt leicht tadelnd: »Sie kommen ja gar nicht wieder!«

»Auf der Bank hat's länger gedauert ... Ist was vorgefallen?«

»Das kann man mit Fug und Recht behaupten«, gibt Frau Roos zurück, zieht Frieda in Zimmer 1 und stellt sich so vor die Schwingtür, dass niemand überraschend hereinkommen kann.

»Ich war vorhin oben, hatte eine Ahnung … Ich gehe die Treppe hinauf und höre eine aufgeregte Frauenstimme: »Lassen Sie mich aus, lassen Sie mich aus!« Ich denke, die Stimme kennst du doch, und ich kannte sie. Es war Lilly. Ich komme die Treppe rauf und sehe wie der Italiener von Zimmer 18 sie in sein Zimmer zerren will. Lilly hat sich gewehrt, das muss ich zu ihrer Ehre sagen, aber nicht sehr glaubhaft. Zehn Sekunden später und die Beiden wären …«

»Haben Sie Herrn Döringer was davon erzählt?«

»Außer Ihnen weiß niemand davon … Die Beiden ausgenommen.«

»Dabei belassen wir's auch! Herr Döringer hat's schwer genug im Leben, das reicht. Er muss sich nicht auch noch über seine Braut aufregen. Wir kennen Lilly, und ich finde es sehr gut, dass Sie eingeschritten sind … Wir sind ja kein Puff hier! Danke dafür.«

Frau Roos ist mit Friedas Entscheidung, Herrn Döringer im Unklaren zu lassen, nicht einverstanden; das merkt man ihr an, aber sie belässt es dabei.

Nachmittags geht Frieda hinüber zu Willy. Er hat Hemd und Hose an, ist aber barfuß. Auf dem Tisch in seinem kleinen Wohnzimmer liegen stapelweise Ausschnitte aus der Zeitung für den Kfz-Sport; außerdem steht ein kleiner Leimtopf mit einem Pinsel da. Willy war offenbar dabei, die Ausschnitte in ein rotes Kunstlederalbum einzukleben. Alle Überschriften sind entweder mit roter oder grüner Farbe unterstrichen.

»Darf ich mal frische Luft rein lassen?«, fragt Frieda und reißt auch schon das Fenster auf. »Das riecht alles nach deinem schrecklichen Leim …«

Es ist nur die halbe Wahrheit. In dem Zimmer hängt, wie in seiner ganzen Wohnung, Altmännergeruch. Frieda beschließt, mal wieder eins der Mädchen herzuschicken.

»Was führt dich zu mir?«, will Willy wissen.

»Ich muss was mit dir besprechen …«

»Geht's um Bruder Fridolin?«

»Nein, wieso?«

»Der ist doch wieder im Anmarsch …«

»Nächsten Monat, ja … Warum fragst du?«

»Nur so …«

»Was ist denn mit Bruder Fridolin?«, drängt sie.

»Na ja, sie sind hinter ihm her; das hast du ja sicher mitgekriegt … Der Wind hat sich gedreht.«

»Das kann uns egal sein. Doktor Lowe hat eine Woche blockiert, sogar noch länger, fast zwei Wochen und alles andere interessiert uns nicht.«

»Das gefällt mir, Frieda, dass du nicht ins Wolfsgeheul einfällst! Heute *Hosianna* und morgen *Kreuzigt ihn*! Frieda, ich sag's dir, wie es ist: Ich lasse nichts auf den Mann kommen! Mich hat er geheilt und ob er sonst noch jemand heilt oder nicht ... Und ob er fliegen kann oder nicht ...«

»... das kann uns wirklich egal sein!«, beendet Frieda seinen Satz.

»So ist es!«

Frieda kommt jetzt zum Wesentlichen: »Warum ich hier bin: Ich habe mich heute Morgen mit dem Direktor Moos von der *Wiesbadener Bank* unterhalten und er hat mir einen Sitz im Beirat angeboten.«

»Im Beirat der Bank?«

»Wo sonst? Jedenfalls nicht im Kardinalskollegium!«

»Wie sind sie ausgerechnet auf dich gekommen?«, staunt Willy.

»Reiner Zufall«, vermutet Frieda. »Wenn ihm ein Anderer über den Weg gelaufen wäre, hätte er den gefragt ... Er hat natürlich so getan, als hätten sie lange darüber gegrübelt und endlich sei ihnen die Erleuchtung gekommen; hätte ich auch so gemacht ...«

»Entschuldige mal, Frieda, so schnell kriege ich das nicht zusammen ... Du sollst in den Aufsichtsrat der *Wiesbadener Bank* kommen?«

»Von Aufsichtsrat hat keiner was gesagt ... *Beirat* ... Wenn ich das richtig verstanden habe, ist das nichts weiter als ein schmückendes Aushängeschild, aber sie haben da klingende Namen zusammengebracht ... Der Doktor Bleibtreu von Dyckerhoff gehört auch dazu.«

»Da bleibt ja alles schön in der Familie ... Hat der dich vorgeschlagen?«

»Es hat mich überhaupt niemand vorgeschlagen! Ich nehme an, der Herr Moos musste einen Posten besetzen, hat mich in der Schalterhalle gesehen und schon war das Problem gelöst.«

»Willst du da wirklich reingehen, in das Gremium?«

»Siehst du, Willy, jetzt sind wir am entscheidenden Punkt ... Was sagst du, als Stimme der Vernunft, soll ich oder soll ich nicht?«

»Das ist natürlich so eine Frage ...«

»Denkst du, ich blamiere mich?«

»Wie könnte ich auf diesen Gedanken kommen? Frieda, du kannst dich mit jedem vernünftig unterhalten. Wie sich herausgestellt hat, sogar mit Adolf Hitler.«

»Wie kommst du denn jetzt auf Hitler? Das war *einmal*, 1934, das ist lange her.«

»Ich hätte auch deine russische Gräfin erwähnen können ... Wer sich mit dem russischen Hochadel verbrüdern kann, kommt auch mit dem Beirat der *Wiesbadener Bank* zurecht.«

»Aber du hast Bedenken? Du bist nicht himmelhochjauchzend ...«

»Na ja, wenn man sich ins Scheinwerferlicht begibt, wird man gesehen, Darüber musst du dir im Klaren sein ...«

»Ja, und?«

Dann folgt einer von Willys ewig rätselhaften Aussprüchen: *Ein Mann von Welt verbirgt allemal seine Bildung!*

»Was soll ich damit anfangen?«

»Willst du, dass sich das Finanzamt fragt: Bei Frau Frieda Tremus scheint ja der Reichtum ausgebrochen zu sein! Wenn die ins Bankgeschäft einsteigen kann ...«

»Willy, man muss dich nur fragen und schon kriegt man eine interessante Antwort.«

Frieda ruft sich den heutigen Vormittag noch einmal in Erinnerung und lacht plötzlich auf.

»Darf ich auch lachen? Was gibt es Komisches?«, fragt Willy neugierig und leicht misstrauisch.

»Du hättest sein Gesicht sehen sollen. Er wollte mir was vom Hochkommissar McCloy erzählen, was angeblich in *Stars and Stripes* über Wiesbaden gestanden hat ... Ich hab' gesagt, weiß ich schon, kenne ich bereits, Miss Cort hat mir schon die Freude gemacht und mir das auf den Tisch gelegt, unsere Carry.«

Willy wehrt ab: »Die liest doch nicht *Stars and Stripes* ... Die Zeitung ist doch für GI's!«

»Das weiß der doch nicht.«

»Na, das geht ja gut los mit dir und deinem Direktor Moos.«

6.

Es ist, wie Willy vermutet hat: Der Wind hat sich gedreht.

Bruder Fridolin ist noch nicht im Haus, da geht der Ärger schon los, nicht für Frieda und nicht für den *Petersburger Hof*, aber für den Heilpraktiker selbst. Von einem speziellen Briefträger wird eine Urkunde zugestellt, Frieda unterschreibt und als Doktor Lowe am nächsten Tag eintrifft, übergibt sie diesem das Schriftstück. Er öffnet den Umschlag, liest das Schreiben und beginnt zu toben. *Diese Ärzte, dieses futterneidische Pack! Aber sie haben sich ins eigene Fleisch geschnitten! Diesen Schachzug werden sie bedauern,* kündigt er an.

Um was dreht es sich? Was ist los?

Die Ärztekammer hat ein vorläufiges Praktizier-Verbot für Bruder Fridolin erwirkt. Aber die werden sich wundern, die Halbgötter in ihren blütenweißen Kitteln und mit ihren miesen Tricks; in dieser Hinsicht hat man schon genügend Erfahrung gesammelt. Ein Doktor Lowe weiß, wie er sie treffen kann. Bislang hat Bruder Fridolin am Ende immer triumphiert.

Frieda vergewissert sich: Herr Lowe storniert also die Zimmer nicht? Es sind immerhin vierzehn Zimmer und wenn er so kurzfristig …

Auf keinen Fall! Keine Sorge, Frau Tremus, alles wie besprochen.

Am nächsten Tag trifft die *Truppe Fridolin* ein. Im Prinzip ist alles wie beim ersten Mal. Der Manager ist noch derselbe, seine Frau hat sich ebenfalls nicht verändert. Im direkten Gefolge von Bruder Fridolin haben sich allerdings einige Veränderungen ergeben. Zu seiner Entourage gehören weiterhin hübsche, junge Frauen, aber einige, die beim ersten Aufenthalt dabei waren, fehlen. An ihre Stelle sind andere getreten, die ihnen in gewisser Weise gleichen. Sie zählen und bündeln ebenfalls Geld, sortieren die eingehende Post und verfassen Antwortschreiben.

Die entscheidende Änderung besteht darin, dass es nun eine Frau gibt, die die Hühner dirigiert. Sie ist nicht ganz so jung wie diese, etwa Anfang dreißig, hat den französischen Namen *Jamet,* wird auch als *Madame Jamet* angesprochen, und trägt einen Ehering. Man rätselt, ob sie etwa im Geheimen die Ehefrau von Bruder Fridolin ist. Frieda kann sich dies durchaus vorstellen. Hitler hat seine Eva Braun ja auch bis zum letzten Augenblick versteckt; wollte seine weiblichen Anhänger nicht durch eine Liebesbeziehung irritieren. Frau Roos ist anderer Ansicht. Sie argumentiert, wenn man die Frau verstecken wolle, hätte man ihr als erstes den Ehering abgezogen. Aber warum solle man das tun? Perón sei ohne seine Evita nur die Hälfte, ach was, weniger als die Hälfte, ganz Südamerika liege der Frau zu Füßen, und Madame Jamet könne man der Öffentlichkeit durchaus präsentieren.

Lucie fragt treuherzig, wenn sie die Ehefrau sei, müsse sie doch Frau Schedlich heißen und nicht …

Man macht sie mit den Feinheiten des Namensrechtes vertraut.

Ach, so ist das.

Ansonsten sieht Bruder Fridolin immer noch aus wie Rasputin, hat immer noch dessen stechenden Blick und die Angewohnheit, sich nicht unters Volk zu mischen. Zieht in Zimmer 8 ein und verlässt das Zimmer vorerst nicht mehr.

In Gegensatz zum ersten Mal findet die Anwesenheit des Wunderheilers anfangs kaum Aufmerksamkeit. Es steht weder etwas über ihn in der Zeitung noch bringt der *Hessische Rundfunk* den, in der Programmzeitung angekündigten, Bericht über ihn.

Hin und wieder kommt mal jemand ins Haus und erkundigt sich nach ihm; derjenige wird grundsätzlich abschlägig beschieden. Oder es bleibt mal ein Passant auf der Straße stehen und sieht nach Zimmer 8 und dem Balkon davor, ansonsten nur telefonische oder schriftliche Anfragen. Frau Roos will gehört haben, dass der Manager die verschiedenen Zeitungsredaktionen angerufen und gebeten hat, vorerst von Berichten Abstand zu nehmen. Als Begründung habe er angegeben, Bruder Fridolin sei ernstlich erkrankt, könne in diesem Zustand begreiflicherweise nicht vor seine Patienten treten. Jedem der Redakteure habe er hoch und heilig versprochen, ihn als Ersten zu informieren, wenn Bruder Fridolin seine Heiltätigkeit wieder aufnehme. Mit den Leuten von der *Abendpost* und der *Frankfurter Nachtausgabe* habe er besonders lange verhandelt; die seien offenbar misstrauisch gewesen und hätten *massiert* werden müssen, wie Frau Roos das ausdrückt. Allen habe er zugesichert, die Pressekonferenz in der kommenden Woche *stehe*; darüber müsse man sich keine Gedanken machen. Bis dahin sei Bruder Fridolin unbedingt wieder an Deck.

Es ist immer wieder erstaunlich, wie gut Frau Roos es versteht, aus kleinen Andeutungen und Halbsätzen die ganze Wahrheit zusammenzufügen. Einmal hat sie dazu gesagt, so etwas lerne man in Vorstandssekretariaten. Die Chefs erwarteten nicht nur, dass man Diktate aufnehmen könne, sie wollten auch *unterrichtet* werden, was in den übrigen Büros der Vorstandsetage vorgehe. Mit einem Lächeln hatte sie hinzugesetzt, selbst heute seien ihr noch Interna von Dyckerhoff bekannt, Unwichtigkeiten selbstverständlich.

Kein Wunder, dachte Frieda, dass du Aas noch so gut Bescheid weißt! Dann hatte sie sich vorgenommen, bei erstbester Gelegenheit mal ein paar Worte mit ihrem Herrn Bleibtreu zu wechseln; man wird sich ja im Beirat kennenlernen. Kann wirklich nicht schaden.

Doktor Lowe ist von morgens bis abends damit beschäftigt, die *Einstweilige Anordnung* mit dem Praktizier-Verbot rückgängig zu machen. Er will im Gegenteil erreichen, dass Bruder Fridolin im ganzen Bundesgebiet nach Belieben auftreten kann, wann und wo er will, wie jeder andere vom Fahrenden Volk auch. Bei der gegenwärtigen Praxis hängt praktisch stets das Damoklesschwert über ihm. Die eine Stadt duldet, die Andere nicht. *Reine Willkür*! Das muss aufhören.

An manchen Abenden ist Herr Lowe fix und fertig. Wenn er etwa den ganzen Tag Verhandlungen geführt, Schriftsätze gelesen und erwidert hat, seine Gegenklage gegen den Regierungspräsidenten in Darmstadt eingereicht und wenn er obendrein den begreiflicherweise maulenden Bruder Fridolin beschwichtigt hat. Dann ist er froh, mal ein paar Worte mit einem *Außenstehenden* sprechen zu können. Er setzt sich aber nicht an die Hausbar, wechselt nicht mit dem einen oder anderen Hausgast ein Wort. Nein, er hat sich erstaunlicherweise Frieda als Vertraute ausgesucht. Die Beiden sitzen dann in Zimmer 1, trinken ein Gläschen Sekt und unterhalten sich. Gelegentlich werden sie von Gästen gestört, die nach Hause kommen und ihren Hausschlüssel wollen, das ist aber auch alles an Unterbrechung.

Normalerweise lässt sich Frieda nicht auf so etwas ein. Sie ist keine Bardame, steht den Gästen nicht für lange Quatschereien zur Verfügung. Sie weiß selbst nicht, wie der junge Mann sich seine Vorrechte erobert hat. Aber erstens interessiert es sie, was er von der Heilpraktikerexistenz und ihren Hintergründen zu sagen hat und zum anderen gefällt ihr die Art, wie er das macht. In ihm ist eine Leichtigkeit und Lässigkeit, die sie Adam oder Willy wünschen würde. Oder Georg! Wenn sie sich an ihn erinnert, sieht sie ihn immer ernst, immer besorgt; immer das Wohl der Menschheit im Kopf. Herr Lowe ist auch kein Bruder Leichtfuß. Damit käme er als Anwalt ohnehin nicht weit, aber irgendwie steht er über den Dingen, und er versteht es, sie ab und zu mit Worten zu streicheln. Er ist nicht etwa hinter ihr her, um Himmels willen, nichts in dieser Richtung; es ist einfach angenehm, mit ihm zu sitzen und zu reden.

Der Kern aller Probleme von Bruder Fridolin ist, dass er die vorgeschriebene Heilpraktikerprüfung nicht ablegen will. Der Gedanke daran ist ihm zutiefst verhasst. Er argumentiert, das Heilpraktikergesetz sei gedacht für Leute wie den Sanitätsgefreiten a. D. »X« oder die Kräutersammlerin »Y«, die ihre vielleicht brauchbaren Erfahrungen in der Krankenbehandlung zum Beruf machen wollten; nichts dagegen zu sagen. Aber ihn, Bruder Fridolin, gesegnet mit der göttlichen Kraft zu heilen, unter irgendeinem Assistenzarzt »Z« im Krankenhaus zu Schilda das Nötige über das Funktionieren der Niere oder der Leber lernen zu lassen – diesen Gedanken müsse man einmal bis ins Letzte durchdenken, um zu begreifen, wie lächerlich er sei.

Frieda will wissen: Wie kann er überhaupt praktizieren, wenn er die vorgeschriebene Prüfung partout nicht absolviert? Ihr einfacher Hausfrauenverstand sagt ihr, entweder ist er Heilpraktiker oder nicht ... Wie kriegt er, Doktor Lowe, das hin, dass sein Arbeitgeber überhaupt irgendwo heilen darf? Worin besteht sein Trick?

Er erwidert leichthin, die Bürokraten setzten auf Paragrafen im Gesetz, die darauf abzielten, dass berufs- und gewerbsmäßige Betätigung nicht stattfinden dürfe, ehe nicht eine entsprechende Prüfung durch Ärzte erfolgt sei. Er argumentiere damit, diese Auslegung besitze schon deswegen keine Rechtskraft, weil Bruder Fridolin die Heilkunde nicht *gewerbsmäßig* betreibe, sondern in *freier Liebestätigkeit*, mithin könne man ihm nichts verbieten, weil er nichts Falsches mache. Dass man ihm aus Dankbarkeit Geschenke zukommen lasse, die Bruder Fridolin auch dankbar annehme, habe nichts mit Gewinnstreben zu tun, sondern beweise dessen Menschenliebe.

Frieda sieht ihn darauf lange an, ohne etwas dazu zu bemerken.

Doktor Lowe bleibt liebenswürdig: »Manche Ämter kann ich damit überzeugen, manche nicht. *Sie* erkennbar auch nicht.«

»Ich habe nichts zu erlauben und nichts zu verbieten, Herr Doktor; ich bin froh, dass Sie im Haus sind.«

Bei anderer Gelegenheit schildert ihr Doktor Lowe, dass Bruder Fridolin tatsächlich nichts unversucht gelassen hat, seine Ausnahmestellung auch der Wissenschaft und speziell der Ärzteschaft zu beweisen. Er, Lowe, hatte vorgeschlagen und es tatsächlich auch durchgesetzt, dass Herr Schedlich respektive Bruder Fridolin sich sowohl in Bonn wie in Göttingen, zwei der bedeutendsten Universitäten im deutschen Sprachraum – wie Frieda zugeben werde – , den Gelehrten habe stellen können. Göttingen sei dann in letzter Minute abgesagt worden, doch Bonn habe stattgefunden. Dabei habe sich erneut der Futterneid der Mediziner gezeigt und zwar in erschreckendster Weise. Sie hätten nicht wissen wollen, wen Bruder Fridolin bereits geheilt, wie lange die Heilung angehalten habe und ob sie von objektiven Beobachtern bestätigt worden sei, nein, den Medizinern sei es nur darum zu tun gewesen, Bruder Fridolin zu *entlarven*, ihm die *Maske vom Gesicht zu reißen*. Für sie habe von der ersten bis zur letzten Sekunde festgestanden, dass es sich bei ihm um einen Scharlatan handele. Dabei habe sich gerade in Bonn so viel ereignet, dass mehrere der gelehrten Herren zugeben mussten: Wir stehen Kopf! So was haben wir nicht erwartet! Bezeichnenderweise hätten klar denkende Naturwissenschaftler solche Aussprüche getan und nicht die eh nur futterneidischen Mediziner. Er, Bruder Fridolin, habe jedenfalls sehr schlagfertig geantwortet, er für seinen Teil stehe nicht Kopf, sondern auf festen Füßen.

Eines Abends, da Doktor Lowe ausnahmsweise sehr ernst gestimmt ist, breitet er Frieda seine tiefsten Ansichten aus. Da sagt er, alle, die das Übernatürliche bei Bruder Fridolin in Abrede stellten, seien nicht für voll zu nehmen. Dafür habe er selbst zu viel mit eigenen Augen gesehen, als dass es daran Zweifel geben könne. Aber er sei zum Schluss gekommen, es habe letztlich keinen Sinn, die Berufsmedizin zur Beurteilung von Bruder Fridolin heranzuziehen. »Hier prallen zwei Zeitalter aufeinander, die auf verschiedenen Ebenen liegen; es gibt keine Brücke zwischen ihnen. Auf der einen Seite die ergreifende Versammlung der Leidenden, die zwischen Verzweiflung und Hoffnung auf Bruder Fridolin warten; die Zehntausenden, die in ihren Briefen in tiefster Not um Hilfe rufen – jeder Einzelne ein sichtbarer Zeuge dafür, dass irgendwo die Kunst derer ihre Grenzen findet, die studiert, ihre Examina abgelegt, geforscht und praktiziert haben, so groß und achtungsgebietend sie in weiten Bereichen auch sein mag.«

Für ihn sei diese Welle des Krankseins, die Fülle seelischer Leiden, die hier deutlich offenbar werde, die endgütige Bestätigung dafür, dass eine besonders bedeutsame seelische Schicht in den Menschen unserer Zeit verletzt oder verschüttet sei! Hier würden Erscheinungen zutage treten, gegen die alles Wissen des sich seinem Ende zuneigenden *mechanischen Zeitalters* machtlos sei. Nur wer wie Bruder Fridolin die *seelischen Quellen des Heils* wieder zum Fließen bringe, werde die Menschen aus ihrer seelischen Verlorenheit – und damit aus den tieferen Ursachen auch ihres körperlichen Leidens – herausführen können.

Wie ernst Doktor Lowe seine Aufgabe nimmt.

Einer, der ins selbe Horn bläst, ist Willy. Er ist von den Machenschaften des Darmstädter Regierungspräsidenten dermaßen angewidert, dass er sich am liebsten eine Maschinenpistole besorgen und im Regierungspräsidium Darmstadt gründlich aufräumen würde.

Das absolute Gegenteil ist Adam. Er erregt sich dreimal am Tag über den *Teufelsaustreiber*; Adam behauptet, der Name *Schedlich* sei kein Zufall, sondern Programm. Er wütet beim Mittagessen in der Küche, es widere ihn an, dass jemand in aller Öffentlichkeit seine miesen Geschäftchen mit den Krankheiten und Leiden von armen Menschen mache; er könnte kotzen, wenn er an den *Rosstäuscher* nur denke.

Willy und Adam kriegen sich darüber schwer in die Haare. Willy schreit ihn an, ausgerechnet er, der seine Fremdarbeiter ohne Dach und Essen habe verrecken lasse, sage so etwas. Man nur kann froh sein, dass nicht einer von ihnen eine Waffe besitzt und schon gar nicht eine Maschinenpistole.

Irgendwie erreicht Doktor Lowe tatsächlich eine befristete Ausnahmegenehmigung (er legt sie Frieda an einem Abend sogar vor), die Einstweilige Verfügung wird aufgehoben und der *Zirkus Fridolin* erwacht zum Leben. Die Zeitungen berichten, der Hessische Rundfunk fährt mit einem Übertragungswagen vor und holt sein Radio-Interview nach und von einem Tag zum anderen pilgern wieder Hunderte von Menschen, alte und junge, Kranke und Neugierige zu der Stätte, wo sich gegenwärtig Bruder Fridolin aufhält. Alles wie bekannt, Privatautos und andere abgestellte Fahrzeuge versperren die Straßen rund um den *Petersburger Hof*. Mit den anderen Fahrzeugen sind vor allem *Goggomobile* und *Fend Flitzer gemeint;* die letzteren sind speziell für Behinderte gedacht und machen später unter dem Namen *Messerschmitt Kabinenroller* Karriere. Gehunfähige Kranke werden mit Rollstühlen herangefahren, man sieht Pfleger und Pflegerinnen, die sich um ihre Schutzbefohlenen bemühen und den besten Platz für sie ergattern wollen. Alles wie beim ersten Mal.

Wieder erscheint Bruder Fridolin vor seinen Gläubigen auf dem Balkon von Zimmer 8, wieder Aufregung in der Menge, weil Lahme plötzlich gehen und Blinde sehen können.

Am nächsten Tag findet in Zimmer 2 die Pressekonferenz statt, die Herr Wieland, der Manager der Truppe, den Journalisten in der Vorwoche versprochen hat. Alle Tische sind heraus geräumt worden und Reihen von

Stühlen aufgestellt. Außerdem hängt über der Bar eine große Leinwand wie für einen Lichtbilder-Vortrag. Es sollen kleine Filme gezeigt werden; der Dokumentarfilm über Bruder Fridolin, der im letzten Jahr begonnen wurde, ist allerdings nicht fertiggestellt worden. Die Filmfirma und der Zirkus Fridolin sind im Guten auseinander gegangen.

Bei der Pressekonferenz werden von den Journalisten zum Teil sehr scharfe Fragen gestellt; Willy, der nahe der Tür steht, empfindet sie als unverschämt und knirscht, er würde es ablehnen, darauf zu antworten. Bruder Fridolin bleibt jedoch von bemerkenswerter Geduld und bittet die versammelte Presse, zu der gewohnten Objektivität zurückzukehren. Er für seinen Teil sei fest entschlossen, mit Presse, Rundfunk und Film zusammenzuarbeiten, um die Menschheit darüber aufzuklären, worum es ihm geht.

Und worum geht es ihm?, wird er gefragt.

»Mein Ziel ist, den Menschen in ihrer Not zu helfen und kranke Menschen zu heilen«, erwidert er fest und strahlt dabei Autorität und Güte gleichzeitig aus.

Dann versichert er den Ärzten, er wolle ihnen nicht die Butter vom Brot nehmen, sondern ihnen im Gegenteil noch etwas drauf streichen. Wörtlich sagt er: »Es ist keine menschliche Kraft, sondern eine göttliche Kraft, mit der ich lebe und sterbe.«

Es folgen weitere, zum Teil regelrecht freche, Fragen. Etwa: Warum existieren keine *objektiven* Untersuchungen seiner Heilungen?

Bruder Fridolins Antwort darauf lautet: »Ich habe nichts unversucht gelassen, mich dem Urteil der Fachwelt zu stellen. In Bonn habe ich mich gleichzeitig vor die *Wissenschaft* und die *Medizinerschaft* gestellt. Dabei ist so viel passiert, so viel Unerklärliches, ja ich scheue mich nicht das Wort in den Mund zu nehmen, so viel *Göttliches*, dass die Gelehrten gesagt haben: Wir stehen Kopf. Darauf habe ich nur erwidert: Ich aber stehe auf meinen Füßen.«

Nun kommt eine besonders spitzfindige Frage einer penetranten Blondine, die wissen will, warum Bruder Fridolin nicht einfach eine Liste mit von Neutralen bestätigten Heilungen vorlege. Wenn es ihm möglich sei, Erfolge zu erzielen, die von keinem Arzt hätten erzielt werden können, sei dies ja wohl eine der leichteren Übungen.

Diese Frage bringt bei Willy das Fass zum Überlaufen.

Er schreit in den Saal: »Hören Sie auf mit Ihrer dumm-dreisten Fragerei! Ich bin der lebende Beweis … Bruder Fridolin kann nicht nur heilen, er heilt *auf Dauer*! So, wie ich hier stehe, hat er mich geheilt … Ich bin von Arzt zu Arzt gelaufen, habe ein Haufen Geld für den Psychiater rausgeworfen und dann ...« Er will erkennbar darlegen, was ihm widerfahren ist und beginnt auch schon mit: »Bruder Fridolin ...«

Bruder Fridolin ergreift nun die Chance und bittet Willy, der ihm offenbar bis jetzt noch nicht aufgefallen war, nach vorne an seinen Tisch zu treten und fragt ihn: »Ich nehme an, Sie sind einer der von mir Geheilten? Dürfen wir Ihnen Namen erfahren?«

»Willy Heybach ... geboren am ...« und winkt ab: »Spielt ja keine Rolle, wann und wo ich geboren bin; hier in Wiesbaden ... Jedenfalls, ich war verschüttet, sie haben mich ausgebuddelt und danach war's aus mit meinem Schlaf. Ich habe einfach nur noch wachgelegen ... Albträume ... nachts die Augen einfach nicht zugekriegt ... « Er fügt hinzu: »Dabei habe ich nur ein Auge ...« und deutet an die hässlich verheilte Stelle, wo sich bis zu Beginn des Ersten Weltkriegs das linke Auge befand.

»Sie sind ein Kriegsversehrter?«, erkundigt sich der Heiler und Willy erwidert mysteriös: »In gewisser Weise ... « Dann wendet er sich voll der unverschämten Superwasserstoffblonden zu und redet sich in Rage: »Schreiben Sie sich das hinter die Löffel, ich war am Ende meiner Nerven, nur noch ein Wrack. Dann ist Bruder Fridolin in mein Leben getreten, und seitdem kann ich wieder jede Nacht, aber auch jede Nacht, durchschlafen, erleide keine Anfälle mehr und bin wieder meinen Aufgaben gewachsen. Das ist Bruder Fridolin! Und meinen Sie, er hätte einen Pfennig gewollt? Der wartet heute noch auf die erste Mark von mir! Hören Sie auf, den Mann schlecht zu machen! Wenn ich morgen lese ...«

»Was ist dann? Bedrohen Sie mich?«, fragt die Frau provozierend.

Jetzt ist der Moment gekommen, vor dem sich Frieda die ganze Zeit gefürchtet hat. Willy schreit: »Dich bedrohe ich nicht, du Vettel! Dir reiße ich den Kopp ab, du Schlampe«, und will sich auf die Frau stürzen. Er wird von drei Kollegen der Reporterin aufgehalten, dann von ihnen 'rausgeführt, wobei das Weib hysterisch nach der Polizei schreit.

Frieda sagt sich, man kann Willy wirklich nicht auf die Menschheit loslassen; wenigstens jetzt noch nicht.

Kurz vor der Abreise will Herr Wieland das Kontingent für das kommende Jahr festmachen. Er ist fest davon überzeigt, bis dahin sind alle juristischen Schwierigkeiten, die Bruder Fridolins segensreiches Handeln gelegentlich behindern, aus dem Weg geräumt. Frieda zögert einen Moment.

Dann sagt sie aber doch zu. Mitten im Sommerloch freiwillig darauf zu verzichten, das Haus vollzubekommen, ist ein Verbrechen und wird mit dem Tode bestraft!

Insgesamt erwähnen die Zeitungen den Namen *Petersburger Hof* weniger als beim ersten *Mal*; Frieda ist dankbar dafür. Die Episode mit Willy wird zwar erwähnt, aber ohne Namensnennung und in einer Weise, als habe sich ein völlig Unbefugter in die Pressekonferenz geschmuggelt. Dafür gewährt die dankbare Frieda dem Manager noch nachträglich etwas Rabatt.

7.

Der deutsche Zöllner reicht beide Pässe ins Auto und wünscht freundlich *Gute Fahrt*. Es ist ein leicht nieseliger Tag im August, zu kalt für die Jahreszeit. Aber für eine längere Autofahrt ist das Wetter sehr angenehm.

Doris, die am Steuer sitzt, bedankt sich, drückt Frieda die Pässe in die Hand und fährt langsam an. Die Notbrücke über den Rhein ist bereits französisches Territorium. Die Beiden verlassen Deutschland gewissermaßen in dem Augenblick, in dem Doris auf die Brücke rollt. Dennoch ist Frieda so aufgeregt, dass sie ihr Herz spürt. Die Franzosen werden sie wegen des albernen Vorfalls damals an der Mainzer Rheinbücke doch hoffentlich nicht zurückschicken? Wegen der Geschichte mit dem falschen Pass? Bei den Messieurs ist alles möglich!

Doris beruhigt: »Frieda, ganz ruhig, très calme, très, très calme.«

Auf der anderen Seite der Brücke muss man noch ein Stück geradeaus fahren, dann gelangt man an die französische Passabfertigung. Ein französischer Grenzbeamter weist Doris an, ein paar Meter zur Seite zu fahren; hier wartet bereits ein zweiter Grenzer auf sie. Frieda hält den Atem an. Doris lässt sich von ihr die Pässe zurückreichen, auch bestimmte Papiere, die Frieda bereits im Handschuhfach verstaut hatte, und übergibt alles dem wartenden Beamten. Der wirft einen Blick auf die Papiere und mustert anschließend beide Frauen sehr aufmerksam.

In Landessprache erkundigt er sich nach dem Zweck der Reise. Doris antwortet in ihrem Schulfranzösisch, dass man zum Wallfahrtsort Lourdes unterwegs ist – zur *Grotte von Massabielle*, wo die Jungfrau Maria vor hundert Jahren der Müllerstochter Bernadette Soubirous erschien.

Frieda versteht nur wenige Worte von dem, was Doris sagt; reimt sich einfach zusammen, dass sie so geantwortet haben muss. Als sie merkt, dass der Grenzbeamte keinen Zweifel an Doris Ausführungen hat, wagt sie wieder zu atmen. Endlich wünscht auch der französische Beamte gute Fahrt: *Bon voyage, les dames!*

»Das hätten wir«, stößt Frieda einen Stoßseufzer aus, als Doris den Zündschlüssel wieder herumdreht und wünscht ihrerseits: »Weiterhin gute Fahrt, Madame Waltz«.

Sie könnte Doris küssen.

Diese lässt den Grenzposten rasch hinter sich, aber auch nicht zu schnell. Die RN 4, die *Route National* Richtung Strasbourg, ist kaum befahren; Doris kommt rasch voran. Ein Wegweiser zeigt bald an: Nach Straßburg rechts abbiegen; geradeaus *alle Richtungen, toutes les directions!*

Doris erreicht kurz darauf einen Straßenkreisel mit einem gleichen Schild, hält am Straßenrand und sagt: »So, jetzt müssen wir uns entscheiden … Wollen wir hier Stopp machen? Wollen wir in Straßburg übernachten?«

»Das kommt auf dich an … Kannst du noch?«

»Natürlich, wir sind ja erst ein paar Stunden unterwegs …«

»Na ja, übertreib mal nicht … von heute Morgen an. Es ist gleich vier Uhr!«

»Wenn's wirklich von mir abhängt, Frieda, würde ich vorschlagen, wir fahren noch ein Stück … Was hältst du davon, wenn wir uns in Mühlhausen ein Hotel suchen, *Mulhouse* auf Französisch. Das ist noch etwa eine Stunde… Alles, was wir hinter uns haben, haben wir hinter uns.«

»Bitte! Wenn du noch kannst! Ich muss ja nichts tun, ich sitze weich und bequem und staune, wie sicher du fährst.«

Eine Tankstelle wird angezeigt und Frieda fragt ohne nachzudenken: »Was ist mit Tanken? Brauchen wir Benzin?«

»Frieda! Der Tank ist randvoll. Wir haben doch gerade erst getankt – in Kehl!«

»Natürlich … Entschuldige … Ich habe mich immer noch nicht beruhigt. Ich habe wirklich gedacht, die lassen mich nicht über die Grenze.«

»Dann hätten sie dir kein Visum erteilt … Frieda, du musst das anders sehen. Die erweisen uns keine Gnade, *wir* bringen ihnen gutes Geld, harte Deutsche Mark und die freuen sich darüber. Mit dem Franc geht's ja schon wieder abwärts …«

»Es ist schön, dich als Freundin zu haben«, bemerkt Frieda und meint das in diesem Moment auch so.

Doris will einen Lastwagen überholen, muss sich konzentrieren, gibt deswegen keine Antwort. Ist auch nicht notwendig. Frieda wollte sie dafür loben, mit welcher Energie und Zielstrebigkeit sie die Vorbereitung der Reise in die Hand genommen hat; beinahe, als hinge ihr Leben davon ab. Es war verblüffend, wie schnell Doris alle notwendigen Papiere zusammen hatte einschließlich einer *Auslandskrankenversicherung* von Raiffeisen. Am meisten bewundert Frieda sie dafür, dass sie es geschafft hat, an den Wagen ihres Mannes zu kommen.

»Womit habe ich mir dein Kompliment verdient?«, fragt Doris, als die Straße wieder frei ist und sie sich ihrer Beifahrerin widmen kann.

»Ich bewundere, wie du alles in die Hand genommen hast ... Ohne dich wäre ich nicht hier! Ich wäre überhaupt nicht losgefahren! Und ich möchte nicht wissen, welche Handstände du machen musstest, dass er dir das Auto überlassen hat. Die meisten Männer würden da nicht mitmachen.«

»In solchen Fällen kommt es auf die Frau an; wie zielstrebig sie ist.«

»Ich kann dich nur bewundern, dass du es geschafft hast, ein funkelnagelneues Auto für zwei Wochen zu bekommen.«

Bei dem Fahrzeug handelt es sich um einen viertürigen dunkelblauen *Opel Kapitän*, Baujahr 1950, mit allen Schikanen, *Portaltüren*, herrlich viel Platz und Sitze, bequem wie die einer Couchgarnitur. Der Motor verfügt über 55 PS (Pferdestärken!). Dadurch erreicht das Auto eine Höchstgeschwindigkeit von fast hundertdreißig Kilometer pro Stunde. Allerdings kann man das Dach nicht öffnen. Doris meint, das sei nicht wirklich ein Nachteil. Auf langen Strecken sei offenes Fahren einfach zu anstrengend. Gegenüber seinem Vorläufer hat das gegenwärtige Modell von Opel einige Änderungen und Verbesserungen erfahren. Augenfälligste Neuerung ist die neu eingeführte Lenkradschaltung (*Fernschaltung*), dazu ein neues Armaturenbrett und bessere Polsterstoffe. Diese Details hat Frieda alle von *ihm*; zu ihr, Frieda, ist Doktor Waltz immer ausgesprochen höflich. Doris hat sich beim Polster für sehr unruhige Streifen entschieden. Sie, Frieda, hätte sie nicht gewählt.

Von wegen eine Stunde! Bis Mühlhausen sind es noch mehr als zwei Stunden Fahrt; man fährt durch Obernai, Ribeauville und Colmar, gewissermaßen durchs eigentliche Elsass. Frieda ist begeistert von der oft beschriebenen Schönheit der Landschaft und der Orte. Gelegentlich erkennt man, dass der letzte Krieg erst ein paar Jahre zurückliegt, aber gerade die kleineren Ortschaften strahlen beneidenswerte Solidität und Frieden aus.

Frieda hat den Reiseführer auf dem Schoß. Darin heißt es: *Die Zeichen einer bewegten Vergangenheit prägen die elsässische Landschaft. Burgen schmücken die Ausläufer der Vogesen, es existieren Kasematten entlang der Maginot-Linie und Jeden, der sie sieht, beeindrucken die Befestigungen aus längst vergangenen Epochen, speziell die Werke des Architekten Vauban.*

Frieda denkt da: So kann man das auch ausdrücken, das ewige Gezerre zwischen Deutschland und Frankreich um das Elsass, dieses ewige Hin und Her.

In der letzten Woche hatte sie zufällig eine jüngere Dame vom Bundeskriminalamt zu Gast, deren Familie aus dem Elsass stammt. Ihr Vater hatte 14/18 auf deutscher Seite gekämpft, war dann Franzose geworden, war 41 zur Wehrmacht eingezogen worden und hinterher wieder Franzose geworden.

»Und welch begeisterter Franzose, hundertprozentiger Franzose, Frau Wirtin! Vater spricht genauso gut Deutsch wie Sie und ich, aber er hat seit 1945 kein einziges deutsches Wort mehr in den Mund genommen. Und nicht, weil er den Behörden nicht unliebsam auffallen möchte, nein, aus Überzeugung. Er hat die überlieferte Sprache zugunsten des Französischen aufgegeben, um sein Bekenntnis zu Frankreich zu bekräftigen. Denken Sie allerdings nicht, dass alle Elsässer eine derartige Einstellung haben, nicht wenige bekommen *feuchte Augen*, wenn sie ein deutsches Volkslied nur hören.«

»Wie ist es mit Ihnen? Sind Sie mehr …?«

»Ich habe bei erstbester Gelegenheit die deutsche Staatsbürgerschaft wieder angenommen!«

»Du siehst, Frieda«, bemerkt Doris dazu, »die Zeiten, wo es vom Deutschen hieß, *er blickt hinauf in Himmelsauen, wo Heldenväter niederschauen*, sind noch längst nicht vorbei.«

»Na ja, daran habe ich denn doch meine Zweifel.«

Im Gegensatz zu dem, was Frieda erwartet hatte, erweist sich Mulhouse als eine typische Industrie- und Arbeiterstadt. Auf der Suche nach einer Übernachtungsmöglichkeit fahren sie die große Straße am Bahnhof entlang, die *Avenue de Colmar*, und plötzlich ruft Frieda: »Das ist ja nicht zu fassen!«

Sie deutet auf einen sehr seriös wirkenden vierstöckigen Kasten. Er hat sicher einige Betten mehr als der *Petersburger Hof* und wahrscheinlich auch einige Sterne mehr. Es ist aber der Name, der Frieda verblüfft: *Hôtel Le Bristol.*

»Wollen wir das nehmen?«, fragt Doris.

»Ja, das wäre doch ganz komisch ... Fahren wir den ganzen Tag und dann landen wir auf der anderen Straßenseite ...«

»Es sieht gut aus«, befindet Doris.

Tatsächlich hält das Haus, was sein Äußeres verspricht, alles im Inneren ist sehr gepflegt, Lift und so weiter. Die einzige Problematik: Es gibt nur Zimmer mit durchgehenden Betten.

»Sollen wir zwei Einzelzimmer nehmen?«, bietet Frieda an.

»Ach was! Wir werden uns schon vertragen.«

Also, dann ein Zimmer im zweiten Stock mit Blick auf die Eisenbahnstrecke nach Basel und Italien. Frieda erkennt auf den ersten Blick, das kann heute Nacht heiter werden; Schallschutzfenster kennt man hier noch nicht.

Als sie nachher, auf der Suche nach einem netten Restaurant, durch die Stadt schlendern, sagt Doris unvermittelt: »Frieda, jetzt kannst du es mir doch offenbaren ... Warum müssen wir unbedingt nach Lourdes?«

Frieda wehrt ab: »*Du* musst überhaupt nirgends hinfahren, Doris; *ich* muss ...«

»Dann noch mal meine Frage: Warum willst du unbedingt nach Lourdes?«

»Ich hab's dir gesagt, Doris, ich habe geschworen, kein Wort darüber verlauten zu lassen ... Und daran halte ich mich.«

»Hat es was mit Frans zu tun?«

»Ach was!«, sagt Frieda dazu nur. Dann nach einigen Schritten: »Es ist eine sehr ernste Angelegenheit, glaub mir das einfach, Doris, und glaub mir noch was, nichts, was mit Frans zu tun hat, nehme ich ernst. Und das solltest du auch so halten! Was aber nun unsere Wallfahrt angeht oder wie du unsere Fahrt nennen willst, die hat einen sehr bitteren Hintergrund. Aber ich habe mein Wort gegeben, das für mich zu behalten ... Und jetzt kannst du mich löchern oder mir vertrauen, ganz wie du willst, aber ich werde nicht darüber sprechen.«

»Ich mache dir ein Angebot ... Wenn wir in Lourdes sind und wenn wir da in der Grotte stehen, *dann* verrätst du mir das Geheimnis!«

Frieda sieht sie an: »Du gibst wirklich keine Ruhe, wenn du dir was in den Kopf gesetzt hast.«

»Was meinst du, wie ich sonst an den *Opel Kapitän* gelangt wäre?«

Nach einigem Suchen und dem Studieren verschiedener Speisekarten speisen die Freundinnen im Restaurant *Poincaré*, dem Restaurant, das man ihnen im Hotel empfohlen hat; sehr angenehmes Ambiente und hervorragendes Essen, allerdings nicht billig. Für französische Verhältnisse ist es sogar ausgesprochen teuer.

Bei der Abreise am nächsten Morgen entdeckt Frieda auf dem Tresen der Reception eine Postkarte des Hotels. Sie beschließt, die wird sie Frau Adamy schicken, sozusagen von einem *Bristol* zum anderen.

8.

Am Abend des dritten Reisetages erreichen die Damen Béziers im Süden Frankreichs. Doris ist fix und fertig. Die Fahrt von Clermont-Ferrat bis hierher – quer durch die Auvergne und die Cevennen, bergauf, bergab und wieder bergauf und wieder bergab – hat sie mehr Kraft gekostet als die beiden ersten Tage zusammen.

Sie fährt sehr langsam in die wunderschöne, uralte Stadt ein; dem Auto darf ja nichts geschehen. Laut Reiseführer gehörte der Ort vor Urzeiten (damals hieß er *Baeterrae*) zur römischen Provinz *Callia Narbonensis* und wurde mit Veteranen Caesars, exakt mit Veteranen der 7. Legion, bevölkert. Tausend Jahre später, im Jahre 1167, wurde Raymond Trencavel in der *Kirche de la Madeleine* ermordet und 1209 starben *vor* der Kirche mehrere hundert Menschen auf dem Scheiterhaufen, Katharer und Gleichgesinnte.

»Frieda, halt die Klappe! Sonst erleidest du auch den Märtyrertod, ich schwör's dir. Ich kann nicht mehr!«, fährt Doris sie an.

Unter den mächtigen Platanen der *Allées Paul Riquet* im Zentrum von Béziers hält Doris das Auto an und verkündet: »So, jetzt nur noch ein Bett und dann drei Tage schlafen!«

Frieda sucht sie zu besänftigen: »Nach dem Reiseführer gibt es hier eine Menge schöner Hotels ...«

»Mir ist eins so lieb wie das nächste, nur nicht mehr fahren.«

»Das verstehe ich sehr gut …«

»Frieda, du musst mich nicht schon wieder bewundern. Ich brauch nur ein Bett. Was schlägst du vor?«

»Nach der Karte liegt ganz in der Nähe ein kleineres Haus, das aber sehr empfohlen wird, *L'Hôtel Particulier Béziers.*

»Also Privathotel!«

»Nach der Beschreibung ist das eine alte Villa …«

»Auch recht … Ist mal was anders; wir wollen ja die französische Hotellerie in ihrer ganzen Breite studieren.«

Das Haus befindet sich tatsächlich in der Nähe, ist aber bis unters Dach besetzt. Man sagt den Damen, es wird nicht einfach werden, ein Zimmer zu finden. Die Stierkampf-Saison steht an und da blüht Béziers auf. Man empfiehlt ihnen zwei, drei andere Häuser; sie sind ebenfalls besetzt. Ein Portier macht sich besondere Mühe, ruft den einen oder anderen Kollegen an, erreicht aber nichts.

Was jetzt?

Der Portier rät: »Versuchen Sie es mal mit *Valras-Plage*. Das ist zwar ein Fischerdorf, wächst aber gegenwärtig zu einem bemerkenswerten Ferienort heran. Sehr romantisch und gewaltig breiter Strand und in zehn Jahren ist es ein neues *Deauville*.«

»Wir wären schon froh, wenn wir dort heute Nacht ein Bett finden würden«, bemerkt Doris.

Frieda drückt dem Mann einen größeren Schein in die Hand, drauf telefoniert er ein bisschen herum. Die Hotels von *Valras-Plage* sind gleichfalls ausgebucht, aber er kann den beiden deutschen Damen ein kleines Ferienhaus besorgen, allerdings nur für eine Nacht!

»Das reicht, wir wollen ja morgen weiter!«, stimmt Frieda dankbar zu.

»Nein, wollen wir nicht; morgen passiert gar nichts. Morgen wollen wir uns ausruhen«, wehrt Doris ab.

Nach weiterem Verhandeln schlägt der Portier zwei Nächte für die Damen heraus.

Und wie weit ist der Badeort von hier entfernt?

Acht, höchstens zehn Kilometer! Und es wäre gut, wenn die Damen sich sofort in Bewegung setzen könnten. Der Fischer, der das Häuschen vermietet, muss zum Fischen raus.

Doris fängt an zu weinen. Man weiß nicht, kullern die Tränen aus Erschöpfung oder aus Dankbarkeit. Frieda nimmt sie eine Minute in den Arm, Doris beruhigt sich und es geht weiter.

Das avisierte Fischerhäuschen befindet sich außerhalb des Ortes, an der Mündung des *Orb*, eines Flüsschens, das in den Cevennen entspringt und hier ins Mittelmeer fließt. Das kleine Haus hat wenig Komfort, aber dafür zwei Betten und beide sind frisch bezogen. Zum Glück nutzt der Fischer ihre Notlage nicht aus. Aus Dankbarkeit gibt Frieda dem überraschten Mann wesentlich mehr Geld, als er verlangt.

Doris und Frieda erfrischen sich unter einer improvisierten Dusche, im Freien und ohne Sichtschutz! Doris behält deswegen beim Duschen ihr Hemdchen an, während sich Frieda sagt: Das ist ja albern! Wer will denn hier was sehen? Sie duscht nackt, zieht sich dann um und danach sieht die Welt schon wieder wesentlich freundlicher aus. Allein der herrliche Sonnenuntergang! Der Strand ist noch breiter, als der Portier ihn beschrieben hat, feinster Sand, und der kleine Ort erweist sich tatsächlich als malerisch.

»Warst du schon mal am Meer?«,erkundigt sich Doris, als sie auf der Suche nach einem Lokal durch die Gassen gehen. Sie gibt sich dann selbst die Antwort: »Was für eine Frage! Du warst ja damals mit deiner Gräfin in Monte Carlo …«

»Ja, und einmal auf Helgoland; eine Kraft-durch-Freude-Fahrt, würde ich nicht noch einmal machen. Dauernd das *Heil Hitler* und die Arme hochgerissen und dann haben sie noch Spiele veranstaltet!«

»Mit wem warst du da?«, fragt Doris.

»Allein … Ich weiß auch nicht, was ich mir dabei gedacht hatte … Und kalt war's. Das Einzige, was wunderbar war, waren die Hummer. An Hummer konntest du dich satt essen; so viel du wolltest. Heute scheint kein Hummer übrig geblieben zu sein, nach den ganzen Bombenabwürfen auf die Insel, ich habe mal so was gelesen. Früher war die Hummerfischerei jedenfalls enorm, hat praktisch die ganze Bevölkerung von Helgoland ernährt.«

»Ich muss sagen, du verstehst es, einem den Mund wässrig … Ich habe einen Hunger! Wie ist es mit dir?«

»Du kriegst gleich was, liebe Chauffeuse, eine Riesenfischplatte … Ich verspreche es dir.«

Frieda hat den Mund nicht zu voll genommen; sie entdeckt eine *Brasserie* mit Blick aufs Meer und dem poetischen Namen *A La Voile Blanche* und damit einen der Orte, an denen man erkennt, warum sich Gott ausgerechnet Frankreich als Aufenthaltsort ausgesucht hat. Vor der Fischerkneipe stehen Tische und Stühle und die Gäste, die da sitzen und essen, haben verzückte Mienen. Einer vierköpfigen Familie wird eine gewaltige Platte mit den *Früchten des Mittelmeers* serviert, groß genug, dass auch acht Personen davon satt werden könnten: Austern, Muscheln, Garnelen, Krebse, Hummer, Langusten, Langustinen, Wellhornschnecken, gepfefferte Schnecken.

»So was bestellen wir uns auch!«, kündigt Frieda an und Doris erwidert: »Die Fischsuppe riecht aber auch himmlisch …«

»Dann beides! Du musst ja wieder zu Kraft kommen.«

9.

Doris und Frieda befinden sich hinter Carbonne, einer Kleinstadt, bekannt durch die *Schlacht von Carbonne,* die 1799 hier stattgefunden hat. Dabei kämpften die Royalisten gegen die Republikaner, wobei die Schlacht mit dem Sieg der Royalisten endete.

Toulouse haben die Beiden zu diesem Zeitpunkt schon lange hinter sich gelassen und nach der Autokarte sind es noch rund zwei Stunden bis Lourdes. Die wenig befahrene *Route Nationale* schlängelt sich an der Garonne entlang; in der Ferne erheben sich majestätisch Berge der Pyrenäen. Außerdem ist es heute angenehm warm; gestern herrschte während des ganzen Tages eine kaum erträgliche Hitze.

Plötzlich bittet Frieda: »Doris, was meinst du, wollen wir mal irgendwo halten? Wir haben noch das halbe Baguette und die Getränke …«

»Ja, gut, eine Pause kann nicht schaden. Aber nicht zu lange …«, bewilligt Doris die kurze Rast.

Sie verlässt die Straße, holpert vorsichtig über einen Feldweg, bis sie den Rand eines Wäldchens erreicht, von dem aus man einen schönen Blick auf die Garonne hat. Der Fluss ist nicht in Mauern und Wehre gezwängt, kann fließen, wie er will. Jetzt, im Hochsommer, ist der Wasserstand sehr niedrig. Von ihrem Rastplatz aus wirkt es, als könne man zu Fuß zu der kleinen Aue mitten im Fluss gehen.

Mit einem Wort, ein romantisches Bild.

Frieda holt Essen, Wasser und eine Flasche Wein aus der großen Kühlbox, die sich bei dieser Reise so bewährt hat.

Als Doris den ersten Schluck genommen hat, sagt Frieda: »Ich hatte dir versprochen, dir alles zu sagen, wenn wir erst mal in Lourdes sind … Ich kann es genauso gut auch jetzt tun … Ich mache es für Laura.«

»Was machst du für Laura?«

»Nenne es *Glaube und Hoffnung*, von mir aus kannst du auch sagen *Aberglaube und Verzweiflung* ... Ich weiß, du glaubst nicht daran ... Laura wahrscheinlich auch nicht: Aber ich weiß nicht, was ich sonst versuchen könnte. Die Ärzte können ihr jedenfalls nicht helfen ...«

»Wobei nicht helfen?«

»Doris, sie ist zum Tod verurteilt, zu einem langsamen, schrecklichen Tod.«

Doris versucht zu verstehen. Was genau meint Frieda?

»Sie schläft jetzt in Zimmer 6, neben unserem Zimmer. Sie hätte neulich sogar eine kleine Wohnung haben können; wäre ja an und für sich besser, wenn sie mit Evchen eigene Räume hätte und nicht ... Aber das wäre im zweiten Stock gewesen und wer weiß, wie lange sie die Treppe noch schafft! Mit ihrer Gesundheit geht es kontinuierlich bergab, in ganz kleinen Schritten, aber die Ärzte sagen, die Krankheit schreitet bei ihr trotzdem schneller voran als üblich. Sie hat eine Muskelschwäche, die Stückchen um Stückchen voranschreitet ... Hast du den Namen *Pompe'sche Krankheit* schon mal gehört?«

»Nicht, dass ich wüsste ...«

»Das ist eine seltene Muskelschwäche, die besonders die Atemmuskulatur und die rumpfnahe Skelettmuskulatur betrifft. Du merkst, ich kenne schon die ganzen Fachausdrücke; sie hat mich schon zweimal zu Untersuchungen mitgenommen. Es wird noch eine Weile dauern, aber keine Jahre mehr, bis sie im Rollstuhl sitzt und gefahren werden muss und am Ende stirbt sie an ihrer Lähmung. Es gibt keine Medikamente, keine Operationen, nichts. Nur ein rechtzeitiger Selbstmord.«

»Frieda!«

Doris muss erst einmal verarbeiten, was Frieda ihr eröffnet hat. Dann erkundigt sie sich: »Und wieso erfahre ich erst jetzt davon?«

»Weil sie nicht will, dass es erwähnt wird ... Es soll niemand etwas mitkriegen ... Anna weiß Bescheid und die Mädchen; Frau Roos selbstverständlich auch. Die ist ja wie *Mata Hari*, die kriegt alles raus und dafür muss sie nicht mal mit jemanden ins Bett steigen ... Aber sonst weiß niemand Bescheid, keiner von den Gästen, und ich glaube, nicht mal Adam.«

»Es wäre ja schrecklich, wenn Laura ihre Arbeit beim Insel-Verlag aufgeben müsste. Die liebt sie doch so!«

»Und sie macht sie auch gut ... Neulich hat sie wieder ...«

Frieda will über Laura sprechen, dabei kommen ihr die Tränen; Doris streichelt ihre Hand. Frieda fasst sich wieder und sagt leise: »Sie ist so ein wunderbarer Mensch … Sie liebt ihr Kind, sie liebt ihre Freundin und ich wünsche mir, sie liebt mich auch ein bisschen … Es ist immer schrecklich, wenn ein junger Mensch sterben muss, aber so ein Schicksal, dieses Sterben in ganz kleinen Raten … Ich halte es kaum aus, wenn ich sie ansehe … Sie ist so tapfer und alles, was ich tun kann, ist ihr ein Beruhigungsmittel zu geben und ein paar gute Worte, wenn sie nachts wieder von den Furien gequält wird.«

»Und du hoffst, dass Lourdes …?«

»Sag mir was Besseres und ich mache es.«

»Und wie bist du ausgerechnet auf Lourdes gekommen? Du wolltest doch immer nach Rom …?«

»Es war ganz komisch. Ich war in der Bonifatius-Kirche, da gehe ich manchmal für einen Moment rein, wenn ich in der Stadt bin, nicht oft … Jedenfalls lag eine Bistums-Zeitung aus, ich habe sie durchgeblättert und plötzlich sehe ich eine Annonce für eine Wallfahrt mit Bussen nach Lourdes. Ich habe mir noch gar nichts dabei gedacht, aber dann komme ich nach Hause und da hängen die beiden Fotografien von Lourdes, eine von der Grotte, die andere von der Basilika. Die hängen da vom ersten Tag an; die hat mir irgendjemand zum Einzug geschenkt; ich glaube, es war Frau Schweitzer … Die ganzen Jahre hängen die Bilder da, ich hab' die Rahmen sogar neu vergolden lassen, als die Amis ausgezogen sind … Sie hängen da und ich sehe sie nie. Und plötzlich dachte ich: Was muss ich mich in einen Bus quetschen, wenn ich nach Lourdes will? Ich hab' dich gefragt, und dann ist ja das erste Wunder schon passiert, dein Mann hat dir das Auto gelassen!«

»Ja, auf Fürsprache der Heiligen Bernadette!«

»Doris, ich habe eine große Bitte an dich: Wenn wir in Lourdes sind, dann denke gar nicht darüber nach, wie ich mich benehme … wie gläubig oder ungläubig ich bin … Akzeptiere es so, wie's kommt! Und wenn ich singe und eine Kerze umhertrage, dann denk einfach, du bist in Indien und da musst du ja auch die Sitten und Gebräuche der Einheimischen akzeptieren, und wenn sie die Witwen verbrennen, dann ist das auch in Ordnung. Ich dachte, wenn das schon eine Wallfahrt sein soll, dann kann man nicht einfach im *Grand Hotel* übernachten. Ich hab' uns in einem Pilgerkloster in der Rue de la Forêt angemeldet; ich weiß jetzt nicht, ob die die Plätze noch freigehalten haben, wir kommen ja zwei Tage später als geplant … Na ja, das werden wir sehen, wenn wir da sind. Ich wollte dich nur fragen, ob das so für dich in Ordnung ist … Das sind natürlich ganz einfache Unterkünfte!«

»Warum nicht? Ich mache alles mit, Hauptsache, ich werde nicht als Hexe verbrannt.«

»Ein bisschen Buße tun, kann dir nicht schaden.«

»Ich vermute, für dich bin ich so eine Art Maria Magdalena?«

»Schlimmer!«

Der *Petit Couvent* befindet sich außerhalb von Lourdes, an der D 940, inmitten von Wiesen und Feldern. Von außen sieht das Pilgerkloster aus wie ein sehr großer und sehr alter Bauernhof; einzeln stehende Bauten, die mehr an grob gemauerte Schuppen für das Vieh, die Geräte und die Ernte erinnern, als an Unterkünfte für Menschen. Betritt man jedoch eins der Gebäude, umweht einen Frömmigkeit und Ruhe.

Die Frauen melden sich am Empfang, an dem zwei jüngere Nonnen Dienst tun, erkennbar freundliche Geschöpfe vom Land. Doris will erklären, warum man leider nicht wie vorgesehen vorgestern hier sein konnte. Die Nonnen winken nur ab, sagen und machen mit Zeichen verständlich, man möge einen Moment Geduld aufbringen und holen einen jüngeren Pater.

Der trägt zwar Ornat, wirkt aber nicht wie ein Geistlicher, eher wie ein gut durchtrainierter Sportler. Er begrüßt Frieda und Doris– vor allem Doris – mit einem herzlichen *Grüß Gott* und stellt sich auf Deutsch als Pater Bastian vor. Die *lieben Schwestern*, wie er Doris und Frieda anredet, erfahren von ihm, dass er Anfang 1944 in französische Kriegsgefangenschaft geriet und nach dem Krieg in Frankreich blieb, wo er studierte und die Weihen empfing. Jetzt dient er vornehmlich Pilgern aus Deutschland mit Rat und Tat, führt sie durch den Wallfahrtsbezirk und zu den Gedenkstätten in der Stadt, nimmt ihnen die Beichte ab und hält ihnen Predigten.

Doris ist von Pater Bastian erkennbar beeindruckt. An Katholizismus in dieser Art hatte sie bislang noch nicht gedacht.

Dass sie etwas verspätet eingetroffen sind, macht nichts. In den Schlafsälen sind genügend Betten frei. Allerdings müssen die reservierten Übernachtungen berechnet werden; das ist leider Vorschrift. Pro Bett und Nacht sind fünf Francs zu zahlen; für Deutsche ist das wirklich keine Summe, über die man nachdenken muss.

Frieda nickt zustimmend.

»Wie weit ist es denn von hier bis zur Basilika?«, will Doris wissen. »Kann man da zu Fuß hinlaufen?«

»Es kommt darauf an, wie gut Sie zu Fuß sind, meine Tochter. Es sind fast zwei Stunden Marsch.«

Darauf blickt Doris den Pater an, als habe er ihr ein zweideutiges Angebot gemacht.

»Wir fahren!«, entscheidet Frieda.

In den beiden kommenden Tagen nimmt Frieda an zwei heiligen Messen teil, eine in, die andere vor der Basilika. Sie geht zweimal bei der berühmten *Lichterprozession* mit, trinkt aus der *Quelle* und betet, wo sie auch ist, inbrünstig für Laura. Auf die angebotenen Bäder im Fluss *Gave* (*›Die Intimität wird gewahrt‹*) verzichtet sie; nicht sie ist krank, sondern Laura. Dafür beteiligt sie sich am *Kreuzweg* und gedenkt dabei des Lebens und Sterbens Jesu Christi; der Weg wird im Geist der Buße und der Sühne zur Vergebung der Sünden gegangen. Der Kreuzweg *Espélugues* hat wie üblich fünfzehn Stationen und schlängelt sich über fünfzehnhundert Meter durch ein steiles Waldgebiet, beginnend hinter dem Kirchenkomplex. Frieda ist froh, dass sie für diesen Gang festes Schuhwerk angezogen hat.

Doris beteiligt sich an keiner der kirchlichen Zeremonien. Zur Begründung führt sie an, Teilnahme erscheine ihr als Heuchelei und könne Gott, so es ihn gebe, nur beleidigen. Der Aufenthalt hier sagt ihr dennoch zu. Unter anderem besucht sie den *Pic du Jer*, von dem aus man das schönste Panorama hat. In einen einzigartigen Rundblick übersieht man Lourdes, Tarbes, Pau, das Tal von Argèles Gazost und die Berge der Hochpyrenäen. Den *Pic du Jer*, der wie ein Wahrzeichen hoch über der Stadt Lourdes thront, erreicht man übrigens mit einer alten Drahtseilbahn, die der im Wiesbadener Nerotal aufs Haar gleicht.

Als wäre es so abgemacht, verlieren Doris und Frieda kein Wort über die Wunder, die sich an diesem Ort ereignen und ereignet haben. Weder über diejenigen, die die katholische Kirche offiziell bestätigt hat, noch über die aktuellen, von denen die Pilger im *Petit Couvent* aufgeregt berichten. Eines hat sich heute Morgen vor ihren Augen ereignet! Frieda denkt an Bruder Fridolin und bestätigt allgemein, so etwas gibt es. Doris enthält sich jeglichen Kommentars, gibt sich tatsächlich wie eine Engländerin in Indien.

Als sie nach drei Übernachtungen wieder aufbrechen, bemerkt Doris: »Frieda, es wird Zeit, dass wir hier wegkommen. Du gefällst mir nicht … Das nimmt dich alles viel zu sehr mit … Ich verstehe ja, dass dir Laura viel bedeutet. Aber du bist derart erschüttert; guck dich doch mal an. Gestern hast du regelrecht gezittert!«

Frieda antwortet nicht; Doris verstaut das Gepäck allein im Auto, die Beiden steigen ein und wollen losfahren. Unvermittelt legt Frieda der Freundin die Hand auf den Arm und sagt: »Kannst du noch einen Moment warten? Ich muss dir das erklären … Ich ersticke sonst.«

Doris blickt sie abwartend an.

Frieda sieht auf das Steinkreuz im Klosterhof und beginnt: »In den letzten Tagen hatte ich ja viel Zeit … Ich habe auch an die arme Laura gedacht, selbstverständlich, ich habe auch für sie gebetet, deswegen sind wir ja hier. Aber ich habe vor allem an Adam gedacht, die verwirrte Seele … Ich habe darüber nachgedacht, *was* er eigentlich im Krieg getrieben hat … Ich hatte ja schon ein paar Dutzend Seiten Prozessakten in der Hand; ich hab' gelesen, was man ihm vorwirft … vielmehr vorgeworfen hat; er hat unverschämtes Glück gehabt, ist ja wieder ein freier Mensch … Dafür kann er sich bei Stalin bedanken; wir werden ja wieder gebraucht. *Die Deutschen wieder an die Front* … Bis jetzt habe ich Adam immer bedauert, habe gedacht, er sei das Opfer seines Schwiegervaters geworden, oder das Opfer der Nazis oder der Verhältnisse allgemein. Aber hier in Lourdes ist mir plötzlich aufgegangen: Nicht Adam ist das arme Opfer, das sind die Leute, die umgekommen sind, weil er willfährig *mitgemacht* hat, weil er sie nicht in Schutz genommen hat, und womöglich ist es noch schlimmer … Womöglich hat er das alles für richtig befunden … Wer sagt uns denn, dass er die Russen nicht wirklich für Ungeziefer und für *Untermenschen* gehalten hat? Wer gibt uns die Garantie, dass er seine Kriegsgefangenen nicht wirklich verhungern lassen *wollte*? Dass er mein Sohn ist, dass er so kluge Kinder hat, dass er so gut Geige spielen kann, das sagt doch gar nichts! Hast du *einmal* erlebt, dass er … hast du *ein Wort* von ihm gehört, dass er die Verbrechen bedauert?«

»Das kann Selbstschutz sein … Sie wollen *alle* vergessen. Sie wollen so viel Sand und Zement auf die Vergangenheit schütten wie nur möglich. Was meinst du, was sich die Herren Mediziner geleistet haben? Hörst du etwas von denen? Selbst die, die in Hadamar die Kinder und die Geisteskranken in diesem speziellen Bus vergast haben, ihre eigenen Patienten, sie machen weiter, als wäre nichts geschehen!«

»Soll mich das trösten, Doris? Was habe ich davon, wie sich die Ärzteschaft aufführt? Adam sitzt an meinem Tisch, wohnt unter meinem Dach und das Blut tropft ihm von den Händen.«

»Meinst du, ich hätte nicht auch meine Kämpfe hinter mir mit Konrad?«

»Du willst doch nicht sagen, er hat auch ...?«

»Nein, *er* doch nicht. Dafür ist er viel zu schlau! Er ist Schachspieler; er denkt alles bis ans Ende ... Nein, er hat niemanden persönlich umgebracht. Aber ich glaube nicht, das du oder ich die Reden anhören möchten, die er beim *Reichsärztebund* geschwungen hat, in seiner *Reichsführerschule*.«

»Doris«, erwidert Frieda, »das waren nur Worte. Ich habe die Leichen gesehen, die Adam hinterlassen hat. Nicht im Traum und nicht bei irgendwelchen Halluzinationen, buchstäblich mit wachen Sinnen ... Wie soll ich ihm noch mal in die Augen blicken?«

»So wie bisher auch. Das muss ich bei meinem Mann auch machen. Und bei seinen Freunden mache ich ebenfalls gute Miene ...« Und wie Willy setzt sie hinzu: *Vielleicht war unser Glück nur Schein, Bajazzo.*

Die Frauen sind bereits auf der Straße Richtung Tarbes, als Doris bemerkt: »Es war wirklich ein Gewinn, Pater Bastian kennenzulernen.«

Frieda wird auf der Stelle stutzig und wendet sich Doris zu; die blickt jedoch stur geradeaus.

»Was bedeutet das?«, fragt Frieda darauf direkt.

»Wir haben uns interessant unterhalten«, behauptet Doris.

»Du willst mir doch nicht etwa sagen ...?«

»Frieda, wir haben ein interessantes Gespräch geführt – genau über das Thema, das du vorhin angeschnitten hast. Mehr wollte ich nicht sagen.«

»Aha! Und wo hat das interessante Gespräch stattgefunden?«

»An der Pforte des Klosters ... Als ich auf die Telefonverbindung gewartet habe. Die kam übrigens erstaunlich schnell zustande; es hat keine Stunde gedauert, da hatte ich meinen Göttergatten bereits in der Leitung.«

»Ja, hast du gesagt ... Hast du zufällig gefragt, ob Konrad was vom *Petersburger Hof* gehört hat?«

»Ich habe nicht danach gefragt, aber wenn was los wäre, hätten wir es erfahren.«

»Bestimmt. Ich habe ihnen ja die Telegrammadresse des Klosters geschickt … Aber jetzt noch mal zu dem Pater! Habt ihr nur geredet … oder…?«

Doris gibt sich pikiert: »Frieda, ich bitte dich … Drei Nonnen sind da rumgehuscht, und im Gegensatz zu einer gewissen Dame, die ich recht gut kenne, deren Namen ich aber nicht nennen möchte, hatte ich noch nie was mit einem geistlichen Herrn und hatte nicht mal die Absicht …«

»Ist ja gut, ich glaube dir ja …«

»Ich habe nur gesagt, er ist ein interessanter Mann«, wiederholt Doris. »Ich kann dir nicht sagen, wie wir darauf gekommen sind, aber plötzlich hatten wir dasselbe Thema am Wickel, wie wir beide vorhin. Wir haben über das *große deutsche Schweigen* gesprochen. Wir waren uns absolut einig: Dass der kleine Mann im Dritten Reich mitgemacht hat, kann man ihm nicht vorwerfen. Er ist entweder gekauft oder gezwungen worden. Von ihm kann man nicht viel verlangen; deswegen ist er ja der kleine Mann. Aber dass die *Eliten* derart versagten, durch die Bank – beim Adel angefangen, einer wie der andere feige und wenn nicht feige, dann großmäulig und großspurig. Wirtschaft, Kirche, Wissenschaft; die Justiz wollen wir auch nicht vergessen und so weiter. Die Meisten sind für mich nur Namen in der Zeitung … Aber einige Wenige kenne ich persönlich respektive kannte ich – die Mörder vom Eichberg zum Beispiel. Einige sind schon tot, zum Glück, aber andere sind noch in Amt und Würden und werden zu Konrads Geburtstag eingeladen. Du hast sogar auch schon neben dem Einen oder Anderen gesessen … Man kann es nicht fassen, Ärzte, Chefärzte und Pfleger hielten es für absolut richtig, *lebensunwertes Leben* auszumerzen. Zum Teil mit der Giftspritze, die nach Feierabend verabreicht wurde … *›Mein Lieber, halte dich bereit! Ich besuche dich nachher!‹* Das war das Todesurteil. Frieda, ich könnte dir Geschichten erzählen … Die haben aus der *Landesheilanstalt Eichberg*, fünfzehn Kilometer von der Stadtmitte entfernt und dreizehneinhalb von unserer Haustür, aus einer ehedem hoch angesehenen Psychiatrischen Klinik eine Mordmaschine gemacht, wie von Dante erfunden. Haben alle Eide gebrochen, haben ihren ethischen Auftrag ins Gegenteil verkehrt. Wenn du nur von dem *Bunker* hörst, läuft dir ein Schauer über den Rücken. Der *Bunker* war ein lichtloses Verlies, feucht, kalt, voller Ratten. Die Opfer – wie soll man in solchem Zusammenhang noch von Patienten sprechen? – vegetierten hier in einer Weise, die unbeschreiblich ist … Es gab nicht mal genug Decken und Strohsäcke. Wurden einfach da reingesteckt und sollten verrecken …«

»Doris, hör auf! Ich hab's verstanden.»

»Der Eichberg in diesen zwölf Jahren ist ein ganzer Roman … Geld und Sexuelles spielten auch eine starke Rolle. Die Konstellation war klassisch wie in einem Stück von Shakespeare. Hast du mal den Namen *Fritz Bernotat* vernommen? Er saß im Landeshaus und war der Verwalter und Organisator im Hintergrund. Bis jetzt stand Bernotat nicht ein einziges Mal vor Gericht, geschweige, dass er verurteilt wurde! Falls du seine Adresse brauchst, mein Mann hat sie.«

»Ich hab's verstanden … Weißt du, was ich eben gedacht habe? Dafür müssen wir durch ganz Frankreich fahren, bis in den hintersten Winkel von Frankreich, damit wir mal über solche Dinge sprechen.«

»Frieda, auch wir sind Sünder; sind leider nicht besser als die Übrigen. So genau wollten wir es auch nicht wissen.«

10.

Frieda sitzt an ihrem Schreibtisch und sieht die Post durch, die Frau Roos zur Seite gelegt hat, Angebote, Rechnungen, Dankschreiben, Persönliches. Die Zimmerreservierungen, die während der Lourdesfahrt eingegangen sind, hat sie entweder akzeptiert und entsprechend schriftlich bestätigt oder aus unterschiedlichen, aber immer nachzuvollziehenden Gründen abgelehnt.

Plötzlich entdeckt Frieda in dem Wust von Post ein Schreiben des Amtsgerichtes Bernkastel-Kues, adressiert an Herrn Willy Heybach, Hotel Petersburger Hof, Geisbergstraße, Wiesbaden. Für viele Jahre, eigentlich für den größten Teil seines Lebens, war dies Willys korrekte Adresse und jetzt wohnt er auch nur einige Schritte davon entfernt, auf der anderen Straßenseite. Warum hat Herr Becker, seit vielen Jahren der für den Geisberg zuständige Briefträger, Willy den Brief nicht zugestellt respektive, warum hat Frau Roos Willy den Brief vorenthalten? Wieso befindet er sich unter der Geschäftspost?

Nach dem Poststempel muss er schon eine Woche im Haus sein. Warum ist er noch nicht in Willys Händen? Frau Roos vergisst und verschlampt nichts. Gerade Post! Wollte sie, dass sie, Frieda, den Brief vorfindet, wenn sie zurückkommt? Wenn das ihre Absicht war, dann hat sie hundertprozentig erreicht, was sie sich vorgenommen hat.

Willy kommt von hinten, fragt: »Frieda, willst du mal gucken? Ich denke, so müsste es gehen ...«

»Schon fertig?«, fragt Frieda beeindruckt und schiebt den Brief an ihn erst mal unter andere Schreiben.

»Ich konnte den alten Haken benutzen«, erklärt Willy und erwartet, dass sie ihm folgt. Also gut, sie gehen nach hinten und Willy demonstriert sein Werk: An der Decke von Zimmer 5 hängt die Lampe, die Frieda auf der Rückreise gekauft und die Willy nun angebracht hat. Sie ähnelt erstaunlich der Lampe, die ihr Richard vor vielen Jahren geschenkt hatte und die Frieda seit Kriegsende vermisst hatte; eine Schale buntes, böhmisches Glas aufgehängt an drei gedrehten Messingschnüren.

»Das hast du schön gemacht, Willy ...«, lobt Frieda, dann kommen ihr Bedenken: »Hängt die wirklich gerade? Oder täusche ich mich?«

»Du täuschst dich, Frieda. Gerader geht's nicht ... Ich hab mit der Wasserwaage gearbeitet ... Soll ich's dir beweisen?«

»Ich glaub dir doch ...«

»Das kann Schatten sein, wenn du denkst, dass das ...«, vermutet Willy.

Frieda schaltet das Licht der neuen Deckenlampe mehrmals ein und aus, und endlich bemerkt sie zufrieden: »Wirklich perfekt ... Willy, du glaubst nicht, wie lange wir rumgesucht und rumgefragt haben, bis wir die Lampe hatten. Ich hatte mir das so leicht vorgestellt ... Auf dem Rückweg nach Deutschland wollte ich die Manufaktur *Muller Frères* in *Lunéville* aufsuchen; da stammte die schöne alte Schale her. Ich weiß gar nicht, warum ich mir den Namen so gut gemerkt hatte. Also, Doris tut mir den Gefallen, wir fahren über Lunéville, kommen da an, fragen nach der Firma, Lunéville ist ja nur eine kleine Stadt, aber es heißt: Die Gebrüder Müller produzieren jetzt in *Croismare*. Das war zum Glück nicht weit weg, sind wir dahin gefahren, und nur um zu erfahren, die Firma existiert gar nicht mehr! Die ist schon vor dem Krieg Pleite gegangen. Ich wollte aufgeben, aber Doris war eisern, sagte: *Das wollen wir doch mal sehen! Wir fahren zurück nach Lunéville.* Wir steigen gerade ein, da kommt jemand, klopft an die Scheibe und sagt: *Ich hab' gehört, was Sie suchen. Es gibt hier ein Geschäft, die horten die alten Sachen* von *Muller Frères*, und nennt uns einen Namen und eine Straße. Was soll ich dir sagen? Wir finden wirklich den Laden und er ist tatsächlich vollgestopft mit Sachen der Manufaktur *Muller Frères*; alles regelrechte Glaskunstwerke, nicht nur Lüster und Deckenlampen ... Auch viele andere Sachen und alle dekoriert mit Blumen und Blattwerk aus dieser speziellen Epoche ...«

»Jugendstil, Frieda, benannt nach der Zeitschrift *Die Jugend.*«

»Hast du das auch aus dem Rätsel-Lexikon?«

»Wieso Rätsel-Lexikon? Das kennt man.«

»Wie auch immer, die Sachen von denen sind jedenfalls zum größten Teil aus Glas, aber auch aus Bronze und ich weiß nicht, aus welchen Metallen sonst noch ... Doris hat sich eine ganz hübsche kleine Petroleum-Lampe gekauft, die hat man früher auf den Nachttisch gestellt ... Der Laden war praktisch ein Jugendstil-Museum, wirklich wunderbar ... Der Umweg hat sich gelohnt.«

Willy nickt zustimmend, als hätte er auch im Laden gestanden und stellt noch einmal fest: »Die Lampe hängt hundertprozentig richtig!«

»Ich hab ja schon gesagt, Willy, die hast du perfekt aufgehängt; danke ... Und jetzt räum die Leiter weg und dann komm in 1, ich muss was mit dir besprechen.

»Was willst du besprechen?«, erkundigt sich Willy, der sofort Arges ahnt, wenn er auch keine Vorstellung hat, was kommen könnte.

Willy zeigt sich im Empfang und Frieda will ihm den Brief reichen: »Für dich ist ein Schreiben vom Amtsgericht Bernkastel-Kues gekommen.«

Willy, der schon die Hand nach dem Brief (unverwechselbares graues Behörden-Papier) ausgestreckt hatte, zieht die Hand wieder zurück. Sehr bestimmt sagt er: »Ich habe mit dem Amtsgericht Bernkastel-Kues nichts zu tun und auch nicht mit dem Amtsgericht Traben-Trabach oder Cochem ... Ich war in meinem ganzen Leben noch nicht an der Mosel ...«

Er wirft den Brief in den Papierkorb.

Frieda fischt ihn wieder heraus: »Wenn es ein Missverständnis sein sollte, dann schreiben wir zurück, aber erst mal liest du, was sie wollen.«

»Frieda, mach du den Brief auf, wenn du unbedingt willst. Ich habe mit keinem Amtsgericht der Welt was zu schaffen.«

Während Frieda den Brieföffner ansetzt, überlegt sie: »Vielleicht bist du Zeuge von irgendwas ...?«

»Wovon soll ich Zeuge sein? Ich war *niemals* an der Mosel! Nie!«

Frieda entfaltet den Brief; der Inhalt besteht nur aus wenigen Zeilen. Sie überfliegt sie und hält ihm erneut das Schreiben hin.

»Was wollen sie?«

»Du sollst geköpft und gevierteilt werden.«

»Was?«

»Lies' es doch, sind doch nur drei Zeilen.«

Als er die gelesen hat, fragt Willy verständnislos: »Was habe ich denn mit dem Testament von einer Frau Heinrich zu tun?«

»Henriette Heinrich, Willy!«

Endlich dämmert es ihm: »Du meinst Fräulein Heinrich?«

»An die denke ich!«

»Das ist doch eine Ewigkeit her!«

»Du siehst, sie hat dich nie vergessen ... Wie könnte sie auch?«

»Frieda, jetzt spinn nicht! Ich stehe doch nicht in ihrem Testament ... Das ist undenkbar.«

»Willy, da steht es doch schwarz auf weiß: Du wirst aufgefordert zur Eröffnung des Testaments der verstorbenen Henriette Heinrich, wohnhaft in Wehlen, Hofstraße, zu erscheinen.' Das machen sie nur, wenn du im Testament stehst! Wenn du mir nicht glaubst, frag Dr. Reinhold, Adams Anwalt.«

»Ausgerechnet den!«

»Was soll denn das heißen? Er ist ein tüchtiger Mann!«

Willy durchdenkt den gesamten Sachverhalt und kommt zu einer Entscheidung: Entweder hat ihm Fräulein Heinrich irgendein Andenken hinterlassen, eine Uhr oder etwas in dieser Richtung, dann nimmt er an ... Wenn sie ihm jedoch irgendwas von Wert zugedacht hat, lehnt er auf der Stelle ab! Er versaut sich nicht sein Leben mit so etwas!

»Was sind denn das wieder für interessante Willy-Überlegungen?«, vergewissert sich Frieda.

»Frieda, komm! Wir wissen doch, es gibt nichts Schlimmeres, nichts Bösartigeres, nichts Gehässigeres auf Erden als Erbstreitigkeiten! Dagegen ist der Zermürbungskrieg von Verdun nichts! In so was lasse ich mich nicht reinziehen! Wenn das Erbe einen gewissen materiellen Wert hat, lehne ich auf der Stelle ab. *Vielen Dank, nicht mit mir*!«

»Das kannst du aber erst entscheiden, wenn die Testamentseröffnung vorbei ist ...«

Das nächste Gegenargument bringt Willy nun vor, als sei dagegen kein Kraut gewachsen: »Und? Wie soll ich dahin kommen? Kannst du mir verraten, wie ich nach Traben-Trabach kommen soll?«

»Erstens sollst du nicht nach Traben-Trabach kommen, sondern nach Bernkastel-Kues; das ist ein großer Unterschied, zumindest für die Leute, die da wohnen. Wein gibt's da wie dort, gebe ich dir Recht, in Traben-Trabach den *Schlossberg*, den *Burgberg* und den *Würzgarten*, in Bernkastel den *Kardinalsberg*, den *Rosenberg* und vor allem natürlich den *Doctor*, den *Berncasteler Doctor*!«

»Woher kennst du die ganzen Lagen?«, staunt Willy.

»Willy, mein Guter, ich habe mein ganzes Leben lang Wein bestellt. Und den Namen *Berncasteler Doctor* kennt man sogar, wenn man noch nie im Leben ein Glas Wein getrunken hat.«

»Wann wäre das? Wann müsste ich da sein?«

Frieda sieht noch mal auf das Schreiben des Amtsgerichtes Bernkastel-Kues, Abteilung Nachlasssachen.

»Donnerstag, der 10. ... in acht Tagen ... Wenn du gleich dein Ränzlein packst, kannst du es zu Fuß schaffen!«

»Zu Fuß? Frieda!«

»Und wenn nicht, es gibt einen Zug ... Würde ich nehmen!«

Willy wird fuchtig: »Willst du mich etwa begleiten?«

»Ich? Wieso ich? Habe ich ein Wort davon gesagt?«

»Das kannst du gleich vergessen! Ihr habt alle immer nur über Fräulein Heinrich hergezogen ... Aber jetzt, wo ihr denkt, es geht ans Erben ... *Wartet ab, ihr Aasgeier, wenn mein großer Bruder kommt, seid ihr fällig!*«

Frieda wird wütend: »Willy, du bist nicht klar im Kopf! ... *Ich* will nicht erben! Und du ja auch nicht, angeblich! Also, schreib einen Brief, du willst nichts, für dich ist die Sache erledigt ... Oder fahr hin und sag's ihnen ins Gesicht ... Am besten so frech wie jetzt mir! Beschimpf die Justizbeamten ... Krakeel da rum, droh mit der Faust wie bei der Pressekonferenz von Bruder Fridolin, dann wissen sie wenigstens, mit wem sie es zu tun haben ... Womöglich kommst du bei Wasser und Brot wieder zur Vernunft!«

Willy, von einer Sekunde zur nächsten kleinlaut, überlegt: »Frieda, meinst du, Doris könnte mich etwa dorthin fahren? Da gibt's ein Bähnchen, das weiß ich, *Moselfahrt aus Liebeskummer*, aber da ist man ja Tage unterwegs ...«

»Doris hat kein Taxi-Unternehmen ... Geh' an dein Sparschwein und engagiere deinen Gönner Carl Jörns, Meister aller Klassen.«

»Oder so!«

Er will gehen, Frieda hält ihn auf: »Sag mal, Willy, was ist eigentlich aus dem Spazierstock geworden, den sie dir damals geschenkt hat? Den mit dem Mohrenkopf als Knauf?«

»Den habe ich noch ...«, erwidert Willy knapp.

»Siehst du! Immer in Ehren gehalten!«

An diesem Tag nimmt Laura am Mittagessen teil. Während des ganzen Morgens wurde sie im Rot-Kreuz-Krankenhaus untersucht, und ehe sie zu ihrer Arbeitsstelle im Insel-Verlag geht, möchte sie eine Kleinigkeit essen.

Wann isst sie je mehr als eine *Kleinigkeit*!

Sie sieht Frieda und sagt herzlich: »Wie schön, dass du wieder zurück bist, Mutter ...« Und so leise, dass nur Frieda sie verstehen kann, fügt sie hinzu: »Danke ...«

»Wofür bedankst du dich, Liebe?«

»Mutter, ich ahne, warum du auf Pilgerfahrt warst ...«

»Laura, für dich würde ich alles tun ... Alles, was ich nur kann ... Und das meine ich genau so, wie ich es sage.« Sie möchte nicht schon wieder in Lauras Gegenwart Tränen vergießen und setzt deswegen betont forsch hinzu: »Hat unser Beten wenigstens geholfen?«

»Auf der Stelle. Der Professor und der Oberarzt waren ausnahmsweise einer Meinung – seit der letzten Inspektion hat sich nichts verschlechtert. Es ist eher eine leichte Besserung eingetreten ... Das spüre ich sogar selbst.«

Frieda wendet sich ab, damit sie nicht länger in das blasse Gesicht und die großen traurigen Augen blicken muss und sagt im Alltagston: »Ich hab' dir was mitgebracht!«

Aus dem Schreibtisch holt sie ein sehr schön verpacktes Geschenk, sagt: »Nur eine Aufmerksamkeit ...«, als sie Laura das Päckchen überreicht.

»Darf ich es gleich aufmachen?«, erkundigt sich Laura.

»Aber sicher!«

Unter Papier und Holzwolle kommt eine auffallend schöne Vase zum Vorschein, selbstverständlich ebenfalls in Glas und im Jugendstil gehalten, unten dunkelblau, dann langsam zu leuchtendem Gelb aufsteigend, und ins Glas sind farbige Schmetterlingen eingelassen. Ein Meisterwerk der Gebrüder Muller.

»Die ist herrlich ...«, sagt Laura bewundernd und dankbar gleichzeitig und beschäftigt sich mit jedem Detail der Vase. »Wunderschön«, wiederholt Laura. Und: »Noch einmal danke ...«

Frieda steht auf, umarmt ihre Schwiegertochter und sagt: »Es macht mich so glücklich, dass es dich gibt ... Das darf nicht enden.«

»Geschieht auch nicht«, verspricht Laura lächelnd und leichthin. Frieda wendet sich ab und in diesem Moment öffnet Willy die Haustür, streckt den Kopf 'rein und verkündet: »Carl macht's!«

»Das ist ja eine gute Nachricht«, erwidert Frieda.

Willy will sich wieder verziehen, Frieda sagt: »Bleib hier! Wir essen gleich!«

»Aber erst muss ich noch mal rüber …«, behauptet Willy und verschwindet wieder.

»Was bedeutet das?«, erkundigt sich Laura.

»Er ist zum Amtsgericht nach Traben-Trabach … Quatsch, jetzt fange ich ja auch schon damit an … also, er ist zum Gericht in Bernkastel-Kues bestellt worden und Carl Jörns bringt ihn hin und zurück kommt er mit dem Zug. So wie's aussieht, ist Willy in einem Testament bedacht worden.«

»Ein Verwandter?«

»Eine große Liebe … Nicht seine, ihre … Das hat sich noch vor dem Ersten Weltkrieg abgespielt oder am Anfang des Krieges, ganz genau weiß ich das nicht mehr. Wir hatten da Vater und Tochter Heinrich im Haus. Der Vater war Winzer oder Weinhändler oder beides, es ist alles so lange her. Jedenfalls, besagter Herr Heinrich hatte ein Augenleiden und musste in der Augenheilanstalt operiert werden, und seine Tochter sah Willy und schon war's um sie geschehen … Sie war ein Stück älter als Willy, aber an und für sich ganz nett … So Typ älteres Fräulein! Willy und sie hatten sich viel zu erzählen, sehr, sehr viel, Georg hat schon geglaubt, die würden ein Paar, aber danach ist der Kontakt doch abgerissen … Nahm ich jedenfalls an; wir können Willy ja mal fragen.«

»Abgründe tun sich auf«, bemerkt Laura heiter.

»Was für Geschichten immer! Ihr müsstet mal ein Buch über unser schönes altes Häuschen herausbringen, Laura … Reg' das doch mal an in deinem Verlag!»

»Heinrich hätte es schreiben können.«

»Das glaube ich allerdings auch …«

Laura will erneut die Vase aufheben, dabei durchzuckt sie ein Schmerz. Tapfer unterdrückt sie jeden Mucks, ist nur darauf bedacht, die Vase wieder sicher abzustellen.

»Ich bringe sie dir nach hinten«, bietet Frieda an.

»Nein, nein, das kann ich schon … Ich bin ja auf dem Weg der Besserung.«

Beim Essen lässt Willy das Schreiben des Amtsgerichts herumgehen.

Frau Roos liest: »Fahrtkosten werden ersetzt, Belege sind vorzulegen!«

»Gut, dass Sie das sagen, Frau Roos. Dann muss ich mir von Carl eine Rechnung schreiben lassen. Das genügt doch als Beleg. Oder?«

»Genügt vollkommen!«, entscheidet Frau Roos, ganz Gerichtspräsidentin.

Eine Woche später brechen Willy und Carl Jörns frohgemut auf. Willy breitet beim Frühstück (im Stehen; es sind ja einige Stunden Fahrt!) noch einmal seine Philosophie aus. Erbt er ein Andenken oder etwas in dieser Art, akzeptiert er; ist es mehr, lehnt er ab. Er hatte nie Besitz, da will er in seinem Alter nicht beginnen, sich damit zu belasten.

Abends kommt ein Anruf aus Bernkastel, Pension so und so. Willy teilt mit, er kommt erst morgen, spätestens übermorgen. Es sind verschiedene Fragen zu klären.

»Was heißt das, Willy?«

»Alles in bester Ordnung, Frieda. Mach dir keine Gedanken ... Wir wollen das nur nach Möglichkeit gleich morgen klären ... Ich erzähl dir alles, wenn ich wieder da bin ... Und Carl hat eine Bitte: Dass du seiner Frau Bescheid sagst.«

»Der bleibt auch da?«

»Ja, er will mir helfen. Er hat in so was 'nen besseren Überblick ... Ist doch ein Geschäftsmann.«

»Ich schließe daraus, du hast etwas materiell Wertvolles geerbt?«

»Frieda, ihr erfahrt alles ... Sag' nur Käthe Bescheid, dass sie sich keine Gedanken macht und die Polizei verständigt oder was. Es ist alles in bester Ordnung. Ich muss jetzt Schluss machen ... Schönen Gruß auch an Frau Roos.«

Frieda legt auf und überlegt: Was soll das heißen? Was hat Frau Roos mit Willys Erbschaft zu tun?

Anna will wissen: »Was genau hat er denn geerbt?«

»Das erfahren wir, wenn er wieder da ist! Vorher nicht!«

»Na, dann müssen wir uns eben so lang gedulden.«

Als Willy am übernächsten Tag zurückkommt, hat man den Eindruck, es kommt ein fremder Mann zurück; ein Mann, der irgendwie an Willy erinnert, der Willys Kleider trägt und auch seine Stimme perfekt imitiert, aber der unmöglich Willy sein kann.

Es stellt sich heraus, Willy ist wohlhabend geworden. Er hat Anteile am renommierten Wehlener Weingut *Henriette Heinrich* (Markenzeichen:

zwei in sich verschlungene H's) und an verschiedenen Mosellagen geerbt; unter anderem gehören ihm nun zwei Hektar der berühmten Lage *Wehlener Sonnenuhr*. Das Weingut, an dem er nun beteiligt ist, befindet sich in der *Hofstraße* von *Wehlen*. Nach Willys Schilderung ist das eine beschauliche, beinahe mittelalterlich wirkende Gasse zwischen Hauptstraße und Moselufer. Wehlen selbst muss man sich als einen in sich geschlossenen Winzerort auf dem linken Ufer der Mosel vorstellen. Allerdings ist Wehlen nicht mehr selbstständig, sondern nach Jahrhunderten der Eigenständigkeit nun ein Teil der Stadt Bernkastel-Kues. Die Weinberglagen, die Willy zugefallen sind, befinden sich auf dem gegenüberliegenden steilen Moselufer. Man denke: Steigungen bis zu 70 Prozent! Im berühmten Weinberg *Sonnenuhr* gibt es tatsächlich eine Sonnenuhr. Ursprünglich sollte sie den Arbeitskräften im Weinberg die Zeit angeben, heute ist sie vor allem ein Markenzeichen, aber immer noch nützlich. An einem schönen Sonnentag, wie gestern einer war, kann man die Uhrzeit sehr deutlich von der Scheibe ablesen.

Rein rechtlich gesehen ist Willy zu vierzig Prozent an dem Grundstück und den Immobilien in der *Hofstraße* beteiligt, selbstverständlich auch zum gleichen Prozentsatz an den hier eingesetzten Gerätschaften wie Flaschen, Fässern, Tanks, Pressen, Filter und so weiter; eben alles, was im Weinbau benötigt wird. Erfreulicherweise befinden sich alle Gerätschaften in ausgezeichnetem Zustand; hier sind vorerst keine Investitionen zu tätigen. Und dann darf nicht vergessen werden, dass Willy zum genannten Prozentsatz auch am Geschäftsvermögen von *Henriette Heinrich oHG* beteiligt ist; am Vermögen, wie es an Henriettes Todestag festgestellt wurde.

Über die Summe spricht Willy nicht, sie scheint aber beträchtlich zu sein.

Die restlichen sechzig Prozent haben die Bourchards geerbt, Jean und Valerie Bouchard aus Luxemburg, patente Leute und weitläufige Verwandten von Henriette, die sehr gut deutsch sprechen, wobei sie das Großherzogtum Luxemburg gern als *Lëtzebuerg* bezeichnen.

Zurzeit wird das Weingut von einem tüchtigen Bekannten der Erblasserin verwaltet, in den Jean und Valerie sofort absolutes Vertrauen setzten. Auch Willy hat bei dem kurzen Kennenlernen – mehr war ja aus Zeitgründen beim besten Willen nicht möglich – den Eindruck gewonnen, der Mann verdient Vertrauen. Er, Willy, ist mit Jean und Valerie überein gekommen, erst mal alles so zu belassen, wie es sich eingespielt hat. Über das Weitere muss man gründlich nachdenken.

Nach Willys Beschreibung sind die Bourchards ausgesprochen weltläufige Leute, ungefähr in seinem Alter. *Er,* Jean, war in jungen Jahren Apotheker, *sie* hat Kunstgeschichte studiert. Gemeinsam machen sie aber jetzt in den gesamten Benelux-Ländern Geschäfte. Sie importieren aus den Vereinigten Staaten und Canada, unter anderem Nylon-Strümpfe, die in Holland und Belgien für umgerechnet 8 DM fünfzig zu haben sind. Umgekehrt exportieren sie auch in die USA, und wenn Willy einverstanden ist, will Jean den Export von *Wehlener Sonnenuhr* in seine Überlegungen einbeziehen. Immerhin gehörte der in Wehlen angebaute Wein mal zu den ersten Weinen der Welt. Die Beiden, Jean und Valerie, haben versprochen, mal in Wiesbaden vorbeizuschauen und hier Hallo zu sagen.

Als Willy endet, wissen weder Frieda noch Laura (sie hat einen kleinen Rückschlag erlitten und ist deswegen zu Hause) mehr zu sagen als *Herzlichen Glückwunsch*.

Aus allem geht hervor, dass Willy alle wesentlichen Entscheidungen bereits getroffen zumindest vorbesprochen hat. Er hat Jean und Valerie versprochen und mit Handschlag besiegelt, dass er, falls er verkaufen wird, wohlgemerkt falls!, er ihnen das Vorkaufsrecht einräumt. Carl Jörns, der ihn sehr gut beraten hat, hatte den glücklichen Vorschlag gemacht, dass im Fall der Fälle Willys Wehlener Besitz zu hundert Prozent an die Bouchards geht, wobei der Verkehrswert von einem neutralen Sachverständigen ermittelt wird. Auf diesen Verkehrswert sollen dann noch mal, sozusagen als ein Freundschaftsbonus, zehn Prozent aufgeschlagen werden. Jean und Valerie haben sofort akzeptiert, ohne Wenn und Aber. Sie sind ja brennend daran interessiert, dass sie sich bei *Henriette Heinrich* nicht mit irgendwelchen Aasgeiern herumschlagen müssen. Der Name bleibt übrigens erhalten, das ist ebenfalls beschlossene Sache. Allerdings soll die Werbung aufgefrischt werden; der Auftritt hat doch etwas Altbackenes, wobei der Wein allerdings erste Sahne ist. Willy hat sowohl vom Kabinett Wein wie von der natursüßen Spätlese je zwölf Flaschen mitgebracht. Er wird ja in Kürze wieder in Wehlen sein, dann kann er etwas mehr mitbringen. Das soll nur mal eine Kostprobe sein. Wenn er das nächste Mal nach Wehlen fährt, wird er auch Henriettes Grab besuchen. Diesmal war einfach keine Zeit dazu. Er bedauert es auch, dass er nicht an der Beerdigung teilnehmen konnte. Aber wer hätte an ihn denken sollen?

Am nächsten Tag unterhält sich Frieda mit Carl. Es stellt sich heraus, alles ist so, wie Willy es geschildert hat. Es war auffallend, wie geschäftsmäßig sich Willy benommen hat, nichts von seinen üblichen Faxen und Sprüchen. Ab und zu hat er sogar Ausdrücke aus der Wirtschaftssprache benutzt, mit denen er, Carl, nichts anfangen konnte, die den Bourchards aber durchaus geläufig waren.

Frieda denkt da: Die Anfangslektionen in den Finanzwissenschaften, die er so gründlich studiert und selbst Evchen beibringen wollte, haben Früchte getragen. Vielleicht sollte er das Kind weiter unterrichten.

Und was schätzt Carl, was das alles wert ist, nur mal grob überschlagen?

Grob geschätzt, erwidert Carl, sind das mindestens eine Million; es kann auch wesentlich mehr sein. Allerdings soll Frieda bedenken, es kommt jetzt auch das Finanzamt; Erbschaftssteuer! Und die sind in solchen Fällen nicht pingelig!

Willy ist Millionär geworden?

Grob geschätzt!

Dann finanziert er mir den Lift, beschließt Frieda.

Zum Mittagessen findet sich wieder der alte, allen vertraute Willy ein. Als er sich den ersten Löffel Suppe aus der Schüssel nimmt, sagt er verschmitzt: »Frieda, eine Viertelstunde gut geerbt, ist besser als ein ganzes Leben lang hart geschafft!«

11.

Anfang Oktober 1950 kommt die ganze Heimtücke der Frau Roos ans Licht.

Frieda hat in den letzten Monaten mehrfach beobachtet, wie sie ins *Bristol* 'rüber ging. Sie hat sich nichts dabei gedacht; nahm einfach an, Frau Roos und Frau Adamy würden sich gegenseitig das Herz ausschütten. Spätestens bei ihrem, Friedas, schönem Geburtstagsfest haben sie ja ihre Sympathien füreinander entdeckt.

Als sie aber sieht, wie sich Frau Roos und *Herr* Adamy beim Abschied die Hände schütteln und beobachtet, dass auch der Rechtsanwalt Rönnefeld aus der Langgasse an dem Gespräch teilgenommen hat, klingelt bei ihr der Wecker. Das läuft was! Aber was?

Am nächsten Morgen spricht Frieda Frau Roos direkt darauf an und die gibt unumwunden zu, dass sie zu den Adamys überlaufen wird. Sie wird hier kündigen und sich während der Zeit bis Weihnachten auf der anderen Straßenseite betätigen. Danach wird die endgültige Entscheidung gefällt.

Welche Entscheidung?

Nun, antwortet Frau Roos in ihrer schnippischsten Art, sie wird nicht Zimmermädchen bei den Adamys; sie wird sich einarbeiten. Kommt alles so wie be- und versprochen, wird sie deren Haus übernehmen. Herr Adamy kann nicht mehr und Frau Adamy will nicht mehr und sie, Renate Roos, sucht etwas Eigenes.

Frieda bleibt sehr ruhig, erwidert gefasst: »Frau Roos, ich verstehe Sie und ich verstehe die Kollegen Adamy. Dennoch bin ich sehr enttäuscht von Ihnen. Ich dachte, Sie hätten mehr Vertrauen zu mir. Wieso haben Sie mich denn nicht gefragt, ob Sie den *Petersburger Hof* haben können? … Ich habe auch keine Lust, für alle Zeiten …«

»Ach, das ist doch nicht wahr!« unterbricht Frau Roos sie kalt. »Sie geben die Zügel erst ab, wenn Sie im Grab liegen! Und dann ist es auch noch nicht sicher.«

»Sie kennen mich schlecht. Ich muss nicht bis an mein Lebensende Matratzen vermieten! Sie sehen doch, wie sich die Dinge über Nacht ändern können … Wer weiß, vielleicht würde es mir an der Mosel auch gefallen.«

»Wollen Sie etwa Winzerin werden?«

»Nein, will ich nicht. Ich will überhaupt nichts werden … Ich will mir das Leben auch mal schön machen, einfach gar nichts tun; Gott einen lieben Mann sein lassen. Machen andere ja auch. Wo steht geschrieben, dass ich in Zimmer 1 sitzen muss und Rechnungen schreiben und aufpassen muss, dass die Fremdenzettel richtig ausgefüllt werden? Wenn ich denke, wie früher die reichen Russen ihr Leben genossen haben …«

»Aber Sie doch nicht! Sie haben doch neulich selbst gesagt, Sie konnten Ihre Lourdes-Fahrt gar nicht richtig genießen, weil Sie von morgens bis abends darüber nachgedacht haben, was hier los ist und ob wir's schaffen!«

»Sie haben es sogar ganz großartig geschafft; ich habe mich ja schon bedankt. Frau Roos, ich sehe, Sie haben sich festgelegt … Da kann ich Ihnen nur noch alles Gute wünschen! Wenn ich Ihnen bei der Kreditbeschaffung helfen kann, mache ich das gerne. Sie wissen ja, ich bin im Beirat der *Wiesbadener Bank* ...«

»Da ist mein Bekannter auch!«, antwortet Frau Roos bissig.

Frieda bewundert sich dafür, wie ruhig sie bleibt. Auf die unverschämte Bemerkung erwidert sie nur: »Gewiss, Herr Bleibtreu und ich haben uns ja schon sehr nett unterhalten ... Gut, wenn Sie meine Hilfe nicht brauchen und alles anderweitig regeln können, bitte! Ich hoffe nur, dass Sie nicht zu viele meiner Gäste mitnehmen.«

»Ich nehme überhaupt keine mit! Die Adamys haben ihre eigenen Gäste«, behauptet Frau Roos und Frieda erwidert scharf: »Die reichen Ihnen aber nicht! Das kann ich Ihnen jetzt schon sagen!«

»Wir werden sehen! Deswegen habe ich mir ja Bedenkzeit auserbeten ... Wir haben uns überlegt, Doktor Bleibtreu und ich, die Bücher zu prüfen ist eine Sache, aber konsequent in jede Ecke zu sehen, etwas anderes. Dabei entdeckt man nicht nur Negatives, dabei entdeckt man möglicherweise auch *Potential*.«

»Frau Roos, das machen Sie alles so, wie es Ihnen passt ... Wann wollen Sie hier aufhören?«

»Sobald es geht.«

»Na, dann würde ich sagen, machen wir gleich heute Schluss ... Ich muss lernen, wieder ohne Ihre Hilfe auszukommen. Wird nicht einfach sein, das gebe ich gerne zu, aber es muss gehen ... Möchten Sie ein Zeugnis oder so etwas?«

»Ich denke nicht, dass mir das weiterhilft.«

»Wie Sie wollen. Ich danke Ihnen für Ihren Einsatz und wünsche Ihnen nochmals viel Erfolg bei Ihrem Vorhaben! Und diesen Monat bezahle ich Ihnen voll.«

»Sehr gütig«, schnappt Frau Roos, sucht in den verschiedenen Ecken ihre Siebensachen zusammen, verabschiedet sich von den Hausmädchen, aber nicht von Willy, der zu früh zum Essen kommt, und geht direkt rüber zu den Adamys.

Das ist schon frech; *provozierend* wird solches Benehmen neuerdings genannt. *Legt ein provozierendes Verhalten an den Tag* – das ist genau die passende Bezeichnung für das Verhalten von Frau Roos.

Oh, oh, gute Frau, denkt Frieda. Du wirst auch noch eines Tages ankommen und betteln; die Adamys hatten auch nicht daran gedacht, dass sie mich eines Tages kniefällig um Hilfe anflehen würden! Das Leben ist noch lang!

Frieda bespricht den Vorfall mit dem Weingutbesitzer Willy Heybach, der zufällig in dieser Woche in Wiesbaden ist. Er führt, auch im Namen der Familie Bouchard, Gespräche mit Söhnlein-Sekt in Schierstein. Willy schätzt die Situation sofort richtig ein. Er sagt: »Frieda, die sitzt jetzt auf dem hohen Ross, weil sie ihren Doktor Gänseblümchen, oder wie er heißt, als Stütze hat ...«

»Er heißt Bleibtreu!«

»Auch recht. Ein anonymer Brief an die Ehefrau Bleibtreu und die ganze Sache sieht schon wieder anders aus.«

»Wieso? Kennst du die Frau?«

»Keine Ahnung, ob es überhaupt eine Ehefrau gibt ... Ich hab' nicht die geringste Vorstellung von den privaten Verhältnissen des guten Mannes. Aber ich kann mir vorstellen, im Vorstand von Dyckerhoff sind sie ebenfalls nicht begeistert, dass er ein Verhältnis mit einer ehemaligen Schreibkraft von ihnen unterhält. Womöglich führen die Beiden sogar eine wilde Ehe, die irgendwie getarnt wird ... Ich versichere dir, Frieda, wenn ich noch Detektiv im *Reichsbund Deutscher Detektive* wäre und ich bekäme den entsprechenden Auftrag – ich würde was Belastendes finden. In solchen Fällen findet sich immer was Belastendes.«

»Das glaube ich dir unbesehen, Willy. Frau Roos hat wirklich Glück, dass du heute keine Zeit mehr für so was hast; dass du andere Aufgaben bewältigen musst. Aber soll ich dir sagen, was ich mache? Nichts! Nicht das Geringste ... Und selbst, wenn ich Vor- und Zuname und die exakte Adresse einer Ehefrau Bleibtreu hätte, ich würde nicht einen Finger rühren. Ich habe hier auch mal angefangen und war glücklich, dass mir Herr Maison geholfen hat – völlig uneigennützig ... Wahrscheinlich hätte ich unser Haus heute noch nicht, wenn ich ihn nicht über drei Ecken gekannt hätte ... Wie das alles so kommt im Leben! Herr Maison war der Arbeitgeber meiner Freundin Anna und gab mir die besten Ratschläge, als es soweit war ... Sicher, es sieht so aus, als ob Frau Roos ein Verhältnis mit Doktor Bleibtreu hätte ...«

»Es sieht nicht nur so aus! Das behauptet sie in jedem dritten Satz!«, meldet sich die *schiefe Lucie* zu Wort.

»Also gut, sie will diesen Eindruck erwecken. Aber das beweist noch gar nichts! Was sich wirklich zwischen zwei Menschen abspielt, bekommt ein dritter nicht raus ... Und wenn es nicht Frau Roos ist, die da drüben wirtschaftet, dann ist es eben ein Herr Soundso und seine zänkische Frau! Konkurrenz gibt's immer, das kann ich nicht verhindern.«

Alles klingt abgeklärt und wahr, aber kein Wort davon ist echt. Frieda könnte das Weibsbild erschlagen. So viel Hinterlist und Untreue! Verhandelt dieses Aas hinter ihrem Rücken mit den Adamys, ausgerechnet mit den Adamys!

Na ja, warten wir's ab. Das Leben ist noch lang, liebe Frau Roos.

Ein paar Tage später trifft Frieda der nächste Verrat.

Frans kommt auf eine Tasse Kaffee, kündigt an, dass sich Claire auch gleich blicken lassen wird – gegenwärtig ist sie beim Orthopäden – und teilt mit, er hat berechtige Hoffnung, dass die in Hamburg ansässige Filmfirma *Ideal Pictures*, für die er gegenwärtig einen untreuen Prokuristen spielt (eine kleine, aber dankbare Rolle in einem Polizeifilm) ihn in Zukunft fest als *Aufnahmeleiter* beschäftigen wird.

»Wie hast du denn das geschafft?«, erkundigt sich Frieda voller Anerkennung.

»Die *AFIFA* hat mich empfohlen ... du kannst auch sagen, weitergereicht.«

Frans glaubt, für einen solchen Posten durchaus geeignet zu sein, Film liegt ihm, das hat er jetzt erfahren, und schließlich hat er in seinem früheren Leben in den Niederlanden ausschließlich gemanagt und organisiert.

Eben.

Frans und Frieda begeben sich in Zimmer 2, nehmen am Fenster Platz. Frieda setzt sich so, dass sie den Geisberg im Auge behalten kann. Sie möchte nicht, dass das Klärchen sie überrascht, wobei sie ja an und für sich gar nichts anderes machen, als eine Tasse Kaffee zu trinken.

Allerdings hat Frans dabei seine Hand besitzergreifend auf ihrem Bein, was eine Ehefrau leicht missverstehen kann.

Frans drängt wie verliebt: Wann kann er Frieda wiedersehen? Er will sie unbedingt sehen.

Eins nach dem anderen, sagt Frieda dazu. Jetzt trinken sie erst mal in Ruhe Kaffee und Frans soll ihr alles über den Posten beim Film erzählen. Will er einen Cognac dazu? Oder ein Plätzchen?

Nichts, danke.

Bevor er zum Kern der Sache kommt, verliert Frans noch mal einige Worte über seine gegenwärtige Rolle. Die Dialoge sind dermaßen gestelzt, dass er eigenmächtig einige Sätze geändert hat; damit hat er ausschließlich Anerkennung erfahren. Und was seine Chance betrifft,

Aufnahmeleiter zu werden, da kann er nur sagen: Es sieht sehr, sehr gut aus!

Und jetzt erfolgt eine Mitteilung, die er leichthin serviert, so, als handele es sich um eine Belanglosigkeit, um irgendeine Bagatelle.

Frans gesteht, das finanziell gut dotierte Angebot hat einen Haken; er muss dafür nach Hamburg ziehen. Dort will ihm die Firma auf der Stelle eine Zweieinhalb-Zimmer-Wohnung in einem Neubau zur Verfügung stellen. Die sehr schöne, sehr helle Wohnung hat Blick auf einen netten See, der merkwürdigerweise die *Militär-Badeanstalt* genannt wird.

»Aha«, ist alles, was Frieda dazu bemerkt.

»Bist du nicht einverstanden?«

»Frans«, erwidert sie ebenso beiläufig, wie er ihr die anstehende Veränderung mitgeteilt hat, »auf mich kommt's in diesem Zusammenhang wirklich nicht an. Das musst du mit deiner Frau klären. Oder ist es bereits geklärt?«

Frans zuckt mit den Schultern.

Frieda verlangt daraufhin – und nicht mehr ganz so konziliant wie bisher: »Würdest du freundlicherweise mal deine Hand da wegnehmen? Wir sind hier nicht in der *Pension Seitensprung*!«

Frans verlegt sich darauf, um ihre Zustimmung zu betteln. Beim Film zu arbeiten, war schon immer sein Traum …

»Dann macht es mich ja richtig froh, dass ich dich auf die Idee gebracht habe!«

»Soll ich einen Fußfall machen?«, erwidert Frans bockig.

»Was willst du machen?«

»Eine Niederwerfung … *einen Kniefall*! So lautet das Wort!«

»Ja, wäre nicht schlecht; normalerweise werden Deserteure erschossen!«

»Nur im Kriegsfall!«

»Dich sollten sie trotzdem erschießen … Kennst du das Lied *Ich hab' mich so an dich gewöhnt …*? So geht's mir! Und jetzt willst du einfach weg, so mir nichts, dir nichts?«

Er antwortet nichts, daraus schließt sie: Er hat bereits zugesagt.

»Und wo genau in Hamburg werdet ihr wohnen? An der Alster? Oder in der Hafengegend? In St. Pauli?«

»In Tonndorf, wenn dir das was sagt … Das liegt eher im Osten von Hamburg.«

»Am Wasser?«

»Eigentlich nicht, nein, die Gegend ist eher ländlich geprägt, an Wasser gibt es, soweit ich weiß, nur die *Militär-Badeanstalt.*«

Er hat nicht verstanden, warum der See ausgerechnet einen solchen Namen trägt; bei seinem Besuch in Hamburg konnte man es ihm nicht genau erklären.

Wie? Er war schon in Hamburg?

Man hatte ihn eingeladen und er hat sich selbstverständlich präsentiert. Fahrtkosten wurden gestellt.

»Na ja, das war ja schon mal was«, erklärt Frieda und lässt den Verräter in Zimmer 2 sitzen.

Klärchen kommt etwa eine Viertelstunde später und findet Frieda in der Küche vor; Frans sitzt immer noch in Zimmer 2 und raucht. Frieda begrüßt das Klärchen sehr nett, aber Klärchen stellt ziemlich spitz die Frage: Träumt Frieda nicht mehr? Will sie nichts mehr wissen?

Frieda erwidert ihr, mancher Traum ist tatsächlich ausgeträumt ... Insofern konnte sie sich in letzter Zeit mit dem *Ägyptischen Traumbuch* behelfen. Und wie geht's ihr so? Sie war beim Orthopäden, hat Frans berichtet.

Klärchen erwidert, Frieda habe es sicher bereits von Frans erfahren. Ihr Leben im Zirkuswagen gehe zu Ende; demnächst hätten sie wieder Boden unter den Füßen wie normale Menschen und müssten nicht bei jedem Regen durch Matsch und Schlamm laufen.

Frieda versucht gar nicht erst, so zu tun, als verrate ihr das Klärchen ein Geheimnis.

Ja, erwidert Frieda, sie habe die große Neuigkeit eben erfahren; die Familie t'Hooft wolle Wiesbaden verlassen?

»Eben erst? Ich dachte, Frans wäre offenherziger. Würde dich mehr an seinem Leben teilhaben lassen!«

»Nein, so offenherzig ist er leider nicht. Das war eine absolute Neuigkeit für mich.«

Das Verhältnis zwischen Frans, Klärchen und ihr ist nicht mehr so ungetrübt wie früher. Ab und an zeigt Klärchen Zeichen von Eifersucht und lässt Spitzen ab, wie jetzt wieder. Einmal hat Frieda sie zur Rede gestellt, und dabei kam raus, Klärchen vermutet, Frieda und ihr Mann würden ... hätten ... könnten.

Lächerlich! hatte Frieda behauptet und die Beleidigte gespielt.

Angeblich hat sie mit dem Kapitel Erotik längt abgeschlossen; aber auch mit allem, was Erotik angeht. Bei der bewussten Auseinandersetzung hatte sie gesagt, sie hatte ihre Männer, jetzt habe sie Enkelkinder; die seien weitaus erfreulicher! Sich vor einem Mann auszuziehen, wirke in ihrem Alter nur noch peinlich.

Klärchen hatte ihr nur halb geglaubt. Hatte vor und auch nach dem Disput Frans die Daumenschrauben angesetzt. Dass sie Doris deswegen aushorchen wollte, ist ebenfalls eine Tatsache. Das hat Frieda direkt von Doris. Aber die hatte getan, als falle sie aus allen Wolken. In dieser Hinsicht ist Doris mit allen Wassern gewaschen. Betrug, hatte sie dem Klärchen aufgebunden, könne sie sich bei ihrer Freundin Frieda beim besten Willen nicht vorstellen. Das liege nicht in deren Natur.

Frieda sagt sich, als das merkwürdige Pärchen abgezogen ist: Wir betrügen alle; wir sind als Betrüger auf die Welt gekommen! Jeder auf seine Weise.

Sie beschließt: Keinen einzigen weiteren Besuch am Sedanplatz. Das war's! In Zukunft wird sie sich Frans im Kino ansehen, wenn überhaupt.

12.

In einigen Tagen ist es endlich soweit, am 19. November findet die Landtagswahl statt. Und genau jetzt platzt die Bombe.

Anna kommt am hellen Tag nach Hause, ist kreidebleich, und bittet Frieda, mit ihr nach oben zu gehen, in Zimmer 10.

Frieda hat ihr, aus Sentimentalität und Aberglaube, für den Wahlkampf die Zimmer 9 und 10 überlassen. Vor einer Ewigkeit hat hier der Reichstagskandidat Lehmann seinen Wahlkampf geplant und am Ende gegen alle Wahrscheinlichkeit sogar gewonnen. Diese Reminiszenz soll Anna Glück bringen. Anna hat die Zimmer zu ihrem Büro umfunktioniert und es sieht jetzt hier ähnlich aus wie damals bei Herrn Lehmann. An den Wänden hängen Karten der verschiedenen Orte ihres Wahlkreises Wiesbaden II und mit Reißnägeln sind Plakate mit Ankündigungen der verschiedenen Wahlveranstaltungen angeheftet, auf dem Boden Stapel von Broschüren und Werbezetteln. In Zimmer 10 steht ein runder Tisch mit acht Stühlen, hier wird konferiert, aber auch Werbematerial gefaltet, in Umschläge gesteckt und adressiert. In Zimmer 9 ist die Hälfte des

Doppelbettes abgeschlagen und der Rest mit einem großen bunten Tuch abgedeckt. In diesem Bett kann Anna zur Not schlafen, wenn ihr vor Erschöpfung die Augen zufallen, und das ist beinahe jede Nacht der Fall. Der Platz, der durch das Abschlagen des Bettes frei geworden ist, wird für einen Schreibtisch genutzt. Die Genossin Hannelore Flach verrichtet hier ihre Arbeit; diese Genossin ist Anna vom Parteibüro ausgeliehen worden.

Als Frieda und Anna die Zimmer betreten, sagt Anna: »Hannelore, mach Schluss für heute ... Du hast es verdient.«

»Es ist ja nicht mal drei Uhr! ... Ich hab' das Protokoll auch noch nicht fertig ... «

»Du hast so viele Überstunden gemacht, da stehen dir auch mal ein paar Freistunden zu.«

»Ich dachte, das Protokoll wird heute Abend gebraucht? ... Die Biebricher haben ausrichten lassen, sie kommen um sieben ...«

»Ich weiß! Dann muss es mal ohne Protokoll gehen! ... Das machst du morgen fertig.«

Hannelore, eine ältere Kriegerwitwe, zieht das Schreiben, an dem sie gearbeitet hat, aus der Maschine, ordnet verschiedene Papiere und Bleistifte, deckt die Schreibmaschine ab und erhebt sich endlich. »Wie ist denn das Wetter draußen?«, fragt sie dabei.

»Stürmisch und kalt«, erwidert Frieda, die heute noch keinen Fuß vor die Tür gesetzt hat. Frau Flach blickt aus dem Fester, es schneit leicht. Darauf nickt sie, tauscht ihre Schuhe gegen Gummistiefel, zieht ihren schweren, dunkelgrünen Dufflecoat an und erklärt: »Ich mache dann morgen weiter!«

»Sehr gut!«

»Aber ich komme erst um zehn, morgen ist ...«

»Ja, ich weiß, morgen ist Samstag«, bestätigt Anna.

»Ja, dann«, verabschiedet sich die Genossin.

Anna erkennt den guten Willen der Frau an. Aus irgendeinem Grund geht sie ihr jedoch auf die Nerven. Wahrscheinlich, weil sie zu pingelig ist.

Anna setzt sich auf das Bett und fragt Frieda: »Du ahnst, worum es geht?«

Frieda vermutet: »Es ist rausgekommen.«

»Du sagst das so, als hätte ich einen Tresor der *Wiesbadener Bank* geknackt.«

»Anna, es ist doch egal, wie ich es formuliere. Wichtig ist nur, dass sie rausgekriegt haben, dass du mit dem Feind schläfst… *Wie* haben sie es herausgekriegt?«

»Keine Ahnung … Vor einer Stunde hat mich Ludwig Bodenbender in sein Büro zitiert und da wartete schon ein Genosse aus Nordhessen, eine besonders stille Natur; anscheinend soll er den Zeugen spielen. Die Beiden haben mir die Pistole auf die Brust gesetzt. Ludwig hat mich unumwunden gefragt, ob ich Kontakte mit dem Kollegen Zainas von der kommunistischen Fraktion unterhielte. Er hat das so formuliert, dass ich hätte sagen können: ›Nur die üblichen Verbindungen, die wir alle untereinander haben‹. Ich kenne ja Ludwig, er will mir nichts Böses. Er ist eigentlich immer auf meiner Seite. Wir waren lange genug gemeinsam im Aufbau-Ausschuss, da lernt man einen Menschen kennen. Ich habe gespürt, er will mir einen Ausweg eröffnen. Aber ich dachte: Sind wir schon wieder da gelandet? Müssen wir uns schon wieder dafür rechtfertigen, was wir denken und mit wem wir uns treffen? Deswegen habe ich ihm gesagt: ›Wir haben nicht nur Kontakte, wir haben eine Liebesbeziehung. Und wer will das nun wissen?‹«

»Und? Wer wollte es wissen?«

»Die alte Fraktionsführung natürlich; das haben sie ja nicht heute Morgen herausgefunden … Sie haben fein abgewartet, bis Ludwig gewählt war und dann sind sie damit herausgerückt. Es spricht für Ludwig, dass er nicht irgendeinen Hansel vorgeschickt hat, sondern dass er direkt mit mir darüber gesprochen hat … Er ist seit gestern Fraktionsvorsitzender und hat mich am nächsten Tag als Klotz am Bein. Ich kann mir vorstellen, wie sie sich gesagt haben: ›Hannemann, geh du voran! Da kannst du dich gleich beweisen! Ist eine harte Nuss, die Genossin Anna Wienandt; die Nazis haben sich an der schon die Zähne ausgebissen.‹«

»Das geht wirklich gut los für den armen Mann … Erster Tag im Amt und dann das … Hat er irgendwelche Konsequenzen angedeutet? Oder angedroht?«

»Nein, Ludwig hat sich meine Erklärung angehört, den Kopf geschüttelt und dann durfte ich wieder abziehen … Wie gesagt, Ludwig ist nicht das Problem.«

»Sondern?«

»Das habe ich dir doch schon mehr als einmal auseinandergesetzt. Du hast doch jedes Detail mitgekriegt … Für die Rechten bin ich eine

Art *Rosa Luxemburg*. Der Wahlkreis ist mir doch nicht zugeflogen, den musste ich mir *erkämpfen*. Da fallen Späne!«

Frieda überlegt: »Von sich aus werden sie das Thema vor der Wahl nicht breit treten, auch deine speziellen Freunde nicht ...«

»Darauf vertraue ich auch.«

Frieda fährt fort: »Jeder Skandal jetzt schadet allen, der ganzen SPD. Ich kann mir nicht vorstellen, dass sie von sich aus ... Oder ist das schon in der Öffentlichkeit? Bringt eine Zeitung was? Oder der Rundfunk?«

»Ich weiß es nicht, ich kann's dir nicht sagen. Es war wie in der Schule ... Du musstest aufstehen, der Lehrer Heyl hat dich was gefragt, den Mund verzogen und dann gab's einen Eintrag ins Klassenbuch! ... Mir ist so flau im Magen ...«

»Willst du was nehmen?«

»Habe ich schon.«

Frieda versucht sie aufzurichten: »Anna, ich kann mir beim besten Willen nicht vorstellen, dass sie vor der Wahl auch nur das Geringste unternehmen. Und hinterher kann's dir egal sein, dann bist du gewählte Abgeordnete, Vertreterin des hessischen Volkes – mit Immunität ... Was dann ist, wird man sehen.«

»Frieda, es sind noch neun Tage bis zur Wahl; das ist eine Ewigkeit ... Nehmen wir mal an, der *Kurier* deutet etwas an oder das *Tagblatt* ...«

»Die können andeuten, was sie wollen, Anna!«

»Ich will nur vorbereitet sein ... Erinnere dich, wie entsetzt du warst, als du uns im Schlosspark erwischt hast ...«

Frieda versucht zu scherzen: »Nicht so wie Evchen«.

»Machen wir uns nichts vor, wenn auch nur ein Journalist andeutet, ich habe etwas mit einem Kommunisten, bin ich erledigt. Ein Kommunist ist in den Augen der Leute mittlerweile schlimmer als der Teufel ... Ein Teufel kann nichts dafür, dass er Feuer spuckt, aber ein Kommunist macht das mit Absicht ... ist mit Absicht bösartig und teuflisch ... Willst du nicht endlich sagen: ›Ich habe dich gewarnt‹?«

»Anna, davon haben wir nichts, wenn wir uns streiten ... Versuch gar nicht erst, dass wir uns in die Haare kriegen ... Das ist kein Spaß! Wenn ich dran denke, wie du dich in den letzten Monaten für deine Partei zerrissen hast, wie viele Reden du gehalten hast, wo du überall aufgetreten bist – und das soll alles für die Katz sein, weil sich ein Mann zu dir gelegt hat?«

Anna erwidert trotzig: »Und noch dazu so selten ... Frieda, wenn ich untergehen muss, dann gehe ich mit fliegenden Fahnen unter. Dann haue ich ihnen ihren verlogenen Antikommunismus um die Ohren. Ein Pieck oder Ulbricht oder Grotewohl machen, was Stalin von ihnen erwartet! Ja, machen sie. Ja, und? Stalin ist einer der Sieger, nicht weniger als Truman und Churchill, eher mehr, und er erwartet, dass in seiner Besatzungszone das gemacht wird, was auch in Russland Gesetz ist. Nenn sie Stalins *Befehlsempfänger*, sind sie. Aber halte ihnen zugute, dass sie aus freien Stücken Sozialisten waren, als das noch möglich war. Wenn sie nun den Sozialismus ansteuern, dann machen sie das für die Russen, richtig. Aber es entspricht auch ihren eigenen Vorstellungen. Ich für meinen Teil nehme ihnen ab, dass sie tatsächlich die Grundwerte Gleichheit, Gerechtigkeit und Solidarität und eine sozial gerechte Wirtschafts- und Gesellschaftsordnung anstreben. Dagegen ein Senator McCarthy! Ohne Not, aus reinem Machthunger, hämmert er seinen Wählern ein, alle Misserfolge der US-Politik seien die Folge von Verrat und Sabotage durch Kommunisten. Schwachsinn! Seinen Senatsausschuss zur *Untersuchung unamerikanischer Umtriebe* hätte auch Goebbels erfinden können. Reine bösartige Gesinnungsprüfungen! Das fängt in Amerika an und wann sind wir dran? Der Angestellte soll den Chef anzeigen, der Freund soll den Freund verraten, Kinder ihre Eltern. So was hatten wir schon, das kennen wir. So etwas brauchen wir nicht noch mal, und die Amerikaner auch nicht ... Du hattest recht, Frieda, der lange Arm der Amerikaner reicht bis ins hessische Parlament. Womöglich haben die den Tipp gegeben! Ab heute halte ich es für möglich!«

»Du weißt doch gar nicht, ob die Amerikaner etwas damit zu tun haben. Wenn sie dich bloßstellen wollten, hätten sie es schon getan ... Was haben sie denn davon?«

»Einen Schreihals weniger ...«

»Na ja ... Du bist wirklich nicht zimperlich, wenn's gegen die Amis geht ... Ich habe dich ja zweimal erlebt. Mir ist die Luft weggeblieben. Du, eine liebe Freundin von Adenauer, und dann solche Reden.«

»McCarthy habe ich doch nur in drei Sätzen ...«

»Meinst du, wie du ihnen den Korea-Krieg und die Wiederbewaffnung um die Ohren haust, gefällt ihnen besser?«

»Habe ich Unrecht? Der letzte Weltkrieg ist gerade fünf Jahre vorbei und der nächste bahnt sich an. Die Welt befindet sich an den Ufern des dritten Weltkriegs. Das steht nicht nur so in den Zeitungen und das rede ich nicht nur dahin, es ist so. Noch wird in Korea ein rein lokaler Krieg geführt, schrecklich nur für die Koreaner. Aber die Chinesen haben Millionen von Soldaten unter Waffen, Mao ist siegestrunken, die Russen unterstützen *ihre* Koreaner mit den neuesten Waffen. Da finden doch bereits grauenhafte Gefechte statt. Und wenn alle Stricke reißen, besitzen die Amerikaner Atomwaffen. Zweimal haben sie schon bewiesen, dass sie sie einsetzen, wenn es ihnen notwendig erscheint. Wieso übertreibe ich, wenn ich sage, der Korea-Krieg kann unser aller Untergang werden? Er muss gestoppt werden, solange es noch möglich ist! Meine einzige Hoffnung ist, dass Amerika den Kampf einstellt, weil es gegenwärtig nicht die Streitkräfte besitzt, große Schlachten zu schlagen. Von den zwölf Millionen Soldaten des Zweiten Weltkriegs sind gerade noch anderthalb Millionen unter Waffen. Das Budget des Verteidigungsministeriums beträgt in diesem Jahr 14,2 Milliarden Dollar; 1945 waren es noch 91 Milliarden. Militärisch gesehen ist die Weltmacht Amerika im Moment bestenfalls eine schwache Weltmacht. Ich lese in den amerikanischen Zeitungen, die Truppen, die in Korea an die Front geworfen werden, sind unterbesetzt, schlecht ausgebildet, die Ausrüstung ist erbärmlich und das Korps der Offiziere bestenfalls Mittelmaß.«

»Na, da können wir ja Hoffnung haben, dass der Weltkrieg Nummer Drei doch noch in letzter Minute abgeblasen wird«, kommentiert Frieda Annas Wahlrede und kommt dann wieder zum Kern der Sache: »Anna, im Augenblick geht es um deinen Kopf! ... Jeder rasende Reporter bei der *Nachtausgabe* kann dich mit einem Artikel von zwanzig Zeilen erledigen.«

»Ist Gebhard es wert, deiner Meinung nach?«

»Das weiß ich doch nicht, ich kenne den Mann kaum.«

»Aber?«

»Wenn du so fragst: keiner ist es wert.«

Als sie abends im Bett liegt, ist Frieda immer noch derart aufgeregt, als ginge es um ihre Zukunft statt der von Anna. Es gibt nur zwei Menschen auf der Welt, für die sie, wenn nötig, ihr Leben opfern würde; das sind Laura und Anna. Und beide müssen derart kämpfen! Laura befindet sich im nächsten Zimmer; sie ist auch noch wach. Frieda hört sie ab und zu rumoren, aber heute Nacht kommt sie offenbar allein zurecht. Anna ist oben geblieben, kam nicht mal zum Abendessen runter. Frieda kann sie verstehen, alles steht auf des Messers Schneide.

Es war von vorneherein klar, dass die Sache mit Herrn Zainas keine Zukunft haben würde. Gegen alle Vernunft hat sie, Frieda, die Liebschaft aber sogar noch unterstützt; mehrfach hat sie Herrn Zainas ein Zimmer im Haus vermietet, ganz regulär mit Rechnung und allem drum und dran. Ob Anna ihn in seinem Zimmer besucht hat oder nicht, wer soll das wissen und wen geht das was an?

Herr Zainas ist soweit ein ganz ansehnlicher Mann, Heimatvertriebener. Er stammt aus Ostpreußen, genau genommen aus Tapiau, einem Ort keine fünfzig Kilometer von Königsberg entfernt, und seltsamerweise ist er in der dortigen *Irrenanstalt* geboren worden. Darüber hat er selbst einen mageren Witz gemacht; der Hintergrund davon ist, dass seine Mutter dort Ärztin war. Von ihm hat sie, Frieda, erfahren, Tapiau ist auch der Geburtsort des Malers Lovis Corinth (bis dahin hatte sie den Namen des berühmten Malers noch nie gehört) und wurde vom Krieg sehr mitgenommen.

Der einzige Fehler, den Herr Zainas hat, ist seine Sprechweise. Er spricht derart laut, als müsse er ständig einen ganzen Saal auf seine Seite ziehen. Frieda darf sich gar nicht vorstellen, wie das ist, wenn er mit Anna zärtlich werden will.

Na ja, das ist deren Sache.

Und das andere große Manko ist selbstverständlich die Tatsache, dass er Kommunist ist, selbst, wenn sich das nicht auf den ersten Blick bemerkbar macht. Nachdem, was in der sowjetisch besetzten Zone vorgeht, hinter dem *Eisernen Vorhang*, wie man jetzt sagt, haben die Kommunisten in Westdeutschland keinen Kredit mehr. Sie hat vorhin Annas Verteidigung der Kommunisten nicht widersprochen, doch nicht ein Wort davon entsprach dem, was sie denkt. In ihren Augen ist Kommunismus Vergewaltigung des Menschen und gehört bestraft. Kürzlich hat im Haus ein schwer getroffener Mann übernachtet, ein Herr Boddin, dem die Kommunisten sein 80-Betten-Hotel auf der Insel Rügen abgenommen haben. Anna sollte sich mal anhören, mit welchen rabiaten, bösartigen Methoden die Kommunisten vorgegangen waren, widerlich! Der Mann hat geweint, dass ihm die Tränen nur so runterliefen, und ihr hatte sich das Herz verkrampft.

Von wegen Gerechtigkeit und Solidarität!

Herr Boddin musste bei Nacht und Nebel mit nichts als einem Rucksack fliehen und war Gott dankbar, dass er das wenigstens unbeschadet geschafft hat. Er wäre sonst für Jahre eingesperrt worden.

Das ist Kommunismus!

Frieda wünscht Anna von Herzen, das sie mal den Mann findet, den sie verdient. Gut, es gibt nicht viele Männer, mit denen man sein Leben teilen möchte. Millionen sind im Feld geblieben und die, die zurückgekommen sind, haben ihre Defekte. Dennoch muss es doch irgendeinen SPD-Menschen geben, den Anna lieben kann. Dass sie sich je auf einen Mann einlassen würde, der nichts mit Politik zu tun hat, ist schwer vorstellbar. Sie, Frieda, erinnert sich noch gut daran, wie sie zum ersten Mal bei Georg zu Hause war; sein Vater war ebenso begeisterter Sozialdemokrat wie sein Sohn und ihre künftige Schwiegermutter hatte gesagt: »Fräuleinchen, von Politik kriegen meine Männer nie genug! Darauf müssen Sie sich gefasst machen! Morgens, mittags und abends Politik. Schade, dass man die nicht kochen kann! Sonst könnten wir noch die Nachbarschaft füttern.«

Sie hat lernen müssen, dass es tatsächlich Menschen gibt, denen Politik Sonne, Mond und Sterne ist; ihr lieber Mann war einer von ihnen.

Gut, dann soll sich Anna eben einen Politiker suchen.

»Kennst du einen?«, hat Anna einmal sehr aggressiv auf eine derartige Bemerkung von ihr, Frieda, geantwortet.

Welche Frage! Selbstverständlich hat sie keinen Bräutigam für Anna parat. Sie verbringt nicht Tag für Tag und Abend für Abend ihre Zeit mit irgendwelchen Sozialdemokraten. Anna dagegen fährt zu Tagungen und Kongressen, erledigt ihre Parlamentsarbeit im Plenum und in Ausschüssen, hat in Bonn in der Parteizentrale zu tun – da muss sich doch irgendein passabler Mann finden lassen. Oder wenn man nicht in die Ferne streifen will, dann eben hier. Während der letzten Monate hat sich Anna buchstäblich in jedem Winkel ihres Wahlkreises gezeigt, hat im Freien und in Hallen ihre Wahlreden gehalten, die Kinder in den Schulen besucht und die Alten in ihren Pflegeheimen. Und dabei soll ihr nicht ein wünschenswerter Mann über den Weg gelaufen sein? Kein Lehrer? Kein Gewerkschafter? Kein Ortsbürgermeister?

Frieda hat zwei von Annas Veranstaltungen besucht. Die eine fand in einer Turnhalle in Biebrich statt, die andere in Schierstein, in einer Fabrikhalle, vor Hunderten von Arbeitern. Dabei hatte Anna außer den jeweiligen örtlichen Problemen und den Verdiensten der hessischen SPD immer zwei große Themen angeschnitten. Der eine Punkt, mit dem sie ihre Zuhörer fangen konnte, war der Korea-Krieg und der andere die anstehende Wiederbewaffnung. Am meisten reagierten die Leute auf ihre flammende Forderung, den Deutschen *nie wieder Waffen in die Hand* zu drücken. Das wurde verstanden und akzeptiert; ach was, da waren die Leute mit Leib und Seele dabei.

Es ist ja auch ein schrecklicher Gedanke, dass die Deutschen, kaum dass sie ganz Europa verwüstet haben, erneut aufrüsten sollen und wollen! Ausgerechnet Winston Churchill, der englische Heros, will, dass eine westdeutsche Armee aufgestellt wird. Bei Annas Veranstaltungen wurden Plakate durch die Hallen getragen, auf denen stand: *Ohne mich*! Genau das ist auch ihre, Friedas, Meinung.

Es vergehen acht schreckliche Tage. Jedes Mal, wenn Frieda die Zeitung aufschlägt, fürchtet sie, etwas über Anna und ihren Herrn Zainas zu lesen. Es erscheint jedoch nicht eine Zeile. Die Parteiführung scheint erkannt zu haben, was auf dem Spiel steht, und wird entsprechende Maßnahmen ergriffen haben. Bruder Fridolin und seine Mannschaft haben ihr ja gezeigt, dass man mit der Presse durchaus vernünftig reden kann.

Am Wahlabend werden die Ergebnisse, Wahllokal für Wahllokal, im Rundfunk bekannt gegeben. Das Radio läuft sowohl in der Küche wie in Zimmer 1 und schon relativ bald nach Wahlschluss zeichnet sich der Sieg der Sozialdemokratie ab. Die Christlichen Demokraten verlieren hoch und die Freiheitlichen, die *FDP*, wie die Partei jetzt heißt, erringen erstaunlicherweise ein Drittel der Stimmen.

Lange bevor das Endergebnis feststeht, hält es Frieda nicht mehr im Haus. Sie wechselt das Kleid, zieht das graue, warme Winterkostüm an (viel zu warm, wie sich bald herausstellt), nimmt den passenden Mantel vom Haken und macht sich zum Landtag auf.

Am Schloss warten trotz des Schnees viele; die meisten werden aber von den Ordnern zurückgehalten. Auch Frieda kommt nicht auf Anhieb hinein. Sie hat weder eine Einladung noch überhaupt ein Ausweispapier; beides hat sie in ihrer Aufregung zu Hause gelassen. Zum Glück bemerkt sie den ihr bekannten Genossen Albert Zander. Der Saaldiener ist heute in Zivil und besoffen vor Freude, er umarmt sie, drückt sie und sagt gleich zweimal: »Frieda, Frieda! Dass wir das mal erleben würden!«

Er organisiert, dass man Frieda einlässt; im Schloss fragt sie sich nach dem Fraktionssaal der SPD durch. Dort herrscht eine Aufregung, als habe jeder Einzelne von ihnen in der Klassenlotterie gewonnen, und eine der Ersten, die Frieda entdeckt, ist Anna. Sie sitzt auf einem blanken Tisch, der ihrem Tisch im Plenarsaal ähnelt, lässt die Beine baumeln und scheint in Gedanken versunken.

»Na, hast du Liebeskummer?«, fragt Frieda, als sie neben Anna tritt.

Die blickt auf, scheint nicht zu begreifen, wer vor ihr steht und setzt endlich ein unsicheres Lächeln auf.

Frieda knuddelt sie, sagt dabei: »Anna, mein Name ist Frieda Tremus und ich gratuliere dir im Namen des *Hotels Petersburger Hof* zu deinem Erfolg!«

»Ach, Sie sind das«, erwidert Anna in gleicher Manier. »Schön, dass man Sie auch mal sieht ... Und jetzt suche ich Ludwig ... Ludwig Bodenbender, unseren Fraktionsvorsitzenden.«

Aber ehe sie ihn entdeckt, werden sie schon von Ludwig Bodenbender, MdL, angesprochen. Albert Zander ist bei ihm und er muss dem Vorsitzenden wohl gesteckt haben, dass Frieda Tremus, die Witwe des unvergessenen Georg Tremus, zur Gratulation gekommen ist. Es wird ein kurzes herzliches Gespräch, bei dem Herr Bodenbender Anna über den grünen Klee lobt und bei dem Frieda jedes Wort bestätigt. Frieda sagt sogar: »Womöglich wäre der heutige Abend für Georg der schönste Tag seines Lebens – Anna direkt gewählt! Mehr hätte er sich nicht erträumt.«

Anna widerspricht zwar, aber nicht sehr energisch.

In seiner kurzen Ansprache an die Versammelten, in der er den Wählern dankt und allen Beteiligten für ihren Einsatz seine Anerkennung ausspricht, erwähnt Herr Bodenbender auch den Wiesbadener Genossen Georg Tremus, der leider viel zu früh von uns gegangen ist, und findet es großartig, dass seine Witwe Frieda heute unter sein kann. Angeblich hat sie die große Idee des demokratischen Sozialismus stets verfochten; während des Krieges hielt sie unsere neue Wiesbadener Abgeordnete Anna versteckt. Diesen kurzen Abschnitt seiner Rede beschließt er mit der Bemerkung: Hätten sich mehr verhalten wie unsere Genossin Frieda, Hitler hätte nie sein Unwesen treiben können!

Beifall.

Frieda bedankt sich angemessen; nicht zu viel und nicht zu wenig. Dies ist nicht *ihr* Abend, dies ist *Annas* Abend.

Bei der Gelegenheit fällt Frieda auf, allzu viele Frauen gibt es immer noch nicht in der Politik, wiewohl die Sozialdemokratie doch bereits 1919 das Frauenwahlrecht durchgesetzt hat.

Das vorläufige amtliche Endergebnis wird bekannt gegeben. Damit steht fest, die Sozialdemokraten sind die klaren Sieger, werden wegen der Feinheiten des Wahlgesetzes keinen Partner benötigen und die Kommunistische Partei ist nicht mehr im Hessischen Landtag vertreten.

Frieda fällt ein Stein vom Herz.

Gott ist gut.

13.

Weihnachten 1950 ist in ganz Deutschland eine weiße Weihnacht. Die Tage und Nächte zuvor sind sehr kalt und an den Weihnachtstagen selbst schneit es mit einer Heftigkeit, als sollten alle Verluste und alle Sünden zugedeckt werden. Insgesamt wird es ein glückliches Fest; eins, wie es das Land lange nicht mehr erlebt hat.

Auch im *Petersburger Hof* wird die große Harmonie zelebriert, bei Gänsebraten und *Wehlener Wein*, vielen Plätzchen und schwerem *Dresdner Stollen*. Einmal treffen sogar Adam und Gabriele im Haus zusammen und auch das geht gut. Gabriele will mit den Zwillingen frohe Weihnachten wünschen und wer steht als Erstes vor ihr? Adam. Die Begegnung verläuft kühl, beinahe geschäftsmäßig, und stört insofern den Weihnachtsfrieden nicht.

Frieda ist dankbar dafür.

Als sie am zweiten Feiertag abends wieder besinnlich vor den brennenden Kerzen des schön geschmückten Weihnachtsbaums sitzt (er ist wie immer in Zimmer 2 aufgestellt), fällt ihr plötzlich der nette Oberleutnant Scheidt ein, der Offizier, der am Ende des Krieges hier im Zimmer festgenommen und von hier aus in amerikanische Kriegsgefangenschaft gebracht wurde. Wie es ihm wohl ergangen ist?

Am nächsten Morgen schreibt sie ihm eine Neujahrskarte und zwar an seine alte Adresse; eine andere hat sie ja nicht. Die Karte kommt ungefähr eine Woche später mit dem aufgestempelten Hinweis *Empfänger nicht zu ermitteln* zurück.

Na ja, war ja nur als Freundlichkeit gemeint. Immerhin nett, dass die Post die Karte zurückgeschickt hat.

Ein Vorkommnis sorgt allerdings dafür, dass man das Fest nachträglich mit anderen Augen betrachtet.

Frieda hatte Herrn Direnko angeboten, an Heiligabend mit ihnen zu feiern. Er war ein ewig bedrückt wirkender älterer, nicht eigentlich freundlicher Mann und Dauergast in Zimmer 18. Während des ganzen Jahres bot er auf Messen und Märkten Kochtöpfe an, für gewöhnlich in einem Radius von rund hundert Kilometer um Wiesbaden. In den Wochen vor Weihnachten hatte er seine Ware im *Kaufhaus Hertie* präsentiert; Frieda wollte er sogar Sonderkonditionen einräumen. Doch mit Haushaltskochtöpfen kann sie beim besten Willen nichts anfangen.

Jedenfalls, Frieda hatte ihm angeboten, am Heiligen Abend herunter zu kommen und mit der Familie Tremus zu feiern. Er hatte dankend abgelehnt und behauptet, er sei von seinem Sohn und dessen Frau eingeladen worden, sie in Bischbrunn – das war angeblich irgendwo im Spessart– zu besuchen und mit dem Sohn und dessen Familie ein paar Tage zu verbringen. Ansonsten wusste man nicht viel von ihm, eigentlich nur, dass er vom Balkan stammte und durch den Krieg hierher verschlagen worden war.

Am Tag vor Heiligabend verabschiedete er sich, ging mit seinem abgenutzten Köfferchen ganz normal den Geisberg hinunter und ward nicht mehr gesehen. Man dachte sich nichts dabei. Als er nach Weihnachten nicht zurückkam, hielt man sein Zimmer weiter für ihn frei. Es war ja in den letzten elf Monaten so etwas wie seine Wohnung geworden. Am Samstag, den 30. Dezember, tauchte die Polizei auf und erkundigte sich nach ihm. Hatte er wirklich hier gewohnt?

Es stellte sich heraus, man hatte Herrn Direnko in einem Waldstück im Taunus gefunden, auf dem Boden liegend und steif gefroren. Er hatte sich offenbar mit zwei oder drei Flaschen *Asbach Uralt* betäubt und dann still im Schnee auf seinen Tod gewartet.

Im Koffer, der neben ihm stand, fand man etwas Wäsche und Kleider und einen handgeschrieben Zettel mit seinem Namen und der Bemerkung: *Letzter Aufenthaltsort Hotel Petersburger Hof, Wiesbaden.*

VII. Liebe, Glück, Tod, alles

1.

Die Fünfziger Jahre waren von Anfang an gute Jahre, geschäftlich gesehen. Man konnte und kann nur beten und hoffen, dass es für den *Petersburger Hof* so weiter geht. In manchen Wochen liegt die Auslastung bei praktisch neunzig, fünfundneunzig Prozent. Es macht sich eben immer noch bemerkbar, dass viele Hotels im Krieg entweder zwangsweise für andere Zwecken genutzt oder gleich ganz zerstört wurden, und bislang sind nur wenige neu gebaut worden.

Frieda hat also permanent gute Einnahmen, glücklicherweise ohne die Hektik der *Luftbrückenzeit*. Gemessen am Trubel dieser Monate ist man wieder in vernünftigen, soliden Zeiten angelangt. Vom einstigen Glanz der Weltkurstadt ist zwar nur wenig geblieben, stattdessen Hoffnung und Aufbruch, wohin man blickt. Bei Kriegsende war das wahrhaftig nicht zu erwarten und dafür bedankt sich Frieda gelegentlich beim Heiligen Antonius.

Sie vermisst Frau Roos. Mag sie auch Fehler haben (wer hat die nicht?), wenn sie die Zügel in die Hand nahm, wusste man, sie sind in guten Händen. Adam hat tatsächlich eine Weile versucht, sie zu vertreten, aber wie es zu erwarten war, ging das auf die Dauer nicht gut. Jetzt hat Frieda eine junge Kraft angeheuert, ein blasses Fräulein Sonja Dollinger aus Ingolstadt, vierundzwanzig, aber immer noch erschreckend unsicher in dem, was sie tut und lässt. Dabei kommt sie von der Hotelfachschule Heidelberg, Deutschlands erster Hotelfachschule und im Dritten Reich sogar die *Reichsschule für das Hotel- und Gaststättengewerbe*, eine gute Empfehlung. Ihre Schüchternheit – oder soll man sagen ihre Hemmungen –, werden der Grund sein, dass sie sich nicht bei einem großen Haus beworben hat respektive dort nicht angenommen wurde. Sie muss tatsächlich noch viel lernen, nicht fachlich, menschlich.

Sie muss reifen, nennt Willy das.

An einem bitterkalten Tag im Februar '52 gehen Frieda und Doris wieder mal gemeinsam ins Kino. Sie haben sich vor einiger Zeit vorgenommen, dies mindestens einmal im Monat zu tun und bislang haben sie sich, so gut es ging, an ihren Vorsatz gehalten. Anna hat fürs Kino keine Zeit mehr. Möglicherweise wird sie Staatssekretär. Das ist im Gespräch, aber es wäre viel zu verfrüht, darüber jetzt schon etwas verlauten zu lassen.

Wie meistens besuchen Frieda und Doris die Nachmittagsvorstellung, dann haben sie *den ganzen Abend noch vor sich,* wie Doris das bezeichnet. Für sie ist es wichtig, dass sie nicht zu spät nach Hause kommt. Diesmal haben sich die Damen den *Neuen Filmpalast* in der Schwalbacher Straße ausgesucht, ein riesiger, neuer Kinotempel; für Doris Empfindung *zu nüchtern* und *zu kalt*.

Der Film, der dort gezeigt wird, heißt *Ich kämpfe um dich*, und Doris hat nur eingewilligt mitzugehen, weil sie den Regisseur goutiert. Bei ihm handelt es sich um einen Spezialisten für sehr aufregende Filme; nach Doris Ansicht versteht er es, *atemloseste Spannung* zu erzeugen. Frieda ist mehr an den Schauspielern interessiert, Ingrid Bergmann an erster Stelle. Die Bergmann schätzt sie wie kaum eine andere, dieser klare Blick und doch immer irgendwie hintergründig.

Der Film dreht sich um eine Nervenheilanstalt, die von dem greisen Doktor Murchison geleitet wird. Nach etlichen Jahren gibt er endlich das Zepter an den sportlichen Dr. Edwardes weiter, gespielt von Gregory Peck. Die Psychiaterin Constance Soundso (Ingrid Bergman wieder einmalig in dieser Rolle!) verliebt sich in den neuen Chef, bemerkt aber schnell, dass mit ihm etwas nicht stimmt. Tatsächlich stellt sich heraus, dass Doktor Edwardes in Wirklichkeit John Ballantine heißt und seit einem Schock unter Gedächtnisverlust leidet. Zeitweise fürchtet er, den wirklichen Dr. Edwardes umgebracht zu haben. Es ist sehr aufregend zu erleben, was Ingrid Bergmann alles unternimmt, um ihn aus seinem Labyrinth der Gefühle herauszuholen und seine Unschuld zu beweisen.

Doris befindet hinterher, der Film sei *zu kompliziert* und *zu konfus*. Frieda empfindet das nicht so, behält ihre Meinung aber für sich. Doris gibt sich gern als die Gebildete, die Wissende.

Nach der Vorstellung suchen die Beiden die nette Weinstube Kögler in der Grabenstraße auf. Das Lokal ist sehr gemütlich und traditionell, verfügt leider aber nur über wenige Plätze.

Doris hat einen Vorschlag. In den Illustrierten liest man jetzt viel von einer Seherin in Bonn, einer *Madame Buchela*. Sie, Doris, würde sich dafür interessieren; würde diese Buchela gerne einmal aufsuchen. Frau t'Hooft hat ihr viel gegeben und sie bedauert es sehr, dass Klärchen nun in Hamburg und damit praktisch unerreichbar ist. Was ist mit ihr, Frieda? Würde sie nach Bonn mitkommen wollen?

Sicher, nickt Frieda zustimmend und ohne lange darüber nachzudenken. Sie behauptet, das würde sie sogar *sehr* interessieren. Es ist ja immer noch vollkommen ungeklärt, was mit Heini ist. Bis jetzt kam nicht das geringste Lebenszeichen aus Russland!

Sie probiert den Wein, den sie sich bestellt hat, einen *Oestricher Doosberg*, mithin ein Riesling aus dem Rheingau. Er ist angenehm temperiert und hat ein sehr feines Aroma, und das in einer bürgerlichen Weinstube und zu kommoden Preisen. Anschließend nimmt Frieda, wie meist, *Roastbeef mit Bratkartoffeln* und mit dieser wunderbaren Remouladensauce; Doris entscheidet sich für *Hering Hausfrauenart.*

Nachdem die Bestellung aufgegeben ist, bemerkt Frieda: »Doris, um noch mal auf die Hellseherin zurückzukommen, du kannst natürlich sagen: Heini ist tot. Er ist umgekommen wie Millionen andere auch, von denen man nichts mehr gehört hat. Aber ich will dir was sagen: dieses Klärchen konnte sein, wie es wollte, wenn es in Trance war und wenn diese Frau etwas gesehen hat, dann war sie eine andere Person. Ich glaube immer noch an das, was sie gesagt hat, eben dass Heini lebt und dass die Russen ihn *brauchen.* Warum soll das nicht so sein? Mit Theo hatte sie ja auch hundertprozentig recht! Ich habe dir ja erzählt, er hat mir ungerührt ins Gesicht gesagt, dass er meinen Vater massakriert hat … Genau so, wie Klärchen es beschrieben hatte, genauso. Ein Schwein, dieser Theo. Den hätte schon längst einer aufhängen sollen. So was hat auf Erden nichts zu suchen.«

Danach sprechen die Beiden sehr offen über Frans und Klärchen. Frieda ist heute noch froh darüber, dass die Beiden, *Pat und Patachon*, nach Hamburg gezogen sind und dass dadurch letztlich alles gut ausgegangen ist. Zuletzt war ihr das gute Klärchen nicht mehr geheuer. Sie hatte schon ein Eifersuchtsdrama mit Gift, Messer oder Pistole befürchtet, hatte so etwas sogar geträumt. Neulich hat sie von Filmleuten, die *Unter den Eichen* drehen, gehört, dass Frans gelegentlich in Wiesbaden zu tun hat. Aber er hat sich nie mehr gemeldet. Das ist auch gut so.

Von den Filmleuten hat sie außerdem erfahren, Frans ist bei seiner Hamburger Filmfirma nun Produktionsleiter. Damit ist er praktisch die Treppe raufgefallen; Produktionsleiter ist wesentlich mehr als Aufnahmeleiter. Das Entscheidende, sagt sie, sei aber, dass er dort wirken könne, wo er geschätzt werde. Das sei immer das Wichtigste im Leben, mehr wert als Geld.

Apropos Geld. Was ist mit dem Millionär Willy?, erkundigt sich Doris. Tut sich da etwas, an der *Mosel-Front*?

Frieda schildert die neueste Entwicklung in Wehlen. Die Bourchards haben ihm neulich noch mal ein verbessertes Angebot vorgelegt. Sie wollten seinen Anteil zu einem sehr erfreulichen Preis übernehmen, aber Willy hat erneut abgelehnt. Jetzt ist herausgekommen, es ist genau so, wie Willy von Anfang an vermutet hatte, die Bourchards wollten Kasse machen und alles auf einmal versilbern, ihren Anteil und Willys Anteil in einem Rutsch. Vielleicht wäre es gescheit gewesen, wenn Willy darauf eingegangen wäre. Die Summe, die geboten wurde, hätte bis an sein Lebensende ausgereicht und sogar darüber hinaus. Nun, er hat anders entschieden und seitdem muss er sich mit den Käufern des Bourchard'schen Anteils rumstreiten, die alles besser wissen. Er wiederum ärgert sie mit seinen Sprüchen und seiner Sturheit.

Es gibt eben nichts, was nur Vorteile hat.

In diesem Gespräch wird noch mal gestreift, was Doris schon längst bekannt ist. Willy ist mittlerweile an die Mosel gezogen, in die Hofstraße, kümmert sich dort um die Geschäfte und um das Grab von Henriette. Das Grab besucht und pflegt er wie ein Witwer. Frieda hat ihn mal in Wehlen besucht und war ganz gerührt, welche Beziehung er nachträglich zu Fräulein Heinrich aufgebaut hat. Schade nur, dass die Beiden ihr Leben verpasst haben.

Frieda ist Willy noch immer sehr dankbar dafür, dass er den Aufzug spendiert hat. Sie hat ihn gefragt, und schon hatte sie das Geld. Das war allerdings in der Anfangszeit, als Willy sich noch täglich über seinen Reichtum wunderte. Heute geht er sehr vorsichtig mit Geld um.

Egal, sie hat den Lift, und wie wunderbar, dass sie, Frieda, auch einmal für ihre Anständigkeit belohnt wurde.

Es ist doch nun ein ganz anderes Leben; jetzt kann man die oberen Etagen anbieten, ohne rot zu werden. Die Treppen sind natürlich immer noch so steil, wie sie eh und je waren. Das lässt sich nicht ändern.

Wiewohl Doris das Lob des Lifts wahrhaftig mehr als einmal gehört hat, stimmt sie Frieda zu. »Ja«, sagt sie, »es war wirklich höchste Zeit für einen Aufzug.«

»Doris, das war das Erste, was die vom Bundeskriminalamt gefragt haben, als sie zum ersten Mal im Haus waren – ob wir einen Lift haben.«

»Verstehe ich!«

Dazu muss man wissen, dass sich das Bundeskriminalamt, das nach dem Krieg auf dem Geisberg (ganz in der Nähe der *Goethe-Warte*) installiert worden ist, kontinuierlich ausweitet und schon manchen bedeutenden Gast geschickt hat; neulich zum Beispiel eine Delegation aus Rio de Janeiro.

Und was gibt es sonst Neues?

»Dass Bruder Fridolin und seine Truppe in diesem Jahr nicht kommt, habe ich dir schon erzählt?«

»Mit keiner Silbe ... Wieso?«, will Doris wissen.

»Die hatten wieder für zwölf Nächte gebucht, Mitte, Ende Juli und neulich hat jemand abgesagt. Das ist schon sehr ärgerlich; Mitte, Ende Juli ist genau die Zeit, wo man sich über jeden Gast freut. Die berühmte Sommerflaute! Und dann vierzehn Zimmer weniger.«

»Was haben sie gesagt, warum ...? Was haben sie als Begründung angegeben?«, will Doris erfahren.

»Bei denen, bei Bruder Fridolin und Co., muss es hoch hergehen. Ein wildfremder Mensch war am Apparat; mein Fräulein Sonja hat abgehoben und wollte die Zimmer einfach so stornieren. Ich hab gesagt: ›Moment, so geht es ja auch nicht! Die Zimmer sind ja schon im letzten Jahr bestellt und schriftlich bestätigt worden; da ist es mit einem einfachen *Vergelt's Gott* nicht getan.‹«

»Das meine ich aber auch!«, stimmt Doris mit Emphase zu.

»Na ja, es ging hin und her, der Mensch, mit dem ich gesprochen habe ... Doktor Lowe und Herr Wieland sind gar nicht mehr da, alles neue Leute ... Jedenfalls, ich habe mich am Ende mit dem neuen Geschäftsführer geeinigt, wir teilen uns den Schaden.«

»Potzblitz, das hätte ich nicht erwartet. Ich hätte vermutet, du schlägst zehn, zwanzig Prozent raus, aber gleich die Hälfte ... Wir sind ja noch im Februar! Da kann man doch noch abbestellen?«

»Doris, die können sich im Augenblick keinen weiteren Aufruhr leisten.«

»Wie meinst du das?«

»Hast du nicht verfolgt, was da los ist?«

»Was meinst du?«

Na, meine liebe Doris, denkt Frieda da, du musst ja schwer abgelenkt sein, wenn du das nicht mitgekriegt hast. Jeden dritten Tag steht doch was über Bruder Fridolin in der Zeitung.

Seit Anfang dieses Jahres ist ihm das Heilen in der ganzen Bundesrepublik behördlich verboten. Außerdem ist er vom Landgericht München zu fünftausend Mark Geldstrafe und acht Monaten Gefängnis mit Bewährungsfrist verurteilt worden, weil er einer Achtzehnjährigen, die hochgradig an Tuberkulose erkrankt war, Heilung versprach und angeblich durch die Suggestion seines Heilversprechens die Behandlung durch einen ordentlichen Arzt störte. Das Mädchen starb daraufhin.

Seine neuen Berater scheinen reine Kriminelle zu sein. Sie haben ihrem Mandanten geraten, sich als Gehilfen eines Münchner Heilpraktikers auszugeben und in dieser Eigenschaft *Bruder-Fridolin-Segenskugeln* zu verschicken. Diese Kugeln bestehen aus purem, gepresstem Stanniolpapier und kosten Stück für Stück 8,90 Mark. Trotzdem werden sie zu Tausenden verkauft und zwar mit der Behauptung, der Meister habe diese kleinen Silberpapier-Ballen *angesprochen*; Bruder Fridolin seinerseits weiß angeblich nichts von diesen Machenschaften.

»Das ist ja unglaublich, Frieda!«, empört sich Doris. »Wo hast du denn das alles her?«

»Aus der Zeitung!«

»Ich habe kein Wort davon gelesen. Aber so etwas geht nie lange gut!«

Das Lokal hat sich in der Zwischenzeit gut gefüllt und die Bedienung tritt an den Tisch und erkundigt sich: »Würde es den Damen was ausmachen, wenn ich die beiden Herren noch an Ihren Tisch setzte?«

Doris erwidert: »Och, wir wollten sowieso gleich gehen …« Sie blickt sich um. Die beiden Herren sehen nicht gerade wie Führungskräfte aus, eher wie Bauarbeiter auf Montage; groß, kräftig, wettergegerbt, die Haare nass vom Schnee draußen. Mit einem Wort, sie treffen Doris Geschmack.

Die Männer sagen freundlich *'n Abend* und nehmen Platz, studieren die Karte und mustern dabei diskret Doris. Die lächelt geschmeichelt und wendet sich dann ab.

Frieda sagt: »Doris, ich muss wirklich …«

»Aber ein Glas nehmen wir noch, Frieda. Auf einem Bein kann man nicht stehen« und lacht albern über ihre dümmliche Bemerkung.

Also gut, Frieda will ihr den Spaß nicht verderben. Während sie darauf wartet, dass die Kellnerin noch mal vorbei kommt, fängt Doris an, aufs Geradewohl etwas zu reden. Nur kein falsches Schweigen! Das erstbeste Thema, das Doris einfällt, ist ihre neue Waschmaschine, eine *Constructa*, angeblich ein Wunderwerk der Technik. Das Gerät ist bei der letztjährigen Hannover-Messe vorgestellt worden und wurde gleich über den grünen Klee gelobt. Doris war erst skeptisch, ob der fabelhaften Leistungen, die das Gerät angeblich vollbrachte.

Sie steigert sich in ihre übliche Übertreibung: »Frieda, das musst du unbedingt mal erlebt haben ... Du kannst durch ein Glasfenster zusehen, wie die Wäsche gewaschen wird, durch ein sogenanntes *Bullauge*, wie auf einem Schiff. Das Gerät durchflutet die Wäsche, wäscht sie vor, wäscht sie im Hauptwaschgang, spült sie in mehreren Gängen und schleudert sie anschließend. Du musst dir vorstellen, alles mit *einem* Knopfdruck!«

»Doris, ich stell's mir vor«, versucht Frieda ihre Euphorie zu dämpfen: »Die Amerikaner haben mir auch eine Waschmaschine in den Keller gestellt, steht da immer noch ... Was die bis jetzt gekostet hat! Dauernd Reparaturen.«

Doris gibt zu, es ist wahr, das kann man nicht abstreiten, die *Constructa* kostet ein Vermögen. Neulich hat ihr jemand bei einer Abendgesellschaft bei Professor Ambrosius vorgerechnet, der Kaufpreis sei höher als ein halbes Jahreseinkommen eines durchschnittlichen Arbeitnehmers; damit sollte sie wohl als *Verschwenderin* hingestellt werden. Neid gibt's eben überall, auch in Arztkreisen ... Aber wenn sie an die Knochenarbeit denkt, die Frau Braunfels jahraus, jahrein verrichten musste: einweichen, rühren, kochen, schrubben, spülen, schleudern, dann ist das gut angelegtes Geld. Frau Braunfels war jedes Mal fix und fertig, wenn sie die *große Wäsche* hinter sich hatte. »Ich hätte das gar nicht gekonnt«, ruft Doris im Ton von *Hier stehe ich und kann nicht anders!* aus.

Frieda sagt bestimmt: »Man kann vieles, wenn man muss, Doris. Du auch!«

Diese ärgert sich über Friedas Zurechtweisung und erwidert leicht giftig: »Wenn du meinst! Soweit ich weiß, hast du auch noch nie im Leben Wäsche im Waschbottich gewaschen.«

Frieda denkt kurz nach und gibt dann zu: »Doris, das stimmt. Das habe ich wirklich noch nie gemusst«, selbst überrascht von der Tatsache, dass ihr diese Fron der meisten Frauen ihr Leben lang erspart geblieben ist.

Als weiterer Wein gebracht ist, stößt Doris mit den beiden Bauarbeitern an und erkundigt sich: »Sie habe ich hier noch nie gesehen? Sie sind nicht von hier?«

Nein, sie stammen aus Essen. Der Eine ist Ingenieur, der Kleinere, Kräftigere ist Polier, und sie bauen derzeit für die Firma Kalle in Biebrich eine neue Produktionsanlage auf, aber mit allen Schikanen, großenteils vollkommene Neuentwicklungen. Folienstärke von 100 My und noch weniger! Ein My oder Micron ist ein Tausendstel Millimeter.

So? Das ist ja eine Welt, von der man gar nichts weiß, befindet Doris und wünscht den Herren einen schönen Aufenthalt in Wiesbaden. Sie empfiehlt ihnen, sich unbedingt …

Frieda bestellt bei der Bedienung diskret ein Taxi; Doris wird den Herren sicher noch etwas Gesellschaft leisten wollen.

2.

Frieda ist zu einem Abendessen bei Gabriele und Herrn von Gaffron eingeladen. Sie will da nett erscheinen; die Konkurrenz schläft nie. Gabriele ist immer tipp topp angezogen, das muss der Neid ihr lassen.

Allerdings will Frieda auch nicht zu aufgedonnert erscheinen und geht deswegen ihre Garderobe aufmerksam durch. Bei der Gelegenheit stellt sie fest, ihr Kleiderschrank müsste mal durchforstet werden. Da hängt doch einiges, das man aussortieren sollte; etwa noch lange Abendkleider, Garderobe aus der Zeit vor dem Krieg, aufwendig und mit viel Stoff gestaltet und absolut nicht mehr zeitgemäß. Sie zieht, nur der Wissenschaft halber, mal so ein Ding an und sieht darin aus wie Emmy Göring! Die Sachen, die man heute hat, die hocheleganten Kostüme für den Nachmittag und den Abend oder die kurzen, festlichen Kleider, sind nicht nur erheblich weniger aufwändig, man kann sie auch viel öfter einsetzen als die Ballkleider von ehedem.

Am Ende ihrer Inspektion hat Frieda die Auswahl zwischen den beiden Kleidern, die sie sich in diesem Frühjahr geleistet hat. Entweder zieht sie das dunkelblaue, fast schwarze, Seidene an oder sie entscheidet sich für das Feuerrote. Aber dies ist wohl doch zu gewagt, so was kann man bei einer Premiere tragen, für ein gewöhnliches Abendessen ist es viel zu pompös. Das Seidenkleid ist im Prinzip eng geschnitten, betont die Hüfte, ist wadenlang und besitzt dabei eine Art Schalkragen. Sehr extravagant ist, dass die Schultern betont sind. Das hat man eigentlich nicht mehr, aber diesem Kleid gibt es erst den Pfiff.

Frieda lässt weiterhin im *Atelier Rose Dorn* arbeiten; Frau Dorn ist tatsächlich immer noch einsame Klasse. Allerdings hat sie ihr Atelier jetzt in eine erste Etage in der Luisenstraße verlegt, die Preise sind entsprechend gestiegen. Aber man kann es nicht anders sagen, die Frau ist jeden Pfennig wert, den sie verlangt, und die Kräfte, die für sie arbeiten, verstehen ihr Handwerk. Man kann die Sachen drehen und wenden, wie man will, einen Fehler wird man nicht finden.

Es ist entschieden, sie wird das seidene Dunkelblaue anziehen.

Es gibt eigentlich gar keinen Anlass für das Treffen, aber Frieda hat dennoch gern zugesagt. Ursprünglich hieß es, die Zwillinge seien auch da und Frieda hatte sich darauf gefreut, sie wiederzusehen. Mehr und mehr ist sie stolz auf ihre klugen Enkel, Adams einzige Großtat. Wenn er denn überhaupt der Vater ist.

Doch aus dem Wiedersehen wird leider nichts. Von ihrem Internat aus ist überraschend eine Klassenfahrt nach Italien angesetzt worden und so etwas lässt sich natürlich kein junger Mensch entgehen. Frieda kann diese Begeisterung gut verstehen. Wie oft bringen sie im Radio *Wenn bei Capri die rote Sonne im Meer versinkt*, gesungen vom Schlagerstar Rudi Schuricke, diesem begnadeten Unterhaltungs-Tenor, und jedes Mal, wenn sie das Lied hört, geht ihr durch den Kopf: Man müsste das alles mal erleben, Neapel, den Vesuv, die Capri-Fischer, Venedig, die Gondeln. Finanziell könnte sie sich das ohne Weiteres leisten; das ist heute alles nicht mehr so teuer wie zu Goethes Zeiten. Sowohl von den Blauen wie von den Weißen Kurautobussen werden ausgesprochen schöne Busreisen nach Italien angeboten. Vielleicht sollte sie mal wieder ohne Doris verreisen.

Die Rosenstraße, in der sich Gabriele und ihr Galan eine hochherrschaftliche Wohnung leisten, gehörte schon immer zu den gesuchten Lagen, oberhalb von Theater und Kurpark, sehr ruhig und dennoch nur wenige Schritte bis zur Stadtmitte. Die *Deutsche Pfandbrief-Anstalt*, wo Herr von Gaffron einer der Direktoren ist, ist sogar nur zwei Minuten Fußweg entfernt. Glücklicherweise haben die Villen aus der wilhelminischen Zeit, die hier stehen, so gut wie nichts vom Krieg abbekommen. Jedes Schmuckelement ist noch an seinem Platz, jede Säule noch da, wo sie hingehört.

Frieda klingelt, ein Hausmädchen (richtig in klassischer Manier mit schwarzem Kleid, weißem Häubchen und kleiner Schürze ausstaffiert) öffnet und hinter ihr wartet im Entree Herr von Gaffron, sie zu begrüßen. Er trägt einen Abendanzug und Frieda ist froh, dass sie sich in Schale geworfen hat. Er begrüßt sie gewandt, wie immer, halb als geschätzten Gast, halb als Beinahe-Schwiegermutter und sagt: »Seien Sie gegrüßt, Frau Kollegin ...«

»Wie meinen Sie das?«

»Nun, wir sind ja jetzt im selben Metier, Sie sind jetzt auch im Bankgeschäft tätig, habe ich gehört.«

»Na ja, bis jetzt erst mal im *Beirat* der *Wiesbadener Bank*«, erwidert Frieda, »aber möglicherweise übernehme ich da die Geschäfte ganz ab dem 1. 1. nächsten Jahres.«

»Na, da werden wir uns warm anziehen müssen ... Gnädige Frau, ich freue mich, Sie zu sehen.«

»Ganz meinerseits und danke für die Einladung«, erwidert Frieda formell.

Er führt sie in den Salon. Die Doppeltüren zum Speisezimmer stehen weit offen und Frieda erkennt mit einem Seitenblick, der Tisch ist nur für zwei Personen gedeckt. Was hat das zu bedeuten?

»Nehmen wir einen Schluck Champagner zur Begrüßung?«, bietet er an und Frieda nickt zustimmend.

Wo bleibt Gabriele?

Er nimmt die bereitstehende Champagnerflasche aus dem Eiskübel, schenkt in zwei Sektschalen ein, reicht ihr ein Glas und sagt dabei: »Nochmals herzlich willkommen ...«, Frieda nickt; sie nippt an ihrem Glas und er deutet auf einen der Sessel: »Nehmen wir einen Moment Platz ... Das Essen ist gleich soweit.«

»Sind wir etwa entre nous? Wird das ein tête-à-tête?«, fragt Frieda direkt und nicht besonders freundlich.

»Lassen Sie mich erklären«, erwidert er und fordert sie mit einer Handbewegung noch einmal auf, Platz zu nehmen.

Er sieht ihr dann in die Augen und erklärt: »Gabriele wird uns leider nicht Gesellschaft leisten können. Sie ist heute Morgen ... wie soll ich das bezeichnen? ... aufgebrochen. Ja, nennen wir es *aufgebrochen.*«

»Ausgezogen?«

»Das wird sich noch herausstellen ... Ich will ganz offen mit Ihnen sein, möglicherweise ist das das Ende unserer Beziehung.«

»Verehrter Herr von Gaffron, was versprechen Sie sich davon, wenn wir uns über Gabrieles Untreue austauschen? Ich liege doch richtig, wenn ich annehme, heute Morgen ist Ihnen das widerfahren, was ihr Ehemann zur Genüge kennengelernt hat? Sie hat einen anderen interessanten Mann gefunden und ist nun mit ihm auf Reisen ... Das ist immer das erste, was sie in solchen Fällen macht, sie verreist; probiert erst mal die Eroberung aus ... Aber warum sollen wir beide uns darüber unterhalten? Was soll das bringen? Ich bin weder Gabrieles Mutter noch ihre Freundin; und umgekehrt, für Gabriele bin ich bestenfalls ein Mensch, dem man zum Geburtstag gratuliert.«

In diesem Augenblick trägt die Köchin auf (die Frau wird jeweils zu solchen Gelegenheiten angeheuert) und das Hausmädchen teilt mit, es sei angerichtet. Wie in einer Salonkomödie.

»Machen Sie mir die Freude, essen Sie trotzdem mit mir?«, bittet er.

»Wenn Sie mich so fragen, warum nicht? Zu Hause wartet ein Butterbrot auf mich; das läuft mir nicht weg.«

Sie nehmen an dem großen Tisch Platz, ausreichend für acht Personen, und zwar setzen sie sich so, dass sie sich an den Längsseiten gegenüber sitzen. Kerzen werden angezündet, das Hausmädchen teilt Hummersuppe aus.

»Sie mögen doch Hummer?«, bemerkt er dazu.

»Weiß Gott, ja ...«

»Ich erinnere mich, mit welch großer Begeisterung Sie einmal von Helgoland berichtet haben und dem Hummerbestand dort.«

»Den's leider nicht mehr gibt ... ja.«

Sie reden über verschiedene Reisen, die sie unternommen haben. Herr von Gaffron war sogar schon auf Feuerland, also dort, wo Südamerika zu Ende geht, und kürzlich aus geschäftlichen Gründen in den USA, New York und Washington in der Hauptsache.

Frieda sagt darauf: »Damit kann ich zwar nicht aufwarten, aber dafür habe ich einen Sohn, der Amerikaner geworden ist ... Das ist doch auch schon mal was.«

»Ich vermute, wenn wir nach Gemeinsamkeiten suchten, würden wir einige entdecken.«

»Zum Beispiel?«

»Wir zeigen nur Gefühle, wenn wir es wollen. Wir müssen es nicht.«

Frieda denkt kurz über seine Behauptung nach und erwidert: »Sie kennen mich ... Wieso? Die paar Stunden, die wir miteinander verbracht haben...«

»... haben ausgereicht, dass ich Sie schätzen gelernt habe.«

»Aber Sie erwarten nicht, dass ich für Gabriele einspringe?«

Er lacht sehr nett.

»Wenn ich mir etwas wünschen darf, wünsche ich mir, dass wir auch dann noch in Kontakt bleiben, wenn Gabriele mir den Laufpass gibt.«

»Den hat Sie Ihnen schon gegeben. Es kann sein, dass sie zurückkommt und vielleicht will sie sogar da weitermachen, wo sie heute Morgen aufgehört hat – aber für Gabriele sind Sie erledigt. Das lässt sich nicht mehr kitten. Und ich will doch sehr hoffen, dass Sie ihr nicht wie Adam mit hängender Zunge hinterher jappsen ...«

»Ist das Ihre Vorstellung von mir?«

»Wenn's um Sex und Gier geht, lege ich nicht mal für mich die Hand ins Feuer.«

Es werden weitere Vorspeisen aufgetragen, dann als Hauptgericht Rinderfilet und Hummer auf einem Teller, angeblich ein in Amerika sehr beliebtes Gericht und dort *Surf and Turf* genannt. Er erläutert: »Das Gericht stellt eine Verbindung von See – Surf – und Land – Turf – dar.«

»Aha, wieder was gelernt. Schmeckt sehr gut ... und die Sauce! Ist da Safran dran?«

»Sehr wenig ...«

»Jetzt hatte ich so viele Amerikaner im Haus, aber ich muss bekennen, so etwas Feines haben wir ihnen nie serviert. Also, langsam mache ich mir um Gabriele Gedanken. Ich kann mir ja noch vorstellen, dass man Ihnen davonlaufen will, aber Ihrer Köchin?«

»Warten Sie erst mal auf den Nachtisch!«

Frieda fühlt sich in der Gesellschaft des Mannes wohl und als er, wie zu erwarten, davon anfängt, Gabrieles Charakter zu sezieren, macht ihr das auch nichts aus. Über irgendetwas muss man reden, warum dann nicht über Gabrieles innere Unzufriedenheit? Frieda vermutet, ihre Eltern haben sie auf dem Gewissen, die Mutter viel zu streng, viel zu ehrgeizig, der Vater die Prinzessin in den Himmel hebend, und Gabriele hat daraus den Schluss gezogen, man erwarte von ihr, dass sie sich Männern mit Macht und Ansehen hingebe. Wahrscheinlich sollten sich noch die Eltern in deren Glanz sonnen können.

»Ich merke, Sie haben sich über Gabriele auch Ihre Gedanken gemacht. Sehen Sie es mir nach, wenn ich Ihre Analyse trotzdem nicht teile ... Das ist doch eine Allerweltskonstellation, die Mutter streng, der Vater die Tochter verhätschelnd – kein Grund, schon in der Hochzeitsnach fremd zu gehen!«

»Reden Sie von Adams Hochzeitsnacht oder Ihrer?«, gibt Frieda zurück

Er sieht sie abschätzend an und fragt: »Ich weiß, es entspricht nicht den Benimm-Regeln, aber können wir angesichts der besonderen Umstände die Förmlichkeit nicht etwas reduzieren und etwas privater werden?«

»Was stellen Sie sich vor?«

»Was halten Sie davon, wenn wir uns in Zukunft duzen?«

Frieda zögert einen Augenblick, dann sagt sie: »Ich glaube, es würde mir leicht fallen …«

Er hebt sein Glas: »Also dann, ich bin Eduard.«

»Frieda.«

Der Abend zieht sich hin; er berichtet von sich, Frieda von ihrer Jugend als Badmamsell, den Damen des *Römerbads* und der Gräfin Aljewa. Eduard, ihr neuer Duzfreund, würde gern mal den *Russischen Friedhof* und das Grab der Gräfin sehen und plötzlich sind sie wieder bei Adam.

Es stellt sich heraus, Herr von Gaffron könnte Adam helfen. Aber darf er ihm unter die Arme greifen? Verletzt er nicht zu sehr Adams Stolz?

»Das ist mir egal, ob Sie seinen Stolz verletzen oder nicht, Hauptsache, das Kreuzwort-Rätsel-Dasein hört auf.«

»Ist das alles, was er leistet?«

»Nein, er ist für die Baufirma Huth mehr oder minder unter der Hand tätig … Er sollte da Kompagnon werden, aber einer der Söhne Huth hat das hintertrieben und so arbeitet er tageweise für die. Hat auch seine Vorteile, er sieht jetzt immer braun gebrannt aus, wie aus dem Spanien-Urlaub … Was hättest du ihm anzubieten?«

»Ich könnte den Kontakt zu einer Kölner Gesellschaft herstellen, Baufinanzierung und Controlling bei Bauprojekten … Die suchen einen Baufachmann mit Erfahrung.«

»Die hat er! Wer das bezweifelt, soll sich an Albert Speer wenden, den Rüstungsminister a. D. Der stellt ihm bestimmt ein gutes Zeugnis aus.«

»Ich bin mir nicht ganz sicher, ob das im Moment eine Empfehlung ist; noch sitzt er ja.«

»Wer weiß, wie lange noch? Anna rechnet es mir mindestens einmal in der Woche vor, dass *alle* Nazis wieder hochkommen. Es muss ja auch nicht Speer sein. Ich denke, wenn's darauf ankommt, könnte Adam auch noch andere Empfehlungen beibringen … Wäre das nur ein Telefonanruf, den du mit der Kölner Gesellschaft führen würdest, oder …?«

»Etwas mehr schon; wie gesagt, ich habe mit denen ständig zu tun. Frieda, wenn Adam seinen Stolz überwinden und sich entschließen könnte, sich mir anzuvertrauen – ich bin sicher, ich könnte etwas Lukratives für ihn arrangieren. Ob das Salär allerdings für ein eigenes Gestüt reicht, kann ich dir im Moment noch nicht sagen.«

»Mein Lieber, er wird seinen Stolz überwinden! Verlass dich drauf! … Adam macht mir so oder so Vorwürfe, dass ich mich immer in sein Leben einmische. Da kommt es auf dieses eine Mal auch nicht mehr an.«

»Ist es so? Manipulierst du ihn?«

»Nur zu seinem besten! Gabriele habe ich ihm allerdings tatsächlich eingeredet, da muss ich mich schuldig bekennen. Er hatte Zweifel.«

»Eine Dummheit macht auch der Gescheiteste.«

3.

Die verabredete Fahrt zur *Buchela*, der *Phytia vom Rhein*, kommt und kommt nicht zustande. Das hängt damit zusammen, dass Doktor Waltz das Auto nicht herausrücken will. Er will seinen *Opel Kapitän* nämlich gegen das allerneuste Modell tauschen und fürchtet, dass das alte Auto in letzter Minute Schaden nehmen könnte. Einmal ist ihm durch den immer stärker werdenden Verkehr bereits ein Außenspiegel abgerissen worden. Doris darf gar nicht daran denken, welche Folgen es gehabt hätte, wäre das ihr passiert!

Endlich erreicht sie, dass er ihr den funkelnagelneuen Wagen überlässt, *ein Vorab-Modell*, das die Firma Opel Doktor Waltz als gutem Kunden bereits vor dem Serienstart ausgeliefert hat. Dieses Auto ist in einem hocheleganten Dunkelgrün gehalten. Auf Weißwandreifen hat Konrad bewusst verzichtet, die würden das Auto nur *billig* erscheinen lassen. Doris gibt ihm in dieser Hinsicht hundertprozentig Recht. Ansonsten besticht das Fahrzeug mit seiner Pontonkarosserie im amerikanischen Stil und mit einem markanten Kühlergrill, der als *Haifischmaul* gestaltet ist. Wo man mit dem Fahrzeug auftaucht, bleiben die Leute stehen und starren das Auto (und seinen Fahrer) an.

Anfangs war Frieda der Besuch bei der Hellseherin nicht so wichtig; sie erlebt ja ihr Schicksal und nimmt an, morgen wird es nicht viel anders sein als heute. Jedoch erscheinen in den Zeitungen immer mehr Berichte über Russland-Heimkehrer. Zum ersten Mal seit Jahren treffen wieder *Heimkehrer-Transporte* ein. An manchen Tagen sind es bis zu zweitausend ehemalige deutsche Soldaten, die von ihren weinenden Frauen oder Müttern in die Arme genommen werden. Wann ist Heini endlich dabei? Bislang gibt es immer noch kein Lebenszeichen von ihm, aber was will das besagen? Wahrscheinlich ist es so, wie das Klärchen es gesehen hat, er ist im Geheimen für die Russen tätig; arbeitet irgendwo hinter dem Ural an einem hochsensiblen Projekt, über das die Russen kein Wort verlauten lassen. Je realistischer die Aussicht auf seine Wiederkehr wird, desto mehr bedrängt sie Doris, endlich zu fahren. Wenn alle Stricke reißen, gibt's ja auch noch den Zug.

Doris setzt ihren Ehrgeiz darein, das Auto zu bekommen und erreicht es letzten Endes auch. Doris will von der Buchela Rat wegen ihrer Eheprobleme. Soll sie bei ihrem Mann bleiben oder nicht? Es gab in letzter Zeit Differenzen, die das gewohnte Maß weit überschritten. Sie hat sich vorgenommen, der Hellseherin die Frage vorzulegen: Soll sie das einfach so hinnehmen oder sich zur Wehr setzen?

Es wird Anfang Mai, bis die Beiden endlich losfahren können. Doris hat sich in Bonn angemeldet und man hat ihr die Nummer 14 genannt und sie aufgefordert, möglichst zwischen zwölf und ein Uhr an der angegebenen Adresse zu erscheinen; es sei viel los.

Doris ist über das Telefongespräch immer noch pikiert. Sie hatte den Eindruck, der Mensch, mit dem sie gesprochen hat, hatte einen im Tee, am hellen Tag!

Das kann ja was werden.

Das hat sie ja noch nirgends gelesen, dass die Buchela einen Säufer in ihrer Umgebung duldet.

Dabei weiß Doris so gut wie alles über *Madame Buchela.* Mit bürgerlichem Namen heißt die Frau *Margarethe Merstein*, verwitwete *Goussanthier*. Sie stammt von Zigeunern ab und ist irgendwo im Saarland unter einer Buche geboren worden; daher der Künstlername. Als Kind ist sie mit ihren Eltern, ihren Geschwistern und zahlreichen Anverwandten im Zigeunerwagen über Land gezogen. In der Hauptsache war man im Saarland und im angrenzenden Lothringen unterwegs. Wie die Verwandtschaft hat die kleine Margarethe versucht, den Leuten geklöppelte Spitzen zu verkaufen, wobei sie oft mit Flüchen oder Steinen verjagt wurde. Hellseherische Fähigkeiten will sie schon im frühen Kindesalter an sich entdeckt haben, angeblich ein Erbe der Großmutter. So soll sie schon früh anderen Kindern für ein paar Pfennige die Zukunft gedeutet und im Alter von acht Jahren der Mutter den Tod ihres Bruders, Onkel Anton, vorausgesagt haben. Der arme Mann verlor tatsächlich wenig später beim Reinigen der väterlichen Pistole sein Leben.

Doris bemerkt dazu, die Buchela habe wahrhaftig *bis zur Neige* erfahren, was Leid bedeutet. Der Großteil ihrer Sippe ist im KZ umgekommen und ihr geliebter Mann in den letzten Kriegstagen an einer Lungenentzündung verstorben, die er sich im Schützengraben geholt hatte. In den Jahren nach dem Krieg, als sich niemand für geklöppelte Spitze und fein gearbeitete Umlegtücher interessierte, begann die Buchela, sich von ihrer *Gabe* zu ernähren. *Die Gabe*, so nennt sie ihre Fähigkeit, in die Zukunft zu blicken.

In den oberen Kreisen des Rheinlands wurde sie berühmt, als sie 1949 der *Fürstin Eva Esfandiary* und deren Tochter *Soraya* (sehr angesehene Perser, die damals in Köln lebten), die Karten legte und dabei der siebzehnjährigen Soraya einen Ehemann mit Krone prophezeite. Zwei Jahre später war sie mit dem Schah von Persien verheiratet, und die *Buchela* eine gemachte Frau.

Seitdem gibt sich bei ihr die Prominenz des Rheinlandes die Klinke in die Hand, darunter auch bedeutende ausländische Diplomaten. Laut Doris wollen sie in den *heikelsten* politischen Problemen und Situationen beraten werden. Die Alltagskundschaft, die selbstverständlich überwiegt, kommt wegen solcher Sorgen wie: Soll ich diesen Mann heiraten oder einen anderen? Wann kriege ich endlich mein erstes Kind? Männer legen der Hellseherin vor allem Fragen von der Art vor wie: Soll ich in dieses riskante Geschäft einsteigen? Oder: Bringe ich mein Geld in die Schweiz, ja oder nein?

Nach Doris Beschreibung ist die Buchela trotz ihrer Bekanntheit eine ganz einfache Frau geblieben. Da sie sie ja noch nie von Angesicht zu Angesicht gesehen hat, kann Doris natürlich nur wiedergeben, was sie gelesen hat. Danach ist die *Pythia vom Rhein* nett und humorvoll; gelegentlich sogar ausgesprochen schalkhaft. Frieda soll sich in dieser Hinsicht auf alles gefasst machen.

»Schlimmer als Willy kann sie nicht sein, Doris!«

Gegenwärtig wird zwar mit Hochdruck an der Autobahn Frankfurt–Köln gearbeitet, mit einer Auffahrt in Niedernhausen, also vor den Toren der Stadt, aber es sind erst Teilstücke fertig. Deshalb entschließt sich Doris, die Rheinstrecke zu nehmen. Da kommt man wegen der vielen engen Ortsdurchfahrten und der vielen Lastwagen, die hier unterwegs sind, nur sehr langsam voran. Andererseits reisen die Touristen von weither an, um genau diese historischen Orte und den romantischen Rhein zwischen Rüdesheim und Koblenz mit seinen Burgen, Burgruinen und Steilhängen zu erleben. Wegen des starken Verkehrs macht die Fahrt tatsächlich nicht so viel Freude wie ehedem eine Rheinreise mit einem Dampfer. Nun ja … Als sich Frieda einen Augenblick lang an ihre Dampferfahrt mit Richard nach Köln und zurück erinnert, wird ihr das Herz schwer.

Aber heute steht keine Lustreise an, heute kommt es nur darauf an, rechtzeitig im vornehmen Bad Godesberg zu sein, wo die Buchela gegenwärtig ihre Sprechstunden abhält. Sie, Doris und Frieda, sind ins *Gasthaus Dengler* bestellt worden. Die Wegbeschreibung war derart exakt, dass Doris keine Mühe hat, das Haus zu finden. Es handelt sich um einen soliden Bau aus der Jahrhundertwende, roter Backstein, freistehend und nicht weit vom Rheinufer und der Anlegestelle der Köln-Düsseldorfer entfernt. Insgesamt passt der Bau nicht ganz zu den vornehmen Villen der Umgebung. Frieda vermutet, der wahre Vorzug des Hauses ist sein großer Parkplatz. Sie hat lernen müssen, was es bedeutet, wenn Hunderte mit dem Auto anreisen und weit und breit sind keine Abstellplätze!

Es ist zwanzig Minuten vor zwölf und insofern sind die Damen überpünktlich, als sie jetzt das Gasthaus erreichen. Der Parkplatz ist derart voll, dass Frieda auf der Stelle das Schlimmste befürchtet. Doris beschwichtigt: »Wir sind angemeldet! Es hieß, zwischen 12 und 13 Uhr, Frieda!« Sie parkt das Fahrzeug ihres Mannes so, dass es nach Möglichkeit keine Kratzer abbekommt, dann begeben sich die Beiden durch eine Hintertür ins Haus. An der Tür ist ein handgeschriebener Zettel angeheftet: *Besucher an Rezzeption melden!* Doris, die einen Schritt voraus geht, bemerkt dazu: »Die Buchela soll nie richtig lesen und schreiben gelernt haben, obwohl sie kurzzeitig bei Nonnen war! Na ja. Wir werden es ja gleich erleben.«

Es gibt einen kleinen Gang, der zum Eingangsbereich des Gasthauses führt; Doris tritt selbstbewusst an den Tresen. Sie gibt dem Menschen, der sie nur fragend ansieht, ihren Namen und ihre Nummer an – Nummer 14 – und daraufhin blickt der Mann auf eine Kladde, nickt, reißt einen blauen Bon von einem Block ab; einen kleinen Zettel, wie man ihn an einer Garderobe erhält. Auf die Rückseite dieses Zettelchens schreibt er eine 14 und drückt es Doris in die Hand. »Warten Sie da drin! Ich rufe Sie auf!«, sagt er dazu und deutet auf eine braun gestrichene Tür.

Frieda ahnt sofort Unheil und erkundigt sich: »Und was ist mit mir?«

»Was soll mit Ihnen sein?«

»Bekomme ich keine Nummer?«

»Wieso?«

Doris schaltet sich ein: »Weil ich meine Freundin ebenfalls angemeldet hatte, deshalb! Frau Tremus, auch aus Wiesbaden.«

»Habe ich nicht!«, behauptet der Mensch, ein typischer Zigeuner und sehr unangenehm.

»Erlauben Sie mal!«, wird Doris massiv, »haben *wir* miteinander gesprochen …?«

»Außer mir gibt's niemanden.«

»Dann sind wir ja an der richtigen Adresse … Dann habe ich mich also bei Ihnen angemeldet … Frau Dr. Waltz und Frau Frieda Tremus … Sehen Sie mal richtig nach!«

Der Mann blättert in der sehr unordentlich geführten Kladde, die vor ihm liegt – Namen kreuz und quer auf dem Blatt, manche unterstrichen, manche durchgestrichen; Kraut und Rüben –, findet aber nur Frau Wald, Wiesbaden, Nummer 14.

Das Gespräch wird nun sehr unangenehm. In schneidender Weise erinnert Doris den Menschen daran, was sie gesagt hat und was er geantwortet hat; dass mit einem Wort, sie, Frau Doktor Waltz und ihre Freundin Frau Frieda Tremus, für die Zeit zwischen 12 und 13 Uhr angemeldet sind. Der Mann stellt sich stur, *eine* Person ist angemeldet, ja, das sieht er. Aber nur eine Person! Das geht so lange hin und her, bis Frieda eingreift. Sie schiebt dem Mann einen Zehn-Mark-Schein hin und sagt: »Vorschlag zur Güte. Wir sind beide Nummer 14 und suchen Madame Buchela gemeinsam auf …«

Der Mann reagiert abwehrend, knurrt etwas wie *Da könnte ja jeder kommen,* darauf schiebt Frieda ihm einen weiteren Zehner zu und sagt: »Damit haben wir das also geklärt und jetzt sorgen Sie dafür, dass wir nicht unendlich lange warten müssen! Wir müssen heute Abend unbedingt wieder in Wiesbaden sein, wir werden zurück erwartet!«

Das sagt sie in einer Weise, als warte der hessische Ministerpräsident auf sie; es kann aber auch was Höheres sein.

Der Mann knurrt erneut irgendetwas und deutet zum zweiten Mal auf die braune Tür: »Sie werden *beide* aufgerufen, wenn Sie dran sind!«

Das Wartezimmer erweist sich als ein Nebenraum des großen Gastraums. An Tischen und auf einer Bank warten mindestens zwanzig Leute, einzelne Frauen, einzelne Männer, aber auch Paare und Pärchen.

Das kann ja was werden!

Doris ist immer noch erregt: »Wo sind wir denn hingekommen? Behauptet der Geselle frech ...«

»Doris, es ist alles geklärt ... Oder macht's dir was aus, wenn wir gemeinsam da 'reingehen? Wenn du lieber frei sprechen willst ...«

»Frieda! Ich würde nicht gemeinsam mit *Konrad* da 'reingehen, das gebe ich zu, aber vor dir habe ich keine Geheimnisse.«

»Das meine ich doch auch.«

Eine junge Bedienung des *Gasthauses Dengler* erscheint, erkundigt sich, ob etwas gewünscht wird.

Was kann man haben?

Kaffee, Tee, Wein, Wasser, Bier, Gulaschsuppe oder Erbseneintopf. Und Käsekuchen.

»Na, dann erst mal eine Gulaschsuppe, Erbsen blähen immer so, und ein großes Glas Bier ... Wir müssen uns ja stärken. Das scheint ja noch endlos zu dauern.«

»Das geht mal so und mal so«, erklärt das Mädchen, nimmt die Bestellung auf (Frieda möchte nur eine Tasse Kaffee) und verschwindet wieder.

Doris hat gerade die ersten Löffel Gulaschsuppe intus, da wird Nummer 14 aufgerufen. Darauf will sie Frieda bitten: »Geh du schon mal vor ...«, da wird sie von Frieda scharf zur Ordnung gerufen: »Du gehst gefälligst mit! Wir sind zusammen bestellt worden, dann halten wir uns auch daran!« Doris fügt sich, lässt alles stehen und folgt Frieda. Auf dem Weg zur Hellseherin erklärt die ihr: »Doris, ich wollte nur, dass die Anderen gar nicht erst zur Besinnung kommen! Hast doch mitgekriegt, wie lange die alle schon warten.«

»Ach daher! Ich dachte, was ist das denn für ein schroffer Ton, aber du hast Recht! Das hätte einen Aufstand geben können. Kommen als Letzte und werden als Erste ...«

»Siehst du! So ist es!«

Die *Buchela* sitzt in einem merkwürdigen Zwielicht. Das Tageslicht ist zur Hälfte ausgesperrt, dafür brennen in zwei Ecken Stehlampen mit roten Schirmchen und womöglich sogar mit rot gestrichenen Glühbirnen. Das ganze Zimmer riecht geheimnisvoll, exotisch, möchte man sagen. Die Frau selbst sitzt hinter einem kleinen Tisch, wie man ihn für Brettspiele benutzt, hat ein auffallendes Spitzentuch um die Schultern und schlecht gefärbte schwarze Haare. Die Zähne müssten mal gerichtet werden. Sie sieht Doris und Frieda abwartend an, fragt dann: »Ihr seid zwei Personen?«.

Doris fühlt sich aufgerufen zu erklären und beginnt zu erläutern: »Es gab ein Problem bei der Anmeldung ... Deswegen sind wir jetzt hier zusammen ... Meine Freundin und ich ...«

Die Buchela sagt: »Nicht zum ersten Mal Problem. Er ist dumm. Aber er ist mein Neffe. Viele Neffen habe ich nicht mehr. Krieg und Nazis!«

Das ist ihre Sprechweise. Meistens spricht sie abgehackt und presst sehr viele Informationen in einen Satz. Ehe man das Eine aufgenommen hat, kommt schon das Nächste, das ebenso bedeutsam wirkt. Insgesamt hat man immer das Gefühl, man habe die Buchela nur zur Hälfte verstanden.

Als Erstes nimmt sie sich Doris vor. Dabei legt sie ihre Hände gefaltet auf den kleinen Tisch, der vor ihr steht, und sagt, sie sieht, die Dame hat seelischen Schmerz, viel seelischen Schmerz. Weinen, schläft schlecht, macht sich viele Gedanken, kann sich nicht von ihrem Problem befreien. Weint und sinniert ... Ist es so?

Leider ja, bestätigt Doris.

Das Problem ist kein neues, es geht über viele Jahre.

Das kann man wohl sagen.

Ein Mensch erdrückt sie, drückt ihr die Luft ab, weiß es aber nicht, will es nicht, gibt ihr Geld, viel Geld, will es gut machen für sie. Ist Mann oder Vater. Nicht Mutter. Nicht Kind!

Doris zögert, ja oder nein zu sagen. Man kann es sicher so ausdrücken; im Prinzip ist es so, sicher, aber ... Sie stellt dann der Pythia die direkte Frage: Soll sie sich von dem Problem befreien oder soll sie es weiterhin ertragen?

Die Buchela rät: Unbedingt bleiben! Ist ein guter Mann mit Fehlern! Aber Frauen haben auch Fehler. Auch Frau vor ihr hat Fehler.

»Sicher! Wer hat keine Fehler?«, räumt Doris ein.

Tja, dann ist die Frage ja beantwortet, denkt Frieda an dieser Stelle. Das ging ja schnell.

Doris wirkt wie überrumpelt und überwältigt. Sie weiß nicht, soll sie bleiben oder gehen? Sie will sich erheben, doch Frieda drückt sie wieder auf ihren Stuhl zurück. »Bleib hier! Du musst das mitkriegen.«

Die Buchela blickt nun Frieda an und sagt: »Es geht um Verwandten? Macht er Kummer?«

»Ja, es geht um meinen Sohn Heinrich. Er war im Krieg Soldat …«

»Ist immer noch Soldat.«

Man weiß nicht, ist das eine Frage oder eine Behauptung. Ehe Frieda dazu etwas bemerken kann, fährt die Buchela fort: »Er war 1944 zum letzten Mal zu Hause.«

»Ende 1943 …«

»Ja. Ein guter Urlaub, ein Kind! Kind lebt! Dein Sohn hat sein Kind nie gesehen!«

Frieda rutscht raus: »Aber er hat die Geburtsanzeige erhalten, das wissen wir.«

»Euer Sohn gesund, Kind gesund! Stalin! Er ist in russischer Gefangenschaft! In Russland! Sibirien?«

»Ja, möglich. Wir vermuten das; offiziell gilt er als vermisst.«

»Er lebt!«, behauptet die Seherin von Bonn, »aber er kommt jetzt nicht. Kommt jetzt nicht nach Hause. Später! Viel später!«

»Wann?«, fragt Frieda.

Die Antwort, die sie darauf erhält, überzeugt Frieda, dass die Frau tatsächlich eine Hellseherin ist. Die Buchela sagt nämlich bestimmt und von dem, was sie sagt, erkennbar überzeugt: »Kann jetzt nicht! Er ist wichtig! Ist geheim! Geheimes Vorhaben der Sowjet-Union! Niemand darf davon erfahren, auf keinen Fall die Amerikaner oder die Chinesen. Vor den Chinesen muss er sich in Acht nehmen. Chinesen sind ihm nicht wohlgesonnen.«

Ja, bestätigt Frieda, so etwas hat sie von anderer Seite auch schon erfahren. Aber es hilft ihr sehr, dass Madame Buchela dasjenige bestätigt hat, was sie schon weiß. Das bedeutet ihr ausgesprochen viel. Herzlichen Dank. Was ist sie schuldig?

Ganz nach Belieben.

Frieda reicht ihr einen Hundert-Mark-Schein; Doris gibt fünfzig Mark, das erscheint ihr eher angemessen. Fünfzig oder hundert Mark, beide Geldscheine verschwinden blitzschnell, wie weggezaubert.

Die Seherin erklärt dazu kichernd, sie muss vorsichtig sein. Es kommen immer mal welche vom Finanzamt, wollen sie reinlegen, aber sie erkennt sie auf den ersten Blick. Dann tut die Buchela so, als wolle sie jemanden boxen – wahrscheinlich ist das der Schalk, den Doris angekündigt hatte.

Die beiden Frauen sind schon fast aus der Tür, als die Buchela Frieda noch einmal zurückruft und ihr zu verstehen gibt, sie solle allein zurückkommen.

Als Frieda vor dem Tischchen steht, sagt die Buchela ihr etwas, das Frieda erschreckt. Nein, dies auf keinen Fall! Auf keinen Fall!

Die Buchela nickt bekräftigend, Frieda ist endgültig entlassen.

Auf dem Parkplatz will Doris wissen: »Was hatte sie denn noch? Was gab's denn noch so Geheimnisvolles?«

»Sie wollte sich nur richtig verabschieden.«

»Das ist auch nicht mehr als recht und billig. Gibst du ihr hundert Mark! Also, das fand ich denn doch übertrieben!«

»Nach Belieben, Doris, nach Belieben!«

Auf der Rückfahrt will Frieda wissen: Hat die Buchela etwas davon gesagt, dass Heini bei seiner Arbeit einen weißen Kittel trägt?

Nicht, dass sie sich daran erinnern könnte, erwidert Doris und will ihrerseits wissen: »Frieda, was ist deine wahre Meinung, ganz ungeschminkt? Soll ich bei ihm bleiben oder soll ich mich trennen?«

»Hast du einen besseren an der Hand?«

»Bis jetzt nicht, nein. Wo sollte ich den Traummann hernehmen?«

»Dann mach's wie die Kerle ... Halte aus! Bis zu dem Tag, an dem du was hundertprozentig Besseres hast! Keinen Tag früher.«

»Du bist so realistisch, Frieda!«

»Du auch, Doris, du auch!«

Doris schluckt: »Wenn du manchmal erleben würdest, was sich bei uns abspielt ...«

»Doris, ich kann nur wiederholen, was dir die Buchela gerade gesagt hat: Frau hat auch Fehler!«

Doris hält erst mal für eine Weile den Mund, dann sagt sie: »Die ist ja unglaublich, dieses Weibsbild... Das mit deinem Sohn Heinrich hat mich vollkommen vom Schlitten gehauen, hat noch nie von ihm gehört und kann auf Anhieb so viel über ihn sagen ... Ist das nun eine Erleichterung für dich oder hast du jetzt noch schwerer daran zu tragen?«

»In welcher Hinsicht«

»Sie hat dir immerhin prophezeit, dass er vorerst nicht kommen wird …«

»Und dass er lebt! Das ist viel wichtiger.«

In diesem Jahr 1953 sind Doris und Frieda insgesamt dreimal bei der *Seherin von Bonn.*

Beim zweiten Besuch steht ein sehr großer Mercedes auf dem Parkplatz, der von zwei Beamten in einem *Peterwagen* bewacht wird, also von einem Polizeiauto mit Funkeinrichtungen. Das kann nur bedeuten, dass ein Prominenter bei ihr zu Besuch ist. Frieda denkt sofort an Adenauer, stand doch sogar schon in der *Nachtausgabe*, dass der Bundeskanzler die begnadete Hellseherin regelmäßig aufsuche und dass sie ihm für 1953 einen triumphalen Sieg mit vielen, vielen Stimmen versprochen habe. 1949 hatte sie ihm einen Sieg mit einer Stimme Mehrheit angekündigt und lag damals hundertprozentig richtig.

Anna ärgert sich maßlos, wenn sie derartiges liest; besser gesagt, wenn sie davon hört. Sie liest ja solche Artikel nicht, fasst sie nicht mal mit spitzen Fingern an. Für sie ist das alles *Manipulation der Massen* und gehörte verboten. Umso mehr ärgert sie sich, als Adenauer bei der Bundestagswahl im September weit mehr Stimmen erhält, als selbst die größten Optimisten unter seinen Anhängern vermutet hatten. Auch weit, weit mehr, als die Forschungsinstitute noch unmittelbar vor dem Wahltag vorausgesagt haben.

Aber soweit ist es noch nicht.

Der zweite Besuch findet wie erwähnt Ende Juli statt und Frieda würde sich freuen, wenn es durch einen glücklichen Zufall zu einer Begegnung mit Adenauer käme. Sie würde sich auf Anna beziehen und sagen: »Herr Bundeskanzler, ich darf Ihnen bei dieser Gelegenheit sehr herzliche Grüße von Anna Wienandt ausrichten, der Wiesbadener Landtagsabgeordneten. Sie ist meine beste Freundin.«

Es ergibt sich jedoch kein Zusammentreffen mit Adenauer und wegen der Bemerkung, die sie nicht anbringen kann, bekommt sie Ärger mit Doris. Diese sagt nämlich eingeschnappt: »Wenn Anna deine beste Freundin ist, was bin ich dann?«

Als Frieda dran ist, fragt sie die Buchela ohne Umschweife: Kann es sein, dass sie eben den Bundeskanzler bei ihr gesehen hat?

Daraufhin antwortet diese: »Politiker kommen, ja … Die sind aber getarnt, haben Brille.«

Nicht ohne Grund wird die Frau die *Pythia vom Rhein* genannt.

Der dritte Besuch findet in der Weihnachtszeit statt. Doris hat, aus einer Laune heraus, an der Windschutzscheibe einen kleinen Weihnachtsbaum aus Plastik befestigt, dessen Birnchen permanent in Rot, Gelb und Grün blinken. Sie werden deswegen von der Polizei angehalten, Doris muss den Schmuck entfernen und bekommt außerdem wegen Verkehrsgefährdung einen Strafzettel über vierzig DM; recht happig, wie selbst Frieda findet.

4.

Noch ist es aber Mai, Frieda war zum ersten Mal bei der Buchela und in ihr arbeitet immer noch deren Voraussage; die Prophezeiung, die sie ihr machte, als sie Frieda am Ende der Audienz noch mal zu sich gebeten hatte. Da versprach sie ihr: *Bald kommt Glück. Sehr bald! Mann tritt in Euer Leben! Guter Mann!*

Frieda nimmt an, das verspricht die Hellseherin allen alleinstehenden Frauen im gewissen Alter; das hat nichts zu bedeuten. Jedenfalls nicht für sie. Sie ist immer noch dankbar, dass ihre Affäre mit Frans derart glücklich endete, ohne irgendwelche Auftritte von Klärchen. Sie kann gar nicht sagen, *wie froh sie ist*, dass sie sich nicht deren berechtigte Vorwürfe anhören musste.

Die Damen waren donnerstags in Bad Godesberg und samstags geht die Haustür im *Petersburger Hof* auf und Herr Scheidt kommt 'rein. Sie erkennt ihn auf den ersten Blick, aber da ist kein freudiges Wiedersehen, nicht das übliche Hallo, wenn sich ein guter Gast nach Jahren wieder einmal einfindet. Es ist ihr, als betrete das Schicksal persönlich das Haus.

»Sie erinnern sich hoffentlich noch an mich … Scheidt, Zimmer 12«, sagt er zur Begrüßung.

Er hat keinen Koffer bei sich, sieht auch nicht aus, als ob er ein Zimmer suchte. Eher, wie jemand, der mal vorbeikommt, sich einen Prospekt und eine Preisliste geben lässt und sich nebenbei ein Zimmer ansieht.

Dennoch fühlt sich Frieda von einer eisernen Faust gepackt, und sie versucht gar nicht erst, ihre Überraschung, nein, ihre Verwirrung zu verbergen. Sie sagt: »Herr Scheidt, wenn Sie wüssten, wie oft ich an Sie gedacht habe … Neulich habe ich noch überlegt, man könnte eigentlich einfach mal nach Arnsberg fahren und nach Ihnen fahnden. Mal hören, was aus Ihnen geworden ist.«

»Da müssen Sie nicht lange fahnden; schlicht Rathaus, Bauamt, Sprechtage montags, dienstags und donnerstags. Oder noch einfacher: Hammerweide 22.«

»In Arnsberg?«

»Ja.«

»Da habe ich doch hingeschrieben …«

Er sieht sie verblüfft an.

»Ich habe Ihnen eine Weihnachtskarte geschickt, die kam zurück mit *unbekannt verzogen …*«

»Das kann doch gar nicht sein. Ich hatte in Arnsberg noch nie eine andere Adresse, immer Hammerweide. Das ist unten an der Ruhr, ein paar Meter vom Fluss entfernt.«

»Wenn ich's Ihnen doch sage … Das erfinde ich doch nicht. Warten Sie, vielleicht habe ich die Karte noch irgendwo … Hoffentlich habe ich sie nicht weggeworfen …«

Frieda zieht die Schublade ihres Schreibtischs auf und findet endlich, was sie sucht.

»Hier haben wir ja das gute Stück: Hammerweide 12.« Sie liest vor, was da steht. Aufgedruckt ist: *Ein gutes neues Jahr für Sie und Ihre Lieben, Hotel Petersburger Hof, Wiesbaden.* Und handschriftlich steht da: *Wir würden uns freuen, etwas von Ihnen zu hören! Frieda Tremus.*

Ihr fällt auf, sie hat nicht geschrieben *Frau Frieda Tremus* und schon gar nicht *Wwe.* für Witwe, wie sie das üblicherweise macht. Nur Frieda Tremus. Sieh an!

Er nimmt die Karte, blickt auf die Adresse, damit ist dann das Rätsel gelöst: »Das ist noch meine alte Adresse … Jetzt wohne ich einige Häuser weiter, Nummer 22. Sie haben an Nummer 12 geschrieben.«

»Das muss doch ein Briefträger wissen«, empört sich Frieda. »Wenn er sich schon die Mühe macht, eine Karte zurückzuschicken … Stellen Sie sich mal vor, das wäre was Ernstes gewesen … etwas Wichtiges!«

Er blickt sie prüfend an, wie er das auch damals gemacht hat, am letzten Tag des Krieges, und bemerkt: »Es kommt mir vor, als wäre die Karte etwas Wichtiges.«

Frieda kann es nicht verhindern, sie wird knallrot.

Er bemerkt es, geht nicht darauf ein, beschäftigt sich vielmehr mit dem Fehler des Postboten: »Dem gehe ich nach … Aber erst mal vielen Dank, dass Sie mir überhaupt eine Karte geschickt haben.«

Sie erklärt eifrig: »Ich war auf dem Speicher, hatte plötzlich Ihre Sachen in der Hand – was Sie uns damals hiergelassen haben –, da dachte ich, das müsste er doch mal wiederkriegen … Ich erinnere mich noch an das schöne Bild von Ihrer Frau, habe ich nie vergessen. Die Sachen sind, wie gesagt, gut verpackt … Soll ich sie runterholen lassen?«

»Wollen Sie mich los werden?«

»Unsinn! Ich bin froh, dass Sie da sind! Wohlbehalten, wie ich sehe! Wie ist es Ihnen denn ergangen?«

Als er ansetzt zu antworten, wehrt sie ab: »Warten Sie noch einen Moment. Wollen wir hier reden? Oder drüben in Zimmer 2? Was ist Ihnen sympathischer?«

»Da richte ich mich ganz nach Ihnen.«

»Dann bleiben wir hier! Mein Fräulein Sonja, das mich gewöhnlich vertritt, ist unterwegs; hat eine Kommission für mich zu erledigen … Hier kann ich besser aufs Telefon aufpassen, muss ich nicht dauernd aufspringen und wegrennen!«

»Steht Ihnen Fräulein Anna nicht mehr zur Verfügung?«, erkundigt er sich.

»Nein, Fräulein Anna steht mir weiß Gott nicht mehr zur Verfügung … Die ist jetzt Landtagsabgeordnete und wenn's so weitergeht, ist sie bald Staatssekretär oder Minister, kann auch passieren.«

»Das kann doch nicht wahr sein«, staunt er.

»Sie glauben nicht, was alles wahr sein kann …«

»Auch wieder wahr!«

Sie setzt sich zu ihm ans Fenster, wobei sie sich im Voraus entschuldigt: »Ärgern Sie sich nicht, wenn's Telefon klingelt! Es klingelt den ganzen Tag. Gott sei Dank, kann ich nur sagen! Es gibt nichts Schlimmeres, als ein leer stehendes Hotel; da werden Sie trübsinnig … So, jetzt sind Sie aber dran!« Bevor er jedoch den Mund aufmachen kann, fragt sie: »Noch eins: Was wollen Sie trinken? Eine Tasse Kaffee oder ein Glas Sekt?«

Er sieht ihr in die Augen, als er sagt: »Wenn Sie so fragen: Ein Glas Sekt! Fangen wir doch da wieder an, wo wir aufgehört haben …«

Frieda steht auf und wendet sich dabei von ihm ab. Sie ärgert sich über sich selbst; sie kann sich doch nicht so albern aufführen. Sie ist doch keine siebzehn mehr. Sie hat doch schon mal mit einem Mann gesprochen.

Schließlich sagt sie knapp: »Ich hole uns was …« verlässt den Raum und ist froh, als sie draußen ist.

In Zimmer 2 schließt sie den neuen, großen und eleganten, Weinkühlschrank auf, zögert, ob sie eine Flasche *Henkell Trocken* oder einen *Graeger Sekt* (›*Qualitätsschaumweine auf höchstem Niveau*‹) herausnehmen soll und entscheidet sich endlich für *Mumm Cordon Rouge*, den echten.

Sie nimmt zwei Gläser, die über der Bar hängen, und überlässt es ihm, die Flasche zu öffnen.

Er wirft einen Blick aufs Etikett und bemerkt: »Na, stilvoller geht's ja kaum«, steht auf, öffnet die Flasche, schenkt ein. Sie stoßen an und dann sagt er unverblümt: »Frau Tremus, entschuldigen Sie, dass ich mich nicht früher gemeldet habe. Wie hätte ich wissen können, dass ich hier derart geschätzt werde?«

Sie antwortet sehr ernsthaft: »Hören Sie auf! Machen Sie es nicht noch schlimmer! Wenn Sie wüssten, was in mir vorgeht ... Ich weiß nicht, wie lange das her ist, dass mir so etwas zum letzten Mal passiert ist.«

Er lacht freundlich und sie trinken noch einen Schluck, dann beginnt er wie ein ganz normaler Gast ganz normale Geschichten zu erzählen.

Die Amerikaner haben ihn hier im Haus festgenommen, wie sich Frau Tremus erinnern wird, ihn aber nicht in eins der schrecklichen *Rheinwiesen-Lager* gesteckt, wo so viele Männer elend umgekommen sind. Sie haben ihn den Belgiern überstellt, die für den Wiederaufbau dringend Arbeitskräfte brauchten und ihn ohne zu fragen akzeptierten. Die meisten der deutschen Gefangenen, die man den Belgiern überließ, wurden in den Bergbau gesteckt, für ihn hatte man Verwendung in der *Déminage*.

Was heißt das? Was ist das?

»Ich habe Minen entschärft.«

»Sie? Sie hatten doch gar keine Ahnung davon!«

»Es ist richtig, aber wenn's drauf ankommt, kann man mehr als man annimmt ... Aus meiner Befragung ging hervor, dass ich während des Krieges mit Flugzeugmunition zu tun hatte und daraus schloss man, ich sei geeignet, Minen und Bomben unschädlich zu machen. Drei Wochen Schulung in einem Steinbruch und schon war ich Experte.«

»Wie ich sehe, haben Sie es überlebt!«

»Sogar mit beiden Händen. Das haben nicht alle geschafft. Ich bin mit einer Mischung aus Angst und Respekt an die Sache 'rangegangen und offenbar war das die richtige Einstellung.«

»War es denn erlaubt, Kriegsgefangene für so was einzusetzen?«

»Sollten es die Belgier machen? Sie hatten sich den Krieg nicht ausgedacht ... Aber wenn Sie nach den Rechtsgrundlagen fragen, waren die in der Tat etwas schwammig. Wir wurden nicht als Kriegsgefangene im Sinn der Genfer Konvention behandelt, sondern als Angehörige der *Disarmed Enemy Forces,* will sagen der *entwaffneten feindlichen Streitkräfte*, auch *feindliches Personal, das sich ergeben hat,* genannt.«

Es stellt sich heraus, für Minenräumer und Bombenentschärfer gab es in Belgien zwei spezielle Lager, *Kalmthout* (nach seinen Worten ist das eine Gemeinde in der belgischen Provinz Antwerpen mit viel Heide in der unmittelbaren Umgebung) und *Wenduine*, unmittelbar an der Küste gelegen, und in beiden Lagern hat er einige Monate verbracht. Wobei es ihm in *Wenduine* entschieden besser gefallen hatte. Nach seiner Schilderung war *Wenduine* selbst ein sehr netter kleiner Badeort, wo man mit einer hinreißenden Straßenbahn zum Strand fahren konnte.

»Man müsste gelegentlich mal dort Urlaub machen«, schließt er den Bericht über seine elf Monate Belgien ab.

Und ansonsten?

Hat er seine Zeit im Bauamt Arnsberg abgesessen; das ist in sehr kurzer Kürze auch vorbei, am 31. August diesen Jahres.

Das Telefon klingelt zweimal; das zweite Gespräch braucht etwas Zeit, Herr Scheidt harrt geduldig aus, wofür sie ihm dankbar ist. »Die Flasche wird leer gemacht«, sagt sie und er sieht es genauso.

»Ich habe immer noch nicht gefragt«, fällt ihr dann ein, »was machen Sie eigentlich in Wiesbaden?

»Ich bin schon ein paar Tage hier … Ich bin zu den Maifestspielen hier …«

»Nun sagen Sie nur, Sie waren im letzten Jahr auch hier?«

»Nein, in diesem Jahr zum ersten Mal.«

»Und wo übernachten Sie?«

»*Hotel Klee* am Kurpark.«

»Auch nicht schlecht, aber Sie hätten wenigstens mal hier anfragen können.«

»Habe ich gemacht. Es war eine junge Dame am Telefon; sie sagte mir, Sie seien ausgebucht, nichts zu machen für vier Nächte.«

Frieda holt einmal tief Luft: »Das war mit Sicherheit mein Fräulein Sonja, herzensgut, aber … Ich glaube nicht, dass sie in diesem Gewerbe glücklich wird … Warum haben Sie nicht nach mir gefragt? Ich hätte irgendjemand vor die Tür gesetzt …«

»Frau Tremus, nach dem Empfang, den Sie mir bereitet haben, glaube ich Ihnen das auf der Stelle …«

»Na ja, sagen wir es mal so: Wir sind uns ja nicht fremd, wir haben einiges zusammen erlebt.«

»Das haben wir«, bestätigt er, ohne mit der Wimper zu zucken.

Sie reden noch ein bisschen hin und her und dann lädt er sie zu einer Vorstellung im Staatstheater ein. Die Staatsoper Belgrad bietet heute Abend im Rahmen der Internationalen Maifestspiele *Boris Godunow* von Modest Mussorgsky … Kindesmord, intrigierende Mönche und ein dem Wahnsinn verfallender Zar – alles drin!

»Ja, ich weiß, wir haben Leute aus dem Ensemble im Haus.«

»Oh, Entschuldigung …«

»Nichts zu entschuldigen … Ich habe nur eine Frage: Wo wollen Sie denn eine Karte für mich hernehmen? Es ist alles bis auf den letzten Platz ausverkauft; wir haben es schon über die Intendanz versucht, alles vergebens … Oder sagen Sie nur, Sie haben schon eine Karte?«

»Habe ich! Sie würden in meiner unmittelbaren Umgebung sitzen, wenn Ihnen das nichts ausmacht … Die Vorstellung fängt um 19 Uhr an, dürfte ich Sie so gegen 18.30 Uhr abholen? Lieber etwas früher als später …«

»Bis jetzt habe ich nicht mal ja gesagt … Sehen Sie mich nicht so entsetzt an: Ich nehme Ihre Einladung gern an. Schade nur, dass Sie erst jetzt damit rausrücken. Ich wäre sonst noch zum Friseur gegangen.«

»Sie kriegen das hin; davon bin ich überzeugt … Also, dann bis halb sieben. «

»Lieber ein bisschen früher«, erwidert Frieda.

Als er beschwingt den Geisberg hinuntergeht, denkt sie: Wen er wohl auslädt? Na, das kann ihr egal sein.

Er kommt sehr pünktlich und sie erwartet ihn in dem feuerroten Kleid, das sie bei dieser Gelegenheit zum ersten Mal trägt. Er sieht sie, hat Mühe, seine Überraschung zu verbergen und sagt: »Ich wusste nicht, dass ich mit der *Königin von Saba* verabredet bin … Wenn ich das geahnt hätte, hätte ich mir einen Frack besorgt!«

»Sie sehen sehr gut aus«, beruhigt sie ihn.

Er erwidert: »Für sauerländische Verhältnisse.«

»Für alle Verhältnisse.«

Er bietet ihr seinen Arm an und als sie aufbrechen, erwartet Frieda Trompetenstöße, zumindest Applaus. Das bleibt aus; nun, dann muss es so gehen.

Sie haben einen sehr guten Platz, fünfte Reihe Mitte; nicht zu nahe und nicht zu weit weg vom Geschehen. Auf der Bühne ist viel los. Neben dem Titelhelden ist es vor allem das russische Volk, das jubelt, hungert, fordert und schreit. Das geht gleich gut los. *Die Massen*, wie Anna sagen würde, werden von einem brutalen Polizeioffizier gezwungen, Bittgesänge für *Boris Godunow* anzustimmen. Sie sollen ihn überzeugen, dass er der Richtige, ja, der Einzige ist, der die Nachfolge des kürzlich verstorbenen Zar Fjodor antreten kann. Denn trotz seiner jahrelangen Erfahrung als eigentlicher Regent an der Seite des Zaren, weigert sich Godunow, das Amt anzunehmen. Einer aus dem Volk muckt auf und wird darauf brutal zusammengeschlagen. So geht das weiter und weiter.

Frieda sieht sich selten Stücke an, in denen gesungen wird. Und hier wird nicht nur gesungen, hier wird sogar *russisch* gesungen. Sie muss sich alles zusammenreimen, und man kann eigentlich nicht sagen, dass das ihren Geschmack trifft. Sie bemerkt aber, wie atemlos Herr Scheidt, der links neben ihr sitzt und dessen Wärme sie spürt, erregt ist. Er kann den Blick nicht von der Bühne wenden, nicht *einmal*.

Frieda geht durch den Kopf: Wie seltsam, dass ihr Schicksal derart mit dem der Russen verbunden ist. Der erste Mann, mit dem sie im Bett war, war Russe. Sieht man von Laura ab, war die einzige Frau, die ihr je etwas bedeutete, eine Russin. Heini, ihr der liebste unter ihren Söhnen, sitzt in russischer Gefangenschaft. Und jetzt das! Der Mann, der ihr als das große *Glück* angekündigt wurde, ist von einem fiktiven Zaren Boris derart gefesselt, dass er ihr nicht ein einziges Mal zulächeln kann.

In der Pause begibt man sich in das üppige Foyer, für das das Wiesbadener Staatstheater berühmt ist. Er holt zwei Glas Sekt, und als sie anstoßen, traut Frieda ihren Augen nicht. Drei Schritte von ihr entfernt steht Doris mit ihrem Mann und einigen Bekannten. Doris bemerkt sie jetzt ebenfalls, entdeckt einen Mann in Friedas Begleitung und setzt ein Gesicht auf, als habe sie Frieda bei einem Treubruch erwischt. Sie hält sich einen Moment zurück; Herr Scheidt will eben sein Urteil über das bisher Gebotene abgeben, da rauscht sie heran und bemerkt von oben herab: »Frieda, was suchst du denn hier?«

»Dasselbe wie du, meine liebe Doris – Kunstgenuss! Darf ich Dir Herrn Scheidt vorstellen? Er war bei Kriegsende unser Gast ...«

Doris erinnert sich sofort, zeigt sich etwas besänftigt, wendet sich an Herrn Scheidt und sagt: »Sie sind also der berühmte Herr aus Zimmer 12?«

Der lässt sich nichts anmerken, antwortet: »In der Tat!« und strahlt dabei Doris an.

Frieda vervollständigt die Vorstellung: »Meine Freundin Frau Doris Waltz.«

Doris mustert ihn noch mal kurz und sagt dann zu Frieda: »Dich hätte ich hier wirklich nicht erwartet.«

»Doris, wenn's dich beruhigt: Ich mich auch nicht!«

Doris weiß nicht recht weiter, nickt: »Ja, dann weiterhin viel Vergnügen … Vielleicht sieht man sich nachher noch …«

»Ja, vielleicht«, sagt Frieda vage zu.

Doris kehrt wieder zu ihrem Mann und ihren Bekannten zurück.

Herr Scheidt geht nicht weiter auf den kleinen Zwischenfall ein; er scheint es akzeptiert zu haben, dass ihn hier jedermann als der *Herr von Zimmer 12* kennt, und teilt ihr seine Meinung über die Aufführung mit. Seiner Ansicht nach ist sie einerseits recht konventionell, andererseits erkennt er im Regiestil durchaus Einflüsse Wieland Wagners und Walter Felsensteins, vor allem in den ungemein expressiven Massenszenen. Die choreographische Führung und Ballung des gequälten und bittenden Volkes erscheint ihm bemerkenswert. Doch, er ist zufrieden. Was geboten wird, entspricht weitgehend seinen hochgespannten Erwartungen; wobei er einschränkend anfügt, den *Erwartungen eines sauerländischen Geistes*.

Nach der Aufführung begeben sich die Beiden in die Bar des *Park-Cafés*, gönnen sich ein kleines Filetsteak (sehr gute dünne Pommes frites, die er unglaublich stark salzt; hat er angeblich den Belgiern abgeguckt!) und eine Flasche Saint-Émilion. Dabei kommt Frieda auf ihre Fahrt nach Lourdes zu sprechen, erzählt sogar, dass sie vor ein paar Tagen zusammen mit Doris die *Buchela* aufgesucht hat. Wohlweislich lässt sie aber kein Wort über die Prophezeiung der *Pythia vom Rhein* verlauten.

Die Musik ist sehr angenehm, die Sängerin hat eine einschmeichelnde Stimme, die Beiden tanzen und als sie später an der Garderobe darauf warten, dass man ihnen ihre leichten Abendmäntel abhängt und reicht, nimmt er sie plötzlich in die Arme und sie küssen sich, als hätten sie viele Jahre auf diese Umarmung gewartet.

5.

Herr Scheidt verlängert seinen Aufenthalt in Wiesbaden um einige Tage. Im Haus wird überraschend ein Zimmer frei, er könnte umziehen. Frieda spricht aber nicht darüber; sie will das nicht. Sie hat sich geschworen, so etwas wie mit Frans kommt nie wieder vor.

Wann immer Frieda Zeit hat, gehen die Beiden spazieren oder essen gemeinsam; sie zeigt ihm die Umgebung. Unter anderem besuchen sie das *Niederwald-Denkmal* und das historische *Hotel Krone* in Assmannshausen. Dort sitzen sie unter Weinlaub auf der berühmten Terrasse des Hauses und trinken einen wunderbaren Roten. Einmal sind sie im Wiesbadener Museum. Frieda erzählt ihm bei der Gelegenheit von Mr. Koch aus *Cincinnati, Ohio*, der unmittelbar nach dem Krieg zusammen mit anderen amerikanischen Museumsleuten verschwundene oder geraubte Kunstschätze aufspüren und retten sollte und ihr ein geschätzter Gast war.

Am meisten imponiert Wolfgang (sein vollständiger Vorname lautet tatsächlich *Wolfgang Amadeus*; die Liebe zur Musik hat er buchstäblich mit der Muttermilch eingesogen) die Geschichte, wie sich Mr. Koch gegen seine Vorgesetzten auflehnte und eine Art Revolte organisierte.

Frieda schildert: »Hier in Wiesbaden, genau hier in diesem Museum, waren unglaubliche Schätze versammelt, angefangen mit der *Nofretete* – Bilder und Plastiken aus den Berliner Museen, die während des Krieges in Bergwerken und in Klöstern und ich weiß nicht, wo noch, ausgelagert waren … Schlauberger wollten diese deutschen Kunstwerke dann in die USA schaffen, angeblich waren sie hier nicht sicher. Die Deutschen sollten die Bilder zurückerhalten, wenn sie beweisen würden, dass sie *reif* dafür wären. Am St. Nimmerleinstag also … Da hättest du mal Mr. Koch erleben sollen. Er sagte, was da geplant sei, seien Raubzüge – von derselben Art, wie die Nazis sie in ganz Europa unternommen hatten. Wütend, wie er war, organisierte er zusammen mit seinem Chef und anderen eine Konferenz aller amerikanischen Kunstschutzoffiziere in Deutschland oder von ganz Europa. Das weiß ich nicht ganz genau. Es wurde jedenfalls ein Manifest unterzeichnet, das jeden der Unterzeichner vor ein Kriegsgericht hätte bringen können; Mr. Koch als Ersten. Die Sache löste dann in Amerika einen Riesenwirbel aus und am Ende waren die Breughels, Cranachs, Holbeins und alle fünfzehn Rembrandts und die sechs Rubens wieder da, wo sie hingehörten – in den Berliner Museen nämlich … Ich habe lange gehofft, zwischen unserer Laura und ihm würde sich etwas entspinnen … Tat es nicht, aber ich muss sagen, er war ein sehr netter Mann.«

»Ich habe den Eindruck, du kennst eine Menge netter Männer.«

»Und auch einen besonders netten …«, gibt sie zurück und strahlt ihn an. Sie weiß nicht, wie es geschehen konnte, aber sie ist bis über beide Ohren verliebt. Sie ist soweit, sie würde jedes Versprechen, das er ihr machte, für bare Münze nehmen.

Sie nehmen auf einer Bank mitten in einem der großen Säle Platz und da stellt Frieda die Frage, die sie nun lange genug beschäftigt hat: »Wo hast du eigentlich die Karte für mich hergenommen? Für die Oper! Aus welcher Tasche hast du die gezaubert? Wer musste zurücktreten?«

»Ich hatte eigentlich gehofft, du würdest diesen wunden Punkt übergehen.«

»Ich denke gar nicht daran.«

»Wenn es so ist … Der Kollege Seelmann – er ist Stellvertretender Leiter unseres Sozialamtes – und ich, musikverrückt wie wir sind, unternehmen gelegentlich gemeinsam Ausflüge in die Welt der Oper und der Konzerte. Er wollte in seiner Jugend Opernsänger werden und manchmal habe ich den Eindruck, er will es immer noch … Unglaublich beschlagen – und Mozart-Spezialist!«

»Da passt ihr ja zusammen!«, bemerkt Frieda.

Er lässt sich nicht ablenken und fährt fort: »Als ich ihm gesagt habe, es geht um alles, und ihn gebeten habe, mir seine Karte abzutreten, hat er sich nicht lange geziert und ich hatte die Karte.«

»Ich nehme an, es war die teuerste Karte deines Lebens?«

Er überlegt einen Moment: »Na, in Bayreuth im letzten Jahr, die war auch nicht gerade preiswert … Nein, du hast recht, es war wirklich die teuerste Karte meines Lebens.«

»Da müssen wir aber sehen, dass sie sich amortisiert …«, flirtet Frieda.

Er legt seine Hand auf die ihre und verspricht ihr: »Frieda, einen Tag nach der Pensionierung bin ich in Wiesbaden, nehme mir eine Wohnung und wir … Oder was hältst du davon, du verkaufst dein Hotel und wir machen es uns in Arnsberg schön?«

Sie sieht ihn entgeistert an. Das kann er doch nicht gesagt haben! Warum wollen alle Männer, die ihr etwas bedeuten, dass sie ihr Haus verkauft? Sind sie denn alle reine Egoisten?

Er beruhigt sie: »Frieda, das war nur ein kleiner Scherz … Ich weiß doch, was dir dein Hotel bedeutet. Genauso gut könnte ich verlangen, dass du von der Staumauer der Möhnetalsperre springst … Nein, ich weiß, dein Haus ist dein Leben. Wie käme ich dazu, dich zu bitten, deinem Leben ein Ende zu setzen?«

»Wenn du mir je einen Heiratsantrag machen willst, wiederhole, was du gerade gesagt hast, Wort für Wort … Du kannst dir nicht vorstellen, was mir das bedeutet … Mein Gott, warum hast du denn die ganzen Jahre vertan? Du wusstest doch, wo du mich finden konntest!«

Ihr treten die Tränen in die Augen, eine kullert sogar über ihre Wange und er wischt sie ab.

6.

Wie es nicht anders zu erwarten war, haben sich Frau Roos und ihr *Bristol* zu einer scharfen Konkurrenz entwickelt. Beispielsweise wildert sie bei der *AFIFA;* nutzt *Unter den Eichen* ihre alte Bekanntschaft mit Herrn t'Hooft aus! Neulich haben die ihr einen ganzen Bus Kleindarsteller geschickt, das empfand Frieda doch als unverschämt.

Nach einer Beirat-Sitzung im Haus der *Casino-Gesellschaft,* einem Palais in unmittelbarer Nachbarschaft der *Wiesbadener Bank,* nimmt sie sich Herrn Dr. Bleibtreu vor. Er versucht gar nicht abzustreiten, dass er seine Finger im *Hotel Bristol* hat und der Financier von Frau Roos ist. Merkwürdigerweise kommt er beinahe ohne Anlass und Übergang auf seine Privatangelegenheiten zu sprechen. Er kann Renate, also Frau Roos, nicht heiraten, weil er sich nicht von seiner Frau trennen kann, Scheidung kommt absolut nicht infrage, und er hat dadurch das Gefühl, Renate um Wesentliches zu betrügen, um ihr *Frausein.*

Hat sich Renate einmal in dieser Hinsicht gegenüber Frau Tremus geäußert?

»Nie«, versichert ihm Frieda wahrheitsgemäß; sehr erstaunt darüber, dass er es für denkbar hält, dass ausgerechnet die verschlossene Frau Roos bei ihr das Herz ausschüttet.

Frieda will gerade sagen: Es tut mir ja leid, wenn es bei Ihnen private Probleme gibt, aber eigentlich möchte ich mit Ihnen über meine geschäftlichen Sorgen sprechen, da rückt Herr Bleibtreu mit seinem Stuhl noch näher an Frieda heran. Man hat schon Angst, dass er den Kaffee verschüttet. Er ist weiß Gott kein Adonis, eher der Typ Mann mit ewig feuchten Händen; Frieda fühlt sich von der Nähe nicht unbedingt angenehm berührt. Sie sieht ihm aber vieles nach, als er nun gesteht, dass seine Ehefrau ihr Leben in einer privaten *Psychiatrischen Einrichtung* in Bayern verdämmert. Sie ist Opfer des Krieges wie so viele. Bei Kriegsende ist sie von feindlichen Soldaten derart brutal vergewaltigt worden, dass sie darüber trübsinnig wurde. Sie wurde nicht wahnsinnig wie *Ophelia*, das nicht, aber doch von einer undurchdringlichen Melancholie erfasst, die nicht weichen will.

»Und wo ist das passiert?«, fragt Frieda gegen ihren Vorsatz, sich nicht in dieses Drama hineinziehen zu lassen, und in der Erwartung, nun etwas Schreckliches über die Russen zu hören.

»In der Nähe von Aachen … Die ersten Amerikaner hatten die Reichsgrenze überschritten, ihre Wut auf die *Krauts* war noch ungebrochen und meine Frau tritt ihnen vertrauensvoll entgegen … Mit einem weißen Fähnchen in der Hand.«

Frieda weiß nicht sofort darauf zu antworten. Ihr liegt auf der Zunge zu sagen: Ich bin nur froh, dass es wenigstens keine Russen waren! Aber eine solche Bemerkung ist selbstverständlich ausgeschlossen. Für die arme Frau macht es keinen Unterschied, welcher Nation ihre Peiniger angehörten; wer ihr diese Torturen bereitete.

»Nun«, zieht Herr Bleibtreu das Fazit aus seiner Schilderung, »jeder Krieg kennt nur den Zweck, andere zu vernichten.«

»Gilt das auch für die Konkurrenz *Bristol – Petersburger Hof*?«, fragt Frieda, schärfer, als es ihre Absicht war. Sie mildert ihren Tonfall ab und fährt fort: »Ich habe wirklich nicht die Absicht, Hand in Hand mit Frau Roos durchs Leben zu gehen. Aber als gute Bekannte und Nachbarn …«

Herr Bleibtreu nickt sofort zustimmend und verspricht, er wird mit Renate über die Angelegenheit sprechen. Unnötige Härten sollten unbedingt vermieden werden.

Eben.

7.

Mitte September 1953 hat Frieda zusammen mit ihrem Steuerberater eine Besprechung im Finanzamt, die unerfreulich verläuft. Es geht um Nachzahlungen und Vorauszahlungen, die sie als schikanös empfindet. Man gelangt zu keiner Einigung, und nun will ihr Steuerberater das Gute-Miene-zum-bösen-Spiel-machen endgültig beenden und den Rechtsweg beschreiten.

Die Herren verstehen offenbar keine andere Sprache.

Entsprechend ist Frieda mit düsteren Gedanken beladen, als sie von der Unterredung zurückkehrt und den Geisberg hinaufgeht. Sie ist fast an ihrem Haus angelangt, als ein Personenwagen mit den charakteristischen amerikanischen Militärsternen an den Seiten die Straße hinauffährt und vor der Haustür hält. Zwei Offiziere steigen aus, und als sie sieht, wie sie ihre Uniformjacken gerade rücken und sehr ernste Gesichter aufsetzen, ist Frieda klar: Sie bringen schlechte Nachricht.

Beinahe unmittelbar nach den Offizieren betritt sie das Haus und sieht, wie diese in Zimmer 1 mit Fräulein Sonja parlieren. Sie mischt sich ein, sagt, selbstverständlich auf Englisch: »Ich bin Frau Tremus! Was kann ich für Sie tun?«

Die Offiziere grüßen militärisch, nennen ihre Namen und ihre Einheit und teilen ihr mit, dass ihr Sohn, Captain August Tremus, überraschend verstorben ist. Im Namen des Präsidenten der Vereinigten Staaten sprechen sie ihr Beileid aus und teilen mit, Captain Tremus wird am Montag der kommenden Woche mit allen militärischen Ehren auf dem Nationalfriedhof Arlington, Bundesstaat Virginia, beerdigt. Die US Army würde es sich als Ehre anrechnen, wenn sie, Frau Frieda Tremus, der Zeremonie beiwohnte.

Frieda sagt mit wenigen ernsten Worten zu.

Daraufhin setzen die beiden Unglücksboten sie davon in Kenntnis, wegen der Details der Reise nach Washington und des Ablaufs der Zeremonie wird man sich mit ihr in Verbindung setzen, grüßen Frieda zackig und entfernen sich.

Erst, als sie wegfahren, fällt Frieda ein, sie hat sich nicht erkundigt, *woran* August gestorben ist. Er war doch nie krank und jetzt von einer Minute zur nächsten …

Fräulein Sonja will ihr Beileid ausdrücken, macht das, wie alles, was sie tut, etwas ungelenk, und das ist das Beste, das sie in dieser Situation machen könnte. Frieda muss lachen; dieses Lachen geht in Weinen über, dann fasst sie sich und verlangt: »Holen Sie Anna her! Und wenn Sie sie aus dem Plenarsaal holen müssen, machen Sie es! Ich brauche sie hier! Alles andere kann warten.«

Keine Viertelstunde später ist Anna da; ein Wagen der Landtags-Fahrbereitschaft hat sie gebracht.

Sie findet Frieda in Zimmer 5 vor, auf dem Bettrand sitzend und schrecklich alt wirkend.

Anna setzt sich zu ihr, nimmt sie in dem Arm und sagt: »Wie kann das sein?«

»Ich weiß es nicht, Anna ... Ich habe vergessen zu fragen ... Letzten Endes ist es auch egal. Er ist tot und wird nicht mehr lebendig, woran auch immer er gestorben ist ... Ich sage mir, er war Soldat und hätte auch in der Normandie oder in Korea fallen können; anscheinend hat er jedoch sein Ende in irgendeinem Bett gefunden. Vielleicht ist das um Nuancen besser.«

»Ich mache mich schlau«, verspricht Anna.

»Anna, fährst du mit nach Washington? Begleitest du mich?«

»Es kommt drauf an ...«

»Worauf?«

»Auf den Termin.«

»Anna, ich würde mit Laura fahren, aber du siehst ja, wie es ihr geht; das ist ganz unmöglich. Das schafft sie nicht ... Du sprichst doch ganz anders Englisch als ich ... Ich kann Zimmer vermieten, aber wenn ich ein paar Worte vor Menschen reden soll ...«

»Wann ist die Beisetzung?«

»Am nächsten Montag.«

»Tut mir leid. Kann ich nicht, unter keinen Umständen. «

Annas rüde Absage trifft Frieda stärker als Augusts Tod. Einmal, einmal im Leben, erwartet sie etwas von Anna und die verweigert ihr die Erfüllung des Wunsches.

Anna kann nachher so viel erklären, wie sie will; wie wichtig die Abstimmung ist, die ansteht, wie sie jahrelang dafür gekämpft hat, für Frieda zählt kein Wort davon. An diesem Tag geht ihr Verhältnis in die Brüche, geht ihre Zweisamkeit verloren.

Frieda steht auf und sagt sehr beherrscht: »Anna, zieh aus! Das hat sich erledigt mit uns!«

Anna versucht zu retten, was zu retten ist, sagt: »Frieda, du musst mich verstehen.«

»Ich verstehe alles! Aber das war's jetzt! Es ist sowieso unnatürlich, dass du nicht deine eigene Wohnung hast. Pack deine Sachen und verschwinde! Nimm jetzt nur das Nötigste mit! Den Rest kannst du morgen oder übermorgen holen, aber verschwinde jetzt!«

Es wird Frieda erlaubt, in der Militärmaschine mitzufliegen, die August in die Vereinigten Staaten bringt; bei einem Zwischenstopp auf der *Frankfurt Rhein Main Airbase* darf sie zusteigen. Es handelt sich dabei um ein gewaltiges Frachtflugzeug, laut und lärmig und langsam. Während des gesamten Fluges muss sie Kopfhörer tragen; anders ist der Lärm in der Maschine nicht auszuhalten. Das vordere Drittel der Maschine ist mit Sitzreihen ausgerüstet, der hintere Teil dient als Frachtraum. Sehr stabil wirkende Boxen sind hier fest verankert; dennoch will sich Frieda nicht vorstellen, was passiert, sollte sich eine der Boxen losreißen.

Man hat ihr einen Fensterplatz überlassen. Mit ihr fliegen Soldaten verschiedener Waffengattungen, die teils in West-Berlin und teils in der amerikanischen Zone stationiert sind. Frieda trägt Trauerkleidung und wirkt deswegen wie ein Fremdkörper in der Maschine. In ihrer Nähe sitzen einige Soldatinnen, aber weder sie noch die Männer hinter ihr sprechen mit ihr, sieht man den üblichen Höflichkeiten ab, die sich während eines so langen Fluges ergeben, etwa, wenn es etwas zu essen oder zu trinken gibt oder man sich mal die Beine vertreten muss.

So kann sich Frieda ganz ihren Gedanken und Erinnerungen hingeben. Anfangs denkt sie über August nach, der gewissermaßen ein Stockwerk unter ihr in seinem verplombten Sarg liegt. Anna hat sich bei seiner Dienststelle nach der Todesursache erkundigt. Angeblich ist er an Komplikationen gestorben, die bei einer harmlosen Operation auftraten. Die Auskünfte waren jedoch derartig schwammig, dass Anna vermutet, irgendein Geheimnis solle zugedeckt werden.

Das wäre in der Tat der passende Abschluss für Augusts Leben, undurchsichtig vom ersten Tag an. Frieda versucht sich an seine Kindertage zu erinnern; sie glaubt, er war zehn oder elf Jahre alt, als er anfing, sich gegen sie zu wenden. Was hat sie gemacht, dass sie ihr Kind für alle Zeiten gegen sich aufgebracht hat? Was? Hat er geglaubt, sie, Frieda, habe Mitschuld am Tod seines Vaters?

Ach was, gibt sie sich selbst die Antwort, wie soll ein Bub auf solche Gedanken kommen? Wie hätte August damals irgendetwas Verdächtiges bemerken können? Hat ihm jemand Gift ins Ohr geträufelt? Aber wer sollte das gewesen sein?

Plötzlich sieht sie den unangenehm übereifrigen Kriminalbeamten wieder vor sich, der Georgs Tod untersuchte. Kann er August gegen sie aufgehetzt haben?

Unsinn!

Um sich abzulenken, denkt sie an *Madame Aljewa* und wie sie gemeinsam mit einem offenen Flugzeug die Alpen überquerten, als erste Frauen überhaupt. Ohne, dass sie es will, hat sie plötzlich die Rückkehr von dieser Reise vor Augen. Willy hatte das Haus geschmückt und die Kinder empfingen sie glücklich, teils stolz auf ihre Mutter, teils bewundernd. Nur August hatte sich abgewandt und sogar trotzig aufgestampft.

Das Flugzeug landet auf *Andrews Air Force Base*, einem riesigen Militärflugplatz ganz in der Nähe von Washington.

Die Passagiere haben so lange in der Maschine auszuharren, bis der mit einer amerikanischen Flagge bedeckte Sarg von einem Kommando herausgeputzter Soldaten aus der Maschine geholt und mit einem grau gestrichenen Kastenwagen abtransportiert worden ist.

Frieda betrachtet das Schauspiel mit Interesse, spürt aber weder Stolz noch Groll. Wahrscheinlich hätte August nicht einmal *gewollt*, dass sie hier ist und dies sieht.

Am Fuß der Gangway wartet, wie man es ihr versprochen hat, ein jüngerer, recht gut deutsch sprechender Lieutenant auf Frieda. Er hat ein Jahr in der Garnison Grafenwöhr in der Oberpfalz Dienst getan und erinnert sich, wie sich später herausstellt, mit Freude an das dortige Bier. Jetzt gehört er gewissermaßen zur Protokollabteilung der Army; er wird Frieda ins Hotel geleiten und morgen zum Nationalfriedhof Arlington bringen.

Während der Fahrt zum Hotel drückt er seinen Respekt darüber aus, dass man August mit der *Medal of Honor* ausgezeichnet hat, einen besonders hohen Orden, wie Frieda nun erfährt. Der junge Mann erklärt ihr, laut der Bestimmungen wird der Orden nur für auffallende Tapferkeit und Pflichterfüllung weit über das Gebotene hinaus verliehen. Frieda spürt, er würde gerne wissen, welche Heldentaten August vollbracht hat. Sie muss ihm gestehen, sie hat nicht die geringste Ahnung, was ihr Sohn im Kampf gegen die Feinde der Vereinigten Staaten geleistet hat.

»Er war in Berlin Spion, vermuten wir«, sagt sie vage. Eigentlich ist es nur Willy, der das glaubt.

In einem Spielfilm hat Frieda einmal gesehen, wie ein Ehrenbegräbnis auf einem Militärfriedhof abläuft. Diesem Reglement folgt auch Augusts Beisetzung auf dem unübersehbar großen Friedhof von Arlington, soweit man blicken kann, riesige Reihen immer gleicher Kreuze, ab und zu ein Davidstern. Augusts Sarg wird auf einer von Pferden gezogenen Geschützlafette zum Grab gebracht, ein Geistlicher spricht, ein Hornist bläst ein Stück, danach werden aus kleinen Kanonen Salutschüsse abgegeben. Die Fahne wird von zwei Soldaten mit weißen Käppis, weißem Koppelzeug und blitzend geputzten Stiefeln vom Sarg genommen, gefaltet und Frieda überreicht; der Sarg in die Erde gelassen.

Das war's.

Frieda ist weniger erschüttert als damals im Kino; der Titel des Films fällt ihr allerdings nicht ein.

Die einzige Überraschung, die Washington respektive das nahe Arlington für sie bereit hält, ist ihre Enkelin Ashley, Augusts Kind aus seiner sehr kurzen Ehe mit einer schwedischen Fotografin. Sie ist eine gerade aufblühende Schönheit, 17 Jahre alt, sehr weibliche Formen; eigentlich sieht sie aus, als wäre sie Anfang zwanzig. Das Mädchen wird von ihrem Stiefvater begleitet, einem bemerkenswert gut aussehenden Mann; ihre Mutter, Augusts Ex-Frau, kann oder will nicht an der Beerdigung teilnehmen. Der Stiefvater namens *Thomas LeRoy* (in einem Wort!) ist ein ehemaliger Lehrer und schreibt jetzt historische Romane. Frieda erinnert sich in diesem Moment an Wolfgangs Bemerkung *Du kennst eine Menge interessante Männer* ... Mister LeRoy scheint dazu zu gehören. Ashley und ihr Stiefvater laden Frieda ein, sie in ihrem Heim in *Leesburg, Virginia*, zu besuchen und zeigen ihr Bilder ihres Anwesens. Sie besitzen in der dortigen *N. Kings Street* ein sehr gut proportioniertes Holzhaus, weiß gestrichen, mit blauen Läden, und Ashleys Pferd steht bei einem Bekannten. Frieda bedauert, leider muss sie morgen nach Deutschland zurückfliegen; das hätte sie alles gerne gesehen. Sie verspricht, wenn sie das nächste Mal in Amerika ist, wird sie kommen.

In der Zwischenzeit sind Ashley und ihr Stiefvater Mr. LeRoy *(›Nennen Sie mich Thomas‹)*, herzlich eingeladen, in Wiesbaden ihre Gäste zu sein.

Bei dem netten Gespräch kommen Frieda ihre genauen Kenntnisse des amerikanischen Südens und des Bürgerkrieges – erworben durch die mehrfache Lektüre des Romans ›*Vom Winde verweht*‹ – sehr zupass. Selbstverständlich will Frieda erfahren, warum das Mädchen *Ashley* getauft wurde. Ist das nicht ein Männername? Sie erfährt, nein, nicht nur! Es gibt fast dreißig Städte und Gemeinden in den USA, die *Ashley* heißen, viele Firmen und Organisationen tragen diesen Namen, und auch viele berühmte Sängerinnen und Schauspielerinnen. Es war übrigens *Gus*, der den Namen für seine Tochter ausgewählt hat.

Frieda sieht das Mädchen mehrmals verwundert an: Selbst in Amerika wird etwas von ihr, Frieda, bleiben.

Und was die Sprachschwierigkeiten angeht, wird ihr erst hinterher bewusst, sie kam sehr gut ohne Anna zurecht. Wenn ihr mal ein Wort nicht einfiel, konnte sie sich mit Händen und Füßen helfen.

Sie hätte Anna gar nicht fragen sollen.

Seltsam nur, dass weder Mr. LeRoy noch Ashley wissen wollten, woran *Gus* gestorben ist; eigentlich war August nur am Rande vorgekommen.

8.

Wieder Heilig Abend. Die Weihnachtslieder, die Verlesung des Weihnachtsevangeliums, die Bescherung liegen hinter allen. Auch die wunderbare Gans, die Wolf gebraten hat. Dass er das überhaupt kann! Sie war ein bisschen skeptisch, als er das anbot, aber von wegen: zart und knusprig und diese Füllung! Der Mann kann heiraten.

Frieda sitzt vor dem Weihnachtsbaum und behält die Kerzen im Auge. Die Übrigen spielen *Monopoly*, also Laura, Evchen, Carry und Wolfgang. *Mein Wolf*, denkt Frieda, wenn sie an ihn denkt. *Wolfgang* und dann noch *Wolfgang Amadeus* sind doch viel zu süßliche Namen für einen so handfesten Mann wie ihn. Eva hat schon wieder die *Parkstraße* und die *Schlossallee* erobert und kann ihre Mitspieler entsprechend ausrauben. Frieda hört ihr glockenhelles Lachen, hat unversehens Ashley in Leesburg im Bundestaat Virginia vor Augen und fragt sich, ob das Mädchen seine Jungfräulichkeit bereits verloren hat. Sie, Frieda, hatte sie in Ashleys Alter für fünf Goldrubel verkauft.

Dann denkt sie an die so überaus höflichen, klugen Zwillinge, die morgen zu Besuch kommen werden, und nimmt sich vor, sie drückend und herzend zu umarmen, wie sie es mit deren Vater nie gemacht hat.

Sollen sie sich wundern, wenn sie wollen; man sieht ja an August, wie schnell das Leben enden kann.

Was Adam und Gabriele angeht, so hatte das sowieso bemerkenswerte Jahr 1953 einen erstaunlichen Salto parat. Adam ist an dem Arbeitsplatz, den ihm Herr von Gaffron besorgt hat, ausgesprochen glücklich und die Kölner Firma, für die er tätig ist, ist äußerst zufrieden mit ihm, und das ist beinahe noch wichtiger. Es kann sein, dass man ihm im kommenden Jahr die Leitung des Büros Düsseldorf anbietet. Als sie Eduard kürzlich über den Weg lief, hat er so etwas angedeutet. Die eigentliche Überraschung (man müsste sagen: Überrumpelung) ist allerdings Gabriele gelungen. Eines schönen Tages stand sie bei Adam vor der Tür und blieb; irgendwie müssen die Beiden ein Arrangement erzielt haben. Frieda will die Details gar nicht wissen. Aber bitte, warum sollen sie sich nicht versöhnen?

Willy hat darüber gespottet: »Was wollt ihr? *Was Gott zusammengefügt hat, soll der Mensch nicht trennen!*«

Willy wird übrigens morgen ebenfalls hier sein; den Heiligen Abend wollte er allein in der Hofstraße verbringen, ganz besinnlich.

Laura geht es wieder etwas besser. Sie musste drei Wochen im Krankenhaus zubringen; die Dinge hatten sich schlagartig verschlechtert und die Ärzte blickten bedenklich drein, wenn sie von ihr sprachen. In ihrer Aufregung hatte Frieda Carry angerufen; die war zu der Zeit in Bremen, nahm dort für *AFN Bremen* und *AFN Bremerhaven* ein Konzert auf. Bezeichnend für Carry, dass sie alles liegen und stehen ließ und nach Wiesbaden eilte, um ihrer Liebe beizustehen.

Als sich Laura wieder einigermaßen aufrappeln konnte, wurde Doktor Reinhold, immerhin Rechtsanwalt *und* Notar, beauftragt, Papiere für den Fall vorzubereiten, dass Laura etwas passieren sollte. Es wurde ein Schriftstück ausgefertigt, unterzeichnet und bei Gericht hinterlegt, dass im Fall der Fälle Carry als Evas Vormund eingesetzt wird. Sollte Evas Vater, Heinrich Tremus, zurückkehren, wird dieser Vertrag hinfällig. Frieda war Zeugin bei der Unterzeichnung des Papiers, selbst Eva nahm daran teil. Die Tränen flossen nur so, bei Carry, bei Evchen, bei ihr. Die Einzige, die ruhig und tröstend wirkte, war Laura.

Lieber Gott, erhalte sie uns noch viele, viele Jahre.

Plötzlich steht Frieda auf, geht zu den Spielenden und erkundigt sich: »Sagt mal, könnt Ihr auch ohne meinen Wolfgang spielen?«

Laura und Carry verstehen die Frage nicht, blicken sich nur gegenseitig an.

»Mein Lieber«, sagt sie dann zu ihrem Freund, Geliebten, Liebhaber, ganz wie's gefällt, »schnapp dir deinen Mantel. Ich brauche ein bisschen frische Luft!« Und Carry bittet sie: »Carry, tun Sie mir den Gefallen? Passen Sie aufs Telefon auf, solange ich nicht da bin?«

»Werden wir Sie heute wiedersehen?«, erkundigt sich Carry herzlich.

»Das kann ich jetzt noch nicht sagen. Aber spätestens zum Frühstück bin ich wieder hier! Wenn ihr nachher ins Bett gehen wollt, schließt einfach zu. Heute Nacht tut sich sowieso nichts ... Dann gute Nacht zusammen und noch mal schöne Weihnachten für euch alle. Und vergesst nicht die Kerzen!«

Vorsichtshalber pustet sie die Kerzen selbst aus; es sieht ja doch niemand hin. Nachdem sie ihre Mäntel angezogen haben, greift Frieda nach Wolfs Hand und so gehen sie Hand in Hand den Geisberg hinunter.

Glücklicherweise hat er eine nette Wohnung in der Pagenstecherstraße gefunden. Das ist eine ruhige Querstraße am Ende der Taunusstraße, unmittelbar vorm Beginn des Nerotals. Zwischen dem Geisberg 8 und der Pagenstecherstraße liegen genau 648 Meter, Wolf als gelernter Architekt hat die Entfernung gemessen.

9.

Auch an der Mosel bleibt Willy seiner Leidenschaft für den Motorsport treu. Wie Willy so ist, übertreibt er.

Er fährt zum Nürburg-Rennen in die Eifel und ist entsprechend dabei, als *Juan Manuel Fangio* auf einem *Mercedes Silberpfeil* den Großen Preis von Europa gewinnt. Er fährt nach Stuttgart, ist dort *Rädchen im Getriebe*, wie er das nennt; will heißen, er ist einer von hunderttausenden von Zuschauern. Hinterher berichtet er erregt, die Atmosphäre an der *Solitude-Rennstrecke* sei *unbeschreiblich*. Frieda müsse es einmal selbst erfahren, wie unbekannte Kräfte einen packten, *wenn die Motoren dröhnen.* Mehr und mehr spricht er, wenn es um den Motorsport geht, wie ein Rundfunk-Reporter. Er hat die absurdesten Details parat, etwa: Der 11,4 Kilometer lange Grand-Prix-Rundkurs südlich des *Schlosses Solitude* besticht durch die 2,3 Kilometer lange Hochgeschwindigkeitsgerade und ein drei Kilometer langes *Kurvengeschlängel.* Insgesamt hat der Kurs laut Willy 26 Links- und 19 Rechtskurven. Man kann annehmen, Willy hat tatsächlich nachgezählt.

Seine eigentliche Begeisterung gilt jedoch den Motorradrennen.

Ihn faszinieren Rennen wie das auf dem *Battenberg-Ring.* Der Battenberg ist eine Rennstrecke in Nordhessen, seiner Ansicht nach ebenso *elektrisierend* wie der *Schotten-Ring* in Mittelhessen. Hier wie da konkurrieren kubikstarke Maschinen aus dem gesamten Bundesgebiet und sogar aus dem Ausland (›*mit und ohne Beiwagen*‹) um die Sachpreise. Da gibt es schon einmal eine *NSU Quickly* oder wertvollste Armbanduhren zu gewinnen!

Willy lässt sich selbst bei rein regionalen Rennen wie der *Christopherus Fahrt Schönenberg* oder dem *Ebstorfer Aschenbahnrennen* blicken.

Man fragt sich, wann kümmert er sich eigentlich um seinen Wein?

Als Lilly ihn einmal danach fragt, erklärt er ihr unverblümt: »Die Trauben reifen von alleine, ob ich dabei stehe oder nicht!«

Ein schöner Winzer das!

Man kann fest damit rechnen, dass seine Leidenschaft eines Tages wieder abebbt. Bislang war bei Willy noch alles nach einiger Zeit wieder zu Ende. Bei einem Telefongespräch (er ruft mindestens einmal in der Woche an und verstrickt Frieda dann stundenlang in seine Sorgen, Nöte und Ansichten; sie könnte das schon rein finanziell nicht) sagt er ihr, er habe noch zwei Wünsche im Leben. Er will einmal die *Tourist Trophy* auf der Kanalinsel *Isle of Man erleben, ›praktisch die wahre Motorrad-Straßen-Weltmeisterschaft‹!* Und dann natürlich *Le Mans*, das sagenhafte Rennen dort; vierundzwanzig Stunden, dreizehn Kilometer, immer im Kreis. Auf jedem Wagen jeweils zwei Fahrer, die sich nach Belieben ablösen können. Sechzig erwachsene Männer fahren also mit dreihundert Stundenkilometern auf einer schmalen Piste immer im Kreis herum, einen Tag und eine Nacht lang, egal, ob es heiß oder kühl ist, ob die Sonne brennt oder ob's regnet und stürmt. Am Ende sind sie wieder an genau derselben Stelle, wo sie angefangen haben.

Frieda fragt: »Willy, und so was ist dein größter Traum? Autos, die vierundzwanzig Stunden im Kreis fahren?

»Die Menschheit will Helden haben!«, erwidert er darauf in Willy-Manier.

Er wird sehr melancholisch, als er hinzufügt, wenn er diese beiden Veranstaltungen – eben die *Isle of Man* und *Le Mans* – erlebt hat, kann er in Ruhe sterben.

»Du stirbst noch lange nicht, Willy! Wir brauchen dich doch!«

»Für was, Frieda, für was?«, fragt er da schwermütig. Frieda wird wütend und fährt ihn an, er versündige sich. Er soll an Laura denken, bevor er solchen Quatsch redet. In ihrer Wut knallt sie den Hörer auf, was sie später sehr bedauert.

Im Jahr 1955 soll *Le Mans* am Samstag, den 11. Juni, beginnen und folgerichtig am 12. Juni enden. Willy fährt schon mittwochs dorthin, mit Übernachtung in Paris. In Le Mans hat er sich rechtzeitig in einem soliden Hotel ein Zimmer gesichert. Von dort aus ruft er am Freitag, 10 Juni, gegen Mittag an. Frieda ist zu der Zeit in der Stadt unterwegs, so kann nur Fräulein Sonja mit ihm sprechen. Er lässt Grüße bestellen, es geht ihm gut und er meldet sich, wenn er wieder in Wehlen ist.

Am Samstag ereignet sich dann das grauenhafte Unglück, das schlimmste in der Geschichte des Autosports. 82 Zuschauer verlieren ihr Leben, mehr als zweihundert werden zum Teil lebensgefährlich verletzt.

Als in den Nachrichten gebracht wird, was sich in Le Mans abgespielt hat und noch immer abspielt (das Rennen geht trotz der vielen Toten und Verletzten weiter!), sagt sie sofort und sehr bestimmt: »Evchen, du wirst Onkel Willy nie mehr wiedersehen. Keiner von uns wird ihn noch einmal sehen.«

Das Kind sieht seine Großmutter an, wägt deren Worte und erwidert: »Oma, er hat sieben Leben. Wie eine Katze.«

»Wer sagt dir das?«

»Onkel Willy!«

»Schön wär's.«

Am Montag, 13. Juni, ruft die deutsche Botschaft in Paris an und teilt mit, leider muss man Frau Tremus eröffnen, ihr Bruder Willy Heybach ist unter den Opfern der Katastrophe von Le Mans. Er war auf der Stelle tot, hat also wenigstens nicht gelitten, falls ihr das ein geringer Trost sein kann. Später stellt sich heraus, Willy wurde von herumfliegenden Autoteilen geköpft.

Schon in dem Telefongespräch mit der Botschaft hieß es, sie, Frieda, sei soweit man in der Kürze der Zeit habe feststellen können, die einzige lebende Anverwandte von Herrn Heybach. Ist sie bereit, die unumgänglichen Formalitäten zu erledigen?

Selbstverständlich!

Dann wird man ihr per Express die notwendigen Papiere zustellen.

Sie treffen tatsächlich bereits am nächsten Morgen ein. Unbegreiflich die Schnelligkeit, wenn die Behörden was wollen.

Frieda wickelt also alle im Todesfall notwendigen Zeremonien ab. Eduard – Eduard von Gaffron – ist ihr dabei eine starke Stütze. Er hat ein Büro und Leute und vor allem erweist sich mehr und mehr als ein guter Freund.

Frieda lässt Willy auf dem Nordfriedhof beerdigen. Einen Moment lang hatte sie überlegt, ihn in Wehlen und möglichst in der Nähe von Henriette Heinrich bestatten zu lassen. Das war sicher ein romantischer Gedanke, sie nahm aber schnell Abstand davon, weil sie sich sagte: Wer wird ihn da je besuchen? Er gehört nach Wiesbaden! Der Nordfriedhof und die *Hilf*, wo er geboren wurde und aufwuchs, sind keine tausend Schritte voneinander entfernt, und eines Tages werde ich da auch liegen.

Sie findet eine schöne Grabstätte und es erfolgt eine sehr würdige Beerdigung mit erstaunlich vielen Trauergästen. Immerhin ist nicht nur Willy in Le Mans umgekommen, er war auch der einzige Wiesbadener unter den Opfern. Der Kurier und das Tagblatt berichten über ihn, aber auch die *Abendpost* und die *Frankfurter Nachtausgabe* und vor allem deren neue Konkurrenz, die sogenannte Bild-Zeitung. Sie bringt das größte Foto von Willy und die erschreckendsten Aufnahmen der Katastrophe von Le Mans.

Da ein eindeutiges und rechtsgültiges Testament vorhanden ist, gibt es auch wegen des Nachlasses keine Komplikationen. Frieda ist Alleinerbin. Die Sechzig-Prozent-Besitzer des Wehlener Weinguts machen ihr ein akzeptables Kaufangebot, Eduard treibt den Preis noch etwas nach oben und am Ende ist Frieda zum ersten Mal im Leben wohlhabend; nein, reich.

Sie hat keine Hemmungen, das Geld anzunehmen. Sie hat immerhin vier Enkelkinder, eins wohlgeratener als das andere. Wer weiß, womöglich wird Gabriele auch noch mal schwanger. Bei ihr ist alles denkbar.

Also, sie braucht das Geld für ihre Enkel.

Die Erbschaft ist so bedeutend, dass sie die Summe auf keinen Fall einfach als Tagesgeld auf einem Konto liegen lassen kann. Sie wird mit Direktor Moos von der *Wiesbadener Bank* über eine vernünftige Anlage sprechen müssen.

Dann schlägt sie sich an die Stirn, sagt sich: Was geht in deinem Kopf vor! Eduard ist Bankier und gehört zur Familie! Wie kannst du dich denn da bei einem Direktor Moos kleinmachen wollen? Was bist du denn für eine *Beraterin*, wenn du nicht mal dein eigenes Geld anlegen kannst.

Wer erlebt, wie zielstrebig und sicher Frieda agiert, kann denken, die ganze tragische Geschichte berühre sie nicht. Sie benimmt sich, als sei ein beliebiger Gast im Haus gestorben und sie müsse sich darum kümmern, dass die Sache möglichst schnell in Vergessenheit gerate.

Man sieht sie nie in Tränen ausbrechen. Auf dem Friedhof ist es Anna, die wie ein Schlosshund weint. Auch Carl Jörns zeigt sich schwer erschüttert. Willy hatte ihn eingeladen, ihn nach Le Mans zu begleiten, und Carl hatte zugesagt. Quasi in letzter Minute musste er die Fahrt aus geschäftlichen Gründen absagen, wiewohl ihn Le Mans und das Ganze drum und dran da sehr gereizt hätten. Und dann das! Er macht sich Vorwürfe, dass er Willy mit dem Rennsport-Fieber infiziert hat, wie er das nennt. Ohne seinen, Carls, Enthusiasmus für den Motorsport wäre Willy nie nach Le Mans gefahren und entsprechend noch am Leben.

»Carl, mach dir darüber keine Gedanken. Was uns bestimmt ist und warum, werden wir nie herausfinden. Nie!«, versucht ihn Frieda zu beschwichtigen.

Willys Tod hat Anna und Frieda einander wieder näher gebracht, aber so, wie es war, wird es nie wieder werden. Neulich war sie in Versuchung, Annas Wahlplakat abhängen zu lassen, das im Flur hängt. Es ist die Einladung zu Annas erster Wahlveranstaltung; *es spricht Anna Wienandt, SPD.* Frieda hat es unmittelbar nach der Veranstaltung rahmen lassen und seitdem hängt es da, an der Wand vor Zimmer 5. Letztlich hat sie es hängen lassen; Annas Leben ist auch ihr Leben.

Der Einzige, der wirklich spürt und weiß, was in ihr vorgeht, ist Wolf. Manchmal hat er ein tröstendes Wort für sie, manchmal nimmt er sie nur stumm in den Arm. Aber immer fühlt sie sich von ihm verstanden und sogar geliebt. Zum ersten Mal im Leben versteht sie, warum es Frauen so viel bedeutet, verheiratet zu sein. Sie und Wolf haben zwar keine entsprechenden Papiere vorzuzeigen und sie will auch nicht ein zweites Mal vor den Traualtar treten. Aber für sie ist er ihr Mann und wird es bleiben bis ans Ende ihrer Tage. Er ist der Einzige, der sie über den Verlust hinwegbringen kann; über die Leere, die Willy hinterlassen hat, der den Schmerz lindert, den sie Tag und Nacht fühlt. Immer wieder erschreckt sie der Gedanke, dass das Leben eines Menschen nicht mehr ist als eine Welle auf dem Meer; sie bildet sich und sie verschwindet und niemand und nichts kann dies ändern. Es gibt keinen Schutz, keine Vorsorge, wir leben solange wir leben und dann ist es vorbei.

Einmal kniet sie vor dem Hauptaltar der Bonifatiuskirche und betet für Wolf; eigentlich für sich. Ihm darf nichts geschehen.

Sehr schön ist auch, dass er keine Eifersucht auf Eduard entwickelt. Es gäbe genug Männer, die sich gekränkt fühlten, dass sie sich Herrn von Gaffron als persönlichen Berater in allen Geld- und Geschäftsangelegenheiten hält. Aber Eduard ist in diesen Dingen wirklich sehr tüchtig, das kann doch keiner abstreiten.

10.

Am 4. Oktober 1957 klärt sich endlich das Rätsel um Heini. Da überrascht die Sowjetunion die Welt mit ihrem Satelliten *Sputnik 1.*

Von dem Moment an steht es für Frieda fest, dass sowohl Klärchen t'Hooft wie die Buchela absolut richtig lagen. Beide haben Heini immer im weißen Kittel gesehen. Jetzt weiß sie warum. Heini ist in streng abgeschotteten Laboratorien in Moskau oder hinter dem Ural tätig und kann sich daher nicht melden.

Bei ihrem nächsten Besuch in Bad Godesberg spricht Frieda Madame Buchela direkt darauf an und sie bestätigt, es ist wie Frieda vermutet. Sie ist erkennbar froh, dass sie endlich eine plausible Erklärung dafür hat, warum sie Heini bislang immer nur unscharf sah. Heini wird ›abgeschirmt‹. Sie sagt wörtlich: »In so was sind die Sowjets ganz groß, machen Geheimnisse aus allem.«

Sie kann daher immer noch nicht genau voraussagen, wann Heini endlich zurückkommt; es ist eben alles zu gut abgeschirmt. Aber er wird kommen!

Doris macht Frieda nachher drauf aufmerksam, dass die Buchela das Wort *Sowjets* genau so ausspricht wie der Bundeskanzler, nämlich *Soffjets*.

Doris hat sich übrigens zu einer Entscheidung durchgerungen. Es bleibt alles, wie es ist.

Die Weltkurstadt Wiesbaden zwischen Kaiserreich und Nationlsozialismus.

Die junge Frieda hat einen Traum: Ein eigenes Hotel. Sie realisiert ihn mit Mut, Ausdauer und kaltem Kalkül.

Hans Dieter Schreeb zeichnet – „spannungsvoll und höchst unterhaltsam" (FAZ) – ein „farbenprächtiges und lebendiges Gesellschaftspanorama" (NDR).